燕食记

Food
Is Heaven

葛亮

著

人民文学出版社

图书在版编目(CIP)数据

燕食记/葛亮著.—北京:人民文学出版社,2022(2025.8重印)
ISBN 978-7-02-017238-2

Ⅰ.①燕… Ⅱ.①葛… Ⅲ.①长篇小说—中国—当代 Ⅳ.①I247.5

中国版本图书馆 CIP 数据核字(2022)第 107724 号

责任编辑　徐子茴　　王昌改
责任印制　苏文强

出版发行　人民文学出版社
社　　址　北京市朝内大街 166 号
邮政编码　100705

印　　刷　三河市中晟雅豪印务有限公司
经　　销　全国新华书店等

字　　数　422 千字
开　　本　880 毫米×1280 毫米　1/32
印　　张　16.75
印　　数　196001—216000
版　　次　2022 年 7 月北京第 1 版
印　　次　2025 年 8 月第 17 次印刷

书　　号　978-7-02-017238-2
定　　价　78.00 元

"燕食，谓日中与夕食。"

——郑玄 注《周礼·天官·膳夫》

CONTENTS

目　录

引首　一盅两件

001

◆

上
阕

下
阕

◆

一盅两件

市廛尽处有快阁，为行人茶憩之所。

——金武祥《粟香随笔》

荣师傅出走了。我的工作伙伴小湘说。

这消息对我不啻惊雷。很快，媒体就发了报道，说九十六年的老店"同钦楼"将在年底结业。

我急忙赶到了中环。当天同钦楼竟然闭门不开，外面贴了张字条"东主有喜"。但隐约却听到里面有声音。望向二楼，老旧的满洲窗，依稀能看到灯光。我打电话给小湘。小湘说，你还不知道吧，里面正在秘密地装修。听说店又不关张了，要易主了，改了个名叫"同钦茶室"。你猜是谁接了盘，就是店里的原来的八个老伙计。

我问，那荣师傅呢？

小湘道，他是前朝元老，自然不想留了。

我心里一阵颓然，想了一想，对小湘说，我要见荣师傅。

说起来，跟这个茶楼文化的研究项目，算是我一个夙愿。但并非如计划书中拯救式微传统文化这么可歌可泣。祖父上世纪四十年代，曾经短居粤港，在他一篇旧文里，确切而生动地写过广式的点心。其中又重点地写了同钦楼，难得文字间埋藏不少机趣。一个谈不上是老饕的人，竟在莲蓉包上盘桓了许多笔墨，这足以让我好奇。

　　当初来香港读书，家族长辈为我接风，便在这家同钦楼。那也是我第一次领略"一盅两件"。广东所谓的"茶楼"，"饮茶"的阵仗，热闹得不像话。人头攒动，茶博士穿梭其间，眼观六路，竟好像与所有人都十二万分的熟稔。一个熟客刚坐下来，他便拿起只钩杆，利索索地将来客的鸟笼，挂到天花上，旋即走去另张桌子收拾招呼。我当时瞠目，浑然不觉身处香港闹市，仿佛进了某个民国戏的摄影棚。同钦楼的满目烟火，让我一下子就爱上了。叔公一口气在点心纸上划了十几个小笼。叉烧肠粉、虾饺、粉果、豉汁凤爪，真是满目琳琅。吃了半晌，那伙计照例来收拾碗盏，仍是利索，用国语夹杂广东话问我，后生仔，边一样最好食？我想一想，指一指面前的一笼。伙计便有些顾盼自雄，说我们家的莲蓉，恐怕整个省港，也找不出第二家来。

　　叔公问，阿关，荣师傅在不在？

　　伙计眨眨眼，说，毛生，这莲蓉包的味道这么正，你倒说他在不在？

　　叔公便笑说，他若不忙，我跟他打个招呼。

　　过了一会儿，便见后厨，摇摇晃晃地走出了一个胖大身形的人。满面红光，头发则是茂盛雪白的。他很灵活地在人群中闪身而行，一路拱手，和每座的食客贺着新年。而似乎人人也都认识他。老些的，都回拱手。坐得远的，叫身边的孩童过去，将利是塞到他厨师服的口袋里。

　　走到我们这一桌，他喜气洋洋地说，毛生，恭喜发财。

我就这么和荣师傅认识了。荣师傅是同钦楼的行政总厨，从老字号迁港，历经三朝。在店里的威望足够，对我总像是个爷爷辈的人，笑得如同他手打的莲蓉，温软厚糯。因靠近港大，后来一些年，我也很习惯多来帮衬。特别是有来港游玩公干的朋友，想要体验地道的广式茶楼。同钦楼自然是不二之选。在店里撞见荣师傅，他便照例送我一笼莲蓉包、一笼流沙包。稍微闲一些，竟然坐下来，跟我和朋友聊天，讲起了古。多半是他和我祖父在广州初见时的往事，又如何在香港重逢，令人心中怅然。只是他每回说起这些故事，总有细节上的些微不同。关于见面的年份，或是祖父最喜欢喝的普洱，来自哪个山头。这些都是小节，我就好脾气地由着他兴高采烈。口若悬河间，听得我一众朋友心驰神往。这样久了，我忽而觉得他这一遍遍讲述的故事里，有可以为之纪念的东西。这想法挥之不去。后来，发现了祖父的这本笔记，更觉得如冥冥中示。思量再三，我便申请了一个关于粤港传统文化的口述史研究项目，打算好好地和荣师傅谈一谈。

　　谁知一番苦心，足准备了两个月，待到要和荣师傅见面，却碰到了同钦楼"政变"。先前有些风吹草动，时有耳闻，但我并未当回事。想九十六年的老店，波澜壮阔也经历过。这点暗潮，怕最后也只是一波微澜，何足挂齿。只当是本港传媒一惊一乍。没承想，很快就等到同钦楼结业的消息。再后来，又是易主的风闻，甚嚣尘上。

　　我对小湘说，我要见荣师傅。

　　小湘犹豫，道，见了面，他也未必愿意谈啊。店里出了这么大的事，我怕他在气头上。

　　我说，他要是就此退休，我就更得去看望他一下了。

　　我们在荣师傅家里见了面。

荣师傅脸上并没有一些异样。甚至没有平日劳碌的疲惫之色，面容舒展，更容光焕发了些。

他见了我十分高兴，拿出一整个"金枕头"，叫身边的人劈开来给我吃。我连忙婉拒，一来我确实不好榴莲；二来荣师傅家空间其实不大，若是劈开整只"金枕头"，那味道挥之不去，自然是满室"馥郁"。

作为同钦楼的行政总厨，辛苦了几十年，荣师傅住得不算宽敞，甚至可说是简朴。西环坚尼地城，四十年的老唐楼，两室一厅。年久失修，空调轰隆作响。我的目光，在窗前被经年烟火熏得发黑的神龛流连。神龛里的关老爷横刀立马，神采奕奕。下面的香烛，堆叠着几个不甚新鲜的供果。

荣师傅似乎看出了我的心思，便说，家有房屋千栋，瞓觉只得三尺。我这把老骨头还有几年，一个人足够了。

我晓得荣师傅中年丧妻，鳏居多载。呕心沥血在几个儿女身上。听说都很有出息，一个在加拿大做金融；香港的一个，是知名律所的合伙人。他身边这个花白发的人，精干身形，青黄脸色，模样十分恭谨，应该不是他的子女。

未待我说明来意，荣师傅先和我寒暄了许久。问我在学校里的工作可忙，升职了没有，有没有被女学生喜欢之类。我一一应他。他高兴地说，叻过你阿爷当年，在大学一定好得！

我终于问，荣师傅，您真的不做啦？

荣师傅目光闪动了一下，又黯然下去，低声道，早些年米寿都过了，做不动了。

我说，您那打莲蓉的手艺，是撑住了同钦楼的。

荣师傅笑一笑，问，毛毛你倒说说，要打好莲蓉，至重要是哪一步。

我自以为做足功课，便说，挑出莲心？挑走了才没有苦味。

荣师傅叹口气，说，至重要的，其实是个"熬"字。

见我沉默，荣师傅嘴里起了个调，吟起一支曲，"欢欲见莲时，移湖安屋里。芙蓉绕床生，眠卧抱莲子。"他眼睛笑吟吟，慢慢又阖上，声音却清冷。这支曲我听他在茶楼里唱过，是他少年时在"得月"的师父教的。师父姓叶，手把手教他打莲蓉。

你问是怎么个"熬"法？荣师傅停住，睁开眼睛看着我说，我就说说自己这颗老莲子吧。自我在得月阁，由"小按"做起，如今已经七十年。你爱听，我跟你讲讲古。光绪十五年，"得月"在西关荔湾开张，第一代的老东家是"茶楼大王"谭钟义。集资的法子，股东一百二十二人。一九八四年"得月"装修，我去督场，在财务生锈的铁柜里发现了这本吃满灰尘的"股东簿"，上面载着入股时每一位股东的名字及入股数。算下来，才知道当年谭先生的大手笔。入股数四百一十四，金额合一万三千两白银。这是什么概念，相当于现在三百万港币。你说这钱可都用在了什么地方？如今"得月"没了，成了茶艺博物馆。我带你去看过，百多年的老房子，那楼梯、门窗、椽梁，可有一处不砥实？那都是进口的乌木、紫檀、酸枝。海黄的满洲窗，是西关木雕名家陈三赏一扇扇雕出来的；一楼墙上挂的瓷画，是广彩阿头潘老驹一幅幅烧出来的。香港的威廉道"同钦"分店，如法炮制，处处见底气，可是它隔壁"荣羽"一个扮高档的新茶楼比得上的？"同钦"的老掌柜严先生，人厚道，建国后还继续给广州的股东们每年分红，直到大陆公私合营。为什么？就是为了不忘本啊。如今呢，这些股东，数一数，竟然全都没了。

我当年一个后生仔，生生地把股东们都熬走了。这七十年，同钦楼风里浪里，里头的，外头的，多少次要关门的传闻。我呢，都当它是雨打窗，只管在后厨，打我的老莲蓉。去了莲衣，少了苦头，深锅滚煮，低糖慢火。这再硬皮的湘莲子，火候到了，时辰到了，就是要熬它一个稔软没脾气。

说起来，当年得月阁，如果没我师祖爷打得那一手好莲蓉，哪里有现在的广式月饼。最好的时候，我师父教我琢磨用枣蓉、杏蓉和莲蓉一起制出了"同钦三蓉"。这在当年的香港啊，可风靡一时。到了中秋，加班都赶不上。因为意头好，还流进了黑市。香港人那会儿都说，是"一盒三蓉一条金"啊。

可如今，谈起"同钦"，可还有人记得这个？报纸上那些，我都不忍看。什么茶楼版的"溏心风暴"，争产，分家。说起来，都是我看着长大的孩子，竟然闹成了这样。大爷和二爷是都没了，可是哪一家少了糟心账。大爷家两房历来不合，这些年却齐了心地对付未过门的三奶。一份遗嘱闹得沸沸扬扬。遗嘱假不假，有公论。可这人丢出去了是真的。才消停下来，二房的老三教剑道又教出了非礼案。年尾刚摆平了，二爷家那个稍微出息的，想分家开分店，又给大房的六个堂兄妹斗得焦头烂额。人急了，爆出"同钦"特许牌照上最后一个股东去世，已是无牌经营。无非是要自己独立门户，名正言顺。这可好了，那不生性的六兄妹，破罐破摔，竟然要将产权卖给外人。要关门！九十六年的老店啊，挨过九七金融风暴，撑过〇三年的沙士，他们说关，就关？！

听到这里，我终于明白了过来，说，所以这店，让那八个老伙计盘下来了。

荣师傅愣一愣，笑了，说，是特许经营权，一次过三年期租。那帮老家伙，哪来这么多钱，月租金就是四十万啊。这不是遇上了大金主了吗？哈哈哈。

我嗫嚅了一下，荣师傅，莫不是……

荣师傅还是笑，环顾周遭，说，毛毛啊。你荣师傅生活再不济，蒙老掌柜的提携，也是住过西半山独立屋的人。

他摆摆手，不说了，不说了，都是身外物。这同钦楼啊，熬过了所有的人，连同我这把老骨头，也熬到了今天。你说说，是不是合该和它同生共死，总得帮它熬到百岁整啊。

我说不出话来。

荣师傅说，这事除了这帮老伙计，没什么人知道。都怕那帮媒体搞搞震，你可得口密密，不然以后都吃不上师傅打的莲蓉包！

我说，荣师傅……

荣师傅说，只是，店里的人啊，只当我是个缩头龟，有难，都让八个伙计给顶了。我退休回家落清闲。如今啊，连我的徒弟们，都不来看我喽。倒只有这个当年叛师门的，还三不五时来望我一眼，怕我死不掉。

他斜眼看看身边精瘦黧黑的男人，一头短发苍苍，始终沉默微笑着。荣师傅说，山伯，店里如今这样，我是再不好说了。毛教授这个研究计划，你给我好好弄出来。

我客气道，伯伯，麻烦你。

荣师傅哈哈大笑，说，快别把他叫老了。他是梁山伯的"山伯"，他可有故事着呢，让他自己给你慢慢讲。

他嘱咐山伯，说，你带毛毛去吃饭。下午去你死鬼老岳丈的店，看看。

我好奇地问，也是茶楼吗？

荣师傅故意做出不屑的样子，说，一个不三不四的小馆子。你大概看不上。

上　阕

壹

五举山伯

人爱艳阳，居锦绣万花之容；天开色界，聚楞严十种之仙。

卅五年前，塘西风月，豪情胜概，盛极一时，楚馆秦楼，偎红倚翠，姬有明月，婿为微云，长住温柔乡，真有"不知人间何世"之感。

——罗澧铭《塘西花月痕》

山伯总说，他没赶上香港茶楼最鼎盛的时候。

他给我看他的手，掌心全是茧子。他说，我当年可是从茶壶仔做起。

我终于问，莫介意，荣师傅说你叛师门，是怎么回事。

山伯收敛笑容，低下头，又不说话了。

山伯其实不叫山伯，大名叫陈五举。可是这是哪"五举"，连他自己都说不上来。他从小爹娘病殁了，阿公带大，十岁上也过了身。说起来，倒只应上了一个举目无亲。

邻居看他长相伶俐，便叫自家的女孩带他上茶楼。这茶楼叫"多男"，在西营盘的正街。女孩在茶楼做点心妹，捧了大蒸笼在楼面周围行，俗称"揸大巴"。他做茶壶仔，便是跟在茶博士的屁股后头煲水、做些下栏活。以往的茶楼，有许多学问，先"校茶"，再开茶。每客一钱八，是上等还是粗制的"发水"，全靠师傅手眼观色。所以茶博士各有自己的势力范围，帮相熟的客人留座。"要同啲客打牙骹，新闻时事，娱乐八卦，字花狗马，都要对答如流。客人来了一两次，就要记得人哋个名，下次就识叫人。"有了好茶，自然是要"水靓双滚"，在厨房先一滚，五举便协茶博士倾到大铜煲。然后提壶出厅，放在烧煤炭的座炉上。壶中水常沸，是为第二滚。这大水煲又重又大，俗称"死人头"。五举一个十岁的孩子，倒端得似模似样。间中，还不忘举起台下的黄铜痰罐，伺候客人"放飞箭"。一个姓赵的茶博士，便留心多看了他几眼。赵本德师傅是"多男"的茶头，就是楼面最老的茶博士，那时已经七十多岁。他看出这小子沉静，却是个做事有眼力的人。又看他身后无靠，便跟"事头"①说情，将五举留在了茶楼住，省下了住宿饭钱，一个月还给一百五十块的工资。五举心里感激，便格外勤奋。每日天发白，就起身洗地，"省"炉头，抢着粗活干。赵师傅抽空也口眼心授，将那斟茶的看家本领，有意在他跟前多过几招："仙人过桥"是来个远远手起茶落；"二龙戏珠"是左右手各揸水煲同冲一碗；"雪花盖顶"是从客人头上耍个险又滴水不漏；"海底捞月"是拇指一剔，茶盖稳固地盖在碗口。五举默默记下这些手势，心里与这个老人亲近了许多。往日的茶楼，有许多的行规。无人引领，单凭自己觉悟，云里雾里，尚不得要领。凡有老客点茶，只不说话，全在手指眼眉上。客指哪里，赵师傅便特登在五举跟前大声唱出来。他便也渐渐清楚，指指鼻即是要"香片"，意即清香扑鼻；指指嘴即要"水仙"，水中升仙；指指耳即是要"普洱"，字有耳旁；至于指指眉当然就是要"寿

---

① 粤俚，指一间餐厅、铺头的主事人或老板。

眉"了。再往后，一天晚上，赵师傅将一个发黄陈旧的簿子，随意扔到他跟前，也不说话。簿子封面没字样，卷了边，是给人翻烂了的。他打开来，看到每页上一排大楷的数字，一排是横直间线与圆圈，密码一样。他不禁眼底一热。便知道，赵师傅是正式将他当"企堂"培养了。

这字码叫"花码"，是用在茶楼餐牌上，又名番仔码。追溯起来，是由南宋的"算筹"演变而来，在明代中叶开始流传，当时苏杭一带经济贸易蓬勃，商人云集，花码就用来为交易计数。花码好处是写法跟算珠类同，可配合算盘使用。苏杭一带市民通用花码，故也称"苏州码子"。简化易用的"苏州码子"比繁复的汉字方便，粤广的茶楼标识价目，便代代沿用。熟记花码，便是"企堂"新入行的门槛。

此时的茶楼，生意并无往日好做了。茶楼的全盛，除了"茶"，自然是靠"一盅两件"。一九五〇年代，内地移民涌港，人口膨胀。时人多在家进食早晚，其余时间则去饮茶，故有"三茶两饭"之说。早期的香港茶市，只有早市和午市，最早光顾茶楼的客是来往省港的运输工人和船员。每朝清晨出发，赶至港岛茶楼吃早点。接着的客人多是鲜鱼行、果菜栏、咸鱼厅的买手。早上九时左右，来茶楼品茗的多是公子和老板，同些手捧雀笼的"雀友"，午市时段更常有马票女郎如蝴蝶入丛穿梭席间。一九五〇年代末，酒楼与茶楼竞争加剧，茶楼也增设了下午茶和晚市。

到五举入行时，便更为难些。本港酒楼心思活络，大的节庆各出奇招。如中秋，热闹是各大酒楼外边的花牌。主题大都是传统的《嫦娥奔月》《八仙贺寿》《三英战吕布》。但花牌上登月的却是美国宇航员阿姆斯特朗的面目。三英则坐在飞机大炮坦克车里，怒目吕布，引得市民纷纷围观。赵师傅与五举，感情已似祖孙。五举唤他阿爷。次年端午，午后生意淡了，阿爷便引这孩子去街上看花牌。这年世道不景，龙凤大酒楼别出心裁，就着股市低迷而制作出"大闸蟹"的讽刺花牌，外资大亨背着香港人的大袋银纸说"拜拜"，被股票套住的市民感同身受。它的对手"琼华"也做了个花牌，上面满是漫画图案的巨大"糉"字，蔚然壮观。赵师傅就问，五举，你看这是个什么字。五举老实回答是糉子的"糉"字。赵师傅便冷冷笑说，我看，倒像个"傻"字。五举一望，"米"字边是写成了近似"人"字。赵师傅说，旁门左道。如今的酒楼做生意，都将客当成了傻子。

五举知道，阿爷心里，是顶看不起酒楼新式的做派，觉得他们势利张扬，轻薄无根基。说起赵师傅，是光绪年间生人。原是当地水上的蛋家孩子，因为家里穷苦，才跟人上岸寻生计。那时他做企堂的，是香港开埠来的第一间中式茶楼"杏花楼"，在水坑口。

听阿爷说起这间茶楼，五举总觉他有些自雄。

开埠之初，香港的风月场集中于水坑口一带，依循上海、广州传来的"开筵坐花"惯例，酒楼茶楼选址于此，为方便大商家叫阿姑来陪席。除了"杏花楼"，随后新建的茶楼也依附于这一带，包括兰桂坊的杨兰记、威灵顿街的云来，还有邻近的得云、三元、得名、三多、琼香等。那年代，南北行华人逐渐富裕，上茶楼倾生意少不了摆花酒，就使茶楼杂役携花笺往临近的寨厅叫红牌阿姑，就是今天说的"出局"。出局一般都是一元，才有了"一蚊鸡"的粤俚说法。至于后来，港督要求水坑口的妓寨迁往新开发的石塘咀，方成就香港历史上绮丽的塘西风月。

但阿爷并不把其他茶楼放在眼里，另有其因。他曾拿了张照片给五举看。相片泛黄，却清晰。他说是往年常去"杏花楼"的一个英国领事，回国前送他的。看照片上杏花楼，的确是气派得很。阿爷说，你瞧这门板、窗花与栏杆，哪一处不是精雕细琢，站在三楼阳台上能张见整条皇后大道。阿爷说，当年李鸿章来香港办外交，英国人就在杏花楼摆酒设宴，那叫一个排场。五举便问，阿爷那是见过李大人了？赵师傅一怔，却不以为忤。他说，我那时小，没赶上见着他。可我给孙文先生亲手斟过茶。

山伯如今跟我说起这位阿爷，仍满是钦羡之色。我问他，孙中山在杏花楼做什么？山伯说，阿爷讲是闹革命的事。我一惊，又问，为什么要在茶楼上谈。山伯说，我当年也这样问阿爷。他说，茶楼三教九流、龙蛇混杂，走私水货等勾当都在这里，富户商家则在楼上包娼庇赌、抽鸦片，故楼下耳目线眼众多，方便掩护及躲藏，一有洋人巡警出现，立即由底下通风报信，逃之夭夭。

　　我心里仍有疑虑，就去问了一个研究香港地方史的朋友。他少时便传来资料给我。话说一八九五年，孙中山与杨衢云、何启、《德臣西报》记者黎德，就是在杏花楼草拟广州进攻方略及对外宣言。当时的香港首富、立法局议员何启也在此次会议上发言，谈论起义成功后如何建立"临时政府"的政策大纲。后来，革命党人最高层会议在杏花楼包间里举行，研讨新政权建设问题。第一步决定国体，第二步选出新政府的临时大总统。会议最后确认在广州成立共和国政府，并一致推举孙中山为临时大总统。

　　朋友怕我不信，还带我去了永利街，看一座唐楼外墙的孙中山雕像。如此说来，阿爷赵师傅，见孙文，也就是十岁左右的年纪，与山伯做企堂一般大小。但对五举而言，阿爷"话当年"，都是别人的"当年勇"。他眼里的茶楼，今不如昔是真。阿爷记忆中的二三十年代，许多茶楼为了生意，也曾各出奇招，但身段多是好的。小茶楼搏午市，楼头一角开设讲古，有茶水供应。说书的上台先寒暄几句，拿起惊堂木朝桌子一拍，讲的都是民间传奇、章回小说；《西游记》《济公传》之类，有时也穿插点时事新闻，是要讨观众欢喜的。后来，五举倒与阿爷在丽新茶楼听过一回书，说书的粤南生，据说是当年的名角儿，已上了年纪。那回讲的是《七侠五义》，一段入话，临了仍是"欲知后事如何，且听下回分解"的老套。其间小歇，看粤南生佝偻了身子，还要亲自挨桌售卖凉果、花生，约莫也是为了多赚点小费。大茶楼看重的是晚市，设下歌坛，晚上七点到十一点，入场每位两毫。茶厅架起高台，有现场的乐师伴奏。请了当红的女伶演唱粤曲，多是南音、板眼与二黄等。阿爷说，像徐柳仙这样的大明星，一晚上要跑许多场，忙得很，就雇了黄包车代步。我一边服侍她，一边周围给客派歌纸，也忙得很。五举就问，后来呢。赵师傅说，后来香港有了影戏，谁还坐得住听歌？

五举又问，那"多男"也设过歌坛？阿爷眼睛亮一亮，何止？"多男"可是设过大局的。

就在那里。山伯向远处指一指。此时我坐在这间已被政府纳入了市区重建计划的老旧茶楼里，闻见空气中漫溢着奇异的青涩气。山伯说，这是陈年的普洱茶砖的味道。身处半个世纪前见证自己成长的地方，他脸上尚有一些茫然神情。

他指的方向是一面影壁。下头是这间酒楼独有的圆形卡座，深棕的皮靠背上有修补痕迹。影壁上是一只赤褐色的凤凰，不知是本色还是颜色已经斑驳剥落了。凤凰昂首回望，可以看到一个红色突起的圆形灯罩。如果在夜间，这灯亮起来，还是十分堂皇的。山伯告诉我，这只"凤凰追日"的木雕是"多男"的标识，待这酒楼结业后会被香港历史博物馆收藏。

山伯告诉我，听阿爷说那影壁的位置，曾是一个巨大的棋盘。"多男"在此举行过棋王争霸赛，引来城中热议。那段时间，一到晚间，座无虚席。多少棋迷，都在期待着他们请来的围棋高手对决，现场推盘。

山伯说，后来啊，到了那会儿商业电台"月老之音"节目主持人周聪，还邀请了当年的香港棋王苏天雄，一同做了回顾棋坛的连续广播。阿爷一期不落地听，我陪着他听。他一边听一边给我讲。末了叹口气，说苏棋王也老了，好多地方记得不对路喽。

年少的五举，没有亲眼见识过歌坛与棋坛盛况。他在"多男"做企堂的那几年，茶楼仍算热闹。间或可听到有人在听"丽的呼声"的天空小说，有人在茶客中穿梭卖马票。可他也觉得，茶客们的面目，正在老下去。

　　茶楼外的香港，正在十年间翻天覆地发生着变化。经历了本地社会跌宕，而后股灾、长期干旱后的持续"制水"与接连的台风，经济却在动荡与困顿中获得了空前的发展。中华煤气上市，启德机场建成并投入使用，葵涌和荃湾的卫星城市发展完成。中国大陆在一九六〇年代初汹涌的移民，上个世代婴儿潮带来人口的年轻化。制造业空前地发展与扩张，其中纺织业渐成为香港的支柱产业。那个将五举带入行的邻家女孩，早已离开茶楼，成了一名纺织女工。

　　然而"多男"，还总有一些不变的风景。三楼的雅座，清早时，照样唧啾声一片。这些叹茶捻雀的老客，五举也渐熟悉了他们的面目。赵师傅教他，要服侍好这些提笼的客人。流水的散兵，铁打的雀友。事实上，他们风雨无阻，八号风球也挡不住。五举着意记得他们的习惯。爱穿青绸长衫的十六少，曾是德辅道潮风南北行的太子爷，家里有大哥执事，自己乐得逍遥。兄弟相阋，家道落了，架势不倒。喜欢喝的是"敬昌圆茶"。这茶饼是用老挝边境的曼撒山上最好的茶菁制成。野樟茶香，水性细滑，入口即化。提了鎏金的笼，里头是一对鲜绿的相思。那总是行色匆匆、裹了《马经》的张经理，原是观塘开塑胶玩具厂的厂主，"六七"过后厂子关了张，人便清闲松弛下来，脚步也慢了，他总爱坐楼梯口的六号台。喝上好水仙，点上两客流沙包，坐个上午。人懒洋洋的，养的却是勇猛的打雀"吱喳"。至于靠窗的三号台，倒并无常客。可有时订下了，阿爷便格外郑重地叫五举招呼好。

　　这天又是周五的清晨，三号台的客人又来了。五举看，是穿了哔叽呢的西装，身形壮硕的中年人。眉目很淡，脸上笑着，却并没有和任何人寒暄的意思。他坐下，要了"一盅两件"，又点了一客蜜汁叉烧肠粉，便头也不抬地看报纸。五举见他并没有随身的雀笼，却坐在这雅座，要多付一半的茶钱。但究竟也不想问，便又招呼其他客人去了。

这时刚过了八点，老客们，人和鸟都神归其位。捻雀客也有说法，有谓亦文亦武，楚河汉界。靠南边那一字排开的，满目琳琅，赏心悦目，倒颇像个粤剧大戏台。蓝黄色的黄肚、鲜绿的相思、眼眉入鬓俏过美花旦的石燕，它们较量的是啼声唱功、毛色与身形。这番"文斗"，行话叫"柴"。宣战靠的是各自主人，目不转睛地打量对手的雀鸟，先壮了声势，广东话里头"打雀咁眼"，便是典出此处。这一番唱斗，大约得半个时辰。唱到其中一方的雀鸟无精打采，成个礼拜都不再开口。靠北边呢，雀笼都被白布蒙着，里头是画眉、吱喳之类的打雀。这布盖的讲究是要"储火"，"到时好打啲"。要激起鸟的斗心，各施各法。两雀入笼，自然是死战。主人亦赌上彼此的茶钱。这天恰见张经理的吱喳应战。挑战的客倒是个毛头小子。这叫"赛张飞"的雀，是个常胜将军，观者甚众，却不知怎的，三两个回合，就败下阵来，依着笼子瑟缩成一团。张经理叹口气，说声，老了。一抬手，便打开笼子门放飞了它。

众人一惊，熟人都知道"赛张飞"当年可是花了张经理两条黄鱼买来的。说放便放了？

张经理提着空笼子，扶着楼梯下去了。这时候，五举听到身后有人轻轻说，英雄末路，留有甚用。

五举回头，看正是在三号台饮茶的中年人。中年人重坐下来，理一理手上报纸，依然埋下头看。五举将他的茶续了水。中年人点点头，是致谢的意思。五举壮起胆问，客没带了雀来？

中年人半晌，方闷声道，看看别人的就好。我这人，输赢不起。

五举又问，先生刚才说"英雄末路"，是个什么意思。

中年人将脸从报纸上扬起来，望望他，说，人知道退隐江湖，却不懂雀鸟也有颜面。

五举想一想，说，人都只管这雀鸟的价钱。这么说，张经理是懂的。

中年人放下了报纸，饶有兴趣地笑了，道，细路①，那你说说，这斗雀，你喜欢"文的"还是"武的"？

五举这回想也不想，说，文斗。

中年人正色，问他，嗯，为什么呢。

五举回头望一眼，答他，文斗的鸟，多半是自己要唱，是天性，是自愿，输了也心服口服。武斗，不是鸟自己要拼要打。是捻雀的按照它们的品种和脾性，硬要激将它们。画眉呢，就争女。隔篱笼摆只乸②，咁佢就打。吱喳呢，就争地盘。说到底，这番打斗，都是人设计好了的。全是人自己要争，要看它们打。

中年人沉吟，眼里慢慢有光，又细细打量五举。待那光沉了，他从西装胸袋里掏出张卡片，用自来水笔写了几个字，说，交给你阿爷，我和他有话谈。

五举远远望中年人和阿爷谈话。阿爷和他说几句，点点头，再回头看看五举，眼里头有喜气。

晚上，阿爷和五举收拾后厨。赵师傅说，五举，阿爷问你，你可想学做点心。

五举说，我好好地跟阿爷学做"企堂"，不想旁的。

阿爷便又问，要是有人想教你做呢？

五举摇摇头，说，阿爷莫要笑话五举了。五举没爹娘，交不上咱"多男"

---

① 粤语，指未成年的小童，孩子。

② 粤语，雌性的动物。此处指母鸟。

那份拜师傅的"茶水钱"。

五举在多男做了一年半，眼见耳闻，渐渐知道了茶楼里的许多规矩。有明的，也有暗的。大小按的行当，虽不至成龙成凤，因是茶楼口碑的根基，有这一技傍身，将来旱涝保收。所以有意入行学徒的，家里的父母先想着要孝敬，渐渐惯坏了师傅们。尤其行里有些名望的，也自觉矜贵起来。这拜师，先得摆上一桌宴，再当面奉上一封利是，作茶水钱。三五节庆，家里都少不了打点，直至满师。

阿爷说，孩子，阿爷愿为你交上一份茶水钱，可这人不要啊。

五举一惊，这才听出阿爷刚才一番话，不是没来由。

阿爷慢慢说，你以为刚才招呼的客是谁，那是同钦楼的荣师傅啊。

五举茫然道，荣师傅？

阿爷说，嗨，要不说你还是个孩子。这荣贻生师傅，咱们茶楼行，谁不知道。别看他样子后生，从广州的得月阁到中环同钦楼，省港两朝的元老。二十出头，已经做到了"车头"。这行里熬年资，可没拴住他。同钦楼大按的头把交椅，坐了许多年。人就怕有本事，"同钦"最出名的是什么？莲蓉！这"三蓉"月饼，每年上市就疯抢，靠的是什么？就是他这一双手啊。

五举想起来了，活了十几岁，"三蓉"月饼就吃了一回。是有年中秋，隔壁邻居家里口逻肚攒，排队买了一块儿。小姐姐分了他一小口。那软糯的香，入了口，在舌头上化开。没等他品出味道，化没了。

五举搔搔脑袋，说，他是茶楼的大师傅，干吗还要到我们这儿来？

阿爷说，他每礼拜五，是休工日，周围饮茶也是常理。都传说，他是琢磨着在行里挖人了。谁又知道呢？前阵子，疯传他要收徒弟，可究竟没有收。

阿爷看五举一眼，长叹一声，说，你这小子，不知是撞了什么大运，竟让他给看上了。

五举看阿爷眼里一闪，两行老泪，无知觉流了下来。五举便半跪在阿爷膝前，急急说，阿爷，我不要做什么点心。我跟着您做企堂。您拿手的"仙人过桥"，学会了，学好了，也够我受用一世了。

阿爷袖手擦一下眼，摸摸他的脑袋，说，傻仔，阿爷是替你高兴啊。福分这东西，是命里终须有。阿爷留你，就是罪过。这茶博士，做一辈子能有什么出息。我没看错，你是个有大天地的孩子。你要是条过江龙，阿爷就是你条江。你游过化得龙，也不枉咱爷孙一场了。

五举瞧瞧镜子里的自己，多少有点陌生。

厨师服在他身上，是有些大了。昨天下午去领衣服，管布草的阿姐看看他，说，孩子，大点儿好，看你这身量，将来个头儿且能蹿呢。

五举正一正帽子，让眉毛眼睛都露出来。他的眼神清亮，鼻梁也挺。但鼻翼却宽大，鼻头厚实，是典型的粤广人的"发财鼻"。邻居的小姐姐讲过，五举，你这个鼻子，今后要享福的。

这时候，天还蒙蒙亮。阿爷告诫，到了同钦楼，要起得更早。"五更三点皇登殿"，是赶早朝的皇帝。下半句是"一世夫妻半世床"，说的便是茶楼的点心师傅，早早起身，不可贪恋床榻家眷。要收拾好一天的家什，备足料，上好笼，等着开门迎第一批客。

大厅里还没什么人。五举环顾，空荡荡的同钦楼，似乎比白天时更排场阔大了。不像"多男"的格局曲折，将客都安置在自己舒服的角落。同钦楼要的就是一望无垠的气势，上了楼来，数千呎的店堂，迎面的大镜，看不到头。人多了，这里就是人海；人没了，便是空上又叠上一个空，继而是无数个，寥落得让人胆怯。彼时的香港，因为移民繁盛，已有寸土寸金之势。缺的不是物，也不是人，而是空。五举想，敢这样用空的，是要有多少底气。

桌椅都还叠着。不觉间，五举将椅子从桌上放下来。他手里一沉，有些吃力，知道这椅子是上好的木料。阿爷说，同钦楼，连满洲窗的窗棂都是花梨制的。字画装裱的镜框，都用的紫檀。他又搬起了第二把，这时，听到一个声音唤他，说，别愣着，快进来。

他脸一红，这才想起，自己已经不是企堂了。

唤他的人，正靠着后厨的门，似笑非笑地看他。这人身量高瘦，但看出年纪并不大，因脸上还有稚气，嘴角上冒出了茸茸的短髭。他眉头略皱一下，又催促，快点，师父等你呢。

五举就这么和自己的师兄见了面。谢醒，十五岁，是荣师傅门下唯一的徒弟，自小在茶楼长大，父亲谢蓝田是铜锣湾义顺茶居的"车头"，阿母是行内有名的"肠粉娘娘"。他在学校读到了中二，便读不下去。想要子承父业。谢蓝田托了许多人，让他在同钦楼"见世面"。又不知什么缘故，便拜在了荣师傅门下。

进了后厨，五举看着缭绕的蒸汽间，师傅们各归其位，穿梭忙碌。并未有任何人，因这个新人的到来，而放下手边的工作。大小有序的蒸笼堆叠着，山一样。空气中洋溢着醇香的肉味、蔬菜味。也有清凛的酸气，那是"面种"的味道。有人看他一眼，嘴角上扬算是打了个招呼。

谢醒带着他，穿过了整个后厨，停在一扇小门前。敲敲门，开了。

五举睁大了眼睛。里面竟然是另一个厨房。规模不大，但是灶具和炊具齐备，而且更为精致。

荣师傅问，你知道在这，跟我学什么？

五举答，莲蓉月饼。

荣师傅笑一笑，说，这月饼做得好，靠的是什么？

五举想想说，莲蓉。

谢醒在旁边哧哧地笑。荣师傅正色，喝，笑什么，他答得有错？

荣师傅翻开一个抽斗，拿出一粒莲子。在手里搓一搓，壳剥落了，放在桌上，雪白的一颗。

荣师傅说，带他去"小按"吧。

那年代，点心部分"大按"和"小按"两类。大按主要做月饼、龙凤饼、核桃酥、皮蛋酥等礼饼，每到年节，便是展身手的好时候。大按的主管，便叫作"大按板"。而小按则做虾饺、烧卖、叉烧包、糯米鸡等日常的包点。

大按是一间茶楼的门面，在人心中是堂皇些的。五举听到自己的去处，心里一丝凉，知道自己可能与月饼无缘了。

小按学徒，在厨房里叫"细路"。厨房里的师傅，都并不想带"细路"。因为早茶，是生意最繁忙的时候，讲个争分夺秒，并不像大按从容。若没有合适的人"帮熟笼"，非但帮不上忙，没有眼力的还会添乱。所以在很多茶楼，"细路"便等同于杂工。只能在角落里头，帮师傅磨刀、洗围裙，或者出外采买。点心师傅，也没空教你包点心的手艺。"细路"上心了，就在师傅旁边"偷师"。慢慢也就学得一招半式。

带五举的师傅，姓聂，诨名"三只耳"。这师傅是个大舌头，粤语叫"黐脷筋"，说话不利索。人问他姓什么，他说"聂"，可任谁听都是"叶"。他急了，便说自己是"三只耳"的"叶"。人就听懂了，日后也就很欢乐地叫他"三只耳"。因为大舌头，聂师傅的话很少。说起来，一句是一句，掷地有声。

再一层，聂师傅包虾饺是一绝。晶莹剔透，入口香滑多汁。一笼虾饺，恰好三只，又像极了耳朵，这诨名便又成了雅号。一只小小的虾饺看似简单，其实从发面、擀皮、调馅、揉团都暗含着许多门道。所以历来，被称为茶楼点心的"四大天王"之首。如此可知，"三只耳"在小按是很有地位的。

这一连一个星期，他和五举名为师徒，但彼此仿佛也没什么相干。五举照例是一大早三点出现在后厨，拖地、洗菜、刷蒸笼。刷好了聂师傅的，也刷别的师傅的。都刷得干干净净，亮亮堂堂的。一连数日，别的师傅心里过意不去了。就故意对聂师傅说，"三只耳"，这么勤力的"细路"，你不宝贝，我可要收过来了。这话呢，一是致谢的意思，二则也是告诉聂师傅，这孩子厚道帮人是出于自愿，可不是自己有心占便宜。

久了，聂师傅思量这孩子实诚得未免戆居①。别的学徒，"双偷"成性。第一是干活偷懒；第二呢，是瞅空跟师父偷师。可这孩子，忙着自己手上的活，师父不叫，竟然都不斜眼看师父一眼。有时，聂师傅故意在他跟前，将包虾饺的速度放慢，五举依然故我。"三只耳"怎么说，也算是"同钦"有名的"小按"，心里忽而莫名失落。有一日便说，细路，你不想跟我学？

五举站起来，恭敬道，想。

聂师傅便说，想？咱这行偷师是俗例，你不知道？

五举说，我知道。

聂师傅说，那你不偷，难道想刷一辈子蒸笼？

五举便说，师父若看得上五举，便会教我本事。我若是偷来的，自己用着也不踏实。

聂师傅听了，大为罕异。他想想，说，你且看着。

说完，他当着五举的面，包了六只虾饺，动作飞快利落。他将虾饺都摆到了五举面前，说，有个不对路的，挑出来。

五举略打量了一下，挑出了一只。

聂师傅问，这只怎个不对路。

五举说，另外五只，师父都包了十二道褶。唯独这只，师父只包了十道。

---

① 粤俚，形容人呆钝、愚拙。

偷工了。

聂师傅当下便知，这孩子非但不戆居，聪敏远胜于常人。他心下一阵感动，说，好孩子，记住了。咱们这虾饺，必须包上十二道褶，才算成了。这是师父给你上的第一课。

陈五举，是同钦楼历史上最快升到"大细路"的学徒。只用了两个月的工夫。

但没有人不服气。毕竟段经理那刁钻的舌头，二十年来，都是"同钦"上下厨艺的试金石。这种考验，有点类似于现在的"盲测"。三笼虾饺，段经理一一品尝，随即选出了他认为最好的一笼。这一笼，是五举包的。

其他两笼，是店里两个资深小按的作品。这二位师傅嘴里说着后生可畏，心里一万个不自在。

虾饺之难，难在由表及里。外面的饺皮，水晶虾饺的造型、配料要求严苛，面皮也很讲究。虾饺皮讲求烟韧，须以澄面和水晶粉混合，最关键的是热水撞落澄面时，撞得好和水温够，全靠经验所致。配料规定严格，虾三只，肥肉四粒，笋五粒，每粒大小均匀，如此配料口感丰富饱满。肥肉里面有水分、笋和香油里也有水分，足以让虾饺汤汁充盈。另一要诀，虾要用碱、盐腌制。遇上碱，虾肉纤维便慢慢收缩，紧致非常。再用水冲至虾体硬爽，脱水后起了胶。这才算大成了。

两年后，五举已经升至小按的"中工"。早午茶各种点心，早已不在话下。

他与他师父"三只耳"，仍然是后厨话最少的两个。做早茶点心贪黑起早。各位师傅埋镬开炉，要抖擞精神，免不了靠打打嘴仗。在浸荷叶、炸蛋散、炸芋头、腐皮过油的同时，言谈互嘲，嬉笑怒骂一番。

五举与师父，也笑，却没声响。这师徒二人，有自己的乐趣。他们沉默间，众人并不知道，烧卖笼前是一场无硝烟的竞赛。两人面前，一案的烧卖是花樽形，里面的馅料是鱼茸虾仁；一案是马蹄形，里头是牛肉鹌鹑蛋。师徒各自凝神，手眼并用，快而不乱。一捧一捏，仿佛在指尖绽放开花朵。远处管蒸笼的何师傅一声响，喊道：得喇！二人便以此为号，停下手来。

聂师傅仔细清点了数目，长叹道：衰仔，又胜了师父两只！

五举便说，花樽耗神。徒弟看着险胜，其实还是逊了师父一筹。

聂师傅便哈哈大笑，说，口花花。总之老辈说得没错，教会徒弟，饿死师父。

这时候，荣师傅带着几个"大按"的师傅经过。看到这一幕，问道，五举，在"小按"做了多久了？

五举与他，其实已有些生分，但还是躬一躬身，答，荣师傅，我做了两年了。

荣师傅听到，便故意凑到聂师傅跟前，说，三只耳，听到未？两年喇。

聂师傅转过身，埋下头，只管将烧卖一只只放进蒸笼里，嘴上嘟囔说，使乜咁大声哦，怕我听不见吗。

后厨的人，都看出"大按"荣师傅，来得勤了。

这天，聂师傅不在。五举一个人在那包叉烧包。师兄谢醒，便靠他坐下，说，五举，我帮你切叉烧。

五举点点头。谢醒切了一会儿，说，这批叉烧，咁多"黑鸡"。坚尼地的"烧味张"，自从给他儿子顶班，如今这叉烧质素，真是没眼睇。

所谓"黑鸡"，就是叉烧烧焦的边缘，包大包是用不得的。五举看一眼，说，师兄有劳，切掉吧。小张师傅不熟手，可叉烧的味道是不错的。

谢醒一边切，一边问，五举，你说这叉烧包，怎么叫个好？

五举满心专注包包子，顺口照本宣科："高身雀笼，大肚收笃，包面含笑不露馅。"

谢醒笑笑，也不说话。过一会儿，他又问，五举，要让你回"大按"帮手，你来不来？

五举心里动了动，手里没停，轻轻给一只包子收了口，说，师兄莫消遣我。

晚上，五举带了几笼点心，回"多男"看阿爷。

阿爷到底年纪大了，这一年来，身体大不如前。开春染了一次风寒，许久不见好。店面上的活儿，渐渐力不从心。茶楼的经理体恤，就只让他上半天的班。好多些时间将息。

看到五举，阿爷高兴得很，精神也好了许多。

五举将点心热了，给阿爷吃。阿爷便吃，笑得嘴合不拢，说，我五举，将这"四大天王"做得似模像样了。

五举想起什么，便问，阿爷，你说怎样的叉烧包，才叫"好"。

阿爷一乐，说，我孙包的叉烧包，就叫好。

五举也乐了，说，阿爷，我是问你正经的呐。

阿爷便正色，思忖了一会儿，说，我看，这好的叉烧包，是好在一个"爆"字。

五举也想一想，问，叉烧包个个爆开了口，不是个个都是好的？

阿爷说，是个个都爆开了口。可是爆得好不好，全看一个分寸。你瞧这叉烧包，像不像一尊弥勒佛。为什么人人都喜欢弥勒，是因为他爱笑。可是呢，这笑要连牙齿都不露出点，总让人觉得不实诚，收收埋埋。但要笑得太张扬，让人舌头根儿都看见，那又太狂妄无顾忌了。所以啊，好的叉烧包，就是要"爆"开了口，恰到好处。这香味出来了，可又没全出来。让人入口前，还有个想头，这才是真的好。

五举说，爆不爆得好，得面发得好，还得"蒸"得好。

阿爷哈哈一笑，对喽。发面是包子自己的事，"蒸"是别人的事。这蒸还更重要些。不然怎么说，"三分做，七分蒸"呢。所以啊，人一辈子，自己好还不够，还得环境时机好，才能成事。古语说，"时势造英雄"就是这个道理。

夜里头，五举躺在床上，睡不着。他想阿爷的话，却又想不透。他只觉得，自己是个没什么主张的人。没主张或许是因为没来历，把他放在哪里，他便落在了哪里，长在哪里。生了根，发了芽；若是把他拔起来，再落到其他地方，疼是疼一时。慢慢地，也就再生出新根，发了芽，渐渐长出枝叶了。

荣师傅与聂师傅，将五举叫到小房间里。

荣师傅说，五举，我和聂师傅说好了。让你回"大按"。你愿意回吗？

五举低下眼睛，说，我听师父的。

聂师傅面无表情道，这回不用听师父的，听自己的。

五举说，不回。

荣师傅说，嗯，那你说说，你不回的道理。

五举说，荣师傅把我带来了同钦楼，是伯乐的恩情。可是师父栽培了我，教我学手艺。我走了，师父两年的心血就白费了。

两位师傅都愣一愣。继而，荣师傅哈哈大笑，说，三只耳，你输咗。

五举茫然看着他们。

荣师傅说，我们方才打了一个赌，赌你愿不愿意回"大按"。

五举皱皱眉头，说，二位师父，五举人小，是把细路当玩笑看了。

荣师傅忙道，嗨，倒是我们两个老的不尊重。你可知这同钦楼，历来有秘不外宣的规矩。"大按"看上的学徒，需在"小按"先作历练，将这基本功夫打扎实了。我和你聂师父，有个君子协定，两年。两年后，你若成器了，他就要交还给我。可这个老家伙，竟然反悔想要留下你。我们呢，就打了一个赌。若你急于求成，想要回来，他便赢了。我就得再等个一年半载。

聂师傅摆摆手，说，罢了罢了，愿赌服输。你这徒弟，我可算给你教出来了，又试出来了。这天下的白脸我来唱，你可欠我一个大人情。

荣师傅嘿嘿一笑，瞧你这话说的，多大的委屈，无非是惦记我许给你的"竹叶青"。跟我讨着数①，尖牙利齿，一点都不"黐脷筋"。

"大按"的活儿，看着比"小按"从容，其实是跟着节庆走的。一到春节、端阳、中秋，便忙得不可开交。师傅们要日做夜做，才能跟得上供应。

要说对这唐饼，广东人可是历来讲究得很。像农历新年，各大茶楼的大按工场上下便忙着炸芋虾、"茶泡"，还有油角、肉松角；每逢清明节，便会有许多人来买煎堆、松糕拜山祭祖；农历五月忙着包粽；到了中秋更是一年一度最热闹的饼季。人们络绎而至，围聚在茶楼下的饼部买月饼。可让饼部忙的，还不只是中秋，而是过后所谓"小中秋"的嫁娶佳期。

这时，那排场大的，依照传统习俗，男家做大礼，会用数个涂上红、金油漆的木匣，把嫁女饼、生鸡生猪山珍海味都放进去。时新些的家庭，还会放入白兰地酒。以担挑吊起来运送，另有帖盒，用来放利是、金器礼金。每个木匣几斤重，装满嫁女饼也有十多廿斤重。

嫁女饼，就是囍饼。行内人又称五色饼，雅些的就叫作"绫酥"，因为分别有红绫、黄绫、白绫、合桃酥及鸡蛋糕。绫，即绫罗绸缎中的"绫"，

---

① 粤语，好处、利益。

是其中最名贵的衣料。礼饼以绫酥为首选，寓意荣华。而不同颜色的绫酥各有寓意，红绫馅料为莲蓉，寓意喜庆、鸿运当头；黄绫以豆蓉做馅，寓意大富金贵；白绫则是五仁馅，代表新娘白璧无瑕。合桃酥和鸡蛋糕则代表"夫妻和合""步步高升"。有些绫酥中还可加入蛋黄，则为彰显高贵、旺丁满堂之意。

其中当以"红绫"最受欢迎，因为意头格外吉祥。一个圆形礼盒，大概可盛三十个红绫。

有一日荣师傅兴致好，给我看过一张他收藏的同钦楼的嫁喜订单，落的日期是一九六五年。单上写着："合桃酥伍拾斤、鸡蛋糕伍拾斤、黄绫酥叁拾伍斤……"伍拾斤为半担。就算到了上世纪的七八十年代，西饼开始流行，可逢年过节，喜逢嫁娶，大茶楼的唐饼，一般人家仍会订上数十至一百担。届时，每日同钦楼门外的送货车至少两三部，不断忙于往返。

由此可见，仅一个囍饼，就够大按忙上一年。也是茶楼收益的大宗。像同钦这样的茶楼，饼部的买家更是络绎不绝。所以说，大按其实是一个茶楼的门面。是摆在外头的。同业之间竞争攀比的，也正是这大按的饼品。

不太难想见，"大按"师傅在业内的吃香。高薪挖角的事，其实常常有。最好的师傅，甚至有老板要留住人，送过一层楼去的。"同钦"呢，也不是没从其他茶楼撬过人，手笔也都不小。比如北角"坤记"的岳长修师傅，拿手的是老婆饼。那饼味道好得，人都说他是拿饼当老婆来"锡"①。"同钦"的段经理挖他过来，用的是出奇制胜的法子。本来是雷打不动的，据说是知道了他的小嗜好，爱搜集鼻烟壶。经理忍痛将自己一只嘉靖年的壶做了见面礼。

因此这同钦"大按"的师傅，各擅胜场，多少都有自己的一点绝活。

---

① 粤语，疼爱、爱惜。

可许多年没收过新人。只两个学徒，除了谢醒，便是五举了。

荣师傅便要他的班底，毕其功于一身。师傅们看了他手底下常年荒着，又经过了"小按"这一层，知道这是他寻来的宝，自然都不敢怠慢。可是荣师傅教训五举用的法子，多少让他们看不透。

这唐饼，以"唐"为名，可算是点心里集大成的。口味、制作源法各地，煮法涵盖蒸、焗、炸、炒。除了饼食之外，糕点、小食、酥饼及甜点各适其适。原料上，以面粉制成的占多数，最常见的唐饼无非两类。一是酥皮，二是饼皮。前者口感松化酥脆，后者实净而面味浓重。

酥皮最考功夫，考验的是手感与耐心。要焗出酥脆的酥皮依赖人手，得把面团从外向内折，慢慢裹起，然后再擀平、折叠，如是者重复数次，折出至少几十层，焗出来才酥脆。入行多年的师傅，哪怕工多手熟，这一折一叠，稍懈怠走神，便无法尽美。

荣师傅便以此训练五举。一块面，揉、擀、折，不停歇的，让他做上一天。成了形状了，狠狠地用擀面杖一压，酥皮便成了死面，回到起点。然后重新又是一轮揉、擀、折。这揉的是面，却也是心志。在这夜以继日的锻炼中，人沉稳了，也渐渐挫去了少年人的轻浮气。总而言之，要的是他一个"慢"。

再一层，又是要个"快"字。用的法子，是炸"芋虾"。所谓"芋虾"，叫虾却非虾。其实是农历新年贺年的斋品，讨个丰收吉利，"食完笑虾虾，银纸任你花"。料呢，要拣几斤重、纤维多的芋头，刨成幼丝才不易断。芋丝以糯米粉浆拌匀备料。然而，功夫其实在个"炸"字。油镬里倒入炸油，大火升温。丢进一根芋头丝，不停搅拌炸起，待起泡浮面，转小火即出。要的是眼明手快，动作慢了，油温降下来，无法炸脆，又油又腍。火若太大了，芋虾瞬间变硬变浓。后来市面上的芋虾，多绕成绣球状，便知是偷懒所致。芋虾的上品，全是心机和时间的结晶。酥、脆、咸、香，干爽轻身。

出入油迅速得宜，体态弯曲，芋丝生动得全须全尾，栩栩如真。

一个大大的芋头，起码花一个小时才能炸毕，其间还要不时观察芋虾颜色调整火候。长时站在灶边面对烘热火炉，极考脚骨力，且酷热难当。平常人，炸完一个便要喝凉茶下火。荣师傅着五举，每天要炸上十个芋头，中间不可停歇。整一个月下来，五举小腿上，站到青筋暴出。人瘦得销骨脱形，便是每日焗汗出油，生生将人熬干了。

别的师傅，看在眼里，想自己也让学徒吃过苦头，可何曾有过如此十方阎罗的架势。但碍于情面，并不好置喙。便是谢醒，也觉得师父过分，有心替师弟求情。荣师傅眼睛都不抬，说，他不做可以。你顶上？

如此一年之后，临近八月。荣师傅对五举说，进来，跟我做月饼。

五举跟他进了那个小房间，心里莫名还是起了波澜。他想他上次进来，已经是三年前的事。

房间里还如他记忆中一样。码得整整齐齐的蒸笼，墙上挂着大小锅具、模具。右手摆着一个龛，里面供着关老爷。

荣师傅戴上围裙，用擀面杖点一点案板，说，醒仔，和面。

五举见谢醒先将面粉过筛，在中间位置画一个弧形，倒入生油、糖水和碱水。将面粉逐步拌入，搓成面团。先醒上，发酵。

荣师傅点一点头，自己开了炉子炒馅。五举看着，知道整的是"五仁"，核桃、榄仁、瓜子、芝麻和花生。荣师傅将馅料各取混合，手底下便是斤两，分毫不差。末了问五举，"甜肉"还是"咸肉"。

谢醒说，师父，他知道什么甜咸。来个"八仙赏月"吧。

荣师傅便说，好。便又加上糖冬瓜、杏仁和腩肉。

空气中，弥漫着丰熟的面粉的味道和馅料的焦香味。

谢醒将面皮料分成小份，行话叫"加头"，擀成面皮。荣师傅说，细路，看着。便将一块馅料滚圆，填入饼皮，手团团一转，将模具按压。便是一个饼，上面是个铁拐李的图案。荣师傅说，饼皮八钱，馅料四两二，皮薄馅靓。多了少了都不对，老祖宗的规矩。

荣师傅将月饼上了盘，入了炉。过了一阵拿出来，刷上层蛋液。再入炉。饼成了，澄黄如金。荣师傅夹一只放在五举手心里，说，尝尝。

五举小心翼翼地咬一口，五味馨香，在他齿颊漫溢开来。

荣师傅问他，好吃吗？

五举使劲点一点头，露出了孩子的天真相。荣师傅笑了。

五举不禁愣住，嘴里忘记了咀嚼。这是他这一年来，第一次看师父对他笑。这笑的内容他难以判断。但见这壮大的男人，因为笑，眼角里打了一点褶。褶里面藏了一点暖意。

这时候，荣师父忽然收敛了笑容，对五举说，照样给我打一炉。

于是，五举打了他人生中的第一炉月饼。从炉子里拿出的时候，和师父打的一样金黄诱人。他将忐忑咽下去。

荣师傅看一眼，仍夹起一块，放在他手心里，叫他尝尝。

然而这块月饼，他咬不动，像石头一样硬。

荣师傅说，这种月饼，老辈叫"捵死狗"。反生，成炉都废掉。想想看，你入炉前，都做了什么。

五举捧着月饼，茫然看他。觉得月饼的温度，在手心里一点点凉下去。

荣师傅说，你和面的时候，加了一次水，又加了一次糯米粉。这就是"五仁"月饼，料只能让你备一次，由不得你后悔，修修补补再来过。一次错，成炉废。

荣师傅冷冷地看他一眼，说，这一炉，你都给我吃下去，一块不许剩。

八月初五，同钦楼的"大按"部格外热闹。尽管已入秋，三千呎的工场里头温度逼人。头上数把大风扇，嗡嗡作响，也并不管用。十几个赤裸上身的师傅，汗流浃背，站在案板两边不断搓饼，个个手瓜起腱，功架十足。另一张案板，则堆放了如山的馅料，四名女工密密地将它们搓成球备用。每年临近中秋，对同钦楼来说，便有如盛大的聚会。本已退休的整饼师傅们，自行"埋班"回茶楼帮忙，马不停蹄地造月饼。轻快的笑声与倾谈声，响成一片。混合着汗水与甜香的气息。角落里的五举，望着他们，手中拿一柄木铲子，搅拌着馅料。在这类似节日的氛围中，他也感受到了某种热烈，但又觉得似乎与自己无关。这时，师兄谢醒，端着一只大盆走来，人群中响起了如潮的欢呼声。这是荣师傅调好的莲蓉馅料。它将成为同钦楼，在这一年的中秋，再次称雄全港的秘辛。

　　五举接近成年的时候，这个城市又有了一些变化。说不上好，也说不上坏，只是每个人都急了一些。说话，做事，甚至走路。都比以前快了一些。茶楼里，有些老人来不了，或者不再来了。有些年轻的面孔，渐渐老去。

　　师父仍然体态雄健，但也看得到鬓上有霜。

　　五举抱着一摞摞已包装好的唐饼，送去楼下饼部的店面。店面上挂着"同钦楼"的金漆招牌，在黄昏下有灰蓝色的反光。到晚上，"楼"字是看不见的，因为霓虹坏掉了，几天了也没有修好。

　　五举将唐饼放到柜台上，卖饼的阿娘一边往柜上摆饼，望了五举一眼，恍然大悟似的，说，啊，五举大个仔啦，生得咁靓仔。过两年要娶老婆了。

　　五举挠挠头，不好意思地笑了。看那唐饼盒子上的年轻女仔，也在对他笑。这两年，同钦的唐饼包装，也跟别的茶楼饼家一样，做了改革。从"龙凤呈祥"，换成花花绿绿的旗袍女郎了。

这时候，师兄谢醒经过，好像刚刚从外头回来。谢醒穿着花呢的西装，已是时髦青年的样子，头发梳得油亮。他正待上楼。五举说，师兄，刚才师父找你。谢醒便退了下来，急问他，你怎么说的？

五举说，照你教的，说去送货了。

谢醒便松一口气，说，好彩①有你。刚刚认识了一个新的股票经纪，倾谈了几句，耽误了。

第二年正月，师徒三人，吃了一顿团年饭。

三个人回到茶楼，是掌灯时分。荣师傅说，我该教教打莲蓉了。

两个徒弟，随他走到了小厨房门口。

荣师傅回过身，对他们说，我只传给一个人。

三个人都沉默。

五举想想，退后一步。他说，师父，师兄，我干活去了。

荣师傅拦住他，说，你，跟我来。

谢醒愣住，人僵在那里。荣师傅看他一眼说，没听懂？我只传给一个人。

谢醒嘴动一动，肩膀颤抖，说，为什么？我帮你炒了六年的莲蓉。

小厨房的门，"砰"的一声，对他关上了。

五举扑通一声跪下来。

荣师傅一眼未看他，说，换衣服，系围裙。备料。

五举说，我这一跪，是替师兄的。他纵有错，跟了您八年。您教他。我替你们炒莲蓉。

---

① 粤语，幸运、幸好。

荣师傅系围裙，开炉，热锅。他说，我教谁，以后莲蓉也归你炒。

五举说，师父，您可记得当年，您问我，斗雀是喜欢文的还是武的。徒弟没出息，不想跟别人的心志走。

倒油。火大，油入锅"嗞啦"一声响。

荣师傅关上火，静了半晌，说，我也告诉过你，我这人，怕输赢。我传给一个人，就输不得。

五举到了阿爷那里。

长大的青年人，不管不顾，趴在阿爷膝头哭了。

五举说，阿爷，我方才明白。师父对我恶形恶状，对师兄温言细语。种瓜得瓜，他明知如此，从一开始就害了师兄。

阿爷听着五举哽咽，手摸一摸，摸到他的肩膀，厚实实的。阿爷的一只眼睛障翳，看不见了。他顺着肩膀往上摸到了这青年的脸，棱角分明了，脸颊上还有泪。他摸到了他的唇，唇上有茸毛。唇微微抖动，还很柔软，依然是孩子的。

他躬下身，为五举拭去泪，说，孩子，可还记得当年咱爷俩，说那叉烧包。阿爷说，"三分做，七分蒸"。如今这话，得倒过来说了。人力在外，自然有好有坏。可到头来，还得看自己的那"三分做"，这才是做人的基底。

上世纪的七十年代，西饼开始占领香港市场，机制的西饼，由于花色多，产量大，馅料改革便于保存，不再受制于季节。渐渐为更多的香港人所欢迎。而且，西饼卖家所推出的饼券制度，改变了香港婚嫁喜饼的习俗规则，间接给唐饼的营销带来巨大冲击。

五举山伯，向我展示过一张"西饼皇后"李曾超群在一九七二年发行的永久通用饼卡。尽管，所谓"永久"的不渝承诺，因为一场忽然而至的金融风暴，随风而逝。一九九八年，超群饼店关闭。这张饼卡也由此作废。

我问五举，为什么留着这张饼卡。他说，知己知彼。

的确，这时候同钦楼的饼部生意，已大不如前。业内都知道，同钦的饼品之所以屹立不倒，全赖有一老一小。每年中秋，吃荣师傅的莲蓉月饼，仍然是香港人不可割舍的情结，像是为了满足一年中的某个念想。曾经"莲蓉家家有，同钦占鳌头"的茶楼胜景已不再。随着茶楼饼部的次第消失，转入饼家。机制逐渐代替手工。"家家有"已作新解。甚至于西饼满目琳琅的新品，以莲蓉为馅，亦不显尊贵。

荣师傅制莲蓉的秘方，精义所在，是在一个"滑"字。但这个时候的饼店市场，因为开始批量生产。厂家已惯在莲蓉中，加入膏粉、番薯粉鱼目混珠，增加滑度。但滑则滑矣，莲蓉的香味，早已欠奉。一回，五举买了市面上最受欢迎的西点"莲蓉班戟"，让师父试味。荣师傅尝了一口，即刻吐掉。他叹一口气，对五举说，如今，人的舌头，已经钝成这样了吗？

其实，五举何尝不知师父的心事。和师父相处的十年，他慢慢清楚，荣师傅的倔强，是这同钦楼的底里。在他的眼中，同钦楼要活，便须有别人所没有的东西，是独一份的。无论时移势易，物以稀为贵。只要是别人没有的，"同钦"便可稳稳地站住。荣师傅的莲蓉，曾让同钦站了几十年。如今，莲蓉老了，师父也老了。

五举也知道，师父埋头在小厨房里，是为了做一种新的月饼。这种月饼，叫"鸳鸯"。

难在制馅，一半莲蓉黑芝麻，一半奶黄流心。犹如阴阳，既要包容相照，又要壁垒分明。

但是，师父试了几年，只要进了焗炉，馅心受热融化。两种馅料，便一体难辨。

五举见师父小厨的灯亮了通宵。早晨出来，乌青脸色，形容憔悴。见他笑一笑，嘴唇咬得紧紧的。

这时候的香港，和以往不同。餐饮要建立口碑，扩大影响，没有茶楼歌台棋坛，便有了新时代的法子。其中之一，便是上电视节目。"丽的"电视因势推出了一个教烹饪的节目，叫"家家煮"。每次呢，请本港著名食肆的厨师，在电视上各展其能，教观众做一两道自己店里的拿手菜。当节目找到了同钦楼，段经理自然与荣师傅合计。段经理说，这可是个好机会。如今的人啊，相信眼睛多过嘴巴。荣师傅去小露一手，就够我这边给咱店里打上一年的广告了。

荣师傅摆摆手，说，你看我皮松肉挂的，上电视的事情，谁爱看个麻甩佬讲古！让五举去，咱们"同钦"，就这一个靓仔头。

段经理想一想，说，也好。如今年轻人的天下。五举去，多吸引些妹妹仔来买饼。

电视台是五举从未来过的地方，其实是有些拘束。因为要来录这个节目，同钦楼上下是当了大事。段经理带他到渣华道定做了套西装，又将自己的领带皮鞋借给他。"三只耳"带他到"侨华"理发厅，找相熟的上海师傅给他剪了个精神的发型。待他华服革履地出现在荣师傅面前，他师父鼻腔里哼一声，说，臭小子，人模狗样的。段经理，你可别给我带成第二个醒仔！

"同钦"上下就都说，这才看出我们五举靓仔。要得，要得。那帮电视佬势利，先敬罗衣后敬人。

可到了电视台，走进了录制棚。导演立刻给五举换上了一身厨师服，又戴上了厨师帽，给捂了个严实。

导演打量五举，说，啊，难得我们的节目，今次上了一对俊男靓女。收视一定要上去。有运行！

剧务就在旁边说，是啊。这位小哥，靓仔过梁醒波啦。我们今期主题就叫"靓仔饼王"大战"上海公主"。

五举一边任他们摆布，听到这里，一边皱了皱眉头，觉得像师父所说，电视佬，实在是轻浮油滑。

待衣服整理停当了，他由场记领着望录制棚走。远远看见一张椅子上，坐着个年轻女孩，低着头。导演就将他领过去，说，戴小姐。这位是同钦楼"大按"的少当家，陈五举先生。

女孩抬起头，看他一眼。化妆师给她吹了一个陈宝珠的发型。这发型正是时下年轻女子的时髦，蓬蓬地堆在头上，按说是别具风情的。可因女孩的脸格外的尖小，这发型就显得大而无当。女孩皮肤很白，不是粤地少女象牙白的脸色，而是白得透明。她对陈五举浅浅地点一下头。嘴里轻轻说，陈生，你好。

声音十分软糯温和，但目光却清冷，甚至有些坚硬。

女孩说完，便将头低下去，并不等导演介绍她。

于是气氛变得尴尬。场记悄悄对五举说，这是湾仔"十八行"本帮菜馆的太子女戴凤行。是你今天的搭档。

五举便知道，这就是剧务口中的"上海公主"了。

录制开始，说是搭档，不过各做各的。中间有一个饶舌的主持人。气氛轻松而紧凑。先录制的是五举的部分。因时间有限，又是家常，五举便做了一个"大按"的老婆饼，又做了个"小按"的虾饺。因为驾轻就熟，他也就不太紧张了。

只是主持人，实在口水多过茶。待他做完了老婆饼，主持人将饼给在场的人分食，一面促狭道，这位哥哥仔，老婆饼整到当真好食。咁识疼惜人，唔知自己有冇老婆呢？

主持人将麦忽然递到他嘴边。五举一时不知如何作答，闹了个大红脸。

整个人都露出了呆相。

这时他听到有人哧哧地笑。看见女孩坐在旁边沙发上，乐不自禁。

主持人见五举没反应，便给自己打了个圆场，说，看来台下各位靓女，仲有机会哦。有看过，莫错过。我们祝举哥好事近！

五举的眼睛，还在女孩身上。她却已经正襟危坐，收敛笑容，还是刚才的清冷模样。

比起五举，女孩倒是准备了两道大菜。一道是"本帮红烧肉"。因为节目录制时长，其实是带了做好的成品。但热油入锅，当真是香气四溢。看她的手势，毫无如身形般的娇柔，使起锅铲，竟有些虎虎生风的意思。做好了，女孩对主持人说，这是"十八行"的当家菜。他们从上海来香港，白手起家，靠的便是她父亲整得一手红烧肉。

这第二道是"鸡火干丝"，在上海菜里是有名的功夫菜。原料并不复杂，一碗高汤，主料无非是鸡丝、开洋和豆腐干。这考的是刀功。五举见女孩，手腕轻轻动作，便将一块豆腐干瞬间片成了薄片。轻盈灵动，全在方寸之间，一把大菜刀，竟被她使得有如绣花的针线般细致。

连主持人都停止了聒噪，和在场的所有人屏住呼吸看着。但就在这时，那柄刀忽然从刀把上掉了下来。

全场的人慌了神。问女孩有没有备用的。女孩不慌，说，我们上海人烧菜，一柄"胡顺兴"的菜刀打天下。钝了磨，坏了修。哪来什么备用之说。

她摘下围裙，说，既然没了刀，就不录了。

导演连忙走上来，说，姐姐，千万别，订个棚不容易，我这就让人去买。

女孩说，我使不惯别的刀，不称手。

五举瞧着，左右都下不了台。便从自己的刀箱里，挑出了一把，轻轻递上前去，说，戴小姐，这把白案刀，分量够，您先将就用着？

女孩愣一愣，接过刀，掂一下，抬头看一眼五举，说，谢谢。

接下来，五举看着女孩，举着自己的刀，将豆腐片细细地切成了丝。手法娴熟，快如细雨。主持人将一根豆腐丝高高举起来，用夸张的声调说，真的比头发丝还细啊。

女孩面无表情，没有任何呼应。她开始置锅，开火，吊高汤。将切好的豆腐丝与鸡丝，尽数放入高汤。摄影机给了一个特写。那豆腐丝在汤中，柔软，饱涨。

就在这时，五举的眼睛慢慢地睁大了。他忽然站起身来，对导演说，失陪了。急事在身。

五举甚至顾不上敲门，就推开了小厨房的门。

荣师傅看着自己的徒弟，跑得上气不接下气。他问，举仔，跑什么，欠了电视佬的钱？

五举一边笑，一边用手背擦拭着额头上的汗。他解下领带，松开了衬衫的扣子，狠狠地舒了一口气。他说，师，师父，那个鸳鸯……有了，用，用豆腐。

同钦楼的"鸳鸯"月饼，在这个中秋，再次创造了香港一饼难求的奇迹。

荣师傅难以想象，一片薄薄的豆腐片，真的可以分隔阴阳，让莲蓉与奶黄，完美地在一块月饼里各安其是，相得益彰。

他并没有十分享受同钦楼重新成为了香港饮食界的焦点。他心中的快意，来自一个守业者在落潮时的有惊无险。面对媒体，他不再讳言自己的徒弟是个天才。他甚至将"鸳鸯"月饼最初的构想，归功于他们师徒二人的心照。

他想，是时候了。这个年轻人，已继承了他的技艺。那接下来，便是这么多年来，与这间茶楼休戚相关的荣誉，他将会一一让渡给这孩子。

而五举，此时想的，却是一个师父没有见过的人。那个给了他灵感的女孩。他自认是个木讷的人，从未体会到一瞬间的电光石火。他回忆那纤细的手指，将豆腐丝慢慢放进了高汤中，散落、饱涨，渐渐丰盈。

　　这个青年人，从未有如此的感觉。一种流淌全身的热，无比美好，怅然若失。

　　五举山伯，在向我描述凤行与他重逢的情形。声音变得轻柔，在他风霜满布的脸上，仍可见到微薄的甜蜜，从眼角的细纹里渗出。

　　那天五举劳作，企堂到后厨来找，说，有位客吃了我们茶楼的点心，说想见见店里的师傅。问想见哪一位。他说，就见上过电视的那位。

　　师傅们便起哄，说如今我们五举是明星了。

　　五举稍微收拾了一下，走出去。企堂引他到了卡座。五举看，是个清瘦的洋装青年，正举着报纸看。因为戴着鸭舌帽，并看不清面目。

　　五举恭敬地问，先生，您找我？

　　青年放下报纸，抬起头，将黑框眼镜也摘了下来，说，对。

　　五举定睛一看，也愣住了。这面目，竟正是他这些天一直记挂的人。不禁脱口而出，戴小姐。

　　女孩将食指放在唇边，做了一个噤声的动作，这才流露了俏皮的女儿气。

　　面前的人，坐得挺拔，因为着了西装，眉宇间分明的轮廓，本就有英武之气。倒真让五举未曾认出来。他坐下来。女孩定定看着他，眼神先是冷淡的，后来憋不住，自己先笑了。五举便也笑了。

　　她将一个纸袋从包里取出来，摆在桌面上。说，我来还刀。

　　五举先吓了一跳，恍然，摆摆手，说，实在不用，留给你做个纪念也好。

女孩见他仍然在打量自己，便将黑框眼镜重又戴上，说，你现在可是当红小生。我不想给你找麻烦，让小报写了去。这身行头如何，可说得过去？

五举说，很像个港大的学生。

女孩说，以为你人戆居，说话倒是蛮中听的。

五举说，戴小姐……说笑了。

女孩细声止住他，叫我凤行。或者戴先生，哈哈。

两个人都觉得这笑声有些突兀，就沉默了下去。五举看桌上，正有一块"鸳鸯"月饼，但并没有动过。

凤行说，其实我想知道，这月饼里头，有没有我的一份功劳。

五举被她说中了心事，一时间有很多话要讲，一时又不知从哪里开始。他说，我有个认识的老厨，说你们上海菜最厉害的刀功，叫"蓑衣刀法"。

凤行笑笑，你想学么？我教你。兜兜转转，又说回了刀来。还是你忘不了对我的借刀之恩？这份情，我是一定会还的。

以后，同钦楼上下就说，五举和一个时髦青年成了朋友。

又有人说，看见两个人结伴去看了大戏。在新光戏院。

看戏是凤行的主意。

先说的是看美国电影。五举说，西洋戏，我一个粗人，看不懂。

凤行就买了两张票，看《百花亭赠剑》。说，林家声做江六云，吴江柳扮百花公主。凤行说，你借了我刀，我便请你看赠剑。五举说，这个好，我听阿爷讲过。何非凡做过这出，收音机里有。

看完了。两个人都不作声。凤行说，这是老戏，说的倒好像是现在的事。本来不是一国的人，各有各的心事，也各有各的活法。到头来，忠爱难两全。

五举想想说，他们最后，还是希望要团圆的。

凤行说，世上哪来的这么多大团圆。就说是戏，杨四郎和铁镜公主算是团圆了，可长平公主和周世显又如何？

五举无语，看看凤行，想这么瘦小的一个人，内里仿佛有很大的气力。想的事情，说的话，都是她的。倒是自己一个大男人，长了二十多岁，好像处处都在跟着时世走，跟着别人走。听阿爷的，听师父的，听这世界的。

他便说，凤行，你以后多跟我说说话。

凤行便也看他。不知怎的，走到了春秧街，有电车"叮叮当当"地沿着路轨响过。虽然已经夜了。两侧的店铺都热闹得很。凤行在一个面店门口停下，面店门面不大。却有个堂皇的名字"振南制面厂"。里面确实有轰隆的机器。五举看见面条很柔韧地从机器里一绺绺地游出来。五举是第一次见，感到新奇。

凤行和柜台的人打招呼，亲切地交谈。他们是认识的，用的上海话。五举听不懂。但觉得这话很好听，被凤行讲得爽利，尾音处却有一丝软软的俏。

临走时候，凤行买了一袋面。凤行说，这家的碱水面很好吃。我阿妈爱吃，以前没有机器，都是手打的。

五举便说，你对这里很熟悉。

凤行往前走了几步，在一个卖南北货的摊档前驻足，对他说，我在这里长大。

五举周围望望，两边是有些低矮的唐楼，灯光昏黄。每扇窗户里，都能看到一个家庭的剪影。有夫妻争吵斗气，有父母教训孩子；有情侣蜜月饮水饱，也有老年孤寡无人识。他想象不出，凤行在哪里长大。

他说，电视佬说，你是太子女。

凤行笑笑，太子女？她远远地指一指，指向一个看不见的角落。她说，那里是我们家的铺头，卖红烧肉面。当年这个辰光，我还在店里洗碗。

她忽然捉住他的手，让他摸她的手心。那样细软无骨的手，掌心有厚厚的茧。

他们都觉出彼此手中的暖。便又握紧了些，没有再松开。

对于见到凤行的情形，荣师傅或许记忆犹新，但他并不愿提及。

那是凤行唯一一次，进入同钦楼的后厨。按规矩，对于除大小按以外的所有人，后厨是禁地。

当目送五举消失在楼梯尽头的二楼，她忽然有了一个念头。

这时已是凌晨时分，她随五举悄悄潜入。

她推开了后厨的门，脸上还带着好奇被满足前的一种得逞的微笑。但她的表情，瞬间凝固，因她看到了灯下那一老一小。五举半躬着腰。一个身形厚重的壮年人，对炉而坐。

他们在同时间，也看见了凤行。

她闻见空气中弥散着浓烈的、难以名状的臭味，不由得掩了一下鼻子。

荣师傅在"补饼"。

这是同钦楼延续了数十年的规矩。"同钦"饼部，平日出产廿多款唐饼，除了坊间常见的鸡仔饼、老婆饼，还有皮蛋酥、摩啰酥、蛋黄酥、棋子饼、小凤酥等。每日黄昏清点，卖光的饼品，便须夜晚焗制补上。"同钦"的这一传统，在广州得月阁时流传至今。广东有个歇后语叫"阿茂整饼"，说的便是昔日得月阁的制饼大师傅区茂。因区茂不时巡视店铺，见哪种饼卖光就制哪种，以备不时之需，"无噉样，整噉样"。因是供求相应，各大茶楼的饼部，曾纷纷效仿"补饼"。然而，时移势易，到了这一代，唯有荣师傅还在严格地执行。

这一夜，荣师傅补的是"光酥饼"。

凤行闻到的味道，正是由此而生。这种饼身雪白，松软香甜的饼品，做法却极为特别。因为不放面种酵母，要将粉团发开，全赖添加一种"臭粉"。这"臭粉"当真奇臭。烘焙过程要等待其挥发，边焗边照看炉火。臭气氤氲散尽后，便是化腐朽为神奇。

荣师傅看着这个模样清秀的青年。在短暂的惊慌之后，他看到掩鼻的手迅速地放开。人也镇静下来，对他鞠了一躬，作为致礼。待头抬起来，目光与他相对，不卑不亢。

荣师傅看一眼徒弟，问这青年，你是五举的朋友？

青年点点头。

荣师傅沉吟一下，目光转向五举，用斩钉截铁的声音说，送客。

五举和凤行正向外走。听到身后一声喝，回来！

他们猛回过头。看见师父戴上手套，将刚刚焗好的光酥饼从炉里取出来。他对五举说，回来，给你朋友带两个走，回家吃。

这个秋天，五举决定娶凤行。

他想，这是他人生中一个很大的主张。他见过了凤行的家人，吃了凤行父亲为他亲手烧的红烧肉。浓油赤酱击打了他的味蕾，却也唤醒了他体内一些原不自知的东西。他醒了，他明白这个主张中，必然包括了放弃。

对于徒弟突如其来的通告，荣师傅似乎并不很意外。他听了只是说，你都大个仔，该娶老婆了。话俾师父知，哪家的姑娘好福气？

五举便说了。荣师傅一皱眉头，说，上海人，外江①女哦。

---

① 闽粤等地对外省人的称呼。

但他即刻又故作开明，道，如今是新时代。外江本省一家亲，带来师父见见。

五举告诉他，其实见过。那天在后厨，师父还送了她两块光酥饼。

荣师傅愣一愣，恍然，哈哈大笑说，瞒天过海啊。你们两个，原来是梁山伯与祝英台。

说者无心，五举却倏然听出了师父话里的不祥。

他扑通跪了下来。他说，师父，我结婚后，恐怕不能回来店里帮手了。

荣师傅瞠目，当即站了起来。当听完了女孩家苛刻的结婚条件，他跌坐在了椅子上。

凤行的父亲说，凤行是接我衣钵的女儿。我年纪已大了，她幼弟还未成年。你娶她，必须入赘我家，夫妻同舟共济，撑起"十八行"。

过了半晌，荣师傅说，我养了你十年，你为咗条外江女，说走就走?!

五举听到师父的声音沙了，便哽咽道，师父，一日为师，终身为父。你当我仔来养，我这辈子都拿您当亲爹孝敬。

荣师傅看着他，冷笑道，我有亲生仔，我要你孝敬? 我养你是来接我的班。不是帮外江佬养出一个厨子，去烧下作的本帮菜!

五举听到这里，猛然抬起头，眼睛泛满了泪花，他说，师父，捡雀还分文武。我敬您，但我不想被养成您的打雀。不是用来和人斗，和同行斗，用来给同钦楼逞威风的! 师父当年拣我，不选师兄。是看我好，还是看我孤身一人无挂碍，好留在身边?

荣师傅颤巍巍地站起来，指一指五举，厉声说，你走，我不留你，走了莫要再回来。滚!

五举抬头，眼神灼灼道，好，徒弟不留后路。师父传给我的东西，我这后半世，一分也不会用。

五举对着师父，狠狠地磕了五个响头。荣师傅没看他，只是虚弱地摆一摆手。

这一晚，五举架起铁锅，烧上炭火，最后一次为师父炒莲蓉。他想起当年师父教他炒，说要吃饱饭，慢慢炒，心急炒不好。百多斤的莲蓉。那时他身量小，一口大锅，像是小艇，锅铲像是船桨。他就划啊划啊。那莲蓉渐渐地，就滑了、黏了、稠了。他心里高兴，就划得分外有力了。

如今他长大了，艇和桨都小了。他还在划，却不知道要划到哪里去了。

五举和凤行的婚礼，很热闹。但都是女家的人。同钦楼上下，没有来一个。外面的人都说，白养十年，他就是叛师门的"五举山伯"。

到了婚宴时，男方家来了一个老人，是阿爷。阿爷带来的却是丰盛的喜礼。红金油漆的木匣，嫁女唐饼有二十多斤。五色"绫酥"，一应俱全。另有帖盒，最上层的，是一整副足赤金的龙凤首饰。

五举取出一只"红绫"，咬一口，嚼着嚼着，眼泪流了下来。他吃出红绫中的莲蓉，是他自己炒的。

此后，每逢年节，新年、端午、中秋，五举必带上凤行，去看望师父。每每在门口等上一两个小时，才走。数十年雷打不动。

然而这些年，师父没有再见他。

/ 贰 /

般若素筵

漱珠桥当珠海之南，酒幔茶樯，往来不绝，桥旁楼二，烹鲜买醉，韵人妙伎，镇日勾留……半夜渡江齐打桨，一船明月一船人。

——梁九图《十二石山斋丛录》

说起来，我和荣师傅去过一次广州"得月阁"。

是在"得月"一百二十周年庆典。这间老店，自千禧结业。当年的掌事、车头、大厨在各地开枝散叶，倒还都尊这间老号。水源木本，除了香港的"同钦"、澳门的"颐和"，还有上海的"瑞香"、杭州的"嘉裕"等，这天纷纷到场。人头涌涌，共襄盛举。又来了不少的媒体，也算是十分热闹。"瑞香"是有名的粤菜点心连锁店，我尚不知与"得月"的渊源。这天来的是总经理，与我年纪相若，一个意气风发的人。接受采访，也是挥斥方遒的神气。见了荣师傅，毕恭毕敬。荣师傅对他倒是淡淡的。事后跟我说，当家的少东，到最后，将"得月"的名号卖给了这后生仔开了所谓加盟店，也是晚节不保。

待人都散去了，荣师傅与我坐在这间已成了"茶艺博物馆"的建筑里。如今业权给政府购下，已封了后厨，没了烟火，倒还都完整保留了昔日的模样。夕阳的光线，从一扇扇满洲窗穿射过来，赭红的"平地黄"玻璃，铺在墙面上就是一层暖。陈三赏雕的"醉八仙"，也笼在这暖光里头，一帧一帧，那神态行止，也都是百多年前的模样。

"像，真像。"我回过神来，见荣师傅正定定地看着我。

当年你爷爷，就坐在这张桌子上。他敲敲桌面，紫檀质厚，钝钝作响。荣师傅说，那天啊，我在厨房正忙，企堂唤，说有个客想见我。我问，熟客生客？回说，是个生客，江南口音。

我擦一擦手，便出去了。

远远见位先生，挨窗坐着。穿一身青布长衫，是个斯文人，面目有些冷清。企堂引我过去，对他说，这就是做莲蓉包的师傅。

这先生看我一眼，竟站了起来，笑了。我现在还记得那笑，笑得像个孩子似的。他对我拱一拱手，说，毛某抵广多时，未吃过如此好吃的莲蓉包，没想到师傅这么年轻。

企堂插言，别看我们荣师傅后生，胜在辈分高。

我也对他回了礼，说，毛生钟意，就常来帮衬。

以后，你爷爷便真的常来。有时自己饮茶，有时带了朋友。渐渐熟悉了。知道他从杭州来，在漱珠桥新开的美术学校教书。后来说起这一面之缘，他就笑说自己是这个脾气，见到了好东西，便总想知道个出处。跟做学问一样，为求其解。现在想想，他的性情，还是让人很喜欢。

我说，爷爷留下的笔记里，记过和您见的第一面，还在文章前写了个题目，叫"食状元"。

荣师傅便乐了，这一笑就显出了弥勒相，是极满足的，说，那天他一个读书人，对我行礼，可把我吓了一跳。原来是把我抬举成状元了。

他笑着笑着，忽然沉默了，目光落在了一幅草书中堂上，是"至味"两个字。这是祖父临去香港前，题给荣师傅的。这中堂笔触颇为豪放，不似平日楷书的工谨端肃，很有几分少年狂的味道。荣师傅忽然开口，喃喃道，早知道我在他心里，是个"状元"，我就厚着脸皮，再多讨一幅了。

那天晚上，荣师傅带我在小北路上的"柏园酒家"吃饭。这酒家的粤菜算很有些名头。内里也别有洞天，据说设计是出自名家之手，临着湖，楼台水榭，飞檐翘角。一晚上，荣师傅好像有心事。在我，倒很想听听他品鉴同行的手艺。虾蟹粉丝煲的味道，是不错的。可是，他草草吃上几口，情形很是敷衍。倒是中途，自己先匆匆地出去了。我见他多时没有回来，就跟了出去。看到他一个人，呆呆地站在中庭里，面对着一扇巨大的红木屏风，那屏风大概也看得见年岁，金漆已有些发暗。我于是走过去，上面镌刻了四时的花鸟鱼虫，工艺十分细致。荣师傅看我来了，笑一笑。那笑容却是有些怅然似的。我说，难得这儿也还有些老东西，可跟"得月"有了一拼。他也不说话，只拍拍我的肩膀，做了个回去的手势。

离开"柏园"的时候，刚跨出门槛，荣师傅忽然回过身，在那扇乌黑的铁木大门上使劲拍了拍，又抬头上下看看，说了句话，我当时不是很懂。他说的是，也算是个好去处了。

这几年前的一幕，在我印象中十分深刻。后来，我问起山伯。五举山伯笑一笑，说，他是对那门说话呢。

五举说，前几年，师父腿脚好时，每年我都陪他来广州，去"柏园"吃饭。那十二幅金漆屏风，他曾经想办法买下来。可如今都是公产，再多钱也买不回了。天大的太史第，一共只余下来这些。

我心里纳闷，但隐隐地觉得可能与荣师傅那怅然的神情相关。其实对五举忽然邀我上广州，我也并无思想准备。但他电话里说，恰好明日有事要办，师父既嘱他陪我走走，不如同去。

接下来几日，我便先跟着山伯，接连走了广州的几间食肆和酒家，除了"柏园"，还有"楠园""珠溪"和"陶然居"，一一见了他们掌事的大按师傅。一番行走，我也算是明白了大概。离开了同钦，荣师傅想要编写一本食典，关于粤式点心。因为当年的老师傅们，各擅胜场，每一道的做法和掌故自然都有个出处。山伯要办的事情，就是为他搜集当年的照片和师傅们手书的食谱，以茂图文。可惜的是，年代久远，许多老师傅已经故去了。好在如今掌事的，多是他们的传人，可谓薪火仍在。"陶然居"的总厨，居然翻出了一张报纸，已经脆脆的发了黄，边缘还有烧焦的痕迹，不知是否因为炉火。他指着报纸上的照片对山伯说，这可有年头了，还是抗战期间拍的，我师父前年这一走，当初几个同业，恐怕只剩下荣师傅了。这报纸你带回去，给他老人家做个纪念吧。照片已经十分模糊了，我只有凑得很近，方能辨出大概的轮廓。在指点之下，我才看到中间一个瘦高的年轻人，穿着西装，依稀见有清朗的眉宇，笑得很好看。

这正是当年的荣师傅。

我仔细地看一看，说，山伯，原来荣师傅人瘦的时候，和你眉眼有些像呢。

山伯似乎并不想接我的话。我在心里做自我检讨。因为来陶然居的路上，我忍不住再次问起他，当年离开同钦楼的事情。

第二日清晨，山伯早早叫醒了我。我们搭车到了越秀区的一处古刹。门前有一只巨大的香炉，不知为何漆成了通体血红，上面镌着"无着庵"三个字。迎面的大雄宝殿，十分气派。门头是"万佛楼"，汉白玉的栏杆上，挂着一道横幅，上面写着"热烈庆祝广州市佛教协会成立六十周年"。

大约是太早了，庵内外还并未有什么人。

五举山伯打了一个电话，便有一位青年尼姑走出来，很客气地迎接我们，说，意静法师已经在等二位了。

于是我们见到了"无着庵"的住持，一个年老而和善的比丘尼。山伯从包里拿出一张支票，毕恭毕敬地递给法师，说，这是代师父荣贻生捐奉的香火。

法师听说了这个名字，立即站了起来，问我们荣施主可好。

山伯说，都还好。但师父脚里长了骨刺，做了个小手术，又怕耽误了日子，所以就派我来。

法师点点头，双手合十道，阿弥陀佛。我们都是年纪大的人了。菩萨慈航济苦。檀越这些年，行善颇多，都在因果里。

青年尼姑为我们打开了偏殿的门。我才看到，里面的三面墙，错落地安放着许多的牌位。五举点上香，将带来的供品，都放在相邻的两个牌位前。上面镌着，"佛力超荐　先妣　荣氏　慧生　往生莲位"，另一只上中间的名字，只有"般若　月傅"四个字。那牌位雕刻得十分精致，上首是一朵盛放的莲花。

下午，我和五举到了广州市图书馆。"陶然居"总厨说他师父说过，当年几场厨界会馔"庖影"，在《粤华报》上连登了五年有余，都是各大食肆、民间私房的饮食异闻，兴许能找到我们要的东西。

我们说明了来由，广图的馆员十分热情，说解放前的老报纸，如今都被扫描做成了微缩胶卷，现在保存在第二档案馆里，便引我们进去。

花去了许多时间调取胶卷。上机之后，五举山伯戴上老花镜，一帧一帧地看。边看边做着笔记，同时用刚学会的方法，有些笨拙地将需要的资料影印。每张 A4 纸从影印机中出来，一道白色冷光，便煞煞反射到他的镜片上。他捡起来，对着日光灯，认真地检查影印细节，像个老学究。

这样久了，未免沉闷。我便在另一台电脑上网，回了几封邮件。忽然头脑中闪过上午在无着庵中见到的名字。鬼使神差，便在搜索引擎打上了"般若 月傅"四个字。然而搜索的结果，却让我愣了一愣。

出现在首页的，是一篇博客文章，叫《风月沉沉话流年》。打开看，是个叫"越秀俚叟"的作者，所写无非是当年广州的掌故旧事，文字颇为酸腐。可这篇文章，在"陈塘艳影"一节后，出现了"宝刹名庵"的标题。于是我在一个段落里，看到了"月傅"的名字。

清末民初，广州习俗遇有丧事，辄邀尼僧至治丧之家诵经。十年之间，尼庵蜂起。四处交接，招徕佛事。然其内艳影不让陈塘，后遭社会舆论所指，略有减少。民国九年，广东军北伐。因筹募军费，勒定城中寺庵堂必捐出所有产业，庵堂纷纷关闭。唯数庵近官得力，得权力者支持留存，愈见其盛。其名较著者如：小北药师庵，都府街永胜庵，仰忠街莲花庵，丽水坊无着庵，应元路昭真庵，豪贤路白衣庵，大北直街的檀道庵等，并称"七大名庵"。所谓"水不在深，有龙则灵，庵不在大，有妙尼则名"。故坊间流传"广州五大伽持"之艳名，如药师庵大虾、细虾，永胜庵眉傅，莲花庵文傅，无着庵容傅，名噪一时。其与军政人物有染颇多。亦有以才名著称者，如般若庵月傅，丹青弈术，城中诸姝，无出其右。奈何其性清寒，风情不解，未有善舞长袖。唯知己，魂断于乱，后杳然于世间。无可考，足叹息。

到这儿忽然结尾，让我措手不及，隐隐觉得还有下文。这时两个管理员，推着一车档案路过，一边说着白话聊天。我于是问，在哪里可以找到般若庵的资料。两个人对望一眼，口中道，唔知哦。我问，那药师庵呢，大虾细虾什么的。

那年纪大些的，诧异地打量我，说，看你人后生，怎么会问起这个，当年"开师姑厅"的，多半都不在了。

我更茫然了，师姑厅？

他促狭地眨一下眼，说，对，都是你爷爷辈的风流事喽。我们这儿可没有，该去问那些"老羊牯"。

我想了一会儿，又打开了那篇博客文章，登录，给那个叫"越秀俚叟"的人留了言。我不清楚，他是不是所谓"老羊牯"，但直觉告诉我，他可能会知道一些事。我的言辞极为客气。称他为前辈，说拜读了他的大作，自己在做一个研究项目，不知能否当面请教。谁知他竟很快回了留言，只三个字："在哪见？"

我说，我在广图。

他又回了两个字："等我。"

我不禁有些惊讶。大概是他文章太过咬文嚼字，忽然变得这么简洁，让人还真不习惯。我留下了我的手机号码。

只过了十分钟，我就接到了电话，竟然是个女人的声音。我走到了图书馆门口，东张西望，只看到一个周身牛仔装的年轻姑娘。她正在咀嚼，忽然一鼓腮帮，慢慢吹出一个大泡。我看得入神，"啪"地炸了，吓了我一跳。她娴熟地将泡泡糖舔进了嘴巴，继续咀嚼。我犹豫了一下，还是走近她，问，你是"越秀俚叟"？

她看我一眼，点点头。

我轻轻皱了皱眉，问，这文章是你写的？

她回答说，不是，是我太爷爷写的。我帮他输入、上传。这么老了还要赶时髦，开博客，那时天天逼着我打没人看的流水账。

"太爷爷？"我深吸了一口气，想起这篇发表于八年前的文章，点击数只有"35"。我说，我可不可以拜望下老人家。

她用很奇怪的眼光看我一眼，说，他老人家，早就下去"卖咸鸭蛋"①啦。我就是好奇得很，点解他死了这么久，还有人会"拜读"。

我心里一阵黯然。这姑娘打开双肩包，从里头拿出一本书，递给我说，拿着，这个可能对你有用。网上的文章，都是这里头的。

我接过来，是本印得很粗糙的书，上面影影绰绰是个"三羊开泰"的轮廓。书名是行书写的《羊城钩沉》，作者"钱其志"，应该就是"越秀俚叟"的真身。

我很认真地道谢，问姑娘怎么把书还给她。

她摆摆手说，不用不用，送你啦。这本自费书我妈一看见就来气。我们家还多着呢，用你们文人的话说，叫"汗牛充栋"。要多少有多少。

晚上，我在酒店里翻这书。五举山伯，用很钦佩的口气对我说，要不师父说，读书这事，是长在根上呢。我今天看那些报纸，头晕脑涨，到现在还没缓过来，你倒还能读得进去。

我对他笑笑，却顾不上和他说话。我也没有想到，自己会被这本印刷拙劣的自费书吸引。原来钱老先生，是用了章回体的方式，写掌故旧事。网上这篇文章，的确有下文，为第三十二话：花迹梦影皆无痕。

这一话里，提到了许多与"七大名庵"过往甚密的，都是民国军政大员。读来触目惊心，曰彼时风云诡异，自不待言。北伐前后，朝野更迭。下野官僚政客，隐居于广州尼庵，作避人耳目之所，一住便是一年半载，足不出户；伺机再起者，亦以"师姑庵"作为秘密活动的场所，不少政治密谋与交易，皆于庵内拍板成交。自民国三年，广西军阀龙济光治粤开始，简直堪称一部近代另类简史。龙大将军的部下官员大多是"开师姑厅"的爱好者。其

---

① 粤俚，指人去世。

中如统领王纯良、马存发等人，还娶了美尼为妾。及至粤军陈炯明逐龙，重占广州，其麾下也一样喜欢开师姑厅。黄慕松做广东省省长时，宋子良任财政厅厅长，与亲信唐海安索性就在师姑庵内办公，以便与名尼朝夕相处。说起尼庵艳闻，甚至惊动了时任行政院长的汪精卫，据说其心腹曾仲鸣长期将药师庵作休憩之所。二人闲话，谈及某粤上名媛姿色。汪问曾："比得上药师庵的大虾和细虾吗？"

书中对所谓"五大伽持"之生平，算是津津乐道，盛时风光，身后萧条，殁时惨淡，所述颇为翔实。但是，我翻来翻去，唯独"般若庵"的月傅，再未着一字，确确实实"无可考"。

正当我也要掩卷"足叹息"，随手将书一掷，书里却掉出一张纸。对折的，打开竟是一张信笺，宣纸洒金，已黯淡成了点点灰污。上面密密地写着小楷。抬头是"敬启者：般若素筵"，跟着一列列的，读下来，竟是道道菜名。

末尾的落款是：慧生拟，月傅书。

一九二二年夏天的广州，格外溽热。

其实不过六月。傍晚时，下了几程小雨，暑气才微微降了下来。石板路上，还有未褪净的水汽，便有赤脚小童忙不迭地玩耍奔跑。撞了一个卖花的阿婆，将开未开的栀子，落了一地，又被踏上一脚。儿童回身做了个鬼脸，只管继续往前跑。婆婆用拐杖使劲顿一顿地，冲那背影就要骂过去。身边却有人扶她起来，将路面上的花也都捡回篮子里。婆婆看一眼她，说，小师父，这花卖不得了，你好心施舍点，带回去供菩萨吧。

热是外头的。般若庵，结庐人境，自有它的清爽。街面上大小声响，车马喧嚣，进不来，连同许多情势，也都一并挡在了外头。

庵室三进两侧。正面佛堂供奉金身观音，清肃庄严。有灯火香烟，红鱼青磬，几个善男信女礼佛诵经。转过侧边，弯曲几折，另是若干静室。"莲座通幽处，还须绕回栏。"有人寻了来，也不着要领。坊间传说洞天福地，内有花冠妙人，轻纱软衲，全在一念一时。

慧生拎了一篮花，往里走。越走越静，静到外头的香火味都涤干净了。她走得快了，听见了自己的呼吸声，才放慢了步子。

轻轻推开门，轻轻阖上。她捧了一只钵，出去接了清水，将花一一倒在了里头。

这时候，才听到身后叹一口气。

窸窸窣窣的声音。她一回头，见案上又是一团揉皱的宣纸。她走过去，展开来看，见上面是几个通红的石榴。开了口的，粉嘟嘟的籽，一只小雀正在啄食。旁边还画了荸荠与莲雾，都是应时蔬果。题的是，"一暑接一凉，未见何其多。"

底下钤的是"茶丘"。慧生就说，真是喜欢这枚印，盖了又盖。

月傅呆呆地，这才开口，说，谈溶一还俗，又少了个能说话的人。

慧生想想，说，嫁了个蔡哲夫，也不知靠不靠得住。对了，檀道庵差人送了套清装过来，还算是个念想。

你看这画的，知道的说的是石榴。不知道的，又估摸着你发了什么牢骚。好好的一张画，怎么又揉了。

月傅这才低下头，轻轻说，佛手画坏了。

慧生又仔细看了看，说，我是真没瞧出来。放眼望，这广州城里的妙尼，如今还有谁画得过你。药师庵的细虾，请了高剑父做老师，又如何。你可记得冯十二少怎么说她，"还是一股子陈塘的胭脂味儿"。

慧生捏着嗓子，倒是将那个娘娘腔的军务处长，学到了八九分。月傅这才被她逗笑了。

慧生将那画展展平，说，以后啊，画得不好，就交我烧了。你可是不知道，前日画的那幅山水，给你扔进了纸篓。洒扫的扎脚尼捡了，执拾起来找人装裱成轴。到外头去，可给卖了个好价钱！

月傅倒笑了，说，还有这等事，也算物尽其用。

想想，她又眉头一皱，说，可画得次了，流出去，也是毁人清誉。

慧生也笑，你啊，一时聪明，一时又糊涂。他们得了好处，还笑你是个招财观音。

月傅叹一口气，说，罢了，那些小孩子，也是过得清苦。就当是帮一帮她们吧。

慧生正色道，想当年，我也是个扎脚尼，怎么没个人心疼我。举凡庵内扫地、添香、种菜、挑水、托钵化缘募米，一桩桩一件件，落手落脚……

说着说着，她看见月傅望她，又是忧心忡忡的表情。便没说下去。

她也望着眼前的人，在灯里头，眉目镀了毛茸茸的一层影，美得如画。别房的妙尼，庵主要训她们一颦一笑。可是月傅，自小不爱笑，冷着脸色，却生就了传情的模样，也合该是造化。

慧生还记得那年，她九岁。月傅也九岁，刚刚买了来，琵琶仔的年纪。这么小，一头丰盛的好头发，散开来，黑云一样。慧生躲在庵堂后头，看她剃度。剃完了，她却屏住了呼吸。庵里的小妙尼，见过得多。可没了头发，还这么美，美得无法挑剔，她未见过。那天边剃头发，月傅一边在哭。慧生的印象中，哭得如此美的女仔，这是第一个。

这美，让她心悦诚服。她知道自己生得不靓，口鼻硬朗，干活的相，只能做下等的扎脚尼。在这师姑庵里，相貌即是等级，决定了地位与境遇。美对她而言，从不是值得欣赏的东西。仰视之余，让她顺理成章地畏惧而妒忌。但她记得那个瞬间，哭泣的月傅，让她心里倏然一软。

十岁那年的冬至，换香的时候，她打碎了庵主的琉璃香炉。监院的老尼，把她摁在冰凉的井台上打。她一声不吭，咬了牙任她打。因为她不吭声，老尼打得更狠。渐渐打出血，僧袍底下，渗出殷紫。她觉得自己的牙关松了，就要失去知觉。蒙眬中，觉得有人抱住她。

是月傅，就这样紧紧抱着她。也不说话，也不求情，就是一边哭，一边紧紧抱住她，护住她。

这一刻，她知觉一点点地恢复，伤口有些疼，疼得发暖。月傅仍是不说话，只是哭。她身上熏衣的檀香味道唤醒了慧生。她觉得鼻腔里猛然一酸，竟然有滚烫的水，从眼里流出来。她惊奇地想，自从剃度后，从来没哭过。她竟然哭了。

第二天，她被调到了月傅一房侍奉。

老尼说，你是什么锅盖运气。平日不声不响的小妙尼，跪在庵主跟前不肯起，非要你。我都怕她哭出个好歹。

她搬了铺盖进来，看见月傅。跟她一般大的女孩子，目光竟然比她要怯得多。躲闪了她一下，好像对着陌生人。

慧生不说话，默默躺下。心里想，这个人护了我一次，我从此都要护着她。

如今九年过去，她们都长大了。

月傅还是爱哭。但，只对她一个人哭。两年前，有个顺德开钱庄的"老羊牯"，花了三千大洋梳拢她。她硬着眼神应下来，回到房里，伏在慧生肩膀上，哭了两个时辰。哭完了，擦干了眼泪，收拾了衣裳、身子，硬着眼神便去了。

慧生想，这样好。只哭给我一个人，外面便没有人能欺负她。

月傅人聪慧。

住持的来历，庵中无人不知。本是巨富妾室，豪门因案破产，如鸟兽散。她携带私蓄，在般若庵落发。因见过世面，又懂男人，她调教妙尼，是往大气一路走的。教她们读佛经道典，诸家诗词。琴棋书画，更请名家相授。一众妙尼中，月傅的靓，尽人皆知。可聪慧，却是后来脱颖而出。读书，过目成诵；学画，她只见过二居笔墨，便已成竹在胸，自己画来，竟是神形兼备；学棋，庵中偶有国手莅临，庵主求他点拨一二，月傅闭门几日打谱，再有客上门，自诩棋艺了得，纷纷落败于月傅，输了棋金。久而久之，这声名便传开了去。

月傅聪慧，但不懂人情。男人来了，是要身心舒泰。见妙尼，是要讨自己欢喜。与月傅对弈，输一次，是掉以轻心；再输，是自己骄纵；输个没完没了，就心生恼怒了。月傅不懂，下得一板一眼，每每将求见者杀得大败。庵主笑着让她放水。月傅冷面道，我不会，那就不下罢了。

客来求见者以资，资厚者接一弈，酬一画，更厚者酬以诗；薄者留一茶，谈笑片刻而已。资由庵主统收统筹，对见客尼酌予分润。见与不见，都是庵主说的算。庵主心生不悦，白养出了一个愣头青。

眼看房中冷落，慧生想，这庵里人人看人脸色，月傅却不看。她不看，只有我来看。

慧生七岁进来，庵中世故，各房门道，摸得一清二楚。月傅是不懂争。而她是不屑争。可到了如今，便是厚积薄发之时。

她早看清，除了妙尼酬唱，庵中收入，最大一项，其实是摆筵。

所谓"开琼筵以坐花"，是陈塘风气，如今已蔓延师姑厅。达官显贵，王孙贵介们，早吃腻了"留觞""宴春台"，非要一尝这洞中风月。尼庵素筵，蔚然成风。比之花筵酒家的荤宴，取值更为不菲。一席素筵，通常要五六十银元，上等素筵则非数百至上千不办。如若延揽名厨整治酒席，收费则比市上的酒楼更为昂贵。

这一项，便成为师姑厅之间的比试。药师庵的鲍燕素斋，声名在外，令无数英雄竞折腰，千金一掷。他人眼红，却奈何不得。庵主咬牙道，她们那燕翅羹，说是素燕，也不过是用母鸡、猪骨熬的高汤来入味。什么佛法真味，哄骗肉眼凡胎，也是阿弥陀佛了。

般若庵的厨房，三个厨师，一个还是从莲花庵挖角过来。用尽百般心力，却总是发挥平平，追不上那风头。

慧生便找到庵主，说，我有办法。

庵主见慧生，愣一愣，想起是月傅房里的。平常不多话，颊上有颗痣，依稀记得是多年前那个打碎了琉璃香炉的扎脚尼。神情骨相，仍是硬朗朗的。看她眼神不躲闪，是不卑不亢的样子。

她想，不声不响，倒是初生牛犊不畏虎，便问，你有什么办法。

慧生就说，我平日在后厨里帮厨。看多了，久了，还是口味迎合，无非是落了外头花筵的俗套。像药师庵和白衣庵，都是在用料上下足了功夫。我们追不上，也无须追。倒是在做法上，多想想办法。

庵主说，谁说不是这个道理。按说佛门地，仿荤的路数本不合适，可那些酒肉穿肠过的主，做得要不像，他们就不再来了。

慧生说，我看倒未必。吃刁了的舌头，口味上跟不得，倒是该给它醒一醒。

庵主听出些味道，笑问，那你想怎么醒。

慧生说，给我三天，做一桌素筵。好了庵主点个头，不好罚我降去做洒扫尼。

庵主心里一怔，想，这好大口气。让她去折腾，撞了南墙，给自己一个好看。

晚上，月傅蒙眬间，看慧生轻手轻脚出去，便问，去哪里？

慧生答，起夜。

可出去了就没了影。到了凌晨，才回来。

月傅便坐起身。正待问，却见慧生揉一揉眼道，睡觉睡觉，可困死我。

到了第二夜，又见她出去。月傅想想，终于悄悄跟上她出去，拐过侧院、花池，看到她快步走到厨房里，掌了灯。

门是虚掩的。炉子生着火，坐着一口锅，锅里的水将开了，冒着雾白的热气。月傅见慧生坐在小杌子上，弓着腰，在用力刮着一只硕大的青葫芦，专心致志的。许久，月傅想想，心里疑惑着，却没有扰她。

又是凌晨才回来，脸虚白的，肿着眼睛。眼睑底下，是青青的痕。见了月傅倒先展颜，嘻嘻笑着说，我们就快要翻身了。

月傅佯怒，道，你啊，三更半夜的，给庵主捉住。酱油醋、醋酱油，说不清楚。

慧生往床上一躺，打了个长长的呵欠，说，还给你说准了，就是跟酱油醋打交道。

说完又骨碌一下爬起身来，说，快快，我来笔墨伺候，你写个东西。

月傅蘸饱了墨，倒问她写什么。

慧生想一想，正色道，就写："般若素筵"。

三天后，便真的开了一席。除了庵主，还有三位平日掌宴的厨尼。慧生叫她们师父，看她们倒都淡淡的，大约准备好了要挑眼。

见慧生端上了几道菜。上一道，便吃一道，然后才问起名堂。

先就上了一个蒸笼，打开了。里头是整齐的五分厚、一寸长的肉块，外皮陈黄。入口倒很有咬劲儿，吃到里面是软糯的。并不腻，反而有一股鲜甜。慧生说，这是素烧鹅，怀山外头包了豆腐皮，打了面浆裹上。用秋油炸了发泡，再上笼蒸，这鹅皮的样子就出来了。火候不可久，蒸垮了，皮肉就烂到一块去。

庵主说，说人家药师庵吊了高汤，你倒是有样学样，还说不迁就人的舌头。

慧生嘻嘻一笑，说，这可不是高汤，是用老黄豆和绿豆芽熬了两个时辰。

说着端上第二道。看上去倒像是油汪汪的五花肉，层层分明。一个老师父便说，这可腻煞了我。慧生说，尝尝再说。

她们吃到嘴里，竟是很清爽的。那肉皮更是入口即化。

问慧生，说是瓠瓜和麸皮薄薄切过，一做肉，一做皮。用大茴、花椒、丁香炸油，一一煎了。然后加红糖、瓜姜共炒。最后浇上一层豉酱。

庵主点头道，这倒新奇，仿肉总是有豆腐。这瓠瓜看着像，吃起来倒还真是用了个障眼法。

慧生说，这还不算像，看看我的八宝素鸭。

说着端上了一只大盘，里头真是一整只鸭子，折颈而卧，赤酱颜色，好不诱人。慧生执刀将鸭身切开，却还有厚切的鸭肉，热腾腾的，带了血似的。

庵主说，阿弥陀佛，这可怎么好。罪过了。

慧生说，又不犯戒，何罪之有。

起身揀了到庵主的盘里，庵主这才尝了一口，便道，这个好！十足的咬劲。到底是什么，还真是醒了我的舌头。

慧生不动声色道，既说是八宝，出家人不打诳语。这鸭肉是用真粉、油饼、芝麻、松子、核桃去皮，加上莳萝，白糖红曲，碾末拌匀了，在甑里蒸熟了，晾干，大切成块，浇上一层芥末辣汁。

旁边老师父说，那这鸭身呢。

慧生说，鸭是凉补，这是一整个葫芦，我可是在菜栏挑了许久，才有个像了回事的。

最后一道，是摆得整齐的一盘鱼片，雪白的。上了一个铜锅，水沸了，便丢进去。烫成一个卷儿，搛起来。旁有酱料，蘸了入口，绵韧竟与一般鱼肉无异。兼有一股辛香，从舌头上泛起，留于齿颊，久久未去。吃下去，整个人似乎都松爽了许多。

庵主同三个老尼，不知不觉，竟将一盘鱼片吃完了。她们额头冒了薄薄的汗，腮上也泛起了红润，似乎也没有了刚才的矜持与挑剔。眼神中锐利退去，似乎还有一些盼望。

慧生看着她们，嘴角闪过一丝冷笑。她们甚至没有追问这道鱼片的做法，便用近乎失态的语气，宣布了她的成就。

这道仿鱼片，成了"般若素筵"的当家菜，被命名为"鹤舞白川"。

说来也奇，自从般若庵的素筵由慧生掌勺，城中显贵，竟至络绎。有自己来的，有呼朋唤友的，更有一些回头再来的。一夜最多，竟开到了三席。

鹤舞白川，每每作为宴席的压轴。铜锅端上来，赴宴的人，眼睛都会亮一亮，似乎等待着一个酣畅淋漓的收束。

月傅房里的客人，渐渐多了。这自然是慧生与庵主的默契。慧生会准备一些糕点，放在房中，作为盛宴真正的端点。它们往往有着风雅的名字，比如"牡丹菊脯"、"雪意连天"。虽然简素，其高昂的价格，与弈资相得。

月傅的棋艺比以往精进，客人们多半还是铩羽而归。但他们似乎比以往更为甘心，是一种快乐的甘心。他们体态慵懒，眼神迷醉。在某一个瞬间，却又说不出的兴奋。他们下棋，已经没有了棋路。也没有了所谓好胜心，下得信马由缰，对胜负结果，皆十分坦然。他们的目光，有时逗留于月傅，总有些迷离，但仿佛并非因为她的美，而是被某种凝滞的物象所吸引。但更多的时候，则流连于室内某些细节。有时是一幅满洲窗，有时是青锦屏风、乌木瓶簪，是一种近乎于痴迷的端详。

他们似乎形成了某种惯性，宴后必与月傅对弈，乐不思蜀。

城中开始出现传闻，般若庵的月傅，冷若冰霜，其实擅长巫蛊，足以迷惑男人的心智。这个谣言，当然是始于其他的师姑厅。"般若素筵"后来居上，使得她们大为受挫。她们百思不解，为何堂堂皇皇的鲍燕素斋，会输给看似日常的菜肴。那些不算名贵的食材，做法尽管繁复精致，但仍然经不起推敲。她们好奇与不平，进而央求靠得住的熟客，去般若庵一探究竟。这个客人信誓旦旦，去了后，却再也没有回来过。

流言如水，渐渐进入了般若庵的内里。尽管每个妙尼，都懂得水涨船高的道理。但是终究在别人的风头中，受到泽被，有些落寞与不忿。这无疑助长了流言，因为离得近些，便增添了许多的资料。有说在月傅的房中，曾闻见某种异香；甚而见过有青蓝色的烟雾，在夜半时候，从窗户中流淌出来。

有好事的扎脚尼，借洒扫之名，在月傅房里搜寻，但什么都没有搜到。

这些传言，渐渐传到了月傅耳中。她有些厌恶，也感到了荒谬。但清者自清，她自然不屑去澄清什么。只是她也开始疲倦于应付客人。

她也在想，慧生在厨房里的好手势，才是一切变化的底里。

每次到了晚上，她见到慧生疲倦地归来，总有些内疚。她不事庖厨，分担不了什么，却是那个站在前台的人，坐享了所有的风光。

慧生，才是托住她的底。

慧生在厨房里大刀阔斧，但有一道菜，总是带回来做，就是"鹤舞白川"。她看到慧生用魔芋磨粉垫在缸底，用细纱滤出白色的汁液。然后倾出，在一只小锅中煮沸，洒淡醋收聚，压成小块，铺在甑内，再滤一次白汁，洒上红曲，蒸熟。切片上盘。

月傅并看不出，其中有什么奥秘。慧生的娴熟，使得这一切的过程，更为简化。

她也无从细想，这一道菜有怎样的魔力，可以颠倒众生。因为慧生并不给她试吃经手的菜肴，而她的食欲清淡，对于"仿荤"有着天然的抗拒，认为不洁净。

有时，月傅想帮她洗刷蒸笼。蒸笼里尚有残余的渣滓，散发着不知名的气息。但慧生很迅速抢过来，说，这些菜，都是喂饱那些"听收"①的，不要碰。那口吻中的轻慢，如同提及牲畜。

在某个雨天的午后，月傅百无聊赖，便起身在房间里拾掇。这本是慧生的活儿。临近佛诞，各房的扎脚尼，都被庵主唤去。她取下了帐幔、窗帘，又将房中酸枝家私，尽数擦洗。慧生床头的观音龛，擦得格外细致。擦着擦着，发现一块板壁松动，就落了下来。她正想安上去，竟发现，里面有一个油纸包。

她想一想，并不知这纸包隐蔽的意图，于是打了开来。

包得很仔细，一层又一层。最里面是几颗枯黄的果实。这些卵形的果实，有些裂开了，可以看到乌黑的籽。这时，她闻到了一阵丰熟的异香，撞击了她的嗅觉。她觉得这味道分外熟悉，甚至与她朝夕相处。忽然，她回忆起来了。

---

① 粤地詈语，"听候收档"，比喻人死之意。

慧生是深夜回来的。

她看到了桌上的那包罂粟。

月傅看着她，并没有说话，只是愣愣看着她。

慧生将那包果实包起来。月傅冲过去，一把抓起来，掷在地上。

慧生冷眼，俯下身，要捡起来。月傅一脚踩下去，实在而有力，那果实崩裂开来。乌黑的籽，还有一些雪白的粉末。那馥郁的，莫可名状的气息，在空气中散布开来。慧生打了一个喷嚏。

她想，她一直谨小慎微，每次磨粉，都忍住了打喷嚏的欲望。她将那些粉加上木樨香，调制成乳液，然后慢慢地渗入魔芋，让每一个颗粒都渗入。那魔一样的味道，渗进去，可以让每一个男人都欲罢不能。

她想，她终于可以淋漓畅快地打一个喷嚏了。

月傅说，你这样，和眉傅房里那个大烟鬼，有什么分别。他倒是光明正大地抽，你却偷偷摸摸地喂。我们这样的人，还不够让人看轻？你做这些下作的事，想过我吗？

慧生愣住了。她看着满地的齑粉，抬一抬脚，似乎小心地想躲过什么。她往后退了几步，这才抬起头来，眼神是散了。她努力将目光聚拢了，落到了月傅的脸上，好像在看一个陌生人。她说，我做这些，不全是为了你？

说完了这句话，她一转身，夺门而出。

夜半时，慧生没有回来。月傅盘桓了许久，才找到了厨房。她看到炉膛里烧着熊熊的火，炉上坐着一口大锅，水已烧开了，冒着氤氲的白汽。慧生抱着胳膊坐着，呆呆地望着那炉火，脸被火光烤得通红。忽然，她开始呜咽，将脸深深埋在胳膊里。肩膀也剧烈地抖动起来。她哭得这样伤心，终于放出了声响，不管不顾。以至于月傅已经走到了她身边，她并未察觉。

月傅抬起她的脸，擦去她颊上的泪痕，却又猛然揽入自己怀里，紧紧的。她不说话，任由她去哭了。

慧生并没有停止。她一边哭，一边记起了那个有月亮的夜晚。一个女孩，俯在了她的身上哭。当时，她感到身上累累的伤痕，很痛，也有些暖。

我在一本残旧的岭粤地方志上，看到了有关"般若庵"的零星资料。可一提的是，这庵虽湮没于上世纪四十年代的战火，但却曾为一席"竹珍筵"闻名。据说，这席素宴为一个叫月傅的女尼所制。

因年代久远，字迹漫漶。但依稀仍辨得出，在这一节的开首，印着：

"大凡笋贵甘鲜，不当与肉为友。今俗庖多杂以肉，不才有小人，便坏君子。"

底下则是菜单，印有"海棠片""素云泥""增城笋脯""灵芝笋"，可惜并未有制法。倒是一道"紫竹莲池"，跟了一些文字：此出于杭州灵隐，竹荪、莲子、雪簟，入盐汤焯熟，入碗即成，三者相得，各有清致。饮之，隐然有泉石之气。慧生采鲜蕨入之，俱能助鲜。

下面几行，印纸页被蠹虫蛀了，只字片语，无法成文。跳过若干行去，才看到这么一句话：然"熔金煮玉"，以富贵之名，得至清之意。弦断听音者，几希。

这道叫作"熔金煮玉"的菜上来时，陈赫明正对着面前的"傍林鲜"，发着呆。在似是而非的珍宴之后，他几乎失去了最初的兴味与好奇。曲径通幽，清斋冷第后，窗亦垂幔，到最后也不过是满室珠翠旖旎情形。他看着同袍们满面的醉翁之意，其中一两个，大约已是做惯了入幕之宾。

他忽而感到厌倦，打算找一个借口提前离开。但见这道"熔金煮玉"

端上来，他却又坐下了。说实在的，这说不上是一道菜。它的名字，像是与这浮华盛宴有意的迎合，好似地水南音最后的打板。故弄玄虚，但其实只是一碗白粥。

他想，我正好想要喝一碗白粥。于是坐下来。

在满室喧嚣中，没有人注意到，这个年轻的军官喝了一口粥，忽而嘴角颤抖了一下。大约并未期待它的味道，然而，却这样好。

他用勺在碗里捞一下，才发现，并不是白粥。所谓的"煮玉"，原来是切得极薄的冬笋片。不知熬了多久，甘香与粥浑然一体。似乎已经无味，但又有说不出的一种味，从舌尖游到喉头。

广东人好粥，如他家乡海丰县白町，是盛产粥的地方。大约因为近海，有丰盛的水产。粥便也因此多了许多的成就。乡亲都是就近取材，生蚝、青口，退潮时，捞上来便丢到锅里。一条"大眼鸡"，斩掉鱼头，连鳞也不刮，也扔到咕咚咕咚烧开的粥里。乡俚的老辈人嘴刁，告诉他，不能等，要快，吃粥，就要吃一个"活气"！

来了广州后，满街的粥铺。状元及第、腰膶鱼片，他喝过一次，从此不再喝了。那粥中的食材，无论如何标榜鲜美，在他嘴里，只是吃出"陈"与"腥"。于是他只喝白粥。

但此刻，他又喝了一口，让这粥在舌头上留了一留，心里蓦然热了一下。这粥里，只有几片笋而已，为什么，却有他久违的"活气"。

于是他向庵主打听这煮粥的人。

庵主说出了月傅的名字，说陈司令倒是有格有调，问他想弈棋还是求画。

他摇摇头，说，想问问这粥是怎么煮的。

同袍们都笑，自然是笑他醉翁之意。庵主也笑，是心照不宣的模样。

月傅见一身戎装的人被引进来，说是司令，倒十分年轻。来人不是广东男人惯常的黑瘦样子，白面皮，高身量，竟称得上朗眉星目，不免好奇多看了一眼。

这天月傅穿一身清装。玄色丝罗，高衣衩，雪白的细绫长绔若隐若现。足蹬丝履，手持念珠，头戴一顶珠玉尼冠。神态平淡，不见矜喜。

陈赫明上下打量了她一番，喃喃说，还以为见到了观音大士本尊。

月傅微蹙眉头，心想白高看了他。这行伍中人，一句话就露出了轻薄相。

但她不露声色，径直在棋桌前坐下，问陈赫明，敢问檀越，执黑执白？

陈赫明说，我不下棋，也不求画。有件事要问师父。

月傅不作声。他笑说，大世慈悲，救苦救难。腹中饥馑，也是一难。

月傅仍不作声。他便道，师父那道"熔金煮玉"，该怎么煮，可否赐教一二。

这倒让月傅意外。她只听说这人来头不小，是陈大帅的亲信，风华正茂。来找她，不谈风月，不论时事捭阖，倒来问一碗粥。

她想想，说，其实简单得很，无非就是舍得花功夫。米好水好。

陈赫明笑，说，怎么个好法。

月傅说，米是新收的竹溪贡米，周家磅的一亩四分"天水田"，稻熟可早七八天。入水浆如乳，不黏不糯，粒粒分明。煮粥的水，一为泉，次为溪，最次为井水。我这用的，是白云山上的日息泉，每日朝露而出，日升而息。赶那黎明的一个时辰打水，水质格外洁净甘冽。

陈赫明说，果然是有门道。那笋呢？

月傅说，是埔田的"岭南珍"。只用那重阳的头茬笋，蜜渍了用蜡封上，用的是"汤绽梅"的法子。一年几时取来用，都新鲜如初。

陈赫明赞道，原来如此！我说怎么我在一碗白粥里喝出了"活气"。师父在这里头花的心思，够得上做流水的满汉全席了。

月傅说，都是些小手势，檀越见笑了。

陈赫明见桌上摆了一只碟，里头有些小食。就问月傅是什么。

月傅说，看了本古书，里头说了这一道，觉得有趣。就照着做了。施主不嫌弃，可以尝尝。

陈赫明就用筷子夹了，放进嘴里，仔细地嚼了嚼。

月傅问，味道如何？

陈赫明只觉得舌尖漾起一股清香，越嚼倒越是馥郁。他说，好像是腊月的梅花啊。

月傅竟笑了，说，好啊，这便对了。这道就叫"梅花脯"。

陈赫明说，难道真是用梅花腌的？

月傅看看他，语气终难掩兴奋，说，还真不是。做法容易之极，这是用薄切的山栗、橄榄，加上一点盐拌了。古人诚不我欺也。

陈赫明面露惊喜，道，这可真是奇了。倒让我想起了金圣叹那句"花生米与豆干同嚼，有火腿滋味"。真是异曲同工！

月傅一听，也笑了。她未想到，自己会笑得如此开怀。

两个人笑过了，陈赫明看着她，认认真真说，月傅师父，那我以后要常来叨扰，讨你一口白粥喝。

关于陈赫明与月傅的交往，并没有太多的记载。哪怕说起他本人，最重要的身份，也是"阿烟"大帅的族中堂弟。从广东护国军第一军随营讲武堂毕业后，其追随陈炯明，援闽护法。民国九年十一月，陈炯明就任广东省省长。并邀孙中山回粤，整编粤军，陈赫明任粤军第一军第三独立旅旅长，次年改任第一军第一路司令。此时少壮的陈赫明，刚刚经历了春风得意，尚不知其人生正在走向终点。但他多少意识到了一些转折，在他所目见的国家酝酿生长。或许囿于时世风云，或许因有一个过于夺目的兄长，这短暂的戎马生平，身不由己，终于变得无足轻重。以至他在历史上留下的一鳞半爪，只多与风月相关。

坊间传闻最盛的，是他对于广州某名庵妙尼的赏识与倾心。其中一桩，倒是很有世俗的烟火气。为祝贺这妙尼的生辰，他在庵内大宴宾客。当时尼庵还未安装电灯，陈赫明下令市电灯局即日替该庵接装电灯应急。一晚之间，全部办妥，全庵大放光明。当是时，无论衙门官邸，抑或巨宅豪门，这都是万难办到的事情。

月傅没有想到，会在这个夜晚见到陈赫明。

她知道，也看得清楚，这个男人，自有他的世界。他不说，她也不问。他肯说，她便只听着。

她知道，她能给他的，从那一碗叫作"熔金煮玉"的白粥开始，是一个又一个，无味而有味的光景。

他已经半年不来了。慧生说，庵里甚嚣尘上，自然都是筵席上那些夸夸其谈的男人们的谈资。他的兄长陈大帅与孙先生，在"北伐"的事情上政见分歧，终于被罢黜下野。接连失去广东省省长、粤军总司令、内务部总长三职。兵权在握，陈大帅秘密策动粤部从广西回师，而李宗仁防守的玉林是交通中枢要地。为防李不测之心，大帅下令，将李部调离，移防贵县。玉林五属之地，必交给其最信任者接防。

有时，她也会想，他在广西，会做些什么，想些什么。但是，她想象不到。

有一次，她看见他躺在榻上，在睡梦中剧烈地颤抖，咬紧了牙关，甚至含混地呐喊了一声。她害怕极了，拍他醒来。他只笑一笑，说自己是"铁马冰河入梦来"。她看着他，蹙着眉头，嘴唇紧阖。他知道，这是她表达担心的表情。他就说，给我煲碗粥吧，压压惊。

以后，每当他要来，知道了消息，她总是提前起身，将粥熬好，等着他。

不能太早，也不能太迟。备好新鲜的料，她知道，他想吃的，是一口"活气"。

但这天，陈赫明忽然而至，她没有来得及熬粥。

六月的黄昏，暑气刚刚沉降。月傅和慧生，有一搭没一搭地说着话。

陈赫明这时走了进来，手里却拎着一只竹篮，半篮子的栀子花。他挺拔的身形，拎着篮子，未免有些滑稽。

月傅一回转身，恰看见他，在原地定定地站住了。

慧生正拾掇手里的花，将那水钵刚刚摆好。不禁"咦"了一声，问他道，司令，你这篮花是哪里来的。

陈赫明说，在庵门口，一个阿婆被个细路仔碰倒了，洒了一地的花。阿婆坐在地上哭，看见我，扯着裤腿不让走，央我买下来，说是到了庵里，敬观音。

慧生提起手上一模一样的竹篮，说，这可好。我也刚买了一篮。这阿婆，这样一天，还不知卖出了多少篮去。整好了一个局啊。

陈赫明愣一愣，喃喃说，如今是什么世道，大的小的，处处是局。

月傅见他满脸的疲惫之色，说，好了，一篮花而已。倒也是个好意头。你平安回来了，这就是"踏花归来马蹄香"。

她这一说，真的也就满室馥郁。栀子浓郁的气味，饱满地绽开了，在空气中萦绕，将三个人都牢牢地包裹住了。

吃了饭，两个人在灯底下弈棋。

下不多久，陈赫明已经被重重围住。月傅说，司令，你的棋路乱了。

陈赫明笑一笑，故意道，你又知不是我苦心设了个珍珑局？

说到这里，自己倒先推了棋盘，说不下了。着月傅拿些点心来吃。

月傅站起身。他定定地看着，然后说，才看出，这身清装是新的。襟上的万寿结，倒是很别致。

月傅道，谈溶差人送来的。她还了俗，这清装给我，算是一个念想。

陈赫明沉吟了一下，说，想起了，是素与你交好的那个檀道庵的女尼，法号叫"悟定"。

月傅说，也没那么多的交好，只是又少了个说话的人。

陈赫明道，她也算嫁得其所。那个南社的蔡哲夫，算是个博古之士，配得起才女。他治过一枚印赠我，"柴溪"。

月傅说，谈溶送了我一颗，说也是他治的，叫"茶丘"，和你那个倒很工整。

她说完了，不知怎么犹豫了一下，接口道，还有另一枚，也留给了我，是她常用的"画梅尼"。

陈赫明看着她，眼神有些迷离，问道，月傅，你日后若是还俗，想跟个什么样的人？

突如其来的一句。月傅不言，良久正色道，司令莫取笑我。入了空门，这些由得人去想吗？

月傅端了点心来，两个人慢慢地吃，都不再说话。

夜里头，陈赫明又惊醒了。月傅见他满头大汗，煞白脸色，大睁着双眼，使劲喘着气，像是溺水的人。待气喘匀了，他说，邓锵死了。他们说，是给大哥杀掉了。

他说完这句话，忽然眼神一硬，竟然哭了。他俯在月傅的身上，哭了。

月傅什么没做，静静地看这男人，将自己哭得像个孩子。这哭声击穿了她，让她在一瞬觉得，身体里有无数的空洞。然后在这哭声里，她一动不动，又默默地抱紧他，将这些空洞，一个一个地填补起来了。

陈赫明睡了很久很久，到第二日接近中午，才醒过来。

他又是谈笑风生的样子。看见桌上，已经为他备好了一席斋。最后有一道功夫菜，月傅说，是为他新制的。味道分外的好。

是一整只冬瓜，掏空了。里面填上鲜莲、松茸、云耳、榆耳、猴头等十味。用素上汤炖了两个时辰，末了将昨天买的栀子拆瓣洒在上面。传说，这十味素珍，都是南极仙翁，用来饲他的坐骑白鹤的。

陈赫明吃完，匆匆地就走了。

这一走，他从此没有再回来。

因为走得太匆忙，他甚至没有来得及问这道菜的名字。

他应该也不记得，有次闲谈时，他与月傅开过的一个玩笑。

他说，这么多的名菜，都是以人作名，好比"太守羹""考亭蘼""东坡豆腐""元修菜"。他问月傅，什么时候，也用他的名字制上一道。

他不会知道，他在般若庵吃过的这最后一道菜，叫作"待鹤鸣"。

月傅是三个月后，发现有了身己①。

庵中妙尼流传着"断赤龙"这种功法，可补足五漏之身，她并未习练过。当然是会吃一些中药，但终于，还是来了。

她告诉慧生。

慧生沉吟一下，问她，你想不想保这个孩子。

---

① 粤语，身孕。

月傅沉默。慧生说，保与不保，各有利弊。就是要赌一赌。你可记得白衣庵的薇傅，孤注一掷生下来。跟了盐运使，林先生虽年纪大些，因老来得子，也爱重她。可是咱们庵里的药傅，你是知道的，瞒到孩子大得打不下来。也是硬争一口气，拼了命地生了一个女仔。娘俩儿，一并都给发卖到老举寨去。庵主可是狠得下心来的。

月傅垂下头，半晌，将手放在自己腹上，说，这是一条命。

慧生愣一愣，明白了。她说，那我们就做生下来的主意。

月傅不知道，慧生和庵主之间的谈判，是如此卓绝。即使在现在来看，那仍然是斗智斗勇的一场博弈。

她旁敲侧击，让庵主意识到，这里面所暗含的利害。

白町陈家重子嗣。陈司令的两房太太，一房无子，一房只有两个女儿。如今司令少壮，又是大帅的嫡系，前途未可限量。若是月傅生下一男半子，饮水思源，这般若庵，就真正在广州站稳了脚跟。

庵主冷笑一声，说，上回司令前脚离开，大帅就围攻了总统府，炮轰了粤秀楼。如今支持孙先生的人，可不少。说起大帅，用的是"率部叛变"。陈家人，怕是都脱不了干系。

慧生便说，我只问一句，如今的广州，是谁的天下。若日后司令知道了，追问起来，天塌下来，庵里谁来担着。

庵主愣一愣，缓缓站起来，又坐下去，将手中的念珠数了数下，终于拍在了案上，说，罢了，让她好生养着吧。

孩子是第二年的腊月出生的，是个男孩。

虽然早产，身量小些，但并不虚弱。生下不久，便哭得分外嘹亮，惊天动地。慧生给他取了个乳名，叫"阿响"。

因为一路有庵主护航，月傅未受许多委屈。她是清冷性子，不在意旁人的议论。庵里闲话不少，耳边吹风似的过了。

但孩子生下后，做娘的却神思恍惚，下不了奶水。阿响爱哭，实在无法，庵主请了一个乳娘来。要抱走，月傅不让。整天揽紧了孩子，是草木皆兵的样子。夜里睡得也不踏实，时常惊醒。

有天半夜醒了，大声唤慧生，说是梦见他索命来了。

慧生问是谁。她咬紧了嘴唇，不说，但是下了床来，到摇篮里找到孩子，抱起来，紧紧地贴着自己的脸。孩子给抱疼了，号啕大哭。她便也跟着哭。到了天亮，阿响睡过去了。她依在床头，呆呆地，一动不动。

陈赫明的死讯，是这一年的五月传来的。

至于怎么死的，知道的不敢说或不便说。渐渐就传出了各种版本。有说是陈大帅下野后，退守惠州，遭围攻。陈赫明援惠行军途中，暴病而亡，葬于河源；又有说，"六一六事变"后，其对军中事务意兴阑珊，萌生去意，并屡劝其兄长与孙中山讲和，渐为粤军中叶举等人所不容，故而除之；还有说，他秘密赴港，转道美国，遭遇海难。

这样众说纷纭了一个世纪过后，河源在兴建公园时，发现了一具尸骨和军刀。军刀上刻着陈赫明的字，麓存。

慧生结结实实地，瞒了月傅两个月。她一直在等一个转圜的机会。

庵主却听到了风声，来找她时，已经冷下了脸。说陈家的主母，要将这个孩子抱走。你也该告诉月傅，这么下去不是办法。我让这个孩子生下来，已经算送佛到西。难道还要我养他一世。

慧生说，他们要带孩子走。那孩子的娘呢？

庵主冷笑，照例是发卖。她如今痴痴骇骇，不中用了，这里留不得。

慧生愣一愣，说，我看三房里，新来了一个小妙尼，白白净净。倒是紧着要人帮带伺候呢。

庵主看她一眼，心照似的，牙缝里挤出一句话，你倒是先寻好了退路。庵里上下，都像你似的这么见风使舵，我可就省心了。

慧生笑笑，说，可不是？这些年跟着您，眼观手做，再学不会，连菩萨都看不下去了。

慧生回到房里头，心急火燎地收拾。

一回身，看见月傅苍白的脸看她。月傅问，你要去哪里。

慧生望一望她，没忘了让自己的神情松弛下来。慧生说，司令有消息了，在惠州等着咱们。你也知道外头情势不好，可得小心着。说是夜里头，安排了人秘密接应。车都备好了，你也别愣着，帮我执下阿响的被褥。

月傅说，他死了。

慧生手指抖动了一下，手上正叠着的衣服，掉落在了地上。她默默地捡起来，不看月傅，继续叠。

月傅说，他们要来抢走我的孩子。

慧生说，你又犯糊涂了。老是这么糊糊涂涂，去了陈家，我怎么放心。就算母凭子贵，坐打江山，你也得放醒目些。得求求司令，让我跟了你去。

月傅又走近了些，说，你带孩子走吧。

慧生木在那里。看月傅走近了摇篮，将婴儿迅速包进了襁褓里，动作行云流水，是少有的利落。她抱着孩子，转过身，扑通一声跪在了慧生面前，一声不吭。

这时，外头响起了脚步声。是无数军靴顿地的声音，沉闷而响亮。月傅站起来，将孩子往慧生怀里猛然一塞，一个箭步冲到了门前，将门关上，用肩膀死死抵住。她张开嘴巴，对慧生无声地喊，走！

慧生抱起孩子，打开窗户，便跨了出去。她一回头，恰看见月傅也在看她，眼里是护犊的母兽一般凶狠的光。

她不再迟疑，跳了下去，落在了后墙的草丛里。这时，她听到了一声枪响，将这夜的安静撕裂了。然后又是一声。

她猫在墙根，许久。夜里越来越冷，草丛里的露水，渗入她的衣服，让她不禁颤抖起来。她紧紧地抱着襁褓，让这抖动渐渐平缓了。襁褓里的婴孩，竟然一直都睡着。她在心里念了一声"阿弥陀佛"。

当夜更深的时候，她确信四周已经没有了任何声音，这才小心地站起身。她辨别了一下方向，开始往西濠口的方向走去。但她忽然停住了，在黑夜里头，她能听见自己的呼吸。她让自己平静下来，转过身，低下头，开始往码头快步行走，越走越快，竟然像是跑了起来。她尽量让自己跑得更稳一些，将自己与孩子贴得更紧一些。

当她终于坐上了一艘渔船，刚刚驶到江心，怀里的孩子忽然大哭起来。哭声不止，响彻天际。

在以后的许多年里，慧生一直在寻找月傅。这个过程漫长而辗转，一直到般若庵在广州消失，也没能找到。她们失散于那个夜晚，这么匆促，甚至没有一个体面的告别。

想到这里，她会有些失神。她无数回地问自己，为什么月傅有那样的先知先觉，却没有对自己流露半分。她似乎准备好了一切，而自己竟毫无察觉。

在襁褓的内层，缝进了一对翡翠镯子，若干金器、银票，和一枚长命锁。另外还有一封书信，上面写着：

吾儿贻生，为娘无德无能，别无所留。金可续命，唯艺全身。

慧生想，她甚至自己一个人，就把孩子的名字取了。

她阖上信，仔细地叠好。将婴孩抱起来，看孩子定定地望着她。她心中软了一下，用手轻轻抚摸了孩子丰盛的胎发，喃喃道：

贻生，贻生，你娘留了你这条命。往后怎么走，就要看天的造化了。

太史春秋

礼云礼云，玉帛云乎哉？乐云乐云，钟鼓云乎哉？

——《论语·阳货》

五举山伯，同我站在同德横街连排的老旧出租屋前面。头上有从骑楼伸出的长长的竹竿，晾晒着各种衣物。在午后的微风中飘扬着。风过去了，它们便也颓然静置。在安静中，我们听到有上了年纪的人，使劲清喉咙的声音。如今这幢深巷里的三层建筑，被隔成了十几间，住着天南地北的七十二家房客。

向老先生摸一下刷了白灰的外墙，指着对我们说，好好的水磨青砖，刷成这样，现在都看不出了。你往上望，那里头有道坤甸木的楼梯，直通顶楼，头顶的三角梁顶天窗，件件精雕细琢。我上次来看，也都给拆得七七八八。

话里不胜唏嘘。五举山伯，央他带我们进去，说荣师傅想拍几张照片放在书里头。老先生摇头道，如今我也是个外人，向家子侄辈只剩下我一个，话也说不上了。

五举山伯说，师父记得他小时候，院子里有一棵老榕树。还在吗？

老先生想一想，说，跟我来。我们就沿着横街往前走，走了很远，才在街角转过去。我不禁说，太史第这么大吗？

老先生走得也有些气喘。他说，可不是吗？三面环路，一面傍河。以往可是占了同德里、龙溪首约、同德横街和同德新街四条街位呢。

我们终于在一个大铁门停下来，旁边挂了个木牌，上面写着"海珠区少年宫"。跟那门卫说明了来由，才放我们进去。往前走了走，果然见了一棵大榕树。依然繁茂，粗得几人合抱，长长的气根垂下来，又落地生了根，枝蔓迁延。但树的一边靠了围墙。大约因为动了墙基，被人为地砍伐了枝干，断面结成了丑陋的树瘤，看上去就不怎么体面。

五举山伯，左左右右，找了许多角度，才把照片拍好。

放眼望去，这里只是一个空旷的篮球场。几个少年在夕阳底下欢蹦着。山伯道，师父说找见了榕树，就是太史第的后花园。向老先生说，对，叫个"百二兰斋"。你瞧那篮球架的地方，以前有个八角亭，庭外有兰棚。当年，叔公封逊翰林，放广东道台，慈禧太后赏了一百二十株兰花，就得了这么个名字。其他花草，都是从芳村花地杜耀花围精选来的。

我忽然想起了荣师傅上次带我去柏园吃饭，在那两扇黑漆大门跟前不肯挪步子，便问起来。老先生说，哦，走，我带你去看。

他指着一处空旷的门洞，确实十分阔大，大约以往是巍峨的。他说，就是从这儿拆下来的。

我仔细看一看，门轴的痕迹，已经用混凝土堵上了。抬头望一望，不知哪户人家，从大门口屋檐的铁钉扯了细绳，上面挂了咸鱼和腊鸭。门楣往下垂了半条锈蚀的铁链。

老先生说，这里啊，以往吊着一个大灯笼。那铁钉上，挂着叔公亲手写的宅匾。

在向先生的指引下，我仿佛看到在正门上悬着巨大横匾，上有"太史第"三字的遒劲行楷，两边侧挂朱漆洒金楹联。入门宽敞，每进都有朱漆大门，上面镂刻贴金通花。内进是堂皇客厅，高悬宣统皇帝御赐"福""寿"二匾，三进是肃穆神厅。神厅上有一巨型神龛，供祖宗神主牌，正中挂着"敬如在"的匾额。中设花局，局旁三边回廊围绕，两旁次第为书厅、饭厅。中央为梯台，左右分达女眷寝室。全屋的满洲窗，按每厅之名，尽有山水、花卉、扇面、古鼎、古币各款。往后便是后花园的胜景，据说整个广府，其盛唯有行商巨子潘、伍两家可一较短长。

老先生说，那时这同德里十号的正门，除非祭祖或红白大事，平日是不开的。家眷贵宾，大多从十二号的大门出入。

但是，在荣贻生的儿时记忆里，这正门却为一个陌生人打开了。

大约许多广府的老人儿，都记得这个秋天。

太史第请客，原不是什么新鲜事。每年从秋风新凉"三蛇肥"，可以一直摆宴到农历新年。来头大的宾客，也并不稀奇。本地大员、中央南下政要，加上股商巨贾，文人墨客，虽不说络绎，可每每也是将河南老少的眼界胃口，都提高了几成。但这一天的动静，却是他们没有见过的。

整提前了一日，从南华西路至同德里，悉由警卫森严把守。同德里两面出口的更楼，全部上栅，有如宵禁。行人要经检查方许通过，直到那来客抵达，周边的交通方恢复正常。可是并没有什么人，看到他进去。因为一架军车，直接送到了十二号的大门口。在列队的簇拥下，看见一个人影，斗篷闪动了一下，就进入了太史第。

外头的议论纷纷。太史第里头，也都揣测这大人物究竟是谁。仆妇们聚在后厨，少不了要说道。有的说是杜参议长，有的说是孙大帅。只是如今自家的大门，换上了凶神恶相的警卫，闲人是不许过去的。

好事的，便去打听，回来说不得了，怕是这人物来了，广州又要出大物事。三太太罗氏经过，在窗沿儿听见了，狠狠咳嗽一声，说，轮到你们嚼什么舌头。前朝张总督，到孙先生，还有和咱通家的李将军。过往的客流水一样，太史第可变过一分颜色。任是谁来了，不是冲着吃一口太史蛇羹。你们都给我打起一万分精神来，别丢了咱家的脸。

来婶便说，老爷交代下来，往日做龙凤会，入羹的至少用风前牡丹。可现时咱兰斋后园里，多是蟹爪。今天一大早，去了两个花王，到芳村调了新鲜的大白菊。这去了有两个时辰，人人可不都等着吗？

三太太皱一皱眉头，说，那还愣着干什么，主桌的全都改成"鹤舞云霄"。

仆从们面面相觑。三太太才想起，八月台风，园里的白菊倒毁了大半。花王①们紧抢慢抢，"鹤舞云霄"只留下了几盆。中秋为给李将军接风，全都用掉了。这种奇菊，是太史第的名产。看是大白菊，白中微透淡紫，不及风前牡丹饱满，味道却更馥郁清冽，谓食用菊花中不可多得之物。每宴请上客，才以此花与蛇羹相配。

三太太头上也有了冷汗，想也是疏忽了，精打满算，可不能因为几盆花露了怯。

这时候，众人却闻见远远飘来一阵清香，先是游丝一样，继而浓烈了，撞击了每个人的鼻腔，醒了所有人的脑。

少年阿响，看见自己的母亲，随着大少奶奶颂瑛，从回廊走过来。后面跟着花王和几个男仆，每人两手里各拎着一大盆菊花。定睛一看，可不

---

① 粤语，园丁。

正是"鹤舞云霄"。

颂瑛对着三太太行了个礼，道，三娘，咱同德里一戒严，连同去芳村的路，也要绕上一大圈。冯叔他们许是路上耽误了。我就想起来，廖家小少爷过满月，咱去年借出去四十盆菊花，有十五盆是"鹤舞云霄"。当时爹高兴，说不用还了。我跟廖老爷一说，人家也当说救急。二话没说，给咱们拿回来了。

罗氏点点数，口中道，我们太史公，手一大，金山都许给人家。还好有个持家的新抱①。人老不灵，你倒想到我们前头去了。

她笑一笑，不过话说回来，许出去就出去了。再要回来，倒好像我们向家送不起似的。

颂瑛也笑笑，说，是媳妇不周到了，三娘的话记下了。

三太太一回头，对着厨房里说，还都愣着！这菊花也来了，还要再偷上半日懒吗？

厨房内外，刚刚还定着。这一说，都热火朝天地忙起来。

一阵油烟泛起来，罗氏掏出手绢，扇一扇，对身旁的两个姨太太说，老八老九，你们俩那出《夜吊秋喜》，也好练一练。晚上要是堂会不济，老爷少不了要你们唱，都给我仔细着点。

待三太太走了。空气好像松懈下来，骤然快活了。各人手上是没有停的。大厨利先叔，将汤吊高高一扬，唱起了"南山调"。来婶说，刚才三太太在，也没见你这样威风。

利先叔促狭笑道，太太不在，自然是威风给你看。

此时上汤已够火路。上汤滤好，汤渣全倒进竹箩去，做了厨房伙计的"下

---

① 粤语，家中新妇，此处指儿媳。

栏"。上汤味厚，是二十只老鸡、十多斤的精肉和金华火腿，熬了一夜。

蛇要新鲜下锅。桨北路"连春堂"的蛇王鸿，一早候着，在厨房外的天阶一展身手。宰蛇有序，要蛇驯服，先取其胆。太史第做宴，所用皆为猛蛇，掉以轻心不得。他那一套如庖丁解牛，谓神乎其技，行云流水。男孩子们自然是雀跃地去围观。阿响倒是一个人，不声不响地，对着后厨外头的铁笼子。笼子里有只七间狸，不知是哪房少爷买来玩的，小得狸猫样。尾上的条纹也像猫，黄一道，黑一道，白一道，长长短短有七节。这小东西也看着他，如豆眼珠子辘轳一转，忽然有了可怜相，蜷在角落里。阿响执起半只秋梨，将手伸进笼去。那狸子盯着梨，露出恶状，猛然扑过来，差点咬着他的手指头。

来婶飞步，一巴掌打在笼子上，一巴掌又打在他脑袋上，说，不知死的鬼！

她便也拎了阿响的耳朵，直拎到了慧生面前，说，慧姑，你嘅仔真是个活菩萨。别的细路都去看劏蛇。他一个人在那喂狸子，手指头差点给咬穿了。

慧生便也是一巴掌，打在孩子屁股上，说，这是你喂得的吗。让你擦通花，都擦完了？

阿响点点头。这大院三进，每一进一道朱漆门，半扇门雕通了花，洒上金箔，每逢年节大事，要逐只拆下来洗刷。阿响一个人，踩了个小凳子，擦了整个后晌午。

大少奶颂瑛走过来，执了一柄菊花。看见他，倒蹲下来，摸摸他的头，说，蛇王鸿那儿热闹着呢，不去看？

阿响摇摇头。

颂瑛说，我刚瞧见了，不怪他。这孩子心里有慈悲，好事。

慧生叹口气，一个细路仔，心这么软。长大了让我怎么放心。

她抢过颂瑛手里的菊花，说，少奶奶，你且快放下。让下人们看见不好。

这漫山有活不干的人，怎么轮到您来动手。

颂瑛闪一下，避开她，说，怎么我就不能动。这要上桌的，亲手洗了我也放心。她便将整朵的"鹤舞云霄"，泡在清水里头。阿响看着她执着花柄，轻盈地在水里摇动，然后拿出来，又在另一钵水里头浸上一浸。那手在水中，手指葱段似的，晃一晃，像在舞似的好看。颂瑛看这孩子定定盯着她看，就说，这是盐水，泡一泡，小虫子就下来了，花瓣吃了不闹肚子。

阿响望一望她，点点头，看颂瑛直起身，同母亲一道，将菊花上的花瓣，一片一片地摘下来，落在竹匾里，像是落了一层雪。一层又一层，雪就厚了，密密实实地将竹匾铺满。

颂瑛说，这孩子，叫阿响，可倒是一点声音都没有。

慧姑大笑道，哈哈哈，叫这个名，自然是小时候哭得地动山摇。

颂瑛听她笑的，倒是失了神，喃喃道，慧姑，有个自己的细蚊仔①，日子苦辣酸甜，倒是都有滋味了。

慧生便立时不笑了，又一个巴掌打在阿响屁股上，说，人人忙，你倒学会叹世界②。去，把这钵柠檬叶给我洗干净去。

颂瑛看着他的背影，说，那时不及一个箸箕长，转眼风似的，也长大了。

阿响便拎了一只桶，去井边取水。恰好经过天阶，"连春堂"的女工们，架起台，正在出骨。女工一手拈蛇，一手用大拇指从粗的一头铲进去，蛇肉离骨脱出，那手势利落，不消两三下便拆好一条蛇。阿响看着，倒想不起了这些"茅鳝"③，刚才在地上血淋淋挣扎的样子。

---

① 粤语，指小孩子。

② 粤俚，享受生活。

③ 粤地对蛇的别称。《倦游杂录》记载："岭南人好啖蛇，易其名曰茅鳝。"

他坐在小板凳上，拿一柄小刷子，细细地洗那柠檬叶。太史第的后花园"兰斋"，种了好几棵柠檬树，这些年也长了不少。利先叔，有年让他站在树底下，在树干上划一道，说，阿响，明年再看看，你长高了没。第二年，他老实地站在树底下，见那一道高过了自己头顶了。他以为自己长矮了，偷偷哭了一场。慧生知道了，当娘的去和利先叔理论。她大了喉咙说，谁再欺负我们孤儿寡母，就跟这棵树明年一道遭雷劈。

几年过去，这树没遭雷劈，倒更茂盛了。娘俩儿在太史第稳了脚跟。阿响喜欢采柠檬叶。做蛇羹，嫩叶不够味，老叶太硬了。他呢，就会眯起眼睛，对着阳光看，就能看出老嫩，下得去手。他一边洗，一边撕去叶脉，叶子分两半，一叠一卷，放在手边的笸箩里。

卷好了，送到后厨，正看见利先叔在熬蛇汤。远年陈皮与竹蔗味，和蛇汤清凛的膏香，混在空气中漫渗开来，让他不禁嗅一嗅鼻子。

利先叔接过笸箩，将柠檬叶卷放在案上，麻利利地切开了。蛇羹考刀功，这柠檬叶要切得幼若发丝，才算过关。这一案子，都是切成丝的各色配料。阿响看得出神，利先叔倒说，叔考考你。闭上眼，数数这案上切丝，数出了有赏。

阿响边真闭上眼睛，一五一十地数:鸡丝、花胶丝、冬笋丝、吉品鲍丝、冬菇丝、陈皮丝、姜丝、广肚丝、云耳丝。

利先叔哈哈一笑，说，不声不响，还真是好记性。

说罢了，就端起碗，盛一碗蛇汤给他。

阿响不接。利先叔说，好小子，有赏不要?

阿响愣一愣，还是不接，说，我娘说了，不合规矩。

利先叔便自己一口将汤喝下了肚，然后长叹一声，人间莫过三蛇鲜啊。

说罢偷眼看阿响。阿响舔舔嘴唇，定定地看他。利先叔又盛了一碗，放在他鼻子旁边，荡一荡，说，香得来。

这时候，就看慧生，一把夺过碗，猛顿在案上，厉声道，厨子偷食，教坏细路。

利先叔一时语塞，恨恨道，下栏命！

一九二九年的香港《华星报》曾刊登一则广告，足证彼时"太史第蛇宴"令城中各大酒楼马首是瞻之盛况：

> 广州四大酒家每年制作之菊花五蛇羹，系用巨资，聘请向霞公太史之厨师传授制法，久已驰名遐迩。自分设楠园、大三源、闻园各酒家来港，每年于秋末冬初，三蛇已肥之际，必依法烹制应市，近已出世，曾尝试者，莫不交口称赞，并运到大帮南雄新鲜北菇，香味异常浓厚，每日又有竹丝鸡烩山瑞，均为应时补品，好者幸勿失之交臂，是幸。
>
> 香港：威灵顿，闻园酒家；石塘咀，楠园酒家；油麻地，大三源酒家。

我问五举山伯，做这"三蛇会"有什么讲究。回说三蛇坊间说法不一，可太史第必用金脚带、过树榕、饭铲头三种。每蛇宴，要二十副，蛇汤才得其味。"龙凤会"则是三壳蛇、一壳鸡，辅以蛋白猪膏，令其甘滑。所有荤丝走油炸过，方可会蛇入大锅慢炖。

我又问，这太史第的蛇宴除了蛇羹，是否还要摆上九大簋。山伯说，师父也曾对他讲过，都是精巧非常的菜式。啖蛇羹，须同饮蛇胆酒，热双蒸或三蒸，始能进补行气。佐胆酒，先上一个四热荤，其中少不得有"鸡子锅炸"，这是太史筵上的看家菜。压席的是红焖山瑞，太史的牙口不好，就舍了冬笋用广肚同焖，焖到肚润汁入。他究竟也记不清，大约还有大良积隆咸蛋、蒸鲜鸭肝肠、杏汁炖白肺、菊花鲈鱼、夜香虾丁、红炆文庆塱鲤鱼和一道"太史豆腐"，都是外面吃不到的。

我说，你见荣师傅做过？

山伯摇摇头，说，师父只做大按，未见他动过红案。我跟他去"恒生"俱乐部吃过一次。那里的主厨说是太史第大厨李利先的徒孙。师父吃了几口，直摇头。

荣贻生小时候，确实吃过太史第的宴菜。

那天，他吃到蛇羹，已是太史第的掌灯时分。遥遥地，他看见向太史的饭厅，有稀疏的光从满洲窗里渗出来。窗上有一团影，格外净白，几乎称得上璀璨。那是一只法式的水晶灯，在两面落地大镜之间，华彩辉映，绵延无尽。

间或有丝竹声传来。太史饮宴，逢有贵客，必请堂会。粤剧有之，因当年点翰林，曾于京师候职，京戏国粹也是向太史心头所好，并曾一力促成梅博士赴粤，成就佳话。广州的"闻声班"虽不及京津，但算勉强可听。第八第九两位太太，皆出身梨园，饮宴酣畅时，也可助兴。

这回饮宴于太史第，也是前所未有的漫长。几乎到了后半夜，还没有结束。

少年阿响，自始至终，并没有看清楚这个大人物的脸。他只是在擦通花时，似乎看见了这人的背影。身形并不高大，甚至有些佝偻，但两条腿却绷得笔直。脚下生风，马靴在石板地上，有沉实的钝响。

在这咿咿呀呀的声响里，他手里捧着一碗饭，默默地吃着。饭上是半条煎得香喷喷的鳕白咸鱼，淋了浙醋和砂糖。

食下栏，是太史第仆从间的积习与传统。在宴请接近尾声的时候，后厨总有一些剩下的饭菜，或是高汤熬尽的汤渣，或是摆盘余下的菜肴。最受欢迎的，自然是蛇羹。那往往是厨房里有权力的人，负责分配。一个"近身"仆妇的孩子，分到的自然不多，浅尝辄止。

阿响闭上眼睛，回味蛇羹在齿颊间的余味，膏腴而香甜，还有一丝隐隐的酸，是他亲手摘下的柠檬叶。

这时候，他却觉得手里的碗，猛然被人夺走了。

他睁开眼睛，看见对面一个男孩子，狼吞虎咽正吃着自己的饭。

他看见男孩白净的脸，因为吃得太快，而泛起了绯红。额上渗出了薄薄的汗。梳得整齐的头发，额发黏腻地耷拉下了一绺，看上去有些狼狈。

这男孩子，似乎被这碗饭吃得噎住了。他站定，顺一顺气，眼睛定定地盯着阿响，忽然喉头一动，打了一个悠长的饱嗝。这才将碗还给了阿响，用手指支了支鼻梁上的金丝眼镜，说，饱了。

然后又说，今天的鱼煎得刚刚好。

阿响这才回过神来，恭敬地唤他，堃少爷。

是的，面前这孩子，是太史的第七个儿子。比阿响长一岁，大名锡堃，在南武学堂念书。

阿响看他，还是刚刚下学的模样，书包还斜斜地背在身上。

阿响捧着碗，张张口，终于问，少爷，您没吃饭？

这做少爷的，倒是不着急，把包取下来，一屁股坐在台阶上，挨着阿响，嬉皮笑脸地说，这不是吃了你的吗？

阿响说，您这……

上房掀瓦，下地撵狗！七少爷一拍大腿，嘴一嘟，学了三太太捶胸顿足的样子，这一回可倒好，点了先生的帐子！

阿响一听，知道堃少爷又惹上了祸，被罚没了饭吃。他同情地看看这男孩，从自己口袋里拿出一个秋枣，在衣服上擦一擦，递给他。

向锡堃接过来，咬了一口。这时远处传来高胡的过门声，他叹一口气，说，饭可以不吃，可这戏也听不得，真是冤煞了啊……

阿响见他拉了长长的戏腔，拎起并不存在的长袖，挡住了脸，佯作呜咽，也觉得好笑。锡堃倒抬起脸，正色道，你说我属什么不好，属了个"茅鳝"。爹每次摆蛇宴，就让我上桌陪客。这是什么个道理，不是让我看着自己被扒骨抽筋熬汤喝？

阿响说，这是疼您。我娘说，少爷小姐们除年节都上不了大台，就您吃过整席的宴。

锡堃摇摇头，说，吃不吃的倒无所谓。可是，在这宴上听大老倌的戏，饱耳福才是正经。今天是白玉堂和林思仙，可惜了。

这时，他定定站住，支起了耳朵。半晌，转过身，似抖动了头上的花翎，一瞠目一个起势，喝一声，凤仪亭，凤仪亭，等候佳人诉衷情。

这一喝，倒将他自己吓了一跳，四望了没人，先对阿响笑起来。刚才还是个嬉皮笑脸的吕布，远远鼓点响起，他这架子一端，忽而身段也婉转了。是貂蝉接口唱道：匆匆绕曲径过花阡，千钧重担付婵娟。脂粉远胜动横拳，一副温馨脸，冷笑是刀默是剑……

阿响看七少爷，在后厨稀薄的昏黄灯光中，无声地唱，一人分饰两角。脸上有一种与他的年龄不相称的成熟，与方才的天真判若两人。他看得有些呆住了，也不由为他的表演所吸引。这是一个让他陌生的堃少爷，大概因为融入了角色，在他作为一个孩童的眼光，并不输任何一个在广府当红的老倌。他禁不住鼓起了掌。

锡堃大约也感到得意，对他一抱拳。但阿响却见他眼神黯然下来。他重又坐下，低下头，闷声道，听我爹说，我娘最喜欢的戏，就是《凤仪亭》。阿响，我往后有个心愿，就是写一出戏给我娘。

他抬起脸，看着阿响，问，你说，我能写出来吗？

阿响也看着他的眼睛，郑重地，使劲点一点头。

堃少爷于是又高兴了。他使劲拍了拍阿响的肩膀，说，我今天吃了你的咸鱼饭，我们就是碗盏之交。我要报答你，我教你唱大戏好不好。

阿响没吱声。

堃少爷想想说，那我就教你读书？

没待阿响回答，他愉快地站起身来说，就这么定了。

见阿响回来，慧生劈头就问，饭吃完了？

他愣一愣，轻轻应一声。

但慧生却立时拎起了他的耳朵，说，好嘛，几天不打长了本事，讲大话！来婶说看见堃少爷吃了你的饭，是不是？

阿响不说话。

慧生越发气，说，少爷荒唐罢了，你也跟着起哄吗？这大小规矩都没有了，你给我跪下！

阿响仍不出声，自己走到了墙角里，扑通便跪下。背却挺得直直的。

来婶走进来，将浆洗好的衣服端进来，一件件地抖，说，这七少爷也是，怎么好吃下栏饭！这不是连老爷的脸都捐进去了吗。

慧生一听倒气结，说道，下栏饭也是饭。谁叫缺个人照应呢。

来婶冷笑，你们家的小菩萨，倒照应上了，难保自己不饿肚子。

慧生想想，便说，那就饿着！细路仔，饿一顿长记性，记得自己的身份。纵是吃下栏，有个娘，也饿不长久。

夜里头，慧生伺候颂瑛睡下。

颂瑛靠在床头，对她说，今天五小姐寄过来一听饼干，说是美国产的。你拿去给阿响吃，别让孩子饿肚子。

慧生说，让他饿饿也好。

颂瑛叹一口气，说，你既知道来婶的脾气，和她置的什么气。

慧生回头道，奶奶，我是替七少爷不值。看到少爷没饭吃，一个两个，也没见伸把手。

颂瑛说，老爷和三娘不让吃，他们也是不敢。

她想一想，说，我们这老七啊，专门在风头火势上招惹老爷。一个没娘的孩子。六娘生他时还没过门儿，人先走了，也是可怜。任谁不是伏低做小。他可好，整个太史第的动静，谁都没他大。

慧生抬起头，硬硬颈说，我倒觉得，七少爷这样好。别人是一回事，先别把自己个儿给看轻了。命要都是顺着来，谁去跟命抗呢。

颂瑛揉揉太阳穴，笑一笑，他呀，不是跟命抗，更像是天性。长这么大，风吹似的，谁都拴不住。我是喜欢，只怕他这么着，将来吃亏。

慧生说，唉，除了五小姐，他也就跟您亲近些。

颂瑛说，长嫂如母，就搭把手。我这样，也更明白他一个人的苦。下个月是他娘的忌日。你替我多准备些金银衣纸，拜她佑一佑自己的儿子。

慧生轻轻应一声。外头有风声，将一扇将开未开的窗子，吹得直响。慧生走过去，将窗子关紧了。

颂瑛望窗外看看，道，还说今年秋天，比往年凉了些。这说话间，就快要过年了。

慧生和阿响，在太史第已经是第七个春秋了。

夜里头，她就着灯光，撩开额前的头发，还能寻见殷紫的戒疤。她细细地看。镜子里头，倒也看得见床上那个小小的孩子。睡得正酣，均匀地呼吸，胸脯一起一伏。她回过身，走到床前，给他披了披被子。

阿响颤抖了一下，肩膀也蓦然动一动，应该是做了梦。他嘴角上，还有残留的饼干渣。她为他擦掉。手指碰触到孩子的唇，那么柔软。这让她心里动了一动。

她想，这孩子终于长大了。

这样想着，她觉得胸前涌出了一股滚热的东西。她不禁低下头，让自己贴了贴孩子的脸。

那时候，他不如一个笊篱长。

她在佛山老家，静静地等。那段时间如此煎熬。等到自己的头发长到了三寸。她便包上了头巾，在远房堂兄的介绍下，进入了南海乡绅何家帮佣。她很清楚，一个女人，独身带着婴孩，在世俗的舆论中如此招人耳目。但是，却不会有人注意到一个大富之家的仆从。

她是对的。以后的两三年，并没有麻烦找来。尽管她如履薄冰，常常在夜里惊醒。但她看看那孩子还在身边，稳稳地睡着，便也安然入梦。虽然这期间，她受到过堂兄的勒索，但她懂得也庆幸月傅的先见之明。千金散尽后，一切有惊无险。

何家人敦厚，看重她的伶俐与活泛。她很快就成为何二小姐颂瑛的近身阿姑。二小姐在新学堂念书，却肄业回到了闺阁。据说是要从父母之命，践行一门指腹的亲事。

姑爷如何尚不知道。这联姻的亲家向氏，好生了得。与何家同出于南海，有宗亲之故，却胜在是簪缨世家。祖上为巨富茶商。如今主人，清末中进士，点翰，人称太史。少年师从康有为，参加过公车上书。辛亥革命以还。失意宦海，索性隐居于乡，以诗书饮食自娱。因承继祖上基业，且有外洋烟草公司的代理之职，故也安于富贵逍遥。关于这位太史公，民间有许多传说，大约最为人津津乐道，是他一房接一房地娶老婆。当年觐见慈禧，老佛爷高兴，赐他酸枝、红木镶象牙的大床给四位妻妾。并答允他每娶就赐大床。这样赐了七张，太后薨了。再后来，大清也没了。他倒是还没断娶，且不拘相貌。广府便流传了民谚。"太史婆新抱——好好丑丑。"

直娶到了十一房，这才觉得薄暮已至。可妻妾成了群，自然是关照不暇，难免摆不平。当年点了翰林，朝廷有诰命衣冠所赐，依例是原配岳氏应得。但因为向太史属意三太太，罗氏不声不响，就成了诰命夫人。这岳氏一气之下，竟就殁了。

而何二小姐要嫁的，便是岳氏所出太史的长子锡寒。便听说这大公子执意为母亲守孝，三年不娶。可到了第二年，向家却传来消息，说大公子也急病而终。

依佛山俗例，女子未过门，夫未婚而死，是为大不祥，无人肯娶。颂瑛心虽不愿，唯听从族训，与大公子缔结冥姻，默默嫁到了向家"守清口"。

何家选了慧生，做了颂瑛的陪房阿姑。

多少个夜晚，慧生听见颂瑛在房中饮泣。

可第二天，见她起来，照样梳妆停当。给公婆问安，对着一大群姨娘的面，大方落落，不卑不亢。那形容举止，竟然天生就是这巨绅之家长房媳妇的样子。未竟一月，太史第上上下下，都称得赞得这大奶奶的人品风貌。

慧生看在眼中，心里也疼得紧。她想，才十七岁的人，已懂得用力将身心撑起来。以往在自己家里，是个没主意的样子，要人娇惯。读了新书，也有些心气上的任性，可究竟是有许多左右不了的事，让她认了命。这女人，就算生对了人家，没嫁对，也是前功尽弃。人说一入豪门深似海。这一辈子，一个人往前可怎么走，谁又能知道。

其实，她慧生又何尝没有活动心思。因这一陪嫁，她也怕，怕的是回到了广州来。可她却也隐隐盼着回来，她多想告诉那个人，她对得住她，将这孩子养活了。她甚至想过要逃出去，将这几年间她不知道的，看个究竟，问个究竟。

过门一年，颂瑛终于知道了真相。原来大少爷并非病逝，而是一早就从太史第出走，流连花间，在他母亲忌日那天，同"珠玉楼"相好的名妓吞鸦片殉情。

那说漏了嘴的丫头被打了一顿，赶了出去。却也有说，是三太太见人人赞少奶奶贤惠、识大体，声望日隆，故意走漏了风声。

颂瑛只淡淡一句，他肯为这女人死，这女人又肯随了他死，总好过苟且。

因这句话，太史第上下，原本怜惜她的人，都多了一分敬。敬她的人里，也包括太史公。于长子锡寒，他原本就很内疚，想要补偿。但没想到素未谋面的新抱，受尽了委屈，对这雪上加霜的事，能有如此的度量。他便嘱阖府上下，要尊大少奶为上，不得怠慢。并礼聘李凤公到府教习丹青，又请宿儒池清讲授国学，是要向闺中巾帼大气的一路培育她。

敬重她的，自然也有了慧生。她在这年轻女子的身上，看到了似曾相识的东西。那种纯净而世故的东西，曾也存在于另一个人身上，想让她保护，看顾。安下心扎下根来，彼此厮守，成为岁月的同盟。

她决定不走了，安心做颂瑛的"近身"慧姑。

岁晚。年十六尾祃，廿三是谢灶，按例其间择日扫屋。

太史道，"一屋不扫，何以扫天下。"兹事体大，阖府上下，无人怠懒。

太史第三面廊腰缦回，檐牙高啄，中央设有兰圃。中秋过后，便要计划贺岁应备的盘花。处处井然有序，各显芬芳。书房走廊摆的是兰花，客厅外摆的多是芍药，天井则摆牡丹和菊花。至于插瓶大枝桃花及吊钟、金橘等，皆是由芳村花地的杜耀花圃精挑送来。

颂瑛领了慧生，指点花王摆设，行步举动，嘱他们多加小心。往年用的花盆、花瓶都是景德、石湾的瓷器，且大都出自官窑。今年太史却订了一套本地"益顺隆"瓷坊的鹤春青。

这套广彩花盆，仿了乾隆御窑满地黄，说是用了"二居"的笔意，绘了四时花卉。从绘制到烧制出炉，竟用去了整整一年。如今看来果然栩栩如生，盆内盆外，竟有斗艳之势。众人啧啧称赞。

待都摆放停当了，但看见一个小女仔，站在"益顺隆"的伙计前头，声音脆脆道，"群贤毕集陈家厅，万花竞开灵思堂。"阿云恭祝太史第财源广进，老爷太太福寿双至，少爷小姐鸿业似锦。

说完了，深深道了个万福。

颂瑛便笑，这是哪家的细路女，这么伶俐的。

旁人便说，是"益顺隆"老揽头司徒章的独孙女阿云。大名叫司徒云重。

颂瑛一沉吟，这名字好，倒真有些气概呢。

说罢叫慧生拿出福袋红封的赏钱，递上。慧生便交到阿响手中，耳语道，跟人家说，恭喜发财。

阿响便走过去，将福袋放到小女孩手中，脸却一时间憋得通红，转身跑回来了。

倒是阿云，仍是声脆脆地说，小少爷吉祥。

慧生便道，我的佛祖，折煞了。这可走了眼，哪有那么不上台面的少爷。大吉利是喽。

平日各院内房自有太太们的近身整理，业近完成。祠堂、神楼和老爷的书房，女眷和仆婢不得进入，则由男仆洒扫。可一年有个例外，谢了灶，除夕将至，自然有的是厨事忙碌。神厅里也便开了一个工坊，阖府上下，倒有些全民皆兵的意思。

在神厅里开了油镬炸油角、煎堆，喜庆是做给祖先看，儿孙们仍然富足丰盛，也要祖先在天上放心。

如此一来，自然布置上也怠慢不得。八仙桌都加了台围。神厅、客厅的座椅，全铺上椅搭，一律大红的锦阳缎，绣满了纹龙金凤。小孩子们在其间穿来跑去，投掷升官图、状元筹。大人们也不像平日里责怪，由着他们的性子，撞上碰上了桌椅角，便说是扑通扑通，送灶君，敬财神。

活儿倒并不轻松，铲豆沙、搓粉、折角、落镬，忙个不停。因为对着向家的祖宗，开油镬有很多禁忌，可乱说话不得。这时候"童言无忌"也不管用了，细路们不许插口更不得插手。太太们和几位少奶奶，若干年言传身教，个个手势上乘，油角折得均匀精致，扭边幼细；通心煎堆更吹得饱满圆润。

大少奶颂瑛的折角，每年最受孩子们欢迎。她手里比旁人多了一把铰剪。在折角一剪刀一剪刀，细细地剪。初时看不出名堂。可下了锅，那一层层的面根儿，炸脆了便竖起。大多是活灵活现的动物，公鸡的花翎子、白兔子的竖耳朵，原来都是孩子们的属相。少爷小姐们都玩够了。她抽空也给阿响做了一只，是匹金黄的小马。两粒赤豆做了眼睛，看上去精灵灵的。尾巴高高地翘起来，是昂扬奋蹄的样子。阿响舍不得吃，拿去给慧生看。

慧生看着，手上并没有停。她正和女仆们忙着蒸糕。萝卜糕、芋头糕、九层糕、马蹄糕，还有蜑家哥仔送来水上人的盘粉，蒸了一大家子能吃到年十五。瞧见小马，她也很欢喜，说，快趁热吃了吧，奶奶给的好意头，要下了肚才作数。

倒是七少爷锡堃在旁边看见了，一嘟嘴，叹口气说，人人都比我的好。猪肥屋润，龙马精神。就我属条长虫，油炸出来似笃屎，还要吞落肚。

大人们听了，先愣一愣，然后无不笑骂他，有的目光中露出鄙夷。他倒是做了个鬼脸，远远跑开了。

年关有童子扫神楼的讲究。虽已清洁停当，管家旻伯给阿响一只掸子，让他上去掸一掸。

这神楼在神厅的储藏室上头，他便爬上去。迎面是个巨型的神龛，里头摆满了牌位，挤挤挨挨的。牌位上的字，有些他认得，有些不认得。但上首有"敬如在"三个字，是他识的。那龛上四面镶了漆金木雕，精细繁复，他便执了掸子，一点点地掸。

掸着掸着，听到身后有动静，回过头，却没有看见什么。这时有微弱的阳光洒进来，恰照在神厅的墙上。他便看见那一排高悬的画像，是向家的列祖列宗。无论男女，个个都有着严厉的嘴角，一律宽阔的额和尖削的下巴，在他看来，并无法区分。但一些在阴影中的，似乎瞳仁望向了他的方向，阴煞煞的，让他蓦然有些恐惧。

他想，这些人，曾经在这个大宅子活过，享受过荣光，然后在过年时还被惦记。因为他们是祖先。

而他的祖先是谁，他却一无所知。他甚至，不知道，他的父亲是谁。

最靠近的一张画像，似乎是太史的父亲，母亲告诉过他，是一个富有的茶商。而太史是七少爷锡堃和他十多个兄弟姐妹们的父亲。可他不知道，自己的父亲是谁。刚来太史第的时候，那些仆从的孩子，羞辱过他骂他是没爹的野种。他茫然而木然，因为他并不知道这个词的含义，但他判断出是关于一个对他重要的人。他看见自己的阿妈，因此破口大骂，以一种乡野的悍妇的姿态。骂着骂着，声音便虚了下去，然后抚了抚自己的胸口，息事宁人。当他再大一些，终于问起自己的父亲。阿妈愣一愣，只是潦草地说，死了。

他想，死了。人死后总会有一些痕迹。在这座大宅里，每个父亲，父亲的父亲，甚至父亲的父亲的父亲，都被供奉在这座神楼中。可是，他的父亲，在哪里。

他慢慢下了楼，一个人，走到了院子里头。在年宵的热闹与人声中，越走越远。他还是个孩童，不足以思考，但已经能体会到空洞的惆怅。

这时，阿响忽然被一个人拉到了一边。一看，是七少爷。

听他去了扫神楼。七少爷吐吐舌头，那鬼地方，那么多牌位，得人惊①。将来我爹的牌位在上头，我的也得在。乍一看，又分得清楚谁是谁。

没待他反应，锡堃说，快快，帮我换身衣裳。

说着就伸手脱他的外褂，然后把自己的长衫和夹袄，也脱下来，硬是给他穿上。他一边推拒，七少爷霸王硬上弓，给他把衣扣一个个地扣上。待穿好了，锡堃退后两步，看一看，说，嘿，你还别说，比我还像个少爷。

他一边穿上阿响的衣服，一边将金丝眼镜也架到了阿响鼻梁上，说，这可就更像了。但却旋即又取回来，嘟囔道，不行不行，没这个我就变成了盲公。

他牵着阿响，穿过花厅一路走，走到了一幢大屋前面。阿响挣扎了一下，因为他知道，这是太史公的书房。阿妈三令五申，教训过他，整个大宅，除了贴身的男仆可进去扫书尘、拭古玩，其他人不得靠近。

锡堃却拥着他，走到了门口，把那厚布帘子一拉，将他推进去，耳语道，你就在这站着，哪儿也别去。我待会就回来。

说完，没待阿响回头，一道烟似的，就没了。

阿响站在这大屋里，有些昏暗。待他的目力渐渐适应了光线，才影影绰绰地看清楚。

_____

① 粤语，令人害怕。

正中摆了一张八角形的酸枝大案，镶着大理石。两边是十分宽大的太师椅，天花顶上吊着一盏巨型宫灯。太高了，他看不见上面的图案。

　　他站在一扇满洲窗底下，窗上有净底翠绿山水的玻璃画。这房间里三面墙都是落地的紫檀古玩架，琳琅摆着各种稀奇古怪的物件。阿响听旻伯说，都是皇帝用过的东西。当眼的五彩团龙宫鼎，还是太史点翰时西太后所赐。其他尚有几样宫物。四美十六子斗彩瓶，仇十洲笔法所绘；八骏珐琅瓶，亦为康熙年制贡品；还有那蟠桃兽酗杯和醉红樽。若数起来，溯源倒不甚体面。彼时逊清既倒，废帝溥仪尚在紫禁城中。宫监们见大势已去，便将宫中古器偷运宫外，四处兜卖。溥仪的师傅，太史同年甲辰榜眼朱汝珍，时任诰南书房行走，与太史交情素笃。知道他好古董，以为古物落于市侩之手，至为可惜。便引荐了宫监乔灵，将这几件给买了出来。如今在这太史第里头落脚，也算安得其所。

　　这满洲窗似乎还间隔着另一个房间。他不知道那是太史的烟室，坐落着一架紫檀镶楠木的烟炕。他只是闻到了空气中一种奇异的香味，他从未闻见过。同时间，忽而有一种极浓重的鱼腥。他也不知，这是鲟鱼子的气味。传说鲟鱼子能够清去吸食大烟在体内累积的烟油。太史的烟灯上，长年贴着如纸薄的鱼子片，供他焙香食用。这味道刺激了阿响的鼻腔，让他作呕。他不禁打了一个喷嚏。

　　这时，他听到里面大声道，快入来。

　　这声音并不严厉，而是沙哑而慵懒，带着长长的尾音。

　　他犹豫了一下，终于走进去。

　　他看见一个大人，佝偻着身体坐着，面对着一张棋盘，嘴里喃喃说，你再等等，我这就破了你的局。

　　忽然他似乎意识到什么，抬起了头，目光正同阿响对上。

　　这是一张苍老的脸，有着下垂的严厉的嘴角，与阿响刚刚看过的那些画像很相似。但眼中的惊奇，透过眼镜的镜片射出，让这张脸蓦然地滑稽起来。

他打量着阿响，或许看到了他穿的衣裳，忽然哈哈大笑起来。他大声地说，老七这个死仔，精过马骝①。

阿响从未这样近地看过太史。他想，这个人是七少爷的阿爸。

太史识穿了这场恶作剧后，变得严肃起来。他仔细地辨认了阿响，说，你是大少奶那边的……慧姑的仔？

阿响迟钝了一下，点点头。

太史又露出了笑容。他也看出了阿响的踌躇，于是从烟炕上下来，将手背到身后，看着这个孩子。

作为粤人，太史的身形，原来是很高的。

他正色，问道，你怕我？

阿响摇摇头。

他便又问，那你说说，我是个什么样的人。

阿响想一想，认真地说，你的胳膊特别长。

太史愣了愣，不可遏止地朗声笑起来。他笑得如此恣肆，笑了很久，以致在空荡荡的房间里，有了回声。他忽然停住，伸出右手，从后面环过自己的腰间，搔了搔自己的左边的胳膊。他看着阿响，使劲跳动了一下，然后再次哈哈大笑起来。

即使进入暮年，荣贻生回忆起这次与太史的见面，谈及太史缺乏上下文的笑，仍然觉得突兀而莫名。

关于这一点，我与五举山伯进行过讨论。他认为，哪怕见识过自己师

---

① 粤语，猴子。

父超人的记忆。一个孩子的童年印象，仍不足以作为人物评价的依据。

不知为何，我却对这件事，产生了某种信任。

关于向太史，因为他过于广泛的交游，有许多名字，可以作为他存在的佐证。这些名字，贯穿了中国近代的历史，亦令向太史没有在一些时代的关隘与节点缺席。孙中山、袁世凯、廖仲恺、林伯渠、胡汉民、谭延闿、张大千。但也因为这些名字之头绪繁多，波谲云诡，在许多的史料中，彼此砥砺错综，反而让这个人的面目，难于安放。或许，荣贻生在其中，实在是个无足轻重的角色。我不确定我的信任，来自何处。直到极其偶然地，看到一九七六年五月一日出版《广东文献》，恰刊登有"霞公太史轶事"一文，其间有如下段落。

霞公身躯高大，雄伟壮实，双目炯炯有光，望之气象万千。且有豪迈的性情，自言未诞生之前，其太夫人梦见一巨猴，投入她的怀中，惊醒后，胎即作动，太夫人说他在胎中打了几个筋斗，然后呱呱堕地，可知他在胎中已经是很调皮的婴孩。初雇一乳媪抚育，断乳后，仍留此乳媪当保姆。三岁时，这乳媪手持铰剪，正在剪裁衣服之际，蒙眬中忽见一巨猴，扑至其身边。乳媪大惊，立即以手上所持铰剪掷去，中其右额，审视之，原来不是猴，而是霞公，幸而尚非击中要害，损伤额上外皮而已。故霞公右额之上角，终身有一疤痕。其人身长，手亦特别长，右手能绕过头脑之后，转过面目之前，自摸其右耳，左手亦能如此摸其左耳。说者谓此亦猴形的凭证。霞公是猴子托生，不特他自己承认，擅长看相者，都是如此说，真可谓"不可思议"。

或许可以这样说，七少爷锡堃因为不耐烦与父亲对弈的残局，在父亲长考之时，偷偷溜了出去。李代桃僵。然后一个人溜去了海珠戏院，看陈玉珠担纲的年关大戏《锁春秋》，由此造就了太史与少年阿响的见面。

而下面的发展，则无关乎于他的导演。太史望一望阿响，问他，下过棋？

阿响点点头。太史听到，眉头舒展开，再次跳动了一下。

阿响觉得似曾相识。他想起这也是七少爷常有的动作。锡堃没有食言，他教阿响读书、识字，甚至弈棋。他体会着一种教学相长的快乐。在他感觉阿响孺子可教时，总会兴奋地跳动一下，作为对学生的褒扬。是的，他说过，比起"茅鳝"，他更希望自己的属相，是一只马骝。

太史将阿响唤到了棋桌跟前，说，你看看，老七给我整了个"千层宝阁"……

阿响只看了一眼，他伸出了手，一犹豫想缩回去。太史却挡住了他。他于是执起一枚白子，点了下去。

太史思忖了一下，跳了起来，一瞠目道，破了。

这一天的黄昏，除去一人，太史第的人从未如此之齐。他们按长幼分序，依次对着祖先三跪九叩。七少爷锡堃却心不在焉，他究竟想不通，听了一出戏回来，父亲如何就破了他的棋局。

少年阿响，将一枚银元埋在了柠檬树底下。因为太史告诉他，这并不是给他的压岁赏钱，而是佛山人的风俗。在除夕埋下这枚钱，远行的家人，就会在新年归来。他没有对其他人说，甚至于母亲慧生。他相信这是他想实现的秘密，越少的人知道越好。

大年初一。

太史第上下，自是一团热闹。平时见不见的，都来了拜年。多的自然是小孩子，穿的都是一团锦簇。颂瑛有慧生陪着，先去跟太史问安，再一一去太太们的居停。待回到自己的房间，已经过去了一个时辰。

这才到了各房和外头亲戚的细路们，来讨压岁钱。男孩子打恭，女孩子敛衽，近身们都拿着金漆托盘接利是。颂瑛是长房长媳，出手自然很厚，见到喜欢的孩子，还要多给一封。听着孩子说着吉祥话，眼里头也是笑意。但见这细路走了，颂瑛的目光追出去，竟然是恋恋的。

这样一程子，竟然也到了黄昏。慧生便看见她仍坐着不动，眼睛里头，似乎一点点黯然了。知道她心里放不下人家的孩子，慧生便故意与她打岔，说，嗨，我们奶奶出手也太阔绰，不知这一天，又贴进了多少娘家钱去。

她说出去，方觉得不妥。颂瑛倒是笑说，看这些孩子年年长大，心里也是高兴。

她想一想，叫慧生唤阿响过来。慧生说，刚才还在这里，帮少爷小姐们撒长命花生。这一转身，不知就跑哪里野去了。

出门找了阿响回来，见颂瑛端坐着，膝上是一件毛蓝青缎面的夹袄。展开来，在灯下亮闪闪的，襟上还绣了一枚平安结。她招呼阿响，道，快来换上，新年讨个喜庆。

慧生有些发呆。她知道三太太让颂瑛置办家里孩子的新年衣服，正是这种料子。她立时将衣服抢过来，说，奶奶，下人的孩子可惯不得，坏了规矩。

颂瑛站起来，人却晃了一下。她站定了，看着慧生，说，我，连这个主都做不了了？

慧生语塞，半晌道，出阁前，老爷太太可是交代过，怕您太慈济，在这家里头吃亏。

颂瑛抬起头，目光却不知要摆在哪里，外头忽然响起了鞭炮声，震耳欲聋。慧生看她张了张嘴，似乎说了一句话。然而却什么都听不见。她只看见颂瑛忽地两行泪就流下来了。

慧生心一横，将那件衣服，三两下给阿响穿上了。一边戳了阿响的颈子，说，跪下，给少奶奶磕头。说，阿响将来好好孝敬奶奶。

颂瑛没顾上擦干眼泪，忙将孩子扶起来，道，看我，这大年下的没成色。

她将一封利是，塞到阿响手里，说，你要好好孝敬的，是你阿妈。你长大了，就知道她多不容易。

一向，整个太史第规矩森严，闻鸡起舞。唯独太史过午方起身。

初七那日，破天荒地，太史却起了个大早。

这天是"人日"，老少同寿，有吃蚝豉长寿粥的讲究，喻"好事"将至。来姆和慧生，半夜便起来，给全宅子的人煮粥底。各房人先后来到，即到即禄，猪肉丸、猪腰、猪肝，每人一大碗，厨子忙煞。三太太心急火燎地过来，道，快煮一碗粥送去书房。再煎一个萝卜糕，老爷子直嚷肚子饿。

厨房面面相觑，心想这日头从西边出。大清早的，太史就起来了。他要吃的萝卜糕，可是要费上半天工夫。往日这"私伙"糕都由来姆炮制。先用瑶柱煎水，弃瑶柱留汁煮萝卜。再煎香两条鲮鱼，拣骨留茸，爆香冬菇腊肠，拌入萝卜同煮，掺入黏米粉才上笼蒸。这糕用粉少故而稀削，煎也极需耐性。出炉自然独沾一味，美不见料，软糯清鲜。与宅里他人所食，不可同日而语。可这会儿忙得团团转，哪里来得及。

来姆手忙脚乱，现刨萝卜，发瑶柱。才煮上，这边传了话来，说这糕不做了，允少爷带了荷兰的豪达乳酪来，太史用来佐粥。

先不论这中西合璧的稀奇吃法，众人听了，都恍然太史何故起了个大早。连在外头疯跑的七少爷，听到允哥到了，都赶了回家来。

整一个早上，书房里头都静悄悄的。待到了晌午，才见太史偕一个青年人走出来。那青年人，穿了一身军装，很硬挺，但眉目倒是分外柔和。

太史看上去也精神了许多。虽然含笑，脸上有些肃然之气，是个指挥方遒的样子。

慧生说，这允少爷一来，老爷倒比见了自己的孩子还舒爽些。

阿响远远地看他，觉得这青年的眉目，和太史是很像的。但又不太像，不像在哪里，又说不清。

三太太迎上去，道，你阿叔同你倾咗半日，害我们一家人都等着开饭。

青年"啪"地脚一顿地，行了个军礼，道，三婶娘好。

三太太笑说，回了家来，这里可不是军校。罢了罢了，行这么大的礼，我得备个多大的利是。

青年便松弛下来似的，说，我这一大早来，只为跟三婶娘讨口及第粥喝。

有这允少爷，太史第的午饭吃得比平日热闹了很多。

来往太史第的人，穿军装的不少，但如他这样受到全家欢迎的，究竟不多。大约因为说话的有趣，或者因为见识的庞杂，他和谁都能聊得入港，太史、同辈、娘姨们，甚至小孩子。或许，也是因为他的吃相。

三太太常说，阿允是将碗仔翅吃出鱼翅味道的人。

虽然这话听来有几分刻薄，但内里说的却是这人的讨喜。太史第以食著称，但究竟能尽得奥义，却需要有一条好舌头，且是由衷。

这天太史第的午餐，弥漫了家宴的气息。精致但并不铺张，甚至带了一点日常的用心。其中一道，是特为允少爷准备的。

未到十五，街上已游走蜑家妇，挑担叫卖生开蚬肉。初春的黄沙大蚬，因与"大显"谐音，为广府年节时必食之物。阖家围炉有之，吃它一个鲜美。而更为应时的整法，是炒生菜包。蚬肉先拖水沥干，火腿、腊肠、腊肉、咸酸菜和韭菜切粒，一同爆香。生菜上碟，浇上鱼露，加萝卜丝煮鲮鱼松，包成一大包。这食物吃起来，其实很考验人的仪态。太史第的人，上下大小，自然都有某种不自觉的矜持。即使放肆如七少爷锡堃，也不至吃到失仪。但是，一身戎装的允少爷，却仍然可以吃到朵颐生光，吮指不已。

这吃相，极具感染力。此时，太史却没有胃口吃下什么，端坐一旁。三太太说，阿允，看你给你阿叔吃的，什么起司就粥。这不中不西，可给吃堵了。

阿允又卷起一块生菜，说道，三婶娘，这叫中西合璧，如今国外可是兴得很。

太史点点头，脸上满是纵容与欣赏。

阖府上下，自然都知道向锡允的独特地位。

他是太史的兄长唯一的儿子。少年失怙，随太史长大，情笃如父子。但太史并未将各种规矩加于他身，倒让他自由地成长。从南武中学毕业后，考入广东大学，后留法数年归来。

彼时恰逢国共合作，黄埔军校成立。讨伐各省军阀割据，以期共和大业。为备北伐，向太史将自己的侄子荐给至交廖仲恺。廖时任黄埔军校国民党代表。向锡允便协助陈铭枢工作。其文采大约承继于其叔父，极擅于军中时文。因此很受到陈铭枢的器重，渐为黄埔文胆。

阿允到会。全家里都觉得他们叔侄二人，在书房里自有一番大丈夫的纵横捭阖要谈。但实情是，向太史沉迷于诗钟，举家上下，竟无知音。唯有阿允，可与他一较协律。整个上午，你来我往，命题酬唱，不亦乐乎。

太史欢喜他，另就是这孩子自小有一条好舌头，能辨出食材优劣，鞭辟入微；且口味如他般庞杂，又豪放不拘。说起来，有些太史第的自创菜式，竟是这对叔侄，在饮食上电光石火的结果。

待吃完了饭，阿允陪太史与罗氏在内室说话，恍然道，差点忘了要务。

这次是为堂妹宛舒当了马前卒，送了东西来。

三太太一听，冷飒飒一笑，我们这五小姐，过年都不回家。什么宝贝东西，倒先回来了。

阿允说，是台留声机。她人还在巴黎，让我先送了来。还有几张唱片。说是给七弟先听着。如今可时髦得很，我在上海看梅博士都灌了唱片。这倒比听唱堂会，还更方便些。

锡堃盼了允哥来，自然是收到了五姐的信。此时他带着阿响，全神贯注地瞧着留声机。这东西阿响没见过。一有动静，倒好像藏了一个人在里头，咿咿呀呀地唱起来。允少爷说，这是唱针。唱片上的罗纹，就好像纸上的文章。照着字一个个念出来，就成了音乐。

锡堃一边听着，大喜道，马师曾的《玉梨魂》，知我者宛姐也。

他便也跟着唱，唱得声情并茂。阿允说，七弟这做科，可以撑起"海珠"的一台大戏了。

这时候，却有人一掀帘子进来了。原来是颂瑛。

她听见了宛舒房里的动静，竟以为她人回来了。一看，是个青年军人在里头。

没待她辨认，阿允先是从沙发上弹起来，肃然立正，恭敬道，嫂嫂。

颂瑛愣一愣，道，允……少爷，这一身衣裳，硬是不认得了。

锡允掸掸军装，说，嫂嫂笑话。都说人靠衣装，可这芯儿是变不了的。

两个人对望一眼，忽然都没了声音。

半晌，锡允开声道：我年前回家，还见到世伯。老人家身体健旺得很，扯着我要教我螳螂拳。教训说如今在军中，要亦文亦武，文当武职。

颂瑛于是笑了，说，我这个阿爸，如今越发活出了孩子气。倒是和我那个弟弟，镇日闹不清爽。

锡允说，嗯，听世伯提起，说是书不想念了，要去上海学生意?

颂瑛叹一口气道，嗯，阿哲去年来看我，也是报喜不报忧。我们家可不比我公爹开通。"万般皆下品，唯有读书高。"漫说是行商学生意，当年阿爸送我去读新书，都算是破天荒了。

锡允一忖道，倒也不是我阿叔一个。向家有祖训"读书为重，次即农桑;取之有道，工贾何妨"。他一个前清翰林，给洋人做烟草代理，外头也没少说些好听的。可是他就是个我行我素的脾气。

"礼义廉耻，四维毕张;处于家也，可表可坊;仕于朝也，为忠为良。"锡堃在一旁听了，和着一个锣鼓点过门儿，摇头晃脑，接口念道。

颂瑛说，你瞧瞧，好好的祖训，给当了曲儿唱。给三娘听到了，少不了又是一顿。

锡允在屋里踱了几步，回身道，你也好和阿哲说说，如今这生意不做也罢。去年美国股灾闹得这么厉害，一过了年，恐怕咱儿的日子也好过不了。今天阿叔还和我说起代理权的事。我说，是一静不如一动。

颂瑛说，整个太史第花钱如流水，没这个撑着，还得了。我过了十五，回佛山一趟，跟阿爸说说。

锡允顿了一顿，说，你要回去，也去看看晏校长。当年学堂里的先生，都挺惦记，替你可惜。

颂瑛低下头，应一声，也说，有什么好可惜的，都没毕业，一个不成器的学生罢了。

锡允摇摇头，道，我听个学弟说，校长在开学典礼上，还要引当年你国文课上作的五律，那句"死却嗟来食，穷途吐哺仁"，里头是女子少有的气魄。有一回，我吟给我们大学里的教授听，他也说，实在可以乱杜。

颂瑛目光落在远远的地方，说，穷途吐哺仁……你倒是都还记得。

这时候，三太太进来了，愣一愣脸，便堆笑对锡允道，瞧我这记性，上回见你阿妈，说想吃"蔗渣鱼"。知道你要来，连夜让来婶做了。惠州的开边甘蔗，恰是打节积糖的时候，这鱼用五年陈普熏到了金黄，刚好给她送饭。厨房都拾掇好了。

锡允回说，要不说三婶娘，小的老的一块儿疼。她老人家，可不就想这一口吗。

锡允离开时，阿响正帮着旻伯掌灯，与他擦身而过。见这青年军官默然地，匆匆地向大门走去。虽然暮色浓重，但依然可见，他脸上不再是嬉笑怒骂的神情，而是有种令人陌生的沉重，笼罩在军帽的暗影里。

他手中的荷叶包，渗出了略带清冽的焦糖香气，也有一丝缈缈的腥咸混合其中，在这个苍冷的新年黄昏，游动铺张，氤氲不去。

在等五姐归来的几个月里，堃少爷终日与留声机为伴。他觉得自己，像一块海绵，贪婪地吸收着这些古老的旋律，以及旋律后千百年沉淀而来的王侯将相、男欢女爱中的人之常情。

这些粤剧的旋律，像魂魄般，涌入了他尚年轻的身体。像饕餮似的喂养他，迅速地发育、充盈着他的心智。

阿响看着他，渐渐觉得堃少爷有些痴了。这并不是一个少年的痴，而似一个久经沧桑的人，终究放下了世故与对世界的成见，又回归了混沌的痴。

留声机里放着一段梁士忠的士工慢板，《六郎罪子》。阿响看锡堃跟着唱。慢慢地，七少爷眼睛里无端地流出了沉沉的暮气，像是被这个失望、无奈的杨延昭附了体。在一刹那，阿响忽然有些怕，是一个孩童的直觉的怕。因为他在这个年龄相仿者的眼中，看不到了任何他所熟识的东西。像是一扇门，骤然向整个世界关闭。门的那一面，只有七少爷自己。

当一个圆润的声音从留声机里响起，阿响感到似曾相识。

向锡堃其生也晚。当梅博士莅临太史第，他尚懵懂。可他的五姐宛舒，无数次地向他重述那个夜晚，渐渐也就成为了他自己的记忆。民国十七年的中秋，不在太史第的宴厅，倒是在百二兰斋，梅博士唱了一出《刺虎》。夜凉如水，习习的风，吹动了满园的"鹤舞云霄"。于是所有人的记忆，都好像镀上了白菊清涩醒神的气味。

向太史是在民初赴京时与梅先生相识，也正是兰斋初建的年份。梅博士的回访却在十多年后，是应"戊辰同乐会"之邀。那是广州的大事件，许多人记得为欢迎他，海珠戏院门前搭起了四座大牌楼，最高者八丈，旁有亭台，镶嵌梅氏十二呎的巨幅剧照。太史亲自将梅博士接到自己的宅第短住，大约也因此为子女带来有关京剧的启蒙。

我看到了此次短聚的见面礼，据说是太史八夫人的丹青，上题：戊辰九秋，畹华应征来粤登坛，南北暌别已逾十稔，因以姬人仿宋人芙蓉鸳鸯乙幅为赠，并系一绝以慰："画中人是美人妆，写到芙蓉总断肠；珍重涉江人宛在，不妨左顾有鸳鸯。"但按照笔意，大约是元代松江人张中的作品，而非宋人。原画收藏于上海博物馆。

五举山伯告诉我，对这位梅先生，荣师傅有很深刻的记忆，倒不因其声名与风华，更不是因为他优美的行腔。而是因为，他亲口称赞了母亲慧生做的口果"四季仔"。在太史第的蜜饯里，这是最讲究的一种，用红心番薯制成。成品比拇指稍长，蒸熟去皮，晾干方始加糖去饯，不太甜，也不太湿。用手拈来，一枚一口，"烟韧"糖心，百吃不厌。这也是阿响最喜欢的口果。梅先生说，味道堪比北平信远斋的果脯。

更让慧生宽慰的，这和蔼的人，曾微笑地看着幼年阿响，摸了摸他的头，说道，这孩子额角生得好，扮起来好看。长大了会有出息。

慧生记得，五小姐回来得太不应时。

当宛舒回到太史第，几乎同时收到了令人不安的电报。

允少爷在新年时一语成谶。美国股灾引起了旷日持久的经济大萧条，波及欧洲与南洋星马。英美烟草公司生意一落千丈，并且在与兄弟公司的竞争中最终落败。太史的亚洲代理权因此旁落他处。

这对整个太史第是沉重的打击。因为太史的旷达与好客，几十口家人，再加之长居的亲友与门客，每天都是一笔巨大的开销。此时无异釜底抽薪。

因为消息来得太过突然，一向以当机立断而著称的向太史，也一筹莫展。

宛舒在房间里辗转难眠。她的归来，无人在意与重视。相反身后有人指摘，好像她是带来这坏消息的信使。下人们甚至传说，因她缺席了岁除时家族祭祀，而被祖先怪罪，为太史第招致了厄运。

以她的性情，当然无须计较这些。但她想，兹事体大，有关她的酝酿，必须先和一个信得过的人商量。

她敲开了颂瑛的门。

颂瑛也并没有睡，她正在写一封家书，但落笔踌躇。该如何代表太史第，向自己的娘家求助。

两个人都用举重若轻的口气，闲谈了一会儿，才进入了正题。

宛舒说，阿嫂，爸不会答应的。救急不救穷。太史第在旁人眼里，始终是饿死的骆驼比马大，算急还是穷？

颂瑛终于叹一口气，说，也罢，让他们男人去想办法吧。咱们除了干着急，能使上什么力。

宛舒笑一笑，说，那倒未见得。

第二天，颂瑛打着腹稿，想怎么和小姑一起，说服太史和三娘。

慧生见她，是愁肠百转的样子，便劝道，奶奶，嫁出了，你还是何家的小姐。他们家的男人做事不长进，咱们就回娘家去。

颂瑛抬起脸，问她，慧姑，你还记得李将军吗？

慧生有些茫然。这时，身旁的阿响接口道，就是那个山大王，李灯筒。

听到此，颂瑛倒笑了。

慧生恍然道，可不敢乱说！继而也笑起来，在阿响屁股上打了一巴掌。

两人笑归笑，都知道孩子说的是实情。

这李将军，往年是太史第的常客。上下称他李大头，或灯筒叔，没人叫他将军。之所以这样放肆，是因他在太史第的言行举止，也十分粗豪奔放。归根究底，是由于出身草莽。

太史公交友不拘一格，广府民间尽人皆知。有道是"不论上中下流人物，他均能分别与之往还，上至本国元首，下至蹲在街头的乞儿，与不为当日士林所齿之'优倡隶卒'均能蹲在地上与之纵谈，屈伸皆能自如，甚至各江的'大天二'，与之亦做朋友，真非常人所能及"。

李将军，便属这"大天二"之类。当年自立为王，横行番禺，行踪凶猛诡谲，令人头疼。清廷县署曾悬红三千两白银买他人头。向太史上任两广清乡督办，按理是要扫除绿林。却不知用了什么法子招安了他，委任他做了乡团统领，变匪为兵。时事涌动，后来孙中山网罗豪杰，共举反清大旗。太史又资助他去安南谒见，加入同盟会。武昌起义爆发，广东宣布独立，啸聚三千之众，被军政府编为福军。自此追随孙文护法，北伐征战。也算是战功赫赫，这将军的名号，是实打实的，在广府有"河南王"之称。不过，前些年遭了排挤，解职回乡，退隐度日。

这粗莽汉子，记恩知遇，毕生维护二人。一位是当年大元帅孙文，一句粗口咆哮的"唔多清楚"，令人动容。一位就是向太史，每被贬抑为前清遗老，李将军就那一句，"广东共和的大旗，可是我太史哥给树起来的。"

但是，两个老的，这几年倒有些小不痛快。

往年春末时，灯筒叔来太史第，都带来了两样好东西。一样是他的蚝塘产的九头鲍，一样是"礼云子"。

两年未见，李将军似乎清减不少，未着戎装，穿一件宽绰的绸衫。只是言行还是一如既往，是"河南王"的气势。炒虾拆蟹，一口一个"佢老母"，粗言如同连珠炮仗。

他一见太史，第一句话就是，丢佢老母！想通了？

太史并不为怪，微笑地看着案几上的硕大陶盅，除了贴着"获德园"的标签，上有工整的隶书，"礼云子"，是他亲手所书。这如同一个暗号，代表着这两个男人昔日通家之好。或者也是硬颈的李灯筒，表示和解的标志。

太史心里有了数，不急于回答他，微笑反问：香港这么好，你又舍得回来？

"你好嘢，佢老母！"李将军一边粗豪地骂，一边大笑。笑得上气不接下气。笑声在巨大的客厅中回荡，前嫌冰释。

因为不谈时局纵横，两个人恢复了很久未有的默契。太史非常明白，李将军的"灯筒"习气，并不适合捭阖政坛，甚而注定了他的仓促下野。当年，在与张发奎合作的事上，多次劝他三思，后来受到蒋内阁排挤亦是意料中事。失意于朝野，并不影响他在退隐之后，成为一个好的投资者。灯筒叔目不识丁，却似乎天然拥有生意人的触觉。难得之处，在他很早为自己留下了后路。大约十年前，他变卖新加坡的甘蔗林，在河南置地两千余亩，开设"获德农场"，甚而在农场中设置兵工厂，以期后图。他避走香港，即刻在大埔购地千亩，建立"康乐农场"，又在皇后大道开设厚金银号，为备复出。事实上，虽则李将军再无东山再起之日，但却为此后的一系列时代变故，留下了李家足以应付的资本。

在太史志得意满之时，他曾劝说其在香港共同投资农场。因为二人于政见上的分歧，有碍太史的决策，最终导致两个家族大相径庭的命运。

但此次李将军应邀登门，无疑为已陷入低潮的太史第，带来一线转机。

太史告诉他，想通的不是我，也不是你三嫂，而是家里的五小姐宛舒。

灯筒叔有些惊奇，脱口而出，就是那个最不听话的细路女？

他下意识地摸一摸自己的胡子。他对宛舒印象太深刻，甚而至今伴随着痛感。在这孩子的抓周家宴上，他走过去逗她。或许是他过于嚣张粗放的笑声，让幼小的宛舒感到不适，一把揪住他的胡子，紧紧不放。令他叫苦不迭。

他也听说这孩子拒绝了太史为她筹备的亲事，只身去了法国。

太史点点头，说，我们都不知道。她去法国竟然学了农科。那天同她大嫂一道，跟我和她三娘说了许多大道理，说考察了法国南部的农场和酒庄，还在普罗旺斯待了一整年。如今在中国，老一套行不通了，要开一个和西人接轨的农场。

灯筒想一想，说，我在香港，倒听人说过很多法子，但怎么接轨，得想清楚。

太史说，她说，比如，用股份制。

灯筒大笑，哈哈，佢老母！我这个大侄女，竟能和我想到一块，当年这胡子可真没白揪。

太史点头，却又叹口气道，我也留过学，可如今才发觉轻看了孩子。

宛舒说，中国和法国一样，以农为本。越是到了世道经济大不景，就是回到地里搵食的时候了。

这一天，年幼的阿响，并不知发生了与太史第命运攸关的事。

他觉得大人们的脸色，不如之前阴沉。纵然依旧是凝重的，但似乎眼睛里多了一些希望，也多了一些底。

他看见自己的母亲慧生，跟大少奶颂瑛从房间里走出来，手里捧着一只首饰匣子。母亲看见，摸了摸他的头，说，唉，往日当了，手里还留张当票。我们奶奶的私己，这捐进去怕就回不来了。

他更不知道，大少奶是第一个，响应了三太太在女眷中发起的募金。

三太太见颂瑛打开了自己的首饰匣，里面一片灿然。她不禁有些慌张，因为她听说了大儿媳写信给她父亲，要何家认购了未来这家农场的股份。她以前所未有的绵软口气说，你快拿回去。那些是羊毛出在羊身上，你又何必搭上自己的陪嫁。

太史最风光的时候，接连迎娶宝眷。他却本了一碗水端平的原则，新人进门，旧人同笑。为表公允，所有姬妾都获得同样的财物。这无形间，为向家积攒了另类的家底。据称太史第里"三万三"的透水绿玉，其质无伦，冠绝广府。原是先祖所戴之飞彩玉扳指，太史令人车为四块戒面，一枚颈坠，分赠众美。三太太从古玩架上取下一只胭脂杯，盛满水，抚摸了一下指上已镶作宝戒的翡翠，毅然摘下，投了进去。然后从颂瑛的首饰匣中拣出一对火油钻的耳环，也投进去。

三太太的近身，捧着这只胭脂杯，游走于各房，看着太太们在万分犹豫中，将最心爱的首饰投入。有的前脚离开，身后已响起割爱的饮泣。

当集满的胭脂杯放在了太史的眼前，他不禁唏嘘。自己一人继承父亲与伯父两份家业，到头来千金散尽。却如此这般，在一片苍老的柳绿花红中还又复来。

当晚，阿响吃到了一碗"礼云子"捞面。这对他幼小的味觉造成了击打，让他第一次领受了"鲜"字，可予人带来的感动。及至多年后，这丰腴的味道如同一道烙印，在他的舌尖上历久弥新。

他呆呆坐在后厨的台阶上，看着太史的饭厅灯火通明。曾一年一度，向家呼亲唤友，举办礼云子的聚餐。这一餐有着黄粱一梦般的短暂与不真实。逢翌日，每个人说起，在回味中，都带着意犹未尽的叹息。太史第的大厨利先叔，以最快的速度，将这鲜美的食材，以各种方式进行烹饪。愈是简单，如蒸蛋清或酿豆腐，愈可得其妙。再如煎薄饼，在福建润饼上洒上鸡丝、肉丝、冬菇丝、笋丝、鲜虾肉、蟹肉、蛋皮丝、韭黄、芫荽，那一小撮礼云子，是最后的点睛。它橙中带红，在其他馅料中隐现。这些馅料清淡，杜绝芥酱，方能彰显礼云子真味。它是百鲜之首。

此刻，太史吃着为他特制的礼云子粉粿，百感交集。他想，在这非常时日，来自于"获德园"的礼云子，或者就是李将军这个情感粗疏的友人，对他细腻的慰藉。

中国人脍不厌细，并不缺少时令的食物。但如礼云子一般昙花一现的食材，仍在少数。它本不贵重，却因物以稀为贵，随节令稍纵即逝。礼云子之名隽雅，实为岭南田间小螃蟹所生之卵。这种螃蟹不过半个食指大小，又称蟛蜞。每年春末，清明前后，正值禾麦生穗，农人们下水田中捕捉育卵的母蟹，揭蟹腹将卵洗出，以细盐腌制，盛在陶盅。因其完全野生，且极易腐败，所以被称为难得的"俏食"，需尽速食用。

关于此物何以得名，查考典籍方知，其双螯甚巨，行走如作揖状，似古人见面拱手为礼。故称"礼云"，其醢即礼云子。《论语》曰："礼云礼云，玉帛云乎哉？"可见其内寓意。

我问五举山伯，可吃过礼云子所烹制菜肴。他说何止吃过。七十年代他已在本帮菜馆掌勺，有贵胄出没席间，点名要用此物做菜。可是如今岭南水质污染，已食少见少。

我说，我的家乡南京，有清真老字号的招牌菜，叫"美人肝"。其实是用鸭子的胰脏。一鸭一胰，做一盘菜，倒要用上四十只鸭子，就是吃一个稀罕。

山伯摇摇头，道，嗨，礼云子就更是矜贵，一只好少子，筷子头般大，烧一道琵琶虾要用上几十只；一碟礼云子炒饭要用二两，大约两百多只，几襟计啊①！

我们想一想，灯筒叔送给太史的这三盅礼云子，是由成千上万的螃蟹而来。其中情谊可鉴，令人感叹不已。

阿响踏进兰斋农场，已经是第一季荔枝成熟的时候。

对于这其中的艰辛，他无从体会。但是他知道太史第将经营农场的重任，交给五小姐宛舒，担任了总技师。几个少爷也常去帮忙。

他见到这个青年女人，面色日渐苍黑，穿着裤装，风风火火地在太史第里行走。头发也剪短了，从背影看，像是个飒爽的小伙子。

颂瑛便对慧生说，以往只觉得宛舒任性。可这一年，才知道她是个干家子。我听农场的雨霖伯说，一人多高的树苗，她一个人，成捆地扛起来便走。

慧生说，可不是？以往见她话不多，又喜欢听曲，以为不过是个闷头不想嫁人的姑娘。连下人们都说看走了眼。

颂瑛说，时势造英雄。搁女仔身上，也一样有用。

---

① 粤语，哪经得起计算。

正说着，就响起一个声音，说谁是英雄呢。

颂瑛看宛舒进来了，手里提了一箩荔枝。

她便笑说，自然说的是咱们太史第里，出了个巾帼英雄。

宛舒把箩一搁下，就说，以前听穆桂英，看她能成事，是靠个"勇"字。这一年多才知道，还是得劳碌一砖一瓦地往上垒，一分懒都偷不得。

说完，将荔枝往她们跟前一拱，说，今早巡城马刚送过来，快尝尝。总算盼到桂味挂枝了。

慧生嗔她道，五小姐也太勤力！前几天的还没吃完，这又送了来。你辛苦种出来，吃不完不成我们的罪过了？

宛舒手一挥，那怎么一样。前些天的三月红、黑叶和槐枝，不过是跑马摇车的龙套。这桂味可是正旦，你瞧瞧，比市面上大得多呢。

她便拿起一颗，唤了阿响过来，说，我啊，不喜欢听你们大人虚头巴脑，细路的话最当真。

这荔枝果真大，小孩半只拳头似的。绿里头透着紫盈盈的红，倒有一股青涩的幽香。宛舒将皮三两下给剥了，果肉冰凌凌的，送到阿响嘴里，问，乜味？

阿响只一边嚼，一边使劲地点头，半晌一张口，蹦出一个字：甜！

宛舒哈哈大笑。可慧生倒慌了，阿弥陀佛，傻仔，你把核给咽下去了？

阿响舌头嘴唇一动，将一颗核吐在手心里。几个人一看，小得跟绿豆似的。

慧生惊说，五小姐，你可让我开了眼。

宛舒道，我这大半个春天，就为这啜核荔枝，给它嫁接了三次糯米糍，总算成了。

外面响着仲夏的蝉鸣，一阵紧着一阵，听得人躁。可几个人围坐着，吃了半箩荔枝，沁凉沁凉的。这一舒爽，倒觉得心里一点点地静下去了。

宛舒拍拍阿响的肩膀，说，走，想吃多的是。我放了两大箩在花园的井里头冰着。咱们不等老七他们下学，先吃个够。然后跟我干活去，送了孝敬我那十几个娘亲。

临走她又回过头，对颂瑛道，嫂嫂，你替我谢谢何世伯。他老人家雪中送炭，我向宛舒有数。年底那两成的股份就快有分红了。

阿响学着七少爷锡堃，将头探出了火车。天还未亮，但可以看到东方既白，渐渐露出了晨曦。那浅红，将黑处一点点地晕开，继而是金色的光芒，好像剑戟，灿灿地将远处的暗影子，切薄了，但还是不通透。

阿响未坐过火车。但他听母亲慧生说，他其实坐过，那时候他尚不记得事情。他在襁褓中，在火车上哭了一路。他想，火车多么好，让他看到了这么多的没见过的东西。近的走得飞快，眼睛都追不上。远的就慢了，但因为还暗着，看得究竟也不很清楚。那些房屋、田野、山起伏的轮廓，好像在空中流动，浪一样。但稍微亮了一点，他看见穿过了一条溪流。溪流的对岸上，有个和他年纪相仿的孩子。那是个牧童，坐在一头牛身上。火车经过时，堃少爷对他挥挥手，那孩子也对他们挥手，似乎还张嘴喊了句什么。老牛也扬起头，像是"哞哞"地叫了几声。在火车轰隆声中，他们究竟是听不见的。

太史第上下，在天大亮前赶往兰斋农场。

对他们而言，这农场实在有些边远。太史与五女宛舒反复斟酌，商议后决定了农场的选址。未开在广州近郊也罢了，照理向氏一族宗在佛山，名重于岭南，与广府各地水陆通畅，竟也未雀屏中选，多少令人费解。萝岗洞在番禺县境内，到达颇费一番周折。从广州要先搭乘广九铁路火车先到南岗，再转乘小火车方能到莲潭墟，才是农场的所在。

李将军摊开地图，将自己名下的地头，给太史尽拣。太史偏就在萝岗那画了个圈。灯筒叔摇摇头，劝老哥不要冒险。此时萝岗，名声在广东境内并不很好。因是悍匪出没之地。听他说，在这一块啸聚为王的，是他当年的一个把兄弟，其恶如虎，很不好对付。他说，我名下的地不少，但这一块长年荒废。你既让我以地入股，这投资的事还要听我一句。

太史笑道，说，就这里了。你忘了我最在行的，就是和三山五岳的人打交道。当年你不落草，我们未必有今天的交情。

李将军哑然，忽然也哈哈大笑起来，佢老母！就依你了。不怕宛舒被抢去做压寨夫人！

太史道，我们家老五是廖先生的干女，靶场上摔打大，什么世面没见过。

其实太史自然并非任性，早过了气盛年纪，更不是偏向虎山行。他有他的考量。这萝岗洞虽非鱼米之乡，但当地土质却适合种植果树。萝岗墟至南岗，方圆十数里所产水果，薄有声名。如萝岗桂味、毕村糯米糍和南岗栗子，只因交通不便，未有大的作为。太史就请灯筒叔出面，与番禺县政府协商。先是向农民收购周边零星的小果园，再按部就班，向政府购买附近未开发的土地。以星罗棋布，循序渐进的法子，将这农场发展起来了。

太史第这么些年，大家子人举家出游，竟还是首次。到了莲潭墟，浩浩荡荡的。天刚放亮。小孩子们午夜就跟着大人起身，睏不够。原本有个兴奋劲撑着，这时候一个个低眉耷眼的，没了精神。小火车开得摇摇晃晃，摇篮似的。有的孩子打起了瞌睡，便让奶妈抱着。阿响也依偎着慧生，睡得蒙眬。忽然一个激灵，醒了。原来是遇到了一条小河，在前面煞住了车。这小火车靠人力控制，有蜿蜒交错的铁轨通向各个果园，一个戴着草帽的工人在其间扳道。阿响看着他的动作，竟十分潇洒，如风浪间的舵手。锡堃问到了哪里，什么时候才能到。宛舒说，就你猴急！现在是黄竹坑，过了这条小河，是毕村；再下，就是萝岗洞了。这时候的糯米糍，刚刚好。

于是，阿响看到了成片的果树。都是繁茂的，枝条烂漫地生长，树冠次第地联结着。在一个孩子的眼中，像是一望无垠的绿海。他不禁有些激动。初夏阳光下，那绿也并不是清一色的，有着层叠的深浅与明暗。刚生出的嫩芽，近于鹅黄。而那长有时日的，则黑油油的，闪烁着略艳异的光彩。

他看到了一种叶片如云的树，树身上坠满了累累的果实。宛舒告诉他，是去年托农学院的同学引进的檀香山种木瓜，眼下和吕宋种的菠萝都到了结实的时节，但究竟还未成熟。再往前呢，辟了一个山坡，是与太史交好的密宗云禅法师送了家乡名产夏茅杧树苗，也将成材。来年就结出杧果，果皮上有一抹胭脂，味似蜜样。宛舒如数家珍。阿响静静地听，心里有一种别样的憧憬。他在五小姐的眼睛里，看到的，是一种慧生在看他时常有的光。那是一个母亲，在对旁人提及自己的孩子时，有些羞怯但又急于表达的神情。

待他们终于到了萝岗，空气中漾着清甜的气息。这其实是一个山谷。夜间集聚了白色的雾气还未散去，在晨风中飘摇，将许多果树缠绕在里头，看不分明，竟有些像是仙境。远远地，一个中年男人从雾气里迎过来，满脸胡楂子。这是雨霖叔，宛舒从浙江聘来的监场。他一见面就说，可好了，将你们盼来，紧赶慢赶，只盼你们赶得过太阳。

说罢了，便招呼两个工人，各搬来一个箩。宛舒笑说，你们啊，倒是手快，该让他们自己摘下来吃，才有兴味。

原来，这一家人从广州赶过来，是为了吃头茬的"雾水荔枝"。这一茬荔枝，依宛舒的说法，若桂味是正旦，它便是用来压轴的大青衣了，是一季的定海神针。毕村的名种糯米糍，用了一年，悉心种植在兰斋荔谷。此时收获，倒像是个见证的仪式。可为何赶个大早？原来，糯米糍有它的娇贵。甜而汁多，有一股浓郁清香。但一经阳光照射，果肉中糖分立时变酸，香味口感顿减。如此，竟是比一骑红尘的"妃子笑"，还要不等人。唯有人赶着来吃它。在这荔谷，经过了一夜的雾气氤氲，滋润之下，水分和温度都是将将好。这香甜鲜脆，各个都在点儿上。

大人们就跟着雨霖叔，缘树采摘荔枝。果实生得并不高，枝丫上有，有的还簇生在树干上。——放在箩头里，还沾着过夜的露水。

小孩子们在地下欢闹着，边剥边吃。慧生剥开一个给阿响。吃下去，爽了神一般，刚才的旅途劳顿，竟然不觉了。阿响抬起头，看晨光熹微，照进山谷里来了。光芒从繁密的树叶间筛过来，落到地上是斑斑驳驳跳动的影子。雾气也散了，渐渐稀薄，也匿到了光里头，整个山谷都明亮起来。

颂瑛说，这雾水荔枝的名字，起得真好。就像这雾气似的，过了时候，就没了。

三太太就对其他几个太太说，唔食唔知，以前在市面上吃的糯米糍，味道打了这么大折扣。都给我尽往饱里吃，也不枉这大半天的腿脚。

这时候，阿响看见七少爷锡堃，定定站在树底下，忽然拉长了腔，用戏白念出来，"譬如朝露，去日苦多。"

在一片欢声中，这句未免突兀。三太太听了，脸一沉，说一个细路，知道什么苦不苦，少给你一口饭吃了吗？

颂瑛知道他是接自己的话，刚要圆场。却听见身边的九太太，幽幽跟上来，"何以解忧，唯有杜康。"

太史愣一愣，笑道，这句倒是在理，带了那几坛竹叶青，就新出的口果，是最好不过了。

待吃够了雾水荔枝，宛舒引了大伙在园内各处走动。颂瑛见周边有几棵特别高大的荔枝树。上头系了红色的绸带，在风里头十分招摇。就问雨霖叔，这丝带可是用来祈福。雨霖叔就笑一笑，说，少奶奶说祈福，也对。在萝岗逗参的土匪不少，看李将军的面子，多半不来滋扰。挂了红绸带的，告诉他们是咱太史第所辖，彼此都有个数。出身草莽的，也还讲自己的规矩。这几棵树上挂的果，我们是一向不摘的，算是留给附近山寨上的兄弟，应时的礼。

颂瑛轻叹道，你们也是不容易。这虾道蟹路，要都摸清楚了，才能不出岔子。

此时听到孩子们开了锅似的，都站在一棵树底下。雨霖笑说，此乃荔谷一宝，可是五小姐的发明呢。

慧生上上下下地瞧着，说，怎么个宝贝法。

宛舒便过来接口道，慧姑，这看不出，可就枉我一片苦心。你从树顶上往下看，这棵树上，我可是每枝上都嫁接了一种荔枝。三月红、槐枝、黑叶、妃子笑、桂味、糯米糍、亚娘鞋和挂绿。所以啊，雨霖叔给取了名，叫"五族共和"。

慧生仔细看了，恍然说，我的佛祖！这是太乙真人用藕段莲花拼出了个哪吒。

宛舒笑笑，低声说，瞧那最底下的，叫亚娘鞋，像不像三娘裹的小脚。模样小巧，里头核大，吃了还容易上火。

晚上，就在这荔谷摆了一席。这山谷里头，暑气退得慢，到天全黑透了，才觉得凉爽了。待凉下来，这凉爽却是那种幽深的凉，几乎带着一点寒意。

伴随着虫鸣此起彼落，和山涧的溪水声，好像是很辽远的。

　　利先叔不愧是太史第的大厨，这一餐靠的是因地制宜。因太史一向讲究食材的新鲜，大多用的是农场自产和附近农人的果蔬与山珍。虽不及在家里吃得精致，却有难得的田园野趣。本地人以花生饲鸡，又散放于乡间，鸡肉丰美，尤合下酒；而萝岗洞有小瀑布、泉水鲜洁非常。清泉入溪，溪中产一种山斑鱼，用来酿"太史豆腐"，混以火腿，其味尤鲜。或用甜腐竹炆制，均属送酒佳馔。因为烤山猪肉略肥腻，最后上了一道粥品。这粥有奇异的清香，用勺舀一舀，除了有白果，倒还有一种菌子。颂瑛问起，宛舒说，就是这荔枝树底下的野菌，每年施了肥，经过雨水，就从树底下拱出来。也不知什么名目，味道倒是比松茸还要好。

　　此时的宛舒，换下了便装，少见她穿上了丝麻的旗袍，有了难得的女儿样子。笔挺挺的，还是很飒爽。她用西方的规矩，用勺敲敲酒杯，唤起了众人注意，这才说，今年是兰斋农场首轮丰收。一年过得动荡，难得咱们全家团聚。我和七弟做了一段戏，阿弟的词，我安的腔，给大家助助兴。

　　锡堃便也站起来，说道，原本是林子里头的故事，在这演正合适。

　　阿响见他不知从哪里找来一顶农人的帽子，又给自己打了个领结，看上去倒有些滑稽。锡堃便道，我得扮上，是个外国的故事。

　　众人原本并未当一回事，可是两人一开了口，倒让人一惊。五小姐的粤剧底子，家里是知道的。可这堃少爷，大概是嬉笑怒骂惯了，说话又可乐。但一开了嗓，竟邃然一股清朗之气。板眼俱在，声音里的沙哑，倒是酷似一位当红的正印小生。

　　颂瑛看着，听着，也觉出了端倪。回忆起中学时教英国文学的先生，最爱给他们讲的就是莎士比亚。弟妹两个唱得虽如泣如诉，改自莎翁的《随汝欢喜》，却其实是出喜剧。最后这对男女，千辛万苦，是要大团圆的。她这样想着，不禁有些走神。转过头，瞧见阿响看着她，知道自己脸上有了怅然的神色。

她吟道，"陌上千秋各不同，孤山万仞听箫声。"阿弟小小年纪，看不出有这样的文采。

三太太接口，自然是随了我们太史公。可又一皱眉道，就不知这戏子的相，是跟了谁。

太史不动声色，待他们唱完了，回身道，青湘，你也来一段吧。

众人这才将目光，都集中到了九太太身上，却见她两颊已飞起了酡红。原来这一席，她不言不语，却一直在喝酒，一杯接了一杯。听到这里，放下杯子，站起身，几乎没有犹豫。她站起时，身体微微晃了一下，颂瑛扶了扶。她将手在颂瑛手背上按了按，站定了，开口便唱。

众人便都收拾了心神，将目光移开，该说的说，该笑的笑。在太史的宴席上，九太太青湘献唱，照例是保留节目，并没有什么出奇。有时用于宴前的暖场，有时用于宴间的冷场。久而久之，众人便当她的声音，是这宴上的背景。有了，觉得可有可无；若没有了，又觉得少不得。即使太史第的常客，谈到九太太，竟都不记得她说话的声音，倒只记得她的唱腔。

说起来，九太太也很少说话，到这时，广府话也说得不利落。经了这些年，她戏倒是唱得很好，大概到她学唱，粤剧用的依然是官话古腔。所以，她是不学新戏的。

这时候，她却不知一个孩子在看着她。阿响未涉身过太史第的宴席，而侍酒的工作，对他也是首次。他微抬起头，定定看着青湘，在他的人生中忽然领略了美丽的意义。前所未有地，他看到了异性的美。不同于一个成年男人，他的领略是很洁净的。他发现了九太太与太史第其他的女人，不同的骨相。她有宽阔的额头，鼻梁挺秀，而皮肤是白而透明。从他记事，母亲慧生的脸色就是苍黑的。还有她的眼睛，大得坦荡，有种说不出的慵懒，也藏不住事儿似的。粤人即使美，眼窝往往深陷，如同太史第其他的太太。他却不懂得，他所感受到的，是一种被嘲为"外江女"的美。

九太太不是广东人。她是太史公最后一次入京，千里迢迢带回来的。一同带回的，还有那些辗转从宫中得到的古董。当时她栖身于一个京剧戏班，将红而未红。

徐青湘出身宦门，其父为逊清举人，参加革命，民国仍浮沉政海，曾任西江等县县长。因雅爱京昆，即延名师教习其女学戏，为女命名青湘，取出水青莲不为所染之意。惜父亲早逝，为叔婶不容，便投身梨园。在某商绅堂会上与太史相识，或恋于繁华，想想孤萍无依，就此便嫁了。

也许因为微醺，目光荡漾，此时竟唱得有些旁若无人。阿响见九太太的眼神有些发空，声音却格外清越，咬得字正腔圆，唱道：

恨东风，不为奴，吹愁去，到春日，它偏能惹我怀思。
对菱花，看愁容，实在无心修饰；
薄命人，伤春思，把镜奁脂粉，奴就一概抛离。
在灯前，和月下，写不尽相思字，都是泪痕满纸；
抚着了凄凉景，吟不尽，春愁夏感秋思冬寒，伤悼四时。

到后来，毕竟有些飘忽，可却没有停。众人才觉得九太太的腔，越来越凉薄，便也停下听她唱。三太太说，大好的日子，唱什么《小青吊影》，倒弄得悲悲戚戚的。老爷，另点一出吧。

太史说，今天也是难得。青湘，那年畹华来咱们家，一招一式地提点了《贵妃醉酒》，可从未见你唱过。

三太太说，梅博士调教自然是好的。可那唱的人，本来是不醉的，所以才有了庄重的味儿。喝成这样了，怕是要唱回了《醉杨妃》"粉戏"的路数上去，成什么样。

太史咳嗽了一声，说，唱吧。

青湘便走到了院落中，执起一柄折扇，信手打开，悠悠唱道，"海岛冰轮初转腾，见玉兔又转东升。冰轮离海岛，乾坤分外明，皓月当空，恰便是嫦娥离月宫。"寥寥数句，倒仿佛换了一个人。原是京昆的底子，比起方才粤剧的幽丽，原来她的身段唱作，还是更适合雍容大气的脉络。这段二黄平板，听得太史连连点头。

这时，恰有月光映照在了院落里头，阿响看到九太太的面庞，在折扇后忽明忽暗。有浓重的影笼罩在她的身上，那脸也看不分明，倒好像一时在笑，一时间又不笑了。阿响未听过京剧，也听不懂唱词。但他听到的，是一个女人一时间的喜悦和巫盼，和忽然而至的惆怅。

大约唱完了，青湘不走，摇摇摆摆地在院子里头，甩着不存在的水袖。阿响不知，在这戏里，有许多虚拟的花卉，是等待贵妃欣赏的。太史拈一下须，笑了，说，这段柳腰金，还真是海棠花未醒。

忽然，众人见她屈下了身体，慢慢蹲下来，身体也扭过去，稳稳盘坐在地上。

宛舒不禁鼓掌，说，好一个卧鱼，九娘真是得梅先生真传。

但是，青湘坐定了，却没有起来。她似乎颓然地，将头也埋了下去。那旗袍的开衩间，露出一段雪白的腿。宛舒见势不对，忙快步走过去，想要扶她起来。青湘却一把将她推到了一边去，自己努力地撑了一下地。双腿跪在了地上，整个身体的曲线，暴露在了众人的视野里。太史大声道，成何体统！

宛舒又过去，手刚搭上她的肘腕，已经被拨开了。青湘终于站起来，踉跄了一下。往前跚然几步，一个趔趄，手里的折扇飞了出去。人一仰，倒在了宛舒怀里。

阿响看见，九太太的脸是煞白的，紧紧闭着眼睛。这时候，月色正洒在她的脸上。飞动的，是从树叶中筛落的，斑斑点点的影。

大约因为这一幕，败了大家的兴致。饮宴便草草结束了。

当天晚上，阿响睡得很熟。他做了个梦，在梦里听见了潺潺的水声。有一条鱼，奋力地溯流而上，它跃动着，将自己拍打到了潮湿的布满了苔藓的岩石上。那岩石滑溜溜的，有青涩而微腥的气息，在空气中荡漾。中间他似乎醒来了。听到了"咿咿呀呀"的声音，从很远很远的地方传过来。他想，这大概是另一个梦。便转了一下身体，又睡过去了。

天蒙蒙亮，阿响听见自己的母亲慧生，慌乱地起身。

院落里有嘈杂的声响。

他悄悄从床上爬起来，透过窗子，恰看见几个农民，将一副担架抬进了院子。他听到母亲大声地呵斥农人，让他们的手脚放轻一点。

他的眼睛渐渐地睁大了。他看见担架上，躺着一个衣衫凌乱的女人。她的眼睛大睁着，嘴角留着紫黑的污迹。她有着宽阔的额头，头发湿漉漉的水藻一样披散着。面庞是毫无生气的灰白色。而颈项上，有一道殷紫的痕迹。

九太太青湘，是被果园一个守夜的农人发现的。

她漂浮在果园周边的溪水中，打捞上来时，已经没有了呼吸。她藕色的旗袍敞开着，也漂浮在水面上。农人们发现，一双绣花鞋，很齐整地摆在岸上。近旁的草丛里，是一只已经空了的酒壶。

三太太给了农人们掩口费，让他们不要报警和声张。她对家人说，人已经死了，你们要想想农场的声誉。

阿响记得自己，慢慢地走出门去。

晨曦中，他看到有一束阳光，极微弱地在九太太的眼睛里跳动了一下，稍纵即逝。他努力地想看得更真切一些。但有人伸出手，轻轻将她的眼睛阖上了。

这一刹那，女人的脸色，毫无征兆地，也泛起了浅浅的光，让她焕发出了异乎寻常的美。

这是他，第一次如此近地接触死亡。

他没有感到害怕。

此时，有轻微的风吹过来，他闻到了，极清淡而甜的清香。那是成熟荔枝的气味。他闭上眼睛，觉得心里面的有些东西，在一点点地粉碎。

从此后，荣贻生每每当他回忆起这一幕，甚至，当此后每一次面对了死亡，总是不期然地会闻到荔枝的气息。那味道一瞬间地，浓郁起来，而后渐渐转淡，却弥留不散。

肆

风起河南

荔红羌紫艳阳天，道出南门过五仙。买棹漱珠桥畔醉，沉龙甘美
鳜鱼鲜。

——邓风枢《漱珠桥竹枝词》

及至久后，荣师傅才与我说，对许多人的印象，是定格在了九岁那年。即使此后再与他们相见，但是，都无法覆盖那一年的印象。如此深，像是炽热的烙铁烫印进血肉。那一年，他听到了七少爷作的一首曲词，里头有一句，也于是忘不掉，"眼底旧院洞中天，桃树掩映台榭尚似从前艳，盛似从前艳。"

我问五举山伯，有没有听师父吟过。他想一想，便哼唱出一支旋律。山伯本五音不全，但此时，在夜色中，这支旋律却因其中的停顿和破败，出人意表的苍凉清远。我拿出录音笔，想要录下来，让他再唱一遍。他笑着摆摆手，说，我是听得太多，板眼都在心里头。可师父听到我唱成这样，要骂我的。

一九三二年的太史第，并无意于故人。或许这便是大时代给予人的借口，有关记忆与遗忘。

年头，北方传来了一些消息，总算是鼓舞人心。即使如阿响一般的少年，亦可体会到暮霭沉沉的太史第，骤然有了一些涟漪。竟然在仆妇间的言谈中，也出现了一些激昂的东西。他们议论着上海的战事，虽则阿响似懂非懂。三太太经过，会笑他们的无知，但并没有影响到他们讨论的热情。他于是听到了"淞沪""十九路军"，还有一位姓蔡的将军。但说得更多的，大约是蔡将军的同乡部下谭师长。"一·二八"一役，对日作战，谭以一旅，守吴淞炮台。其炮陈旧，尚屡能击中日舰。与日军对垒月余，沪上民众，感其英伟而献旗。

阖府上下，皆呼其花名"大口谭"，自然是因为向谭两家之渊源。太史祖母出于广东罗定谭氏，故其宗人，与南海向家世有姻亲之谊。谭师长妻礼和，太史第人称七姑，与三太太交好。其长女为太史认作义女，过从甚笃。及至日后谭氏解甲林泉，寓居香江，还可与太史把酒，这是后话。

仲春日，阿响看到一架军车停在门口。仆从簇拥在花厅，遥遥地望。他想，上回这样的阵仗，还是"三蛇肥"时那位始终未曾露面的大人物。但这次毕竟不同，没有宵禁，没有列队的士兵。车上的人下来，车便开走了。前面的军官，只带了两个随从，便步进了太史第。

阿响只觉得他步态分外眼熟。阿响听见七少爷，远远地跑过来，只一声欢快的"允哥"。这时那军官抬起头来，果然是向锡允。

允少爷在府第仰目而望，一眼扫到了阿响，便笑了一下。那笑容依然是温存的，但也稍纵即逝，便是凝重的表情。数年不见，允少爷的面目已起了变化。除了脸色的苍青外，神情中也脱去了往日的天真与生动，不见嗔喜。阿响不知道，这是出于战场上的历练，看惯了生死后的沉淀。他只觉得这个人，眉目的果毅坚硬，让他陌生，既畏且敬。

太史在三太太的搀扶下向他走来。锡允脱去了军帽，这一刹那，人似乎终于松弛下来。但即刻便站定，绷直了身形，对他的叔叔行了一个军礼。

这让家人之间的见面，忽而变得肃穆。

是的，向锡允是代表谭师长，准确地说，是代表十九路军造访太史第。

看到他甚至没有和府中上下寒暄，便随太史走进了书房。这令众人的盼望多少有些失落。

三太太说，都散了吧。他们爷俩有大事要谈。

但她内心其实也打起了鼓。这孩子的眼神举止都让她感觉，有这些年为自己所不知的事，在一个人身上的凝聚。但她毕竟是个妇人，也知道即使阖府事务于一握，毕竟离外面的世界还太远。见面有这么一瞬间，她伸出手，想如以往掸一掸侄儿肩头的风尘。但是，却不知为何缩了回去。

她望望书房的方向，叹了一口气。

叔侄二人，傍晚时走了出来。太史神气平静，但交代给管家旻伯，声音里却有些发灼。他说，快，拿了我在案上的字。送去漱玉桥的木新斋，找岳师傅连夜赶出来。

第二日，太史第门口多了一副横额，来往的人站定了。看上面用大隶镌了四个字"义款救国"。有人认出来，是向太史的手书。

向锡允负命而来。其在军中，以少校副官之身随大口谭南征北战数年，深历戎马甘苦。而自年初，十九路军因饷金屡被克扣，军需难以为继。锡允便主动请缨，回粤筹集军饷。

太史第自然成了这场募款的起点。对谭氏而言，这是个明智的选择。向太史名重河南，其振臂自有应者如云。加之其少年时负笈南洋等地，且曾任职于英美烟草公司，与侨界关系密切，更易获得海外及港澳商界的支持。

即使时日如烟，前事枝蔓不可历历，但老辈的广府人都记得，那一年，太史联合"戊辰同乐会"在海珠戏院发起了募款义演。甚至让府中的八太太吟香现身，票了一出戏。吟香工巾生，往日各种场合，向与九太太青湘搭档，这是太史以此自矜的风雅。此时，她与"协春社"的女伶靓小凤在台上出现，台下众人都愣了一愣。太史第上下，听到了议论，忽而回忆起这个几乎已被淡忘的人。有的不以为意，有的锐痛突至。但是更多的，一忽悠间，想到了那个夏夜，仿佛有一缕似有若无的荔枝的气息，在空气中回荡。这时他们听到七少爷与五小姐宛舒啼声初试，联袂而作的《女儿行》曲词，由靓小凤口中流出，皆觉别具深意。

磨我剑，砺我枪，少年身当为国殇，流我血，卫我疆，征夫血战泪凝霜，城社有狐鼠，关塞有强梁，孤臣节烈死，义士不屈降，越王台下冢，战骨尚未寒，抚剑问明月，何日还故乡，马上故乡，云山泱泱水茫茫，离乱沧桑，忠烈长留万古香。

大约太史第马首是瞻，两个月中，各界善款接踵而至。锡允不辱使命，在募款的尾声，便携主军需谢旅长，登城内士绅商贾之门，一一行谢仪。

午后，他敲敲颂瑛居停的门，听到里头咳嗽了一声，便道，嫂嫂，不急开门。听说你抱恙，我就在门外说了，这次募款替何世伯捐出了农场股份所得。锡允铭感在心……

他正说着，门忽然开了，就见宛舒笑盈盈，一把将他拉进了门，说道，我和大嫂刚才还说，打过仗的人可是不同了，那个精气神儿，整个太史第的男人也找不出一个。这才几日，怎么又现出了书生的迂腐劲儿来！

锡允闻见室内有隐隐的中药味，见颂瑛披着衣服，依桌前坐着，用一只木杵正在石臼里捣着什么。

颂瑛招呼他坐下，声音倒有些发虚。锡允问道，嫂嫂可好些了。

颂瑛便说，允少爷有心了。不妨事，每年一入了春，就开始咳嗽，喉头痒得不行。老毛病了，吃几味药就好一些。

锡允说，有没有看过西医？要是年年如此，听起来像是敏感。西医的法子，倒是更对症些。

宛舒在旁道，呦！在外头打鬼子，倒打出了一个大夫来。会诊症了！

锡允笑笑，只沿着自己的话说下去，我哪有这好本事。说起来，谭师长也是每年开春便咳嗽，和嫂嫂很像，是一个德国医生看好的。中医调理，是慢一点，不会立竿见影。嫂嫂这手里的是哪味药，怎么还要你亲自动手。

宛舒接口说，什么哪味药！我讲出来，你又欠一个大人情。三娘知道你爱吃茨实糕，昨晚上就在那咋咋呼呼。嫂嫂应下来，大早就找出去年藏的"肇实"，落手落脚去壳、晾干、研粉，这跟我说着话，杵了一上午。手都酸了。

颂瑛忙道，这是什么话。我们妇道人家能做什么，举手之劳的小事罢了，给这丫头说得天大。

锡允说，并非小事。这次募款，嫂嫂的手笔不让须眉。

宛舒说，向锡允，你好嘢！大嫂谢了两茬了。我这个做妹妹的，在乡下起早贪黑，将兰斋农场一年所出都捐给了你，倒听不到一句好听的！

锡允的黧黑脸色，竟透出了红，嗫嚅道，这自家人就不谢了吧。

宛舒不依不饶，好！照你这么说，嫂嫂倒不是自家人了？

心直口快的话，出来就收不回去。在场的，顿然都没了声响。旁边伺候的慧生，见情形不妥，便一拍身边孩子的脑袋，说，仔，你不是成天问这前线打仗的事吗？这二郎神就站在眼前，倒没声气了？

锡允躬下身，看着他，我还记得，这孩子叫阿响。不声不响，才几年，长这么高了。

阿响定定看他，依然没声。锡允就问他，大个仔了，想不想跟我去参军？

阿响点点头，可又使劲地摇摇头。锡允就笑了，说，怎么不想？

阿响便开了口道，阿妈说，好男勿当兵，好铁勿打钉。

众人都愣一愣，房间里一片静。锡允忽而大笑起来，这笑仿佛为这安静打开了一个缺口，大家便都跟着笑。宛舒笑得浑身乱颤，说，这细路！天底下还有比我更愣头青的。

慧生边笑，边赧颜道，死仔包！当没我这个阿妈，你到底想不想？

阿响倒有些无所适从，他低下了头去，但忽然间，他抬起头来，大声道，想！

这清脆的童音，出其不意的锐亮，几乎震穿了大人们的耳鼓。慧生的笑，凝固在了脸上，脸色渐渐地沉了下去。

她说，允少爷，我们孤儿寡母，可没有披甲上阵、光宗耀祖的富贵命。天不早了，三太太着人准备晚饭，我先帮忙去。

说罢，跟颂瑛姑嫂也行了礼，她匆匆拖着阿响便出去了。

她回到了自己房里，将柜桶抽开，找出只匣子，里头有密密收藏的油纸包。她打开，一方锦帕里的一对镯子，通透的绿翠。这是襁褓中，她唯一留下的东西。每只镯子内侧，都刻上了明月流云，雕工格外细致。眼前，倏忽便是那个人，平日哀矜不显。但男人一身戎装，风风火火地进来，只将这镯子放在她手里。她看一眼，便放在梳妆台上，淡淡说，有心了。男人不言语，将镯子重新拿起来。迎着灯火，给她看。两只刻的，一枚满月盈盈，一枚是新月上弦，一阴一晴。她的眼睛这才亮起来，将镯子戴在手上，又怅然道，你若初一来，我就戴这只；十五就戴这只。不知这辈子，能戴上几回。

慧生看一眼门外玩耍的阿响，心里头又不安起来。她想，这东西是个念想，可终是那男人留下，带着兵刃气，不能让安生孩子续上了这条冤孽的血脉。她再一想，既然外头募捐是为了上战场杀敌，将这捐出去，也算适得其所。

她便将那锦帕包起来，揣到了襟兜里，打开门。却又退了回来，不知怎么的，她又将那镯子拿出来看。天色已黯淡下去，外头火烧似的云霭，流影投到镯子上，一忽是艳异的光色。这时，外头有人唤她。她一闪念，便将那枚满月的镯子拿出来，又塞到了柜桶里，包好另一只出去了。

她并没留神，方才做的这一切，给站在门前暗影子里的阿响，看得真真切切。

太史第夜宴，有为锡允饯行之意。他第二日便要随队开拔离粤。因忙于筹款，竟未有几日能举家聚坐，好好吃上一顿饭。这尘埃落定，众人心里也都松快了许多。

锡允知道，今晚少不了要与叔父把盏。见侍酒的，正是后晌见过的阿响。

上的酒，却是汾酒，在广府是少人饮的。端来的头道热菜，是菊花鲈鱼羹。他便明白了。斟满了酒，敬叔父。

太史一饮而尽，肃然道：阿允，从你记事起，我对你尽半父之责。可也要时时提醒你，莫要忘本。当年我和兄长，同师从追随康南海，同年中举，同具名公车上书，但命运殊异。我和他吃的最后一餐饭，只一道菜，就是这菊花鲈鱼羹。只一壶酒，是他从晋中带来的汾酒。

旁边的三太太倒听得不耐烦了，接口道，你叔父近年总是长篇大论。

其实他就是想说，你阿爹这一房，该开枝散叶了。

太史被打断，有些不悦，但也闷声说，兄长一房人丁单薄，到你又是独一支，是要早做打算。

三太太说，我们既是半个父母，但如今也不作兴老古董的一套，也要扮得开明些，你可有意中人？

锡允愣一下，回道：叔父婶娘教训得是，是我疏忽了。不过，如今国难当头，何以家为？这几年南征北战，也知道枪炮无眼，不想连累了好人家的姑娘。

太史慨然道，你这糊涂孩子，就是枪炮无眼，才不可让我兄长断了血脉。

三太太忙说，大吉利是！这才是老糊涂，孩子明天就回军队去，说的是什么话！我倒是想，"大口谭"七姑家的三女，我认了契女的那个，今年不是刚中学毕业？我看很合适。

锡允倒也笑了，说，三婶取笑了。人家刚考上圣约翰大学，哪有急着嫁人的道理。况且我和半夏以兄妹相称，大她十岁有余呢。

大些怕什么！说到这里，三太太一斜眼睛，高声道，若是你叔父怕大这一二十岁，你哪里来这么满桌的婶娘，满地跑的堂弟堂妹。太史第又怎会如此的热闹！

这话说得是半真半假，听来却是有些荒唐戏谑，忽而将刚才凝重的气氛，给裁开了。太史也是哭笑不得，捻一下胡须，无话可说，长叹一声。这一叹，倒将桌上的人，都解放了。

此刻，锡允闷着头吃菜，再不想多言，对周遭也很敷衍。众人只当他这几日是奔波累了。但后来酒过三巡，大约也是喝得多了，形态忽然有些放任，露出了左右逢源的狂狷相。旁人却又不惯了，只由他言语，再也不接他那些逗趣的话。

待家宴接近了尾声，上了主食。三太太夹了一只芡实糕，放到他盘子里，说，你小时候最爱吃这个，总让你走之前吃上了。

听到这，锡允禁不住遥遥地一望。他站起来，向另一桌举一举杯，想说句什么，忽而身子一沉，又坐下来。

另一桌，坐的都是府上的女眷。宛舒瞧见了，哈哈一笑说，这允哥，喝了酒才有了往日样子。小时候啊，我和他你一言我一语，谁也不让谁，说得热闹得很。出去几年，见了世面，倒成了个闷葫芦。

邻座的八太太便道，我们五小姐也去法兰西见了世面，嘴巴却越发不饶人，是跟洋鬼子学坏了，当心以后嫁不出去。

宛舒轻嗤一声，我向宛舒顶天立地，要嫁什么人。大不了，在家里守着嫂嫂一辈子。

颂瑛正出着神，宛舒忽而向她靠过来，让她猛然一怔。她于是笑笑，说，你倒要先问问我，愿不愿意和你守一辈子。

第二日清晨，颂瑛带着慧生，着几个花王，在兰圃侍弄新鲜的花卉。朝阳的光是凛凛的，带着些夜露的清气，洒在身上是一层冷白。杜耀芳村的西府海棠，赶了夜送来，都跟没睡醒似的。淋了水，沐了阳光，倒立时舒展了开来。新放的花，都格外的茂盛浓艳。却唯有一盆打了白色的骨朵，蔫蔫地不开。一颗露珠，从毛茸茸的叶子上，慢慢地滚落，集合了其他的，越滚越大，到了叶间，眼看着就要滴下来了。

颂瑛凝神间，不禁念，"垄月正当寒食夜，春阴初过海棠时。"

听到身后有人赞，好句。

她回过头，看见是锡允。锡允穿了身玄色杭绸的短衫。不见了戎装，还是当年上学时的书生模样。

颂瑛敛衽道，允少爷起得早。

锡允说，一早就醒了。汾酒的后劲大，起来还脑仁疼。也好，午后才动身，偷得半日闲。

慧生说，堂少爷这一走，老爷又要牵肠挂肚了。

锡允说，今年的海棠，开得迟呢。

颂瑛说，是啊，春寒久了，到现在才开了头茬。

锡允说，小时候，跟着大哥二哥读家塾。叔父请了陈桂生给我们讲《资治通鉴》。陈师父最爱海棠，知道太史第百二兰斋的海棠开得好，偏要等到花期才来教我们。叔父就在塾室给他摆满了。陈师父说，海棠好，好在无香。阖上眼睛，佛不动心；张开眼睛，又是满目翠艳。这一阖一张，就是《资治通鉴》里的所有了。我愚钝，至今不明白这话的意思。大哥二哥，一个做了国会议员，一个做了省议员。我到现在，只记住了海棠。

五举山伯，曾向我展示他在广图所得的成果。

有一份是一九三二年五月二十九日《粤声报》的复印件。其中一则新闻，是关于前一日在苏州举行的"淞沪抗日阵亡将士追悼大会"。《粤声报》对整个公祭仪式进行了详细报道，并刊登了"淞沪抗日阵亡将士追悼会告全国民众书"。此次设坛公祭，到会军民共计约五万余人。国民党中央党部委员会代表居正担任主祭官，陪祭官为国民政府代表孔祥熙。在这份报道中，也选载有全国各界名人发来的挽联。其中一则发自广州，全联为：

白日阴阴，愁魂黯黯，我辈哀怜冤忆。崇拜英伟，痛今朝追悼九泉，哭沉天地；

咒持等等，磬叩声声，人生得尽招升。皆大欢喜，愿此后轮回再世，整顿乾坤。

具名为"向翅胤"，一目了然出自太史的手笔。但当他撰写这则挽联时，十九路军已为南京政府所迫，撤离上海抗日战场，被调派往福建。一九三三年秋，蔡廷锴等将领在前线与中共展开和谈。次年十一月，蒋光鼐、蔡廷锴与邓世增等发动"闽变"，在福州成立抗日反蒋的"中华共和国人民革命政府"。蒋介石调集八个师入闽，重兵镇压下，"闽变"事败，蔡廷锴等高级将领辗转香港，部下谭启秀等参与者皆被开除军籍。谭启秀猝然回粤，寄居于太史第，半生戎马生涯就此告一段落。而其副官向锡允，却在战场上不知所终。这都是后话。

我带着这份载有挽联的报纸，向荣师傅询问当时太史第内的情形。他看一眼，想想，摇一摇头，似乎不愿提及。但大约终究忍不住，对我说，如果阿妈不做那一餐饭，以后可能就都不一样了。

向太史中年参佛，暮年皈依受戒。太史第内设坛追悼淞沪亡勇，请了弥陀寺的云禅法师亲自来做法事。三太太便说，不如在法事之后，办一场素宴，也用以酬答义款捐赠的应援各界。

此时的太史第，宴客排场自当不如往日。太史意得时，盂兰节大放水陆三宝，唤紫洞艇四五，诵经开坛，年年烧幽，太史第上下至戚友以此迁兴，达旦通宵，山水环回，完坛始归。向晚思之，方觉镜花水月。

他便嘱咐下去，这场素宴，不妄奢华，重在周到体面。太史第以蛇宴闻名岭粤。但因太史多年礼佛，众位太太亦追随，府内初一、十五与佛诞必守斋。故而太史第的素斋，其水准与外名斋相较不遑多让。几位家厨，可谓各具擅场。利先善做蛇宴，冯瑞工中式白案，莫子项由十三行法餐室礼聘而来，专责西点。而做素斋的，就是府上唯一的女厨来婶。

说起来婶的口碑，其人之势利在太史第里是出了名的。但因做人圆转，且得三太太宠信，自然在一众仆从里，有她的地位。当然，三太太用人向以务实为原则，也是赖得她的厨艺。

府里的人说来婶投其所好的功夫了得，是有出处的。三太太的生辰在农历六月底，太史第有道当家的素菜叫"三宝素会"，一听便知为其度身订制。那时兰斋后的水塘，菱角正上粉。皮青中带赭红，里头嫩得掐汁，刚刚可以剥肉，与鲜草菇和丝瓜块同烩，加个琉璃芡，不需佐料提味，已是齿颊留香。火候重要，出锅时那菱角嫩滑，咬一口清甜如蜜。原料是应时的，并不稀罕，意头却是四两拨千斤。这"三宝素会"，太史第的人吃了十多年，眼看着三太太的地位日隆。那做菜的人，自然言语行事，也都十分气壮了。

可若说来婶的首本，是为太史第撑足面子的鼎湖上素。既是首本，自然不惜工本，"三菇六耳"缺一不可。再加之鲜莲子、百合、冬笋、炸生根等料，用素上汤以文火煮上三个时辰，再以大火同炒。听起来工序并不复杂，可功夫都花在备料上。因竹笋、榆耳等都出自野生，桂花耳更是朝发夕萎的稀罕物，在外采货的厨工，有时不免疏忽怠。可但凡有一味不合了规矩，或以次充好，来婶先将他们祖宗八代问候一遍去。

按理，精益求精是不错的。这用料的讲究，多少也是太史第行事的分寸。再说其素菜的料，无非是腐皮、面筋、生根，新鲜的水豆腐、板豆腐、布包豆腐及硬豆腐，每每万变不离其宗。佐料也不可大鸣大放，葱、蒜、韭、薤及兴渠，所谓"小五荤"，自然用不得，偶也用豆豉便打了大折扣。酱料多用面豉、酱油、南乳及腐乳。而来婶的心得，提味全靠各种菇类。用的居多是冬菇和干草菇。因为用的量大，这洗涮晾晒的工作，便都落在厨工身上，动辄得咎。有敢怒不敢言的，就编了个歌诀，"冬菇草菇荔枝菌，香菇松茸鸡肶菌，隔篱利先唔开口，姣婆分分𦜆孖筋。"再隐晦，听者也知道说的是大厨利先叔和她的事。

利先有个老婆在乡下，人虽非君子，在厨房里打情骂俏可以，但却也不想招惹是非。可暧昧了大几年，经不住寡居的来婶穷追不舍，竟将那发妻给休了。但成了"一支公"，他却又硬了颈，就是不和来婶摆酒，所谓"拉埋天窗"。这以后，来婶的脾性便越发不可收拾。仆从间流传了一个笑话。当年守长斋的九太太青湘，爱吃一道"桂花锅炸"。做甜锅炸要用上牛奶和鸡蛋，这两种虽属花素，但食清斋的人是忌口的。因彼时九太太极受太史宠爱，后厨便专养了一笼东竹母鸡，生下的蛋不受沾染，才可入馔。可有一日，厨工未关好鸡笼，竟然让这几只母鸡跑了出来。后厨原有一只鸡公，大约也是垂涎已久，来个霸王硬上弓，将这几只鸡娘纷纷临幸了一遍。发现时已经迟了。这可也让来婶看到了，拎起把菜刀，风火火地出来，一言不发，将那鸡公拎起来，照颈子就是一刀。临了将那鸡头，扔在地上，唾一口道，"贱格！"这真是迅雷不及掩耳，那鸡身子喷着血，还拍着翅膀，在地上扑腾。看得后厨上下，惊心怵目。有人便私下里说，真是阿弥陀佛，鸡公这一刀，是替利先叔挨的。利先闻风而丧胆，此后和来婶，连眉来眼去也不敢了。

因为有三太太撑腰，来婶向来恃宠而骄。再加上为情所乱，对后厨的事情，渐渐不上心了。无奈太史第近两年，是多事之秋。事事敷衍，也就有些粗枝大叶。有次四房的近身来端药膳，看见来婶做罗汉斋，大约是手边老黄豆熬的素上汤没了，顺手就舀了一勺近旁的鸡汤做底汤。看见的人，知道她的厉害，自然不敢声张。

后来，逢到初一、十五，要开素斋，她大约也是怠懒了，除了一两个主菜，其他的，她竟着人到龙津路上的"盈香斋"买了现成的来，热了应付主子。终于有人不忿了。三太太便当着众人的面放话说，我养兵千日，要放在大处用的，是用来佛诞上给我撑场面的。

原本，这酬募后的素宴，便是三太太说的大场面。她自然没想到，会自打了嘴巴子。来婶竟就在前一天夜里失了踪。问起来，说是有急事，回了佛山老家。

三太太哑巴吃黄连，心里恨得直咬牙，最恨自己将人骄纵坏了，这可难收拾。表面上，却还是一副风停水静的模样，一边着人去外头借厨。

这事还未传到太史耳中。此刻，太史正和云禅法师在书房里头。法事将至，因是告慰英灵，二人都格外郑重。旁的人都不敢进去打扰。

出去借厨的，无功而返。这火急火燎的。三太太点了名字的厨师，无论是食肆还是府第，竟一个个都挪不开身。能出来的，她又看不上，怕败了事。终于，她也有些慌，早知如此，就请云禅带了净念来，现在好了，远水解不了近渴。

后厨都哑声，这净念和尚，是六榕寺榕荫园当家厨僧。其声名之大，连当年陈济棠的持斋夫人莫秀英都三番延请。可他却有个习惯，不涉军戒，就是不肯踏陈府一步。不知怎的，倒是与太史颇有佛缘，十分谈得来。三太太便着来婶与他习厨，即使不太情愿，他还是教了几个拿手的菜式。"雪积银钟""六宝拼盘""佛蒲团"，都是广府四围的素菜馆所没有的独一份。这也是三太太将来婶捧在手心里头，看不上外头厨子的缘故。如今可真是釜底抽薪。

六神无主间，她想想阖府能帮她拿主意，又不落话柄的，竟只有一个大儿媳。于是找了颂瑛。颂瑛想一想，说，三娘，那我就给你荐个人。

慧生来了，望三太太跟前一站。三太太打量她，扬起下巴，问道，你会做素菜？

慧生愣一下，张口答道，嗨，太太抬举！我一个粗手笨脚的下人，哪里会这细巧东西。

说着眼睛便往外头看，是想要脱身的架势。颂瑛便说，慧姑，太太问，自然是咱家落了急。你从前在老家，给老姨奶奶做的那几样，应付得来的。

此时三太太也硬颈不得，口气软了下来，说，你好歹做上几样热菜，精粗且不论。先替我敷衍过去。

慧生站在了太史第的厨房里。她的手触碰了一下灶台。云石的凉，顺着她的指尖蔓延上来，一点点地。却出乎意料，最后有一丝暖，让她心里悸动了一下。

她不再迟疑，对身旁的厨工说，烧水，备料。

那日赴太史第素宴的人，大约都有挥之不去的记忆。他们记得筵席的最后一道菜，端上，是一整只冬瓜。打开来，清香四溢，才知里面别有乾坤。浓郁的花香之下，可见鲜莲、松茸、云耳、榆耳、猴头等十味素珍，交融浑然。尝之，其鲜美较"鼎湖上素"，有过之无不及。来者交赞不已，连云禅法师亦啧啧称是。问起菜名来，说叫"璧藏珍"。

这一道，慧生用素上汤文火炖了两个时辰。她静静地候着，待火候到了，她对阿响说，仔仔，去兰圃给阿妈摘两朵栀子来，越大越好。

慧生将云白的栀子花，轻轻掰开。后厨便是一股四溢的浓香，随着雾气蒸腾的热力，击打了她一下。那花瓣的触感厚实，滑腻温存。忽然间，她觉得自己的手，是被另一只手执着，牵引着，一点点地将这花拆成了瓣，落到这汤水中。变色、卷曲、沉没。她想起了，她回忆起了那个溽热的六月，满室的栀子花香。清晨，那个人用水净般的目光看着她，告诉她，他终于还是走了。没来得及话给他听这菜的名字。

这名字，自那人唇齿间轻轻吐出，叫作"待鹤鸣"。

此时接近饮宴尾声。人们未解朵颐之快，有人忙于言商，有人捭阖时事，有人谈到激越处，不禁慨叹，抚案潸然。然而，他们都没有注意到，一位耆绅，在人群中一言不发，反复地品尝这道菜。他闭着眼睛，半晌，忽而嘴角抽动了一下。

他起身，借故离开了饭厅，走进了太史第的庭院。太史第的人，看到一个老者，在各处游荡，甚至深入一些少人去的角落，似在各处逡巡。但因为他的穿着体面华贵，举止亦无逾矩，人们便也由他去了。他在每一处流连，眼中热烈而谨慎，如一头年迈的猎犬。终于，他在"百二兰斋"停住，目光落在正随花王捉虫的阿响身上。他静静地打量阿响，由头至踵，眼睛似乎再也无法挪动。久后，他似乎下了一个决心，毅然转身离开。

荣慧生，这个大少奶的近身阿姑，在太史第的筹募素宴后，获得了无上的声名。人们的结论是，如太史第钟鸣鼎食，即使日后寥落，仍是藏龙卧虎。哪怕一个不声不响的仆妇，亦不可小觑，必内藏乾坤。

在这之后，慧生再无意庖厨。她甚至尽量减少去后厨的次数。为颂瑛准备夜宵和药膳，她会去小厨房。这是让她感到安心的所在，是她自己的一方天地。如同以往在何家，也是如此。在这方天地，她可释放她的手艺，这手艺藏着她的过往。而她释放所得，足以俘虏一千人的味蕾。其中包括颂瑛那个口味乖张的老姨奶奶。颂瑛的祖父去世后，这老人将自己关在没有光的后厢房里，布置为佛堂，青灯持斋。她唯一与外界的交流，就是颂瑛从小厨房给她送去的素食。颂瑛对这个姨奶奶有别样的感情，她知道自己的父亲庶出，自这老人。但父亲很快过继给了太夫人，才有了她一脉相承正房小姐的身份。但出自于血缘的亲近，令她们有着相似的食欲。是慧生的手，无形中养刁了祖孙二人的舌头。于是，慧生将这些带到了太史第的小厨房里，成为主仆之间的默契与秘密。"海棠片""素云泥""增城笋脯""雪梅饼"，这些只会属于颂瑛。太史第其他人等，哪怕亲近如五小姐，也不可染指。

但她没有料到，素宴尾声，那道叫作"熔金煮玉"的白粥，收服了太史，令其心驰神往。他通过三太太与颂瑛商议，即使不深入后厨，但希望慧生负责府中的粥品。慧生犹豫了一下，答应了。

当来婶回到太史第时，刚刚落过一场小雨，脚底下漾起一阵尘土混着青苔的潮湿气息。她走到了后厨的天阶，正看见慧生坐在小板凳上，面前是一爿石磨。慧生专心致志，将米和杏仁，一点点地放进石磨，然后匀匀地推动。那米浆便从石磨的槽口流进了瓦盘。瓦盘上蒙了层纱布隔开一道，滤出的米浆才够幼滑。

一群细路正围着，有府中的小少爷，也有仆从的孩子。来婶顺口一问，这围了一圈，是有什么稀罕好看。

一个孩子就说，慧姑给我们打杏仁霜呢。

来婶扫了一眼，与慧生点了点头，算是打过了招呼。她并不知道这段时间太史第里发生的事情。此刻只觉自己神清气爽。毕竟于她，算完成了一件大事，心里的石头落了地。

来婶回乡，为自己夭折多年的儿子，办了一场体面的冥婚。

之所以不告而别，是因为她从老乡那里听到了风声。老家有一个新丧的少女，着人阴配。她找人合了八字，与自己孩子是上上之姻。但又听说，有另一家的老太爷寿终正寝，要纳妾于泉下。因为订礼丰厚，女家的父母动了心。她这一着急，带上了积蓄，便奔回了三水。那可真是一场斗智斗勇，艰苦卓绝，可她到底是赢了。她看着女家的棺柩起灵，泼了清水，撒下花红纸钱，移葬在儿子坟侧，不禁号啕大哭。她想，当年跟死鬼老公发了毒誓，如今可算有了交代。她终于也是做婆婆的人了。

这时扬眉吐气地回来，以三太太平日对她的深浅，至多嘴上责难一番。

她甚至准备好了一份喜仪。三太太也是出身三水。当地的风俗，冥喜的喜仪，是要为生者贵人添寿的。

然而，三太太只阴飒飒看她一眼，不问缘由，喝道：跪下。

她迟疑了一下，还是跪下了。

三太太说，这是你给我的好看！若是没有慧姑，这次就是给全太史第的好看。谁也保不下你。

来婶一愣。她想，慧姑？这个人，三太太何时提到过她的名姓，以往说起来，至多泛泛说是大少奶的人。现在成了慧姑。

三太太说话，从不是疾风骤雨，但句句幽幽地说出来，都冷到人心里。

来婶究竟没将那封喜仪拿出来。

来婶走到后厨，看到慧生正靠在井边，细细地刷洗那爿石磨。水顺着井边的水渠，慢慢地流淌过来，带着一丝杏仁清凛的香气，微微地发苦。

她想，这个女人，也算朝夕相处了多年，从未让自己感到过不适。太史第的仆从上百，或许这女人是让她高看过的。大约是因为慧生的身上有一种自尊；大约因为彼此都知道什么叫作本分，井水不犯河水。

好事的厨工，在她跟前，说了那一日慧生如何行云流水般，做了一席素宴。许多菜肴，竟都是他们未见过的名目。大约因为添油加醋，说得不免神乎其技。她安静地听完，有让她自己意外的镇静。她想，人不可貌相。人人也都有那昙花一现时。

如今，她来婶回来了，一切都会回到以前的样子。

第二天清晨，来婶照例给太史渌了一碗及第生滚粥，里面撒上用蚝豉腌过的荔枝菌。那"私伙"的萝卜糕，也是细细地煎过。煎到双面金黄，让那鲮鱼茸的鲜香渗透出来，这才满意地熄了火头，着人给太史送去。可厨工并没有接，踌躇了一下，终于说，三太太吩咐过了，以后太史的早餐和夜宵，都交给慧姑做了。

她不禁一愣，即刻，笑一笑说，太太真怜惜我，以后再不用起早，也不用贪黑了。

她伸出筷子，夹起一块萝卜糕，放进自己嘴里，片刻嚼得稀碎。

来婶发现，除了为几个厨子做下手，慧生几乎不来后厨。她所做的，都是在小厨房完成，这是分寸。她从不越界，只是做粥品与果糊。花生糊、芝麻粥、核桃露，做这些，她也是见缝插针式的，有空了便做一做。原先只是给颂瑛做。现在，也给太史做，吃了称赞，便给太太们吃。众人说好，她也未必接着做。不迎合，也不抗拒。她呢，跟着节令走，不同节令是不同的粥水。入梅了，有眉豆粥打湿；立夏了，便有香草绿豆粥去暑。也跟着人走，给小姐们熬的是莲子百合红豆沙；哪房少爷青春体热，脸上起了痘疮，她就给煮一碗臭草绿豆沙。喝下去，两三天，痘印便退了。

她看周围的人变得好起来，有一种将自己的技艺，放在了阳光下的舒坦。

小孩子们呢，也爱她。大约是身边有阿响的缘故，她不时做点素扎蹄、斋鸭肾给府第的孩子们解馋。亲手制成了荷包，里头装了甘草豆，给年幼的挂在颈子上。八太太说，慧姑的相，是有佛缘的。以前不觉得，如今看出她对人的好，仿佛诗文里说的，叫润物细无声。

来婶终于听到了只言片语，将她与慧生比较。有人说，这养过孩子的人，就是不一样。对人对己都宽待些，拿人家的孩子也当自己的。七少爷没娘，因为有这个慧姑照应，虽磕磕绊绊地长大，少受了多少罪。听的人就说，那来婶也算养过孩子的，怎么天上地下。就有人插嘴说，何解，你没见这不是就把孩子给养死了吗？

这话听到了，来婶蓦然心里像给刀扎了一下。

到了七夕乞巧节，兰斋农场的柚子挂枝，果实累累，但因未长足肉，距收获还远。太史第多半用作供果，敬香拜神。但还有一个用途，此时碌柚皮青而厚，最宜入馔。

岭南自肇庆至于四邑，皆擅烹调柚皮，作为日常佐餐。来婶是好手，她选的柚皮，多半是沙田柚，因皮饱满疏松，且带清香。太史好柚皮，尽人皆知。举府自然受其泽被。但来婶心里自有一杆秤。给太史和三太太的，做法十分考究，先用瑶柱和整只母鸡熬上汤，加鸡油虾子同炆，出锅前滤净汤渣，只得柚皮，但精华早已由表及里，食之难忘。给各房太太的，用鱼露和蚝油煮制；到底下粗制，用猪油和生抽足矣。人们都说，这手心里长着眼。做一个柚子皮，已有三等五级。

说起来，这菜原料简单，其实极为考工，且"功夫在诗外"，费在准备上。柚皮外层苦涩，要用姜磨刨去，出水后浸在大木盘内，不时换水，用力气将苦味挤出方能用。这些劳碌活儿，属于厨工婢女们，来婶自然从不插手。但出一水，她便要亲自尝过，直至苦味去尽方下手烹制。

这一日，来婶心情本就不爽。帮厨的婢女又是新来的，处处不称用。来婶精挑细选一只大柚，想用整只柚皮做柚煲。可那婢女下手粗笨，去苦时竟将这柚皮给挤裂了。来婶心头火起，上去就照那女仔一巴掌，骂声不绝。因是新来，这孩子不晓厉害，还未学会忍气吞声。也是初生牛犊，竟就将一盆柚皮泼在地上，和她对骂。惹得众人来看。女孩的粤北口音，铿铿锵锵，那真叫个针尖对麦芒。看热闹的心里暗笑，也都不劝架，想这下可棋逢对手了。女孩气势是足的，但究竟阅历短浅，大意无外乎骂来婶狗仗人势之类。来婶后来居上，四两拨千斤，对方到底还是个姑娘，给她骂哭了。但临到最后，这孩子骂道，人说生仔冇屎忽。冇男人要你，你一世都冇仔生。慧姑也做柚皮，自己落手落脚。人哋有仔傍身老来福，你仆街暴尸冇人埋！

来婶本叉着腰，冷眼看她。听到这里，忽然间，身体就松懈了。这一松，人也矮了下去。看的人有些发慌，他们知道，这话击中了来婶的痛处。

有厨工慌忙躬下身，收拾地上的木盆和柚皮，是打扫战场的意思。另几个将那女仔拉走。来婶不再说话，她用奇怪的眼光看了众人一眼。这目光没有焦点，好像落在了很远的地方。她一转身，就回去后厨了。

傍晚时，她看见几个孩子在夕阳中玩耍。他们围着七少爷，锡堃手中是慧生新制的蜜渍柚皮，这是为太太们近日喜欢的居停口果。阿响正站在近旁，不随他们吵闹，很安静。脸上的笑容，也比一般十岁的孩子要沉和得多。

她看了好一会儿，阿响的样子，就此定格在了她的头脑中。她想起了某个厨工曾和她八卦，那日素宴，一个衣着体面的老人，目光也曾在这孩子的身上流连。人们都感到古怪。

少年的脸，夜里令她辗转反侧。天快亮时，蒙胧中几乎要睡去，她忽然想起有次回老家，本家阿舅说起流传在佛山镇的一则传说。有个尼姑，抱着新生婴儿，逃到了乡下亲戚家。后来有广州的大人物追来，这尼姑带着孩子却不知所终。对这婴儿有印象的，大约只有祖庙街的老中医。因为孩子患了黄疸，他曾出诊上门。他深刻记得，婴孩的尾龙骨的正中，长了一块方正的胎记，万不见一。相书上叫龟骨记，主大贵。

这则传说，击打她。她顿时醒了。风驰电掣般，她又想起，有次她去水房，看到慧生正在洗头。原本披散的头发，还湿漉漉的。看到她，立时便用毛巾包起来，匆匆离开了。

这一幕幕串联成了一个念头。这念头炙烤着她，煎熬着她，令她感到折磨。

她睁着眼睛，看着天一点点亮起来。她推开窗子，外面没有晨曦的光，只有厚厚的、阴沉的云，好像压在了太史第外的门楼上。

终于有一日，慧生陪颂瑛出门，置办中秋的货品。来婶端了一碗桂花酿圆子，穿过花厅。路上有三太太的婢女经过，说不用劳她大驾，要替她送去。她一手端着盘子，一手打开婢女的手，笑说，我做出的好东西，倒由你嘴上抹蜜占了便宜去。

她终于找到了阿响。他并未与孩子们玩耍，而是在二进的朱漆门前擦通花。自他六岁起，每到年节，这就成了他例行的工作。他长高了，再不用站在板凳上，也不用踮起脚。

来婶走过去，说，响仔，擦累了吧。阿婶请你食好嘢。

阿响看看她，说，多谢阿婶，我仲未做完。

来婶和他说了些无关紧要的话，这孩子慢条斯理地回答，但并未停下手中的活儿。她终于有些不耐烦，过去大力拉了孩子一下，说，食完先做啦。

阿响被她拉扯得没有站稳，往后一倾，恰碰到了食盘上。碗里的桂花圆子，竟然扣在他身上。

孩子被猛然一烫，不禁颤跳了一下。来婶也慌了神，但她很快就平静下来。她想，这样好，省却了许多麻烦。

她对阿响说，阴功啰！这么不小心。快让婶子看看烫伤了没有。

说完，她不由分说，将孩子的衣服脱了下来。阿响的肩头红了一片，来婶一边大呼小叫，一边就势拉下了他的裤腰。

她不禁愣了一下。她看得很清楚，是的，这孩子的尾龙骨上，有一块青色的胎记。形状如一只屈身酣睡的猫仔。

她让自己平静下来，招呼近旁一个婢女，让她带阿响去上烫伤药，一边说，我去给他找身干净衣服来。

来婶走进了慧生母子居住的耳房。她的心怦怦直跳。她迟疑了一下，但没有让自己犹豫。

她想，这比她原本的计划，更为一气呵成。

她打开橱柜，找到一件阿响的衣服。然后开始在室内翻找。她翻得十分细致，但让自己不要留下痕迹。同时间代入另一个女人的心理，去揣测她可能收藏秘密的蛛丝马迹。

她小心翼翼，在柜桶里找到了油纸包，发现了那只翠镯。她拿起来，迎着光线凝神看，估出了上佳的成色，却也未看出其他的端倪。她在心里"哼"了一声，想，这女人不声不响，果然还有些家底。

时间一分一秒过去，她不禁有些焦灼。当听到外面些许的声响，她紧张得几乎想要放弃。

在她关上衣橱的刹那。忽而闻到了一阵气味。这时，她的嗅觉派上了用场。隐隐地，是婴孩的奶味，因为陈年，有些腥膻。

她终于发现了那只褓裸。

虽然经年褪色，她还是认出来。这褓裸是一件僧衣改的，还可以看到衣领上绣的万字纹。衣料的质地细腻，她虽不懂什么是清装，但是在心里颤抖了一下。

来婶回想，或许是那封短笺，让她几乎心软。她有一个母亲的本能，她读出了这只字片语中，是一个母亲无力的求助。在那个几乎要动摇的当下，她想，我为什么要识字。那个死鬼老公没留给我任何东西，但为什么却教会了我识字。

吾儿贻生，为娘无德无能，别无所留。金可续命，唯艺全身。

但是，她的心很快就硬了起来。她想，这个素未谋面的女人，无论是死是活，但至少留下了一个儿子。这儿子寄生于另一个女人。这个女人忠诚地为她保守秘密，还养大了这个孩子。

她想，我有什么？我什么都没有。

黑暗中，她狠狠地咬了一下自己的嘴唇。咬得太狠，她甚至尝到一丝血的味道，慢慢地渗出来，是腥咸的。

这就是太史第的好，王孙贵胄、风流人物皆可成为谈资。有心的人，不怕打听不来。来婶很快地知道了那个华服老者的身份。下野的陈参议长，虽做闲云野鹤多年，但竟不至被人遗忘。他的堂弟陈炯明，在时势潮头跌落，早已避居香港。他们还有个共同的族弟，叫陈赫明，亦音讯杳然。但传说这个失踪的陈姓将军，身后留有一个子嗣在外，整个家族这十年来，一直在寻找。

来婶在太史第的家塾找到了许多发了黄的报纸。晚近发生在西关的一宗绑架案教她获得了灵感，学习了掩藏身份的方法。她从报纸上将那些字一一剪下，拼贴成了一封内容简洁而清晰的短信，放进了信封。

然后，她将那些满是窟窿的报纸投进了后厨的炉膛。看着熊熊的火舌，一忽悠，就将它们舔得干干净净。

三太太对陈府来太史第借厨的事，感到有些诧异。倒不完全是因为陈参议长与向氏一族，这些年并无许多往来。而是，他邀请的并非几位声名在外的家厨，而是点名要借慧生。

信上的理由说得很简单。上回赴酬募素宴，一味"璧藏珍"齿颊留甘。

夫人寝疾初愈，此斋定襄其复本固原。万望成全。

说到此处，三太太想起这位前参议长，由于他堂弟的立场，与当年支持北伐的太史并不算亲睦。如今，既为一味斋菜屈尊求厨，于情于理，如何都无法拒绝。

夜里，慧生心急火燎，翻开衣橱与柜桶。查验之后，回过头来。她厉声问阿响有无动过。阿响摇头。她捉住孩子肩膀，摇得阿响几乎站不住。她说，响仔，你同阿妈讲大话，就是要了我们两仔嬷的性命，你知唔知?

阿响看见眼睛在灯光底下，好像要喷出火来，像一头凶猛的母兽。这是一个他陌生的母亲。他终于哭出来，使劲地摇头。

慧生再次翻开那褓褛，没有她做了记号的头发丝。而那只玉镯，对着她的，也不再是满月的方向。她撑住床头，想抱一抱自己还在痛哭的孩子，却忽然脚下一软，终于颓然地坐下来。

荣慧生走进了大少奶颂瑛的房间，二话不说，便对她跪下来。

颂瑛大惊，要扶起她。

她不起，只说，奶奶，你要答应救我们母子，我才起来。

慧生就这么跪着，对颂瑛和盘托出。

慧生说，奶奶，我瞒你，是我该死。可孩子没有错。

颂瑛听完了，呆呆望着她，半晌没有话。忽然从牙齿间迸出一句，慧姑，是我害了你。

伍

安铺有镇

家在桃源里，龙溪是假名。蕉衫溪女窄，木屐市郎轻。
生酒鲟鱼脍，边炉蚬子羹。行窝堪处处，只少邵先生。

——陈白沙《南归寄乡旧》

我和五举山伯，从广州，坐了八个小时的巴士，到了湛江。碰巧最近播了一出很红的推理剧，在这个粤地最西端的城市取景。网络经济实在有令人瞠目的威力。这个网剧的取景地，如名胜一般，成为游客的网红打卡点。我们经过了一个士多店，山伯说，等我一下，我去买包香烟。但当他出来时，这个巴掌大的店铺门口，竟然被围得水泄不通。他举着香烟，和两瓶矿泉水，挤了出来。他看到一些少年男女，摆出各种甫士在拍照，录视频。他们挽着胳膊，在唱一首儿歌。这首歌我在小学里学过，没有想到因为这出剧而再次翻红。

五举山伯没有看过这个剧，因此他匪夷所思地望着这一切。我举起相机，在赤坎老街附近拍了一些照片。带给了荣师傅看。这些模样败落的街巷和建筑，在我看来大同小异。每个城市的改造规划中，大约都有一些黯淡的印记。但令我吃惊的是，荣师傅看到每一张照片，都能够准确地说出它的地理位置和周边景物。

山伯向我提及师父对当时湛江的描述。十岁的荣师傅，身处这座城市，眼神里曾充满了迷惑。因为到处都是外国人。金发碧眼的水手，或者是眼窝深陷的南亚人。他不知道，这座城市当时叫作广州湾，又叫白瓦特城，是法国人在中国的殖民地。

阿响与母亲，终于栖身于叫作安铺的小镇。

慧生长长地舒了一口气，打了一盆水，将行李篓里的衣服拿出来。看看阿响，趴在骑楼的露台上，往外望。对面的楼下，一色是商铺。此时暮色浓重了，有一些便关了门。另一些正在打烊，一间接一间地黑了下去，造就日落而息的景观。倒是楼上，是万家灯火的样子。

这一排居家的窗户，连成一片。阿响就想，来的时候，他们坐的船，坐了很久。现在望过去，这些窗户，仍像是船，便像是整齐地漂浮在了黑暗上面。这底下的黑暗，为上头的光托住了底。就像是海面，一望无际的。而在远处，他竟然也能看到真正的海，有一两点渔火的。

巨大的月亮，从海里升了起来。

不知为什么，他觉得自己的身下，好像也摇晃起来，如同这几日在海面上了。

慧生忧心忡忡地看着儿子。她不知道阿响在想什么。这孩子有时太静，让她担心。这年纪的孩子，总应该多一些吵闹和宣泄，才让人放心。尤其是这样的时候，经过如此长途的旅程，到了一个完全陌生的地方。

她的目光，倒都在暗处。她想，暗些好。

此时，她已经不慌了。她想，一切不过回到了原点。想到这里，她越发感恩这十年安定的日子，仿佛都是赚来的。这十年在广州的日子，让她产生了错觉。她不懂什么是"大隐于市"，但她以为可以藏身于喧嚣。这是错觉。如今，她终于回到黑暗中了。

过了多些时候，安铺人便看到有个敦实的妇人，坐在"十八级"上，身旁是一根扁担。每当货船靠岸，她便起身。其他的担工，都蜂拥而至，抢活的抢活，卸货的卸货。她却不动，遥遥地望，待看清楚了，才掸一掸衣服上的灰尘，逐级而下。

当地人叫"十八级"，其实是九洲江畔的古码头。安铺坐落在出海口，西邻北部湾。九洲江是粤西繁忙的水运航线，这码头大约就是镇上最热闹的地方。因为要落到江边，必先下过十八级的青石板台阶，故而得名。当地又有"七上八下"的说法，是说缘江望去，这台阶左高而右低，右边的石级被磨得圆滑低陷，往往还崩裂了。原来这忙碌的码头，也有自己严格的秩序，是左落右上。那从船只上卸货的挑工，是要将货物依次沿着右边的石级慢慢担上去。石级经过多年岁月的踩踏，就成了如今的样子。

这妇人便从左边轻快地走下来，专拣那面色黧黑，眼窝深陷的人。这些人在这小镇上并不鲜见，毕竟当地是惯做了与南洋的生意。这些南洋人携带家眷的，往往会在码头上犹豫一下。大约是因为东西多，挈妇将雏，总不得周转。妇人便迎上去，主动表示要帮手。一根扁担，一头一个行李箧，她担上，稳稳便站起来，大手大脚地，便沿着那右边的石阶走上去。

这样来去，大约耽误大半个时辰。回来了，她便又在"十八级"上等。她近旁，有时会有个男孩子，十来岁的样子。不同于妇人生得粗枝大叶，眉目是很细致排场的，人也是安安静静的。拎一个竹篮子来，搁下，里面有一些粥菜。两个人就挨着，慢慢地吃。船来了，她也顾不上似的，搁下碗，执了扁担就跑下去。

这孩子就远远看着，拾掇了一下，回转了身向镇里走去。时不时也要回头，往码头的方向看一看。

多数时候，还是妇人一个。到晌午，她就将扁担挨墙放着，不埋堆，独自大刺刺地坐下，大口大口吃一碗菜头粿。只看肩背，竟有些男人的形容。时间久了，人们也便瞧出她有些古怪。一是她担东西，不计较价钱，轻重同价；二是不计较路途，先担上再说。碰上孩子多的，她便从女眷怀里抱过婴孩，拉开一根宽布带，背上，再担上行李，望上头走。看出来有些吃力，但脚下还是稳稳的。

按说，她这样不计较，其实有些坏规矩。但人们看始终是个女人，又带个半大的孩子，耐劳擅作，便也由她。这镇上临海，虽早有"万铺之乡"的商贾传统，却还保持着纯朴的民风。虽不知底里，挑夫们便也有意无意地照应她，见有南洋人来了，便往后退退，慢几步，让她赶得及过来。但是，每每她担货回来，人们还是能看得出她脸上浅浅的失望。

荣慧生每从码头回来，已近薄暮。她总是强撑了身体，至多是在骑楼上坐一坐，腰酸背痛，却不敢躺下来。她知道这一躺下来，怕是就起不来了。

这时候，阿响便会走过来，给她捶一捶，松松筋骨。母子二人就说些话，虽不说其乐融融，但慧生心里却很安慰。她看阿响在无形间，似乎已开始抽条。这孩子长大了。她伸出手，想要在他头上摸一下，却终于落在了他肩膀上，按一按。两个人，便在油灯底下吃饭。有时是一碗蚝豉粥，有时是一碗簸箕炊，这算是硬饱。孩子在长身体。这用米粉蒸出来的，毕竟饱肚子。用豆豉油、蒜蓉调成的酱汁蘸了吃。口味是不计算的。阿响大约知道她想什么，大口地吃，是叫人放心的意思。慧生就很感怀。觉得这孩子，虽是食下栏长大，却始终是见惯了太史第的锦衣玉食。如今，跟了自己的生活，还是顺顺妥妥地，像是生来如此，无一丝勉强。她心里有些发空，想孩子不声不响间，是比大人还能认命吗。

她环顾这房间里，清锅冷灶，倒是没有半点家的痕迹。连行李都没收拾清楚，是随时要开拔的样子。最堂皇的，倒是神台上的关公像，红通通的脸色，眼里炯炯地看着她。行李篓上整齐地码着一摞书，那是临走时颂瑛让她带上的。她焦灼间，不想带。颂瑛把一下她的手，说，你记着我的话。你这孩子，是比老七还能读得进书的。

这一日，到了下晌午，天无端下起了暴雨。挑夫们便都猫在西街缎子庄的屋檐底下。男人们一边抽烟，一边说着闲话。江上的风夹着雨水簌簌地吹过，渐渐烈了，迎面打过来，风也有些硬。吹得慧生有些瑟缩，不禁抱住了胳膊。这时候，走过来一个男人，举着个酒葫芦，对她扬一下，说，饮一啖，暖啲。她笑一下，摆摆手，说，唔该。这微笑大概鼓励了男人，竟走近一步，问，广府来的？慧生便将身体抱得更紧了，然后偏到了一边去。男人轻叹声，摇摇头，走开了。

待雨终于停了，天已经黑下去。码头上并没有船，大约是都聚到了海湾附近的避风港过夜。挑夫们就散去了。

慧生悒悒地望东大街走，看到骑楼底下，铺面都在往外头扫水。手勤快伶俐些的，整理停当了。便有人搬了小板凳，依门劳作。大人在廊下削竹篾，卷炮筒，拧麻绳；小孩子则绕膝玩耍奔跑。镇上的人多半是上居下铺，因此开门做生意，也并不影响乐享天伦。不知谁家里传来了争吵声，然后是孩子响亮的哭声，倒将慧生的心打开了。

路过苏杭街，她看到一个走鬼档①，在卖牛杂。孩子们蜂拥地围着，

---

① 粤俚，流动小贩。

在一个热腾腾的大锅里涮着，一面吃，脸上都是酣畅的满足表情。她心里动了一下，便也走进去，挑了几串，渌熟了。看那牛肚慢慢变了颜色，卷曲起来。心头莫名有了一丝快意。

她举着竹扦子，风风火火地望家里走。忽然觉得有些盼望，脚下也竟轻快了。

她上楼，呼吸到了烹炊的气息，在这清寒的空气里，是一股暖热。辣椒味刺激了她的鼻腔，让她打了个喷嚏。这味道让她陌生而熟悉。这不是房东周师娘在准备晚饭，因为没有那离不开的热烈而馥郁的虾酱味道。

她一边疑惑，一边望上走。当她确认这味道是从自己的小屋里传出来。她想，他们母子唯一的食物来源，就是对面的"吉佬"粉粥档。她包了伙。在她放工时，阿响会拎一只锅，将晚饭端上来。他们的屋，靠着一间小厨房。但从未用过。这么长时间，她没有开过伙。

她不禁走进厨房，摸一摸灶头。还有余温。她心里不禁颤动了一下。

她推开门。

阿响照样坐在骑楼上看书，就着外头的光。她不回来，家里是不点灯的。她的鼻翼，像猎狗一样翕动了一下，竹扦子掉到了地上。她点亮了油灯，看见桌上摆着四个菜。一碟油麦菜，一条蒸大眼鸡，一盅蒸鸡蛋。还有一盘热气腾腾的、用辣椒酱炒过的簸箕炊。

她不甘心地问，周师娘送来的？

阿响轻声，说，我整的。

慧生回过头，看着这孩子，说，你整的？

阿响点点头。

慧生说，你整的？你怎么会整？

阿响说，看阿妈整，看利先叔整。

慧生说，你为什么要整？

阿响停了一停，说，今日，天好冻。

慧生慢慢坐下来。她说，我说过家里不开伙。你唔听？

阿响的声音大了一些。他说，今日，天好冻。

慧生看着孩子，眼神少有的，灼灼看着她。她说，阿妈给人整嘢食，整到我们两母子有咗屋企！你知唔知？你唔读书，开伙入厨房，要招祸来，你知唔知？

她望着外面通黑的天，云霭里的一星亮，忽然间也暗了。她眼底一酸，觉得内心间一阵虚弱，两行泪就流了下来。她拖着腿，走到了阿响跟前，抬起手掌就打下去，打到孩子的背上、臀上、和腿上。她的手脚也麻木了，没了轻重，打下去，孩子的身体就是一凛。腿弯一折，就跪了下去。但他却立时站了起来，站得更直些，由着母亲打。

慧生一边哭，一边更凶狠地打。她喊道，响仔，你哭，你哭出来！也让我这个做阿妈的安心。狗也嫌的年纪，不怕你上房揭瓦，总要有点声响，我心里才有个底，有个着落。你这个样子，不声不响入厨房，会害死我哋！

阿响不哭，身体有点发抖，但仍站着。闭着眼睛，由阿妈打。

慧生打累了，也哭累了。她眼里发空，跌坐下来。神台上的关二爷看她。灯光落在阿响身上，又落在墙上，一片昏黄。墙上的影，这孩子站得挺挺的，巨人似的。却有些发虚，在灯影里晃动。

这时候，才听外头有敲门声。慧生连忙收拾了自己，顺一顺额前的头发，平息了一下，才打开门。

敲门的是周师娘。手里是一挂月饼，微笑望她，道，响仔阿母，今日系中秋，团团圆圆。

慧生愣住，动动嘴角，牵起一丝笑，说，周师娘，下个月房租，我后日就给您送过来。

周师娘道，不着急。

她往屋里望一望说，响仔好生性，辣椒酱是我借给他的。家里要开一开火头，才有屋企的样子。

慧生不作声。

周师娘顿一顿，压低声音说，我听讲，你在南洋人家里找佣工做？

慧生眼皮跳一下，眼睛想躲闪，却终于抬起来，坦荡荡望着周师娘，说，嗯。

周师娘犹豫一下，还是说，南洋人待人孤寒。你一个女人带着孩子，若要去南洋讨生计，怕是很不容易。

这番话，让荣慧生心里骤然软弱了一下。她倏忽想起也是个雨夜，来时在船上，睡得蒙眬间，听有人在身旁闲谈说起，举家正要望广州湾去，但那里不是终点，他们最后往星马落脚。但若说起捷径，倒是先要往广州湾以北廉江上的小镇，然后由防城东兴转往安南，再过老挝，从泰国南下是最快的。

她本不是心思缜密的人，却记住了小镇的名字。到了广州湾，在何家人的安排下住在客栈。她却带了阿响，连夜便逃了。她想，这一回，要逃得干干净净，逃到个谁都找不到的地方。逃得太仓促，丢了一只行李箧。里头是她的积蓄和何家给的银票。还好随身有些细软，她在廉江找地方当了，咬一咬牙，还是把那只玉镯留了下来。她想，这是那个人，与阿响最后的牵连了，要等孩子长大的。

响仔阿母，周师娘说。

慧生一个激灵。面前的女人，是关切模样，却有分寸。她说，响仔阿母，我不问你的过去，但我知道你难。最难的时候，却也未欠过我的房租，你是个体面人。说到底，谁都有难，既到了这里，你总得信一个人。

慧生终于抬起头来。

周师娘临走前，又回转了身来，说，既然开了伙，孤儿寡母，也算是一头家了。你仔仔的手势，要尝尝的。

慧生与阿响面对面。孩子不说话，低着头。

今日是中秋，她竟忘了。慧生将那鱼分开，夹了半条到儿子碗里。自己夹了一筷炒簸箕炊，放入口中，眼睛却渐渐亮了。她不禁多嚼了几口。这翻炒的东西，按理没什么。但她却吃出了火候和分寸。这孩子从未下过厨，手底下的轻重绝非出自经验。她一时间百感交集，泪又流了下来。抬起头，看见孩子忧心忡忡地看她。她擦了擦眼角，抑制住。那泪便往心里流下去，一点点地，身上竟有些暖和了。

我和五举山伯，到了安铺，已是黄昏时分。镇口看到了立了一块石碑，"广东省四大古镇"，我就问山伯，是哪四大名镇，他也说不出所以然来。碑是新立的。镇子里头倒全是旧的气象。两侧的骑楼，和我之前所见不太一样。轮廓建制上颇有异域风情，听说因为和东南亚的往来频密，风物互渐。罗马柱头，屋檐上是业已斑驳的砖雕和彩画，但究竟也看不周详，因为街道都不甚宽阔，骑楼间又没有缝隙，光线便被挡在外头。抬起头，错落的电线，将狭窄的天空切割成了各种几何的形状。此时街上是很幽暗的。山伯说，那就对了。听师父说，这里以往叫"暗铺"，本地人嫌不好听，才改了名。

我打开电子地图，并没有发现这家叫作"仙芝林"的中药铺。最近的能找到的建筑是"文笔塔"，附近显示出了几个酒吧和咖啡店的位置，还有一家麦当劳。九洲江边的文笔塔在我们的视野范围内，它依然是这个镇上最高的建筑。我点了一下简介，说是同治年一个叫陈恭秀的监生督修的，上祀魁星经。"文革"期间作为"四旧"被拆掉了，如今看到的是后来新造。

荣师傅说，沿着它一直走到安铺西街，就能找到"仙芝林"。

我们走过了整条西街，我很着意地看着路牌与街招。依次经过"欣妮为你理发室""关帝庙糯米鸡"和"青霞钟表行"，然而并没有看到"仙芝林"，甚至没有一家中药铺。

我们走到了街尾，又折回来。当我终于意兴阑珊、心不在焉时，看到山伯在一个洗头房跟前站定了。像中国所有的洗头房一样，窗口的纱帘透出了艳异而暧昧的粉光。我正犹豫要不要揶揄他一下。此时见这洗头房和相邻的骑楼间，墙上镶嵌着一块斑驳的花岗岩，上面镌着两行字"仙芝林，廉江'三点会'领袖刘芝草故居"。

在周师娘的介绍下，慧生入了镇西南新开的缫丝厂做工。佛山、顺德一带本是"桑基鱼塘"之乡，自小离家，虽谈不上耳濡目染，但手眼有数，慧生很快驾轻就熟。同厂的女工，有不少是镇上姑婆屋"漱玉堂"的自梳女，不论是什么缘故，总算是打定了终生不靠男人的主意。个个是独当一面的样子，又彼此友爱。知道慧生一人寡居带着孩子，也很照顾。并不问她的前缘，得空便教她廉江本地话。相处起来，皆十分利落。慧生虽未放下十分戒备，却也觉得神清气爽。

其他大半时间，她便待在"仙芝林"里，帮周师娘看铺。这中药堂是周师娘家的祖业，却也是一间医馆。馆里有个坐馆的中医师，花号叫吉三，只道是周师娘的本家叔叔。大名不知道，能看出是一把年纪。擅治疥疮和眼科，也能看跌打，所以周身是一股子药油味。"十八级"的挑夫，因为镇日负重，腰骨劳损，去看他的人很多，生意算是十分好的。

慧生在旁瞧了个把月有余，又看看身边的阿响，渐有了一个主意。她问周师娘，医馆里可收学徒。周师娘听懂了，说，你们以往经过的人家我不知道。响仔难得这么好读书，镇上的同礼书院，改了新式小学，你不想让孩子试试?

慧生说,人各有命。我们这样的人,读得再好,也还是下九流。何必费这个折腾。

周师娘叹口气说,现在毕竟是民国了。我们家老太爷当年……

她终于没有说完,看慧生直愣愣看她,便说,行,我代你问一问吧。

慧生心里头,对医师郎中,总有些好感。她不懂什么悬壶济世的大道理。自己的身体粗枝大叶,也少去医馆。可是,她记得当年祖庙街的那个老中医,是将阿响的黄疸看好了的,捡回了孩子的半条命。她还记得,那个老中医指着孩子尾龙骨上的胎记,说这个孩子命里本富贵。她当时心里一惊,冲这句话,倒觉得做郎中的都神乎其神。这就是个缘分。

周师娘回话,吉叔说,他原本一个游医,没收过徒弟。本事有限,便也没有这么多讲究,想学便跟着他吧。

周师娘一同带来的,是吉医师给的几本医书,都不怎么齐整。不知给多少人翻过,书页焦黄卷曲,书脊开了线,是《汤头歌诀》《金匮要略》,还有本《备急千金要方》。慧生便找了根纳鞋底的大针,一针一线地重新订订。她原本不擅长针线活,针脚格外地大,但总算是囫囵有了完整样子。

以后看柜时,周师娘便顺手教阿响辨认药材,称斤两和分类入柜。她对慧生说,响仔真是灵的,教他什么,过目不忘。

可眼见着,这孩子却并不很爱看那几本医书。像《汤头歌诀》这样算开蒙的。吉医师随便翻开一页,让他背,便都是朗朗的。"升阳益胃汤,东垣参术芪,黄连半夏草陈皮。苓泻防风羌独活,柴胡白芍枣姜随。"可再往深里问,却道不出个所以然。吉医师便道,这当了歌唱,先前学的,都忘到了爪哇国去了。

他这么说,心里却又喜欢这个细路。安安静静的,手脚倒也很勤快,有个眼力见儿。将医馆里头，上下擦得干干净净的。有人来看跌打，正骨时候趴着，给吉医师一使劲，疼得嗷嗷叫。阿响就从罐子里头，拿出山楂条，或是一块蜜渍的陈皮，塞到那人嘴里头。那人嘴里甜着，再看个青靓白净的细路，心平气和地望着他。自己一个大男人，便也不好意思再叫了。

不明就里的新客，还以为阿响是吉叔的孙子，说，医师，好福气啊。

吉叔也不辩白，笑吟吟地看那人，说，这个药油，每天擦三次，偷不得懒。

闲下来了，他便问阿响，响仔，你大了后想做什么。

阿响道，我跟你学医。

吉叔摇摇头，说，我看你是"陈显南卖告白——得把口"哦。阿妈不在，就话给阿伯听啦。

阿响说，其实，阿妈煮餸好叻。我想学，她不让，说没有出息。

他想一想，将那本《备急千金要方》拿过来，翻开指着上头的"食治"部说，阿伯，你能教我这个吗？

吉叔哈哈笑说，这是药膳，不同家常煮餸，里头有好多医理。我看你识好多字，是跟谁学的。

阿响心里动一动，涌起了冲动，想和他说说自己的朋友堃少爷的事。但立即警醒，阿妈说过以往在广州的任何事情，都不可以说。阿妈厉言厉色，现在不可以，以后也不可以，就当烂在肚子里头。

他便沉默了。吉叔倒也不追问，说，你想学，阿伯便教你，以后教埋你读书罢。我的书你随便看。

医馆里头有个鸡翅木的大书橱。以往阿响掸扫，也能看见里头的书。最上层摆着《文选》《古文观止》和《资治通鉴》，中间是医典和养生书，《太平圣惠方》《奉亲养老书》《遵生八笺》，倒还有一本《饮膳正要》。吉叔就从书架上拿下来，对阿响说，这本你可看看，我得空就讲给你听。以往给皇帝治病用得着，就靠个"吃"。

但其实呢，吉叔确实没什么传道授业的经验。自己天性又很懒散，三天打鱼，两天晒网。兴致来了，就说上几句。有时候呢，他在里头看跌打，便让阿响在外头柜上念。念到一段，他便讲一讲。因为他耳朵有些背，就要阿响念得格外大声。虽是童音，阿响的中气倒很足，铿铿锵锵的。久而久之，成了医馆里的一道景。正骨的人原本叫得杀猪一样，阿响念得嘹亮，倒将那声音给盖了下去。吉叔就哈哈大笑，说，响仔，你这个名倒真没取错。

这一天后晌，他趴在柜上念书。忽然听到一阵大笑声，声音虽尖厉，却爽朗豪气得很。阿响不禁好奇地抬起头，看着一个宽身汉子走进来。人本是高的，走路没有气势，一是身形扁薄，二是挂着一支拐。这人进来了，笑声却没有断。阿响一看，原来汉子肩膀上栖了黑毛红嘴的鸟，是只鹩哥，竟笑得如人一样。阿响书不念。这鹩哥也便止住了笑，扑啦啦地飞到了柜台上，煞有介事地踱了几步，东张西望一番，忽然来了句，食咗未呀？

阿响目不转睛，没承想被它这么一问，倒呆住了。他这一愣，鹩哥却又大笑起来。阿响不禁问，你笑乜嘢啩？

黄脸汉子打了声唿哨，那鹩哥便飞回到他的肩膀上，似乎有些焦躁，使劲啄着自己的翅膀。汉子一边安抚它，一边说，能不笑吗？好好一句古文，给念了个稀碎，雀仔都听唔落去。

见阿响茫然，他便从柜上拿过那本《小仓山文集》，指着一句，问他，怎么念？阿响就念道，"故有所览，辄省记通籍。后俸去书来，落落大满。"汉子摇摇头，说，这就错了。因为你不懂得什么叫"通籍"。是说中了功名的，名字就给朝廷知道了。吃了公粮就可以买书。所以这句应该念，"故有所览，辄省记。通籍后，俸去书来，落落大满。"

这时候，吉叔送了客出来，看见黄脸汉子，面黑黑道，叶七，你叻仔喇！你这个鹩哥，跟你学舌，也不见得句句都对。

汉子说，鹩哥是只鸟，养得再坏也是只鸟。你教人细路，可叫个误人子弟。

吉叔不屑道，你这鸟给你教脏了口。我这细路，干干净净的！

鹩哥大概听懂是在败坏它，兴奋地扑扇一下，大声叫：丢你老母！

刚出门的客，听了竟又折返来，促狭对鹩哥道，雀仔，那你得先等吉叔老母翻生喇。

吉叔有些恼，便要赶那汉子和鹩哥出去。那汉子将拐一扔，捋起裤腿，大声说，医者仁心，救死扶伤。吉叔，你见死不救，是要遭天谴的。

阿响瞧见，汉子小腿近膝盖处，有个杯底大的伤口，边缘上是厚厚的陈年疤痕。那伤口上翻起了紫红的血肉，有些化脓了。

吉叔愣一愣，摇头道，这才半年，又溃成这样。唉，进来吧。

这以后，汉子便经常来了。他并不似其他病人愁眉苦面，脸上总带着笑，倒仿佛串门走亲戚。和柜上的慧生阿响娘俩也熟了。来了，手里捧了一只荷叶包，远远地就抛在柜台上。回过头，冲阿响眨眨眼。慧生便偏过头去，对阿响说，唔望佢。麻甩佬，桃花眼！

那荷叶包打开了，往往里头是一份小食。有时是半只糯米鸡，有时是几只虾饺，还有时只是安铺常见的菜头粿。可说来也怪，即使当地普通的吃食，他带来的，味道却格外的好。渗入了荷叶凛凛的气息，十分清爽开胃。有时好得，连慧生这个厨上客，也不禁瞠目。她只当这是个风流人，背地里骂归骂，却也从来不拒绝他的馈赠。因为除了这些，听阿响读书，他往往适时地从旁说上几句。做娘的虽听不懂，但能看出这点拨十分切中。因为她能看出儿子的佩服，是由衷的。

在阿响看来，这个男人是有些与众不同的。他常想，只那杯底大的伤口，总不收口，便是要疼死人，但从未见汉子哼过一声。吉叔那药膏，给敷在伤口上。他是知道厉害的，多少人疼得要作势打滚。可是汉子，至多皱一皱眉，豆大的汗珠从额上滚下来，黄脸泛一泛白，便恢复了谈笑风生的模样。

眼见他和吉叔，是老熟人。插科打诨，言语间你来我往，像是前世冤家，没什么辈分。吉叔也不恼，有时候给说急了，就冲着鹩哥发发牢骚，无非指桑骂槐。旁人听了都很好笑。他在时，整个医馆里头，便洋溢着快活的空气。

阿响是个聪慧的孩子，很快地，已经学会了廉江话。他这才意识到，叶七和他初见时教他断句，大约怕他不懂，用的是广府口音。他的鹩哥，说的则是很正宗的广府话。而他的廉江话又很道地，甚至夹杂着一些土语，又是阿响所听不懂的。但阿响很快又发现，这并不是什么土语。比如他和别人都不同，称吉叔为"保舅"，或许是因为他们之间有什么亲戚关系。还比如有个人的名字，他们会常常谈起。这个人叫"老披"。但谈到时，他们往往都会有短暂的沉默，和一丝怅然。这时叶七的脸上，会瞬间脱去那混不吝的表情，甚而是凝重而肃穆的。

有一次，叶七一进来，忽然冲着吉叔心口比一个手势，问道，你是谁？吉叔并没有犹豫，也比了个手势，答道，我是无尾羊。吉叔反问，你是谁？叶七答，我是我！

这一幕，对趴在柜上的阿响而言，不明就里，近乎一种返老还童式的游戏。但他看到两个人，继而大笑起来。在吉叔混浊的眼睛里头，忽然闪现出了他未曾见过的光芒。那光芒，是属于一个青年人的。

终于有一次，阿响问了周师娘。周师娘脸上笑容，慢慢收敛。她默然片刻，说，响仔，你看看，"羊"字底下一个"我"，是个什么字。

阿响在心里头描了一下，说，是个"羲"字。

周师娘摸一摸他的头，说道，对。安铺地方小，可出的都是真男人。你长大了，也一定不会差。

七月流火，转眼又至天凉时候。

到了中秋这天，缫丝厂提前给女工们放了假。慧生便到"仙芝林"看柜，让周师娘早些回去操持一大家子的晚饭。她想想，说话间竟然又一年过去了。娘俩已经囫囵有了过日子的样子。想到这里，不禁转头去看阿响，却正迎上儿子的目光。原来响仔也正在看她。她笑了，心头一热，这真就叫个相依为命。

渐渐有了暮色。她正准备打烊，远远看有人一瘸一拐地过来，扁薄身形。只见叶七走进来，将一只盒子搁在柜上，说一句，花好月圆。

慧生便说，医馆收工了，吉叔同人饮酒去喇。

叶七说，不关他事，这是给响仔的。我手打的月饼。

慧生便将盒子一推，说道，我们阿响读过书，知道什么叫"无功不受禄"。

叶七将盒子又推回来，冲阿响笑笑，响仔也听我讲过《儿女英雄传》，知道什么叫作"恭敬不如从命"。

说罢，他转身便走了。阿响见他一瘸一拐地，跨过了门槛。刻意将身体挺得直一些，似乎走得也比平时快了。他望望自己的母亲，看慧生的目光也竟落在了远处，跟那背影走出了很远去。

母子两个回到家里，就着灯光将那盒子打开。一股丰熟的甜香荡漾出来，是焦糖、蛋黄和面粉混合的香味。拿起来，这月饼竟然还保留着温热。并不似店里所卖的，大概没有精致的模具，饼上没有繁复的雕花，仅用刀刻出了一个"吉"字。那口是半圆的，像是在畅然地笑。大约也是因为太过朴素，中心便点了一个红色的点。

阿响小心地捧在手里。慧生说，仔，愣着干吗。吃啊，他敢下药不成。

阿响这才咬了一口，这一咬，他的眼神渐渐亮了。他又吃了一口，细细咀嚼，终于抬起头，对慧生说，阿妈，得月……

慧生不明所以，便也拿起一只来，咬下去。忽然，她停住了。她说，响仔，你刚才说什么，得月？

阿响点点头。

慧生呼吸不禁有些急促。她说，你可听实了，他说这月饼，是他手打的？

阿响犹豫了一下，肯定地点点头。

慧生慢慢地将月饼放下了。

我向荣师傅求证过这件事。他说，每年自他熬出莲蓉，第一口，必由他亲自尝试。与其说信任自己，不如说是信任已经因年老正在退化中的味觉。

我相信，一个好厨师的味蕾，必然会有着独特的记忆。哪怕凡人亦如是。我记得若干年前，第一次离开南京。思乡心切，母亲便托付一个朋友给我带了一盒"六贤居"盐水鸭。但我吃下第一口，纵然美味，便觉得不是老张师傅的手艺。或许只是火候导致肉质的劲道，或许只是胡椒的分量，或许只是一点难以言传的细微差别。我打了电话给母亲。她说，就在我离开的那个冬天，老张师傅忽然中风，再也无法掌勺。这盒盐水鸭，是他手把手，指点他儿子小张师傅制的。人人都说得他真传。母亲说，你的舌头太刁了。我们所有人，都没吃出差别。我想一想，或许是一方水土一方人，当味觉留下了记忆后，如烙印一般，会在乡情炽燃间愈见清晰、强烈。一切只是源于一条饥饿的舌头。

我又问五举山伯，他最深刻的食物记忆，是不是荣师傅的月饼。他想想，摇一摇头。他说他的童年自贫瘠的岁月中来，造就了味觉的迟钝。他对厨艺的分寸，多半来自经验。但是，也许一部分也来自于敏锐的嗅觉，这是因当年他跟在阿爷后头做茶壶仔，终日在"多男"氤氲满室的茶香中练就的。

那晚，月光底下，这盒月饼齐整整地摆着。慧生望出去，看墨蓝天上，一轮月亮格外白亮，边缘泛起了一圈绒毛。她想起若干年前的那个中秋，颂瑛夜半敲开他们的耳房。那是颂瑛嫁来太史第的第一年。慧生起身迎她，诚惶诚恐，说，小姐，我的少奶奶，你怎么好到下人房里来？给三太太知道可怎么好。

颂瑛将一只食盒放在台上，说，由他们热闹去。我们娘仨在一起，才算团圆过了一个中秋节。

盘里摆着三只月饼。两只盖了玉兔丹桂，一只鱼戏莲叶。那一只上头，点了一个大红点。颂瑛说，这只要给响仔吃。吃一只，长一岁。

阿响咬下一口去，便再也没忘去那味道。如此软糯的莲蓉与枣泥，并不十分甜，但却和舌头交缠在一起，渗入味蕾深处。他太幼小，并不懂得什么是朵颐之快。但是，此刻他却感受到了一阵细小的战栗。

慧生看到自己的儿子，脸上露出了孩童由衷的微笑。比起许多孩子，他还未学会用语言表达自己的欲求，甚至有不少人觉得他性情木讷，物欲淡漠。但这一刹那间，他眼睛里泛起的光，却将慧生与颂瑛都感动了。

颂瑛说，这"得月阁"的双蓉月饼，名不虚传啊。

与洛阳纸贵同理，作为广州最负盛名的茶楼，得月阁每年推出月饼，都有着严格的数量控制。而其中以莲蓉馅料最为矜贵，因为那是由他们的大按当家车头叶凤池亲自手制，从选料、制馅到压花、烘焙，除了一个最亲近的伙计，从未假手于人。而据说制馅这道工序，因为涉及秘方，更是在他如密室般的小厨房里完成。双蓉月饼，每年只制一千只，多年雷打不动，无关世道丰歉。并且叶师傅立下了规矩，这款月饼只在得月阁的点心铺"信芳斋"发售，绝不流入市场。每人只供两盒。因其性情硬颈，豪门大户也无奈何，无非是雇人排队购买。也渐有逐利之徒化零为整，奇货可居。据说有次给叶师傅发现了，便索性封了"信芳斋"。当年的双蓉月饼，在市面上迹近于无。而也正是这一年，阿响第一次吃到了这块月饼。

慧生让他记住，这块月饼，是少奶奶颂瑛为他省下来的。

以后的三年，他便总能在中秋吃到一块。作为一个仆从的孩子，这份奢侈的口福近乎不可思议。慧生谨小慎微，从般若庵到太史第，皆谙于不可逾矩之道。但是，这块双蓉月饼，却成了每年一次的例外。她想，这或许就是骨血的传递。曾经那个人，也如此地喜欢吃"得月阁"的双蓉月饼。只一口，神情清淡的脸上，便霎时绽开了不可抑制的笑意。慧生多么喜欢看她吃月饼，看她一边吃，一边掩上口，却挡不住由衷的愉悦。后来她们甚至很认真地钻研，想要仿制，但从未成功过。

而今，这孩子也吃到这月饼，竟与她有一模一样的笑容。

这个发现，竟然让她感恩与庆幸。她在心里暗暗决定，以后每一年，都要想办法让这孩子吃上"得月阁"的月饼。其后三年，得偿所愿。然而到了第四年，阿响没有吃上。因为这一年的"得月阁"，竟然没有再售卖这款月饼，一块也没有。广州的讲究人们失魂落魄，像是过了一个不完整的中秋。后来慢慢传出了消息，说是因为车头叶师傅离开了得月阁，甚至离开了广州，不知何踪。知道内情的便说，他能去哪里呢，腿脚也不好，应该走不远吧。但此后，广州城里，确实没有人再看到他。事实上，鲜有人知道叶师傅的模样。慢慢地，也就有谈论起叶师傅的来历的，却和他的模样同样模糊。依稀听说，他似乎是个潦倒的世家子弟，至于怎么流落，又怎样进入了得月阁，又如何练就了大按上的绝技，就都是众说纷纭的传奇了。

广州人是不甘心让这月饼绝迹的，不愿它成为中秋佳节的留白。第二年，各大茶楼与饼家便各显神通，都推出了各自的莲蓉月饼。而"得月"自然不甘人后，静观有时，重又推出了"月满双蓉"，这犹如为这波风潮一锤定音。人们奔走相告，趋之若鹜。晚上，慧生将一块月饼放在阿响手中，看儿子双手捧过，像是进行某种郑重仪式。阿响难掩欣喜，轻轻咬上了一口。她看着这孩子的眼神，在咀嚼间，一点一点地黯然了下去。

这黯然，大概也出现在了这一年许多广州人的饭桌上。人们很清楚，得月阁的双蓉月饼，自此成为绝响。

此刻，多年以后，在这个偏远的粤西小镇，也是一个中秋夜，慧生看着阿响，吃着一块月饼，脸上浮现出了久违的笑容。

慧生惊奇地看见孩子眼里的光，听见他说，得月。

她的脑海里出现了一张有些风流气的脸，晃晃荡荡的扁薄的身形。她摇摇头，似乎想要将一个念头驱散。她分明听见那男人说，这是我手打的月饼。

手中的月饼，带着温热。她也咬上一口，那沁人的香，在她口中氤氲、流淌。她闭上眼睛，想，真的是它。

其实叶七，很早就发现这孩子在跟着他。他只由他跟着。他甚至有意让自己走得慢一些。他的不良于行，为他随意地调整步伐，提供了便利。

不用眼睛看，他感到了这孩子跟得执着。并未躲闪，或有一丝延宕。

阿响走入了那间外墙黯淡的骑楼，墙根上生着厚厚的苔藓，由最下层的黑往上退晕为青绿色。地上也有，青石板因此黏腻而湿滑。他险些摔了一跤。他抬起头，看见安铺镇上本就稀薄的阳光，在这里似乎更为吝啬。一道光影，落在谁家阳台伸出的竹竿上，竹竿晾晒着有些发灰的衣物，还滴着水。不知为何，他觉得这个地方，熟悉而陌生。他并没想到，就此选择了自己以后的人生。

他脚踏上楼梯。木制的楼梯吱呀作响。昏暗的光线中，有经年的灰尘在飞舞。楼梯的拐弯处，他不小心碰到了一个陶罐，发出沉闷的钝声，瞬间便被黑暗吞噬了。他舒了一口气。

那门打开着。

他走进去，发现比外面还要更阴暗些。他嗅到了空气中有中药的气味，但和医馆里的味道不一样，因为混合着成人的汗液挥发的味道，会更为恣肆，也不新鲜。还有另一种香味，令他似曾相识，冲击着他的鼻腔。当他的视线开始适应黑暗，正努力地辨认着房间的轮廓。忽然，他听到了扑扇翅膀的响动，有个怪异的声音，大声叫道，人客来，人客来！

这声音划破了黑暗。同时出现了一星火，房间骤然亮了。

这里，比他预想的要宽敞得多，甚至可以用排场来形容。亮起来的一刹那，他看到对面墙上挂着一幅画。那画上的老寿星捧着仙桃，正对他慈祥地笑。他听到了一声咳嗽，看到画底下的男人。

叶七蜷在一把太师椅上。阿响看他光裸着腿，因为用力，这腿上青筋虬然，盘踞在肌肉间。这男人正将一块很大的膏药，贴在那杯底大的伤口上。膏药贴上去的刹那，男人不禁"嘶"了一声。他面上没有了惯常的笑意，有种阴郁和坚硬的神情，脸颊抽搐了一下。这让他更像是一头在暗处舔舐伤口的野兽。

做完了这些，他并没有穿上裤子，反而将腿抬起来，好像在欣赏那膏药边缘的疤痕。他甚至没有抬头，对阿响说，那个，给我拿过来。

阿响这才回过神，意识到他是在跟自己说话。顺着他指的方向，他看到八仙桌上，有一柄烟枪。

阿响顿时明白了让他似曾相识的气味。他进过太史的书房，同样黯淡的室内，总是弥漫着膏腴的异香。他拎了这把烟枪，很沉重。他不知道这烟杆是用象牙制成，烟嘴和葫芦以鎏金接口，镶嵌翡翠。

慢着点，这可是件好东西。我老窦①的东西，我还能接着用。叶七接过来，填上烟膏，点上。过了一会儿，他深深地吸一口，将烟吐了出去。阿响看他的神情松弛了，有一种怪异的笑意，慢慢地浮现起来。他软软地靠在太师椅上，眼神迷离，看着阿响，问，细路，你来干什么。

阿响往后退了半步，站定了。说，我要跟你学。

叶七问，哦？跟我学什么。

阿响看到了这眼神中的挑衅。他迎着叶七的目光说，学打月饼。

叶七倒愣了一下，他搁下了烟枪，定定看着这个细路，说，你看清楚了我这副模样，还要跟我学？

阿响没有犹豫，使劲一点头。

他未觉察到这男人神色细微的变化。但他看到叶七默默地捡起近旁的裤子，穿上了。他系上裤子，站起身。他站起来，忽而跟跄了一下，扶住了桌子，这才站稳了。他望着阿响，你当真想学？

阿响说，嗯。

他笑一笑，笑得有些虚弱了。他说，你知道我是谁？

阿响想一想，说，你是无尾羊。

这男人愣一下，却即刻朗声大笑起来。这笑让他顿时焕发了神采，好像变了一个人。他问，那你呢，你是谁？

阿响这回没有犹豫，他说，我是我！

我是我。叶七口中喃喃重复，眼神却也一点点黯然下来。他慢慢说，我知道你跟周师娘打听过我。一个废人，倒还有人打听。

---

① 粤方言，称父亲。

阿响说，我要跟你学。我吃的第一块月饼，是你打的。

叶七不禁冷笑，说，你才能吃上几年，我离开广州可有年头了。

阿响说，我吃过三年。三块月饼，够记一辈子。

这时，叶七的笑凝固在脸上，是一个分外难看的表情。他说，一辈子。细路哥，你可知道一辈子有多长。

他重新坐了下来，说，一辈子，一世人。我这活了，都只可说是半辈子。这半辈子，人帮我，我帮人；人负我，我负人。就这么过来了。吃上一口，随便说，就能记一辈子？

阿响说，你不是我，怎么知道我不记得。

叶七一笑道，也对，子非鱼。我不是你，怎么知道你不记得。

他环顾了一下，像是在寻找什么东西。最后终于还是落在了阿响身上。他说，如今的人挂住我，是因为一块月饼。

阿响说，不，还因为你是无尾羊。周师娘说，"无尾羊"底下一个"我"，就是真男人。

叶七听到这里，放在桌上的手，无知觉地颤抖了一下。他沉默住。半响，他拎起拐杖，使劲将自己撑持起来。他说，细路，你跟我来。

阿响跟着他走进了另一个房间。他把灯放下，将身上一把钥匙解下来，递给阿响，指指墙角一口木箱，说，打开。

阿响便照着他的话，打开了锁。他屈身将箱盖掀起来，里头是些杂物与瓷器。他一件件地取出来。最底下是个包袱，他让阿响抱出来。包袱有浓重的樟木的味道，有些呛鼻，看着应是在箱底压了许久。

叶七解开了包袱，大约当初系得紧，很花了些气力。里头有一只黄色的帽子，式样颇为奇怪。在阿响看来，像是戏台上用的。叶七捧起帽子，看了又看，忽然贴到了自己面上。埋下了头，良久，抬起脸。又抖开了包袄里的一件衣裳，是绸缎质地，上面有刺绣。胸前绣了一个鲜红的"洪"字。叶七眼里有光，如见故人。他说，细路，你可知道，当年我们老披穿了这件，带我们过洪门关，何其威风。他坐在台前，问我，你敢不敢杀皇帝？我脆生生答一个"敢！"

如今皇帝没了，老披也没了。老披死了，我苟活，还瞒下了这副衣冠，放在箱子里头。你说这日子，我们这些个人，还怎么活这下半辈子。

他失神，忽而将衣服使劲一抖，便将自己的底衫脱去。在灯光底下，阿响见他背上，是纵横的伤痕。有一道蜿蜒到股，像是血红的蚯蚓。叶七便当着他的面，戴上了这顶帽子，穿上了衣裳。

待他转过身来，阿响不禁一惊。这眼前的人，竟像神将一样，忽而有轩昂气宇，再不是个现世中的人。他将手中木杖顿地，仰天道，"孔子成仁，孟子取义，唯其义尽所以仁至。读圣贤书，所学何事，而今而后，庶几无愧！"

说罢，却将拐杖一掷，身体却也一点点地矮下去，最后颓然坐在木箱上。阿响看他捂住脸，久没有发声。面前的油灯，忽然火苗亮一下，却渐渐暗下去。他再抬起头来时，阿响见到这男人脸上有两道泪痕。叶七苦笑一声，对阿响说，细路，没吓着你吧，你就权当看了一出大戏罢。

慧生看着自己的儿子跪在面前，身板却挺直的。不知为何，她预感到了这一幕。

她说，你跪我，是知道我不会许你学厨。

阿响说，阿妈，他不肯收我。

慧生愣一愣，说，这就笑话了。他不肯收你，你倒来跪我？

阿响说，他不肯收，我就要天天去求他，但我不跪。我跪阿妈，是因为不孝。

慧生俯身，想扶他起来，却将手收了回去。她说，孩子，你可知道这条路，可能是会要命的。

阿响说，以前阿妈说，我信。现在阿响长大了，想的是安身立命。不知道自己想做什么，才是没有命。

慧生吃了一惊，发觉这么多年，母子两个是第一次对话。这孩子以往顺从，原来心里早就一板一眼，铿铿锵锵。

阿响便天天去。

叶七看这孩子，来了，也并没有求人拜师的样子。大清早的便来，挺挺地站在堂屋里头，咬着嘴唇，也不说话。他便装作看不见，衣食起居，该做什么做什么。

这样过去了半个月。一天早晨他站在骑楼上，喝了茶漱口，看着这孩子又来了，依然不说话。

一站又是一个时辰。阿响忽然脚底下一软，险些没站住。他身子晃了一下，眼前一斜，目光恰落到了墙上的几幅画像上。那画像上的人，眼神阴郁。嘴角不知为何，倒些微上翘，似笑非笑。有一个就散着眼光，或许是泅潮，半边脸泛黄，有些扭曲了。阿响就想起，他小时，过年在太史第扫神楼，看过去，是向家的列祖列宗，一色有宽阔的额和尖削的下巴。而这墙上的这么些人，面目倒并不相像。

这时他听到"哗"的一声响，见是叶七脚下一蹬，将一只小杌子支到他身后，是让他坐下的意思。他不动，站得更直些。叶七咳嗽一声，清一清嗓，戏文念白道，傻仔……

那鹩哥便从露台的架上飞起来，在室内盘桓了一圈。大约是与阿响熟识了，竟落到了他的肩头。一边啄他的耳垂，一边叫道：傻仔，傻仔。

叶七到了后晌午，照例要煲一锅糖水。煲好了，自己靠着八仙桌慢慢饮。

秋深了，多煲的是南北杏甜汤。这一煲便是一个时辰，南杏生津；北杏平喘，但因有微毒，须要长煲解毒。这一日煲出，他盛了一碗，先搁到阿响脚边的小杌子上。

他也不说话，背转过身去给自己盛。却听到身后少年的声音，说，少了一味。

他回过身，见阿响并没有动那糖水，甚至看也未曾看一眼。他笑笑，因为龙脷叶用完了，是未放。这一减料，倒给这孩子瞧见了。

他刚走回厨房里头，又听见阿响说，今天的北杏多了。

叶七这才在心里一惊，回过身，见那碗糖水，仍然是分毫未动。不禁问阿响，你如何看出来的？

通常这道糖水，南北杏成数为三一之比。因为今日微咳，他不过多加了两颗北杏，且用枇杷叶去毒。其中不过是毫微之别。

阿响说，我不是看出来的，是闻出来的。

叶七不言语，暗地留了意。第二日做桂花糕。做好了，仍摆在阿响身后的杌子上。

阿响不动声色，叶七却看见了他鼻翼的翕动。片刻，少年说，今天用的不是金桂，是银桂。

他想，细路整日在中药铺子里头，倒熏出了一只好鼻子。他自然不甘心，下一天煲了陈皮红豆沙，有意煲到了极烂。且不论红豆都开了花，只那刮瓤的陈皮竟至也软糯化于其中，不辨踪影。

这一回，他盛好了，有意先凉上一凉。自己点上一筒大烟，慢慢抽。抽完了，才将这碗红豆沙放在阿响身边。

或许要先发制人，他索性问道，细路，你倒说一说，这里头用的，是几年的陈皮。

这时间，满室内是氤氲未去的大烟味。红豆沙也已经被凉气封上了。

叶七见阿响闭上眼睛。良久，他才睁开了，说，十五年。

叶七笑一笑，刚要开口，阿响说，等一等。他仔细地吸了吸鼻子，然后说，这里头，还掺了一种，不超过十年。

叶七不作声了。他的确闻了两种陈皮，一种是新会十五年的名品茶枝柑。可还有一种，是古兜山河谷产的野生青皮柑，将将好的十年品。

他皱一皱眉头道，明天，你别来了。

从此后，阿响未再去找叶七。叶七竟然也不再到"仙芝堂"的柜上来。许久不见他一走一拐的扁薄身形。吉叔或许也感到寂寞了。有时正在诊病，听到外头有鸟叫的声音，便立时站了起来，脸上摆出促狭的神情，要出得门去。但那并不是叶七的鹩哥，他便失望地折回医馆，摇摇头道，死嘅仔，他那条腿，迟早要烂掉。

后来，他究竟待不住，为叶七出了一回诊。回来后，骂骂咧咧，说，好啲啲有手有脚，唔出来见人。你话系唔系黐咗线？我在他家里半日，七魂冇了六魄，对住我成个死人咁。

说罢，将一个荷叶包放到柜台上，说，同我冇半句话倾，临走倒记得给你们两母子带副点心。

慧生便打开荷叶包，看是几块光酥饼，好像刚出炉还热乎的。她推到阿响跟前，说，仔，食一啖，都几香口。

阿响像是没听见，依然埋着头，在柜台上誊抄医书。慧生在心里叹一口气，每每从丝厂收工，看这孩子如今安心跟吉叔习医，与周师娘学药理，都是踏实本分的。还是那个她熟悉的响仔。或许是先前碰了钉子，吃了荒唐，总归是收心生性了。可是，她却总是觉得哪里不对。

待到关铺打烊时，慧生将那趟栊门阖上。外头照进店里的光线，渐渐地微弱了，只在柜台上留下了昏黄的一线。慧生回过身，恰见到响仔手里执着一块光酥饼,愣愣地看。眼神里头的内容,却让她这个当阿妈的,感到十分陌生。但忽然她又觉得似曾相识。她回忆起了陈将军离开的那个下午,有个人坐在桌前,也用一种这样的眼神,对着面前已成残羹的一道菜。

那道菜,叫作"待鹤鸣"。

许久,阿响才发现母亲看着他。他埋下头,匆促地将那块饼搁下,包进了荷叶包,推到了一边去。

叶七没有发现荣慧生的到来。这女人走进来时,甚至鹩哥也没叫一声。

慧生经过了瑞南街整条街的热闹,转过了石角会馆。只一拐,这热闹忽然就静止了下来。她望着拐角处的骑楼,想,这还真是个藏身的好地方。

不同于阿响,当走进了叶七的屋子,她并没有分辨出各种气味的来源。但是,不禁掩了一下鼻子。她只闻到了一种气味,一种不洁净的男人气味。这让她有些作呕。他,还是一个瘾君子。

这一天,太阳架势,房间里居然有饱满的光线。这也让室内无所遁形。她看到叶七正靠着八仙桌,眼神迷离,有轻微的鼾声。桌上摆着烟枪,还有一壶酒以及两三道颜色并不新鲜的小菜。鹩哥在他肩头打着盹,也是无精打采的样子。抬起眼皮,看见她,想要振动一下翅膀,却只是无声地颤抖了一下。

慧生环顾这屋子,有种错觉,好像回到了太史第。她有些哑然,在这南洋风的骑楼里,为什么还会有这样恍若隔世的所在。

家具一律是厚重砥实的广作,她是见过世面的人,看出质地上好。酸枝的博古架,上面摆着各色文玩,紫檀和花梨的书柜,镌镶着繁复的雕花。然而,这些家具间并未有应有的错落,而是在房间里摆得满满当当,彼此间几乎没有留下缝隙。每一件上,都积满了灰尘。如果不是那幅寿星图和草书中堂，以及墙上悬挂着位置并不周正的画像，这里局促得，更像是个无人问津的古董铺。而骑楼上摆着一些盆景和花草，长得七支八棱，居多已经衰败了，泛着枯黄颜色。

她看了一会儿，皱起了眉头，想，这么些好的东西，怎么没有人爱惜。她不禁卷起了袖子。见门外有一只水桶，便到楼下的水井打了一桶水。拎上来便开始擦洗。像所有在大宅里训练有素的仆从，她皱着眉头，不声不响地开始工作。这些家具，渐渐露出了它本来的底色。如意云头、花开富贵，似不停歇地在她的手中一一盛放。她感到了一种满足，劳作后的满足。这是久未有过的。在这劳作中，她有些忘记了此行的来意。将地板拖得一尘不染后，她甚至发现了一柄剪刀，就在骑楼上开始修剪花草。她回忆着"百二兰斋"花王的手势，投入了创作的意趣。当她全神贯注，将一株龙爪槐，修成了"仙芝林"门口那棵古树的形状，听到身后响起了咳嗽声。

她回过头，看见叶七已坐起身，不再是迷离眼神，而是鹰隼般的警惕与疑虑。

她不动声色，将地上的枝叶扫成一堆，用一只簸箕装起来。

你哋两母子轮班来，到底有什么蛊惑①？男人的声音，是冷冷的。

慧生不理他，将扔在各处的脏衣服拾到桶里，叹一声道，好好个屋企，这么缺人打理。

叶七说，你摆低，洗衣妇明天下午来。

慧生没有停手，她将桶拎起来，便望外头走去。走到了门口，她听到有手杖顿地的急促声响。她刚想转过身，却感到有双胳膊忽然将她从身后抱住了。是男人结实的胸膛，紧紧贴着她的后背，两只手箍着她胸前。她

---

① 粤俚，指狡猾，耍小聪明。

有些愣住了，待她感到了一阵窒息，这才想起了挣扎。她是有把子力气的人，可这男人的胳膊却挣脱不开。而她的耳际，是粗重的呼吸带来的气息，滚热的，沿着她的皮肤蔓延过来。这是她未有经历过的，她觉得心里一软。手一松，桶掉到了地上，砸了她的脚，也砸醒了她。她用手臂一顶，低下头，在男人胳膊上使劲咬了一口。这才松开了。她想也不想，沿着楼梯就望楼下奔去。

她刚刚跑到楼下，听到有声音从楼上传过来：唔好扮嘢喇，不就是你想要的吗？

她听到男人的声音在楼梯间回荡，以一种恶作剧的怪腔调。然而尾音却喊劈了，听来竟然有些凄凉。

周师娘是隔一天来的。

这是个有分寸的人，可再是若无其事的样子，事情都在眼睛里。慧生看见她手中的荷叶包，先就有数了。倒是周师娘说到前头，响仔，一阵曲龙有"白戏仔"听，阿鹿弟系楼下等你，一齐去。等下人多就看不到了。快去。我同你阿妈有啲嘢倾。

阿响便去了，走到门口，回头望一望。慧生对他点点头。

待阿响走远了，周师娘把门关上了，说，响仔阿妈，前日的事情，我都知道了。

慧生冷笑一声，说，他倒是不知丑。

周师娘顿一顿，这才说，你知道我是个爽快人。我们就把事情一桩桩拆开来讲。响仔想和他学打饼，是不是？

慧生沉默了。

周师娘有了底，便道，你不找我议这个事，倒以为我不知道他是广州"得月阁"的叶凤池？还是怕我问你们娘俩的来历？我说过不问前事，你还是信不过。

慧生说，我们两仔嬷，几时求过人。拜他学个手艺，这么难。

周师娘笑笑，拜叶七不难，难的是叶凤池。拜叶凤池其实也不难，他说，他愿意收响仔。

慧生抬头，看周师娘的眼睛，问道，真的？

周师娘点点头，说，他是说了，也想求你一桩事。

慧生说，什么事？

周师娘便轻声说了。慧生道，呸！我可怜他屋企似个猪栏。孤儿寡母，他倒想乘人之危。

周师娘等她平息了，便说，他这么个人，说话行事都荒唐该打。可你是聪明人，先前能看不出来？

她指指手上的荷叶包，说，意思都在这里头呢。你自己忖一忖。你也说是孤儿寡母，如今在安铺安下身，多少算个依靠。

慧生愣一愣，喃喃说，他收阿响，怕是个借口。

周师娘叹口气，若是借口，还用三番五次考这孩子？他不是不愿收徒弟。你以为他当年何解离开"得月"？还不是因为一个徒弟。千挑万选一个细路，教到了半路，叛了师门跟了"得月"的对头去。他是伤了心了。

慧生望望外头，晌午还亮堂堂的天，无端地阴沉了些。她沉吟一下，对周师娘说，师娘，你当我自己人，我也明人不说暗话。这个叶七，怕是不止个大按师傅这么简单吧。我看他挂在墙上的画像，有一张和你挂在咱铺子里头的一模一样，是"仙芝林"的老掌柜。

说到这里，周师娘方才还泰然的脸色，慢慢收敛了笑容。有一瞬间，似乎忽而读到了疼痛。但是，她终于执起慧生的手，说，响仔阿妈，你坐下来，我说给你听。

关于叶七这个人物，为了还原他的音容，我查了许多的资料。然而，在这资料的瀚海中，他的面目反而更为扑朔。甚至关于他的名姓，也众说纷纭。有写他作叶凤池的，亦有叶风迟，在《广粤庖曲》里，则载为叶风驰。不知是化名，还是为了避讳。然而他既不是皇族，亦非贵胄，便不知是避的什么名讳。我问过荣师傅，他开始自然一口咬定是叶凤池。但被我一问，倒也疑虑，变得不肯定起来。他仔细想一想说，师父的书读得不少，可我竟没有看他写过自己的名字。

终于，我在《石城县志》上找到了有关他较为确凿的记载。光绪三年生，安铺下三墩村人。世居苏杭街，为当地丝绸贾商。其祖叶绍荃出资设"同礼书院"，誉"揽英接秀，廉江之文运开于此"，出贡生黄龙章、崖州守备丘国荣、海安营把总陈明义、雷州把总胡汉高等人。叶凤池行七，少敏于学，然无心功名，志亦不在陶朱事业。勤武艺，并好庖厨。弱冠之年，入三点会，职"流涉"。光绪二十四年，随老披刘芝草，啸聚塘蓬、石岭、青平、车板、龙湾、石角等地三府八县会众万余人，于安铺誓师，先后攻横山团局及靖江炮台，围当地团勇首黄锦灿、毛其勉等，捕而剿之。然廉江知县王寿培，增调高雷廉镇台兵勇并琼州水师，搜捕三点会众。起义事败，叶凤池与吉思顾等人，护会首刘芝草潜往广西，至博白县境，遭清兵突袭。俘叶等数人，施吊头、火烙、钳脚酷刑。为救会众，刘氏毅然投案，于安铺玉枢宫前，以十字架钉手足示众，凌迟就义。

叶氏秉刘之遗志，将三点会化聚为散，兴行会之名，以抗清廷。其以穗上名肆"得月阁"大按之身，于岭南各处结社，声震庖业。辛亥以降，洪门因时分崩。叶氏以道不同，淡出江湖，匿迹于粤广，后其踪鲜为人知。

周师娘说完了，眼睛里的光，随夜幕一并熄暗。慧生体内，却还滚热地奔涌着一些东西，未及冷却。她问道，当年，他们就是在仙芝林"开总台"？

周师娘理一下鬓发，点点头。

慧生又问，那吉叔也是？

吉叔是他的保舅，就是当年入会的担保。周师娘默然片刻，接着说，话时话，都是三十年前的事了。你知他腿上那块伤，是为护我阿爹给王寿培的人用火枪打的。弹片嵌进了骨头，长死在了里头。如今不知怎么，隔一阵就化脓，总不收口。洋大夫看过了，说取不出来，要根治，得截肢。他不愿意，说好歹一块铁，留在骨头里，算是老披留下的念想。

慧生便也沉默，两个人都不说话，太静了，影影绰绰听得见远处的锣鼓声。是那唱大戏的人。周师娘便又把她的手，放在自己手里，在上面按了一按。师娘人长得细巧清秀。手心却是糙的，生了厚厚的茧。这一按，按得慧生的心里，蓦然疼了一下。

半晌，慧生抬起头来，定定看着周师娘的眼睛，问道，他，能把大烟戒了吗？

隔年的正月二十八，荣慧生领着阿响，进了叶七家的门。

自然没有喜仪，也没有天地高堂可拜，只摆了一桌酒。请了两个客，周师娘和吉叔。

周师娘带了一块喜绸，一副自己绣的鸳鸯枕。吉三带了阿响读过的《资治通鉴》给他。叶七笑道，你个吉老倌，我办喜事，你白来吃酒就罢了。带书来送，是想我"执输"吗？

吉三说，我是贺你。书中自有黄金屋，你死鬼老爹给你留下的。如今桃花运得了颜如玉，求莲得子，你倒说该贺不该贺。

这时候，外头响起了"六国大封相"，震耳喧阗。一时光猛，将那黑沉沉的天映得透亮。叶七便拍手道，好了好了，合该全世界都贺我，替我省下摆酒钱。

他这样说，众人便都欢喜起来。这一日逢上安铺的"雷王诞"，是大节庆。白天游神，晚上游灯。

白天从玉枢宫一路过来。雷神做主，各街境神伴游，神轿十多乘，香烛焚于轿前，神童、道公随于轿旁。三角彩旗引路，香案台摆满香烛宝帛，拜神平台摆置烧猪牲仪，有数十台。还有锣鼓花架、狮子班、舞龙，队伍长数里，热闹异常。可更好看的是晚上，那才正正不夜天，便又是一个白昼。

几个人听到声响，便走到骑楼上望。看下头明晃晃的一片，除了人，便是灯，分不清人和灯。看清爽了，前头的是锣鼓乐手，吹吹打打走过来，八音座前，高擎各色引灯，后面跟着有走马灯、盘转灯、长灯、短灯、方灯、圆灯、扁灯、梭灯等，五光十色。再后头的是十来岁孩童，每队三五十人，身穿长衫、马褂，都骑在大人肩头，手举龙灯、凤灯、马灯、鲤鱼灯、鲳鱼灯、龙虾灯、螃蟹灯、桃子灯、柑子灯等，学的是飞禽走兽，求的是五谷丰登。远处看得见人头涌涌，张灯结彩立着大花牌，是文笔塔下请的三班庆诞，不唱个三五天不罢休的。

底下的灯火，映在楼上人的脸庞，也映在眼睛里头。周师娘看叶七和慧生，眼里便都是两朵小火苗，灼灼地闪。周师娘便说，这下好，比什么八抬大轿不强？往后你们要是记不住，我替你们记下这一天。

夜深了。几个大人说话，吃菜喝着酒，眼看着就过了子时。吉三没酒力，竟然喝成了一摊烂泥。拖着拖不动，叫也叫不醒。周师娘拍他一巴掌，说，这成什么话。

叶七就说，罢了，响仔先睡了，让他也去小屋里过一宿吧。

周师娘倒很抱歉似的，说，真是越老越没成色了，听日我非说说他不可。

慧生送她到了楼底下，一边说着话，忽然站住不动了。低下头也没了言语，忽然说，周师娘，我还是跟你回去住吧。就当你陪陪我。

周师娘看她一眼，倒笑了，说，人讲一回生二回熟，事事如此。你要当我是娘家人，就更不能由着性子来了。明天早上你再来，算是回门儿，我好好陪你说话。

慧生上了楼，正看见叶七卷着一领铺盖，在堂屋铺开。看见她，说，里头铺好了，你去睡。

慧生愣一愣，倒站在原地不动。他说，我睡相不好，怕搅了你。

慧生不知是什么缘故，木手木脚地望那屋里走。走到门口，忽然听男人追过来一句，你信不信，我还是个童男子。

她没有回头，听见这声音里，藏着张嬉皮笑脸。她便将屋门猛然关上了，带了响。关上了却不甘心，将耳朵贴在上头听一听。窸窸窣窣，又"咯吱"一声，是男人躺下来，再没了声响。她心一横，索性将门闩上了。

第二天清早，她起身推开门，看见吉叔和阿响两个，一老一少围着堂屋的春凳。阿响看向她，眼神是惶惶的。

她这才看见叶七靠着春凳坐在地上，瑟瑟地发着抖。长大的一个人，身体蜷曲着，竟然缩成了一团。慧生见他脸色苍白着，额头上冒着细密的汗。胳膊半撑在地上。慧生便赶忙屈下身，想扶他起来。谁知刚伸出手，就听见吉叔冷冷道，别碰。

慧生情急之下，脱口骂道，你只老嘢，白做个郎中，见死不救吗？

郎中？郎中顶个屁用！这瘾犯起来，天王老子也救不了。吉叔摇摇头，对她说，你打盆热水来吧。

这时，叶七的手，在空中胡乱抓一下，喘着气，像是个水中垂死的人。吉叔一跺脚道，罢了罢了。

回过身，就去那八仙桌上拿起烟枪，熟门熟路，装上烟膏在灯上点了。举起来，蹲下身放在叶七嘴边。慧生刚张一张口，看吉叔眼睛里头，也是绝望神色。他索性将叶七的裤腿一捋，轻声说，你以为骨头里留铁的伤，是活人能受的么？这十几二十年，还不就靠这一口，才顶过来。

这时，叶七喘息着，忽然抬起胳膊，将吉叔一把推开。那烟枪也掉落在地上，"当"的一声响。鎏金葫芦上的一块翡翠，竟然跌落下来，给磕成了两片。他喘着气，抬起了脸来，艰难睁开眼，定定看着慧生，使劲迸出一句话。声音很轻，但慧生听得清楚。他说，牙齿当金使……我应承过你。

这话说完，似乎耗尽了力气。叶七便昏了过去。

这一睡便是一天，到晚上才醒过来。叶七看眼前的女人望着自己，见他醒了，便急急站起来走出去了。

回来时，手里端了一碗白粥。他坐起身便接过来，还是滚热的。看来是在暖锅里搁着，等他醒来。

他喝一口，竟一时间怔住。接着又舀了一大勺，细细地喝下去。竟然闭上了眼睛。这粥似无味，至喉头甘香里却又有千百种味。

他望着慧生，问，这是什么神仙白粥？

慧生说，这粥有个好名字，叫"熔金煮玉"。我看你厨房里头藏了棵冬笋，就用上了。

"熔金煮玉"。叶七放下碗，说，好名字，我现在是神清气爽。

他声音里还透着虚，却撑出了一个硬朗朗的精气神。站起身，望一望外头，天已经黑透了。一看柜上的座钟，竟然已经半夜了。他就将床上掸一掸，说，我是睡够了，你好生歇着吧。

慧生咬一咬嘴唇道，你别动了，我看着你。今天早上那样子，吓死个人。

叶七愣一愣，脸上的神色也静止住，忽而舒展开了，笑道，你不赶我，我又何必要走。

他便又躺下来。片刻，又将身体望里头挪一挪。这本是个无比宽大的宁式床，横躺着都能睡上好几个人。挪与不挪，离床沿都有一大块地方。慧生看懂了，脸热一热。背过身，只将外裤脱了，熄了灯，就也躺在了床上。

两个人便并排躺着，谁也不说话。屋里先是黑透了，慧生闻到一股子陈年的中药味，还有些带着湿霉气的木头味，外头放了通天炮仗的火药味和点了一宿游灯的灯油味。如今都冷下来了。倒是还有一种气味，先是若有若无，游丝一样，渐渐浓厚了，竟有了一个形状，暖暖地，将她碰触一下。这是身边男人的气味。这味道是她陌生的，却也熟悉。毕竟是有儿子的人，如今也长成了少年，那是汗和皮肤翕张而来的气息。但到底不同，这气息要厚得多，也粗糙得多。

她听到了轻微的鼾声，不禁侧过头去。外面的月光洒进来，渐渐她看到了身边有一个黑幢幢的起伏的轮廓，是这男人的呼吸。渐渐看清晰了，这轮廓竟是海涯边的岩一样的。鼓突的眉骨，粤地人少见的挺秀的鼻梁，都是铿锵的。鼾声大了一些，有些微的停顿，然后接续。也是一起一伏，这声音渐让她安心，竟也沉沉睡去了。

她是在鸟的聒噪中醒来的。她睁开眼睛，却看见那只鹩哥栖居在床架上，歪着脑袋，直勾勾地看着她。那眼神黑洞洞的，竟有一些凌厉，忽然"嘎"地叫了一声。她听见身后的笑。回过头，看男人盘腿坐着，说，我睡了一天，没人给它喂食，是饿极了。

慧生心里抱怨着自己的疏忽，却脱口道，你醒了，干吗干坐着？

男人说，嗯，早醒了，怕起来吵醒你。就坐着。

慧生默然，也坐起了身。叶七说，没事，你睡你的。他便下了床来，刚站定，那鹩哥便飞到了他的肩膀上。男人抚弄一下它的羽毛，用英文跟它招呼，Good morning。

这鸟呼扇一下翅膀，一迭声地也叫"Good morning"，像个饶舌而兴奋的孩子。

慧生自然睡不着了，天还半黑着。她朝窗外望出去，东方的天，才微微泛起了鱼肚白。外头有浅浅的雾。倒是文笔塔，已能看见一个清晰的轮廓。她想，原来这里离九洲江口这样近的，难怪夜里能听见水响。

忽然，外面"当"的一声，她连忙走出去。看着叶七靠在八仙桌上，裸着腿。慧生就看见了那杯底大的股紫的伤口。这男人虚白着脸，手里捏着一封膏药。那地上却是一只打碎的碗，里头是还冒着热气的药膏。男人伸手擦一擦额上的汗，不忘对她笑一下，说，我真系几论尽①……

慧生蹲下身，先收拾了，然后说，我帮你吧。她就帮叶七将膏药贴上，这男人的呼吸变得气促，眼睛里不自控地淌出泪水，鼻涕也流了下来。他偏过头，不想让她看到自己的狼狈相。可是慧生明白发生了什么。

慧生将他扶进了屋里。男人躺在床上，对她笑一下，却即刻便咬紧了牙关。男人浑身开始颤抖，筛糠一样，胳膊也渐渐抱紧。那只鹦哥飞了进来，停在他的近旁。竟然栖住，一动不动地望着他。慧生看见男人的面庞扭曲了，流出了口涎。她拿起一块毛巾，帮他把这口涎擦去了。可这时，她的手却被另一只手攥住。这只手是冰冷的，紧紧地攥住她。太紧，攥得她有些疼。这手一边颤抖着，她觉得手心中的寒意，在这颤抖间，顺着她的手指、胳膊，一点点地传入她的体内。她竟然也感到冷了，冷得彻骨。她不禁坐下来，依偎那具冰冷的身体。那身体便也靠紧了她。在依偎间，颤抖似乎渐渐和缓了些。她长长地舒一口气，索性将这身体放在自己臂弯，抱住了。她觉出一线浅浅的暖意，让自己不那么冷了。慢慢地，反而有一种热力，从她躯体的深处，向上升腾。这热力令她陌生，炙烤着她，东奔西突，忽而让她有了一丝醉。这时，方才冰冷的身体也

---

① 粤语，笨手笨脚。

热了，舒展了，不再颤抖了，与她更紧了一些，慢慢地，慢慢地，潮水一样卷裹和覆盖了她。迷醉间，她感受有种力量刀锋一样，划开了她的身体。她听到了自己最深处，有开裂的声音。她闭上眼睛，任由一滴泪流了下来，心说，罢了。

当这一切结束，天已经透彻地亮了。慧生和男人的眼睛碰撞了一下，回过身去，静静地穿衣服。叶七看着床上的一抹红，难以掩饰目光里的惊诧。这目光中，还有畏惧。此时，慧生已经穿好了衣服，站起来，静定地望着这男人，说，你若负我哋两母子，就天打雷劈了。

陆

此间少年

> 易米梅花不讳贫，玉台壶史自千春。闽茶绝品承遥寄，我亦城南穷巷人。
>
> ——谈溶《梅石图题识》

荣贻生对叶七，终生没有改口，叫了一辈子的师父。

这是叶七的主张。他说，一日为师，终身为父，够了。留着名姓，记得来处。

阿响，并不知自己的来处。

可有了一个师父，心里踏实了不少。长这么大，他从来没有见过家的样子。他不知别人的家是什么样子。早上起来，有母亲的身影，忙碌地为爷俩儿做早饭，也抱怨着昨晚未收拾的棋盘。中午，看见骑楼上晾晒好的衣服，在并不猛烈的春阳下，透着光。风吹过来，微微地飘荡，将番碱的味道也吹过来。这味道是洁净而安静的。

荣师傅给我看过一张照片，那是一张毕业证。上面记录着他短暂的求学生涯。这张标示为"同礼小学"的毕业证上写着他的名姓。照片上是个头发浓密的男孩子，穿着立领的制服。即使穿过了几十年的时间，仍然可以看到他眼神的清澈。不得不说，这张脸上，有一种和年龄不相称的少见的雍容，大约来自一个少年对现状的满足和笃定。

毕业证水印的建筑，影影绰绰。荣师傅告诉我是文笔塔。背面，印着这所学校的校歌，"既殚精以求知，复笃志以力行，嗟我诸生分，毋忘同礼之好学精神。"荣师傅哼了两句，大约为自己老迈沙哑的声音所赧颜，终于摆一摆手，径自放弃了。

但他又戴上了老花镜，将那段并不长的歌词，细细地看了又看。

他说，在取得这张毕业证后，他曾经有去廉江县城升中学的机会。但终于没有去。我问他为什么没去。他不再说话，却将眼镜取了下来，搁在一边。整个人似乎也便定住，忽然伸出手，将一片从窗子飞进的合欢的落叶捉住了。这才长吁了一口气，说，一个厨子，读这么多书有什么用。

少年阿响，在一个黄昏下学后，路过了瑞同街。他看到了一座骑楼，在灰扑扑的同类中脱颖而出，张灯结彩。邻近的空气中，还洋溢着鞭炮燃放的硫黄硝烟的气息，是还未冷却下来的热闹。

他看到门楼上，挂了一块匾额，用鎏金镌了"南天居"三个字，覆着红绸。

他不是好奇的性情，但仍忍不住向里张望了一下。其实，他已经回忆不起这骑楼本来的模样，究竟是一处平凡的住家，还是商铺。

过了几天，吉叔来访，说起这间新开的茶楼。

叶七道，安铺一街的豆豉店，半巷的酱园子，开茶楼倒是头一遭。

吉叔说，你道是什么来历，开茶楼的是谁？

叶七摇摇头，只说，敢叫这个名，也是好大的口气。

吉叔卖关子道，好，听朝带上阿响去看看，我做东。

第二天清晨，阿响便坐在这叫"南天居"的茶楼里，看着来往企堂、茶博士穿梭于店堂。此时的太阳还是冷白的，穿过满洲窗照射过来，拖曳的影子也是冷白的一道。

叶七说，这阵仗，倒和上六府学了个三分像。

吉叔嘴努一下，说，老板出来了。

三个人都看过去。一个穿了青绸夹袄、身材矮小的人，走出来，对着众人作揖。叶七笑一笑，说，莫不是我看错了，跳鱼聋？

这人虽短小，但声量却分外大，中气又足。安铺老少都认识，在苏杭街经营一家小饭馆，菜式并不多，却擅作一道"跳鱼煲酸菜"。知道他耳朵不好，人人去他店里帮衬，便都和他用手比画。

吉叔说，你没看错，他是发达了。要不说安铺藏龙卧虎。你可记得上年底陈济棠来探亲的事。嗯，就歇在同礼书院，听到有人在外头吵闹，震天声响。问起来，说是有个聋子在外头，带了一个食盒子，说要慰劳昔日长官。门卫看他相貌寒碜，拦住不让他进去，也不肯通报。陈司令一听，却立即唤他进来。那聋子进来一口一个"营长"。见了陈，就跪下来，打开食盒。陈一看，里头是一盘"跳鱼煲酸菜"，一碗红米饭，立即认出这是当年自己的马弁，救过自己的命。当场就赏了一封银元，问他还想要什么。他说年景不济，就想开一间自己的茶楼。陈点一下头，说，那就挑个好地方吧。

叶七说，这里是陈司令买下来的？

吉叔点一点头，要不敢叫这个名字？也是"南天王"的地盘了。

叶七沉吟一下，说，那少不了要请个好厨子。

吉叔说，大按是湛江"鹤云楼"请来的，袁仰三。

叶七听了眼睛一亮，这倒好了。

晚间，慧生见桌上摆着一盘糯米鸡。却不曾见叶七开火。

叶七笑笑，说，你尝一尝。

慧生挑开尝一尝，便说，如今你这手艺，是连家里人都要打发。

叶七笑得更开怀了，说，好，能吃出不是我做的，合该进了一家门。

慧生说，不是你，那是谁？

叶七回她，我要等的人。

慧生怔一怔，明白了一半。她问，你不送响仔出去了？

叶七说，不送了。

慧生说，不出去上学，也不出去学厨？让他留在我身边？

叶七点点头。她看着这男人，心里头打着鼓，眼里却骤然流了泪。这泪憋了半个月有余。她忍一忍道，我们娘俩，只求跟你学手艺，不图别的。你要藏，我们就跟你藏一辈子。

叶七说，你要藏，我要藏。响仔一个后生，路还长着呢。要做大小按，怎能没有个像样的师父。

慧生的脸色，便又慢慢阴暗下来，说，你到底打的是什么主意？

叶七慢慢说，我，已经是个死人了。如今要想响仔成了，就得借尸还魂。

少年阿响，小学毕业后，在"南天居"做了白案学徒。

在家里头，他的师父姓叶。在茶楼，他的师父姓袁。

袁师傅是个和气人，不教他，不指点，但也不像其他师傅防他偷师。

每天自己做，便让他在近旁看着。看上一个星期，就让他自己做。这在白案行，算是厚道了。

到要他自己上案的前一日，叶七便让他在家里先做一次。制虾饺，阿响埋头包了一会，忽然不动了。叶七问，手怎么停了？"南天居"教人摸鱼？

阿响抬头便道，袁师父包虾饺是十二道褶，你是十四道。我跟他，还是跟你？

叶七脱口而出，说，跟我！

但顿一顿，轻轻道，跟他吧，十二道。

出了蒸笼，整整齐齐的一笼。叶七一皱眉头，说，不好。

阿响问，怎么个不好？

叶七说，一个露馅儿的都没有。学徒入行，手势好过师父？重来！

这样过去了半年，阿响算是囫囵学会了几样。在旁人眼里，这学徒谈不上什么天资，或许是有些阴晴无定。一时聪慧，一时又论论尽尽。可人前人后，袁师傅都有些护他。

他跟人说，学徒千日苦，都是行过来的。但凡有点办法，谁送自己孩子来给人倒痰罐。还是读完了小学的。

他大约也是听说了阿响的家况，问得直截了当，家里头不是亲爹？

阿响愣一愣，点点头。他虽然已可以讲一口道地的安铺话，但仍用寡言来藏着。时间久了，终于有藏不到的地方。只字片语，露出了广府口音。袁师傅听了，问，不是本地人？

没待他回答，将自己顾周全。这驼背汉子却已经长叹一声，想他是跟阿妈远嫁过来的，便拍拍他肩膀道，细路，人争口气，终究要靠自己。爹是个摆设，你还有师父呢。

阿响的肩膀一抖，心里头却也"咯噔"一下。

晚上，叶七教他洗豆沙，做水晶皮。洗着洗着，阿响说，我不去茶楼了。

叶七停下来，看着他。

这狭小的厨房，由来已久，被一股甜腻安静的气息所充盈。这气息包裹了这对师徒，构成了虚浮的祥和，在灯光中氤氲开来。此时，却被这句话陡然割开了。

阿响的眼睛垂下去，说，我跟袁师父，学不会什么了。

叶七并不意外，笑着看他，我是让你跟他学吗？

阿响说，他手势不如你，可他是个好人，把我当徒弟。

叶七洗了手，坐下来，问道，那你说说，你是谁的徒弟，跟谁学。

阿响抬起脸，望着叶七，慢慢地说，我是你的徒弟，跟你学。

叶七看这少年的眼睛里，有一点燃亮的东西。这点亮和他的目光对视、对抗，有种他所不熟悉的坚硬，让他有些心惊。然而，这点亮瞬息便熄灭下去。阿响轻轻问，跟你学，有什么见不得人吗。

叶七目光冷下来，跟我学，学会了手艺，要藏一辈子。

阿响说，那就骗袁师父，一直骗到我跟他出师？

叶七一字一顿地说，对，是带着我的手艺出师。

阿响不再说话。漫长沉默间，叶七站起来，拎起灯向外走。最后一线光在厨房里散尽时，阿响听见这男人的声音，从黑暗间传过来：记着，遵行例，还有三年零五个月。

阿响离满师还有一年时，叶七领了个小女仔回家。

这小女仔十来岁，身形干瘦，眼睛却分外大。叶七唤她叫秀明。

秀明话不多，人却十分有礼，是个好教养的样子。有问有答，却唯独不说自己的往来出处。

她对叶七很恭敬，叫"七叔"。叶七说，既进了我的家门，从今改口叫"爹"。这也不是七婶，要叫"阿妈"。

慧生不多问，不知为何，她从心里欢喜这个女孩。她和叶七有默契，彼此不问前事。她知道，这孩子便是他的前事。她默默地在桌子上多摆上一只碗，添上一副筷子，说，好啊，我如今仔女双全。

阿响坐在对面看母亲。经过了这几年，母亲铮铮的轮廓一点点地退去了，身形与行事都柔软圆润。面颊上有了安铺镇上大多妇人的浅红，是安定生活的沉淀。可那一点周全，还是以往的。

听到这里，女孩脸上有些戚然的神色，也松弛了下来。这时候，听到叶七咳嗽了一声，说，什么仔女，秀明是你的新抱。

对于荣师母，我了解甚少，并不仅仅因为她的早逝。在荣师傅家客厅的正中，挂有一幅黑白照片，是荣师母的遗像。相片上是个清秀的中年妇人，齐耳短发，形容朴素。她微笑，很大的眼睛因此有些下垂，眼睑的褶皱遮没了一些神采而显得倦怠。她没有任何多余的饰物，领口却别着一枚胸针。分辨不出是什图案。或许是一只蜻蜓，或许是一枝含苞的玉兰。在这幅照片的下方，是一处供台，有着电控的香烛，内里是忽明忽暗却不会熄灭的火焰。荣师傅看我注目良久，便起了身，从供台下方取出三支香，点上，对着那照片拜一拜，便插进了香炉里。青烟从香炉里袅袅地升起来，荣师傅的眼神也变得肃穆。但自始至终，却未有说一句话。

后来，我向五举山伯也打听过。他缄口良久，终于说，自师母去世以后，有一道菜，便没有出现在荣家的饭桌，是虾籽碌柚皮。

秀明有门亲戚，夫妇两个做瓷器生意，长年在广府、四邑往来，再由粤西转往南洋去。

入秋的时节，他们总是来看一回秀明，带了丰厚的礼物。然后从南洋回来，再看上一回。几经寒暑，如同候鸟一般。慢慢地，他们的到来，好像季节的钟点。至于是什么亲戚，是不是真的亲戚，便都不重要了。

秀明叫女的"音姑姑"。看得出，这对夫妇与叶七也是故旧，慧生不追究底里，只看得出他们间有时日累积的默契。

彼此都很熟识了，话便多了起来。音姑姑是个走南闯北的人，说话间，总是带了丰富的见识，是和外头的大世界有关的。也将她和平常妇人们区分开来。可这见识，也有女人的心思在其中，便又显出日常与细腻。里面便有了许多的故事，常常听得人入了迷。她说话时，音姑丈便坐在一旁，看着她，默默地抽一柄烟斗。这烟斗看得出是上好红木所制，刻着繁复的雕花。这物件的奢华，和他形容的过于朴素颇有些不相称。但或许因为气定神闲，久之大家也都看得很惯了。

有时，他会忽而离席，和叶七走进里屋去。这时，音姑姑便侧一侧目，很快回转来，依然说她的话，神色若常。大约到了饭点，两个人久久并未出来。她便叫慧生照常开饭，说我们不等，让他们去谈"男人的事情"。

慧生煮饭，她帮厨。在旁边看着，半晌说道，阿嫂，你这一把好手势，好像是大世面里练出来的。

慧生听得心里一惊，手却不停，说，这是哪里话，几个家常小菜，上不得台面。你七哥不肯显山露水，才让我在这里能耐。

音姑姑接口便说，听七哥说你老家是佛山。西樵的大饼，凤城的鱼皮饺，最合风雨里来去的人。嫂嫂有空了，给我们备上几个带上。

慧生想想道，我出来得早，老家的事都不记得了。没根儿了，怕是做出来的也不地道。

音姑姑端来一只木盆，里头是换了几水的碌柚皮。她撸起衣袖，将柚皮使劲挤净了水，笑说，阿嫂且先歇着去，到了我显身手的时候了。

上了桌，菜摆上了，才叫男人们出来。照例是要喝酒，姑丈酒满上，敬叶七一杯，一饮而尽，说，这一回下去，要隔上一段才能来了。你们大约也听说，日本人在涠洲岛建了个机场。往后下南洋去没有这么便利。

慧生说，难怪近来，总听到头上轰隆隆地响。该不会打过来吧？

姑丈说，都不好说，一年前，谁知道他们能占了广州和武汉呢。现在广州的市面上走动，除了"宣抚品"，就是得拿了许可证的。江西胎也过不来，如今我行里头的艺人，十之八九都去了港澳的金山庄挂单。我们益顺隆倒还有些外单生意，这一回也是执了首尾去。

慧生第一次听到姑丈说起"益顺隆"三个字，只觉得耳熟，究竟想不起在哪里听过，便说，那你们也要去港澳避一避风头才好。

姑丈摇一摇头，说，我姐夫是个硬颈的人，说行会总要有人撑着。他不肯走，我们两公婆怎么安心走得掉。灵思堂的规矩，要走，先得革除了会籍。司徒家的人都走光了，往后就没人来"加彩"了。

说完这些，他和叶七交换了一个眼神。慧生张一张口，却低了头去。倒是阿响，接口道，"群贤毕集陈家厅，万花竞开灵思堂。"

姑父便笑道，我们的堂歌，响仔倒是会唱。

慧生斜过眼睛，看一眼儿子。说，不知细路哪里胡乱听来的。

这时候，音姑姑走进来，手里是热腾腾的一钵，说，我们秀明啊，打小喜欢吃我做的虾籽碌柚皮，怎么吃都不够。

慧生帮她接过来，放在桌上，不动声色道，我是想起来了，以往我侍奉过老家的小姐，嫁去了广府。听说婆家里每到过年，就有益顺隆的伙计上门送花盆。最前头一个小女仔，一口好嗓儿，唱的莫不是你们的堂歌。

音姑姑说，那这家，一定是太史第了。太史最喜欢我姨甥女阿云，每年都是她去送。只是，他们全家都搬到了香港去，快小一年了吧。

慧生先前端着碗的手，倏然抖一下。她放下碗，伸出筷子去夹菜。那柚皮厚得很，煮得烂，夹起来便落到了钵里头。她便索性收起了筷子，说，瞧我这论论尽尽。

阿响望着母亲，眼神直愣愣的，说，阿妈，你心里明明挂着，念着，为什么不问。

慧生停一停，重又伸出了勺头，舀起了一勺柚皮，放在秀明碗里，说，阿女，食多啲。

她这才一咬唇，轻轻说，话时话，这么久过去。也不知这小姐过得怎样了。也跟去了香港么。

音姑姑问，佛山嫁过去的……是他们大少奶奶？

慧生没说话，轻点下头。

音姑姑想一想，说，向家大少奶奶。这么大的事，你竟然没听说吗？

慧生抬起眼睛，望着她，眼里茫然灼灼。音姑姑叹一口气，说，她离开太史第那年，整个广府没有人不知道的。因为在《粤声报》上登了启事，和她那死鬼老公离了婚。

慧生一时定住，身体却不由地直了。她问，这是几时的事。

音姑姑想一想，三年前了吧。中秋前后。富贵人家的事情，捂都捂不住。听人传，她是为了太史的侄子。

姑丈便说，行了。长气，说人家家里什么杂碎呢。

音姑姑说，哼，谁人背后无人说。我倒看她，是替我们女人长了脸。一辈子押在一个死人身上，自己不也是个活死人了吗？

慧生极力将声音平稳些，又问，向太史有这么多的侄子，是哪一个。

桌上的人一片默然。音姑姑这才小心地说，阿嫂，莫不是太史第上的旧人？

慧生才醒过来，轻声说，家大业大，估摸自然有许多侄子。

姑丈说，这侄子以往替谭启秀做事，是他的少校副官。后来福建事变，大口谭被老蒋夺了权，这向副官也被革了军籍，往后就失了踪。

叶七在旁边听着，一直没说话，这时开声，我听说，这个侄子，现在被日本人通缉。

姑丈举起杯来，说，好了好了，有酒今朝醉。各有各命，莫论国是。

待送了音姑姑夫妇上船，已经是后半夜。叶七回来，见慧生一个人站在黑黢黢的骑楼上，背对着他。

夜凉如水。桌上还摆着一只已经劈开的碌柚，是音姑姑做碌柚皮剩下的。空气中便飘荡着若有若无的清凛香气，有些苦涩。

叶七就走过去。慧生转头来，定定看他，说，你到底知道多少？

他没有说话。月光底下，他看到这女人脸上有清晰的泪痕，莹莹地发着光。

慧生张张口，道，你能打听下少奶奶的下落吗？

叶七笑笑，点一点头。他说，你到底算是信了我一回。

司徒云重到了安铺时，是第二年的深秋。正是桂花开放的时节。

这镇上也怪，大约因为极少见到阳光，倒养得桂花馥郁不谢，从九月一直开到腊八。这里的桂花，都是几十年的老桂，伸伸展展像是榕树一般阔大的树冠。风吹过来，簌簌地叶响，那香气便随着风吹到了镇上的各处去。也是簌簌地，有桂花落下来，也是跟着风。风到哪里，便飘去哪里。人身上，头发上，远些的，竟然也飘到九洲江的码头上，铺在"十八级"青石板的台阶上。挑夫们爱惜，都不愿去踩，绕着道走。可没留神给风又吹到了江里。

花瓣金的银的，载浮载沉，那江水便是一片好景致。

镇上的女人，将大幅的床单铺在树底下。清晨打露水时铺上，到了黄昏的时候，床单上是金灿灿的一层。拾掇起来，便是一天的收获的心情。她们将这桂花用蜜渍上，罐子封了，做成桂花蜜。可以一直用到端午。包汤圆、蒸八宝饭、包长脚粽，用处可多着呢。

阿响从"南天居"回来，一路上，便都是沁人的味儿。傍晚风凉，这香气沉淀得幽幽的，让人有些醉意。一两点落在他的肩上，他也不掸，深深吸一口气。

待回到家里，搭眼便看见八仙桌上摆着两只大碌柚，便问母亲，音姑姑来了？

慧生擦擦手说，嗯，还没坐定，倒匆匆走了。送了她外甥女来，说跟咱们住几天。这不，给秀明拉出去到镇上逛了。

阿响说，外甥女？

慧生笑一笑，说，"群贤毕集陈家厅，万花竞开灵思堂。"

阿响未回过神，就听到外头明晃晃的笑声，楼梯一阵响，就看见秀明拉着一个女孩走进来。

这女孩手里拎着一把洋伞，看见他，并不怵，望一眼，却朝厨房里喊，婶婶，快拿一口锅来。

慧生远远听见了，便拎着一只铁锅走出来。女孩便将阳伞举到那锅上头，小心翼翼地打开，抖一下。只见呼啦啦地，伞里竟如雨一般，落下了桂花来。纷纷扬扬，竟然铺满了小半锅。

慧生便拍着手掌说，这是谁想出的神仙办法。

秀明笑说，自然是阿云姐。一路逛着，一有风就把伞打开来，谁也没有我们采得多。

慧生说，这可好！回头让七叔给你们打桂花糕吃。

她看一眼响仔，这才说，嗨，你瞧我。放着大水请龙王呢。眼前可就是"南天居"的大按师傅。

秀明便说，如今响哥的点心，做得要不重样了。

女孩看着阿响，朗朗道，阿明说你属猪？

阿响点点头。

她便笑道，那我得想想叫你什么。是跟表妹叫你响哥，还是爽快快叫一声妹夫？

秀明就一红脸，捻着衣襟对慧生说，阿妈，我帮你开饭。

阿响便和女孩对面站着，不知要说些什么。女孩倒还是笑着望他，眼神清亮，还有些利。一边将耳际别的一簇桂花取下来。她留的是齐耳的短发，在这镇上是少有的。阿响久前的记忆中，是广州的女学生才会有的样式。因为太短，几乎像一个男仔。她撩一下头发，才看眉毛也生得利落，是有些英气的模样。

女孩说，果然像阿明说你，叫阿响，没声响。

阿响忽然闷声说，其实我的大名叫，荣贻生。

女孩忽然大笑起来，又是朗朗的，也不知笑什么。笑完了，这才学着他的口气，瓮声瓮气道，我的大名叫，司徒云重。

不同于秀明的暧昧身世，阿云的来历倒是清清楚楚。广府最大的瓷器商号"益顺隆"，揽头司徒央只一个独生女儿。云重是明朝一个武状元的名字，取这名字的，是阿云的爷爷司徒章。

阿云不太跟人说起父亲，却极爱说这位已过世的阿爷。

她说自小喜甜，最爱吃梅州产的糖姜，好那股子绵香里的辛辣爽利。阿爷便时常领着她上街，去果子铺买糖姜。正宗的广府糖姜，装在珠坛里。珠坛都是广彩瓷制成，上面多半绘了缤纷的织金人物。阿爷豪气，整套给她买。今天买了"四大美人"，明天便买了"醉八仙"。阿云一手坛坛罐罐，也觉得夸张，说，阿爷，太多吃不了呢。阿爷便说，给我阿云慢慢吃。阿云便又说，慢慢吃也吃不了，放绵了就不好吃。阿爷听了，声音瓮了，说，那就倒了，留下这坛子。

阿云说，这空坛子有什么用。

阿爷便将坛子翻过来，给她看底。说到这里，阿云四望一下，一眼看见柜上的一只糖罐。她就叫阿响搬下来，翻过罐底看一看。阿响一看，果然有个青绿的印，是篆书的"司徒"两个字。

阿云便说，我们自家的老"鹤春"，我闭着眼睛都认得出。

相对于秀明的安静，阿云是分外明丽的性格。

秀明来了半年，竟都不怎么开口，出门都躲在慧生身后。人问一句说一句，说出来字斟句酌。

阿云可不同，来了没有三天。镇上都知道叶七家里来了位西关小姐。安铺人是分不清什么广府口音的。在他们看来，广府就是西关，西关就是广府。至于珠江河北河南，他们更是分不清。阿云不怯，走到一处铺头，就和他们倾家常。只一周，就可说上一口廉江话。虽然支离破碎一些，味道却是对的。她愿说、敢讲，听的人也便欢喜。

多半是大戏里看来的。安铺人印象里，名伶千里驹、白玉堂，都出自西关。看见云重，便对着她唱《文姬归汉》，"人愁心更复听儿啼，声似寒虫悲咽露，何堪句句断人肠。"阿云便笑，回他们道，如今谁还唱这些，都去听新戏了。

这一日，阿响正在后厨里忙。就见袁师傅拍拍他的肩，说，响仔。你表妹来揾你。

阿响茫然，想自己何时有了一个表妹。但也就摘了围裙，走出去。

看见大厅里的一角，云重正靠着满洲窗，往外头眺望。那阳光透过窗，落在她脸上，星星点点地跳。大约是远处摇曳的树叶筛下的光，活了一样。窗棂子上不知哪个茶客，挂了一笼画眉。这鸟蹦一下，忽然婉转一声啼，吸引了她。她便又抬起头，看得入神。

阿响站在原地定定的，无端挡住了企堂的路。这人端着蒸笼，不耐地喊一句，傻仔，望乜哦。

喊得声音大，惊动了许多人。云重便也回过头，目光恰与他对上，便对他使劲招招手。阿响走过去，看她一身洋装，衬衫长裤穿了马靴。在这茶楼里，未免招人耳目。阿响便轻声说，你怎么来了？

阿云笑一笑，说，这是间茶楼。南来北往，谁不能来？

阿响不禁噎住了。阿云才正色道，我出去写生。婶婶说下半晚天凉，叫我顺道给你送件衣服来。

说着，她便将一件皮坎肩递给他。阿响见她背着一只画夹。这画夹很大，竟占去了她一半的身量。云重望一望窗口，两手伸出食指和大拇指比成了一个框。那手指间竟然就是一幅画。外头虽然有雾，看不清楚，却也是远山如黛。雾气缭绕间，是文笔塔挺挺地立着。她说，多好，在这里能看见九洲江呢。

阿响说，这里不算好，给虞山挡住了大半。要看江水，得到西边的山上去看，临着入海口。

云重说，好，等你得空了带我去看。

阿响没应她，想一想，又点点头。

她说罢利索地将画板往身上提一下，就要走。阿响说，你等一等。

他走到她身后，将那画架上的绑带紧一紧，说，阿妈交代，在外头早回，别顾不上吃饭。

到下半晚上收工，袁师傅抱了一只蒲包来。

说你这个表妹，可是个厉害脚色。先前来了，问我。你们茶楼用的瓷器，是哪里来的。我如何知道。她又问，是不是我们"益顺隆"的。我说，不是。她就说，不是司徒家制的，哪里上得了台面呢。广府第一式的茶楼，谁不用我们家的东西。

我就问她，那可怎么办。

她说，你把你们家的盘子碟子，都交给我。我给你画。有我司徒云重的绘彩，就是益顺隆的了。

袁师傅大笑，我给她绕来绕去，倒像是我欠了她的。你瞧，这一摞盘子，算是我孝敬她大小姐的。

阿响也笑，我们家的盘盏，是早就给她画光了。

袁师傅变戏法似的，又从身后拎出一只纸袋，说，新出的光酥饼，还热乎，不知合不合广州人的口味。

阿响回到家时，家里人都睡下了。唯独靠骑楼的地方还亮着灯。叶七将一只花梨大案搬到那里，专给阿云用。阿云说，夜晚静。人心静，笔也就静了。

外头的人，走上楼梯的声响，似乎并没有搅扰她。

阿响看见，在灯光里头，那光正笼在她身上，是毛茸茸的一层，包裹着她，好像要同那夜的暗隔开似的。阿云端正地坐着，一手执着瓷盘，一只胳膊靠在枕箱上。不同于白天时的明朗，她脸上的神情，有一种端穆与肃然。微微蹙着眉头，眉宇间似乎也有些苍青，甚而冰冷。这些，也是在一个少女身上所稀见的，令阿响感到陌生。

远远地，他看到阿云方才落笔处，是一抹嫣红。他不禁屏住了呼吸，将手上的东西，慢慢放在了桌上。然而在极静间，这动作还是引起了声响。

阿云肩膀似乎抖动了一下，手中的笔也一抖。她回过身，看见是他，愣一愣，笑了。

阿响有些不安，喃喃道，看我论尽……

这时，阿云便放下了手中的笔，用手捶一捶腰，说，不妨事，我也画累了。

阿响便说，师父让我给你带了盘子来。

阿云接过蒲包，拆开来。拿起一只，对着光看一看，难掩如获至宝的神情，说道，居然是上好的江西胎。你师父可说了，以后我要多少，他供我多少。

说到这里，她的眼睛也亮了。方才瓷白的脸色晕起了红润，轮廓也亮起来，像是浮冰在光中瞬间融化，还是那个阿云。

阿响心里也不禁轻松了一些。但看到方才阿云手中那只碟，边沿上的一朵西红玫瑰，最后合笔，笔画无端飞了出去。

阿云看出他的抱歉，信手拿过布，便将那朵玫瑰擦去，说，唉，"挞花头"是基本功。唔关你事，是我的心，还不够定。

又似安慰他道，你看，这"描金开窗大凤梅瓶"的图案，到底给我默了出来。

盘上，是个凤穿牡丹的轮廓。阿响虽不懂，但也看出笔触的繁复细致。枝叶藤蔓，笔走龙蛇，跃然如生。

他的目光，落在了另一只正晾着的盘子。盘上大片的，是他未见过的幽静青绿，灯下熠熠，闯入了眼睛。他不禁说，这绿，可真好看啊。

阿云转头看一看，说，"湖水绿地菊提雀"，乾隆御窑。这可不是普通的绿，阿爷说，老"鹤春"，是我们司徒家的本钱。守住它，就守住了益顺隆。

她说完这些，人似又肃穆了，眼低了低，仿佛倏然有了一些心事。两个人，一站一坐，中间就隔了一道安静。灯光也暗了些，这安静忽而浓重，渗入了密实的黑，漫溢了开来。

秋凉的夜风，从骑楼吹进了，吹得阿响一个激灵。云重也不禁抱了一下膀。他这才想起来，连忙从桌上拿过那包光酥饼，说，新打出来的，趁热吃。

阿云吃着饼，眼神又亮起来了，伸出手指，擦了一下嘴角的饼末，脸上竟现出了孩子般的笑靥。这笑竟让阿响的心里，也蓦然快乐了几分。

这时，阿云说，响哥，你打的饼好好味。

阿响愣一下，不知为何，并没有否认。他只是望着阿云，轻声说，好味，就食多些。

这一年冬至，竟是格外冷。

九洲江上的风吹来，也是冷冽的，又干又硬。慧生说，也好，干冬湿年，到春节时就好过些。

阿响见叶七站在风里头，肩背有些佝偻，这一年，师父的腿似乎比以往更不灵便了。但他在慧生搀扶下，极力站得更稳一些。他袖了一会儿手，看阿响将墓头的野草、树枝清干净了。也不说话，半晌，才对阿响说，阿仔，挂纸。

阿响便将墓纸铺开，压到墓头和墓旁的"后土"上。黄白五色的墓纸披挂下来，在风的吹拂下，有一种异样的鲜亮与热闹。这是他第一次跟了师父来祭祖烧冬纸。这在虞山的墓，是叶七祖父的。叶太爷有声望，镇上的"同礼书院"是他生前所修。三个人摆了供，烧着纸。叶七投了一只纸马到火盆里头，天太干，噼里啪啦地响。叶七说，响仔，跟太爷爷说句话。

阿响想一想，说，太爷爷，一路走好。

叶七本来脸上戚然，听到这里却笑出来，说，傻仔，还走到哪去？太爷爷已经走了几十年了，在阴曹吃香喝辣，比我们都好。

他便自己说，阿爷，我收了个徒弟，现在成了我的仔啦。我们叶家没香火，手艺总归没断。

他站直身体，掸一掸衣服上纸钱的灰烬，看慧生一眼，说，回吧。

广东人讲究"冬至大过年"。慧生将周师娘邀到家里来"做冬"。

短短几年，人事流转。屋企老的过身①，小的远嫁，如今周师娘变成了一个人。她看着叶七家里的五口人，说，慧姑，眼下囫囵能有个团圆，就是福啊。

便说起当年正月二十八，慧生刚来时，那天"雷王诞"的热闹。忽然才想起，少了一个人，是吉叔。这年年头，安铺闹鼠疫。吉叔说没就没了。去收拾他的东西，医馆的桌台，还摆着他给自己开的补养方子。叶七说，唉，我这个保舅，医者难自医。周师娘摇摇头，说，也是年纪大了。那一场，镇上留下了几个老人来呢？

慧生瞧着话头不对，忙将灶上的汤圆端过来，摆在桌上，大声说，来来，食啲暖笠笠嘅嘢！

屋里的空气便真的暖起来。招呼了师娘，慧生给三个小的，都盛得满满的，笑盈盈地说，后生仔，食多啲，团团圆圆。

周师娘就逗秀明，问几时和阿响摆酒。说得秀明羞红了脸。她又打量了云重，说，啧啧，早就听镇上人说，你们家来了个西关小姐。百闻不如一见。老七你家是什么好风水，引来凤凰栖梧枝。

阿云向她还了礼，却没多说话。匙羹在碗里舀起一个汤圆，手抬起来，又放下了。慧生知道，是刚才自己说团团圆圆的话，惹了她的心事。

慧生便在心里阿弥陀佛，一边说，咱屋企哪里留得住凤凰。过一排，我阿云就要回广州过团圆年去了。

---

① 粤语，去世。

过了冬至，多是"白戏仔"班子在粤西各镇走街串巷的时候。也是一年农忙，尘埃落定，要庆丰收的意思。

这"白戏"班子，源起安铺邻近的曲龙，所以又叫"曲龙班"。打乾隆年间就有了。原是村民为了自娱，为乡人演唱，多用的是民歌调。后来吴川木偶戏流入安铺。便组成班社，一人主唱，一人操木偶，一人敲竹筒配腔。乡间便称之为"竹筒戏"。嘉庆年间，加入了簕古头胡、月弦、横箫三件头伴奏。竹筒改为大小木鱼，引入小堂鼓、高边锣等戏剧锣鼓，从此改称"白戏仔"。曲龙原有七八个"白戏"班，每到年节，便在廉江、遂溪一带串乡演艺。

可这两年，年景不济。先是日本人的动静，风声鹤唳，后又闹了鼠疫，百姓失离，一些戏班便也云流雾散。但终于还有些班子，在这个冬天来了安铺。只说是"年冬鬼抓人"，以往为了喜庆，如今吹吹打打，权当为驱邪。

因为终究是个热闹，慧生便让阿响，领了秀明与云重去看。这一年的戏台，搭得也潦草了些。没有花牌。就是在北帝庙，有一棵大洋槐，挂横梁，扯了块幕布。

他们三个赶到时，刚刚开始请神。一个使头胡的大汉，大约是班主，喝一声"众仙请了"。手一扬，便是各乐齐音，跟着班主唱，"东方寿筵开，南方庆寿来，西方长不老，北方上天台。"也便有八仙逐一上场，对台下的观众作揖。因是木偶，衣饰打扮格外鲜亮斑斓，脸上涂着胭脂，一片柳绿花红。有种仙班万象的气势。其实底下的艺人，不过是四个。鞭炮便也响起来，硝烟过后，八仙便另有一番翻然，是一个简易的仙境。

但到了正戏，却是《高文举》。唱了一会儿，戚戚哀哀。班主改使了杖头，扮高文举，嗓音虽粗粝不似个状元，但究竟行腔见功力，也算是声情并茂。到了他老婆玉真出场，做角的是个满脸皱纹的阿伯，硬是捏着嗓儿，要唱那满腹的委屈。台下的人，看着听着，渐觉得十分折磨，说，换戏，换一个《周氏反嫁》。有人喝起了倒彩，说现今唱戏的都是些什么货色，张梅香怎么不来？阿伯眉头一蹙，便不唱了。班主杖头一扔，骂道，饭都吃不上，肯唱几句就这几个喘气的，不听躏远哟！弦子响起来，那阿伯大约是被伤了自尊，死活不开口了。

终于纷纷起了哄。阿云就拉拉秀明，说，咱们走吧。还等他们台上台下打起来吗。

三个人就挤出了人群。一声也不吭，终究是有些扫兴。走到了苏杭街，阿云忽然回转了身来，笑嘻嘻地说，做乜败了自己的兴致。不就是演戏吗？我演给你们看。

阿云站定，清一清嗓子，一开口，竟然是一把分外浑厚的声音。

秀明便拍起巴掌，说，阿云姐，你是要演一出《女驸马》吗？

阿云笑一笑，一缩肩，身形忽而变得佝偻，再开声，阿响听见她用国语说：是马格丽特·高杰吗？

这声音把他和秀明都吓了一跳，因为苍老而焦灼，似来自龙钟的人。

此时，阿云却忽而转到了另一侧，站姿雍容起来，用一种极甜美而自持的女声说，是，先生。请问您贵姓？

秀明张了口，说不出话来。阿响也有些吃惊，他知道这是一出西洋的戏剧。

他们渐渐看进去了。这是一个老人和少女之间的对话。老人是一位父亲，而少女是他儿子的情人。

阿云一人分饰两角，从容地穿梭于老人与少女之间，讲述这个伤心的故事。他们静静地看着，并没有怀疑过，这是两个人。

倏然，阿响想起，这场景似曾相识。开始是依稀的，慢慢地清晰起来。曾经有一个人，也是如此分饰两角，一男一女，演戏给他看。

吕布与貂蝉，相会凤仪亭。"匆匆绕曲径过花阡，千钧重担付婵娟。脂粉远胜动横拳，一副温馨脸，冷笑是刀默是剑……"

十多年前，太史第后厨天井，稀薄的昏黄灯光中，一个少年无声地唱。唱给他一个人听。那少年的脸庞也愈见清晰。少年说，阿响，我往后有个心愿，就是写一出戏给我娘。

他的心忽而痛了一下。这疼痛让他猝不及防。待这痛慢慢地平复，他想，原来自己也曾经看过西洋剧的。也是一个夜里，还是那个七少爷，改了英国人的剧，用粤白念道："陌上千秋各不同，孤山万仞听箫声。"

这记忆中，漾起一丝荔枝味，若有若无的。有些甜，有些冷。

这时，他听到了身边的啜泣，是秀明。

你可以在我死了以后，等到阿芒提起了我痛恨的时候，你可以对他说明这件事，告诉他我是非常爱他，而且我把这个爱情证实了。先生，有人来了，再见吧，我们两人是今生不会再见的了，祝你一切幸福。

叫作马格丽特的少女，她将要牺牲，成全爱人的幸福。这声音，在暗夜中，清亮而绝望。在清寒的空气里回荡，无边无际。

云重走到了秀明的跟前，掏出一方手帕，拭去了她的泪水。然后理了理她的额发，说，傻女，哭什么呢。都是戏。

而秀明却哭得更为难以自持。这让阿响也有些惊讶。他从未看过她哭，甚至很少看到她有起伏的情绪。云重轻轻地抚她的肩膀，却对阿响眨眨眼，笑笑说，这是我在中学剧社演的第一出剧。记得自己的词，居然还记得对手的。我也是宝刀未老。

三个人在街上走着，大戏的锣鼓也远了。街道两旁的骑楼，灯火也次第灭了。周遭静下来。极静，间或有一两声犬吠，也瞬息便被吞噬。

这时，阿响觉出自己的手被握住了。是秀明。这么久了，他们还从未触碰过。她在黑暗中牵住了阿响的手，紧紧地。过于紧，以至于让阿响觉出手心有些疼痛。

直到过完年，广州也没人来接云重。

阿响没有食言。开春时候，他带云重上了虞山。

虞山很高。粤西多丘陵，虽至绵延，却入不了体面。这虞山在这绵延中，无端峭拔起来。山体并不阔大，因山势陡峭，却有横空出世之感。山上并无许多的林木，便更显岩石砺砺，刀皴斧劈。

阿响带云重上去的，是青龙舌。是从山巅上，斜生出的一块扁平的巨石。上下左右，皆自凌空。是险中之险，一览无遗。

云重立好画架，站定，长吁了一口气。山上的风，很烈，并未应了"干冬湿年"的民谚，还是干硬的。因了四面的无遮挡，吹得更肆虐些。一时间竟让人说不出话来。云重索性站在山崖上，由它吹。来了安铺，她的头发便未剪过，说要回到广州再剪。这时候，已经长得很长了。也在风中飘扬起来，是浓密丰盛的，像烈马的鬃一样。她拢起手，向那空中喊了句什么。声音被风吞噬了。阿响听不见。或许她本来就是无声地喊。

风渐渐停下来，云重仍是站了半晌，才回过头来。阿响见她脸上一点泪痕，已经干了。云重擦一下眼角，笑说，这风真大，吹得眼睛疼。

云重指一指，问，我就是从那里上岸的吗？

阿响看看，说，是啊，十八级。

原是一处良港，远远的。码头上船如叶，人如蚁。从这里看九洲江，临了入海口，江水便沿北部湾慢慢铺展开来，越来越宽阔，真的是浩浩汤汤。

望下去，一边是远无尽的海，看不到头，一边是安铺古镇。阿响看这些在云重的笔下，一点点地生动起来。他甚至能看见海水上泛起的光，是最远处的粼粼波动。而安铺看到的便都是屋顶，居多的是骑楼，黑黢黢的，连成一片。那沿着街巷的，弯弯折折，在阿云的画上，便是一道圆润而黯然的弧。他想，说起来，他已经在这里生活了七年，竟没有好好从上面看过这些骑楼。

待那画上的轮廓丰满了，他又不禁一惊。原来安铺和海，一个在光里头，一个在光外，如同阴阳太极。而安铺的形状，像是卧在暗影子里的一尾鱼。密集的骑楼，如同鳞片。这鱼被山势环抱，蜷着身体。文笔塔长在鱼眼睛里。而自己住的地方，就在那摆动的背鳍上。

云重停下笔，看着自己的画，手指沿着海的方向走出去。她转过头，问阿响，你说，我还能等到吗？

阿响点点头，待广州时局好一些。我阿妈说，会送你去香港。

云重笑一笑，摇摇头。

这时候，天又暗了一些。太阳沉下去，天边忽而亮起来，是一线夺目的光。接着，那颜色便从云里一层层地次第渗了出来。将云一片一片地染红了。是火烧云，两个人，都看得有些呆。在这净冷的天，如何就出现了火烧云。

这云一层推着一层，一层裹着一层，从海上滚滚而来。颜色便也叠着，在深深浅浅地涌动。

云重看着看着，开口道，这些色用在广彩里，唔知几好啊！

她看着阿响。阿响也看着她，阿云脸上红红的，金灿灿的轮廓。眼里也有光，像是两星火苗。阿响不觉间，身体里有些静止了许久的东西，倏然被这火苗点燃了。然后顺着血管流淌，继而奔涌起来，所经之处，一路灼烧，摧枯拉朽，在他的身体里蔓延。阿响的心跳急促起来，脸上感到发烫。

这时云重问，响哥，如果有得拣，你将来最想做什么？

阿响说，做个最好的大按师傅。

云重又问，那你的师父是谁呢？

阿响说，袁师傅，那天在茶楼，你见过。

云重笑笑，你做的点心，味道和七叔制的一式一样。那光酥饼，不是你做的。

云重眼里的火苗沉淀下来，光也随着云渐渐褪去了。眼看着，天与海，便都冷却了了。她说，我的师父，不是我阿爷，也不是阿爸。

我们司徒家的手艺，传男不传女。我在等一个人，教我画广彩的人。他就快要回来了。

云重的目光，遥遥地，落在了某个不知名的尽头。她喃喃道，你说，我还能等到么？

阿响的心里，锐痛了一下。但他还是无声地，坚定地点了点头。

阿响背着云重的画架，两个人彼此照应，往山下走。所谓岚气袭人，天又晚了。竟然越走越冷。这时，一只野兔忽然从草丛里跳了出来，将他们二人吓了一跳。那兔子跳出了几呎远，倒不跑了。半立着身子，像个人一样，遥遥地看着他们两个。阿响也定定地看它，却听见身边的云重说：响哥，我们说好了。等我们都出了师，你做的点心，都要用我阿云画的彩瓷来装。

没头没尾的一句话。云重伸出手小指，说，我们要盖个印。

这本是孩子气的，不知为什么，阿响放下了画架，很郑重地伸出手指，和云重钩了钩。然而，在他碰到了云重的手指，那冰凉的指尖，还是让他心里猛然悸动了一下。猝不及防。

他很快地抽回了手，低下头，默然地向山下走去。这时，他看着阿云的背影，手指上却有了一丝暖意。这暖意顺着指尖一点点地蔓延，他觉得全身也暖和起来了。

清明前，有了消息。

广州没有人来，来的是一封信。写信的人，是音姑姑。

信中说，因家里出了些变故，不能来接云重，问能否请人将她送回来。信里还提到一件事，说慧生要找的人，有下落了。

叶七沉吟了一下，说，那就让阿响走一趟。

慧生猛回过头，不相信似的看着他。

叶七说，你要找的人，别人去你信得过？还是这人能信得过别人？

慧生硬铮铮地说，我们娘俩自打离开了，就没想过再回去。非要一个人去，那也是我。

叶七不禁冷冷笑一声，你去？你以为你出了事，这孩子能脱得了干系。

慧生咬一咬唇。

叶七的语气缓和下来，说，响仔十岁来了这里。长成大小伙子了，你还能记得他八年前的模样？如今出了师，袁仰三的徒弟再不济，也不能窝在小小的安铺。

慧生扁一扁嘴，说，这事我们说的不算，还是得问孩子的主意。

叶七将那信，给阿响看了。

长久沉默后，阿响说，我去。

慧生怔怔看着他，半晌，忽然哭了出来。她一把抱住阿响，不管不顾地哭。哭够了，阿响说，阿妈，我记住了。把阿云送回去。见到了少奶奶，我就回来。

叶七在旁不声不响，这时才开口道，你到了广州，打听事情，少不了要落脚。明日去茶楼，央袁仰三给你写封荐信。我这里还有一封。你带着信，去找个人。

阿响回过头，看他，问，我带着袁师父的信，找你的人？

叶七点点头。阿响从这男人脸上，看不到任何表情。这些年，这个被自己称作师父的人，不见喜乐。说什么做什么，一字一句，都是斩钉截铁。他便不再问。

叶七说，我再教你一样，你就满师了。

这一夜，叶七在后厨架起一口大锅。

那锅阿响未见过，生铁，沉厚。外头有锈迹，里头也有。叶七用木贼草泡了水，里外打磨。那口锅渐渐出现了金属的光泽，是一口好锅。

叶七问，我教你的，记住了？

阿响点点头。叶七问，那你说说，要打好莲蓉，至重要是哪一步？

阿响望见堂屋里头。三个女人围坐，默默给老莲子剥皮，用竹签去心。都不说话，但那经年的莲子，清苦的香气，却从堂屋漫溢开来。一点点地，击打了他的鼻腔。

他想一想，说，去莲心吧。挑出了莲心，就不再苦了。

叶七摇一摇头，去了莲心，少了苦头。它还是一颗不服气的硬莲子。

叶七叹一口气，说，至重要的，还是一个"熬"字。

阿响定定地看着师父。看他执起一颗莲子，对着光，说，这些年，就是一个"熬"字。深锅滚煮，低糖慢火。这再硬皮的湘莲子，火候到了，时辰到了，自然熬它一个稔软没脾气。

这一晚，叶七架起铁锅，烧上炭火，手把手教阿响炒莲蓉。他说，当年我师父教我炒，要吃饱饭，慢慢炒，心急炒不好。叶七把着他的手，手底下都是火候和分寸。师父的手大，手心生满老茧，糙而暖。阿响见这一口大锅，像是小艇，木铲像是船桨。就这样划啊划啊。眼见着，那莲蓉渐渐地，就滑了、黏了、稠了。

他不禁了望自己的师父。师父脸上无表情，眼里却渐渐有光。忽然间，他听到一把沉厚的声音，唱："欢欲见莲时，移湖安屋里。芙蓉绕床生，眠卧抱莲子。"他未曾听师父唱过歌。师父的歌声并不清冷，是温厚的，还有些哑。一边炒，一边让他跟着唱。唱了一遍又一遍，唱多了，就记在了心里。锅里头，渐渐荡漾起了丰熟的香，在整间房间里漫溢开来。堂屋里的女人停下手，看着这爷俩。叶师父问，都学会了？

阿响点点头。师父说，嗯，学会了。往后，唱给你的徒弟听。

阿响坐在船上，怀里是一只布包，似乎还有余温。那里头是两种月饼，一种是玉兔丹桂，一种鱼戏莲叶。双蓉的那种，上面都盖了一个大红点。

他往外头望出去，已经看不到安铺，连文笔塔也不见了。只能看见虞山的轮廓，朦胧而峭拔。此时，北部湾的海是出奇地静的，但还是能感受到身下的波涛的起伏。他想，上一次在海上，已经是许多年前了。

云重也望着外头，一言不发。待似乎已经望不到所有的东西，她才开口说，好大的雾啊，什么也看不见了。

这时候，有汽笛声响起，先是辽然悠长的。汽笛声越来越近，就看到一艘轮船慢慢驶过，是一艘货轮。因这庞然巨物，海面便也波动了一些。人们就纷纷伸出头去望。云重问，响哥，这船是要开到哪里去呢。

阿响想一想，说，大概是要去南洋。

云重看了一会儿，说，嗯，阿爷教我，红烟囱的渣甸、蓝烟囱的太古，都是往欧洲去。

阿响笑一笑，说，你阿爷好见识。

云重说，我没坐过轮船，可是我们益顺隆的彩瓷，都是用轮船运出海去的。我小时候，每日天蒙蒙亮，就跟我阿爷去渡口，看工人把瓷器装在竹箩里，从小涌用桨橹摇到省港轮船，再从环珠码头向北转到西濠口对岸的金花庙渡口。阿爷指着港轮说，接下可就指望着它了。这些轮船将我们的广彩转运到港澳，环珠桥码头出龙珠桥，过凤安桥到珠江，英国商船的货仓就设在白蚬壳，等着我们呢。

阿响说，这些你都记得很清楚。

云重就说，我们自己家里的事，怎么会记不清楚呢。

阿响就想，云重这是要回家了。这样想着，心里蓦然有些伤感。他眼里的黯然，被云重捕捉到了。云重说，响哥，昨天七叔教你唱的那支歌，很好听。能唱一遍给我听吗？

阿响拗她不过，终于唱了一遍。兴许是外面的海风，吹得烈了。他觉得自己唱得有些跑调。云重静静地听完，只说，我还给你一首。

"伍家塘畔系瓷乡，龙船岗头艺人居。群贤毕集陈家厅，万花竞开灵思堂。"这，是极其甜美的少女声音。歌声悠然，在并不大的船舱里回荡，氤氲不去。船里方才还有些嘈嘈切切的人声，这时都停下来，静静地听她唱。可唱到了后来，不知为何有些苍凉了。这苍凉的吟唱，让阿响想起了许多年前，叫青湘的女人，在荔枝树下唱一出《贵妃醉酒》。他屏息听着，望着这女孩的侧脸，瓷白的挺秀的额头。他又想起了云重一个人演出的西洋剧。他想，这个阿云，究竟有多少种声音呢。

唱完了，云重又恢复了安静。但阿响回忆起了许多事，包括那个太史第的新年，廿三谢灶日，伶俐的小女仔，接过他手中的福袋。她应该都不记得了。

他不禁轻轻摇一摇头，似要将这些念头从脑海中驱逐出去。他问云重，饿了吧？

他拿出两块月饼，递给阿云一块，自己一块。

咬下一口去。他还是感受到了一阵细小的战栗。软糯的莲蓉与枣泥，并不十分甜，却和舌头交缠在一起，渗入味蕾深处。他一面吃，同时伸出手，仔细地接住掉下来的饼皮，极其珍惜。与许多年前，他第一次吃到时，如出一辙。但此时，这块月饼，出自他自己的手。

他问云重，好吃吗？

云重默然点了点头，然后笑笑，看着他说，长这么大，从未在清明时吃过月饼。

她说，往年这时，我们全家拜山去看阿爷。

她问阿响要了一块月饼，放在船舷上，说，我阿爷，一直到老，都爱吃甜食，吃得牙只剩下了五颗。别的不挑拣。可月饼，只吃得月阁的。

她站起身来，索性将身体伸出了船舱，在猎猎的风里头。她将那月饼掰碎了，一点点地掷到海里头。刚掷下去，便被波涛吞没了。可掷了几下，竟然引来了几只越冬的海鸟。大约也是饿极了，扑扇着翅膀，要与她抢月饼，啄她的手。云重发了狠似的，就不给它们，一边使劲挥舞胳膊驱赶那些海鸟。

阿响连忙将她拉进来，看她虎口上，被啄得殷紫的一道伤口，正汩汩地流出血来。

阿响用手巾帮她包扎起来，叹口气说，几只雀仔罢了，这又是何苦。

云重看他一眼，将手抽回来，说，这是给我阿爷的。

说完这句话，她便抽泣了起来。哭着哭着，索性伏在阿响的肩头上。

这女孩，身体剧烈而无声地抖动，带着阿响的身体也颤抖起来。他感到滚热的水滴，透过衣服，流到了他的肩头。又在初春的清寒中冷却，渗入他的皮肤里了。

到达广州的黄昏，天下起微雨。

火车站，有个中年男人，径直向他们走来。

阿响并不认识他，一时警惕，本能地将云重护在身后。倒是云重迎了上去，叫他郑叔。原来是益顺隆的管事先生。

阿响四望，并没有看到音姑姑夫妇。郑叔就说，阿音被事情牵绊住了，叫我送你先去休息。

就叫了人力车。阿响看一路上，已不是印象中的广州。或许隔开了许多年，自己也记不清楚了。街上并没有什么人，商铺多半也闭门不开，是百业萧条的样子。在一处拐弯的地方，他看到焚烧后废墟的遗迹。只觉得地方眼熟，想了又想，原来是一家戏院。他跟着七少爷去看过戏，至于是什么戏码，究竟是想不起来，只记得是极热闹的。

郑叔看他一眼，神色凝重，并没有多的话。到了一处客栈，停下来。郑叔送他下了车，说，这里是包了晚饭的，你吃点先将息着。明天下午三点，过来接你。

阿响提着行李，站在客栈门口，门楣上挂着匾，上头是"玉泰记"三个字。大约给风雨蚀的，"玉"字的一点已经看不清了，成了个"王"。阿响刚转过身，忽然听到云重喊他，就回过头来。

在细密的雨里头，云重遥遥地喊，响哥，转头带你去看我们家的瓷庄啊。

五举山伯，交给我这一帧小画。是真的很小，大概只有成年男人巴掌的尺寸。画上，画了一个清瘦的青年。面目严肃，有温厚的双眼。

这幅画画在一种特殊泛黄的卡纸上，我并未见过。纸纹粗疏，略灰，甚至看到未除净的草茎的痕迹。或者可说是素描，但运笔稚拙，应是未受过良好的训练。但是，笔触间有一种自信，强调了画中人五官的特征，造就了另一种惊人的真实。在画的右下角，有一个签名。并非是字，而是一枚图案，是一朵轻盈的流云。

画中人，是年轻的荣师傅。我将画翻过来，看见背后写着一个日期。再看，这么小的一张画，竟然有装裱过的痕迹。山伯说，师父今天上午拆下来，叫我给你送过来，说你或许用得着。

裹在画外面的，是一张报纸，《民声日报》，报头是彭东原所题。这是日伪时期广州的报纸。头版标题赫然，"断绝安南援蒋物资，陆军西原少将任委员长，华南派舰队一部驶海防"。山伯示意我将报纸翻过来，于是，我看到了"司徒央"这个名字。

民国二十九年春，益顺隆瓷庄老板夫妇通共被捕的事情，是整个广州城最大的新闻之一。这间瓷庄关闭了许久，但日本人出其不意地搜查，库房的密室里缴获了大量的枪械，而在已经废弃的瓷窑里发现了配制中的弹药。

密室中，同时间发现了不少破碎的瓷片，上面绘制的图案，精美绝伦，非出于凡俗之手。维持会着清秘阁验看后，竟然皆是仿制于御窑上品。

我问山伯，所以，荣师傅回广州时，这些已经都发生了，是吗？

山伯说，是的，司徒在清明前一天行刑。这份报纸，当时就摆在师父客栈房间的桌子上。

故人相候

> 春堂四面蒹葭水，吹作秋霜一鬓丝。识透江湖风味恶，更从何处
> 着相思。
>
> 君情一往深如水，惯听秋风忆故人。满纸潇湘云水气，不缘风露
> 已销魂。
>
> ——黄景棠《蒹葭水》

阿响在广州，再未见过云重。

数年后，当他们再次相遇。他想问她的，并不是她去了哪里，而是是
否等到了那个人。

那天，阿响究竟有些不放心，辗转到了午后，禁不住还是走出门去。
沿着漱珠涌往南走，看着河水，不见了往年艇仔聚散的景致。广州河南没
有车水马龙，这艇便是车与马，承载日常生计。如今没了，河水依然流淌，
倒是显出了消沉来。

好在街面上，还有人，但也不多。经过漱珠桥往环珠桥的一段，阿响便一路打听着，望南走。他记得阿云说，一过环珠桥，转右百来米，就是益顺隆的彩瓷作坊。经过了这些年，如今河南的地形究竟变了些。他一时走岔了，错过了庄巷，出了陈家厅，才看出南辕北辙。他问一个卖烟的阿伯。阿伯说，庄巷，快别去了，那里都是日本人的岗哨。

待少走了几步，又回过头问他，后生仔，外地来的，有良民证吗？

阿响这才意识到，自己的广府话，已有了粤西口音。想一想，时间不早了，究竟要赶回客栈去。

回到了"玉泰记"，却看有一辆人力车已经等在了门口。车夫和他对视一眼。他认出来，竟然是在火车站接他的那个。他让车夫稍等，说上楼去拿一些东西。车夫左右张望了一下，说，好，你快啲。

阿响上楼，带上准备好的荷叶包。到门口，车夫也不言语，歪一歪脑袋。待他上车，埋下头就拉起车开动，健步如飞。可阿响见他并不走大路，却专拣横街窄巷走。七拐八绕的，又仿佛驾轻就熟。到了一处巷口，远远看见了几个日本兵，跟前有个人跪着，身旁东西散了一地。好像是个货郎，不知怎么就冲撞了。那日本人抬起腿，将马靴蹬在那人脸上，嘴里叽里呱啦的。车夫左右张望了一下，到底还是望地上狠狠啐了一口，调转了车头，又重往巷子深处疾走去。

就这样，阿响觉得这车夫，将广州的巷陌走成了迷宫。他想，当年他年纪尚小，记得的广州，到处都是大路朝天。其实原来，竟有这么多曲曲折折，又彼此相通的小巷。细密得，好像当年吉叔教给他的人体经络，无处不在，流淌奔流着人的血与元气。

不知过了多久，车夫步子慢下来。在一处巷子里，有清寒的草木气味。景物也慢下来，阿响来得及看见，竟有一枚路牌，上面写着"枣子巷"。

车在一棵细叶榕下，停了。阿响听见车夫站定，轻声说，落车。他下了车，这男人未有看他，接着说，往前走，七号。

他便往前走，走了几步，究竟忍不住，回过头来，看见人力车已然不见了。

枣子巷七号，是一座红砖建筑，有个清真寺的圆顶。

陆续有戴了白帽的男子鱼贯而出，望见阿响，用诧异的眼神看一眼。但并未声张，反而垂下了眼睛。这时有个裹着阔大头巾的女人走出来，裹得很严，只能看见一对青黑的瞳。她走到他跟前，摘下头巾，竟是音姑姑。

他刚要问什么，她却只是示意他进去。他便从一道小门走进。里面竟然是阔大的，但却分外的空。四壁徒然，只在地上铺着地毯，放着一只盛满清水的铜盆。

音姑姑一如往常，温婉地看他。头轻轻扬一下，说，上去吧。

他走上楼梯，夕阳的光，原本是黯淡的。但在楼梯拐角，因为一扇窗上珐琅玻璃的折射。一线光蓝莹莹的，锐利的一道地落在了梯阶上，幽冷而曲折。光的尽头指向了一扇漆黑的门。

他站定，敲了敲那扇门。里面的人轻轻地应了一声。

他推开门，先是闻到了一阵湿霉的气味。然后，看到一个人的剪影。这人慢慢站起来。此时，他的视线也适应了房间里头的光线。微弱的灯光里，他还是看清了这人的面目。心里猛然动一下。

他说，少奶奶。

是颂瑛。即使装扮得极为朴素，阿响仍然一眼认出。她抬起头，看着面前的年轻人，眼睛里是木然的。

阿响上前一步，我是阿响啊。

在辨认中，她仿佛受了惊吓，说，我不知道，什么都不知道。

阿响让自己平静下来，轻声说，我是响仔。慧姑的仔。

颂瑛慢慢说，响仔。

他后退，转过身，轻轻撩起了自己的上衣，给她看。在靠近了尾龙位置，有一块青色的胎记，形如屈身酣睡的猫仔。

他听到身后的人，呼吸渐渐急促了。他这才又转过来。颂瑛上前，一把把住了他的胳膊，说，响仔，你是响仔。

颂瑛的手，捏得他有些发疼。她甚至摸他的头和脸，仿佛不愿意错过一处细节。这动作是粗鲁的，不复他印象中那个温和的人。因为近，他看见颂瑛的眼睛，终于有了一点活气。然而也因为近，他看出面前的人，其实有些苍老了，脸颊深陷下去。而手也因为干瘦，指节尖锐地硌着他的皮肤。

终于，她抽开了手，端详着阿响，问道，你也是吗？

阿响问，我是什么？

她似乎在辨认阿响的神情，一边慢慢地说，他们。

这时，他听到她更为热烈的声音，还是说，阿允有消息了？

她在阿响的无措间，搜寻着些微痕迹。她的眼神，终于一点点地黯淡下来。看一看窗子外头，暮色已经暗沉了。她说，他们说，家里人来看我。我这样的人，还有什么"家里人"。

阿响说，少奶奶，我娘，让我接你回家去。

颂瑛犹疑了一下，理了理落到了额前的鬓发，说，慧姑，也被保护起来了吗？

阿响看着她眼中游离的光，不禁又唤她，少奶奶。

颂瑛坐回到那暗影子里，轻轻笑一下，说，离开太史第这么些年，我不是什么少奶奶了。

阿响想一想，将手里的荷叶包打开。里头整整齐齐地摆着四只月饼，每一只上面都有个大红点。

颂瑛执起来，对着灯光看一看，良久，这才咬了一口。唇齿开阖间，眼睛却渐渐亮了，她看着阿响，用微颤的声音，说，得月？

阿响点点头，道，这月饼，是我打的。

颂瑛低下头，大口地咀嚼着。嚼得太狠，以至于噎着了，禁不住连声咳嗽起来。阿响走上前，关切地看她。却看见她已经泪流满面。

阿响犹豫了一下，终于伸出手。可是颂瑛却一把握住了他的手肘，眼里是灼灼的光，她说，孩子，你真的带我走吗？

此刻，门被推开了。音姑姑站在门口，用温存的口气说，我们走吧。她该歇着了。

阿响在这平静的口气中，听出了不容置疑。他想一想，将手轻轻放在颂瑛的肩头，说，少奶奶，我再来看你。

这时，颂瑛却瑟缩地靠在椅子上，连同头都深深地埋到了肩膀里去。她有些轻微地发抖。这颤抖，顺着阿响的指尖一点点地传上来，让他一阵心悸。

走到楼底下，阿响见音姑姑站住了。

远处的那棵细叶榕，被近旁的煤气路灯照着。灯光从榕树叶子里筛过，星星点点洒了一地。风吹过来，忽闪不定地跳跃着。阿响一时间，竟看得出神。

两个人先都没有说话，直到一只野猫，从墙头上跳下来，跳到他们脚的近旁，又匆匆地逃走，逃进漆黑的夜色中去了。

这时听见音姑姑的声音，很轻，你问吧。

阿响只望她一眼。音姑姑说，她今天见你，人算是很清醒了。被日本人扣了一个星期，上个月才救出来。

阿响轻轻"哦"了一声，说，被你们的人，救出来？

音姑姑听出"你们"二字的重音，于是说，不是我们，是他们。

阿响说，他们又是谁？

音姑姑垂下眼睛。

阿响说，那，我可以带她走了吗？

音姑姑摇摇头，说，还不行。还有事情没办完。

阿响心里，蓦然揪了一下。他向四处张望了，轻声问，所以，允少爷还活着吗？

音姑姑没有再回答他。

她望向远方，终于说，再过十日。你师父……什么也没对你说过？

阿响想起了师父临行时交给他的信，但究竟没有说。他摇摇头，道，从我阿妈平白有了个新抱开始，我只看到家里的亲戚，越来越多。

音姑姑听出这看似性情柔软的青年，一时间变得硬颈，话头里有铿锵之音。

这声音或许让她动容。她说，你是不知道的。不知道好。她有他们照看着，让你阿妈放心。

阿响闭了一下眼睛，说，这么久，少奶奶没说过，想见什么人吗？

音姑姑想一想，说，有一个，向锡堃。

阿响抬起头，说，七少爷？太史第不是全家都搬去了香港吗。

音姑姑点点头，只有他一个人回来了。他在港大读了一半，没毕业，在当地参加了一个剧团。这几年做编剧，在粤港名头很大，叫杜七郎。你没听说过吗。

阿响摇一摇头。

音姑姑说，他给向锡允的宅子写过信。我们在日本人前头截到了，算是为他挡过了一劫。

阿响觉出自己的声音有些冷。他问，这怎么说。

音姑姑道,何颂瑛当年净身离了太史第,跟了向锡允,同向家人形同陌路。唯有一个人还有联络,就是这七少爷。他从香港回来前,寄了这封信,里头夹了一册剧本,说是遵允兄嘱写的《李香君守楼》。

阿响说,不过是一册剧本罢了,少爷自小就喜欢。

"国破家何在,情爱复奚存。"音姑姑一笑,这样的本子,落到日本人手里,就不好说了。

阿响默默地站着,觉出音姑姑在看自己。脑海里,却掠过临走时颂瑛近乎哀求的眼神。这时他听见音姑姑说,我听说你小时,和这个七少爷很要好,想不想见一见他。

瞬间,阿响竟激动了一下。他让自己平复下来,说,我一个下人的孩子,谈不上什么要好。是少爷人厚道。

这时,渐渐听见了急促的脚步声响,在这暗夜里十分清晰。远远地,一架人力车过来了。

阿响这时候,终于回过身,问音姑姑,阿云可还好。

音姑姑沉吟一下,说,她已经离开广州了。

阿响沉默了片刻,才咬一咬唇,问,她去了哪里。

音姑姑一边招呼车过来,一边轻轻说,唔好为难我,我只收钱做事。

阿响上车的瞬间,她却加了一句,秀明这孩子,我知根知底。好好待她。

夜里头,阿响将那两封信拿出来。

一封是袁师父的,开着口。袁师父说,响仔,这韩世江若看得上我几分薄面,你在广州就站得住脚。他若不看,就回来,"南天居"留着你的位。

叶七的信,封得死死的。信封上无一个字。

阿响是在中午时到达西关的。纵是市井寥落,荔湾湖的风光依旧。

他看眼前的建筑，三层，虽称不上巍峨，却有洋派大厦难当的气势。门口悬着牌匾，上面是草书的"得月"二字。

他走进去，没承想，这里却是鼎沸人声。仿佛街面上的人，都聚了齐全，俨然一个小世界。企堂与茶博士穿梭其间，与茶客一般，神色都是怡然的。

茶楼是广府人的面子，时移势易，哪怕是回光返照，都要撑起一个排场。这排场又是阿响未见过。一连十几扇海黄的满洲窗，将近午的阳光滤过，笼在人身上，整室便都是一层暖。

阿响的眼睛，正落在那窗花的醉八仙上。骑着毛驴的张果老，影子投在身旁大只佬厚实的背脊上，盈盈地动，仿佛活了起来。

这时，一个知客①走进来，问，后生仔，几位。

未等他回答，知客一边迎着其他客人，边招呼他说，一位过来搭个台。

阿响忙说，我不饮茶，我找韩世江韩师傅。

知客停下步子，你揾佢有乜事？

阿响说，我带了信，要当面交给他。

知客冷笑，好大的口气。我们"得月"的大按，可是什么人都见得的。

阿响说，唔该带个话，我是"南天居"袁仰三荐来的。

知客跟身边人耳语一番，自己先就上了楼。待回来了，说，我们大按说了，不认识什么袁仰三。

阿响看他鼻孔朝天的样子，还是静气说，那我这信怎么办。

知客迎来送往着，便朝近处的供台努努嘴，说，摆低，我得闲交给他。

这台上供了一尊关公像，灯火明灭间，是飞髯怒目的样子，十分威武。阿响愣愣地看，接着叹口气，心说，也罢。

他掏出怀里的信，搁在了供台上。怕给吹散了，一想，从怀里掏出块月饼，

---

① 茶楼的迎宾人员，也称为"知宾"。

压在信封上。那原是他揣在身上，为了中午出来抵饥的。

走了几步，看那知客浮皮潦草的样子，终究不放心，又把信收起来。月饼，给放到了关公面前的供盘里，端端正正地。他阖上眼睛，恭敬拜一拜，这才走了。

回到客栈，已经是小后晌。

客栈的掌柜说，来了一位年轻先生，在这坐着，足等了你两个时辰。

阿响问，找我？

掌柜点头，说姓向。

阿响心里一动，急忙问，人呢？

掌柜说，等你等得困乏了，自己开了一间房，在楼上歇着。说睡到你回来。

阿响上了楼，敲敲门，没有人应。他便轻轻推门进去。见一个青年和衣半躺在榻上，看得出是高身量。睡得很熟，白皙的脸色晕起红，金丝眼镜滑到了鼻尖上。嘴巴微微张着，在梦里头，似乎还嘟囔了一下，就有了稚拙样子。

阿响不忍叫醒他，预备先回自己房里。见旁边有条毯子，就捡起来，轻轻盖在他身上。这一盖，青年身体一凛，倒醒了来。眼半睁着，茫然地看他，忽然一个鲤鱼打挺，便坐起身来了，大声地说，阿响！

阿响点点头，说，七少爷。

青年不相信似的，又揉揉眼睛，索性站到了地上。这一站，竟高出了阿响半头。阿响记忆中，少爷原是瘦弱的身形，如今这样壮健了。

青年忽然哈哈大笑起来。他一把抱住阿响，结结实实地，猛然一举，说，响仔，你长这么大啦。

阿响也笑了。这活泼样子，可不是就是当年的堃少爷嘛！

两个年轻人，都是不胜欢喜。谈笑间，锡堃忽然站定，后退几步，用戏白念道：君自一去无音信，教我挂肚又牵肠啊。

这念白，本是有些突兀滑稽的。可阿响听着，却笑不出来。他看着七少爷，想着八年前那个微寒的秋夜，两母子匆匆地离开了太史第，他甚至没来得及看这宅子最后一眼。

锡堃说，我问了又问，只说你阿妈娘家人得了重病，连夜走了。谁知一去不还，我就想，响仔怎么能就不跟我言一声呢。

看他怅然的样子，阿响一阵冲动，要将这些年的事，对堃少爷掏个肺腑。可到底想起了阿妈的话，微笑说，我这，不是回来了吗？

锡堃狠狠地，一拳擂到他胸口，算你有良心，还知道给我留张字条。

字条？阿响一时呆住。

堃少爷说，也是你好彩，整个太史第，现在可只剩下我一个了！

两个人在漱珠桥附近走了许久，找到了一间小馆子。以往热闹的河南，如今刚入了夜，便纷纷阖门闭户。生意不当生意，只求个平安。

这个小馆子是卖羊肉的，进了门便有一股子膏腴的腥膻气。桌案上也是一片油腻。阿响举目望望，坐下的人都是粗粝打扮，或许这里近渡口，是附近的码头工人。堃少爷倒成了唯一的长衫客。可他仿佛对这里熟得很，将阿响按在凳子上，说，呢度①最好的可不是羊肉，是金不换的玉冰烧。

他唤老板，端上来一锅热气腾腾的羊腩煲。将酒给阿响满上，说，今天见你实在欢喜，就想要个水浒吃法。大碗喝酒，大块吃肉。

老板就笑说，七少爷，今晚喝好了，照例赏一曲俾我哋。

堃少爷摆手，不理他，对阿响说，回了广州后，我的曲儿，倒有大半

---

① 粤语，这里。

是在这里写的。如今太史第里空荡荡，一个人都冇。这曲是写出来唱给人听的，没人怎么能写出来呢。

阿响本还为刚才的事疑虑，但一杯酒下了肚，对着热腾腾的汤锅，也为堃少爷的好兴致所感染。不知是因为热，还是酒力，堃少爷的白面皮，已经变得通红。他和阿响说着这些年的过往，说太史第中的人事变迁。说他阿爸如何老去，但仍然摆不平家中的一众娘亲，如今领着她们在妙高台吃斋念佛。说到自己，家里头逼迫习医，如何学业未竟，跑去了上海，又如何为人知遇，加入了剧团。辗转粤港，竟然也很多年过去了。

他说，阿响，自你走后，其实我并未在家里待许久。三娘说我的命硬，克父母，家里拿我年庚八字算过。我娘是为我难产死的。到我老窦，那年在东堤给人暗杀过，又险些堕了河。所以我长大些了，便索性不在家里待了，落在一个自在。如今家里走空了，缺个看家的人，我就回来了。

这时候，有个学生模样的人跑来桌边，拿着张照片，说要请堃少爷签名。堃少爷一看，边笑边说，你拿了薛老板的剧照让我签，这倒是打谁的脸。

学生就说，这剧是您写的嘛。

堃少爷拿过笔，龙飞凤舞地，便在照片上签了几个字。

阿响看学生走了，便问，这"杜七郎"是个什么来历。

堃少爷本来是春风满面的样子，说到这里，脸愣一下，低头说，杜是我娘的姓。

阿响便说，少爷，你仲记唔记得，那年你跟我说，要为你娘写一出剧。那时候，我就知道，你能写出来。

堃少爷听了，倒是笑了，说，怎会不记得，那天还得多亏你赏我一碗饭吃。后来我知道，你为请我吃这碗下栏饭，罚了跪。

阿响也笑笑说，你终究是个少爷。

堃少爷便问，如今你在做什么？

阿响沉默了一下，说，我现在，是个厨子了。

堃少爷眼睛亮一亮，说，这可好了。慧姑就是好手艺，都传给了你。你娘一走，再冇人做素扎蹄给我们吃了。

阿响说，家里的厨子们呢？

堃少爷叹口气，说，他们几时将小孩子当回事过。你知道，利先专庖蛇羹的，阿爸丢了烟草专卖的差事。三娘就常把他借出去，借来借去，就成人家的了。来婶到底跟他一起走了，都说一物降一物。可家里的素斋也就没人做。莫大厨辞了，如今在一个英国银行俱乐部。只留了一个冯瑞，跟去了香港，忙活一大家子。

阿响叹一口气，你这一回来，也没人给你做饭了。

堃少爷哈哈大笑，我现在是一人吃饱，全家不饿。要不老来这羊肉馆子呢。

两个人就一边喝酒，一边说着话。转眼两个多时辰竟然也就过去了。直喝到了店里只剩下他们两个，汤锅也冷了，汤面上积了一层厚白的羊脂。堃少爷说话大起了舌头。店老板说，少爷，我们要打烊啦。

锡堃抬起手，整个人却忽然趴到了桌上去。阿响要跟老板结账。老板摆摆手，说，不打紧，堃少爷跟我们，都是一月一结。呢位客，只是我今天腾不开手，要劳您送他回去了。

阿响就将锡堃搀扶起来，麻烦老板叫人力车。这时，堃少爷却推开他，说要走回去。

老板说，我可是送过。从咱们这走到太史第，道不近啊。

阿响说，没事。他想走，就走回去吧。车依家怕都冇了。

老板说，好，您记着，要走龙溪首约的边门进去，有人应。如今同德里的正门和大门，都不开了。

他们两个出了门，老板遥遥地喊，七少爷，您今日曲儿可没唱上一句，我也给您记上账啊。

两个人走在路上，锡堃的高大身量，压得阿响有些气喘。其实路是有些看不清的，身旁全是密实的黑，能闻见河涌里传来湿漉漉的泥腥味。阿响只管撑着力气，往前走。

这时，忽然有阵夜风吹过来，凉得阿响顿时一个激灵。堃少爷嘴里嘟囔了一下，竟然摇摇晃晃地也站直了，一个过门儿，张口就咿咿呀呀地唱起来。先是唱得很含混，怕是夜风击打得人也清醒了，声音竟激越，字正腔圆。底子是沉厚的，已非阿响印象中的童音了。

> 伤心泪，洒不了前尘影事；
> 心头啊种滋味，
> 唯有自己知。
> 一弯新月，
> 未许人有团圆意；
> 音沉信杳，独乱情志。

阿响抬起头，看天上只是一片霾，隐隐地透着一丝光。也太静了，在这暗夜里头，堃少爷的声音，无端地凄厉起来，将这安静碎成了七零八落。

终于走到了巷口，有了路灯。阿响见锡堃回过头来，已经唱得满眼是泪。人却是微笑的，嘴角上扬，由衷而天真的笑。这时他一个踉跄，阿响赶紧上前扶住了他。

阿响敲开了太史第的边门。

应门的是个老人，忙将锡堃接了过来，一面说，唉，又喝成这样。后生仔，唔该你送佢返来啊。

阿响望一望老人，脱口道，旻伯。

老人眯起眼，上下打量他，只茫然。

阿响说，旻伯，我是响仔啊。

老人迟钝了一下，眼睛却渐渐亮了，恍然道，响仔！慧姑嘅仔。

老管家旻伯，将阿响迎进来。

他在前头提着灯笼，边走边说，正院和前厅都封上了，只空了后厢。依家我这老而不，就和七少爷做伴儿喽。

阿响四望，周遭漆黑的，只能影影绰绰看见轮廓。却依然能感受到，偌大的太史第，如今是处处发着空，一片冷寂。

往日，仲春正是草木繁盛的好季节。此时宅里却洋溢着一种不新鲜的微酸味道。像是去年秋落的树叶和根蔓，无人收拾，混在泥土中，渐渐腐败。

两个人，将锡堃扶到了房里安顿下来。可刚躺下来，他翻身便开始吐。吐得厉害，酒菜都吐干净了，还不住往外冒酸水。旻伯拎着只痰盂，一边抚弄他的背，说，唉，我们这少爷喝酒，三分量，七分胆。真怕给喝坏了。

阿响站起身，说，我去给他做个醒酒汤吧。

旻伯抬起头，看他，问，你会？

阿响点点头。

旻伯说，好。大厨房好久没人用了。旁边小厨里还有些家伙，你都记得地方吧？

阿响走到后厨，果然清锅冷灶。用手指在灶台上划一下，积了很厚的一层灰。

依稀记得那年秋风新凉，太史第厨房却是格外热闹，做"三蛇会"。一群小孩子们簇拥在天井里，看"连春堂"的蛇王劏蛇。年幼的阿响，坐在小板凳上，拿一柄小刷子，细细地洗柠檬叶。利先叔在熬蛇汤，远年陈皮与竹蔗味，和蛇汤的馥郁膏香，混在空气中漫渗开来。还有一丝清苦，那是"鹤舞云霄"的味道。

　　阿响端着一碗汤，叫锡堃少爷喝。锡堃先闻了一下，便用手挡开，说受不了一股子中药味儿，反胃。旻伯说，少爷，这可由不得你。响仔熬了好一会儿呢。

　　就迫他喝了一小口。谁知他抬头看阿响一眼，就咕嘟咕嘟地灌下去，连说好喝。

　　阿响看着，心里也熨帖，想这道"八珍汤"，还是当年吉叔教的药膳，没想到在这儿派上了用场。

　　喝了这一碗，堃少爷好像平复了许多，竟然沉沉地就睡过去了

　　旻伯替他掖实了被子。两个人才坐下来，灯光恰照在管家的脸上，深深浅浅的，布满了老年斑。

　　这老人笑一笑，看着阿响，目光是极慈爱的。他说，细路，没想到，你这是真正好手势。

　　阿响笑笑，我现在就学这个，差得远呢。

　　旻伯细细端详他，说，昨天少爷出门前，说要见个朋友，欢喜得跟什么一样，没想到是你。去时才到我腰眼高，如今也长成人了。你和阿妈，走有七八年了吧。

　　阿响说，嗯，阿妈常念叨，在太史第旻伯给我哋两母子的照应。

　　旻伯却叹一口气，唉，这……当年的事，我也知道些底里。可我们这号人，哪里说得上什么呢。

　　他定一定神，又说，好在你回来了。你刚才说，在学厨？

阿响点点头。旻伯眯起眼睛，好啊，说起来，当年你阿妈做了一席素膳，太史第的人都忘不掉。那道"璧藏珍"，连云禅都心心念念。

这时，只见锡堃翻了一个身，身体抖动了一下，忽然绷紧了，神色也紧张起来，虽然没有醒，嘴里却含混地说着什么。听起来，仿佛反复唤着一个人的名字。

旻伯说，唉，夜夜这样，长了要给魔住了。

阿响问，要不要叫醒他。

旻伯说，唔要，醒来才是一个苦。你当好好的，少爷为什么放着书不读，去上海，上北平。一路跟着，跟到最后，唉。要我说，这向家从上到下，都是情种。老爷呢，雨露均匀。我们这七少爷啊，平日嘻嘻哈哈，可心里装了谁，怕是一世都走唔甩喽。

这刹那间，阿响头脑中，倏然出现了一张面庞。竟然是个女孩站在虞山顶上猎猎的风中。那风吹得硬，他的脸此刻竟然有些发疼。看他出着神，旻伯问，后生仔，你定亲了没？

他一愣，胡乱点点头。旻伯说，好，先成家后立业，人就有了个退路。

阿响望望外头，窗一扇半开着，一扇关着。天是墨蓝的，云层中有了薄薄的光，将树影子，投到窗户上。影子又叠到影子上，乌黝黝的一片。他便问，太史几时能回来呢。

旻伯说，不知这仗打到什么时候。走得也匆忙，日本人成日来叫老爷做维持会的会长，不得安生。老爷硬颈扛着。也是没法子，家里人分了两路，一路避回了南海乡下，老爷带着太太们去了香港。留了我一个守着宅子。不承想，如今七少爷却回来了。我说啊，整个向家，就数这堃少爷的胆性，像年轻时的老爷，天不怕地不怕的。要说还有一个，就是允少爷……

说到这里，旻伯忽然停住了，说，瞧我这多口舌。也是一支公待久了，憋了满肚子的废话。多谢你陪我吹咗半日水。你都攰，早啲瞓啦。①我给你抱床被子去。

辗转了一夜，阿响都没有睡着，天蒙蒙亮便起了身。

走到宅院里，果然落英枯叶委地。一丛竹子不知几时给风刮倒了，露出了黑漆漆的根。上头大抱的枝叶搭在凉亭上，沾了夜露，一滴聚在叶尖上，正落在他领子里。他不由打了个寒战。

走到了一处月门，看见了两旁镌着云石的联对："地分一角双松圃，诗学三家独漉堂"。忆起是"百二兰斋"。这月门，印象中原本是极阔大堂皇的，怎么如今却低矮了不少。呆立半晌，才顿悟是自己长大了。

他走进去，见已经站定个人，一袭白衫，背对着他。

园子里原先遍植兰草，奇珍异卉，如今也已一片荒芜。满目萧瑟，春意弗见。

背影长身玉立，被晨风吹得衣袂翩然，在这荒芜背景上，莫名有了萧条的好看。

这人回过头来，是堃少爷，大约醒了酒，身形竟格外挺拔了。不同昨日，没戴眼镜，脸上竟有清肃之气。他对阿响微微一笑，并没有说话。

见他口中念念，却无声。先是俯首、沉吟，继而回顾，一手抚衣襟，似风拂过，两步而前，如凭栏张望，足步略浮略定。许久后，举扇低眉。

他这才停下，开口问，阿响，你说，我方才是在做什么？

这一番，自然是戏台功架。阿响想一想，说，我看是在，等人？

锡堃脸上一喜，拍巴掌道，有你这句话，戏算成了。我和薛先生说，这出戏，一半是意会，一半才靠言传。你看着。

---

① 粤语，你也疲乏了，早点歇着吧。

锡堃这才唱道：正低回一阵风惊竹，疑是故人相候，你怎知我倚栏杆，长为你望眼悠悠……

一边仍是方才做科，行云流水。真如竹影拂动，人临其境。看他声情并茂，阿响也被感染。这时，确有风吹过来，吹得满地的枯叶簌簌作响。园里的苍凉景致，一时间恰如其分。

锡堃望那叶子被席卷着，在地上滚动，直滚到了他的脚背上，不由停住。他说，当年，梅博士就是在这院子里，唱了《刺虎》。唱完了，宛姐又票了一出《游园》，那时候这兰斋，真是姹紫嫣红开遍。如今她又回了法兰西。倒我一个人，对着断瓦残垣了。

阿响便问，五小姐走了，那农场呢。

堃少爷说，荒了吧。只留下了两个管工。去年的荔枝没有采收，养的意大利蜂，给日本人打散了。香橙、夏茅也不挂果。阿爸去香港前，用牙牌算了一卦，我还记得卦辞，"松柏经霜雪，岁寒凛冽生。月明风正高，农田可问耕。"

说完这句，堃少爷眼神直愣愣地，忽然使劲拍了一下自己的肚子，大声道，我说怎么无精打采，我可真饿了，昨天酒肉穿肠，吐了一个干净！

这突如其来的孩子气，可把阿响给逗笑了。他说，你等着，我下厨给你做顿好的。

说是要做顿好的。可一到了后厨，阿响才醒觉，并无许多可施展的余地。

先前看厨房里的物什，已知平日里这爷俩如何将就。他看到灶台上已皱了皮的萝卜，墙角里有棵不知何时用剩的冬笋。屋檐底下，吊着旧年的腊肠和两条风鱼。放得久了，经过了湿霉天，长了一层的白毛。他叹一口气，心里也已有了主意。

看着桌上新煎出的萝卜糕，旻伯和锡堃都有些惊奇。尝一口，堃少爷这才说，哪来这么香的鲮鱼味道？阿响说，可不就是檐子上的。拾掇干净，煎了半日，拣骨留茸，耽误了些工夫，才掺米粉上笼蒸。

旻伯也说，啧啧，这赶上当年老爷的"私伙"糕了。

喝了一口粥，锡堃眼睛亮了，又品一品道，真甜。用勺子舀一舀，看到里面的冬笋片。想一想，却慢慢搁下碗，说，上次给我煮这暖粥的，还是大嫂。

旻伯在旁看一眼，轻轻说，少爷……

堃少爷索性将筷子一掷，恨恨道，千不提万不提！这么好的人，就算离了太史第，说没有，就当没有了吗？

桌上的人，便沉默了。半晌，旻伯终于开口说，人各有命，你找了这么久，也是对得起允少爷了。

吃完了，阿响正收拾着，堃少爷说，响，你别住客栈了，搬过来吧。太史第如今别的没有，就是屋多。咱们也好做个伴。

旻伯微笑，是啊。响仔，我们少爷有私心，想吃你做的饭。

阿响在心里头动一动，说，我先住外头吧。少爷想吃，我每天来做。

阿响回到"玉泰记"，问掌柜的可有人找。回说没有。只是有人将半个月的房钱都结了。

他想，这音姑姑，神龙见首不见尾。她说的事情，到底几时能办好呢。

这样想着，心里忽然不踏实，就叫了人力车，自己去了枣子巷。他特意在那棵大榕树下，提前下了车，慢慢走到七号。红砖楼房，院门是紧闭着，许久也并没有人出入。他揣摩了一下朝向，就转到楼房的西边去，看那扇大窗户。窗帘依旧是拉着，但里头能看见，盈盈地透出些灯光。有些许人影浮动。他望了一会儿，就稍稍安下了心来。

从西关回来的路上，看见一个菜农，湖边摆了一副担子，在卖时蔬。

间中有那水淋淋的茭白，还裹着绿色叶衣，在阳光底下，很是青爽喜人。

菜农见他端详，便说，后生仔，正宗泮塘茭白，行势不好，今年难得采收。你识货，买少见少喽。

那时年纪小，阿响仍记得，太史第举家上下对泮塘菜蔬的钟情。

广府的老人，历来的，讲究吃"泮塘五秀"。泮塘是南汉末帝刘鋹花坞"刘王花坞"故址，"主城西六里，自浮丘以至西场，自龙津桥以至蚬涌，周回廿里，多是池塘，故其名曰半塘。"如今五约闸门尚存刻有"半塘"二字的石牌坊。至于为何改成了"泮塘"，据说是为风雅的缘故。旧时科举考取生员谓之"入泮"，所以当时的学宫亦称"泮宫"。恩洲直街上"仁威庙"楹联中有"龙津连泮水"之句，被太史照录了来，就挂在书房里头。

而"五秀"指的是泮塘所产的五种菜蔬，即指莲藕、马蹄、菱角、茭笋、茨菰。传言是龟峰西禅寺的老僧植在池塘里头，取其出于清冽，作为四时供奉佛前的蔬果，故而又号"五仙果"。稀罕就在于因一蔬一时令，这"五秀"是难在桌上聚齐的。非要个博彩众秀的名，也不过晒干、磨粉、煮成汤羹、糖水，或用来蒸糕。但太史第每年的素斋，有道"五秀酿"，却当真令其共冶一炉，不知是什么缘故。而"五秀"之首，便是独可入馔的茭白。

因为这菜农的价格实在便宜，阿响就将担里的都买了下来。菜农是感激的模样，说，如今市不成市，摆上一阵儿就要到别处去，还得避过岗哨。其实都是往常辛苦，眼下倒像是做贼一样。这下好了，可以提前收工，回去吃顿安稳饭。

阿响就说，你要愿意，三两天给我送上一回菜。就是地方远些，行脚我一起给你。

菜农喜不自胜，说，有生意做就好，还要什么行脚。哥哥仔，你唔系呃我啩？①

阿响说，我呃你做乜？就送到河南太史第。

菜农狐疑看看他，说，那大宅子，依家还住着人吗？我可听说里头闹鬼，太史九姨太的游魂儿回来了。

阿响好气又好笑，说，闹什么鬼。这年月，就算有鬼，也和人一样瘦成骨。你只管送，记得走龙溪首约的边门进去。

往后一些天，阿响的手艺，算有了用武之地。就在太史第里给锡堃和旻伯做饭。那菜农倒很有信用，隔天便来了。可菜送多了，要赶着新鲜，就叫上帮忙拾掇宅子的管工一起吃。阿响说，旻伯，请个花王来打理下兰斋吧。少爷晨练开嗓，也图个神清气爽。

旻伯就请了花王来，竟是七八年前的老花王阿赵，手把手教过阿响摘柠檬叶。赵花王虽然身体佝偻了，可还是眼明心亮，声如洪钟道，好好的园子，可给糟蹋得不成样了，看我来收拾！

人多了，阿响就琢磨着，怎么合着法，做出个以一当十。

吃饭时，人便都在后厨。望着满桌的蚝油茭笋、虾子茭笋、豉油王茭笋、鱼青酿茭笋、牛柳炒茭笋丝。花王惊道，这这……食食到饱，贱年倒碰上了皇帝命。

他已认不出阿响，只连说这小师傅好手势。兵荒马乱的，还有这口味也是造化。

旻伯就说，不兵荒马乱，又几时到我们尝这好手势呢。

锡堃头也不抬，只管大口吃菜，说响仔这一招叫，"万变不离其宗"。

---

① 粤语，你不是骗我吧？

赵花王看一眼他的吃相，说，也是，如今主仆都同了桌。不知是坏了规矩呢，还是立上了新规矩。

以后几天，阿响来太史第前，总是先去枣子巷看一眼。看那窗帘后头的灯光还在，人就安心下来。他便一天天数着，音姑姑说的日子，就快到了。

这天他再去，远远地已见了几个日本兵，站在门外头。领头的那个，正往大门上贴封条。阿响心里头"咯噔"一下。还是大着胆子窥了一会儿，见并未有什么骚动，像是已经人去楼空。先前的惊惶，刚平复了些。可再往深里想一下，血又一热，不觉人都好像顿时给抽空了。

他努力让自己镇静下来，终于有了一个决心，便叫了人力车，急急往太史第去。

才进了门，便看到一团热闹。遥遥就听见锡堃唤他，阿响，你看我在路上，捉到了谁。

因为有心事，他敷衍笑笑，就想拉锡堃到屋里商量。可见当院儿里搁着一副担子，担子一头烧着火，便有袅袅的炊烟飘上来。一个老汉正对火忙碌着。阿响认出他来，不禁道，池记！

那时候他刚记事，到了傍晚，听着外头有人敲竹片，叫卖云吞。堃少爷先雀跃起来，慧生便拿着钱荷包，带着太史第上的孩子们去门口。云吞担子便停下来，熙熙攘攘地。池记姓麦，大名冠池，那时候还是个精壮汉子，手脚利落。手眼不停，嘴巴也不停。孩子们喜欢他，是他的云吞味道个格外好，还会讲古仔。一边煮云吞，一边讲七侠五义。讲那锦毛鼠飞檐走壁，盛云吞的竹挑子，便在孩子们头上飞过一圈。那快得，都说好像方世玉的无影手。阿响记得池记给他盛上一碗，不忘再添上一两个，摸摸他的头，说，食多啲，快高长大。

关于池记，有不少传说，说他是个怪人，给自己约法三章："和老婆吵架不开档，刮风下雨不开档，赌输了钱不开档。"他的生意，也就有一搭没一搭。可这无损于他的声名。都说陈济棠太太莫秀英特别喜欢池记云吞，有次意犹未尽，用货车将他的担子运到东山陈公馆，重金包了一夜。大家都说这下可发达了，不用再走街串巷。可是隔天，就又看见他打着竹板出现在三圣社。

那担子里架着锅，锅里头的滚汤"咕嘟咕嘟"响。旻伯说，池记，你到底算进了太史第，以前看你硬颈！

老汉嘻嘻一笑说，以前可不敢，太史第一片柳绿花红，怕我看花了眼。

有个管工说，池记，都说你去了香港。点解又返来，系唔系借大耳窿，赌输咗钱？

池记也不恼，说，你话系就系，人穷志气短。

锡堃就说，池记，好耐未听你讲古仔，讲来听下。

池记说，少爷，我有乜古仔讲？又要俾你写入戏文。要说有都有，前几日差点被捉进法政路的汪公馆，到底俾我走甩。叔齐不食周粟，我池记也不给日本人煮云吞。你要写俾天下知。

雾气缭绕间，云吞也熟了。盛出一碗又一碗。一个管工拿起便吃，吃得烫嘴，吸溜吸溜，却停不下，连称好味，说，池记，手势不减当年！

说完了，大大口将一碗汤喝个精光。池记咧嘴大笑，说，周街都话我系用老鼠肉熬汤，唔怪得之你上咗瘾！

大伙的笑闹间，太史第许久没有如此快活的空气。锡堃走到了阿响跟前，拍一下他肩膀道，响仔，看你怎么七魂没了六魄。

阿响心不在焉笑一下，正想着如何跟堃少爷开口。

锡堃却兴奋地说，我讲件事给你开心下，大嫂来信了！

阿响听到，抬起头，同时觉得心里猛然一跳，却停在了嗓子眼儿。他定定看着锡堃，说，大少奶奶？

锡堃说，是啊。

阿响犹豫了一下，半晌，终于问锡堃，少爷，你可看清楚了，那信，是少奶奶亲笔写的？

锡堃望他凝重神情，听闻此言，忽而如释重负，说道，自小是大嫂教我习字。那笔欧体，我是再认识不过。

颂瑛信里头，要见锡堃，约在一个西餐厅。

阿响说，我和你同去。阿妈是少奶奶的近身，我要替她见一见。

这西餐厅设在慕众大厦顶楼，是个旋转餐厅。两人先沿着批荡①楼梯上到二楼，才乘了电梯上去。刚出门口，就看见几个日本军官，拥着女眷往里走。那些女人脸上都涂着厚厚的粉，却难掩烟媚之色。左拥右抱间，两人便看出，大约是几个艺伎。

再往里走，看见几个兵士驻守，阿响让自己镇定些。这时，看见靠窗的位置，坐着颂瑛。

锡堃刚一坐下来，便轻声对颂瑛说，阿嫂，我们换个地方，这里到处是日本人。

颂瑛并未接他的话，只是叫来侍者，点了餐。

侍者走了，她才轻轻说，嗯，这餐厅是个新加坡华侨开的，最近被日本人买了台。

锡堃望一望四周，说，嫂嫂。

---

① 粤语，指在建筑物面层涂上水泥石灰作粉饰。

颂瑛只微微一笑，老七，你该听过一个道理，叫"灯下黑"。

锡堃叹一口气道，嫂嫂，你为什么不回我的信，这些天真是急得……他有消息了？

颂瑛看一眼阿响，说，堃，你的朋友，不同我介绍下？

锡堃这才恍然，说，哦，这是阿响啊，你可记得，慧姑的仔。

颂瑛似乎愣了一下，继而眼睛亮了，说，响仔，长这么大了。

阿响便也恭敬回礼，少奶奶。

阿响端详，颂瑛微笑与他的寒暄。话里话外，是久别重逢的恳切，无一处不得体。但是这个颂瑛，他甚至依稀有些恍惚，又确非一周前他所见过的。或者说，眼前这个女人，更为接近于多年前的、他印象中的颂瑛。梳着饱满而紧实的发髻，略施粉黛，一袭靛青的丝绒旗袍，雍容合体，水静风停。

这时牛扒上来。阿响并未吃过西餐，不知规矩。锡堃就在一旁，教他使餐具，一样样地教。颂瑛在对面看着，说，西人吃饭也像是行军，饭桌上是十八般兵器，刀光剑影。

待阿响看懂了，自己使刀叉。一刀下去，牛肉微微地往外渗出了血。

他便有些尴尬，说，少爷，这么生，要不要回锅。

锡堃就笑，说，五成熟的牛扒就是这样。要不说西人茹毛饮血呢。

阿响便自嘲，我嘅名取错了。应该叫阿土。

锡堃给他打圆场，说，阿嫂，阿响现在可是大厨了，如今在太史第做饭。慧姑好手势，后继有人。

响仔，你阿妈可好？颂瑛问。

阿响答，都好，就是好挂住少奶奶。您不嫌弃，就跟我回乡下住几日。

阿响将"回乡下"三字咬重了些。他看见，颂瑛眼中掠过一丝黯然，稍纵即逝。她说，你阿妈有心，我有什么好挂住呢。

锡堃忙说，阿嫂，你还是跟我回太史第去。

颂瑛放下手中刀叉，用餐巾按一按嘴角，看着锡堃，说，七弟，你知道，太史这么多太太，我为什么最敬你阿母？

锡堃慢慢抬起头，看她。颂瑛道，我敬她，就因她一辈子，未进太史第。

锡堃说，当年阿母若进了太史第，就救不了老窦。

颂瑛笑笑，我进不进太史第，能救下向锡寒？嫁给一个神主牌，十几年听够了他的故事。临走前，还有人告诉我他是革命党。以身殉道，是比和陈塘阿姑殉情，更体面些吗？

阿响感受到她提高声量，大约不全为激动。他不禁向周遭扫了一眼，看到近处有个男人，举着报纸，目光正望着他们。一时间，他觉得这男人的眼睛分外眼熟。然而，待他再看去，男人已用报纸遮住了整张脸。

这时，颂瑛飞快地从随身包里，拿出一样东西，放在锡堃手里，说，替阿嫂收好。

阿响看见，是一枚勋章。

当那双眼睛，又从报纸上抬起时。方才还在冥思苦想，阿响不禁恍然，是音姑丈。

颂瑛轻轻搅拌咖啡，将勺子拿出，放在碟里。喝一口，举止之间，有万方仪态。这时，他们都听见了远远传来弦歌的声音，嘈嘈切切。颂瑛说，以前，我跟李凤公学画。画累了，李师父讲了个古仔给我听。

戊戌当年，阿爹中翰林院庶吉士，甲辰状元是夏同龢。同年赴科试的有朱汝珍、谭延闿和商衍鎏，论才情朱汝珍众望所向，以为状元人选，非他莫属。夏同龢年方二十八岁，会试名逾过百，众人只道难入三甲。是科殿试，光绪皇帝钦点。夏同龢恰坐在前席，待他写完答卷，准备戴上卜帽出殿。这顶卜帽，却被太监踢中了，跌在了光绪脚边。夏同龢对皇帝行叩礼，取回卜帽。皇帝就问他姓甚名谁，从哪里来。答高枧夏同龢。光绪就取出他的答卷来看。看后击节。文章里以千年之邦，必励精图治，当能德服蛮夷，固无所惧异邦。那时光绪帝力进新政，这篇卷章正合圣怀。主考官将朱汝珍等人的试卷呈上，光绪就将夏同龢卷叠在上面，钦点为状元。朱汝珍只得了个探花。世人都说他非才不能，是命不及夏。夏生于甲戌年春节，大贵之象，世所罕有，注定大魁天下。

我就拿这个故事，问阿爹。你猜阿爹怎么说。他说，这个故事还有另一半。夏出生，是光绪元年，卒于光绪驾崩之年。其命虽贵，注定命殉天子之丧，以酬知遇。你们看，这世上有人为自己活，有人为别人活着。为别人活却不自知，才是可叹。

说完这句话，阿响看颂瑛沉默了一下，忽然抬起头，看着墙上的挂钟。她轻轻地说，就到了。

这时，所有人都听到了一声巨响。这轰然的声响，猝不及防，让整个楼都仿佛震动了一下。有气浪震动，窗户上的珐琅玻璃纷纷溅落。阿响不禁伸出胳膊，挡在了锡堃身上。当那震动停住了。他感到有滚热的东西，在耳边流下来。锡堃看着他，惶然地说，响，你流血了。

阿响此刻却顾不上，匆忙地望向对面，颂瑛的座位已经空了。

空气里弥漫烟尘，人们终于有了反应，有女人的尖叫声，还有桌椅跌落的声音。阿响拉着锡堃混着人群往楼下跑去。在楼梯口，有一摞报纸，于众人的踩踏下，散乱开，在污浊的空气里飘动。

当他们终于跑到楼下，听到救火车呼啸而至。这座高大的楼宇，正冒出滚滚浓厚的黑烟，被风席卷至空中，遮天蔽日。

我和五举山伯，站在慕众大厦楼下。坐落在长堤大马路上的新哥特建筑，水洗石米外墙虽颜色斑驳，经历了许多年，仍有卓尔不群的欧美范儿。而楼下却是岭南风味的骑楼，横跨在人行道上，如今成了底商，开着超市、地产中介铺和牙科诊所。

我仔细绕着大厦走了一圈，弧线形的楼体上，已经寻找不到那年轰动广府的爆炸案的一丝痕迹。

我们走进去，看到正廊的罗马柱上，挂着装裱"宾至如归"行草中堂，落款是李宗仁。其他几幅书法，保养得显然不如这一幅。一些已经被岭南的潮气侵蚀，一些深黄的水迹，在纸幅上蜿蜒，一些字迹也泅入这些水迹，但依稀可辨孙科、于右任、余汉谋等名字。

在正廊的左侧，有一个覆盖着玻璃的长栏，喷绘着规矩的美术字："历史廊"。我看到最前面的一张照片，是一九四九年的慕众大厦，外墙上悬挂着巨大的画像，从塔楼一直挂到了骑楼上方。画像上是正在挥手的毛主席。上方写着，"中国人民站起来了！"

有关大厦的历史沿革，未免巨细靡遗，当我稍不耐烦，看到了一张很小的黑白人像，这相片虽模糊，但能看出是个硬挺的军人，微笑，露出了整齐的牙齿。他的右胸袋上，别着一枚勋章。

相片下的名字：向锡允。名字旁边的括号里写着：爱国志士。接着是引自某报纸有关这起爆炸事件的介绍。向锡允，抗日战争七战区司令部中校咨议，兼前政爆破大队大队长。一九三九——一九四〇年，以私立岭侨小学教师身份为职业掩护，与同队组员陈爱等里应外合，于慕众大厦十楼，精心策划并成功刺杀日本特务组织"谷机关"南三花情报组组长谷池润一郎。由于身份暴露，向锡允提前引爆，不幸牺牲，壮烈殉国。

向锡允的名字旁边，写着他的生卒日期。

我想起了，荣师傅曾说过那个传奇状元的故事。抱着实证的精神，我查考了他的生平，不料与光绪元年和驾崩之年皆对不上，亦并非生于春节。

向锡允生日为一九〇六年一月二十五日。心血来潮，我掏出手机搜索了一下，恰是那年农历正月初一。

捌

月满西楼

广州光孝寺有大甑，六祖时，饭僧之用者也。大径丈，深五六尺，韶州南华寺亦有之，大与相若。当饭僧时，城中人争持香粳投之。或有诗云："万户饭香诸佛下。"

——屈大均《广东新语》

当阿响再次踏进得月阁的大门，是半个月后了。

他终未实现慧生的嘱咐，将颂瑛"带回来"。

因为有负使命，他经历了长时间的焦灼。他想，或许从一开始，他们就没准备让他完成使命。然而，他竟然不放弃。他给慧生写了一封信。信中说，要在广州多待一段时间，叫母亲保重身体。

他终于将客栈的房间退了，搬去了太史第。一来自然是盘缠已经花销完了。二来他很清楚，去太史第给锡堃递信的人，不会找不到他。

在爆炸事件平息后，广州城呈现出了异样的平静。报纸甚至未说明具体的伤亡情况，是某种暧昧的欲言又止。锡堃因而坚信，允哥没有死。这一种信念，甚至比与颂瑛见面继而失踪所带来的怅然，更为强大地支配了他。他在房间里看那枚勋章，上面镌着一只鼎，在灯光底下焕发着幽明的光彩。他朝那勋章哈了口气，用块绒布反复轻轻地擦拭。他抬起头，对阿响说，我一定会收到信的。

然而，阿响没有他乐观。此刻他只是想，再也未见到过音姑姑。十天后，她没有兑现她的承诺。他想，我要找到音姑姑。

他究竟是年轻的。这个想法烧灼着，让本性温和的他，也不禁寝食难安。他追本溯源，音姑姑夫妇，来自于师父叶七。而叶七与广州唯一的联络，只是得月阁了。

当他再走进得月阁，是在后晌。午市已经结束。

因为世道不景，广州许多的茶楼，也纷纷做起了晚市。这分明是要和一众酒楼抢起营生。而像得月这样的老号，到底有自己的底气尊严，谨守着做午不做晚的行规。

这时，客已散了，一片热闹也就云流雾散。而整个厅堂，因为大和空，呈现出了一派寥落与静虚。阿响这才看出来，原来周遭的陈设，都已很陈旧了。

几个企堂在那里埋头擦洗，收拾桌椅，其中一个头也不抬道，我哋收工啦。

下意识地，他不禁转过头看了一眼那供台。灯火明灭间，关公依然飞髯怒目。

这时却听到一个声音，说，后生仔，你可来了。

他抬起头，认出原来是上回见到的知客。先前的轻慢样子不见了，竟然笑容可掬，满脸殷勤。

他说，韩师傅话，你还会来，我们都不信。

他不禁有些惊奇，道，韩师傅知道我要来？

知客说，是盼着你来，我可是被怪罪了。他说，亏这后生醒目，留在供台上的那块饼，是留着后话呢。

知客引了阿响到三楼，曲径通幽，最深处有一间房。知客敲敲门道，韩师傅在里面等你，我就不进去了。

阿响推开门，见里头别有洞天。原来是一个厨房，正中是张半人高的大案，上面放着白案的各色家什。灶上坐了一口大铁锅。墙上则挂了从大到小的两排蒸笼，井然有序。可是，另一边呢，却搁了一只矮榻，两边挂着一副竹制的楹联，"每临大事有静气，不信今时无古贤。"阿响知道，这是教光绪皇帝的师傅写的句，因为太史书房里也挂了一副，七少爷讲给他听过。那个是行楷，这是隶书。看起来，倒是和这满室的烟火气，并无半点突兀。

那案板上，搁着一把擀面杖，还有个揉了一半的面团。

你师父的腿还好吗？忽然间，传来一个浑厚的声音。阿响一惊，四周望一望，并未看到人影。这声音便似天外来的。

待他未回过神来，看大案旁走出来一人。这人身材极矮小，不仅是五短，而是未曾发育的孩童身形。但是，却有成人的头脸，且面相成熟，甚至很见沧桑。他并不等阿响回答，自顾自走到矮榻前，很灵活翻身上去，盘腿坐好。拿出一只烟斗，填上烟丝，给自己点上，抽了一口，吐出一个烟圈。

这烟味并不冲鼻，相反有一种很清凉的气味，在空气中弥散开来。

怎么，吓着了？他这才对还在愣神的阿响，开了声。

阿响终于喏喏，说，您，是韩世江师傅？

那人将烟斗放在一边，冲他扬一扬头，说，坐过来。

阿响便绕过大案，坐到他身边的长凳上。这时，他才注意到，原来大案后有一把精致的木梯，连着一只树桩。树桩是很宽大的，上面密密层层的年轮。但却有两个深深凹陷的脚印，将部分的年轮遮没，看不清晰了。

阿响坐定，这才问，您刚才问我，师父？

韩世江嗤笑一声，说，后生仔，你留了块月饼在供台上，不就是想告诉我，这叶七阴魂不散吗？

没待阿响解释。他接着说，我偷了关老爷的嘴，尝过，是他的手势。

他打量着阿响，意味深长地看一眼。阿响心里想的是，怎么和他开这个口。

他却说，那天，你拿了封袁什么的信来找我，为什么不直接提你师父。这叶七，就没半个字给我吗？

阿响于是将叶七的信掏出来，递给他。韩师傅打开信，抽出来，左看右看，又翻过来，渐渐皱起眉头，又忽然哈哈大笑起来。

他把信递给阿响，说，你也看看。

阿响接过来，看这信，竟然没有一个字。对着阳光再看，还是一张白纸，反面也是。

丢佢老母！这下没错了，像是那个叶七干的。装神弄鬼，谁也猜不透。送个细路哥来，俾我自己执生①。

阿响一时间有些茫然。那张白纸在手里头，太轻薄，有微风从窗户吹进来，吹得哗哗响。

韩师傅坐得直一些。他对阿响说，既如此，你就留下吧。我这近来人手不够，你兼做小按，包食宿。

---

① 粤语，相机行事。

阿响想一想，终于说，韩师傅，你认识音姑姑吗？

韩师傅笑一笑，什么阴姑姑，阳姑姑。我唔知。

阿响说，这人和我师父认识，经常往来广州和南洋，做瓷器生意的。我想找她。

韩师傅收起了笑容，沉默了。许久后，他开口道，一个手艺人，有自己的本分。不该看的别看，不该问的也别问。你师父就是看得问得太多，累了自己，走火入魔了。

他"噌"地一下，利落地跳到了地上。在大案旁的铜盆净了手，顺着那木梯登到了树桩上，两只脚便稳稳地站在了两个凹陷下去的脚印里。可见他踩在这年轮上，已经许多年了。

阿响见他拎起那只面团，重重地甩在了案板上。几经摔打，面团下落的声音更为沉钝。其中的力道，甚至让阿响感觉到了脚下的震动。

韩师傅说，你先走吧。

阿响对他鞠了个躬，转身望外头走。然而，他忽然回过身，对韩师傅说，那块月饼，是我整的。

韩师傅头也没抬，又是面团落在案板上"砰"的一声响。他说，我知道，这块饼里少了一味，叶七可不是个粗心的人。

其实，阿响在得月阁，很快便也驾轻就熟。

对这里，他有一种莫名的熟悉。这熟悉又是他所不自知的。自然不是因于人，而是来自周遭的环境、陈设和器物。当他意识到了这一点，才发现师父叶七，是将安铺自家的厨房，复制成了一个具体而微的得月阁后厨。灶台的方向，大案摆放的位置，乃至挂墙蒸笼的样式与模具的雕花，竟然都如出一辙。

在劳动的间隙，阿响看着墙上一道自天花板蜿蜒而下的裂痕，有经年潮湿的沁润，而显出淡青色的翕张。他分不清，这潮湿，是来自西关的雨季，还是每日氤氲在后厨的蒸汽。他深深地吸了一口气，那温暖而湿润的、麦粉在发酵后的丰熟的气息，霎时充盈了他的鼻腔，继而流向了全身。那气息是浓郁的，因为混合众人的汗水，甚而有些重浊。但在这阔大的后厨中，瞬息便也弥散开来。这与他在"南天居"的排场，已更是不同。阿响不知道，有一种东西在他体内悄然滋长、膨胀，甚而渐渐让他贪恋。而这正是他师父叶七曾极力回避的。他又深吸了一口气，想，师父怎么舍得离开这里呢。

韩师傅很少出现在大厨房。有时他过来，在某个灶台前站定，便有人自觉地搬来一只小凳。扶他站上去。他凝神片刻，会一皱眉，突如其来地揭开蒸笼。将笼盖扔在一边。没有人再敢将笼盖盖上，这笼点心就算是废了。有时，他紧皱的眉头，会慢慢舒展开。那上笼的师傅，便松了一口气。

当看着他那孩童般的背影，步伐庄重地走远了。人们才开声，有些快活地奚落那个被惩罚的师傅。而阿响却惊异于方才的安静。渐渐他知道了一种传说。韩师傅巡视厨房，赏罚的标准并非是用眼睛看，而是听。他凝神时，旁人亦屏息，他便从蒸笼水汽升腾的声响，来判断是不是恰当的火候。

然而，韩师傅却未有为难过阿响，也未有过夸赞。仿佛他是个已有多年默契的熟手师傅。人们在不解与抱怨中慢慢地默认了。因为这个粤西口音的小师傅，手势的确是好。至于他的来历，他们也不追究。阿响渐听到议论，说，能坐上"得月"头把交椅的，哪个是按牌理的人。韩师傅不是，他师兄又如何。

这师兄便是当年出走的叶七。人们不提名字，讳莫如深。阿响便不再指望能知道什么。但他却总有种期盼，是韩师傅会对他说起，哪怕只字片语。然而仅有一次，他走到阿响身旁，抬头看了一会，开口道，说小按，你师父只有一项输我，就是造虾饺。不是输在快慢，是输在比我多包了两道褶。

阿响与众人一般，目望着韩师傅矮小的身形，消失在楼梯拐角的阴影处。他回去了他的小厨房。那里是得月阁多数人的禁地，而对阿响不是什么神秘的地方。但是，和众人一样，他其实并未看过韩师傅的作品。每每韩师傅下厨，便有一位资深的跑堂，候在门口。刚刚出炉，便端去了二楼的包厢。

这时节的广州，已将入夏。茶楼的生意，往年将将淡下来。而此时市面上出现了一种虚浮的和平，是在战乱中囹圄而生的画皮。本地人或以吃来麻木自身，回归到了民生的基本。而有一些人，便也想进入民生，刺探这画皮下的血肉。他们穿着本地人的衣服，虽则与本地人面目相若。但是他们的神态里，过分繁冗的细节与矜持，暴露了异族的痕迹。因此他们的到来，被人察觉。往往窃窃私语，有人埋首默然，有人昂然离开，是一种行将打破的和平临界。

于是，那些为得月阁的盛名所吸引的，便走入了二楼的包厢。品尝这里出名的点心，并以另一种复杂的情绪，进行窥伺与交易。

河川守智推开了临湖的满洲窗，看见窗外的荔枝湖上，已是一派绿意。微风吹过，湖上泛起层叠的浪。不是水，而是新生的荷叶，正是舒展的时候。茎叶相连，一叶推着一叶，向远处叠进去。他想，秋后底下生出的，又是枝枝好藕。

耳畔的话，他其实有些听不进了。他自然有他的少年任气，这任气大约也来自他曾经的志得意满。他并不是依靠祖荫的人。说起来，河川家族在幕府中的地位，因与足利义满将军的渊源，以及长袖善舞的斡旋手段，似乎世代都未有颠仆。他们太会审时度势。一如河川守智的长兄，作为早年首批加入樱会的年轻军官，义无反顾地参与十月政变。然而，政变失败后，他又摇身一变，成为最为坚定忠诚的统制派。河川守智并未赶上效忠帝国的最好时候。其生也晚，这是他的托词。另外，他经常会举起手，给人看他天生外翻的手掌，叹上一口气，是哀己不幸的神情。

其实，他在内心是有些看不上长兄的。当然，这一点他掩藏得很好。他觉得长兄更像是一个傀儡。意志坚决，有一种来自家族的游刃时代的本能，而实则缺乏智力。他的证据之一，出身钟鸣鼎食之家，长兄以最为严苛的武士道精神历练自身。看似合理，却违反了人性最为原始的欲求。而他则不一样，食色两样，他对后者只是敷衍。而对于食物，他有一种天性中的追逐。而且这种追逐是如此不拘一格，带着一种贪婪的秉性。尽管河川府上有最好的江户前料理师傅。但他却执迷于在民间寻找朵颐之快。这自然养刁了他的一条口味庞杂的舌头，让它变得包容、挑剔与敏感。比如，不同季节的丁字麸，土佐酱油中木鱼花的产地，似乎成为他味蕾测验的游戏。在来到中国的第一个月，他做了一枚新的藏书章。是一只饕餮。他欣慰地想，在这个被征服的国家，竟有一只和自己同样贪婪的神兽。

在这个国家，他宣称自己姓赵，赵守智。一个出奇本分的名字，他很满意。在慕众大厦爆炸案之前，他对一切都感到满意。在"谷机关"更是如鱼得水。他觉得这是他可以施展智力的地方。他不喜欢血肉横飞的战场，而更倾向暗潮涌动的博弈。但是，这场爆炸案挫伤了他与同僚的锐气。他的上司，南三花情报组组长谷池润一郎遇刺。尽管他与谷池私下并不亲睦，但他无法容忍自己的失智。

他是缜密的人，长于抽丝剥茧。由他亲自处理的瓷庄军火案，牵扯出了不少人，仍难免疏漏。据闻司徒太太有一个堂妹，负责益顺隆的外销与海外金山庄打交道，却一时不知其踪。这堂妹夫妇说是长年去南洋跑单，还不曾回穗。然而，却有线报，有对商人夫妇，与这堂妹两口子形容极像，近期曾出入西关得月阁。

他在心里冷笑一笑，想，盛传得月阁是华南著名的情报集散地。"谷机关"亦有安插，对这双风流人物却浑然不觉，岂不是灯下黑了。

他于是，便将自己钉在了得月阁。守株待兔向为聪明人所不屑。但他反其道而行之，来个大巧若拙。此刻日本人最不该在的地方，他偏就驻扎下来，坚若磐石地等着。

大半个月过去，他没有什么收获。亦不可谓完全没有，就是他将"得月"的各色点心品尝了一个遍。这倒是未让他失望过，还真是不负盛名。可有一天，他执起一只叉烧包，咬了一口，忽而愣住。他于是又咬一啖，闭上眼细细咀嚼。这时，他睁开眼睛，恰有企堂过来为他斟茶。他便信口问，厨房里来了新师傅？企堂不禁忖一下，他对这北方口音的赵先生素有好感。虽非老客，可近排来得勤，亦出手阔绰。这一问，不知是否发难的意思。

河川便指指桌上的叉烧包，笑笑说，这个不错。

企堂松下一口气来，不无逢迎道，是啊，新来了一个师傅。人年轻些，可手势一等一的好。

河川道，我说呢，口味和我吃过的不同些。

企堂便道，是啊，听说也是粤西出名的茶楼来的。做法总归和广府比，有些新鲜意思。

"粤西。"河川在心里默读，然后笑笑点头，给了企堂比平日丰厚的打赏，说道，那我可更要时时来了。

阿响，并不知道自己的手艺为人注目，更想不到，会有人和他一样来到得月阁，为了找到音姑姑。

　　虽然在寻找这件事上，他是徒劳的。然而，在这过程中，他却发现自己，渐与这座茶楼产生了某种休戚相关的联系。这感觉在南天居不曾有过，惘惘间，仿佛他天生便属于这里。

　　但他并未接受韩师傅的建议，住在茶楼。而是，每天收工后回到太史第，给堃少爷做晚饭。

　　这天黄昏，他刚走到龙溪首约，远远地，依旧见一个青年人站在门口。不知已经站了多久。锡堃声名在外，自从他回到广州，消息渐渐传了出去。有好事的，也有拥趸，便会在同德里的正门外逡巡盘桓。是为见一见杜七郎。然而大门紧锁，多半是失望而归。久了，便重又清静了。

　　然而，这青年从第一天起，就站在首约的边门口，可见对锡堃很熟悉。阿响看出他与自己岁数相仿，眉目倒很成熟笃定。他却并未穿着时下青年的西装，倒是一袭长衫，稳稳地立着，像是一尊塑像。

　　小哥。阿响唤他。青年望他一眼，只抿抿嘴巴，也不回话。抬起头，一双眼睛，清凛凛地看他。

　　到了饭点了，你都边，不如听日①再来过？

　　青年不再理他，硬着颈子，将头昂起来，身形倒是站得更直了。

　　阿响便敲开门。旻伯开门，让阿响进，不禁往外头张望一下，看见青年，悄声说，呦，还站着呢。

　　说罢阖上了门，才叹一口气。阿响问，这是第几天了。

　　旻伯想一想，说，人家刘玄德是三顾茅庐。这孩子满打满算，已经站

---

　　① 粤语，明天。

了一个礼拜了。

阿响说，少爷还不肯出来？

旻伯摇摇头，说，唉，我们少爷那古怪脾气，我都替这后生委屈。

两个人边说，一边往里走。这时，忽然听见门外有人起里一个音，唱起了曲。"怎不教我暮想朝思。"

头句"乙反二王"。这曲，阿响可很熟悉，《独钓江雪》。是锡堃为薛先生写的第一出戏，他自己心心念念，得空了便不由哼出来。久了，便是阿响都唱上几句。门外的人，唱得中规中矩，像是唱给自己听。渐渐声音大些了，也自如起来。底下是一段"不如归"：

> 忧忆渐成痴，
> 相思情谁知，
> 曲终梦断尚有何词，
> 虽则爱丝化恨丝，
> 痴心一颗永无二，
> 怅念前尘旧事，
> 伤心怕忆花落时。

旻伯凝神听，不禁"哑"一声道，你别说，这后生的嗓儿，倒和咱少爷有几分似呢。

阿响也点一点头，刚想说什么。却听见下头一段"合尺花"，音陡然一高，变了假嗓。

> 好似挂住离人珠泪；只奈何人去后，
> 封侯夫婿，今日有恨不知。

孤舟里自伤离。

渐渐唱得声嘶力竭起来。因为尾音的夸张，荒腔走板。阿响可是听出了恶作剧的意味。他和旻伯对视一下，心里不禁捏一把汗。这时，就听到远处"噔噔"传来脚步声，慌里慌张，疾走得像是在跑。锡堃提着长衫，面带愠色，大步流星地走到门跟前，哗啦一声把门打开了。

那青年看见他一脸的杀气，喘吁吁，却笑了。他只顿一顿，便恢复到了方才平心静气的风度，对着锡堃，稳稳地给自己的演唱结了个尾：

雪影迷迷，照住愁人失意；
提不尽鸳鸯两字，
因为鸳侣分飞。

锡堃斜了他一眼，到底收敛了怒容，一扭头便回身往里走。旻伯对青年说，后生仔，我们少爷请您进去呢。

青年到底犹豫一下，说，七先生没开声啊。

锡堃回过头，狠狠地瞪他，大声道，你唱我的东西，唱错板眼。留在外头丢人，我岂能忍得下！

不知为什么，阿响心下松一口气，说，来了就是客。少爷我做饭去。

锡堃说，慢着，我说要留他饭了吗？

阿响定定，却听出他口气里软一下，就说，饭总是要做，少爷自己也要吃。

锡堃扶一扶眼镜，看看青年，那青年也似笑非笑回看他。他便道，你从香港跟到广州，就为了蹭我屋企一顿饭？

青年正色，说，我是真心拜你为师。

锡堃皱一皱眉头，道，你问问省港的梨园行，我杜七郎是不是真心不收徒弟。

青年咬咬唇，不甘地回说，那你又收了鹿准。

锡堃愣愣，口气也粗了，他不是我徒弟，我只是缺个人抄曲。

青年说，那我就帮你抄曲。抄得比他快，比他好。

锡堃冷笑，说，好，你这大话放出来。要是跟不上我，我就当你是白撞①，即刻躝！

时至今日，有关向锡堃与宋子游的师承，仍是粤剧历史上的一桩公案。扑朔之处，大约因为二人各具过人才华，声名均一时显赫。而其曲词风格迥异，前者华美典丽，后者质朴庄重。但共有傲骨，向杜七郎之痴世人皆知。宋子游则遗下名言："我要证明文章有价。再过三五十年，没有人会记得那些股票、黄金、钱财，世界大事都只是过眼烟云，可是一个好的剧本，过了五十年、一百年，依然有人欣赏，就算我死了，我的名字我的戏，没有人会忘记。这就叫作文章有价。"

二说，坊间从未有人听到宋子游叫过向锡堃一声师父，他在粤剧界公认的师父，是冯志芬。但是，盛传宋子游确曾恳求薛觉先夫妇和薛氏徒弟陈锦棠，向杜七郎传达愿拜为师的意愿，向锡堃"耍手拧头"，数次均拒。最后由"觉先声"班司理黄不废、苏永年联合薛觉先夫妇向他说项："老七，你终有一天退出编剧行列乐享晚年，何不造就一新人才，多个编剧接班人也。"

在一个夏夜，我和荣师傅师徒看了五十周年纪念版的《帝女花》。我们在北角的一间糖水铺消夜。感慨间，我问他老人家，荣师傅，你说，一个

---

① 粤俚，入室撞骗，伺机行窃。

师父真的会容忍他的徒弟，拥有和他同样的才华吗？

荣师傅哈哈大笑，说，才华，只有你们文化人才会这么说。教会徒弟，饿死师父。你问陈五举，他要是不改行做上海菜，凭他整得一手好莲蓉，我做师父的仲可以揾到食？

五举山伯，正在细心地将一些黄糖，洒进豆腐花。这时抬起头，憨厚地笑笑。

我便又以向宋二人问他。他眯起眼睛，好像望着远方，目光却落在糖水铺的标价牌上。他说，那时候，我爱看七少爷度曲，好像剧本早在心里头，一边唱，还有做手，一边走来走去。他要写曲，不是念出来，而是唱，好像在台上演大戏一样。唱着做着，一晚上就是一个本子。要是找人抄曲，没人能跟得上，都给少爷骂出了门。可那天晚上，阿宋来了，少爷唱一句，他便记一句，嘴里跟着数板。不忘音韵身段，倒好像与少爷是一个人。一个人分成两人身，就这一唱一和，"查、笃、撑""查、笃、撑"，一折戏就记下来了。什么也没耽误。

我说，那还有呢？

荣师傅说，还有啊，就是我做的饭喽。阿宋最爱吃的，是腊味煲仔饭。

那个夜晚，太史第响起了久违的笑声。在这初夏的夜风中，飘荡不去。阿响看着少爷在笑，不禁心里有些酸楚。自从与颂瑛仓促而别，音讯杳然。他似乎就不曾笑过。他只是躲在自己的房间里，度他的曲。他有时会托付阿响将写好的本子送到固定的地方。阿响固然知道，这曲词的铿锵之音，是全然将自己置身度外的。这是个天真而勇敢的人，乱世的悲喜于他，太过复杂而沉重，他唯有唱出来，写出来。却再也无法为之一笑。

此刻，锡堃朗声大笑，笑得如此由衷。阿响看着被少爷称为阿宋的年轻人，只是微笑，眼灿如星。听七少爷微醺后，说着些"痴人疯话"。

待到后半夜，阿宋起身告辞。锡堃已酩酊，跟跄着起身，却又坐了下去。远远对阿宋说，你方才那段"扬州二流"，我总觉得末句还缺了力道。待来日……来日……说完这句，他便坐下去。歪着脑袋睡过去了。

旻伯便道，唉，又喝成这样。响，我扶少爷进去，你送一送宋先生吧。

在苍黑的夜里头，两个人默然地走，走到龙溪首约的路口。阿宋开口道，今天真要谢一谢你。

阿响说，谢我做什么。

阿宋笑一笑，不是你对我说，听日再来过。我可能狠不下心来，唱一出破釜沉舟？

阿响也笑，说，我是好心怕你累，倒成了激将了。我书读得不多，可知道一句"精诚所至，金石为开"。不瞒你说，当年我拜师父，也是用了和你一样的法子。

阿宋说，哦？那我们倒有缘分了。你方才做的腊肉煲仔饭，很好吃，让我想起了家乡的味道。

阿响就挠一挠头，说，那真是歪打正着。其实是冬天剩下的腊肉，我是不想糟蹋东西。你老家是哪里。

阿宋望一望远处，说，香山。我很小就出来了，去了上海读书，可舌头都记得呢。我们家不富裕，这煲仔饭要年节，阿妈才会做给我吃。

阿响喃喃说，香山。

阿宋说，是啊，也是孙先生的老家。你知道，我有个心愿，就是有生之年，能为孙先生写一出剧，演给天下人看。

阿响说，一辈子才刚刚开始，说什么有生之年。

阿宋笑笑，这也不打紧。是我小时候，有个看相的，给我算过一卦，那卦辞我还记得呢……罢了，我能和七哥学上戏，还说什么往后呢。

阿响说，我们家少爷，嘴上恶声恶气，心里是极善的。

阿宋过了一个数板，轻轻唱道，女儿香，断人肠，莫道催花人太痴，痴心赢得是凄凉……谁说不是，心里不善，哪里写得出这样的曲子来。

阿响顿一顿，便说，如今少爷写的，倒不是这些了。他是个不管不顾的人，你跟了他，不要怕。

阿宋低下头，又抬起来，看着阿响，眼里是灼亮的。他说，其实我想拜他，倒是因为在香港时，他作了一个演讲。我还记得其中一句，"曲有百工，兴邦惟人。"

他便站定，对阿响说，就到这吧。这太史第可真大，我们绕了整条街，还没走到正门呢。我慢慢走回去。

阿响便也站定，看这青年人渐渐走进夜色中。因为时值十五，天又晴。月亮澄明，还有满天的星斗，夜并不黑。他走了很远，身影也仍能清晰地看见。

安铺的信迟迟而来。是慧生的口气，说是家里一切都好，叫他勿挂念。日本人的飞机比往日来得少了些，他们商量着去广州湾暂避，叫他在得月阁多留些时日。阿响读下来，眼前却浮现出叶七那张似笑非笑的脸。信里只字未提，要他在广州找的人。亦未提到秀明，催他回来完婚。只说，有些手艺要留着，待天凉下来，从长计议。

转眼到了端午。得月收得早，过午即打烊。

照例端阳这日，珠江上有扒龙舟的风俗，上午是趁景。起龙、拜神、采青、划船、吃龙船饭、入窦，忙了一程子，午后才是"斗标"的正印。穗上的好男儿们，摩拳擦掌，一展身手。这也是整个广州城里的热闹，万人空巷。商铺食肆，便也偷得半日闲。

阿响虽非爱热闹的脾性，可想起上次看赛龙舟，还是七八岁时，便也随茶楼里的年轻伙计们，去热闹了一程。回来得月，天竟已薄暮。伙计们一边议论，一边摇头说，到底还是时势不景，连这龙舟都不及以往好看了，强打精神似的。

拾掇一番，伙计们打了烊。阿响想着，世道再不济，怎么也是回到广州来的第一个节日。心里挂着，便拎着一挂长粽，往太史第回。

刚从边门出来，迎脸便遇上一个人，朝茶楼里望。

他见这人面善，便说，先生，我们收工啦。

那人"哎呀"一声，说，紧赶慢赶，还是迟了。

阿响听他的粤白里，有浓重的北方口音，也不禁停住了步，问，有乜帮到你？

那人抬一抬头，说，唉，逢上端午，我们这些异乡客，不就图吃上一口得月阁的粽子吗？也算团团过个节。你说我好好的，去看什么赛龙舟。

阿响就笑了，说，我们上晌就关门了。您要是赶来买粽子，倒又耽误了看扒龙舟。

那汉子便袖起手，叹一声，说，小师傅，你们本地人，年年吃得看得，哪能一样呢。

听他这么，阿响心里一动，便也喃喃道，您要这么说，我离了许多年，也算不得道地广州人呢。

见汉子看他，他便笑笑，说，现如今，我们得月的师傅伙计，都笑话我的口音。

汉子便恍然，说，都说"得月"新来了个粤西小师傅，手势出奇好。我吃了几次，名不虚传，莫不就是你？

阿响愣一愣，想起店里的企堂议论起讲国语的客人，为了他制的点心，经常给了格外丰厚的打赏。他便脱口而出，您是那位北平来的先生？

汉子似乎也一愣，忽然意会，对他拱一拱手道，正是在下。

阿响心里不知怎么欢喜起来，他踌躇一下，便将手里的粽子，塞到了汉子手里，说，您拎回去过节吧。

汉子自然坚辞不受，说无功不受禄。终于，他只拿了一个粽子，说，赵某孤家寡人，哪里吃得了这么多，就尝个鲜吧。

说罢，转身便往前走了。阿响远远看他背影，也是孑然的。心里忽也一阵怅然，追上他说，赵先生，您等等。

其实，被这年轻后生邀请，去吃端午的夜饭，是在河川守智的计划之外的。他想，如果他的意图只是接近他，一切是否发展得太快。他转过身，见这青年，向他走来。青年腼腆而小心地表达，只为了让他不会感到这是来自一个陌生人，对孤身在外异乡客的同情与怜悯。他蓦然有一丝触动，虽然一瞬以后，他便恢复了理智。在短暂的推托后，他欣然接受了邀请。

这时，他们不约而同地侧过脸，因都闻到了一阵浓烈的檀香气味。虽无交流，他们敏锐的嗅觉，也都在气味氤氲中分辨出了八角、花椒、硫黄的混合。他们看到衣着鲜丽的妇人携着儿童，这气息来自他们身上挂的香包。香包缀着五色丝线，在广府一般由新过门的"新抱"所制。妇人手中拎着精美的漆盒，也是依广州"送节"的旧俗，盒里装着粽子、猪肉、生鸡、鸡蛋、水果，是为娘家的"全盒"。两人不禁看着这对母子离开，各怀心事。在这溽热的南国，市井苍凉，节日倒还如她的根系。根深而蒂固，皆自民间。

五举山伯，忽对我说起，在他记忆中，师父身体一生壮健，无病无疾，可患有一种罕见的哮喘，久治不愈。遍看过岭南广府的名医，并不见好。说是罕见，因平日无碍，但只要闻见两种气味，便立时发病。我问是什么。他答，一是檀香，一是艾草。

这病症，及至老年，毫无改善。所以，逢到端午，全城烧艾，气味数日不去。恰是荣师傅最难熬的时候。这是他们师徒之间长久的秘密。香港业界只是传闻，同钦楼的行政总厨，无论业忙，端午时必离港外埠，雷打不动。怕是与什么人有一期一会。

山伯说，他曾陪同师父，去江苏的无锡，参加一个食品博览会。荣师傅是评委之一。到了中午小休，有个附近江阴县乡镇企业的厂长，硬是把评委们拉到了一个什么大酒楼。在座的，还有当地的领导，可见是有默契。我笑笑说，考试前见主考，联络感情，这在唐朝叫行卷。山伯叹口气，说，吃到一半，突如其来的，端上来一个盘子，里头是几只青团。原来就是这个企业的产品，什么纯天然绿色食品。那厂长殷勤得很，给师父夹了一只。未到嘴边，师父登时喘了起来，一口气差点上不来，吓得整桌的人都呆住了。原来那青团里，是掺了艾叶汁的。

这年端午，太史第里，弥漫着浓重的熏艾气味，几乎有些呛鼻。旻伯烧得特别狠。他说，这里许久没人走动，不知滋生了多少蛇虫鼠蚁。再不烧一烧，白娘子就快要成精了。

尽管早已摸清了底细，河川守智也想不到，会在此刻出现在太史第。还有一些意想不到。这大宅比他想象的还要阔落许多，九曲十回，走了许久。先不说河川自己的家，竟比他见过最有权势的大名宅邸还要大数倍。再想不到的，是它的败落，只剩下了一个大而无当。他很清楚，这与他的国家所带来的时势变局相关。

透过百二兰斋的月门，他看到了一块上好的太湖石，在暮色中，竟还是百般旖旎的。不知为何，让他联想到昔日的热闹。这里曾是多少权贵巨子流连之地。眼看他起朱楼，眼看他宴宾客。而今在这初夏黄昏，如此空与冷，竟然让他打了一个寒噤。他想，若自己是这宅子的主人，要好好修缮一番。

现在一方斗室之中，竟已经坐了宅子里所有的人。那个老迈的管家，先去睡了。阿响准备了酒菜。酒是上好的绍酒，并一小瓶雄黄。桌上另两人，也都是青年。一个似乎并不顾他，正和另一个说话；另一个并不接话，沉吟一下，在一个本子上奋笔疾书。却没忘抬眼望他一眼，那眼里有内容，并牵动了嘴角。

阿响抱歉地轻声对他说，我们少爷在度戏。

"查笃撑、查笃撑"，堃少爷倏然一停，方才微阖的双眼睁开。旁边的宋子游搁下笔，将那本子也就猛然一阖。

锡堃道，脑汁都吸干了，我可真是饿了。

他看了看河川守智，竟也不问来历，说，来的都是客。阿响今天做的菜，得要吃干净。

倒是宋子游，掂起了酒壶，给大家斟上了酒。河川忙用两指，在桌上磕一磕，道一声，唔该。

锡堃听罢，扑哧一声笑了，说，这又是跟我们上六府的人学坏了。喝茶便罢，能一起上了酒桌的，哪来的这许多规矩。

河川便道，初来乍到，礼多人不怪。

听他一口粤语说得磕绊，锡堃便笑得更厉害了，用国语说，这位大哥，快别讲白话了。你说得吃力，我耳朵都辛苦晒。

他一皱眉头，用手指掏掏耳，戏白道，你是对牛弹琴，弦断无人听啊！

桌上的人，便都大笑。酒过一巡，心里都松快不少。宋子游便道，还未请教尊姓。

河川点点头，敝姓赵，赵守智。

宋子游便说，听阁下口音，是北方人？

阿响说，赵大哥是北平来的。我们"得月阁"的老客了。

河川便道，论籍上是河北乐亭，这不是在皇城根儿混口饭吃嘛。

锡堃正色说，都民国多少年了，还说什么皇城根儿。

河川笑眯眯，轻声道，我可听说，这太史第是光绪帝的太史呢。

锡堃一时语塞。宋子游给两个人都满上酒，说，罢了，反正不是"满洲国"小宣统的太史。听说北平的局势近来好些了，您怎么到了广州来。

河川说，商贾之人，也是没办法。我老板在这有间厂子，原是和英国人合开的。如今英国人颠了，叫我来拾掇。你们广东人怎么说，执手尾。

锡堃心里还堵着，这时说，如今广州的厂子，给日本人占了一半。按说燕赵多侠士。赵大哥的气性，莫不也要低头拿张贸易许可证？

河川依然笑笑，我们不营业，只盘货。

这时阿响进来，又端上了一盘热菜。是盘煎得香喷喷的糟白咸鱼。锡堃见了只顾拍巴掌，说，这个下酒好！我和阿响细个时的结缘菜。

河川说，哦，阿响师傅的厨艺，是小时在这太史第练就的？

阿响挠一挠头，这可谈不上，我学的是白案。太史菜的学问多。这几样小菜，我是照猫画虎，还不如大哥见的世面多。

河川摆摆手，我一个北方人，哪吃过什么正宗的粤菜。要说精细些的，以往在北平，跟老板吃过谭家菜。名头算是大的，"戏界无腔不学谭，食界无口不夸谭"，一个谭鑫培，一个谭家菜，好像是京上风雅人的半壁江山了。

他看一眼堃少爷，说起来，创始谭宗浚，和太史一样出身南海，也曾点翰。这一南一北，都是渊源。

锡堃却不接他的话茬，他拣起一块广肚，说，好好的双冬火腩，以往用来炆压席山瑞的配菜，现在倒成了端午的主菜，也是难为阿响。话时话，我们家的太史菜，可不是用来谋生计的。

河川说，谭家菜虽设席经营，倒也不放外会。如今是三姨太赵荔凤主理，一个女人，勉力为之，撑持十分不易。

锡堃闷下一杯酒，脱口而出，女人如何？当年我们家最好的厨娘，就是响仔他阿妈。

河川放下筷子，侧脸微笑看阿响，令堂身在何处，赵某可有机会讨教？

阿响一愣，说，我阿妈身体不好，少下厨了，在老家将息呢。

锡堃这时，忽然将酒杯在桌上一顿，喝一声，阴功！

阿响便笑着起身，说，我该备个醒酒汤了。我们少爷今天心情不爽利，酒也喝得不尽兴。

宋子游便叹一声，说，可不是！整个后响，度这一支曲，总觉得不在点上。

河川说，我是个粗浅人，可问问少爷度的是什么曲？

宋子游刚张了张口，锡堃用筷子敲了一下酒杯，摇摇晃晃站起来，开口便唱：

> 看花疑在武陵源，灿然枝头遍杜鹃。
> 梦醒眼中花忆鸟，魂断啼血倍惊喧。

唱完了，自己一愣，便又摇晃地坐下来。河川说，在下不才，对粤曲无研究，可是方才听七先生，安的好像倒是国语的腔。

锡堃眼神一散，眼里有嚎然之气，只道，我要是用了当今的"平喉"，怕是有人更听不懂了。

河川也不恼，沉吟一下，说，那我也来斗胆和一个，便唱道：

> 生花妙笔入词篇，金缕歌残入管弦。
> 岂是知音人尽杳，更无新曲效龟年。

这唱罢了，室内一片静寂。半晌，宋子游先拍起巴掌，说，好啊，好一个"岂是知音人尽杳"！倚情入境。兄台的底子厚啊。

他转向锡堃道，七哥觉得如何。

锡堃正愣着，眼神落到远处的灯影里头，半天才回过神来，喃喃说，你懂戏？

河川笑笑，拱一下手，哪敢说懂，年轻时候，有个师父教过几出，不论昆乱，就是自己唱着玩玩，上不得台面的。

锡堃喃喃，你这个师父，不一般。

宋子游说，我是好久未听昆曲了。上回还是杨云溪来海珠，那时小不懂事，一出《牧羊记》听了个皮毛。如今想来，是大憾。

河川便起身道，各位不嫌弃，那我票一折《告雁》吧。

他清一清嗓，开首便是"一翦梅"：

　　仗节羝羊北海隅，天困男儿，谁念男儿？绿云青鬓已成丝，辜负年时，虚度年时。

方才还是个有些英气的人，倏忽间，一抬手，老境已至。众人惊了一下。

这折"一场干"，是须生看家戏。告雁而不见雁，思我而忘我。雁却由意而行止，不留一痕，又无处不见。虚虚实实，实实虚虚；雁于苏武，如心独白。"渴饮月窟水，饥餐天上雪"。一鞭在，羊在。一人在，雁在。叫雁数次，雁飞，起落，盘旋，由唱者手眼引导，于观者心中。无中生有，无胜于有。

待唱到"仗你一封达听，望天朝金阙，旺气腾腾。月冷权栖蓼花汀，天寒暂宿无人境"，阿响恰端了汤进来，那赵大哥的背影对着他，有蹒跚之意。他却见堃少爷定定坐在座位上，如石化了一般。眼里满泪盈盈，神情却是暖的。

- 280 -

这唱完了，河川正襟坐下，拱拱手道，冒昧了。

锡堃却站起来，走到他跟前，一个趔趄，阿响要扶住他。他却推开，稳稳地走到河川跟前，恭恭敬敬作了个揖，说，赵大哥，方才是我造次了。

河川也起身，这怎么说起。我只身南下，孤家寡人。今日叨扰，得君赏饭，才是造化了。

以后，河川便成了太史第的常客。阿响便也有心将菜做得精致些。还跟"漱石居"的人学了几个北方菜，想对漂泊的人，总是可以一慰乡情。

夜半时，每每看太史第的前庭，晕黄的光里头，有三个人酬唱。虽不见得热闹，却让这清冷的大宅里头，多了许多活气。他听旻伯说，一人肩上两盏灯，几个后生仔，就将这太史第点亮了。他看出来，少爷的形神，又好了一些。他知道少爷心里本是孤的，想做个伴儿。可自己这个伴儿，走不到少爷的心里去。如今，一个宋子游，一个赵大哥，都是可以往他心里头做伴的人。他便觉得安慰了许多，也充盈了许多。

少爷有等的人，他也有。等着等着。日子也就无知觉地过去了。有时他也恍惚，是否真有这个人，要他等。还是他本要用等待做个借口。每每他为这个念头所动摇。一封信就寄过来，说家里在广州湾都好，教他莫着急，在"得月"多历练些日子。口气是慧生的，笔迹却是叶七的。

他叹口气，也罢。如今他在得月，似慢慢站稳了脚跟。韩师傅依旧不管他。可是旁人能看出对他的关照。茶楼的生意，时好时坏。事头发话，流年不景，大小按各自遣走了一两个人。听说也都是韩师傅的意思。未到年尾，食"无情鸡"①，这本不合常理。他被留下来，便招人怨言。阿响本是硬颈的人，

---

① 粤俚，旧时指被老板开除。

想起了袁师父的话，便萌生了去意。可没等他和韩师傅说起，韩师傅倒先找了他，说《粤华报》的"庖影"，要举办一个大赛，给各大食肆的新厨。他说，这是什么局势，还要办比赛。韩师傅说，比赛事小，倒是让"得月"重整旗鼓的机会。阿响摇一摇头，韩师傅看他一眼，说，你师父的无字信，我读懂了。

阿响猛抬起头，问他读出了什么。他说，你先别管他说了什么。这个比赛，非得你去。

阿响说，"得月"资历在我之上的，至少四五个。我拿什么和人比。不瞒您说，我是想回家了。

韩师傅说，你会的他们没有。

阿响问，我有什么。

韩师傅说，"得月"往年最出名的是什么？你是带着你师父的手艺来的。

韩师傅将二楼的小厨房借给了阿响，晚上给他练手。到了夜晚，这里便成了他一个人的天地，就连韩师傅都不会进来。

他看着这厨房里的家什，都是叶七用过的。一口打莲蓉的大锅，也是叶七留下的。韩师傅说，他走了，无人再用。用了，打出的莲蓉不好，倒毁了镬气。不如放着，算是个念想。可阿响看，却并不见生锈，好像是有人隔上一阵儿，便擦拭打理。

他开火架灶。这半年下来，手其实有些生疏了。先打出了一炉，给韩师傅尝。

韩师傅说，馅料不够滑，皮不够酥。

隔天，再打一炉，韩世江说，火候欠了，没炒匀。

再打，韩师傅咬一口，忽然停住了，再咬，慢慢品，点头道，好了，果然只差那一味。

阿响便问，哪一味。

韩世江看他，笑而不言。

阿响便试肉桂，舂到极细的白胡椒，都不对。

韩师傅摇摇头说，想想细过时吃过的，与现在你打的，差了什么？

阿响仔细想，许久，嗫嚅而出，小时候口味贪甜，和现在怎能一样呢。

韩师傅说，那就继续试，试出来为止。

阿响望着还热腾腾的月饼，说，这些怎么办，分给店里的伙计？

韩师傅说，不，你带回去，给七少爷吃。

阿响一抬头，七少爷？

韩师傅点点头，笑说，太史第练出的舌头，口味刁。兴许能帮上你。

看阿响犹豫，他终于说，记着，就说是我教你打的。

阿响提着一篮月饼，回到太史第，竟还带着余温。远远地听见有胡琴声，清越地从暗夜里穿过来，软软在他心上划了一道，是熨帖的。太史第许久没有琴音了，以往这声音，伴着无数个盛宴的。多半酒过三巡，太史兴之所至，会亲自司琴，他如痴如醉，宾客如醉如痴。

但此时，这琴声悠远，却是很清醒的。

他走过去，琴声恰停在一个余韵绵长的尾音。远远地，就看堃少爷唤他，说，响仔，你算赶上了趟。赵大哥这操了一手好琴。你倒问一问，他还有多少好东西，没有亮给我们！

赵大哥谦谦一笑，说，哪里是我拉得好。是这琴好，上好的青海红鬃，不多见。太史第倒是还有多少好东西，我不知道。

锡堃叹道，唉，我爹啊，就舍得在这些东西上下本钱！若不是你来，一年半载，怕还要在书房里扑灰。

他看到阿响手中的篮子，说，这是什么，响仔给我们带了好夜宵来。

不等阿响言声，他便走过去，大剌剌掀开了篮布，跟着大笑起来，这还未到中秋，怎么就有了月饼吃。

便取出来，捧在手里，说，呦，这好，新鲜热辣。

说着，一面也便分给了宋子游和赵大哥。自己先咬了一口，嚼了几下，眼睛忽然亮了，又嚼一嚼，这才问，响仔，这月饼哪来的？

阿响道，韩师傅，教我打的。

锡堃目光黯然了下去，说，我还以为，是得月阁的大师傅回来了。你可记得我哋细过阵时，得月的双蓉月饼，好生排场，有价无市。可那大师傅忽然走了，再也吃不到。你这月饼呢，论口味倒与他有些像。也难怪，那韩师傅，罢了，到底还是欠了点什么。

阿响不禁问，欠了什么。

锡堃搔搔脑袋，忽然拉长了腔调，嬉笑地用戏白道：欠咗一味风花，又差咗一味雪月罢。

赵守智，或河川守智，在旁边微笑着，看锡堃与宋子游吃下了整只月饼，他才佯装收拾好了胡琴，开始小心品尝。

有一种味道在他的舌尖上打击了一下，齿颊间忽而流出了津液。他心里暗暗吃惊，他想，这种感觉，似乎在他的童年记忆之后，就再也没有过了。毫无疑问，这是一只非常好吃的月饼。来中国这些年，他吃过不少月饼。稻香村的京式自来白、自来红，知味观的苏式鲜肉酥皮，乃至潮式朥饼、清油饼、广式月饼，更是遍尝五仁、金腿、豆沙、蛋黄到枣泥。可是，第一次，他被一款看似普通的莲蓉月饼所震动。他想，七少爷说缺了一味，是缺了什么。

他想起了听过的那个传说，有关得月阁，也有关早已经失传的双蓉月饼。风驰电掣地，又想起那个不知何踪的大按师傅。他看了一眼阿响，默然想，这孩子，到底没有辜负自己的等待。

事实上，河川守智已在太史第盘桓了许多时日，并无实质性收获。至此，他未看出任何蛛丝马迹，却开始习惯于这大宅里信马由缰的日常。

而在这日常中，他却被另一种东西所渗透，浸润，挟裹。

起初，他只当是一场游戏。和这些青年人相处，他甚至谈不上"使命"二字。一场游戏，他只是在其中扮演一个角色。渐渐地，他发现自己，似乎开始享受赵守智这个角色。一个略潦倒的工厂襄理。孤身南下，有来处，有渊源。

有关赵守智，自然一切都是假的。但唯有一样，却和河川有了真实的嵌合。他一向觉得，自己是个必然孤独的人。从他出生开始，家族、学校甚至他所在的组织，他都是孤独的。一方面，当然是因为智力上的优越或者骄傲，更重要的是，他无法信任这个世界。这个世界也并不值得他信任，他们在暗处，曾嘲笑他的残缺。而他需要做的，不过是在或明或暗之处击败、消灭他们；或者蛰伏，等待他们被局势所淘汰。就如他的同事谷池的下场。然而，此后，他仍是一身孑然。

他扮演过许多人，可谓得心应手。出其不意的是，赵大哥这个身份，让他感受到了一些经验外的东西。在游戏的开始，他嚎然于他们的天真。究竟还是些年轻人，如同新鲜的诱饵。他冷静地在他们背后的暗影里，寻找另一些人的轮廓。

可就在这寻找的过程中，或者旷日持久，他发现自己渐投入于赵大哥这个角色。甚至在这些青年，亲热地唤他时，竟有些享受。就在刚才，他用天生外翻的右手，艰难而熟练地举着琴弓，奏罢一曲《鸟投林》。这些青年，看着他的手，没有嘲笑与同情，只有钦羡，甚至是一种可称为挚爱的神情。爱，这个字眼，离他非常遥远。即使在自己的家庭，在兄弟姐妹中，他只是一个庶出的残疾的孤儿。可在刚才，七少爷递给他一块月饼，微笑着，极其自然地，叫他一声，大哥。

刹那间，他的心蓦然松软下来。他忽然闪过一个念头，我为什么不是真正的赵大哥。

赵大哥，一个落魄的中国北方人，一个工厂襄理，哪怕只是一个怀才不遇的琴师。

这个念头，猝不及防。意识到这一点，让他感到危险，甚而警惕。他想，如果一无所获，或许应该停止了。这只是个游戏。在这他越来越熟悉的大宅里，一种力量，潜移默化地在侵蚀他的游戏规则。他想，或许他的方向错了。或许是时候戛然而止，抽身而退，回他的"北方"了。

但是，刚才这块月饼告诉他，再等等。

他将月饼吃完，甚至将掉在膝盖上的饼渣捡起来，也吃下去。他微笑地接了堃少爷的话，这月饼太好吃了，还会欠什么呢。

阿响喃喃地说，系啊，差啲乜哦。

待客都散了，锡堃拉住阿响道，响仔，我有事情跟你说。

阿响见他是肃然的神气。望望外头，月朗星稀，是一丝夜风也没有。半晌，锡堃说，我恐怕是要走了。

阿响一时怔住。他说，你还记得，我曾对你说，省主席李汉魂，请我去做省府参议，我在韶关成立了一个粤剧改良所。可只做了半年，便解了职。所谓人浮于事，我并不恋栈。

最近听说，大武生段德兴从香港经过广州湾转南路到了粤北，正在义演《岳飞》。说起来，返广州前，我也动员过省港名伶回内地义演劳军。可老倌们恋于繁华，没几个愿意回来。段德兴好本事，竟集合了卫明珠、明心姐妹、黄少伯、陈发、陈江十余个人，组了个"粤剧宣传团"。上次寄去我新写的本子《燕歌行》，说是演得极好。当年允哥说，"未临战地者，非向家儿"，我打算随段德兴的劳军团做编剧，鼓舞士气。总比每写出来，都要一番辗转的好。在这大宅子里，久了，人养懒了，写出来的，总归都失了力道。

阿响说，少爷，这事你还对谁说过。

锡堃说，宋子游。他虽还未出师，可倒是很像我的气性，我打算让他回香港去，在伶界做些宣讲。抗战一事，水滴石穿。再说日本人虎视眈眈，香港如今，哪里又是桃花源。

他顿一顿，我唯有一件事情放不下。

阿响想一想，良久道，少爷，你放心，我在这里帮你打听着。允少爷和大少奶奶，吉人有天相。

锡堃阖上眼，喃喃道，自我阿娘开始，吾所爱之人，必多舛，每为我向族不容。"屈子沧浪惊水浊，离骚咏赋隐忧时"，这是命。

阿响说，少爷，你什么时候动身。

锡堃说，中秋后吧。

阿响说，嗯，我要让少爷临走前吃上，我哋细个时食过嘅月饼。

河川守智，是个长于抽丝剥茧的人，他将他所捕捉到的所有细节，建设一张事件的版图。和他在"谷机关"的同事们不同，他不爱与人讨论。他往往依赖独立的冥想完成这张版图，在冥想中真相渐渐丰盈，成型。积以跬步，柳暗花明。他甚至不愿留下建设的证据。他崇尚以思为笔，意念为纸。

阿响带来的月饼，为他打开了关节。他发现自己的失误在于，他将思考的焦点，放置于向锡允所在的组织。在慕众大厦爆炸案中，他们发现了向锡允的尸体。他主张隐藏了这个事实，并且以之为诱饵，寻找他的同党。然而，经过缜密的调查，向家和益顺隆通共的揽头司徒，以及那对神龙见首不见尾的夫妇，并不存在交游与往来。这让他的逻辑，发生了困顿与断裂。他试图在得月阁与太史第之间建立某种联系，长久无果，直到他等到了这只月饼。

得月阁失传了数十年的双蓉月饼，随着当家大按师傅叶凤池失踪，在广府销声匿迹。河川调查出来，这叶师傅曾是三点会有声望的当家之一，在岭粤结社。兴行会之名，以抗清廷。辛亥后，洪门散了，他也便隐于江湖。可他的根脉触须，仍是形散而神聚。反日之声愈炽，便有人借之为号令，游刃集结民间各种力量。事来，则胶结凝聚，如万千蚍蜉共撼树；事毕，则如蚁而散，各归其巢。互助间，不围于团体、政见，只以任务为要。因是短期联盟，人员组织、信息传达全以职业革命掮客为枢纽。这些人，被称为"音线"。其音希声，难觅踪迹。

当河川恍然，那对夫妇的音线身份，他不禁惊讶于这来自于广东民间的松散联盟，竟是久未告破的几起反日事件的因由。

这是一个巨大而路径无序的蚁巢，在粤西对蚁王的追踪并无进展。叶凤池举家迁离了安铺。但是他的徒弟，或者养子，竟与自己朝夕相处。他有些兴奋，但并未声张。不假旁人之手，他要亲自揭开事情的隐秘。

阿响终于为了一件事情辗转反侧。这在他是未有过的。他想，为什么韩师傅一尝，就发现月饼少了一味料。他与叶七，究竟是怎么样的默契。为什么叶七肯教他，却独留下那一味。

他隐隐地有一种感觉，先前的家书，或许已石沉大海。也不再写信回安铺。他想，他是必要回去看看了。但所谓家里寄来的信，并无回邮地址。

关于比赛的事，韩师傅似乎也不催促他。只是例行地来检查他的成果，然后成竹在胸地摇摇头。

于是，他想到了那封无字信，便向韩师傅讨来看。韩师傅微笑了一下，从袖笼里取出，便递给了他。好像已预备好了他要来讨。韩师傅说，带回家，慢慢看。

他将灯调得明亮了些，慢慢看。对着光看，由不同的角度。翻来覆去，都是白纸一张。时日久了，中间的折痕深了。一处边角，有浅浅的污。他想，那是韩师傅留下的。他或许也不止一次地，如他一般反复地查看，揣摩。

可是，一张白纸，能看出什么呢。

他入神地看，没留神锡堃进来了。七少爷站在他身后，默默地，半晌，忽然开口说，雪地银驹。

阿响吃了一惊，回过头来。看见锡堃眼里有温暖的灯影，目光却在远处。他问，少爷，你说什么。

锡堃这才回过神，说，你手里的这张白纸。让我想起师父来了。

阿响说，师父？

锡堃说，嗯，李凤公师父。小时候，阿爸请他教大嫂丹青，带上我们几个小的，一起学。第一课，李师父什么都没画。他在屋当中，挂了一幅水青绫子装好的卷轴。这卷轴上，只裱了一张雪白的纸。他问我们在这纸上看到什么。我们看了又看，都是一张纸，便回他说，什么都没看见。

半晌，只有大嫂一个人，慢慢站起来，说，师父，我看到了。我看到了有匹白色的小马驹，卧在雪地上。

师父捻一下胡子，微笑说，对。这画上看见的，就是你心里有的。人常说眼见为实，还是着了相。莫相信你们的眼睛，要相信自己的心。

雪地银驹，大象无形。

雪地银驹。阿响跟着他，喃喃道。

锡堃打了一个悠长的呵欠，说，慢慢看。我困了，你也早点歇着吧。

阿响竟似没有听到他的话，仍是盯着这张纸，嘴唇翕动。又过了许久，他举起了这张纸，小心翼翼地伸出舌头，在上面舔了一下，又舔了一下。

他的眼睛，渐渐亮起来了。

第二天，阿响将信还给了韩师傅。他说，我知道少了哪一味了。

韩师傅微笑，等着他。

他说，盐。

韩师傅点点头，说，嗯。盐是百味之宗，又能调百味之鲜。莲蓉是甜的，我们便总想着，要将这甜，再往高处托上几分。却时常忘了万物有序，相左者亦能相生。好比是人，再锦上添花，不算是真的好。经过了对手，将你挡一挡，斗一斗，倒斗出了意想不到的好来。盐就是这个对手，斗完了你，成全了你的好，将这好味道吊出来。它便藏了起来，隐而不见。

阿响对他拱一拱手，说，我这就去试试。

韩师傅又颔首，说，你师父这封无字信，为难我，却为成全你。你自己悟出来的，这辈子都忘不了。

中秋当日，阿响打出一炉月饼，给韩师傅尝。韩师傅只吃了一口，嘴角轻颤了一下，说，这就对了。我做不出的味道，可一吃便知，对了。

这金黄的月饼，齐整整的，在灯底下是灿然的光。韩师傅亲手盖上了得月阁的红印。小厨房里，原有一个暗门，韩世江打开来。原来藏了一座供台，是尊半人高的红檀木弥勒。阿响见他，将三块月饼摆在一只碟子里，搁到供台上。他便唤阿响过来。

阿响过去，他便扯过两只蒲团，说，响仔，给师公磕头。

阿响这才看出，那雕像并不是个弥勒，而是眉眼绝类弥勒的胖大汉子，慈悲相貌。那身上也未穿袈裟，而是连身的围裙，青钮的护袖。

韩世江带阿响，磕了三个头，说，师父，您的手艺搁在师兄这没断根儿，算是有个传人了。这月饼，还是得月的味道。

阿响见他说着，竟然语带哽咽。待他将暗门阖上，阿响终于问，韩师傅，这打莲蓉的手艺，师公只教给了我师父一个人？

韩世江愣住了，许久，长长地吁一口气，说，响仔，你坐定了，陪我说会儿话。

阿响便坐定了。

韩师傅熄了灶，也坐下来，往烟斗里加了些烟叶，眼睛眯一下，说，我是你师父捡回来的。

对于这位师叔公，五举山伯倒在"庖影"中发现了不少的资料，一一复印了与我分享。说起对其印象，山伯由衷地说，"真是个人物。"因自辛亥以来，得月阁大半的历史，与他相关。这里头自然多的是江湖野史，可是足以见到其为人的圆圆。做这间老号的掌舵人，光是有厨艺，自然是不够的，还得有些定夺的心象。看到其中一则轶事，陈济棠主政广东期间，大兴百业，茂于市政。广州为南国首善之都之气势渐成。一日路过"得月阁"饮茶，见茶楼厅堂生意之盛，民声鼎沸，感于一己苦心，兴之所至，手书"得粤"二字。茶楼经理得之若宝，大为铭感。一番思忖后，又照会了股东，送去制了新的匾额，欲将门楣上"得月"二字代之。这韩师傅知道了，从身上摘下了围裙，扔在了经理面前，说，罢了，我们得月阁已经没有了月饼，如今连这"月"字也要没了吗？！

在其号令之下，整个大小按的师傅集体请辞，"得月"更名之事算是不了了之。"庖影"的文字，颇有些鸳蝴气，但关于这则轶事。标题却很铿锵，"一心护月，其气浩然"。当然，这专栏文章发表，是"南天王"下野之后的事了。可是作为当年曝光度很高的名厨，倒是鲜有文字说起他的来由。就连他的师承，也有些支吾其词。我便拿着报纸去找荣师傅。荣师傅愣一愣道，他说，他是被我师父捡来的。

光绪三十二年。

此时，年轻的叶凤池隐姓埋名，已拜在名厨任丰年门下四年有余。任师傅是得月阁开张后的第二任大按。

这一天，师徒二人从河南归来，回到西关。经过荔湾湖上揾翠桥，听到前面喧闹。只看到一头黑狗，龇牙咧嘴地，正对着个孩子。那狗淌着口涎，嘴里叼着半块灰扑扑的饼。它面前披头散发的孩子，竟然也叼了半块。两边僵持着，孩子忽然就扑了上去。一把擒住那狗头，将它嘴里的饼夺了过来。那动作行云流水，竟如闪电一般。旁边的看客们，忍不住叫好。孩子抬起头，竟然咧嘴笑一下，那牙雪白的。他就将那饼大口吃下去，朝桥下跑。那狗愣一下，疯一样去追他。一口咬在孩子小腿上。孩子一面挣脱，一面继续吞那饼。吃完了，看狗，脸上是痛苦而胜利的神情。狗快快地离开了。他倒是利落地从裤腿上撕下了半拉布片子，将那伤口扎上了。

叶凤池盯着脏兮兮的乞儿。人都散了，他还在看。倒是任师傅说，走吧。乱离人不如太平犬，各扫门前雪吧。

却见他一瘸一拐地，就往桥底下走过去。走到那孩子跟前，从怀里掏出个油纸包，是先前在漱珠东市买的光酥饼。

他们反身走了，叶凤池听到后头有声响。回过头，看是那孩子跟着。叶凤池腿脚不利索，便走得慢一些。孩子也走走停停。任师傅摇摇头，从口袋掏出几枚大钱，要塞给孩子，挥挥手说，走吧。

孩子并不接，也不走，只是远远跟着。叶凤池转过身，躬下身，和他对视。问他，你叫什么。

韩世江。孩子声音清亮，但有几分老成。

叶凤池有些吃惊，因这名字，和他的声音一样老成。他又问，你屋企呢。

这叫韩世江的孩子，声音低下去，说，没了。肇庆打了大风，我家屋塌了，就活了我一个。

叶凤池把手放在他肩上，硬得硌手。他回过头，说，师父，我想带他回去。

任师傅叹一口气，你还未成家，先养个细路仔？

可那孩子抬起头来，朗朗地说，我不是细路，我十六了。

师父常说，我两个徒弟，一个瘸子，一个矮子。

韩师傅吸了一口烟，将烟圈袅袅地吐到了空中。他看一眼阿响，把烟斗摆在了矮榻上，起身，走到那大案后头。他摸摸那只树桩，说，当年啊，我个子小，还不到这大案高，旁人都笑话我。师兄就从白云山，给我弄来这只树墩子。他让我站上去，问我，现在咱俩谁高。我说，我高。

他说，你下来。

我不愿意下来。我说，下来了，是个人都比我高。

我师兄就一抬脚，把我从树墩子上给蹬了下来。我坐在地上哭。他说，江仔，你要想比人高。要么，就永远站在这树墩上别下来；要么，就得在心里头，高过所有的人。

我记着这句话，在这树墩子上，站了三十多年。站在上头，我比人高；下来了，我高过人。

我的手艺，有一大半，是师兄教出来的。他只输我一样，就是包虾饺。每次输了，他就说，"人小精，狗小灵啊！"他做了大按时，我在"得月"也站稳了根基。师父将打莲蓉的手艺传给他，不传我，我不怨。

那些年，我甘为他上下打点。我知道他和那些人的瓜葛，我也知道比起这得月阁，外头他有更大的天地。可我呢，我这辈子，就只能守着这座茶楼，还能去哪里。后来，我听说他收了外姓孩子做徒弟，要传他手艺。

师徒两人在小厨房里，却瞒着我。我这心里头过不去。我恨，恨到了那孩子快出师。他教出的徒弟，暗度陈仓，我是早知道了，知道了却没有言声。我想，叶七，你也有今天。他对那孩子留了一手，心却凉透了。他走了，临走前说，你们要想有一天，双蓉月饼回到"得月"来，就好好留着江仔做大按。

韩师傅深深看一眼阿响，说，孩子，应承我。这一回，别让你师父又拣错了人。

他站起身，将那暗门打开，取出一个陶罐来。那罐子粗粝，表面却闪着晶莹的光。他说，这可是好东西，你师公留下的天山岩盐。你再打一炉月饼，带回太史第去。大中秋的，都等着呢。

河川守智坐在太史第里。堃少爷将南海厅的大吊灯打开了。这里是太史大宴宾客的地方。虽只有一桌，但那吊灯投下来莲花花瓣的影，盛大如佛诞梵景。河川便坐在这灯影中，水静风停，心里却终于有些焦灼。

他想，这些天的日子，如结绳记事，终于到了求和的时候。"谷机关"截获了一封密电，电文为，"姮娥遇天皓，谈笑照汗青。"文中所隐为，"中秋太史第见面。"

当他收到来自锡堃的邀请，稍假思索，便答应了下来。

赏心乐事谁家院，菊黄蟹肥正当时。宴到兴时，他甚至串了一出《贵妃醉酒》。梅博士蓄了须，不给日本人唱戏。他未领教过那曼妙的身段，可是他听过唱片。里头是个幽咽而任性的贵妇人，唱出了繁花似锦，如水夜凉。

不知为何，唱着唱着，他想起的是这个女人在马嵬坡的终结。有人说她东渡流亡，隐于民间。若真如此，便有多少大和同胞身上，流淌着支那的血液。或自知，或不知。想到这里，他走了神，唱错了一个音。

此时，不约而同地，锡堃和阿响都想起了那个夜晚，在唱完这出戏后，一张生命静止的、美艳不可方物的脸。他们同时闻到了若有若无的，荔枝的气味。

旻伯微笑着，将阿响打好的月饼，端了上来。

河川照例是最后一个吃。这晚霾重，看不到月亮。但他吃下去这月饼的时候，仿佛看到一轮满月，从富士山巅缓缓升起。蓝色的月亮，冷而大。

其他人，先是笑着，然后看到一滴血，从河川的嘴角流了出来。河川看不清他们的面目，也听不见他们说什么。他只看见这枚冷而大的蓝色月亮，升起来了。当他倒下的时候，看着阿响，外翻的手掌抖动了一下，僵直地向一个方向使了一下劲，便垂了下来。

旻伯蹲下身来，将手指放在他的颈动脉上，点点头。

他看着两个未及做出反应的青年，冷静地说，从大门走。

当他们坐上驶向码头的马车。锡堃握住了阿响的手，那手是冰凉的，有彻骨的寒意。这时，他们头上的霾竟散了，月光倏忽照在了珠江上。粼粼而泛蓝的水，浩浩汤汤。七少爷侧过身，阿响仍看到煞白的影，在他脸上掠过。阿响听到锡堃说，日本人……方才，他功架里有两个动作，是能剧里的。

河川向夫，河川守智的长子，是一位近代史学者。他在前年出版的调查报告中，用大量的篇幅言及二战在华特务机关。有一段文字，引起了我的注意。这段文字并无特指其父，而是揭露了日军对于特工培训的某些关节。其中一项，是为了防止作业中被敌方施毒。他们会有针对性地，预先为谍报人员施喂或注射各种毒剂，极其微量的，但旷日持久。待他们满师，人体已经适应了相当剂量的毒素，轻易不会中毒。通俗而言，这犹如西南地区传说中的种蛊，各种毒虫相互倾轧的结果，是产生毒中之毒。每个特工，便是一只百毒不侵的蛊。

然而所有的毒，总是有那么一些软肋。相对剧毒，这些元素多半是温柔的。或是解药，如普鲁士蓝与铊的关系。还有一些，会对已与剧毒融为一体的机体带来强烈的反噬。

河川，死于极其微量的天山岩盐。其中的矿物质，对普通人可能会被作为所谓营养而吸收。但在他的体内，遭遇蛰伏的毒素。星星之火，便成燎原之势。

这一回，深受其辱的日军没有低调处理，但还未及大肆搜捕，便有人以极戏剧化的方式投案，相关的新闻登在了《粤声报》上。在《东江纵队史志》里，记载仍健在的一位游击队员对战友的回忆片段，事关这起除寇行动的策划，也印证了新闻。

在那个中秋，市面上忽然出现了久违的得月阁的月饼。其中一些，上面点着很大的血红的圆点。人们咬开，发现里面藏着一张纸条，用小楷写着激烈的抗日标语。每一张纸条的背面，同样以极敦厚的小楷写着一个名字，韩世江。

当载着锡堃和阿响的车赶到珠鱼码头，他们看到已站着一个人。

这个人向他们走过来，并将斗篷上的风帽取下来。就着月光，阿响看清楚了，是音姑姑。

音姑姑还像以往一样微笑看他，是慈爱的长辈的笑，仿佛昨日才刚刚见过面。她对阿响说，你们的行李，都在船上了。七哥嘱咐你，在外头别想家。手艺长在身上，行万里路。回来了也丢不掉。

看锡堃在旁边愣愣的，她温柔地说，少爷，放心。你大嫂很安全。

锡堃看着她，忽然醒过了神，问，我允哥呢。

音姑姑望一望江上，江水和入海口连接的地方，格外宽阔。月光在那里连成一条长长的线，波动着，将天际的深暗裁切开来。她说，快走吧。夜长梦多。

他们坐在船上，听到船桨摇动的声音。阿响才回过头，看岸上黑漆漆的，已经没有人了。这一刻，他恍惚了一下，觉得似曾相识。他究竟是想不起来，在他还是个婴儿时，也曾在一个暗夜，由这个码头启航，去往不知名的远方。

船入了海。四围静寂，阿响与锡堃，也都不说话。

听到船尾有轻微的声响。摇桨的船妇说，莫怕，是我养的鸡。

秋风的凉意，在海上渐起。船头有一只炉，坐着一口锅，正咕嘟作响。她停下，掀开锅盖。有很清澈的香味传出来。燃亮煤油灯，她盛了两碗粥，递给青年，说，喝吧，暖暖身。

阿响这才发觉，自己饿了。粥的味道很好，清香的肉味，不腻。船妇说，我们蜑家水上人，没什么好吃。就这个鸡粥，可拿得出手。正月里的鸡仔，到中秋下栏。养在艇尾，不见阳光，只安心长肉。少了许多麻烦。我一年只上一次岸，就为了买鸡仔。

这时，扑通一声，是夜里的鱼跃起。落到水面上，击碎了平静。那亮白的月光，沿着涟漪一道道地扩散开来，又一点点地被浓黑的海面吞噬了。

玖

烽火晓烟

薄酒可成礼，何必饮上尊。丑妇可成室，何必求丽人……

缊袍布衾亦自暖，不用狐裘蒙锦衣。菜羹脱粟亦自饱，不用五鼎羞鲜肥。

——王炎《薄薄酒》

荣师傅房间里少见陈设，但有一张古弓，在客厅当眼的位置，十分醒目。有一次，他取下给我看。这张弓的做工，精美非常。弓臂内侧的贴片，上面雕镂着繁复的花纹，类似钟鼎文的反白。荣师傅说，这是用中青的犀角制成。但弓弦已经没有了。荣师傅说，搬屋时，被一个不小心的搬运工人碰断了。他十分疼惜，曾许以重金，叫五举各方找人修复。但这弓的形制大约奇特，目下竟然无匠人识得如何入手。他于是便空挂在那里。此时拿在手中，他不甘心道，你拉一下，才知道它的厉害！说完比画了一下，聊发少年狂。

我终于问起弓的来历，他哈哈大笑，说，陪我出去走走。

我们坐电车，来到北角，沿着英皇道向鲗鱼涌的方向走。荣师傅在一处药局门口停住。药局的生意并不很好，虽也不至于"拍乌蝇"，只有一个年轻人坐在角落里玩手机，见我们进去，头抬了一下，问，想要啲乜？

　　荣师傅张望了一下，指着门口一张已褪色的黑白海报给我看。海报上，有一个圆圈。圆圈底下写着，"国药名牌，跌打良方，请认准商标为记"。圆圈里头，可看到一个精赤着上身的汉子，正拉满了一张弓，炯炯望向他方。

　　我抬眼，顺着荣师傅的目光望过去，上头是大隶的"德兴药局"四个大字。荣师傅说，药局开了也有五十年了。这张弓以往就挂在那个百子柜的位置。段生过咗身，佢嘅仔话佢留遗嘱将弓送给了我。我也是吃了一惊呢。

　　在接近这个村落时，已是傍晚。阿响很疲惫，但仍自强打精神。

　　身上的军装是精湿的。南雄大岭的风雪，化了水，渗进了衣服。衣服紧紧地贴在身上，冷得彻骨。耳畔炮火的轰鸣，似乎还未冷却。

　　身旁有抬着伤兵的担架经过。先前在大黄岗苦战三日。敌众我寡，装备殊异。四五千人，苦守着一座曲江孤城。是夜，副团长黄远谋殉国。黄团长是在他眼前倒下的。黄团长是台山人，古怪的四邑口音。他们听不懂。团长不耐烦，总说是鸡同鸭讲。有次突围，阿响从奄奄一息的战友怀中拎起枪，就往前面冲，给团长一巴掌打到了战壕里。突围成功了，团长擦掉脸上的炮灰，朝他爆粗口，屌娘鬲！一殇成团人肚饥！阿响不说话，由他骂。团长骂着骂着，声音软下来，团长说，"响仔，打仗都用枪。七先生的枪是手中笔，你的是饭勺。守好廊仔①，那是你的战场。"和这"火屎杀天"的黄团长同袍几年，从桂西八步至粤北，总算听懂他的四邑话。可就在昨晚，

---

① 台山话，厨房。

一个炮弹落在眼前，人走了。

锡堃坐在牛车上，裹着件棉袍，一边咳嗽，一边奋笔疾书。如今这随军的"捷声粤剧团"，只剩下他一个编剧。演员失散了数个，演不了大剧。他还是不停地写。写了一出，晚歇的时候，几个受重伤兵士躺在禾秆上冻得发着抖，是断不可让他们睡去的。睡过去了，便醒不来。锡堃便将白日写好的唱出来，直唱到了自己哑声，还不肯停。唱完了自己写的，又唱《陆文龙归宋》，"乡关远隔山山岭岭，朝朝晚晚人难宁，身居这异国，愁怀无尽罄，每偷偷向风泪盈盈。"年纪轻些的战士，听着听着，便用袖子擦眼睛。段老板就打断他，说，七先生，这词叫不醒人啊。锡堃便说，这后面不就是，"长练好本领，英雄争气盛，文龙初闯阵，一战已功成"嘛。段老板便说，罢了。

段老板便脱了上衣，在平地上连翻了几个长筋斗。级翻、长翻、鹰翻，看家的本事都使将出来，一边用那大武生特有的沙嗓念道，唔好困啊，唔好阖埋眼啊……

锡堃唱了半夜，他翻了半夜。直到增援的军医来。到底还是有一个睡过去了，再未醒翻。阵地上便没有人说话。阿响拿着一只锅，将煮得半热的黑麦粥，一人打一勺。到了段老板，他挡一下，说，给七先生多吃点，佢用咗好多脑力。

过龙南、虔南、定南，到了山洼的这处小村。民房寥寥，并无人烟。大约听说日人要撤兵北上的消息，先疏散了。部队便在此村中平地驻扎。阿响看锡堃将身上棉袍裹得紧紧的，咳得更厉害了，摸一下头，滚烫的。叫一声，人已经不清醒了。这时前头的哨兵回来，说，村尾有个道观，看见光，仿佛有人。

团长就叫上段老板，抬上几个伤兵。到村尾，果然是一座道观，虽然败落，但看得出许多年前，也曾经是繁盛的。观内可见一座古塔，在这小村，如鹤立其中。团长便去敲门。敲了许久，出来一个老道士，张了一眼，就要关上门。

段老板眼疾手快，挡住门说，这位道长，且听我一句。

里头仍是把着门，瓮声道，本观不涉兵刃。各位请回吧。

段老板道，普天之下，哪里有人天生就是个兵呢。不为国难，谁愿舞刀弄枪。

里头便冷笑，看你的身架，就是个从小练武的吧。

段老板愣一下，说，我其实是个唱戏的。

里头便问，唱什么行。

段老板说，自然是武行。

那门竟然开了。老道士出来了，并无仙风道骨。阿响看他，只觉得十分老，却看不出年纪。头发掉得只剩下脑后的一个发髻，脑门却很宽大。身上的道袍，也是很破旧的，靠肩膀的地方，竟缀着蓝印花布的补丁。他袖着手，看一下四周，道，既然是武行，我就试你一试。

他便反身回观里去。未几，拿出了一张大弓。他将这张弓递到段老板手中，说，少说有六百斤。你要是能拉开，小观山门可就敞开了。

段老板将弓拿到手里，沉甸甸的。举手便拉，那弓纹丝不动。道士便要将弓拿回来，说，这弓在小观放了十多年，就没人拉开过。请回吧。

段老板说，且慢。他便放下了弓，在空地上先打了一套形意拳。慢慢地收势，气沉丹田。再接过弓，竟慢慢拉开了。拉了一个满弓。

旁边的人屏息看着，这时候纷纷叫好。那道士将一下胡子，也不多说话，便将道观的大门打开了，做了个"请"的姿势。

团长便和段老板招呼人，将伤员先抬进去，安排在观后的山房。"捷声"的班底，便驻扎在玉皇殿后的"老律堂"。阿响扶着锡堃进去，仰面看见"琅简真庭"的横匾，落了厚厚的灰。七子塑像居中的一位，脸只剩下了一半，另一半露出了填充了稻草的泥胎。面目就有些阴森且滑稽。段老板看一眼，说，唉，这乱世里，丘道长也自身难保了。

待安顿下来，阿响一摸锡堃的额头，更烫手了，不免有些焦急。便要了水，用毛巾蘸了给他敷上。段老板说，这军医刚赶回了前线去，伤员也就两个护士看着。少说也要天亮才能来。

这时，就见那老道士推门进来，手里抱着被卧，还拎着半只腊鹅，说，小观里没拿得出手的东西，这还是年前的腊货。我是老得咬不动，你们拿去煮煮打牙祭吧。

他见门上挂着一件湿漉漉的军服，口袋上缝着番号。口中念，一八七师五六一团。

他就回过头问，你们是余汉谋的军队？

阿响回说，是。我们"捷声"是随团劳军的。

道士便说，我有个不成器的徒弟，去年投军，参加就是这个部队。也不知现在是死是活。

段老板觑他一眼，问，他叫什么名字，可知道是哪一团的。

道士摆摆手，罢了，他扔下我一条老嘢。我倒管他这么多做乜！

这时他听到，锡堃在那烧得已经说起胡话来。道士便蹲下身来，看一看锡堃，将手指搭在他脉上，阖目，睁开说，这是感了风寒，邪气入里了。

他便转身出去了，再回来。手里拿着几个纸包，说，煎半个时辰，先喝三服看看。

他见阿响不接，就冷笑一声，说，以为小观只有呃人的符水吗？这是正经的草药。

暮色浓重，这间叫"玉泉宫"的道观里，此时洋溢着奇特的气息。那是外面临时架起的大灶起锅正在炖着的腊鹅，和阿响用小炉子煲着草药，交织在一起的味道。初闻着有些冲鼻，可闻久了，便产生了奇异的和谐。一种浓郁而清凛的香，在轻寒的空气中氤氲不去。

半夜，阿响蒙蒙眬眬的，一个激灵，醒过来。他擦一下嘴角的口水，想明明看着少爷，怎么就睡着了呢。

他回头看一眼，身边的被卧，没有人。倒看见青白的月光里头，坐着个人，是锡堃。愣愣的，和近旁的七子塑像一样，一动不动的。

他忙走过去，将手背在少爷额上试一试，烧竟退了。他也就安心下来，说，这个老道的草药，好犀利啊。

这时，锡堃忽然开了口，幽幽念道：

　　　　长成日，勿忘宗，灭金扶大宋，壮气贯长虹，若忘母遗训，他日黄泉不愿逢，若忘母遗训，他日黄泉不愿逢！唉吔！

阿响忖一下，这是《陆文龙归宋》里的口白。此时听着，意头却不吉。他想，这没头没脑的，少爷不是烧糊涂了吧？

锡堃说，阿响，我刚才做了一个梦，梦见我阿妈了。

他回过头来，阿响看他脸色惨白的，嘴角却有笑意。他接着说，我看过照片，可已经记不清阿妈的样子。有时候我使劲想，也想不起。可是在这梦里头，阿妈眼睛、嘴巴、眉毛，都是清清楚楚。我对她说，阿妈，我给你写了一出戏啊，我就唱给她听。她听一听说，这里不对，要安回龙腔。我问她，该怎么唱。她笑笑，说，傻仔。一抬手，就不见了。

阿响说，少爷，这是太太托梦给你啊。

锡堃苦笑一声，我阿妈，不是什么太太，都没进过太史第。

他说，我大概未和你提过，我是在外头生的。阿爹识阿妈，是因为听她唱的一支南音。我问阿爹是哪一支，他说记不得了。可那年呢，广府人都记得，广州起义。七十二个烈士，无人敢葬。潘达微潘伯伯就跟爹商量，爹出钱在黄花岗把他们给葬了。这事给朝廷知道了，以"通盗之罪"召阿爹进京候查。阿爹着了急，就说，我有个外室姓杜，出身风月。这乌有之罪，一定是"盗""杜"误传。就认了"与妓杜氏通"。朝廷也无实据，便给他治了个私行不检的罪名，罚了银子了事。这祸免了，阿爹心里感激阿妈，要纳她入府。阿妈说，老爷，这事真假不论，你如今因我戴罪，我但凡一天在太史第，人就会记得你这个罪名来。便坚辞了这个名分，一个人依然住在外面的桂西街。听府里人说，她先是生了女仔，夭了。又过了几年，怀上了我。临产那天艰难，阿妈说，老爷，我要有个好歹，你要带这个孩子认祖归宗。将我生下来，阿妈就走了。

他说完沉默许久。阿响喃喃道，这我就明白了，为什么大少奶奶说，整个太史第只敬六娘。

锡堃说，阿响，你说，阿妈是不是来告诉咱们，这仗快打完了？

阿响想想，说，黄副团同我讲过，这回日本是在太平洋又吃了败仗，才要打通粤汉铁路，往北撤。这么看，是快要打完了。

锡堃说，太好了。那我唱陆文龙，是真唱对了。等仗打完了，阿响你头件事做什么。

阿响说，自然是回去看我阿妈。

他这样说着，头脑里出现了慧生的面容，是硬朗朗的样子，很清晰。他心里头，也蓦然生起了一股暖。

锡堃说，对，到时把慧姑接到太史第来住些日子，我可馋她的素扎蹄了。唉，这么说着，真是饿了。

阿响笑说，这好办。观里的道士，送了腊鹅。我用木薯煲了粥，给少爷留了一碗呢。

过了一两日，躲日本人的村民，陆续回来了。听说来了自己人的部队。有些就带了酒食，到观里来。言谈间，看得出对老道士甚尊重。送的都是本地乡食，一串腊田鼠，几只用大盐腌好的禾花雀。难得还有一小埕双蒸酒。段德兴捧着看，道，这个好，总喝掺了水的土炮，嘴里真是要淡出个鸟来！村民细细看段老板，说，天神！这模样，可就是关老爷再世啊。段德兴摆摆手说，我就是个唱戏的。文曲星在这里！就将锡堃推出来。锡堃就问村民，你们平常听什么戏？村民说，穷乡僻壤，能听到什么，过大年能听几出串乡来的白字戏。

锡堃想想说，叫上大伙，晚上我们唱戏给你们听。

是晚，就在道观前面扯了一块幕布，算搭上了台。给村民们演《桃花扇底兵》《孔雀东南飞》，还有一出《梳洗望黄河》，是锡堃新编的戏。说的是一个孀妇，二子从军，在黄河以北服役，经年不归。妇乃梳洗祭夫，佑子同归。其子得胜归来，终得团聚。村民屏息看着，听着。一两个眼浅的少女，终于嘤嘤地哭出来。阿响心里也酸楚，因为又想起了慧生。如此做娘，不知该如何心焦。但他定定站在台上，动也不敢动。因为演员不够，他串了一个骑兵的将官，却也披盔戴甲，上了整套的头面。只有一句词，"众将士！"是迎敌前的将令。他便收拾了中气，喊得格外豪气干云。

待到段老板上台，演一出《单刀会》。举着一把青龙偃月刀，捋长髯，只一个亮相。天气架势，此时万里无云，月光亮白如洗。这英姿丰神，还未开口，底下竟有一个老人家扑通跪下，双手合十，对着台上纳头便拜，连连叫着"生关公"，再不肯起来。段德兴方才还是一双怒目，此时却柔和，一指台下道，老丈速速起身，且助我擒那鲁肃上船！

台下笑得一阵哄然，却为这"生关公"的急智，平添敬重。叫好之声不绝。

戏散了，村民尽兴而归。锡堃兴奋得很，说，那些不叫我写新戏、演新戏的。那些说劳军非得上台露大腿的，我只恨今晚不能叫他们看看，自打嘴巴。

段老板一面卸妆，一面笑道，哈哈，七先生啊，还念着任护花那个宵小。

这时候门开了。老道士走了进来，手中却举着那把古弓，对着段德兴便是一个揖。段老板忙起身回礼。老道说，先前是我怠慢了。段老板这出《单刀会》唱得，连我这个垂暮之人，都热血满腔，何况阵前将士。这把长弓，是我师父的习武之器。他驾鹤后，就再也没有人拉得开了。如今见了真英雄、生关公，是缘分到了，我就将它赠与你，算是物得其所。

第二日黄昏。村里的少年便来敲门，说，晚上涨潮，我们要去水田捉禾虫。叫部队上的后生同去。

阿响就问他，要带什么去？

少年说，布袋，渔网，水盆。什么易捉带什么。不够带张嘴都得！

一边欢天喜地往外跑，一边口中唱，"老公生，老公死，禾虫过造恨唔返！"

阿响听得也会心地笑了，他记得这句话。

这是广府人的民谚，自然是爱吃禾虫的老饕编的。说的是新寡妇人，行丧时跟随喃呒先生出外"买水"，路遇挑担叫卖禾虫。她一身缟素，不急不缓地买了一盆禾虫回家。这才又哭哭啼啼完成丧仪。男人死了，可以耽误，吃禾虫的好时辰，却耽误不得。最先说给阿响听的，自然是慧生。佛山和新会，都是出禾虫的地方。慧生说打小吃过，这东西鲜美，是庄户人家的宝。一年两造。夏一回，叫端阳虫；秋一回，叫禾花虫。慧生有回上街买了来，一钵蠕动的虫，蒸鸡蛋吃。阿响一口也吃不下。慧生自己吃掉了，摇摇头，说我儿不识宝啊。

说不吃虫。这四年来，一路征战，食够了咸水煮番薯藤、木薯粥和黑麦。在曲江遇到了蝗灾，跟着老兵煨蝗虫、捉草龙，用湿报纸包起就着火，肥蝗虫满腹籽，烤得冒油，一口下去，味道比那鱼籽虾籽好千倍万倍。分不清是真好，还是穷肚饿嗉。可却实在知道了，天底下，哪有不能吃的东西呢。

晚上，阿响和几个兵蛋子，看在水田尽头。深夜的风，已十分寒凉，冻得他们缩一缩脖子。田水也极冰冷。天上是一轮肥白的满月，将几颗疏星的淡光遮没了，照得水田里明晃晃的。远处有一两声犬吠，看得到"气死风灯"的微光，也是来捉禾虫的农民。忽然便听到有人大声喊，嗲啦！嗲啦！

他们便举起松香烛，望那水面。原来是潮汐来了，这时，禾虫便会随潮水涌出。阿响便学村里的少年，将水田掘开一个缺口。少年装上一个渔网。阿响呢，他找老道士要了一件破旧的道袍，将袖子扎起来，领口缝起来，便是一只好布袋。那花花绿绿的虫，就给潮水冲到了布袋里。不一会便满了，就盛在木桶里。如是两三回，竟然木桶也渐渐满了。远处的农民，用小艇装禾虫。尚未鸡啼，他们已沿小涌泅水返程，口中唱着当地的民谣。歌声嘹亮，猥亵而欢快，正唱到"雀仔冻到头缩缩，屋企老婆暖被窝！"忽然，少年叫起来，"哎呀"。迎着曦光，只见一条大虫，在水田渠间蜿蜒而行。竟合小孩的手臂粗，将众人都看呆了。少年大声喊，愣着干什么，花锦鳝啊！大家才醒悟，一个兵蛋子，脱下军褛就飞扑上去。那花锦鳝竟似化龙了一般，上下腾跃，力气大得将那后生甩到了田埂上。尘土飞扬的搏斗间，响仔的耳朵竟被鳝尾击中，他头脑嗡的一下。旁边的小兵骂道，丢老母！俾条胆你，谒我哋伙头！举起冲锋刺刀，风驰电掣，便将鳝头剁下了。

曙光里头，村上的人，看着几个兵蛋子和少年，一脸得意，扛着条硕大的花锦鳝，莫不称奇。议论说，开眼了！这贱年人都冇饭食。这畜生倒长成了这般肥长身形，莫不是成了精。

到了观里，阿响说要和少年分鳝。少年豪气，一挥手道，我不要！你哋在外打萝卜头，挨大苦。呢条嘢大补，烧给伤员吃。

阿响又和他推托。少年说，那行，我把鳝头带回去。我阿嬷头风，炖天麻俾佢食。

是晚，整个村落里，都荡漾着膏腴的香气，让人产生一种错觉，仿佛是在某个丰年的岁除。但其实，那是每家禾虫的味道。有用它焗蛋的，有用它煲眉豆汤的，也有白天摊在太阳下暴晒，准备做成禾虫酱留待日后的。这生长在珠三角农田地底的小虫，世代靠食禾根为生。一年两造，雷打不动，随潮汐而来，仿佛成为了另一种时间的刻度。无关时势与丰歉，它们只是坚执地按自己的生命节奏，繁衍生息，也造就了岭南人另一种关于美食的收成。在乱世中，它形成了一种安慰。仿佛过去、当下及某个不可预见的未来，终有某种让人信任的不变。

而那条花锦鳝，成为了阿响此后最难忘却的食物回忆。或许对锡堃也是。并不仅因其超绝的美味。而是当他们刚刚举箸，天上忽然响起了一个炸雷，继而电闪雷鸣。一道闪电落下，正打在"老律堂"前院的一棵古梅树上。那树的枝丫瞬间被烧得焦黑，在随即而来的瓢泼大雨中，一点点地委顿。他们呆呆看着，老道士捧着碗，终于放了下来。他说，这大鳝，不会真的是条龙吧。

清晨时分，我和五举山伯乘上双体船"新鹤山"号，历经两个半小时，抵达鹤山港。一番辗转，到了沙坪墟，在二十多层高的宾馆酒楼用膳，可以俯瞰整个西江。但并未见到荣师傅记忆中的景物。我拿着菜单，想点个"升平竹升面"。年轻的服务员摇摇头，表示闻所未闻。

荣师傅驻扎过的龙口，离这里有十华里。以往路程迂回曲折，司机说是当地望族为避风水龙脉，到处是"绉纱路"。如今修成了宽阔公路，仅廿分钟车程，便见到一个竖起的路牌。路牌后是一片郁郁葱葱的竹林。山伯说，咱们来得不是时候，二五八是沙坪的墟期，听说也有一百多年历史了。政府花大力气恢复起来，虽然只得个形，但都算是好热闹。

我拿着一张民国广东地图，看"广州—市桥—勒流—九江—沙坪—杨梅—白土—水口—肇庆—梧州"这条线路。沙坪原是鹤山县的一个墟镇，做过县城。日寇侵华，广州沦陷之后，沙坪正处于敌占区和游击区之间。地处交通要冲，也成为广东进入内地的一条重要通道。一九四一年香港沦陷后，九江至沙坪一线交通显得更为重要，来往的人也特别多。因香港居民大量逃入内地，不少人通过这条封锁线进入广西。封锁线一直持续到一九四四年。此时已接近抗战胜利了。

那个黄昏，看起来过于平静了。静得可以听到西江滔滔的江水声。阿响正在营地做饭，瞧见一个士兵湿漉漉的跑过来，他是平日潜水侦察敌情的"水鸭"。听见他说，这可见了鬼了。对岸的鬼子跪一地，鬼哭狼嚎的，唱他们的大戏，像死了亲爹。

段老板一听，跺脚道，唔通系日本投降了吗？！

正说着，就有电报生赶过来，高喊着，萝卜头投降了！萝卜头投降啦！

战士们都围上来，问，咁突然，真唔真㗎？①他气喘吁吁地说，那个仆街天皇在电台讲圣谕，点会有假？

这一下，整个营地都沸腾起来。战士们开始大骂，萝卜头，丢你老母，冚家铲！我哋总算熬出头啦！一窝蜂地冲到江畔上，有人朝天鸣枪，有人

---

① 粤语，真的还是假的啊？

向对岸开火。有人把军帽、水壶、饭罐狠狠抛往天空，说，丢！老子还食的什么仆街豆麸、番薯藤，老子今天要饮酒！

口挪肚攒下的钞票花完，手表、缝在军服衣角里的龙凤戒，全都换成了酒。沙坪、龙口、尧溪的酒庄，还有那掩门卖私酒的，都给喝了一个底朝天。一扫而空。待"捷声班"赶到，无论是玉冰烧、双蒸、料半、糯米酒，已是滴酒不见。大伙面面相觑。段老板长嘘，拿出那"生关公"的架势，大喝一声，店家，拿酒糟来。

店主哪敢违抗，便把整瓮酒糟抬出来。段老板，与阿响一起灌了滚水，把滚水和酒糟混集起来，搅匀了，拿椰勺舀来，每人一大碗。一人一口，像是不解恨似的，吃得格外响。吃一阵，饮一大口，竟然很快，也就弄了个半饱酩酊。锡堃脸红红的，发着呆。忽然站起来，一手抓着段老板，一手拉着阿响就往外跑。跑啊跑，跟孩子似的。终于跑到一个高崖上，看西江对岸，灯火幽暗，一片寂然。他拢住口，长长大叫一声，啊——段老板也喊一声，是大武生的嘶哑嗓。阿响也喊，这时候忽然响起了一阵爆竹声，将他的声音顶到了空中去，久久回荡不去。待四围安静下来了。锡堃站定，摆了一个功架，在微寒的夜风中，唱：

汉山川，扰攘频年几经沧桑变，犹是半壁破缺玉碎不瓦全，天际天际空眷念，千里离人尚苦战，君心坚。众心比君更贞坚，写下两行离鸾券，证心坚，相见争如不相见，南天烽火已经年……

阿响回到安铺的时候，已经秋分了。

胜利后，他往安铺寄了两封信，石沉大海。后来想了想，就又往南天居寄了一封，写给袁师父。隔了一段时间，收到了回音。不是袁师父写的，是很熟悉的字迹。也不再用慧生的口吻，是叶七自己的。但字写得信马由缰，有一些竟然溢出了信格。在信上，并没有写多余的话，只是说，收拾好了，尽快回来。

阿响踏上了九洲江的码头，脚踏实地踩在了"十八级"的台阶上。迎面便是馥郁的桂花香气。一阵风吹过来，便有许多的桂花，金的银的，随风吹到了码头上。一些落到了激荡的江水里去，一些落在了他肩膀上，是幽幽的、沉甸甸的香。他不掸，深深吸一口气。然而码头上，并不似往日热闹。因为没有挑夫，没有货物人流，也不见来往的航船。载他来的木船，已经回程。江面上雾大，那船小，载浮载沉，渐也只剩下了一个灰色的轮廓。

阿响望东大街上走，虽然归心似箭，步子却慢了。并非近乡情怯，而是因一路上的肃杀气象。他在北帝庙前的那棵大槐树停住了。这树的半边是焦黑的。树底下有一个大坑，暴露出了根系。坑里积满了雨水，还有一两点桂花。而树的另半边，竟还活着。长得郁郁葱葱，树冠向着一边伸展过去，将北帝庙庇在它的树荫底下。走上了西街，在骑楼光影间，他觉得熟悉一些了。空气中有一种幽暗的湿霉气，还有一种隐隐的火的味道。他抬起头，看见一道苍青的女儿墙，有坍塌后被重新修筑的痕迹，用颜色新鲜的红砖。而另一座，则从山花处整幅截断了，像被削去了头颅的巨人。骑楼往日所构成的整齐天际线，因这残垣颓圮，此时便无端地参差了。走到了"仙芝林"，门关着，上了一把大锁。竟然门板上还钉了尺把长的木条。他默然在门口站着。这时他听见声响，回过身，看见近旁的廊柱旁，站着一个四五岁的细路。不知是谁家的孩子。身形扁瘦，却有一个大头颅。细路嘴里唶着手指，定定看着他，用一双漆黑的瞳。阿响向他走一步，他便蹒跚步子跑开了。跑到了对街的骑楼去，仍然躲在廊柱后面，探出头看他。

越走到瑞南街时，他心跳便快了一些。待转过了石角会馆，竟有些气闷。会馆门口的石狮子，斜睨着他，也是森森狞厉的模样。

那座外墙黯淡的骑楼又矗在了眼前，墙根上生着厚厚的苔藓。他看到一个年轻女人，拎着水桶，匆匆走下来，在楼下的水井打水。他辨认一下，轻轻叫了声，秀明。

女子转过头来，真的是秀明。她的身量长高了许多，但还是瘦小净白的脸，格外大的眼睛。她定定望着阿响，不认得似的。半晌，她手里的水桶，落在了地上。她向着楼上喊，阿爹——

阿响拎着一桶水，随秀明望楼上走。秀明走几步，就回过头来看他。沿着黑暗的楼梯，他又闻到了很浓重的中药味，冲击着他的鼻腔。这也是熟悉的。

门打开着。他走进去。房间里很黑，唯一光亮的地方，是骑楼。他看到一个男人的背影，有些伛偻，坐在藤椅上。骑楼上的盆景花草，已萎谢凋零，拥簇地依墙摆着。那棵龙爪槐，只剩了树干。他叫一声，师父。

同时间，他适应了室内的光线，才发觉房间已徒四壁。那些广作家具，博古架，紫檀与花梨的书柜，都不见了。唯有迎脸还挂着那幅草书中堂，和寿星图。老寿星捧着仙桃，笑容依旧慈祥。他注意到，墙上的那些画像，都还在。他又喊了一声，师父。

秀明走过去，和骑楼上的男人耳语。男人才抬起头。她小心地扶着他。男人拄着拐杖，艰难地站起来。

阿响看到，这是个已完全衰老的人。头发全白了。他的眼睛，在空中寻找了一会儿，并未找到落点。阿响看到，他的右腿，裤管是空荡荡的。阿响心紧了，走上前，想搀住叶七。手碰到这老人胳膊的一刹那，他感到这胳膊颤抖了一下。随即他的手被打开了。叶七说，我能走。

他蹒跚地走到了太师椅上，坐下来。秀明蹲下，为他揉着那条右腿膝盖以上还残存的部分。叶七似乎感受到了阿响的目光。他说，别看了。在广州湾，给个法国医生截掉了。截晚了，眼睛也坏掉了。

太师椅后首的条几上，立着那只漆黑的鹩哥，倒是炯炯地看着他。却没有一丝声响，不是印象中的聒噪。直到他发现，这鸟，已经是一具标本。叶七说，留个念想，都老了。

他看着面前的男人，眼神混浊。瞳仁上似蒙着一层阴翳。那瞳仁有一瞬间的游移，既而静止笃定。此时，他的面相，已与身后墙上的画像惊人的相似，如复刻一般。

她不在了。当阿响左右张望，寻找慧生，他听到叶七开了口。他在这苍老的声音中犹豫了一下，问，阿妈去哪了。

走了，不在了。叶七的声音，更为沉顿。他的头，终于向右手的方向歪了一下。阿响，这才看到条几上，有一个牌位。牌位前是个盘子，放着几只生果。叶七说，来，给你阿妈上炷香吧。

那只牌位，上面写"佛力超荐 叶荣氏 慧生 往生莲位"。

阿响呆呆的，忽然脑中轰了一下。这轰响，让他说不出话来。他想往前挪一步，看得清楚些。腿竟然丝毫抬动不了。

过去了许久，他问，什么时候的事。

他听到自己干涸的声音，同时感到眼睛被什么击打了一下。有滚烫的水，流了下来。

你走那年，日本人炸安铺，都急急往外逃。半路上，你阿妈非要回来拿东西。给炸了。叶七的声音缓慢、清晰。他的神情里，没有任何的内容，像在说一个陌生人。

漫长的沉默后，阿响问，所以，那些信，都不是阿妈写的。是你不让我回来。

人死不能复生。他听到叶七的声音冰冷了。你回来，有用吗？

阿响听到自己的声音，也冷了下来。他说，我不回来，有用？

叶七放在膝盖上的手,抬起,在空中抓了一下,却又放了下来。他点点头,说,有用。

秀明站起来,走到阿响身旁。轻轻说,响哥,先去洗把脸。

阿响一动不动,定定站着,只望着叶七,等他说下去。叶七慢慢说,打司徒家出了事,我就知人心涣散了。不除几个谷机关的人,如何振我士气。有你在,他们情不情愿,都要做。见你如见我。

阿响觉得自己的手,渐渐握紧了。他说,这里头,也包括你的师弟,韩世江?他本是个局外人。

叶七侧过脸,对着骑楼的方向。他的眼睛,还可以感受那里些微的光线。他说,世道不好,谁都不是局外人。他收到我的无字信,就该知道。一条盐命,换一个河川,保住了一个你,值得。

阿响觉得自己的身体,一点点地冷却下去,冰冷彻骨。

叶七咳嗽了一声,对秀明说,带他去看看阿妈。

虞山南麓,是安铺下三墩叶家的祖坟。

慧生的墓碑,还很新。无水渍、无青苔。可是坟的周围,已长了萋萋的草。虽秋深了,草在萎黄里竟然还藏着一些绿意,被山风吹得簌簌作响。阿响呆呆地站在坟前,一动不动。秀明搁上化宝盆,说,给阿妈烧些元宝吧。

他这才蹲下来,烧纸钱。火旺一些,火焰里头,饱满的元宝,一点点地干瘪了。继而发黑、发灰、发白,成为余烬。热力将这灰烬激荡了起来,飞舞到了空中,像是一些碎裂的蝴蝶翅膀。有一些飞得高了,向着青龙舌的方向,被龙舌吞吐。秀明也蹲下来,投了元宝进去,说,阿妈,响哥回来了。阿妈,你甜处安身,苦处化钱。

阿响的眼睛,被这热烧灼、击打着。他用力扯着坟周的杂草。一些微小的纸灰，飞进了他的眼睛。他的泪，便随着这热流了下来。忽然，他趴在了这坟上，将整个身体扑在上面，用胳膊牢牢地抱住。他开始号啕大哭，不管不顾。许久，当他哭累了，仍趴在坟上，不肯起来。他感到一只手，放在他的肩膀上，继而想要拉起他。他终于站起身来，眼前晕黑，摇晃了一下。旁边的人，要搀扶他。他却避开了。他侧过脸，看见秀明正也怯怯地看他。他避开了，掸一掸腿上的土。他想，这个女人，也参与了对他的隐瞒，瞒了这许多年。

他想，她凭什么在阿妈的墓碑上署名。

先妣　叶门荣氏　慧生　之墓。孝儿　贻生，媳　秀明　奉祀。

他怔怔地望着墓碑。这时暮色苍浓，树林里传来哗哗的声响。是晚归的野鸟。他觉得脸颊上，忽然有一阵凉。原来竟下起了星星点点的雨。他阖上眼，任由雨打在脸上。他想，那个人，除了一个姓，在阿妈的命里没留下痕迹。

忽然，他睁开眼睛。看到慧生名字那排字，在墓碑上，并未居中。而是对称地，留下了空白。他想一想，倏然间转过身，看着秀明。

他们赶回家中，叶凤池端正地坐在太师椅上，悄无声息。

他给自己换上了崭新的黑绸唐装，梳洗过，像一个体面的长者。为了保持姿态的端正，他用了很大的气力。

阿响闻到了久违的馥郁香气。他看到师父正对着自己，面容僵硬，嘴里流出一股黑红的血。嘴角上，还有些未及吞咽下去的烟膏。

因为过于用力，整个人的身形是紧绷的。他用一支红藤的手杖，撑持着濒死的尊严。但是，已洇湿的裤裆出卖了他。因为失禁流出的尿液，正沿着无右腿的裤脚，滴滴答答地淌下来。

桌上摆着一个信封。阿响打开，上面写着两行字。字迹也是极端正的，不再龙飞凤舞，但仍有一些写出了信格。是一个近乎失明的人，努力的结果。

我落去陪你阿妈。带上秀明，返广州。
你已出师。手艺之外，你我再无瓜葛。

秀明两指放在叶七鼻下，然后拿掉了手杖，方才僵直的身体顿时无力地瘫倒下来。她说，响哥，来，搭把手。

她有条不紊地收拾，为叶七擦洗下身，重新换了裤子。翻身时，见一道陈年的疤痕，蜿蜒到股，像血红的蚯蚓。最后，她伸出手，将叶七的眼皮阖起来。阿响看师父静静地躺在床上，无比安详。

秀明轻轻说，阿爸等这天，已经很久了。每次他痛得在这床上打滚，我就当他死一回。佢记得阿妈话，再疼也未抽过大烟。他，只等你回来。

秀明走进了内室，打开了那只樟木箱。一阵呛鼻的陈年织物味道。

阿响，看见了那件衣裳，绸缎质地，上面有刺绣。胸前绣了一个鲜红的"洪"字。他想起那个夜晚，那人当了自己的面，穿起这件衣裳，有如神将。他喃喃，你是谁？……

秀明抬起眼，问，什么？

阿响在心里说，我是无尾羊。

秀明从箱子里，捧出了一个布包。她说，我们找到阿妈时，她把这个包袱压在身子下面，紧紧抱着，怎么都扯不开。

阿响见包袱完整，除了溅有黑红血斑。他打开。看到了一个褓褓，颜色陈旧黯然，有淡淡的腥膻气。褓褓里的油纸包，包着一把长命锁，和一枚翡翠镯。另有只信封，打开，里面是张已发黄的纸笺，上写着：

吾儿贻生，为娘无德无能，别无所留。金可续命，唯艺全身。

这字迹，不是慧生的。

秀明终于开始抽泣，哭得无法自已。阿响伸出了臂膀，将她揽进怀里。他由衷地抱住了这个女人。任她在自己怀里哭，颤抖得如同一片树叶。他觉得自己的身体，也渐如这女人一样颤抖起来。

他抬起眼睛，外头夜色苍茫。依稀的月光里，但可看见文笔塔挺立的轮廓。还听见一些涛声，那是九洲江的潮水，涨起来了。

守孝三年后，阿响和秀明办了婚礼，在得月阁办的。
证婚人，是他在南天居的师父袁仰三。
这时，阿响已是得月阁有建以来，最年轻的大按。"庖影"的常客。由于他在广州食界有如横空出世。有关他的来历，传闻就多些。多半是捕风捉影。但因有人见他曾出入太史第。而向氏又是广府数一二的钟鸣鼎食之家，便传得更为神乎其神一些。但再多的说法，或仍落于让他站稳了脚跟的，是他重振了当年"得月阁"得名的声威，在胜利后举办的首届点心大赛一举夺魁。出自他手的双蓉月饼，据说穗上最挑剔的老饕，一尝之下，也不禁涕零，说这必得自当年叶凤池一脉的真传。但是，这竟然是最找不到根据的话。再加上这年轻的荣师傅，人十分低调。此传闻便更显神秘，此时无声胜有声了。

婚礼也并不铺张，但仍是惊动了几个新闻记者。盖因来宾除了省港的庖界先贤，得月的若干董事股东，也有一两个城中显达。多半是"得月"

长年的主顾，如今成了荣师傅的拥趸。也有一些，是礼到客未到。点下来，竟还有一些，是礼到了，却未具名。

送来的贺礼，其中一副喜幛。团案是大龙凤，在幛头绣的，是篆字"佳期有音"。这个"音"字绣得格外大一些，倒和摇曳的凤尾一体浑然，成了最为生姿的翎羽。

又有人，送来了一套瓷器。大盘上绘着图案，乍看是一对阴阳太极。再仔细端详，原来一边是蔚蓝无尽的海，一边是依海而建的古镇，密密的都是屋顶。海与屋宇，一个在光里头，一个在光外。古镇的轮廓，原来像是卧在暗影子里的一尾鱼。密集的骑楼，如同鳞片。而鱼的眼睛里，矗立着一座塔。盘子周围拢花，不是玫瑰，也不是牡丹。而是颜色浓烈的云朵。那颜色便一层层地次第渗了出来，火烧似的，将云一片一片地染红了。

秀明看着，说，这盘上画的景，怎么这么眼熟呢。

此时阿响正呆呆地出着神。他将盘子翻过来，盘底只烙一朵青色流云。他问帮忙受礼的人，瓷器是谁送来的。那人想一想，说人太多，记不清。一会儿又说，想起来了。是个女人，好像已有了身己。大着肚子，东西拿得吃力，却未停留，放下就走了。

婚后一周，这对新人收到一筐荔枝。不知如何送来的。壳色鲜红，上面还带着露水。秀明吃了一个，说，真甜，未吃过这么甜的荔枝。阿响也吃一个，忽而眼睛亮一亮。他说，雾水荔枝。

他对秀明说，送这一份的人，我们要去回个礼。

这小夫妇两个，一路劳顿，到达萝岗乡的莲潭墟，是正午。远远闻听瀑泉之声，阿响知进入了萝岗洞的地界，就是兰斋农场的所在。但眼前景物，竟然比他儿时记忆里变了许多。印象中，是一片无垠的绿，通透与繁茂的。初夏阳光下，有层叠的深浅与明暗，全是叶片如云的树。

而今，当然也有绿，更多是参差于灰黄之间。因为许多果树，还是低矮的，枝条生长亦非烂漫。尚未成气候，自然更无蔽日之象。但一些竟然已经挂了果，有了累累的样子，那是香杧。在秀明看来，已然是新鲜的。眼里也泛起了光来。粤西并无这样的景致。

他们沿着一条小涧走。走到了头，看见兰斋农场的入口。周围的篱笆是倒伏的，入口便有些虚设，全靠钉在篱桩上的楹联，方勉强认出。"地分一角双松圃，诗学三家独漉堂"，与太史第的那副一样。但因是镌在木头上，又经历了风化与战火，早已残败不堪。他看到一个农人，扛了一只筐出来，就问他，可知道向七少爷在哪里。

农人愣一愣，回了神，笑道，你说小太史啊。

他回身望一望，说，刚才还看到。这林子就这么大，你们进去转一圈就找到了。

农人从筐里，拿出几个荔枝，教他们尝，说，刚下来的糯米糍。

秀明接过吃了，赞说，这可就是寄给咱们的那个！

农人说，寄到哪里都不是这个味儿，还带着水汽呢。小太史说，雾水荔枝，出了这园子，就不是一个味儿。

二人这才察觉，空气中荡漾着一股微甜的气息，有些清凉渗入了他们。他们便望园子里走。这荔枝林的叶子，茂盛了一些。阳光透过树叶照下来，在彼此的脸上，斑斑驳驳地跳动。成串的荔枝，藏在叶子底下，是喜人的。秀明握住阿响的手，身体也靠住他，一起往前走。走了一程，却无半个人影。秀明刚要开口，却见阿响站住了，轻轻对她说，你听。

他们便一起站住听，有淅淅沥沥的水声，还有间或蝉鸣。过了一会，都听见了一种曲音，辽远地传过来。他们便捉着这声音走，开始是细隐的，渐渐清晰了。却还是找看不到人。他们东张西望间，那曲音停住了。

半晌，倒响起了一阵朗朗的大笑。他们忽然听到一句：来者何人。

这句是用戏白念出，拉长了腔调。仿佛天外之音，竟在空中有了回声。阿响这才抬起头，看见近旁的榕树，横伸出一枝粗壮的树杈。树杈上半躺着一个人，正笑吟吟地望着他。

这人精赤着上身，满腮的胡须，头发也是半长的。跷着腿，肚上倒搭着一本书。身旁枝丫上挂着个军用的水壶，这人将水壶举起来，喝一口，大声道，阿响。

阿响这才辨出来，是七少爷，也笑道，让我好找。

锡堃看见了秀明，于是有些不好意思，三两下从树上下来，动作竟十分敏捷。随手捞起树底下一件衫子披上，遮住了自己。衫子也显破旧了，露出了半个肩。锡堃捋一下袖子，赧颜道，斯文扫地。

阿响又笑说，少爷好身手。

锡堃哈哈也笑，这不都说我爹是猴子托生。我随他，自然身手赛马骝。

阿响道，难怪，方才果农都说是小太史了。

锡堃摆摆手道，倒不为这个。他们醒目着呢，给我戴高帽，还不是我好说话，又话得事。不过在这待了几年，可算知道了耕者之苦。当年宛舒姊说得不错。

阿响说，嗯，五小姐是一手一脚地建起这园子……

锡堃听他没说下去，便一拍他肩膀，说，前几天还收到她的照片，我回头拿你看。她如今在南法种葡萄，另有一番天地。

他这才想起了，跟秀明说，啧啧，阿响藏着掖着，现在才见分明。我在报上看到你们的照片，心想阿响好福气。

这时三人边说边走，走到了果园尽头，见有一处茅屋。阿响依稀想起，这里本来是一个院落，几间大屋。如今周遭也竟荒芜了。锡堃让他们在院里坐下，说，你们坐坐，我即刻来。

再出来，换了一袭墨色长衫。虽然还是满口长髯，却体面了许多。他手中是一箩荔枝，放在石桌上，笑说，今年这"尚书怀"，只有两棵挂果。我全部留了下来，不放出去。给你们寄糯米糍，就试你一试。不来，就没有口福。

阿响说，我那帖子送去了太史第，说是少爷有日子没回家了。

锡堃愣愣神，说，喜帖我收到了。你知道，我素不爱凑热闹。

阿响说，嗯，整个广府谁不知七先生大名。你来了，怕是要少爷给他们票一出。

锡堃摸摸自己满脸胡子，大笑，我如今这副模样，大约只能票一出《芦花荡》。还记得那年我侄子摆酒。许多认识不认识的，都凑成了一桌，七情上面。他们才是扮上唱戏的。到头来，我是个看戏的人。

秀明抬起脸，轻声道，少爷方才唱的是什么，好听。

锡堃一拍手，说，好，那我就唱给你们听。

他将一个信封递给阿响。说，是五姐写的词寄过来，我安了新腔。自己清一清喉咙，便唱。

阿响看那信笺上，字里行间，是十分娟秀的小楷。抬头与署名，却是写的外文。那信纸里夹着一页小照。上头确是五小姐，西人的装扮，很利落。眉目已是中年人的模样，手里捧着硕大一串葡萄。眼睛很亮，瞳仁还年轻。七少爷正唱道：

> 觉孤村生晓烟，远岫碧翠环绕，梵经贝叶，矢志清修；泉壑鸣淙淙，岩花垂累累……

这声音太清，近听，渗了一股凉。四周燥热的天气，似都随之冷却了。阿响便觉得这个长衫的大胡子，像是另一人，眼里头也有了古意。唱着唱着，他自己摆一摆手说，罢了罢了。

锡堃坐下来,拿出三只小盅,打开了那只军用水壶,一一斟满。阿响说,这里头竟是酒?

锡堃道,好不容易见上一面,你倒当我给你喝白水?

秀明脸一红,挡一挡,说不会喝酒。锡堃说,我跟你说说这酒的来历,你再说喝不喝。我五姐宛舒,在法兰西种葡萄,建了酒庄。她教我酿酒的法子我学不会,就制了橙花酒。这橙花在晴天阴干,先用自家产的荔枝蜜浸透,上料三蒸酒酷浸足三个月。说是酒,也不是酒。要说醉了,却也可醒神。

阿响喝一口,说,好酒。我记得鬼子投降那天,我们吃酒糟吃了个痛快。这几年喝什么酒,都好像淡得无味了。

锡堃说,想喝,我还有好几种。偷得浮生日日闲,且要打发时间呢。

阿响说,说实在的,外头都传杜七郎出家修行去了。少爷解甲归田,打算在这农场待到几时。

只要不用做官,待到几时都成。咱们从粤西回来,他们三天两头找到太史第。梅博士蓄须,是不为日本人唱戏。我如今留起胡子来,是不想给如今的政府唱。那些接收大员的嘴脸,想必你也知道。道不同,不相为谋。

阿响叹口气,说,日本人跑了,仗没停。北边的老百姓还是尽着受折腾。

锡堃说,你就看看这农场。一个一个的,当年都是什么排场。李福林在大塘乡的,胡汉民在龙岩洞的,都给烧了砍了个干净。这兰斋在萝岗洞,说这里民风彪悍,民匪一窝,要防着百姓。可日本人来了,烧杀抢掠,这洞里的匪没了活路,就自己打起了游击。生生打走了日本人,倒是他们将这农场囵囵留下了。

我跟阿爹说,我要去看农场,把几个阿妈都给吓的!

阿响说,也难怪太太们怕,先前不是有个管工给土匪杀了。

锡堃说，阿爹不怕，当年他是清乡剿匪认识了李福林这个大天二。落难时，可有比灯筒伯更义气的？

阿响说，我刚才来时，看四周这就剩了这一处果园，其他都改种了粮食。

锡堃道，我们家搬去香港时，地里就没人管了。批给当地人种稻，每亩年成能收三四担谷，总胜过这么荒下去。当年荔枝树逾百，香橙树逾百。我来时，橄榄树、青梅、夏茅，无肥可落，早就不挂果了。可唯这荔枝园大半的树还活着。我才知道，是当地百姓偷偷还打理。又遇歉年，我二话不说，先给他们减了田租。

三个人，就一边喝酒，一边吃荔枝。竟也似有说不完的话，不至于醉，只是言语稠了些。渐渐天色昏沉。阳光也柔和了，暖黄的，照在他们身上，竟似镀了一层金。这时，那先前的农人来了。后面跟着个老妇人，手里端着一只瓦煲。妇人瘦小，瓦煲看上去十分沉重。秀明便站起来，想要帮她。可她身体一闪，让过，稳稳搁在桌上。口中说，城里人的手矜贵，唔好烫了。

便将瓦煲揭开，里面竟卧了一只肥鸡。锡堃又拍起巴掌，满口胡子，竟露出孩子相，说，我可是叨了你俩的光。

盛到碗里，阿响吃一口，并未有什么调料，肉质十分鲜嫩，是天然的清甜。锡堃说，这花生鸡，要养上两年才杀，阿婶真舍得下了本钱。

妇人说，你们是小太史的客，就是我们萝岗洞的贵客。

阿响才想起，这鸡此地独有，天生天养。走地于林间，喝涧水长大。他说，一晃这么多年过去了。上次吃，还是利先叔的手势。

正吃着，老妇又端上一只砂锅。锡堃站起来接，她却不拦，由他接过去。锡堃做了个鬼脸，说，阿婶又不怕烫了我。

老妇一边笑，一边索性将他手掌翻过来，你看这满手老茧，皮糙肉厚，和我们这土里刨食的手，有乜分别。

锡堃嬉笑着抽回了手。阿响看清了，心里却酸楚了一下，知道少爷话是拣了轻重的说。日里夜里，这几年的苦是吃了许多。老妇人倒还盯着他的手，说，土里刨食长出的茧，不比枪杆子磨出的，到底叫人心里踏实。

说完这句，她笑笑口，让他们慢慢吃。眼里却有一线黯然，自己收拾了，转身离去。待她走远了，锡堃说，阿婶的孙仔，贱年落草做了"大天二"。后来不知应了哪个番号，跟着张发奎的队伍，去广西打日本人，再也没回来。我就劝她说，这仗还未打完，兴许就快回来了。你道她怎么说。她说，那还不如死了。现在打的，不都是自己人吗？

阿响和秀明，听到这里，便都静默。因各怀了自己的心事。前几年，人经历的种种，并不相同。甚或像是彼此共同记忆的中断。这中断里又有种种的不得已与不知情。桌上的人，望着砂锅里的一尾鱼，"啫啫"声响，散发着焦香。那鱼乳色的眼睛，在碧绿的葱段里，木然地白。

这时先前的阿婶却回来了，端了清炒的水芹菜。隐隐药味，倒醒了他们的神。阿婶说，哎哋！怎么都不动筷子。这么好的山斑鱼，刚从泉里打上来。不吃可就腥了。

锡堃也才如梦初醒，说，快尝尝！当年利先叔用这鱼酿豆腐。只可惜，如今会做豆腐的场工走了。

阿响吃了一块，鱼壳外焦，而里面嫩滑，有似曾相识的气息，在口中缠绕了一下，像是方才尚书怀的余味。倒是秀明说，这鱼好吃，莫不是吃荔枝长大的。

锡堃笑，真是好舌头。我教他们用荔枝壳垫底干煎，算是个应时滋味。

趁天未黑透。阿响与秀明起身回程，赶那最后一班小火车。锡堃也不挽留，只说去送送他们。

穿过荔枝园子，一路走，便有甜香一路随着。虽不及午后馥郁，但自有一种幽静的沉淀，若即若离，让他们的心也静下来。话也不再多说，就这么默然地走。出了园子，水声渐渐响了。远处云霭里，可见曲桥跨涧，影影绰绰的飞檐，是当地一处古刹萝峰寺。这时，荔枝的味道淡去了，换上了另一种更为清凛的气息。他们沿着这溪水走，才醒觉沿涧所植，原来身边都是丈二余高的古梅。虽未值花期，倒自有木本沉和之气。锡堃就说，你们冬天再来，我有梅酒招待。

这时，阿响看见锡堃，走到了溪水边，将军用水壶里的酒，倒入了涧中。默立了一会儿，像是与人低语。半晌，阿响意会了，心里骤然一疼。他说，少爷。

锡堃目光在远处，低声道，我待在这里，还有个缘由。刚从粤西回到太史第，夜里一闭上眼，就听到隆隆炮声。来了农场也不见好。有次，我坐在这山涧旁喝酒，喝着喝着，顺手倒一杯到溪里。当晚上，竟就不响了，睡了个安稳觉。所以，我每经过这溪水，就给九娘倒一杯酒，祭一祭。

阿响便捉住秀明的手，也站到了溪边。在暮色暗沉中，三个人都闭上了眼睛，听那溪水时湍时缓，在脚底下流淌，潺潺地，渐流到夜色尽头的远方去了。

下　関

壹拾

香江钓雪

伊尹论百味之本，以水为始。夫水，天下之至无味者也。何以治味者取以为先？盖其清洌然，其淡的然，然后可以调甘矗，加群珍，引之于至鲜，而不病其腐腐。

——袁枚《陶怡云诗序》

五举来到"多男"的第一天，就给荣贻生瞧见了。

照例每个周五，荣师傅会偷上半日闲。选了"多男"，多半是因为其内里格局曲折，无人打扰，落得一个自在。他长包了三楼的一处雅座。这里原是为"捻雀"客备的，所以茶资要比楼下贵上一倍。三号台靠着拐角的窗户，可俯望见外面街市的好景致。早市开了不久，只见人头攒动，上货的、讨价还价的、马姐①趁着买餸聚散倾谈的。可因为有窗子隔着，不闻喧嚣，只见烟火。而另一边，则挨着楼梯，正对着影壁上"凤凰追日"的

---

① 亦作"妈姐"，粤港地区指女家佣。

木雕。这影壁上，昔日镶嵌了一枚巨大棋盘，"棋王争霸赛"也算为"多男"在城中博了不少风头。眼下这只赤色凤凰将其取代，成为这间茶楼的新标志，在灯映下亦称得堂皇。

作为同钦楼的"大按"，在其他茶楼喝茶，总会引发议论。旁人说，他选了"多男"的原因，不外有二。也是本港的老茶楼，企堂的规矩，和茶博士的手势都说得过去，他在这里存了几饼老茶，点心也尚好，不算迁就；更重要的，这间茶楼在同业里中上的资历，也为他的出现提供了说辞。叫人看见了，至多说是降尊纡贵，不至于有关乎业内竞争的联想与嫌疑。

然而，这雅座的提笼客们，原并不好静。过了八点，人鸟神归其位。靠南一字排开，莺莺燕燕，便是一番唱斗。原本头顶只一笼石燕，啼声尚可称得上婉转。这时七嘴八舌，渐不胜其扰。半个时辰过去了，唱累的刚静下来。北边的"打雀"，又是一番缠斗。看的人也跟着激昂，倒比雀鸟更昂奋几分，面红耳赤的。喝起彩来，更无法充耳不闻。荣师傅阖上报纸，站起来。就在这时，看见了那个孩子。

那孩子手里，拎着一个铜制的大水煲，俗称"死人头"。看着又重又沉。孩子矮小，水煲占去他三分一的身量。孩子抬着头，定定地看。目光落在那笼里两只正在打斗的"吱喳"。但在这身边的喧嚣里，他的眼睛，却是静的。没有兴奋，也没有喜乐，没有这年纪的孩子眼里所惯有的内容。这些内容，是荣贻生熟悉的，毕竟屋企已养了两个男孩。但这孩子都没有，即使在斗事的高潮，也未动声色。荣师傅不禁对这种怠工方式产生了兴趣。孩子看了很久，却自始至终没有放下手里的沉重水煲，仿佛牢记自己的责任，精神却已在"游花园"。这时，楼下传来一声断喝。这孩子像从梦中惊醒一般，本能地拎起水煲，便走向五号台。眼里竟然毫无对刚才所见的流连。荣师傅也听到了这声喝，是个略显拗口的名字：五举。

以后便常见到这孩子。因为留心，荣贻生便似乎也为他做了见证，见证了他在这茶楼里的成长。他默然地长高，原本有些拖沓的企堂衣服，渐渐合身。他的手势，也日益熟稔。孩子是勤力的，懂得与茶博士配合，懂得察言观色，也懂得见缝插针地干活。有一日，他看这孩子上楼来，忽然站住了。蹙一蹙眉头，也不动，一瞬后，荣师傅听得童音喊一声：十六少到，敬昌圆茶服侍。

过了好一会儿，听到咳嗽，继而是迟缓的步子，便见得潮风南北行的太子爷，撩着长衫下摆，提了鎏金的鸟笼慢慢走上来。孩子爽手爽脚，伺候他坐下，又将那对鲜绿的相思挂到了鸟钩上。

这一霎，荣贻生捕捉到了孩子嘴角的笑容。稍纵即逝，他大约为自己经年练就的好耳力而得意了一下。但很快，便又恢复了静穆的表情。

我问过五举山伯，荣师傅是几时决定收他为徒。他想了许久，才对我说起那次关于"文斗"与"武斗"的对话。对话因由，大约是来自"多男"的老客张经理放飞了他两条黄鱼买来的雀鸟。这只叫作"赛张飞"的吱喳，似乎从未输过，却在那次打斗中轻易落败。山伯说，记得荣师傅说了一句，英雄末路。

说这只鸟？我问。

他很肯定点一点头。他说，在这三楼的雅座上，荣师傅是长年包座，却唯一没有带雀的客人，他记得很清楚。这中年人说，英雄末路。

我又问，荣师傅没有养过雀鸟？

他说，在收了他做徒弟后，荣师傅曾经养过。而且是本港的"捻雀"客称为"打雀"的一种鸟。

我问，那，是吱喳还是画眉？

他摇摇头，说，都不是。这种鸟的名字很怪，叫"里弄嘎"。他怕我听不懂，便用手指蘸了茶水，在桌上写下"里弄"二字。我问他，这鸟难道和上海存在什么渊源？他说，他问过他丈人家，都不知道这种鸟。他只记得师父将鸟笼在小厨房里挂着，并不拿它去打斗，是当文雀养的。但这鸟啼叫很难听，是一种石子划在玻璃上的声音，而且中气很足。渐渐整个后厨都不堪其扰。这样养了半年，据说有天笼门忘了关，这鸟便"走咗鸡"。他笑一笑，说，也有人传，是别的师傅，使唤手下"细路"，偷偷放走的。

不知为何，我忽然对这种叫"里弄嘎"的鸟产生了兴趣。在网上遍寻不着后，我决定还是做一次 field work。旺角曾有著名的雀鸟街。这条叫康乐街的街道，在上世纪末被划进了旧区重建范围。重建后的成果，即当今的朗豪坊。然而这条街的人事，倒并未消逝。而是就近迁去了园圃街花园。我从牌楼走进去，便听到一片啁啾之声。沿街数笼山雀，挤挤挨挨的，笼上贴着纸"放生雀"。走了好久，进了内街，反倒是静了下来。我看到一个颇大的店铺"祥记"。鸟并不很多。铺面外头却挂着许多鸟笼，笼底下摆着一个个塑料袋。里头装着蚱蜢。袋上用粗豪的笔迹写着"30 蚊"。我走进去，问那正在洗雀笼的店主，有没有"里弄嘎"。他仔细看一看，说没听说过，他阿爷可能知道。我等着下文，他说，我阿爷一早走咗啦。

我便一路走，一路问。这时烈日焦灼，街上的人和鸟，都有些恹恹的。忽然一只很斑斓的鸟，对我嘶叫了一声，像是猛兽发出。我吓了一跳，看笼上标着"南非蕉鹃雀"。它隔壁的黑羽毛的鸟，则过于安静。我发现是只鹩哥，睡眉耷眼。这鸟，让我想起十多年前写小说《谜鸦》时的种种，不禁多看了一眼。这时有个很老的老伯从店里走出来，招呼我。我便又问起"里弄嘎"。他眼光一轮，说，我呢度冇，但我见过。我问他几时见过。他摆摆手说，咸丰年间事啦。我问他，这鸟是从上海传来的？他又摆摆手，说，系南洋雀，好嘈！

他约莫看出我的兴趣，便把我拉进了店里。我心里虽有些失望，但想他大概也寂寞。为了报偿他提供的信息，就表现出了很大耐心，听他介绍他的收藏。是不同款式的雀笼。迎门最堂皇的镇店之宝，是这行的祖师爷"卓康"所制，如今已经失传。每只鸟笼都是故事，大的是芙蓉笼，小的是绣眼笼；哪里是玉扳指，哪里是马尾弦。他说，我成间铺有胶嘢①，只只手钩都是天寿钢！

离开雀鸟花园时，已过晌午。路人行色匆匆，却都不忘看我一眼。大概因我手里拎着只古色古香的空鸟笼。

其实，荣贻生决定收五举，是在这孩子开口与他说话之前。

他之所以下了决心，是因司徒云重的一句话。

这些年，他已经惯了，有许多事都和这个女人商量。而且这些事，多半是大事。他记得许多年前，慧生说过，阿云是个女仔，有男人见识。

此前，云重从未到"多男"来，是守着分寸，也是彼此间的默契。这时她虚白着脸，面对着荣贻生。因为三号台的位置，整个茶楼，无人能看见她，唯有眼前的这个人。

两个人静默着，对望间，甚至未意识到这少年企堂的到来。五举，便在他们的无知觉间，做好了所有的事。荣师傅来"多男"，从未让茶博士服务过。茶博士张扬的表演，于他是繁文缛节。他只要两只壶。一只茶壶；一只装了八成热的滚水，用来续茶。这滚水的温度，是他的讲究。全靠企堂的大铜煲，快一些、慢一些都不对。

以往的企堂，三不五时"甩漏"②。五举这孩子接了手，一回水冷了，

---

① 粤俚，指假货、赝品。

② 粤语，有错漏、缺陷。

给赵师傅好教训，以后再未出过差错。此时见他有条不紊，洗茶、摆茶盅、开茶。眼里清静，手也稳。临走时，只如常微微躬身。似乎云重如荣贻生一般，是他长年关顾的熟客。

待他走了，两人仍是相对坐着。事情过去了，说什么也不是。说多说少都不是，索性不说了。云重揭开茶，喝一口，又喝一口。或许也是身子虚，额上便起了薄薄的汗。她不擦，继续喝。喝了一阵，放下说，滇红取其香，湖红取其苦。这"双红"的饮法，还是我教你的。可现在，自己倒分不出香和苦了。

她启开了茶盅，续水。却见茶盅里卧着一颗开了肚的大红枣。她便打开荣贻生跟前的茶盅，倒净了茶，里头什么都没有。

云重觉出脸上漾起了一些暖。她望一望底下，方才那个小企堂，跟着茶博士，拎着大铜煲，在不同的桌间穿梭。停下了，脚下有根，站得稳稳的。她看一眼荣贻生，开口道，这个细路，真像你后生时候。

荣贻生回家时，头脑里还回响着这句话。

打开门，家里有浓郁的中药味扑面而来，冲击了他一下，也就冲散了他头脑里的念头。秀明倚在沙发上，目光斜一斜，道，谢醒阿妈送来的，说是端午的礼。

荣贻生望见饭桌上，摆着几只龙凤纸包着的大盒。红得火一样，在这灰扑扑的房间里，有些触目。他说，端午还有半个月，现在送来？

秀明说，天下父母心，佢哋不放心自己嘅仔。讲真，你到底教成怎样？

荣贻生说，我俾心机教，佢肯学至得。

秀明抬一抬眼，说，佢阿妈知佢不生性，说按规矩管教。这行谁不是这么过来。

她慢慢地站起身，说，阿仔今朝返来，在石硖尾买了几只粽。我热给你吃。

荣贻生连忙道，不用了，我同班老友记饮过早茶。你唔使理我，自己歇着罢。去过医馆了？

秀明便轻轻抚一抚心口，说，换了个医生，重开了一剂方子。先试一试吧。

荣贻生服侍她躺下。关上卧室的门，细一想，谢醒这孩子，已跟了他两年了。

收谢醒这事，当初他没听云重的。

荣贻生从窗口望一望外头。皇后大道上有些成群的中学生。男孩子穿了白恤衫、宝蓝色长裤，是圣保罗书院的学生。女孩子们则是石青色的旗袍，来自圣士提反女子中学。大约这时已经下了学，在西营盘周遭吃饭闲逛。几个时髦女，手挽着手，从对面金陵戏院里走出来。打头的一个，从手提包里取出一副墨镜戴上。

隔壁无端地，又响起了吊嗓子的声音，咿咿呀呀。是个已经退休的粤剧老倌。和荣家同年搬进来的。

算起来，从广州到香港，已近二十个寒暑。当初离开"得月"，按广府庖界的流传，是出于"政变"，这未免夸张。只是韩世江的大弟子发难，所谓"一山不容二虎"。他想想，便走了。不是怕，是为当年事，对韩师傅还抱着疚。

他来时，"同钦"虽有老号"得月"的加持，已经打开了局面，但还远非如今地位。毕竟较之广州，香港的饮食界更海纳百川些。且不论西人加入，光是各地菜系在此开枝散叶，已多了许多对手。香港人又生就中西合璧的"Fusion"舌头。"太平馆"这样中体西用的新式菜馆，也便应运而生，源自广府，却赚了本港的满堂彩。

谢醒的阿爸谢蓝田，是铜锣湾义顺茶居的车头。虽久在庖厨，这人天生带些江湖气，是个社会人。对时世天生看得清，也玩得转。荣师傅与他在佛山的同乡会结识。原本以为是点头之交，没承想谢蓝田却相见恨晚，引为知己。那时年轻的荣贻生，还有几分恃才傲物。人也木讷些，并不把张扬的谢蓝田放在眼里。这本是剃头挑子一头热的事。后者倒不以为意，对荣师傅还有些怒其不争。他自作主张，在一次业内聚会，将荣师傅的莲蓉酥作为伴手礼，送给了香港饮食总会的上官会长。会长一尝之下，惊为天人，这由此成为荣贻生在本港声誉鹊起的起点。潜移默化间，也助他在同钦楼站稳了脚跟。嘴里不说什么，荣师傅对他是感激的。毕竟同业相轻是常态，何况又同是做白案。谢蓝田对此，倒很豪迈。只说荣师傅潜龙出渊，出人头地是迟早事，自己不过是个顺水推舟的人情，"我就系睇唔过嗰啲新潮点心佬，喺度搞搞震！"

两家来往多了，彼此也都多了照应。秀明在战时落下了顽疾，一遇换季就胸闷憋痛。到了香港倒更厉害些。也是谢家忙前忙后地给找医生。这些好，荣贻生开始都记着，想要还。后来日子久了，长了，倒处得像半个家人了。

所以，当谢蓝田提出要谢醒跟他学徒。他没怎么犹豫，便答应了。谢家夫妻谈起这孩子，也直唉声叹气。说起来，也是阴功。两公婆上年纪，才得了这个独子。荣贻生是看这细路长大，周岁时拜过自己做"契爷"。小时看着精灵，整日跟父母盘桓在茶楼里，手势都看了个半会，说起来头头是道。可长大了，就是读不进书，转了两间官校，到底辍了学。谢蓝田便说，贻生，你两个仔几生性，读"英皇"，日后考港大要做医生律师。谁来接手你的好本事？教教不成器的契仔，也算手艺有个去处。

荣贻生心里有自己打算，却不忍拒绝谢蓝田。要说心底柔软，身在他乡，经过这些年，已有许多的变化。世故是必然的，心也冷了些。但看纵横八面的谢师傅，蹙着眉头，是老意丛生的模样，他也便点了头。

大约一个月后，他方与云重谈及此事。云重沉默了一会，说，你莫后悔便好。我不想人背后叫你"西南二伯父"。

　　他听后心里微微一惊，这是广府人都知道的典故。说的是不负责任、庇短护奸的老辈人。看似厚道，里头却藏着阴和恶。云重话说得重，他听得也重。便收拾了心情，想要好好教谢醒。至于教法，也便如叶七当年。旧日茶楼里的师徒制，里头还是有许多行业避忌。白案师傅连上料称斤两，尚要背着徒弟。荣贻生便格外敞亮些，将谢醒当个仔来教。云重不让他收，也是因为行内有句老话，叫"教生不教熟"。这有两层意思：一是徒弟最好是白纸一张，不收别的师傅教出来的半吊子徒弟；二是不要收熟人子弟，教训起来，话里深浅都不是，难以成才。谢醒偏两样都占了。自己以为耳濡目染，将大小按功夫，早看了学了个七七八八。由于通家之好，又是契爷，也并没有将荣贻生这个名厨当师父来待。早两年，跟爷娘学的那些，在"同钦"也都能应付，且应付得不差，居然点拨起尚要偷师度日的同辈，这便有些犯忌。可是茶楼里都知道他的来头。荣师傅不训，谁还能说什么。这个混不吝，也有他的期图，竟有两次问到荣贻生脸上，问几时教他整莲蓉。

　　做师父的，被他问得一愣。荣贻生本没有叶七的心机。他师父将莲蓉的绝活儿藏到了最后，临了还靠他自己悟出了一味。然而，他也觉得时机未到。这孩子问得急，他便也琢磨是不是他娘老子的意思。这样想，心里越发冷。

　　他知道自己还是不甘心，在等一个人。终于，等到了，是个"多男"的小企堂。白纸一张，却是上好的生宣。

　　这细路先说不想做打雀，让荣贻生犹豫了一下，怕他缺的是一个"勇"字。可细细听他说下来，原来是要做自己的主张。荣师傅心里动了一下。他想，当年有叶七在，除了拜师这一件事，他何曾做过自己的主张。如今若收了这个，就不好再走这条老路。成全这孩子，便是成全自己。

他想起云重的话，这细路，真像你后生时候。

可他忘了，这二十年来，他自己已经变了。

五举是在小按出师后，见到七少爷的。

可他以前见过，在"多男"。就是这个人，他们都叫他"癫佬"。唯独阿爷，叫他"先生"。

这天晚上，荣师傅领着他，携了只包裹。叫他拎了一只食盒，里头有几碟小菜，还有刚打好的双蓉月饼，压了鱼戏莲叶的花。师父亲自在饼上一一打上了大红点。

这天是中秋的正日子。五举想，自己是个孤儿。可师父有家有口，这是要带自己去哪儿。师徒二人，沿着雪厂街，到山底下，搭了电车，走到了上一层坐下。他从车窗探出头去，望望天上，是一轮透亮的圆月。月光瀑一样地流下来，铺在德辅道上。行人、车辆、两旁的店铺，便都镀上了一层银白。电车慢慢地，停靠了一个站，车铃当当地响一响。他便看清楚了外头，地面与楼宇，似乎都成了线条组成。有的线硬朗，转上了轩尼诗道，就是一条悠然的弧线。每一点轮廓都发着毛茸茸的光，是个他熟悉而陌生的香港。

他们在湾仔下了车，沿着石水渠街一直走。行至一座老旧的唐楼，门楣上写着"南昌阁"。底下是个水果店，还散发着碌柚的馨香。荣师傅和店里的老板打了个招呼，是熟稔的样子。另一边是个裁缝铺，叫"妈记"，已经收了档。门口锁着一把破旧的竹躺椅。荣师傅将躺椅搬开，侧身进去，看到一扇狭窄的小门。荣师傅敲一敲，没人应。五举听到里头传出收音机的声响，好像在播钟伟明的广播剧。收得不好，嗞嗞啦啦的。荣师傅便又使劲敲敲门。收音机的声音没了，有瓮声道，入来。

他们便推门进去。灯光昏暗，迎面是一张碌架床，床上坐着一个人，目光滞滞地望着他们。五举抬头，看见床架上挂着一件西装，搭着条石榴红的暗纹领带。西装袖子的肘部，被磨得"起镜面"了。五举想，是他。

先前在"多男"时，见过这个人。五举记得，他总是在周五来，将近中午时。左手搭件干湿楼，卷了一大卷报纸。

施施然进来，也不理会人。举目望，见哪桌吃得差不多了，他便走过去，一屁股坐下。也不言声，拿起桌上剩下的点心便吃，吃得心安理得。旁人见了，还以为他是搭台①的。这桌上的客，嫌恶地站起身，骂他一声"癫佬"，急急便埋单走人。也有气不忿的，便要叫经理。他安静地抬头望一眼，无辜得很。站起来，对那客鞠一躬。经理便也息事宁人。他又走到其他桌去。那桌无人，他便安心吃；有人，又骂他"黐线"②，经理便请他出去。他安静往外头走，也不说话。脚上的皮鞋倒踏得山响，大概是不合脚。五举，见他脚跟上插了几块香烟纸。只有路边给人擦鞋的人才会这样，怕的是弄脏袜子。

此刻，这双皮鞋静静地搁在地上。并拢，整齐。鞋里仍插着几张香烟纸。

荣师傅将手里的东西放下，轻轻唤声，少爷。

五举心里一颤，以为听错了。但见那人，撩起身边的干湿楼披上，望一望荣师傅，也轻轻唤一声，阿响。

这裁缝铺隔篱的梯间，狭窄逼人。天花与地面，构成一个三角。连五举一个十来岁的孩子，尚抬不起头来。荣师傅躬下身，从墙角拎过一张折叠桌，打开。然后叫五举帮他，将食盒里的小菜端出来，又拿出一瓶酒。

---

① 在粤港，指互不相识的顾客坐在同一围台上一起用餐，多出现在茶楼繁忙时段。

② 粤语俗俚，神经兮兮。

他自己抄过一只凳坐下。那人望一眼五举，说，细路，对唔住，没有凳子了。

荣师傅说，唔紧要。小孩子，就让他站着好了。

那人摇一摇头，从床上坐起来。走去墙角，从报纸堆里翻翻，弯腰抱起一摞书，有点吃力。他搁在桌子边上，让五举坐在上头。

荣师傅忙要阻止他，说这坐坏了怎么办。那人浅浅笑一下，说，如今这些剧本，在人眼里似笃屎，正好用来垫屎忽。

荣师傅说，这是我新收的徒弟，叫五举。

那人说，嗯，我知道不是先前那个。那个口水多过茶。

他从床头取过一副眼镜，用衣襟擦擦，戴上。眼镜柄上缠着胶布。他打量一下五举，说，细路，我认得你？在"多男"，你赏过我一杯茶。

荣师傅不等他说下去，打开酒瓶，斟满酒，说，今天中秋，要饮多杯。

那人执起酒樽，看一看，说，玉冰烧。

荣师傅说，少爷，你记不记得。那年我回到广州，在羊肉馆子里，你请我喝玉冰烧。如今这酒，在香港可不好找呢。

那人拿起酒杯，一饮而尽。望一望，目光却直了，慢慢说，是啊，我在香港了呢。

荣师傅看他又现出些痴相，忙给他夹了一筷子菜，说，那馆子的老板说，少爷欠了他一支曲，是支什么曲？

那人蹙一下眉，眉间有"川"字。忽而舒展开，用支筷子敲一下碟，口中道，查笃撑，查笃撑……清明节鸳声切往事已随云去远，几多情无处说落花如梦似水流年……

荣师傅说，少爷，今天是中秋啊，怎么就唱起了清明呢？饮酒饮酒。

他给那人夹菜，边说，你最爱吃我娘制的素扎蹄，我可学会了呢。尝尝味道正不正？

那人饮下一杯酒，蜡黄的脸色也红润些了。他问，慧姑可好，佛山住得惯吗，要不要跟我回太史第？

荣师傅愣愣，沉默了一下，说，阿妈好好呢。过几日就来看少爷。

那人又问，我允哥好吗？大嫂好吗？

荣师傅笑笑说，他们都好呢，好挂住少爷，让我给少爷带话呢。

那人脸上就又多了一些喜色，说，我上星期给允哥寄的本子，《李香君守楼》，他收到了吧？

五举看到师父放下筷子，脸上抽搐了一下，但立刻又笑了，说，收到了。允少爷夸您写得好呢，说，省港文胆，我堃弟居二，无人敢称第一。

那人便咧开嘴笑了，露出一排白牙。原本清癯老相的脸，这时竟有了孩子气。五举听他们说话，开始是前言不搭后语。后来，荣师傅喝多了，舌头也有些大，倒是那个人，神色渐渐肃穆。他说，阿响，我最近晚上睡觉，又听到枪炮声音。白天说给裁缝店的老板娘听。她说是填海区施工动了风水，要陆沉。被我听到了。

荣师傅就说，那个老板娘，成个神婆咁。还说我有宫宅相，将来富过包玉刚，我信佢？！

这时，外头传来钟声，“当”的一声响。荣师傅抬抬眼睛，说，少爷，我要返屋企了。秀明困得浅，等门睡不安稳的。

他拿出那个包裹，说，老规矩。还是四只大红点，应承我，自己食，莫益其他人。

那人接过包裹，打开看一眼，说，我唔要。

荣师傅就说，少爷，你忘了，这是你借给我办喜事的。说好中秋还，你不信，借条还在抽屉里呢。

那人抬起苍苍的头，茫然看着荣师傅，说，系咁？

荣师傅很肯定地点点头。那人从包裹里，抽出一张钞票。然后在碌架床的上层翻找。翻了许久，翻出了一个利是封。这利是封显然用过了，皱巴巴的红。他把钞票放进利是封，塞到五举手里。

荣师傅要挡，说，少爷，非年非节。这是做什么，纵坏细路仔。

那人不管他，拨开荣师傅的胳膊，对五举说，叫我声"七叔"。

荣师傅叹口气，示意五举接过来。

五举看他一眼，唤，七叔。那人笑，问，然后说什么呢？

五举想了半天，说，恭喜发财。

那人摸摸他的头，说，傻仔，又唔系过年，叫谁发财呢。应该说……他想一想，终究没说下去。他只是抬起头，看荣师傅，说，阿响，这细路好静，像你小时候。

师徒二人走出来。那个水果店，竟然还未关门。老板靠着门打瞌睡。荣师傅就拐过去，跟他买了一个大碌柚，让五举抱着，说，给你师娘带回去。

这时，夜风吹过来，荣师傅的醉意，也醒了几分。他看着前面走着小小身影，又想起了七少爷的话，这细路好静，像你小时候。

他想，他要谢谢七少爷，才遇到这个孩子。

每个星期五，他坐在"多男"，等的是七少爷。七少爷从未来过"同钦"。少爷清醒时，硬颈爱颜面，知他在"同钦"，便不给他找麻烦，小心翼翼地避他。这中西区的茶居，许多是梨园燕邀聚集处，原本视锡堃是省港行尊。敬他一餐半顿茶，可少爷犯起糊涂来，天王老子都敢骂。旁人先同情，渐不能容忍。竟有茶楼请了印巴籍的保安，堵在门口，不许他入内。唯有一间给他进去的，是"多男"。这是荣师傅交代下的。他就每个周五来"多男"，等少爷。他包下三楼雅座，看得见大堂，少爷却看不见他。少爷坐在了哪桌，他便提前叫人多送一笼点心。怕被发现，有时是叉烧包，有时是虾饺。一边悄悄交代下面，他来为这桌的客人埋单。他做不了许多。只想这一天，少爷能吃得安心，吃得饱。有一次，少爷怕被人赶，吃得急。吞咽间，噎住了，咳嗽起来。他在上面望见了，揪着心。人也站起来，想要下去。这时，他看见一个小企堂，放下了手里的大铜煲，倒了一杯茶，快步走过去。给锡堃饮下，一边轻轻抚着他的背，帮他顺下气。

荣师傅慢慢坐下来，他看见七少爷不咳了，定下了神。那个小企堂，便又拎起了大铜煲，疾步走去别桌了。

我问五举山伯，可记得荣师傅说的这件事。他摇摇头，说不记得了。

但他说，记得赵阿爷的话，这个人不是癫佬，有一肚子学问，要叫他先生。

至于杜七郎的学问，他跟我说过坊间流传一桩事迹。湾仔菲里明道上的"太平馆"，曾是七先生出没处。头个请了印巴保安的，也是他们。那日七先生和保安鸡同鸭讲，进不去餐厅。他叹一口气。拿出笔，在墙上题了一句，"曾经纸毁苦经营"，便拂袖而去。太平馆昔日名流汇聚，便有好事者看出，说，杜七郎是出了个无情对。这联据说到如今，从未有人对得出。

我便向几个相熟的报界前辈求证。一位《文汇报》的退休编辑，说确有此事，当年他们报上还登过。他说，这联文难在，看似文人发牢骚，可里头隐了个德文词。"纸毁"是德语"zweite"的音译，"二次"之意，该联是指经历了两次世界大战。而句末"营"为平声，可见杜七郎是成心出了个下联，叫人对上联。旁边人说，岂止！你道太平馆最出名的菜式是什么？——"瑞士鸡翼"。怎么来的？话说当年，这道菜还叫"豉油鸡翼"，有个鬼佬客吃后大赞："Sweet！Sweet！Good！"侍应不知何意，就向一位客人请教。客人也对英文一知半解，将 Sweet（甜）听成了 Swiss（瑞士的）。以讹传讹，"豉油鸡翼"就此成了"瑞士鸡翼"。这杜七，鬼得很，暗讽太平馆是做不中不西的"豉油西餐"起的家。

如今这湾仔太平馆，早因重建搬去了铜锣湾的白沙道，旁边是卖南货的"老三阳"，自然也就看不到杜七郎的联文手迹。倒是应了往日报上的专栏名，"逸人逸事"，皆踪迹难觅了。

那次见面后，五举便多了一个差事。三不五时，便到那"南昌阁"，给七先生送东西。多半是吃食，应时糕点，有时也是换季衣裳。还有一两封信，上头写着七先生的名字"向锡堃"。留的是荣师傅的屋企地址。五举走时，七先生就在墙角的报纸堆里翻好久，翻出一两本书，给他带回去看。倒也不是什么精深的东西，都是市面上流行的三毫子小说，像卧龙生的《仙鹤神针》，依达的《渔港恩仇》。荣师傅看见了，就说，都是印刷公司送给你七叔的。叫他依葫芦画瓢，写写太史第的事。书他留下了，人都给骂了出去。

这天，五举照例傍晚时候去。手里挟着一只盒，外头包着永安百货的画纸，里头是条新领带。五举走到裁缝铺，看到焦黄脸的老板娘，坐在门口的躺椅上，悠哉悠哉拍乌蝇。一见他，放下手里的蒲扇，满脸堆笑将他迎进去。说衣服一早做好，就等他来。说罢从架上取下一件西装，鼠灰色，枪驳领，新崭崭。她叹口气道，你看这面料做工……算了，你一个细路懂什么。可有得改了！我要给他量身。他倒好，说男女授受不亲。

五举按师父说的，把钱付给她。老板娘点好，满意笑笑，却又斜一下眼睛，压低声音说，说给你师父听，唔好再给你七叔钱。佢傻傻哋，将啲钱跟生果档换成散纸，周街派给路边乞丐。我亲眼见到的。

两人敲开七先生的门。锡堃背对他们，床上散了一床的纸，口中念念有词。五举看不懂，不知那是工尺谱。叫一声七叔，他回过头来，眼清目亮，不是往日恹恹的混浊样。

老板娘就要给他穿上西装。他一闪身子，说我自己来。穿上了，老板娘啧啧称赞，说，你瞧我这眼力，膊头袖子都啱啱好！七先生真是衣服架子。

锡堃脸上也有喜色。老板娘说，先生精神好。穿得那么排场，唔通係要去饮①？

锡堃笑笑，不理她。老板娘就凑趣地出去了。

五举帮他将领带打上。锡堃自己从桌上拿过一只眼镜盒，小心翼翼地取出副眼镜戴上。不是原来那副，也是新的，眼镜腿上无胶布。

五举看着，也赞叹。想师父说得没错，佛靠金装，人靠衣装。七先生收拾得体面，斯斯文文，成个港大教授咁。

他便也问，七叔当真要去饮？

锡堃笑笑，脸冲门上扬一扬。五举这才看到，门背后贴着戏院的海报。有利舞台的，有普庆戏院的，有太平戏院的。有新有旧，贴得密密麻麻。五举想，以往就未有留意到。这些戏码有些他听过，因称得上家喻户晓。像是《跨凤成龙》《百花亭赠剑》《双仙拜月亭》。赵阿爷迷陈凤仙，连他也哼得出"更闻鹤唳叫泣南岗，亭畔拜仙踪降"。

五举便问，七叔要去看大戏？

锡堃点点头，脸上神情稍肃穆起来，眼里头仍有一点潋滟的光。他说，我徒弟请我看他写的戏。

五举看海报上，编剧都写的是一个名字"宋子游"。这名字他也不生，阿爷常提起，是香港鼎鼎大名的编剧。五举想，这个人，竟是七先生的徒弟。

锡堃眼神晃一下，似看见了他的心事。他将西装慢慢脱下来，齐整地挂好在床架上。手在袖子上掸一掸。轻轻说，我不成了，至少还有这个徒弟。当年他在太史第门口，唱我的《独钓江雪》。故意唱得荒腔走板，我才收了

---

① 粤俚，指赴宴喝喜酒。

他。如今太史第没了，阿爸也给我克死了。我就剩下这么个徒弟了。

锡堃回过身，从床上捡起一页，仿若自语，他写好这出《紫钗记》，同你师父一道来见我。我心窄，没脸，不肯见他。他在门口站定了，说，七哥，当年我唱你的戏，你让我进去了。如今我就唱自己写的。

就是这折《灯街拾翠》。锡堃便对着那页纸，对着五举唱：

携书剑，滞京华。路有招贤黄榜挂，飘零空负盖世才华。老儒生，满腹牢骚话。科科落第居人下，处处长赊酒饭茶。问何日文章有价？混龙蛇，难分真与假。一俟秋闱经试罢，观灯闹酒度韶华，愿不负十年窗下。

我听得忿气，就将门打开了。看他站在门口，笑笑口看我。他说，七哥，我唱了李益唱崔允明，唱了崔允明又唱韦夏卿。师父，你终于肯见我了。

你看，过了几十年了，他还是来激将我。举仔啊，你说我人活一世，到头来，就剩下这么个徒弟了。

锡堃将眼镜取下来，撩起衣襟擦一擦。眯着眼睛，目光散着，渐渐汇聚在门上的海报，不再说话。

五举说，七叔，你莫唔开心。

锡堃回过神来，说，不不，我好开心。你要俾心机，同你师父学，学整莲蓉月饼。学会了，有出息，周街都买来食。你师父都唔知会几开心。

第二日清晨，天麻麻亮。还未上客。"同钦"的后厨已在忙碌，预备开早市，荣师傅督场。

这时候，外头有嘈杂声。荣师傅便出去，看见企堂拦着一个人，不让他进来。荣师傅一看，是七少爷。

他忙喝退企堂。想平日锡堃从不来"同钦"找他，请都不来。只见锡堃脸色惶惶的，身上还穿着新西装。领带歪在了一边，头发散在额头上。他走过去，笑笑问，少爷，昨天的戏好看？

锡堃愣愣地看他，忽然开了口。他说，阿响，阿宋死了。

荣师傅也愣住。没等他回过神，锡堃便哭了起来，开始是哽咽，忽然，哭得惊天动地。后厨的人都出来了，围成一圈看。看这不知哪里来的癫佬，站在茶楼大堂的中央，哭得像个孩子，不管不顾。荣师傅慢慢走过去，将手放在锡堃肩头。那手也趁着肩膀剧烈抖动。他心下一震，便将锡堃抱住了。荣师傅抱住他，闭上眼睛。觉得怀里的人，怎么这么薄，全是骨头。那时候，是个温暖厚实的后生啊。如今，怎么像片落叶似的薄。

一大早的报纸出来了。头版都是宋子游亡故的消息。在利舞台，新戏演到第五场，忽然心梗倒在观众席上。送到圣保禄医院，翌日清晨不治。报纸配的照片，上头是剧照，下面是他观戏的现场照片。脸上微笑，踌躇满志的模样。旁边坐的人，也笑吟吟的，是师父杜七郎。

荣师傅开了酒店房，看着七少爷。戏曲总会的人说，万国殡仪馆的追思会就不要他去了。到时有媒体到场，还要体体面面的，经不起一番折腾。

第二天中午，锡堃跑了出去。先摸到了殡仪馆，灵堂挨个找，找不见。红磡沿途街道，报摊上，到处都是徒弟的遗照。他抢过报纸就撕，撕了扔在地上。又跑去第二个报摊，接着撕。有人报警，警察来了，拦不住他。他又打又骂，几个警察联合起来，才制服了，送上了警车。

在差馆里，他倒安静了。荣师傅赶过来，来保释。警察说，几个手足给他打伤，进来倒安静了。问什么，来回都只有一句话。

从差馆出来，杜七郎给送进了青山精神病院。媒体写，这是他第三次入院。上次是四年前，那时他的新戏《泣残红》，口碑票房双仆街。

夜里头，荣贻生到了云重那里。什么话也不说，脱下衣服，便与她造爱。

做完了，大汗淋漓的，点上一支烟。也不抽，烟灰燃着燃着，落下来。落到身上，烫得自己猛然一抖。他将烟掐灭了，捻在烟灰缸里。人还是呆呆的。云重起身，要穿上衣服，被他一把拉住。手劲很大，云重被拽得跌坐在床上，他翻过身，把头深深埋在女人胸前，也不动。半晌，云重感到有滚热的水，沿着乳房流下来，流得很汹涌。她使劲抬起男人的头，看他已是泪流满面。她静静看这男人，想这些年，他也有些见老了，脸上有浅浅褶皱。那泪水凝在嘴角的法令纹里，没有流下来，晶亮的一涡。

待平息了，荣贻生说，阿云，你知道七少爷在差馆里，来回都只有一句话。他说，我就剩下这么个徒弟了。

我细细想想，当年宋子游在太史第门口等。若不是我多说了一句话，阿宋兴许就走了。少爷还怎么收得成这个徒弟。后来宋子游名头大了，少爷面皮薄，不肯认这个徒弟。又是我求他，带着他跟少爷见面。我只想少爷心里，还能有个盼头和牵挂。你说当年，少爷在宝莲寺里，给鬼佬讲佛经。我远远看着，精神已经好了不少。要是我不急着找到他，报老太史的丧。他不是魂不守舍，怎么会从火车上摔下来。何至于是现在这个样子。

云重听着这男人的呼吸，随自己的心跳起伏，渐渐没那么重浊了，方开口道，你说七少爷跟人讲佛经，他一定懂得，有因就有果。你既不是因，也不是果。因缘前定，没有你，也还有其他人。

荣贻生抬起头，直愣愣地看她，阿云，那你是我的因，还是我的果？

云重坐起来，披上衣服，轻轻说，你回去吧。秀明困得浅。夜里等着门，她睡不安稳。

拾壹

欲见莲时

> 益智子，如笔毫，长七八分。二月花，色若莲，着实，五六月熟。味辛，杂五味中芬芳，亦可盐曝。出交趾、合浦。建安八年，交州刺史张津尝以益智子粽饷魏武帝。
>
> ——嵇含《南方草木状》

荣贻生和司徒云重重逢，是他来香港的第五年。

三月初时，"同钦"进了一批新茶器和骨碟。以往入货，都是从石硖尾的"锦生隆"瓷庄。不过因政府收地，"锦生隆"将厂子搬去了新加坡的裕郎，那里新建了铁路轨道，利于搬运。可往返海外，这样于"同钦"的购买成本就高了许多。"锦生隆"便介绍了深水埗的同业瓷场。新到货那天，荣师傅与方经理一同查验。看瓷胎上好白靓，花头与车边都十分细致。底下印着"粤祥"大红三角印章，里头是英文缩写"Y.C."。检查至骨碟，绘着普通的鱼藻纹。可这摇曳的水藻，并不是通常的绿。光线下，有一种少见的艳异与通透。背阴处看，又是幽静的。荣师傅心里轻颤了一下。他将碟子翻转，看到碟子底部，画着一朵青色的流云。

他脱口而出，鹤春。

前来送货的伙计，有些惊奇地望他，说，师傅这么懂行，知道"鹤春"。

他放下碟子，敷衍了过去，我哪里懂，听人说起过。

一星期后，荣师傅来到了"粤祥"瓷场。

他看到门口一棵高大的椰树，突兀而挺拔地立着。四周倒是漫漫土坡。这些新建造起的厂房，犹如城堡。有巨大的烟囱突起，像城堡上的塔楼。烟并不浓重，袅袅飘向远处狮子山的方向。

他手里执着那枚骨碟，向人打听。一个路过的工人，将颈子冲烟囱扬一扬，说，云姐，看火眼呢。

荣贻生走进炉房，似乎空无一人。当中的红砖砌成的大圆炉，倒十分壮观。七百来呎的炉房里，可感受到一股热力，还有木炭燃烧发出的，有些酸涩的气息。他走出去，向外望，却听到后面有细隐的声音问，你揾边个？

他转过身，于是看到了那个细路女，用一双灰蓝的眼睛望着他。那瞳仁上，像是蒙了一层轻薄的雾，因而有些失焦。这是一双略为凹陷的，很美的眼睛，镶嵌在净白而透明的脸上。在香港这些年，荣贻生见过许多洋人孩子。但由于他们鸣放的性格，很少见到这样安静的眼睛。但是，这细路女也有很茂盛的黑发，束在脑后。身上穿件显见是成人衣服改成的夹袄。有些陈旧的蓝底，缀着灰白的碎花。这些都是中国的背景，让灰蓝的眼睛漂浮起来。这个孩子，用地道的广东话问，你揾边个？

荣贻生弯下腰，刚想说话，听到圆炉后有声响。他听见一把女声，唤，阿妹。

细路女便回身快步走过去。这时，他看到有一个女人从炉后走出。

是司徒云重。

他们，立刻认出了彼此。云重本有的微笑，此时凝固在脸上。她瘦而尖削的脸，因梳了一个发髻而更为单薄。或许是扬起的炉灰，额上有苍青颜色，混着汗。她不自主地抬起手背擦了一下。大约觉得没擦干净，又撩起了袖子使劲擦。擦着擦着，放下手。脸上是得宜的水静风停的笑，开口道，响……

这时，她停住，略低下头，对身旁的细路女说，阿妹，叫姨丈。

细路女，怯怯地躲到她身后去，又慢慢探出头，只露出双眼睛，望着荣贻生。

荣贻生愣一愣。他看出来，除了这双眼睛，这孩子脸上的一切，都来自云重。

这时，云重似乎想起什么，急急走到外头，喊一声，扒火。

喊声嘹亮，但有些沙，不是少女的声音了。

外面便进来了几个年轻汉子，都精赤上身，着短裤，对云重并不避忌。嬉笑着，一边用一只铁钩，钩进炉底，钩扒出赤红的火炭。炉房里顿时火花四扬，伴着更为浓重呛鼻的硫黄味。荣贻生不禁咳嗽起来。这些伙计们已是灰头土脸，更为放肆地笑起来，一个将荣贻生往外推出去。

炉子刚还是通红的火焰，待扒清炭烬后，已是冷灰色。伙计们收拾了东西，也就离去了。荣贻生问，瓷器烧好了，不收拾出来吗？

云重拿着扫把，仔细将炉灰扫成了一堆，说，东西还滚烫着，炉不能开，会吹爆。明天揭炉顶，再逐件提出来。

荣贻生躬身，向那细路女唤一声，阿妹。

女孩侧他一眼，头拧过去，不应。

云重便说，阿妹，唔好失礼人。

女孩扁一下嘴，说，我有名字的。

荣贻生笑笑，问，你叫什么名？

女孩说，灵思。灵思堂的灵，灵思堂的思。

荣贻生又问，那姓什么呢？

云重抢过话说，司徒。司徒灵思。

荣贻生看她站在门前，眼里灼灼的。这时眼神却躲闪了一下。

他便从随身的挎包里，掏出了一个纸袋，给女孩，说，姨丈打的点心。

女孩不接，恋恋地看一眼母亲。云重点一点头。她才接过来，打开，里面是几块烤得焦黄的酥饼。到底是被食物的香气诱惑，灵思忽有了细路女该有的样子。她小心翼翼地舔一下那块饼，咬一小口。灰蓝的眼睛里，泛出了光来。

荣贻生问，灵思，好唔好味？

女孩使劲点点头。荣贻生便说，好味，姨丈再整给你吃。

云重便说，阿妹，阿妈点同你讲，有了好东西要怎样？

女孩眨一眨眼睛，似乎不太舍得。但用细细的声音说，分俾人食。

便捧着这些饼，慢慢朝厂里走去。

荣贻生沉默一下，赞道，女女好教养。

云重看着孩子的背影，轻轻说，论理女仔要富养。养不成了，起码要上规矩。

两个人，看着那小小的身影，被一群孩子簇拥。个个是雀跃的，大概都是瓷场的子弟。这时候，荣贻生听到云重问，你怎么找了来？

他便掏出了那只骨碟。云重张一眼，说，你们要得急，瓷场的人手不够。我平日不画饭货。

荣贻生说，我知道，碟子底下没有"粤祥"的印。可你舍得用了"鹤春"。

云重便不说话了。久后说，现在谁还在乎这些呢。

他们便一路往前走着。走了一会儿，渐听到了潺潺水声。长坡后边，竟隐着一条溪流，漫漫地流向草丛中去。这时节，还传来间或的蛙鸣。

荣贻生一时间，似乎有许多的话。待开了口，却问道，你等到那个人了吗？

云重愣一愣，站定了。脸庞望一望瓷场的方向，说，就在这吧，我还没收工。替我问秀明好。

荣贻生想一想，从口袋里掏出一包烟，将烟壳剥下来，在上面写了个地址。他说，这是我们家。远一点，在西环。有空来，秀明念着你。

"做冬"那天，云重才带了灵思来。

因未见过，孩子们都很认生。家里男孩们到底活泼些，不一会便也熟了。小的那个，追着灵思叫"鬼妹"①。

大人们一听，愣住了。秀明就冲他屁股上打一记，说，冇轻重，这是你表姐。

云重将自己和孩子，都收拾得齐整。头上捋着很紧的发髻，穿件青绸的旗袍夹袄，十分合体。秀明却看见，这衣服的袖口有浅浅磨毛，怕已有年头，只是穿得珍惜。

云重带了一只很大的碌柚来，说记得秀儿爱吃。秀明说，这么多年了，亏你还记得。入冬来这东西金贵，人哪里舍得吃，都用来敬神。

说着接过来，直接便摆到了神龛前头。龛里敬着德化瓷的水月观音，音容慈济。下面有两个牌位。一只上面写着，"尊师 叶凤池 生西灵位"；另一只写了"先姚 荣氏 慧生 往生莲位"。

---

① 粤俚，指西方白人女孩，略带贬义。

云重看了，不说什么，也没问。只与秀明求了三支香点上，随她拜一拜，插进香炉里。又默立了一会儿。

她还带来一只瓷盘。正中画着凤穿牡丹，瓜果边是白菜百蝠。开了斗方，里头画着一对捧了石榴的总角孩童。秀明啧啧称赞，说好喜庆。又凑趣说，这细路画得真好，像极了家里的两个讨债鬼。

云重便也笑说，石榴多子，以后还能生。儿孙满堂。

秀明道，唉，香港这几年物价飞涨，揾食艰辛。再生养不起，能把小冤孽们糊弄大就不错了。

说罢，她便将这只盘，郑重摆在了客厅正中的腰柜上。云重看到这腰柜上还有一只大盘，正是自己当年画的安铺，如阴阳太极，一半在光里，一半在光外。

这时，荣贻生端着菜，从厨房里走出来。戴着青花的围裙，样子有些可掬。秀明就说，他啊，平日里一个厨子，回家是不做饭的。这是当你作贵客了。

荣贻生便说，在家里头，就几个家常菜。

云重看这些菜，说是家常，又很见心思。鱼生腊味蚬菜煲，有几分"围炉"味道，是要往年菜的丰足上置备的。她也发现，盛菜的碗盏，也是自己送的。荣贻生给他们夹菜，说，这套瓷器，秀明可疼惜。从广州带过来，一年用两次。过年一次，中秋一次。今年"做冬"，算是破例了。

秀明说，云姐，你还记得，我哋上回一起"做冬"，是在安铺。成个屋企，阿爸阿妈，还有周师娘。也是六个人，三个老的，三个小的。那时我们仨是小的，如今成了老的了。

云重笑笑，摸摸灵思的头，说，是啊，又是"做冬"。我到哪里，都是个客。

秀明听了，脸上的笑容敛了一下，说，讲乜哦，我哋系一家人。这不是团圆了吗？

说罢，便支一下男人。荣贻生恍然，站起来说，看我，高兴到大头虾！

汤圆都忘了煮。

饭吃到了一半，秀明问，响哥当年送你回广州，再没见过。我们一直担心着，你去了哪里。

云重放下筷子，嘴巴抿一下，用手帕擦了擦。她说，广州湾。

秀明说，鬼子飞机炸安铺，我们也去了广州湾。竟没有遇得上。

云重便道，都是乱离人，谁能碰得到谁呢。

秀明轻轻说，也是。个个自身难保，一家人能全须全尾就不错了。

云重说，方才我一路走过来，经过摩罗上街，好多铺子在卖古董。那价钱高得吓人。以往在广州湾，收了工，去赤坎海边街。骑楼底下，都是逃难的人。什么好东西都有，都是三文不值两文地卖了。

她便给秀明看她耳上的坠子。原来是水色很好的翡翠，烁烁在灯下闪着光，从她朴素的形容里跳脱了出来。她说，买这一对，当年也就几张西贡纸。

几个大人喝了点酒，渐渐微醺。秀明说，响哥，你记不记得，那时云姐教我们唱一支歌，是她阿爷教的。云姐，那句怎么唱来的？有船又有花。

云重犹豫了一下，还是开口唱道：伍家塘畔系瓷乡，龙船岗头艺人居。群贤毕集陈家厅，万花竞开灵思堂。

刹那间，这歌声唤醒了荣贻生，或者阿响。他仿佛看到了一个少女，站在安铺连街的桂花树下，一边唱着歌，并无忧虑地望着他。然而，此时这歌声，似曾相识，虽婉转，却听来郁郁的。尾音不复当年丰润，草草收束，是被岁月风干了。

唱着唱着，云重自己先黯然下去。她捋捋鬓发，抱歉地看一眼，说，细路女的歌，不好再唱了。

她抬起头，看一眼挂钟，说，不早了。我们要回去，赶末班的渡海船。

秀明这才想起，她是一路迢迢而来，便说，今晚别走了。难得来，让孩子们多玩一会儿。

云重摇摇头，明天一早还要开工。

秀明就问她住哪里。云重说，住在大窝坪厂里的宿舍。

秀明说，你带着孩子，住厂里方便吗？

云重浅浅笑，大家有个照应。原本住九龙仔大坑东，这不去年一场火烧了木屋区。现在有个容身之处不错了。只是孩子上学，以后麻烦些。

她弯下腰，对女儿说，思女乖，跟秀姨姨丈说拜拜。

荣贻生和秀明，将云重送到德辅道上。两个人又沿着山道，慢慢走上来。秀明这时回过身，对男人说，云姐现时这样，我们要帮帮她的。

我在尼斯见到了司徒灵思。她如今寡居，住在一幢老年公寓里。

我们吃过了晚餐，她提议去海边走走。路上经过了一个周末市集，卖各种皮具。她看上了一串绿松石的珠链。她坚持不懈地和小贩讨价还价，用流利而嘈切的语调。她的法语有浓重的后鼻音，我不知这是不是传说中的里昂口音。她如愿地买到了那串珠链，立刻戴上，并问我好不好看。灰蓝的眼睛，在路灯下，泛着暖色的光泽。我问她，是否记得，她母亲有一对翡翠耳坠。

她看我一眼，很清晰地说，记得，我九岁时，给她当掉了。

司徒灵思与很多老人不同。她对往事保持着惊人的记忆，精确到可以年份作为刻度。

除了幼年时造成家变的那场大火，她似乎善于向我勾勒所有记忆中的场景。她有很好的中文能力，将这些场景还原得如此逼真。甚至于瓷场里所有厂房与房间的方位，房间的布局，其中的陈设与工具，工具的功能，都一清二楚。特别是房间里的圆炉。她说，她在寄宿学校里，第一次听嬷嬷讲起巴别塔。也许那时太小，她总觉得这圆炉高得像巴别塔一样，可以一直通到天上。

直到她稍长大，还不足以登上阶梯。云重便抱着她，从火眼望进去，才看清里面层层叠高的瓷器。为了防止瓷器底面刮花颜色，都以薄瓦在周边支撑或上砖分隔。她告诉我，极小时，母亲便教会了她有关火与颜色的奥秘。这也是烧制过程中加炭升火与扒火的规律。最耐高温的是西红。西红中有黄金磨粉，所谓真金不怕红炉火。而大红不耐火，遇火则变黄。我问，那鹤春呢？她说，鹤春和大绿一样，在火中早成通透。调色里用了水白，过火便会冰裂，前功尽弃。

虽然是五月底，夜里的海风，其实有些凉。但这没有阻挡人们下海的热情。也因为水凉，为了抵御寒冷的体感，有人在水中热烈地唱起了歌。是支我并不熟悉的法文歌曲。司徒灵思，跟着这些泳客一起哼唱，一边在大石嶙峋的海岸边坐下来。

我终于问，离开香港这么久，有没有关于食物的记忆。她想一想，说，瓷场的工人们，都好吃狗肉。场里的女工很少，他们将买来的狗交给云重打理。母亲将这些狗放掉，然后买了羊肉替代。两年都未被发现。她那对翡翠耳坠，就是为买羊肉被当掉的。

我于是引导式地开启话题，说，广东最出名的，是点心。恐怕和这里唐人街的口味，还是不太相同。

司徒灵思，陷入了长久的沉默。夜归的海鸟，翅膀掠过海面，牵起无数的水花。落下去，便是层层涟漪。

一个幼小孩童从水中出来，在大人看护下，慢慢向岸上爬。司徒灵思，定睛看他终于爬上了岸。大人们兴奋地对他叫着"Bravo！"她似乎也松了口气。看一眼我，说，我知道您想问什么。我已经老了，不会介意更老的人发生过的事。我想，那时我可能需要一个父亲。

荣贻生想，他一直错过了司徒灵思的眼睛。

这个孩子此后的成长，渐渐偏离了云重基因的赋予。她的面目，轮廓开始变得硬朗，深目高鼻，却有海藻一样丰盛而卷曲的黑发。在她开始发育时，显见比同龄的孩子更为茁壮。为了掩饰，她学会了含胸，这并非让她显得谦卑，反而有些尴尬。当她上中学时，她发现自己被同学无端地孤立。在中国孩子与本港的西人中，都不被待见。因为他们想当然地，将她推给了对方的阵营。

这种误会也来自于大人。她的成长，渐渐将这种误会滋生壮大。有一个男人，长久蛰伏于她灰蓝色的眼睛，这时开始显山露水，改造着她，用她的形貌复制着自己。这个人，这么多年，是云重想要忘却的。代表某一段不想被提及的过去。她知道，荣贻生也知道。但是灵思的成长，在提醒和鞭笞她，对这段过去的不可遗忘。

然而，荣贻生却也在这孩子的成长中，获得了某种侥幸。他想，这终究是一个外国孩子，她不属于云重，甚至不属于这个地方。非我族类，或是一切隔阂的开始。当然，他对灵思比以往更加好，甚至比一个真正的父亲更为周到。他心里很明白，这是对一个"客居"者的耐心与善意，而不是对自己的孩子。这种心态一旦膨胀，无知觉间，带来了自欺欺人的安全感，让他自我麻痹。

他不再那么审慎。一个外国孩子，会懂得什么呢。东方人的含蓄情感，她不会懂。发乎情，止乎礼，她也不懂。她只有一双笼着薄雾的、灰蓝色的眼睛。她看不懂的，中国人的眼眉之间，不露声色，水到渠成。

他没有意识到，这已是险境的边缘。当将灵思送进了寄宿学校，他便在深水埗的北河街租了一个唐楼单位，让云重搬了过来。开始云重并不愿。他说，你一个女人家，住在厂里，总不是长久之计。

他选择这里，是因为靠近深水埗码头，有来往于上环与深水埗的"油麻地小轮"。一些清寒的周六，他和秀明会沿着威利麻街一路走到码头，登上小轮去看望云重。后来，秀明的身体不再适合远行。他便一个人去。这座唐楼在码头的斜对面。正门口是铲刀磨剪的铺面，走进去是九曲十八弯数不尽的板间房。里面除了住家外，更隐匿着小型工厂，有打铁的、铸模的和印刷的。四周荡漾着一种带有金属味的烟火气。

那个单位在最里面。开开窗，能看见码头上的光景。他总是带着点心。带什么，取决于他来的时候。若是中午来，多半是小按包点，叉烧包、虾饺，又或者是粉粿，到了深水埗，还带着余温；若是过了午后，便是大按的糕饼，莲蓉酥和光酥饼，这多是他自己的手笔。两个人就就着夕阳的光线，慢慢吃。透过窗户，看码头上的人聚和散。

有一次，他进门，就闻到鲜而甜的杧果味。屋当中的火水炉上，坐着一只小锅，里面咕嘟咕嘟，正煮着西米。云重将西米捞出来，待冷了，用纱布滤干。这才开始切杧果，切成九宫格，然后细细地将果肉剥下来。她低着头，说，小时候，我阿妈给我做杨枝甘露。我学会了，还未做给人吃过。

做好了，他们仍是靠着窗吃。看一辆巴士在远处停下。多是荃湾与葵涌的居民，挤挤挨挨地从车上下来，赶着码头的钟点。一班船走了，码头忽然就空了。阳光将栅栏的影子投在石屎路上，像一丛丛剑棘。

云重放下手中的碗。码头上的几个孩子玩"跳飞机"，她看得入神。一些光线柔和，笼住她的侧影，镀了金一样。荣贻生看她脸上是毛茸茸的。把岁月的痕迹抚平了，竟还是当年那个少女，站在青龙舌上，惘惘望着九洲江，浩浩汤汤。他走过去，倏然捉住了她的唇。闭上眼睛，杧果余香，还有一丝薄荷的凉。

以后，荣贻生吃过这只火水炉做过的许多东西。都很简单，但并不简陋。有时是甜品，有时是粥品，有时是一只啫啫煲。虽非盛宴，却经时间堆叠，成了荣贻生内心的一个盼头。每每他坐上渡轮，就在想，云重会给他做什么吃。这样想着，脸上会有笑意。他想起回广州的船上，云重将他打的莲蓉月饼掰碎，一点点掷到海里去。

有一回，云重什么都没有做。他未免失望。却见云重说，我今天在街市看到卖蚬，广州来的黄沙大蚬。我想等你来了再买，新鲜。你等一等我。

他要跟她一起去。她竟默许了。两个人，就走到了北河街的街市上。云重在前面走，荣贻生遥遥地跟在后面。看她出入店铺，买香料、买葱姜，看她相中了路边一束姜花，驻足，与小贩讨价还价。她捧着姜花，人走到哪里，香味便画出她的行迹。荣贻生便跟着这香味，越跟越近。这仿佛某种成人的游戏，带有冒险的性质。卖蚬的摊位上，他们终于走在了一起。他们从未在外面，站得如此接近。云重买好了，极其自然地，将手中的菜篮递给他。他也极自然地接过来。

当两个人走进唐楼，走上楼梯。云重问道，攰唔攰？

她一边拎起篮子的提手。但他并没有放手。两个人便一人拎着一边，在黑暗的楼道里走。这提手便将两个人的体温，传给了彼此。

黄昏时候，他在姜花的香气中醒来。这花香中，有浅浅的清酒煮蚬的清甜。

他看见云重，披着衣服，坐在一只灯胆的光下。一手执着瓷盘，一只胳膊靠在枕箱上。此时她脸上神情，有种端穆与肃然。微微蹙眉，眉宇间似乎也有些苍青。这一切，似曾相识，让荣贻生恍惚了一下。

他也认得这只乌木枕箱。是云重的阿爷传给她的。箱盖深深镌着"司徒"两个字。凸凸凹凹，一刀一痕。箱身陈旧斑斓，是许多代的绘彩人沾染上的颜料，和时间一道被桐油封印。

荣贻生看她画的，是一个码头，苍黑地伸向海中。海是蓝的，包裹了远帆，与大小舟只。海天相会处，用的是鹤春。那样绿的一线，接于幽明之间。

荣贻生这样看了很久。直到天色黯淡，云重回过身来，才察觉。荣贻生说，阿云，你可还记得？那时在虞山上，你对我说，等我们都出了师，我做的点心，都用你画的彩瓷来装。我们还钩了手指。

云重放下笔，定定地看外头的云霞，对他淡淡笑说，我算出师了么？我画的东西，如今在你们茶楼，只配做骨碟。

司徒灵思，很早发现了母亲的异样。这异样体现在食欲的偏狭。云重终于不再相信女儿如此粗枝大叶，因为她看到桌上出现了一包杨梅和嘉应子。她刻意没有去碰。想一想，又在灵思面前故作坦然地打开，拿出了一颗放进嘴里。一边有一搭没一搭地说话。忽然，司徒灵思看见母亲捂了下嘴巴，肩头战栗了一下。

即使再谨慎，只要一方自认成了猎物，另一方自然洞若观火。云重开始穿起宽松的衣服，有了街坊师奶的样子。这不符她一贯的审美。灵思仍不动声色。当渐渐显出腰身的时候，母女间的博弈也行将结束。灵思想，为什么那个男人还没有出现。她于是问，姨丈最近怎么没有来。我想他的莲蓉酥了。

下一个周末，荣贻生便来了。一切如常，带来的是同钦楼的素包。问她的学业，和同学的相处，开长辈分寸无关痛痒的玩笑。但在这个过程中，他却没有看云重一眼。灵思说，姨丈，下个星期分级试，我心里没有底。想去黄大仙拜一拜。

他们就到了九龙城。因为过了十五，人并不很多，但香火依然鼎盛。灵思说要去麟阁拜文曲星。云重说，女女，我想求支签。

荣贻生事不关己的样子，说，我都去望一望。灵思看他们走远，便往麟阁去。拜完了，又磨蹭了一会，才去解签档。却未见人。便一个个殿看过来，在三圣殿看到母亲，正在观音前，阖目而拜。荣贻生站在很近处，脸上有戚然之色。

晚上，趁母亲冲凉，她找到了那支签。签诗写，"十九年前海上辛，节旄凋败逐沙尘，餐毛嚼雪谁怜我，惟有羊儿作伴群。"她便将签文抄下来，拿去给师傅解签。师傅说，求签的是什么人。她想想说，我阿姐。师傅说，不好，中下。寒凝瘀阻，孤而不得。

灵思恍惚一下，孤而不得？那我算是什么？她从来不知道自己的父亲是谁。这孩子还没生下，便有个老窦看着。哪怕不名誉，但至少是有。

清明前，云重的孩子没了。

她只身到"多男"时，已平心静气。

她还是个细路女。云重轻声说。

荣贻生将头偏到窗外去。因为隔着玻璃，路面上车水马龙，却无声。他想，为什么今天七少爷还没来。这女人却来了。

他的孩子走了。他无数次憧憬过这孩子。

签上说，"苏武牧羊"，苏武终究不是回来了吗。可这孩子呢，却永远走了。这女人的细路女，亲手把母亲从楼梯上推下来。然后在医院里哭着告诉自己，没想到阿妈有身己。流了好多血，佢好惊。

云重喝下一口茶，很热。但她还是大口地喝下去，没有停下，直到喉咙灼痛。这茶里，有一丝甜。她想，大概是因为最近口苦，吃什么都是甜的。可是喝到最后，她看到茶盅里卧着一颗开瓣红枣。

她从楼梯望下去，望见刚才那个男孩。正是长身体的年纪，长手长脚，身形却单薄。举着一只很大的黄铜水煲，疾走在各台之间。她看看面前这个男人，想，她错过了他的成长。他小时候，大概也是这个样子。

七年后的初夏，五举记得很清楚。

这一年他十七岁，已近成年。这城市经历了许多，也变化了许多。同钦楼里，他已看惯了每日朝夕景象。客还是那些，有些老人来不了，或者不来了。有些年轻些的面孔，渐老去。这老去也是在无知觉间，是安静的。

然而这初夏，城市不再安静。

空气中燠热，隐隐弥散一种干涸气息。港岛中环至北角，开始出现聚散的人群。这股热浪中便挟裹了声浪。五举依稀听说，这与前一年的"天星小轮加价"有关。人们头顶盘旋着直升机，也是轰隆作响。港英政府发表声明，街上出动防暴军警。

这一日，五举去中环送货，回来路上，路过皇后像广场，看见挤挤挨挨的人群，他们手中举着红色的小书，口中呐喊，向港督府的方向走去。汹涌的人流，将路截断了。电车停下来，五举随其他乘客下了车。也随着人流往前走。走到华丰百货，看几个英籍警察，荷枪实弹，正围着一处消防栓。消防栓上醒目地摆着一个纸盒。盒子上写着"同胞勿近"。五举知道，这是在民间传说的"土制菠萝"，是真假难辨的炸弹。

一个督察模样的警察，用洋腔调的广东话，呵斥与驱散围观的人群。但因经过人流的声浪，他的声音被淹没了。人们簇拥在昃臣爵士铜像周围。铜像的底座上站着一个青年人在慷慨激昂地演说，忽然举起一条白色的横幅，上面写着"爱国无罪，反英抗暴"。见此横幅，铜像四周便是如云的臂膀。就在这时，五举看到了谢醒。那是师兄的背影，他再熟悉不过，一肩高，一肩低，看起来有些散漫。他和众人一样，高举起臂膀。他想，这两日都没有见到师兄返工，原来是在这里。他于是喊着师兄的名字，但这声音，也被声浪所淹没了。

五举是黄昏时回到史坦利街的。在茶楼附近，他看到了那个女人。他想，这么多年，他时而见到她，自从"多男"开始。此时，她站在街角路灯的灯影里，对面是师父。两个人站得有些远。师父的影子被灯光折叠在墙上，她就站在这影子里，也像是师父的一个影。这么多年，她是师父的影。只是匿在背阴处，一旦有了阳光，她便不见了。这些年，他从不知她是谁，师父也从未告诉过他。但他知道，人都会有影子。哪怕自己看不到，影子还在。时而浮现，可亦步亦趋，可如影随形。

女人比他印象中，更为朴素。没有穿旗袍，而是着暗色的短衫。头发也竟剪短了，衬着尖瘦的脸，远望竟像是个少女。五举走去了街对面，远远地想绕开。但却看到师父抬起头，对他喊，举仔，去帮我买包烟。

他愣一愣，便去士多店，买了一包"金宝"回来。荣师傅接过来，撕开烟盒，抽出一支，点上。又用手指弹出一根，对五举扬一下。五举不知何意，让一下。荣师傅说，大个仔啦，陪师父食一支。五举想一想，点上。这是他第一次抽烟，不得要领，感到一股绵长刺激入喉。未及品味，不禁咳嗽起来。

荣贻生大笑，自己吐出一个悠圆的烟圈。散开了，在灯光底下，袅袅地散了，成了极其稀薄的蓝雾。

五举见对面的女人，抬起手，似要驱散眼前的烟雾，却慢慢地放下了。她说，佢学人去港督府抗议。学校的人都回来了。得佢一个，到依家都没返。我是真的有办法。我知道佢对你唔住，可她当年只是个细路女。你要记一世吗？

荣贻生又吸了一口，却未将那烟吐出来，咽下去。眼里有苦意。五举看他用手指将烟掐灭了。他说，举仔当年都是个细路，如今大个咗可跟我食烟。你嘅女细时已经好有主意，你唔俾佢做，佢会听你讲？

女人沉默了一下，说，我听说那些英国人，捉人到差馆，给女仔饮头发水，他们乜事都做得出啊。我求下你。

荣贻生看着她，目光很冷，忽然笑了。他说，放心，她生了一张洋人的脸，差佬能拿她奈何。

女人似被什么击中了，身体猛然颤抖了一下。她抬起头，五举看她脸上有两道泪痕，已经干涸了。她慢慢地走近了，满面疲态。但眼睛里头，是细隐的光。荣师傅不禁后退了一下。她从五举手里夺过还在燃烧的香烟，放进自己嘴里，使劲地抽了一口。然后那烟雾从她口中游出来，松软地消隐在黑暗里头。她将烟掷在地上，用脚使劲踩一踩，转身离去了。

五举再见到女人，是在师娘的丧礼上。

她有些见老了，也更瘦，但仪容优雅。不同其他女宾，她穿一身丝绒西服，举止端穆利落。她敬的花圈，署名是表姐，司徒云重。

五举这才知道她的名字。

五举帮着师父招呼宾客，也做了孝子的身份戴孝。荣师傅有两个儿子，一个年纪比他大，一个比他小。荣师傅便让他站在中间。在旁人看来，是要让他在亲子中行二，视如己出的意思。此时，谢醒已经出走。五举以这种方式出场，众人也便明白。将来这年轻人，是要继承荣师傅的衣钵了。

他与两个义兄弟，一一向来宾谢仪，鞠躬。对望重的老人，还要磕头。到了云重来，弟弟愣愣，忽然趴在她身上哭泣。哥哥在旁边不说话，身体却依过来，云重便也拥过他的肩膀。云重看着五举。五举随这对兄弟，轻轻叫她云姨，对她鞠一躬。云重伸出手，将他的手拿过来，放在自己手里。她的手心有些凉。云重又将另一只手，放在五举的手背上，重重地按一按。他们的手叠在一起，就有些暖了。

隔年的正月初三，荣贻生与云重相见。

彼此心里都有话，不知该谁先说出来。两个人走了一程，荣贻生便说，去看戏吧。云重愣一愣。荣贻生说，看大戏。

此时香港的戏院，平日其实放的是电影，新年多是用好莱坞的新片贺岁。

粤剧戏班的热闹，则不在戏院里，倒是在公众地方搭起临时戏棚。如湾仔的修顿球场、油麻地的佐治公园、旺角的伊利沙伯青年馆。每个剧团大概只演到年初八。因是新年演剧，对点演剧目，十分看重应景。多是吉祥之正本剧头，观剧亦欢喜得佳兆之乐。如《郭子仪祝寿》《五子登科》《十三岁童子封王》，讲的是戏里戏外的好意头。各个戏班，也将班牌套入剧目，要一个喜上添喜。凡此种种，投观众所喜，辄得旺场。唯正月初三，俗谓"拆口"，依戏班规例，向点演兆头不好的剧本，亦有教忠教孝之意。如《罗成写书》演罗成殉国的忠烈，后始有罗通扫北，父子英雄；《薛刚打烂太庙》，则是薛家将为奸佞所害，满门抄斩，仅薛蛟为徐策所救，后讨武立功，保全本族声誉。这些剧谈不上大团圆，甚至有血光杀气，但含英烈传代之意，观众便也不会责难。

荣贻生和云重走到了"修顿"，看是觉先声戏班的台。荣贻生便先挤进人群去。出来，云重问演的什么剧目。荣贻生脸上有犹豫，便说，是《十二寡妇征西》。两个人对望一眼，云重说，来了就进去看吧。她们这一仗，不是打胜了吗？

进去才发现，看的人并不多。大约外头簇拥的人群，想想，终究没有进来。戏开演了。因是连台本，这时已演到二本。杨文广率领十二夫人班师。扮佘太君的，大约是个年轻的老旦，唱腔尚好，体态却是窈窕的。杨排风的演员倒是上了年纪，身形魁伟。大约自知其短，矫枉过正。金殿上与魏化争帅印一场，竟演出了几分娇憨。场上莫名有了喜气。

戏演完了，走出来。听到身旁一个师奶，激动地跟老公说着对演员的刻薄话。老公则唯唯诺诺的，敷衍道"一出戏啫，唔使咁认真喇"，显见平日在家里也是诈傻扮懵惯了。

两个人交换了一下眼色，心情竟有些好起来。

就往维园的方向走。忽然，云重见荣贻生停住了，引着颈子向人群中张望，看了半天，却转过头来。眼里空落落的。见云重望着他，就说，我好像看见七少爷了。

两人穿过轩尼诗道。到处是人，喜洋洋的。大人穿得平朴，孩子们倒都是锦簇的，想是将全家人对新年的盼头，都堆叠在了这些细路身上。维园里头，正开着花市。多的蝴蝶兰、黄金果、富贵竹和大盆的修剪得像山一样的金橘树。明晃晃地照人眼睛。云重在一个摊位上停下来。这摊位显见有一些冷清，摆着几盆西府海棠。红的白的，红白相间的，开得舒展。

她就对荣贻生说，太史第里，养得最好的就是海棠。

荣贻生想想，杜耀芳村的西府海棠，都是赶了夜送来的。第二天早上正开得好。

云重说，我进过几次太史第，就记住了海棠。

荣贻生就挑了一盆小棵大红的，叫摊主淋上水。颜色越发地浓艳。云重有些欢喜，就抱着那花盆。花盆是石湾的老式样，上面彩绘闻香的佛陀。

往前又走了一会，走到了电气道上。这时，荣贻生才说，你来太史第头一年，我记得。你还从我手里头，接过一个福袋。可记得？

云重摇摇头。

荣贻生便停下来，在怀里头掏出了一只红灿灿的缎袋。他说，这个给你。云重见上头绣了一只金猪，底下写"家肥屋润"。她便笑道，几十岁人了，这唱的哪一出。

荣贻生便说，你不要？

云重扁一下嘴，说，你敢给，我怎么不敢要。

她便放下手中海棠，接过来，一倒，里头是个织锦的盒子。她的笑容，便在脸上凝固了。荣贻生说，打开看看。

她犹豫了一下，到底打开了。

盒里，卧着一只钻戒，戒面折射了璀璨的光。这些光由四面八方凝聚为一点，太夺目，有些晃人心神。

荣贻生说，我替你戴上？

她摇摇头，自己将戒指拿出来，想想，便郑重地戴在了右手的无名指上。不松不紧，将将好。她抬起手，放在阳光底下看一看。看得很仔细。夕阳的光暖暖地从她的指缝间漏了过来，照亮了手背上青蓝的血管。

看完了，她将这枚钻戒，从手指上慢慢褪下来，又放进盒子里去。将福袋拉紧，还给了荣贻生。她笑笑说，响哥，谢谢你。这辈子，我算是戴过了。

年初八那晚，荣贻生一个人，在茶楼的后厨补饼。

这样的活计，如他一般的大按，是很少做的。一个人待在后厨，寂寞不说，何况还在年关。他对新上的车头道，我来吧，屋企反正都冇人。

他补的是"光酥饼"。此刻，炉头渐弥散出浓烈的、难以名状的奇臭，让他的意志骤然清醒。这是臭粉的气味。松身雪白的光酥饼，面团发开，全赖于它。这臭味在烘焙过程中挥发。臭味散尽，饼也就成了。

戴凤行目送五举进入后厨后，又尾随而入。被这臭味打击，不禁掩了一下鼻。同时间，荣贻生也看到了这个陌生的青年。他想，这是谁，如何就进入了同钦楼的禁地。

他注意到徒弟五举，也看见了这个人。五举更多不是惊奇，而是不安，以有些虚惶的眼神望向自己。荣贻生于是知道，他们是认识的。

此时，青年已镇静下来，对他鞠了一躬。待头抬起来，目光与他相对，凛凛的。

荣贻生想，他竟不怕。这个瘦弱的青年，为何眼里会有这样坚强笃定的光？

荣师傅看一眼五举，问来人，你是五举的朋友？

青年点点头。

荣师傅沉吟一下，目光转向徒弟，用斩钉截铁的声音说，送客。

然而，两个年轻人正向外走，他大声一喝，回来！

他戴上手套，将刚刚焗好的光酥饼从炉里取出来，对五举说，回来，给你朋友带两个走，回家吃。

然后，他从怀中掏出一封利是，递给青年，说，以后不要到厨房来了，唔喺你。

待徒弟回来，他问那青年人的名字。五举回，凤行，戴凤行。

他想一想，笑笑，说，这名字，倒像三毫子小说里的侠客。

刹那间，他想到了云重。她告诉过他，自己名字是阿爷起的，出自一位明朝的武状元。

听说五举要娶，荣贻生并不很意外。

又闻说是凤行，他愣一愣，便哈哈大笑起来。他说，衰仔！瞒天过海啊。你哋两个，原来是梁山伯与祝英台。

说这话时，他心里是高兴的。他回忆起凤行与他对视的眼神，坚强笃定。他想，这样好。这衰仔冇主张，身边需要咁样嘅人。

他想，五举无父无母。这一杯新抱茶，便要由他这个做师父的来饮了。

然而，五举扑通对他跪下来。他说，师父，我结婚后，恐怕不能回来店里帮手了。

荣贻生瞠目，听完缘由，跌坐在了椅子上。

他想，原是自己有眼无珠，外江女是在厨房长大，怎会怕入厨房。

他想，都说衰仔无主张，难道这也是他人主意？过半晌，他轻声问五举，我养了你十年，你为咗条外江女，说走就走？！

五举语带哽咽，声音却坚定，师父，一日为师，终身为父。你当我仔来养，我这辈子都拿您当亲爹孝敬。

荣贻生闭上了眼，冷笑道，我有亲生仔，我要你孝敬？我养你是来接我的班。不是帮外江佬养出一个厨子，去烧下作的本帮菜！

五举听到这里，猛然抬起头，他说，师父，捻雀还分文武。我敬您，但我不想被养成您的打雀。不是用来和人斗，和同行斗，用来给同钦楼逞威风的！师父当年拣我，不选师兄。是看我好，还是看我孤身一人无挂碍，好留在身边？

荣贻生战战地站起来，指一指五举，厉声说，你走，我不留你，走了莫要再回来。滚！

五举抬头，眼神灼灼，好，徒弟不留后路。师父传给我的东西，我这后半世，一分也不会用。

五举对着师父，狠狠地磕了五个响头。荣贻生偏过身，不再看他，只摆一摆手。

这一晚，五举架锅起火，最后一次为师父炒莲蓉。

荣贻生走到后厨，没进去，静静看着徒弟的背影。因为使力气，五举肩胛上的肌腱鼓起来。孩子这些年，长厚实了。当年他教他炒，先是握着他的手炒，然后让他自己炒。百多斤的莲蓉。五举身量小，人生得单薄。一口大锅，像是小艇，锅铲像是船桨。他看那细路，咬着牙，手不停，眼不停。他在旁边看着，不再伸手帮他，和当年叶七一模样。

他看那莲蓉渐渐地，就滑了、黏了、稠了。他心里也高兴，细路眼睛亮了，划得更有力了。如今他长大了，艇和桨都小了。他还在划，却不知道要划到哪里去了。

他想起了云重的话，这细路，好似你年轻嗰阵时。

他看五举忽然停下来，用手背抹一抹眼睛。他终于听到了细隐的歌声，有些沙，呜咽传来，时断时续。"欢欲见莲时，移湖安屋里。芙蓉绕床生，眠卧抱莲子。"这是叶七教给他的，他教给了五举。他说，学会了。往后，唱给你的徒弟听。

荣贻生让云重陪着他，一同找到了赵阿爷。

他拿出从银行取出的两条黄鱼。阿爷问，这是做什么？

他开不了口。云重说，阿爷费心，揾个好师傅，打一套赤金龙凤。

此后，每逢年节，新年、端午、中秋，五举必带上凤行，去看望师父。

每每在门口等上一两个小时，才走。经年雷打不动。

荣贻生没有再见他。

他从后厨的窗口望出去。望见那孩子，一动不动地站着。旁边的年轻妇人，紧靠着五举。但也是直着身体，站得定定的。

/ 拾贰 /

戴氏本帮

凡一物烹成，必需辅佐。要使清者配清，浓者配浓，柔者配柔，刚者配刚，方有和合之妙。

——袁枚《随园食单》

戴得自小就有些怕姐夫。

至于为什么怕，他却是说不上来。

如今自己发苍苍，提到了山伯，还是压低了声音，对我说，不知怎的，他不说话，眼里头一凛，我就不踏实。

我看他手里抚摸着紫砂的老泥壶，手指弹动。仍是不安的模样。

戴得三十岁上，家里已经在香港开了四间上海菜馆。三间在湾仔，一间在观塘。眼下四间关了三间。观塘那间是最后关的。姐夫年纪渐大了，做不动。康宁道上，四千多呎的店堂，现在是"鸡记"麻将馆。

戴得在家里，排行老幺。兄弟姐妹八个，父亲五十岁才有了他，是老来子。

山伯早前未讲凤行家的事，只带我到了"十八行"来，听戴得讲。

戴得坐在自己家唯一的店铺里，满面红光。虽然是下午三点，吃中饭的客人已经离去，但后面仍是个忙碌的背景。他的妻子，端着一大锅碗盏茶杯，雄赳赳地往后厨走过去。姐夫五举山伯，正在柜上盘点账目。他的儿子和侄子，则合力在一个巨型的钢精盆里，搅打肉馅。

这个餐馆，有一种刻意的陈旧。与同钦楼无奈老去不同，它似乎很享受并强调着这种陈旧，不加掩饰。头顶的黑色吊扇，已看得见锈迹。曼陀罗花样的米色墙纸，也有着蜿蜒的水渍。但却并不起眼，因为墙上挂满了五颜六色的餐牌。餐牌的毛笔字是些许刻意的瘦金体。标示着"龙井虾仁""松子黄鱼"和"花雕醉鸡"的价格。戴得指着其中一张，上写着"冲爆羊肉"，显然是笔误。但他不以为意，说是请高人所写，将错就错。

墙上还挂着"四大美人"的画像，看上去也有了年月。戴得头上，正是"昭君出塞"。原本是凄苦的景象，但不知为何，画家将明妃的形容画出了娇俏与喜气。不像是远嫁和亲，倒像是芳心有属未辜负。

尽管山伯介绍我是个做研究的"教授"，但戴得却还是认定我是"写报纸"的媒体人。他神采奕奕地请我多写写他这个铺头，并且告诉我当年林家卫的电影都来取过景。

我想一想，问他是哪一部。他说，就是台词说，人人都是没有脚的雀仔那一部。

我试探地问他，知道同钦楼的事情吗？

他哈哈笑说，是人都知啦，"溏心风暴"茶楼版。

我说，你觉得在香港做茶楼，好不好？

他答，当然啦。人人都食"一盅两件"。

我又问，那开上海菜餐厅呢？

他答，也好。我自家生意，怎么不好。

我觉得，他的回答过于狡黠与不由衷，于是问了一个潜藏恶意的问题，当年你姐夫为了你家里的生意，不做茶楼了。你觉得可惜吗？

他愣了一下，说，这是他和我姐的事情，我管不了喽。

他脸上依然挂着笑，笑容里是训练有素的混不吝的表情。

这时山伯走过来，端了一盘点心，说，尝尝"十八行"的招牌，"水晶生煎"。

他横了戴得一眼，轻声说，和教授好好聊。

戴得收敛了神色，正襟危坐起来。我注意到，当他紧张时，会有个习惯动作，就是将食指和中指，交缠在一起。

我望望外头，斜对过是车水马龙的告士打道。有一对男女说笑着经过，手里捧着太平洋咖啡的纸杯。远处有几个工人，在马路的对面劳动，是为清理刚刚过去的台风刮倒了一棵榕树的散乱残迹。若在平日，这是我熟悉不过的景致。但此时，却好像隔了一层时光，在惘惘地眺望他们。

我于是也郑重起来，问道，戴生，能说说那年来香港的事吗？

事实上，戴得已经不记得来香港的情形了。因为那年，他只有三岁。他给我看过一本相簿。其中是他们初来港时拍的照片。那真是我看过的，最具规模的全家福。八个子女，相似的相貌，却可以看到岁月的退晕。毕竟大哥与戴得之间，整整相差了二十四岁。但这位大哥，并未在照片上出现，因为他选择留在了上海。照片中间的，是父母亲。父亲已是半老的人，脸上写满风霜。母亲微笑着，嘴角的法令纹里，也刻进了劳苦的痕迹。她的怀里，抱着戴得。这孩子似乎还没学会面对镜头，如何调整得宜的笑容。但目光里的无辜和不在乎，与我面前这个近六十岁的老人，别无二致。

直到七十年代，戴得第一次随父母回到家乡。船开了三天两夜。据说上岸后，戴得一直在昏睡。当他醒来时，看到父亲戴明义正就着黄泥螺和海蜇头，眯起眼睛，在喝一碗清粥，神情说不出的享受。在香港的南北货行，能买到海蜇头，但父亲总觉得不地道。

戴得给我看另一张照片。戴明义还是清俊的青年模样，穿着全身的制服。照片的背面写着一行字：杨浦区通北路 37 号。这是戴家在上海的地址，戴得一直记得。但大半个世纪后的今天，这个地址是否已经拆迁，他也不知道了。

戴得说，那次去上海，因母亲想要看看她和父亲结婚的地方。也是他们夫妇最后一次一同回乡。

青年戴明义和柳素娥，相识于救火会和章华纺织公司的联谊舞会。

戴明义在工部局的救火会担任文职与翻译的工作。彼时的消防站，属工部局。虹口救火会。会员大多是义务的，主要是一些本地店家、工厂的志愿的青壮年。有火警则救火，只发铜帽、衣裤和皮靴等一干救火行头。但驻会的雇员，多是外籍，便有和本地沟通的障碍。戴明义在会里，起了桥梁的作用。他上班的地方，是座清水红砖的三层楼房。屋顶上有一个方形塔楼，再往上是六边形瞭望塔。救火会除平时训练外，会在每年五月二十日，俗称分龙日，举行传统消防演习，比赛操作技能和出水快慢。每逢分龙日，观者如潮。

不知哪年起，演习之后便有青年会组织的舞会。救火会员都是精壮的小伙子。那一年，舞会的联谊对象是章华纺织三厂的女工们。舞场上正热闹，戴明义见一个姑娘，安静地坐着，脸上只微笑。他便上前邀舞。姑娘说不会跳，他便教她，就这样认识了柳素娥。

柳素娥是浙江舟山人，与宁波一衣带水。据说家里与柳鸿生沾了亲。

柳鸿生号称实业大王，章华纺织公司便是其产业之一。但因为远，并未受到许多照应。戴明义听岳母说过，他们家道兴时，曾经放过一任道台。所以论起来，素娥也是官宦家的后人。戴明义笑笑，他其实并不在意这些。他只在乎这姑娘人沉静，没有时下上海年轻女子的骄娇之气。两人处得融洽。半年后，便摆了酒结婚，住在了一起。

　　婚后感情甚笃，柳素娥是家务劳作的一把好手，只是美中不足，不善庖厨。戴明义倒不觉得缺憾，因为这正是他的所长。出身浦东三林的明义，早年失怙，自力更生惯了，又与邻里一个烧本帮菜的老厨师成了忘年交。川沙、三林一带镇上有操办红白喜事的，进学宴请的，老师傅掌勺，他便也去帮厨。久而久之，早就锻炼了一手好厨艺。只是以往一个人，不得施展。如今组了家庭，也正有了用武之地。他便换着样地给素娥烧菜，有老厨"铲刀帮"的经验，又加入了自己的许多心得。做妻的便有了口福。两个人的小日子也因此多了滋味与盼头。那时节的上海人吃菜靠时令，本帮菜的烧法又平易近人。如大多老城厢的家庭，四季的食材，明义便也都算是信手拈来。春季的油焖笋、草头圈子，是将清爽与膏腴相得益彰；夏天人内外湿滞，便用糟法开胃。鱼蟹虾贝、毛豆茭白、花生面筋，全可以拿来糟一下。糟法大同小异，而各曲尽其妙；秋冬要补，一个浓油赤酱，考的是火候功夫。多少好吃不好吃的，一焖一煨，都能够化为神奇。

　　明义呢，长处是因材制宜。素娥的口味浓厚，爱吃一道八宝辣酱。本是不起眼的家常菜，不过是将虾仁、鸡丁、肉丁、花生米、鸭肫片、笋丁用豆瓣酱炒在一起，无甚出奇。可他来做，平日有平日的朴质，节庆便有节庆的气派。沪上到了中秋，吃的也是酥皮的苏式月饼。明义便跟那做点心的师傅，求酥皮的制法，实验了多次，终于成了。自己用辣酱做馅儿，做成了独他一份的辣酱月饼，给素娥吃。看妻吃得高兴，他心里也便说不出的适意。外头一轮圆月，抿一口花雕。天上人间，不知今夕何年。

这么过了一年，两个人的日子平实温存。素娥有了身子。到第二年的腊月，诞下了一个男孩。月子里的素娥，想吃鱼。

　　明义喜得很，但心里却打鼓。

　　江浙一带的人爱吃鱼。靠海的温州、宁波人嗜吃海鱼，带鱼、黄鱼、鲳鱼不稀奇，各种一般内陆人认不出的海鱼，浙江人吃得头头是道。江苏一带河鱼吃得多，多数都是吃的一些细巧的江鲜、河鲜。白丝鱼、鳜鱼，算平常的，拿来清蒸就很好。刀鱼、鲥鱼也不太当一回事。鮰鱼白烧，塘鳢鱼和莼菜氽汤，清淡风味，吃个时令鲜活。昂刺、河鲫鱼、鳊鱼就不太上台面了。至于更粗一点的青鱼、花鲢之类，高兴起来做个拆烩鱼头，总之都是粗菜细做的路数。而出身舟山的素娥，老家对这鱼的吃法，有过河入海之说，说的便是这地方的人，见惯了咸淡水各种渔产的世面，对其中的口味，是十分之挑剔的。归根结底，是要吃一个"鲜"字。可这腊月里，哪里可找这鲜鱼来？

　　明义便上十六铺码头，在外威瓜街的鱼鲜市场转悠了许久，终于买到了一尾大青鱼。这鱼肥美，不是寻常的草青，是伏河底专吃螺蛳的"乌青"。

　　他将鱼拎回了家。素娥还睡着，昨晚上孩子闹一夜，奶了又喂，把她也折腾坏了。

　　明义将鱼在水中去了鳞，掏了肚肠。去苦胆，剪开鱼肠洗干净放在清水里。鱼肝拿下来，滤血水，改刀成块，在竹篮里放好。明义想，可惜只有两块，不然老好给素娥做道"秃肺"。这鱼肝，上海人原是不吃的。后来也是"老正兴"成就了一道秃肺，陡然矜贵起来。烧一个菜，倒要用掉十几条鱼去。

　　他剁下了鱼头和鱼尾，想想要不要烧"下巴划水"，犹豫了一下，放弃了。因为他虑到素娥在月子里，要下足奶水。终于打定了主意，手脚也利索起来。便取了青鱼头、肝、肠、籽，还有鱼泡等下脚料，起油锅，眼看它吱吱冒青烟时下蒜头、姜片煸炒起香，鱼头两面煎黄，加香糟入味，投大料，再加两勺鱼骨汤文火煨煮，最后下粉皮划散，装大碗后撒一把青蒜叶，便是一道汤汁稠醇的青鱼汤卷。

鱼尾这次不烧划水，斩肉起茸，做鱼圆，打得滑嫩，加几茎碧绿的豆苗煮汤。末了，他将整个鱼肚档拾掇出来，拿白酒擦净，入盐和一点点生姜、花椒腌起来。挂到屋檐底下晾干，待吃的时候加葱姜一蒸就好。这腊月里，腌鱼的用处还多着呢。做酥熏鱼，背肉剔出来炒糟熘鱼片、松子鱼米、瓜姜鱼丝，哪一样不能给素娥送一大碗白饭。

这样想着，他心里荡漾暖意，没留神素娥已经站在他身后许久。女人蹲下来，用手背抹一下他额上的薄汗。他赶忙起身，给妻盛了一碗汤，热腾腾的，一层膏腴的奶白漂在汤水上。素娥喝一口，从喉头热到了心窝儿里头，馥郁香甜。让明义也喝，他不喝，又去给她盛。她恰看到他虎口上的血口子，是刮鱼鳞不小心割破了。手背上是冻水里浸泡出的皲裂。她心里又是心疼，眼底里无来由地酸。明义却对她笑，他抱起摇篮里的婴孩，贴在孩子脸上。这才十多天，小模样已经长开了，越看越像自己。自己一个孤儿，也竟有了后。他觉得娶了这女人，真是修来的福分。

素娥感激夫的用心。这条鱼，从鱼头到鱼尾，从里头到外头，一处没糟蹋，都用得恰如其分。她嘴上说他，"花样经透咪。"却已知道家里的情形，不如以往宽裕了。因为生产，她失去了纺织厂的工作。全靠明义救火会的一份工。瞅了个空，明义说，他想弃了文职，转往去火场去当救火员。他轻描淡写说，那帮子英国人和阿三，没有我照应，其他人那几句洋泾浜英文，真不够用。

素娥知道，去火场比做文职，收入高了很多，明义在意；可也危险了许多，明义又不在意了。

以后呢，明义在家里的时间就少了。素娥一个人在家里，常常揪着心。

那救火会的楼顶,有座六边形的瞭望塔。凡遇火灾,先鸣警钟。工部局的报警,第一次先敲钟五分钟。之后敲钟的次数不同,以示火警发生之处:鸣钟一下,火警发生在外白渡桥;鸣钟二下,苏州河到大马路;鸣钟四下,是南京路至延安东路;鸣钟八下,那起火的地方就在浦东,或是黄浦江上的船只。素娥的心,就跟着这钟声走。钟声多一声,她就越担心一点,因为她知道明义便离她远了一点。每次明义回来,风尘仆仆的。脸上有烟尘,是笑的模样。她心才慢慢地落了下来。

素娥也想学着做些暖胃的,给明义吃。但她虽然用心,天赋却很有限,似乎还不及常人。做出来的菜,不是咸得无法入口,就是夹生。烧一道烤麸,都可以老得咬不动。明义叹一口气,笑说你好在是嫁给了我。公成婆不成,都是个命。素娥后来,终于跟一个娘姨,学了白酒腌黄泥螺、生炝虾。后来又学会发海蜇头,用葱油、花雕、老陈醋拌来吃。味道居然不错。有时明义出夜警回来,已经是大早上。她煲了白粥,给他盛一碗,从罐子里舀出黄泥螺,拌一个海蜇头。然后温上花雕,看着他吃。

有一天,明义夜半出去,到了天大亮没回来。素娥心烦意乱着,这时邻居家敲门,说不得了。静安寺那边失了大火,烧死好几个人。说是有救火员进去救了人,自己没出来。素娥听了,没命地就往外跑。跑出去,却和回来的明义撞个满怀。明义脸上满是烟尘,只剩下一对眼睛见得白。他闻见家里一阵焦煳味儿。原来素娥心焦,熬了粥忘记了熄火。明义什么也没有说,径直走到炉前,将锅端下来,熄灭炉子。他盛了一大碗熬得黑兮兮的白粥,大口大口地吃,一面佯怒说,我在外头救火,回到家还要救,是没得歇了。素娥方才愣愣着,这时"哇"的一声,哭出来了。她上前抱住了明义,紧紧地。两个人便抱在一起,笑笑哭哭,哭哭笑笑。

明义去当海员的时候,世道已经很艰难了。银纸不如纸,连大米都要在黑市上买。他们有了四个孩子。靠一份救火会的工作,已经养不活全家人。

素娥一早从外头接了裁缝和洗衣的活计，没日没夜地做，但也是杯水车薪。

后来，明义听了他浦东老乡的话，跟着去出海。收入是救火员的许多倍。经了风浪，吃了苦，他也在外头见了世面。但心里因为记挂着素娥和孩子们，从不走太远。至多在南洋转一转，就回来。马来亚、印尼、菲律宾，每次回来，总带来些新奇东西。多半是吃的，有时是个榴莲，有时是几个椰子。他看着孩子们吃，自己一边就着黄泥螺，喝素娥煮的白粥。

有次回来，他从包里掏出两个黑漆漆的东西，孩子们都围上来。明义便问他们知不知道是什么。孩子们摇摇头。素娥看一眼，有些惊奇道，大乌参？

明义呵呵地笑，还是我老婆有见识。

素娥便说，怎会不知？日本人来那年，德兴馆的"虾子大乌参"，广告贴得到处都是："交关好味道，鲜到掉眉毛。"

素娥说的事，日后成了一则没经考证的民间传说。淞沪会战之后，中国军队南撤，上海市内的公共租界和法租界沦为"孤岛"。当时，南市十六铺经营海味的商号生意冷清，销往港澳和东南亚的一大批乌参积压。这一消息被当时"德兴馆"的名厨蔡福生和杨和生得知，他们随即决定以低价收购。买回大海参后，他们将海参水发，以本帮菜的烹制方法，加笋片和鲜汤调味，烹制成红烧海参出售。因为当时上海本地饭店都没有这道菜，所以"德兴馆"的这一菜品立即成为最吃香的招牌菜肴。名动一时，得以传世。

但素娥这时回过神来，厉声道，这是有钱人家打牙祭的东西。买了这两条，侬弗要过啦。

明义不说话，兀自点上炉子。用火钳夹住大乌参在火苗上烘烤，烤到参周身黑焦发脆，用铲刀刮去硬壳。一天一夜，在旺火与冷水间交替。参发开了，竟有小孩胳膊粗细。

明义一面收拾海参，一面说，我这次去了一个好地方，叫香港。

素娥便问，远不远。他说，不远，他拿起筷子头，点一下素娥面前的碟子，说，这里是上海，然后用筷子一路划下去。划到了桌子边缘，意犹未尽，又往自己的胸口划过来，在空中点了一下，说，香港就在这里。

所以，明义家有关香港最初的记忆，似乎是和那乌参的味道混合在一起。细滑、丰腴、颤颤悠悠，上面淌着红亮浓郁的虾子。但当他们有一日真的踏足这块土地，已经是若干年后的事情了。

即使成人后，戴得对兄姊们讲述这段往事时的兴奋，仍记忆犹新。虽则他对他们所经历的动荡与饥荒，印象依稀。上海曾经艰难果腹的岁月，天寒地冻的后半夜，偷偷排几个小时的队去黑市买食物。好不容易排到了自己，食物已经卖完。那种沮丧与绝望，他未有切肤。但他保留着当时的车船票，一并夹在相簿中。

上世纪六十年代初，因为亲戚的帮助，他们全家办了去澳门的手续。坐了几天几夜的火车到了广州。在火车站人挨着人睡了一晚。戴得记得人汗熏蒸的异味，还有一碗火车站售卖的豆腐花的味道。第二天的清晨，他们才买到了去澳门的船票。

澳门本地人多，并不容易讨生活。几个月后，戴家在上海同乡的帮助下，偷渡到了香港。他们落脚的地方，是北角。

北角这地方，素来是上海人最集中的一区。至今还能看到许多痕迹。抗日战争爆发后，大批富裕的上海及苏浙人为避战乱南迁香港，接着中国内战，又带来一波移民潮。这些上海人，多选择北角，新建了住宅楼宇，其中一批就在堡垒街和明园西街一带定居下来。至今仍可见不少三层高、单位面积达千呎的老式唐楼；上海人生活讲究，附近就开设了上海理发店、上海菜馆、照相馆和各式商店。洋服店多开在渣华道，样式的时髦，并不输旧上海的气派。有商人照版煮碗，就有了丽池及月园两大夜总会和娱乐场，于是也颇见得几分十里洋场的灯红酒绿、夜夜笙歌，令北角得了"小上海"之称。可到了戴家来时，其实已经胜景不再，上海籍的有钱人家陆续迁出，搬往地势较高的半山；而福建人在这一区逐渐多了起来。上世纪六十年代起，菲律宾和印尼先后排华，一些福建华侨离开，转到香港生活；另方面新中国成立，十多万名印尼华侨响应呼吁回国，其中部分后来亦迁居香港。

所以明义家所见的北角，品流已呈多元，上海味儿其实凋落了不少。但他们还是感到亲切，只春秧街上一间上海人开的"振南制面厂"，他们便尝得出那碱水面的筋道。

他们便在这里安顿下来。一大家子，挤在一间板间房里。两口子本都是吃得苦的人，加之毕竟有老乡帮衬，各自都找到维持生计的办法，也有了奔头。明义在英皇道上一间国产成药店做会计，素娥要管着家里年幼的几个孩子，却也在附近的制衣厂找到了一份半日工。渐渐地，他们发现，福建籍的街坊们，其实是好相处的，并不当他们是外人。而福建人各方的宗亲会，又很团结重乡情，大约也是因自己吃苦耐劳惯了，更懂得初来者的艰辛。熟识了，便大小事情上，也长眼为他们张罗。成年的孩子，帮忙介绍去了国货公司做职员。小孩子们，有福建同乡会的关照，也进了国语教学的福建学校。

两夫妇，都是记人滴水之恩的性情，心里感激着。晚上在灯下谈及，彼此说来日方长，待他们慢慢好起来了，是要逐一报答人家。

大约也是看到家中的不易。孩子们都还争气，尤其是七女凤行，后来居上，功课竟很快在学校里争了上游。到期末，考试拿了年级第一名。做父母的喜得不行，说，孩子，你读书知道勤力，爸妈要犒赏你。

凤行转一转眼睛，笑一笑，说，我不要犒赏。可想替小弟讨一顿阿爸烧的红烧肉。

明义与素娥对视了一下，都有些沉默。这小一年来，因为各自都忙着做工，家中是粗食淡饭惯了。用大锅炒上一顿辣酱，用罐子装好，便可以给孩子们大半个星期的下饭菜。家里若有谁生了病没胃口，给做上一碗烂糊肉丝面，便是格外的照料了。

明义点点头，对凤行说，好，爸明天休息，就给你们做。

第二天黄昏，明义去了街市，挑了上好的五花肉。说是好，连上皮肥瘦夹花，得有七层。想想孩子们，顾不上手里紧巴，整割了三斤。路过上海老乡开的"同福南"，又买了百叶结、水笋和老抽。

大火烧，小火炖，中火稠。到孩子们快放学，这锅肉刚刚收汤，算是好了。明义也很满意。浓油赤酱，焦亮糖色，在这本帮菜的红烧肉上，才是无可挑剔。那扑鼻的香气，在公共厨房里飘了出来。

一个隔壁福建街坊的小孩，不知什么时候走到他身后，眼巴巴地看他。他懂了，洗净了手边一只小碗，盛了块肉。放在这孩子手里。这孩子似没见过这肉的做法，打量一下，小心翼翼地咬一口。眼睛渐渐亮了，是欣喜的内容。他飞快地跑出去，再回来时，身后竟是拥拥簇簇的一群孩子。每人手里，都捧了一只碗。明义看看他们，又看看锅里的肉。没怎么犹豫，给每一个孩子都盛了一块。孩子们吃了，兴奋地用福建话议论着。领头的那个孩子，对他鞠了一躬。明义将锅里剩下的红烧肉盛出来，淡淡苦笑。大海碗，竟只有小半碗了。

晚上，自家孩子，都只分得了一块。小弟阿得"啊呜"一口就吃完了。吃完看看碗里空了，号啕大哭起来。老五说，爸，这北角以往都是上海的有钱佬。咱们可不是。

明义沉默。七姐凤行，将自己碗里的红烧肉，悄悄拨到阿得碗里，自己扒白饭。

第二日清早，素娥看到门上挂着许多福建的吃食。千丝万缕缠绕着红线的，是闽南的平安粽。

很快，便有街坊的大人，来跟明义讨教这红烧肉的做法。明义耐心地教他们。见他们不得要领，干脆跟他们下到厨里，手把手地教。做好了，彼此都欢喜。街坊们千恩万谢着。明义笑笑说，莫在意，小囝吃得适意就好了。到了吃饭的时候，街坊就敲开了门，递送来自家做的下饭菜。

再后来，街坊家里要请客吃饭，老人家要做寿，小孩过百日，都将明义请过去，帮他们做一个红烧肉，便也留下他喝酒。明义的这道菜，竟在四邻做出了名堂。本帮的红烧肉，原有十六字的秘诀，叫"肥而不腻，甜而不黏，酥而不烂，浓而不咸"。赴了几次街坊的筵席，明义便也总结出来，福建人的口味亦有浓厚处。这与烹调原料多取自山珍与海货有关。也喜用糖，善用糖甜去腥膻。并且讲究"甜而不腻，酸而不峻"。这么说来，竟与本帮菜的做法是不谋而合，也就不奇怪他们何以如此喜欢他做的红烧肉了。

有次，他所在国药公司的叶老板，孩子考上美国的大学。也请他去饮宴，又请他做了拿手的红烧肉。席上惊艳一片。老板与他饮酒说，我们福建人吃的，那是"一块润饼打天下"。阿义，你是真人不露相。老板太太就说，没承想，你们店里藏龙卧虎。阿义这手好厨艺，不开个餐馆可惜了。

明义嘴上客气着，只当这是玩笑话。回去说给素娥听。素娥也笑，说，真要是开个馆子，依我老公的斤两，只怕门口要排长龙。

夫妻两个，就都哈哈地笑。素娥看明义，笑得眼角都是褶子。她有些心疼，看出这笑里，有知足、有认命，也有老。

到了第二年，一日清晨，明义照常去店里上班。老板叫他将前一天营业所得款项和支票，拿去银行存款。刚刚回来，就看到店外嘈杂。一些警察在门口，正跟老板和几个伙计不知在争论什么。警察声称店里的货车违例停泊，入内抄牌。即时将店里的人都扣押了。明义看老板从后门出来，手上戴着铐。就挺身上去，警察喝问。老板的声音更大，说，让他走。他是个外乡人，连福建话都说不利索，不关他的事。

明义回到家，失魂落魄。老板被捉走，没再回来，几个伙计也是。被定了非法集会的罪，判了两年。在北角待久了，阿义自然听说这一区是香港的左派基地。"六七"余温未去，气氛还很紧张。听街坊说，他任职的成药公司加入左派设立的斗争委员会，老板是爱国商人，又是福建同乡会副会长，一直受港英政府密切监察。近日因接近节庆，装修店面，早就被警方盯上了。

明义想着，老板话不多，但人细心厚道。过年时，给他家众多子女，一人封了一个利是。

店被查封了，他的工作没了。他只靠窗坐着，望着外头的灯火失神。素娥说，没事，再难，还能难过吃不饱饭的时候？

他笑笑，依旧向外头看着。春秧街上的电车，叮叮当当地响，声音有些倦，像夜归的孩子。

过几天，家里来了人，是老板的太太。明义刚想安慰她。却看叶太太手里执着一个包，交与他手里。叶太太说，阿义，我们同乡会的人，集了笔钱。不多，但够你开个店做生意。渣华道阿水伯的糖水店，年纪大了开不下去。盘过来，开个小馆子吧。你一手好手艺，莫浪费了。

明义不肯接，连连推让。

叶太太把住他的手，实实在在地。她口中说，这年月，谁都不易。这一区的上海人，走得七七八八了。你不靠我们，能靠谁？

明义立时，就哭了。一个大男人，哭得没成色。他也不知自己为什么要这样哭。

两口子就商量，开了餐馆做什么。

素娥就说，街坊们爱吃红烧肉，就做红烧肉吧。

明义说，红烧肉不当饱啊。

凤行在旁边听见了，说，那就开个面馆吧。红烧肉和辣酱当浇头。

做爸妈的听了，都心里称好。想这小囡真是灵。

他们就给面馆起了个名字，叫"虹口"，是明义以往做救火员的地方。

店面装修好了。素娥找出明义穿着制服、在救火会大楼前拍的照片，去了英皇道上的照相馆，翻拍了一张大的。明义写给素娥的第一封信，就夹着这张照片。照片上的明义是个意气风发的样子。他一手叉着腰，一手遥遥指着，方向是身后六角形的塔楼。素娥把照片镶了框，擦了又擦，稳稳挂在墙上。

开业那天，街坊们都来了。送了个花牌，也是热热闹闹的。上面写着"门庭若市，日进斗金"。

虽不至日进斗金，但生意确实很好。明义和素娥，都没把它单当生意来做，倒像是每天热火朝天地给家里人做饭，心气儿十分足。一大清早就起来备料，熬高汤。肉自然要当天新鲜的。为了便宜些，明义蹬一架三轮车，自己去肉食公司买五花肉，也还是一块块地挑。久了，人家都知道上海师傅是个精细人，糊弄不得。至于面呢，则是对面"振南制面厂"送来的上海碱水面，高筋面粉制成，又爽滑又筋道。出锅后，明义照例要在凉开水里，先醒一醒，咬劲儿就更足了。

午市开了，来帮衬的先是附近做生意的街坊，鱼档果栏的。再是附近电车厂交班的司机大佬、丰华国货的售货员。到了晚上，那可就热闹了。因为街坊孩子们都放学了。家里大人忙的，干脆给他们在明义店里包了伙。长身体的时候，格外地能吃，一大碗哗哗就落了肚。明义看他们吃得满头大汗，就拎起勺，给他们添块肉，加勺汤。子女们回家早的，也都懂事来帮忙。可是铺子小，后厨又热。明义和素娥，就将他们赶回去。唯有凤行，赶不走。两个老的，见这孩子不吱不声，见缝插针把该干的事，都给干了。间隙还不忘了温习功课。到了夜里，过了一点，最后一拨下晚班的工人吃了夜宵，走了。店里才算是能喘一口气。两个老的，互相给对方揉揉肩膀，捶捶腰。看着灯底下，是凤行瘦弱的背影。这小囡还坐在小板凳上，埋着头洗碗，仍是一声不吭地。两个人心里就又心酸，又安慰。

"虹口"面馆，就在北角扎下了根，一做就是许多年。明义和素娥，渐渐地老了，儿女们也长大了。

面馆就着那个小门脸儿，生意没有做大，其实名气是大了。外区的客人，经常慕名而来，就为了尝尝戴老板一口"入口即化"的红烧肉。有些师奶，竟然要明义面授机宜，教那红烧肉的做法。按理说，这于店家很不合规矩。但明义笑笑，一五一十地教给她们。然而，她们回去照样做了，还是烧不出明义店里的味道。就越发敬佩戴老板，口耳相传，帮衬得越发勤了。

这些客里，总有一个马姐，夜色将近的时候，拎着一只提篮出现在店门口。那提篮是老物，很精致，把手上雕着花。篮身上，也还辨得出，是凤穿牡丹的图案，虽然已经褪了色。提篮里头，还装着一只骆驼牌的保温桶。这马姐总是站在外面等着，也不进店堂。打上一碗面，就走了。人安静，和明义也未怎么交谈。印象里只第一次，面打好了，看一眼，说，唔好意思，我家主人唔食芫荽。她的广东话，有外乡口音，声音软糯。明义记住了，自此便再没有放过香菜。

这马姐陆陆续续，来了有几年。有一阵子，香港台风挂了"八号风球"。她不来了。明义和素娥两个，竟有些记挂。其实萍水相逢，记挂的是什么，两个人也不知道。但就是隐隐有些担心。一个月后，她又来了。明义回头看看素娥，素娥眉眼里也是如释重负的笑意。

　　明义就下厨，烧了一个烤麸。另装了一碗，一并给马姐放进提篮里，说，这碗是送给你家主人吃的。

　　马姐依旧没说话，但眼里浅浅泛着光，对明义点点头，算是道谢。

　　一个星期后，马姐又来了。这回来得早，明义才刚刚开张。马姐搀扶着一个老人。老人须发皆白，脚下行动虽不很爽利，但面相精神，目光清亮。

　　老人坐下来，用上海话对明义说，谢谢你的烤麸，道地。

　　去乡多年，明义仍听出了他的老城厢口音。

　　明义连忙给他让了个座，拱一拱手，说，您老吃得适意就好。

　　老人坐下来，环顾一下店堂。目光停留在了墙上的照片，轻轻说，"虹口救火会"。他便问明义，你这店，开了多久？

　　明义答，六年多了。亏您多年帮衬。

　　老人点点头。明义照例给他端了一碗"红烧肉面"。

　　老人看一看，说，好，吃上了头汤面。这回，你给我加点香菜。

　　明义就见他顿了顿筷子，便埋下头吃，并不说话。或者牙齿不济，细嚼慢咽。但胃口很好，慢慢地吃完了，连汤都喝了下去。

　　他吃完了，用手帕轻轻抹一抹嘴，说，当真适意。

　　素娥给他端上了一盅花雕，他也一饮而尽。夫妇两个，都捕捉到了他嘴角的笑意。老人站起身，说，戴老板，我这回来，是想央你件事。

　　明义便说，先生请讲。

　　老人说，你可会做"糟钵头"？

　　明义想想说，我这店门面小，只有红烧肉。

　　老人笑一笑，说，不是在店里，是想邀您明日到舍下，帮我制一两个菜。

　　见明义犹豫，他便说，老朽年迈，既上得门，君子礼尚往来，等你一句话。

明义稀里糊涂，便应承了下来。

说完，便看见一辆黑色的轿车，停到面前。马姐慢慢扶老人上车，转身对明义说，这是菜单，麻烦您备料。明日黄昏，我来接您。

这时候，恰好"振南制面厂"的老伙计忠叔来送货。看见车远远地走，愣住神。素娥接过面，他便问说，邵家的人来过？

见明义两口子，一头雾水，便问起方才的情形。明义一五一十地说了。他喃喃说，这可奇了。老人家有日子没现过身了，邵公最爱吃我们"振南"的面。

明义把他看马姐留下的菜单。菜单上并不是什么稀罕的菜式，相反，其实多是老浦东人日常的下饭菜。忠叔点点头，说，这就对了，都是顾先生当年爱吃的。

素娥问，哪位顾先生？

忠叔压低了声音，顾鸣笙。

夫妇两个，这时有些咋舌。这些年在北角，大概都听说了顾鸣笙和香港的因果。主题大概是所谓英雄末路，晚景凄凉。也就知道了香港的青帮洪门和顾门下的渊源。如今走过鲗鱼涌的"丽池花园"，前身是声势浩大的夜总会，顾鸣笙的李姓小兄弟的手笔。自然，十数年过去，留在世面上都是传说。明义两口子听则听了，只觉得离自己十分遥远。

明义再看一眼菜单，方才想起，少年时倒是听三林的老厨伯说过，顾鸣笙出身不远处的高桥。发迹之后，重乡情，痴念本帮菜。大约也是当年的滋味，让他每每忆苦思甜，记挂着少年在十六铺时的艰难营生。

忠叔始终未告诉这位邵公是什么来历。只说，当年同盟会元老饶汉祥给黎元洪做秘书长时，曾给顾鸣笙写过一副对子："春申门下三千客，小顾城南五尺天。"顾先生近侧的人自然不少。可能顾念着他衣食的，才是真正身边的人。

因为并非奇珍异馔，料并不难备。临行前，不忘带上了一缸老糟卤。明义紧紧抱在怀里。当年从上海南下忙乱，一路上丢东西，就唯独没丢下这个。

还是那辆黑色的轿车，从英皇道拐上了半山。兜兜转转，这才停到了一幢建筑前。这建筑有一种少见的气派。自然是与他记忆中上海的纯粹西洋风的公馆别墅不同。外形方正，如中古欧洲的城堡，可四角绿瓦飞檐，镶有汉白玉栏杆的回廊，外墙红砖围砌，则又是端雅的中国风。明义只在心里惊叹。他并不知道，这便是大名鼎鼎的继园。此为当年广州军阀"南天王"陈济棠大哥陈维周的手笔，移山修建园林，内有山亭水榭。据说全盛时，一家逾百口居于大宅。而此后陈家迁出，几幢房屋，便各有其主。这建筑门口，只一个铜镶的门牌，旁边镌着"邵府"两个字。

明义只是跟着马姐走进去。马姐着一个用人，将食料帮他拿着，说主人在客厅里等他。明义说，我直接去后厨就好。

马姐笑笑，说，我家主人，知道你肯来，欢喜得没有午睡。你倒说见不见。

说是客厅，布置倒更像是老辈上海人的厅堂。对门的是一副楹联，上面写着"三顾频烦天下计，一生好做名山游"。先前见过的老人，稳稳地坐在太师椅上。见他便站起身，迎上来。

明义却后退了几步，冲他远远地作了个揖，敬道：邵公。

老人哈哈大笑，说，你既知道了我的名号，不敢近身，是怕我不成？

明义说，倒不是。只是您点的几道菜，生鲜时都是味儿大的。我虽然使劲洗涮拾掇干净了，可还是怕不体面。

邵公一愣，笑得更厉害了，说，我倒说呢，自己生生点了一堆猪下水、鱼下水。不怕，你过来。我一个园丁出身，见惯了脏污，没那么多穷讲究。

明义走近。他问明义怀里抱着什么，答他是糟卤。他揭开来，使劲闻了闻。

老人眼里头是孩子一样的欣喜神情，说，这老糟味儿，结棍。

明义走进后厨，摆下食材。见一个铜盆里，已经发好了一颗大乌参。他笑笑，没耽误工夫，便投入了劳作。

待一桌菜都烧好了，已是掌灯时分。

满目琳琅。明义换上了干净衣服，来告辞：邵公，您慢用。我先回去了。

邵公说，你和我一起吃。

明义说，厨不同席。这是规矩。

邵公皱眉道，你不是厨，你是我请来的客人，岂有不上桌之理。再说，你就不想听听我对你厨艺的评点？

明义便坐下来。邵公给他斟了一杯酒，说，那日你请我独饮，今日要与我同醉。你说，这满桌的菜，我倒是从哪一道起筷？

他说，广东人的习惯，是先喝汤。

用人便给两个人盛了黄豆汤。邵公点点头，笑说，上好的肉丝黄豆汤，油封汤面、黄豆酥烂，似冷而实热。你懂行。

老人喝了一口，忽而面容翕动了一下。又喝了一口，喃喃说，对，就是这个味道。没提防，明义看见邵公一时间，老泪纵横。

邵公让用人再盛了一碗。将他扶起来，他端着这碗黄豆汤，颤巍巍地，走到了大案的佛龛跟前。明义看见那龛前竟有个牌位。老人恭恭敬敬地将黄豆汤摆在牌位前，说道：铺兄。你尝尝这黄豆汤，是不是咱们喝的那一碗。

邵公重新坐到席前，说，失仪了。今天是我这老哥哥的忌日。小辰光我们在十六铺学生意。乡下来的，饭量大得很。可挣的饭钱只够一客蛋炒饭，一碗黄豆骨头汤。吃完了不够，到夜里照样饿得肚皮乱叫。我这哥哥就说，将来发达了，要将这黄豆汤喝个够。他对我说，以后做人啊，就如这汤，表面生不见底，里头可已经熟透了。哥哥一辈子的时间都花在做人上。后来我们有钱了，有势力了。人也老了，来了香港，又想起了这口。老哥哥就请来了上海德兴馆名厨汤水福，专给我们做黄豆汤。他小心翼翼地做。可是，我们却怎么也吃不出当年的味道了。想不到，如今他走了二十年。这味道，却被你做出来了。

邵公给明义斟上杯酒，说，小老弟，我敬你。

桌上的菜，是生炒圈子、糟钵头、下巴划水、红烧鮰鱼。

邵公一面吃，一面赞好。几杯花雕下肚，脸色红润起来。兴致来了，竟然吟唱起一支小调。明义没听过。

邵公说，这桌菜好吃。你说，好吃在什么上？

明义说，好吃在浓油赤酱，不失本味。

邵公说，依我看，这桌子菜，原都是下脚料。猪舌、猪肺、猪肚、猪肠，还有鱼头鱼尾，哪一个上得来台面。可经了你的手，化腐朽为神奇。

明义谦道，不是经我的手。这是三林本帮菜的老法子。

邵公说，这老法子说的，可不就是我和老哥哥的一辈子。我们做过好人，也做过坏人。硬是用了一辈子，烩熟了，烩烂了。让你看不清底里，只能说得一个"好吃"。如今，他们都走了。芮庆荣在哪里，张啸林在哪里，四大金刚在哪里；小子辈的沈楚宝、林啸谷又在哪里。只剩下我一个，还喝得上一口黄豆汤。

两个人吃喝了一晚上，也聊了一晚上。待到后半夜，酒醒了。

邵公便问，老弟，可想过开个餐馆，专烧本帮菜。

明义想想，摇摇头，我这爿小店，已够忙活了。几年撑下来，也知足。

邵公说，人始终要有大志向。你这好手艺，埋没可惜。

明义便道，我也年过半百。有心无力，怕是也做不动了。

邵公佯怒,在我跟前,可谈什么"老"字! 我劝你开,自然是怀了私心。如今香港的上海本帮菜,都做得个四不像。你不开,将来我到哪里去吃。

明义说,可是,我那个小门面,哪能摆下几张桌子。

邵公便笑了,说,你且点个头,其他便是我的事了。

回到家,明义与素娥商量。素娥说,眼下孩子们都长大了。你若想做,我们就搏一搏。

明义还是犹豫道,你年前还病过一场,我们何苦来。

素娥说,老公,你且想想。这一辈子,勿识字有饭吃,勿识人头饿煞。如今你是命中有贵人,弗好做不识敬的寿头佬。

这时,凤行走近来,说,爸,妈说得对。你们做不动,还有我。

明义看看闺女,已经长成了大姑娘。这些年,跟着老两口忙前忙后。不比别的儿女,她的心,是真的在父亲的生意上。在厨艺上,人又是特别醒目,几个小菜,如今烧得似模像样。关键是,这孩子特别能吃苦。想到这里,明义也叹一口气。他有心将店面传给小儿子。可戴得是个贪玩的性情,十几岁的人了,还不生性。

明义说,凤啊,你夏天中学就毕业了。你要想往上读,爸妈供得起。

凤行摇摇头,你们靠卖红烧肉,已经供起了三哥和五姐两个大学生。家里光宗耀祖靠他们,不差我一个。爹这一手烧菜的本事,莫不是不想教我。像老家里没见识的爷叔,传男不传女?

明义便知道,这些年,凤行没变过,还是那个有主意的孩子。

这店便开起来了,叫作"十八行"。门面极好,在湾仔的卢押道上。这是邵公的私产,原先是一间海味铺。两层楼高,里面的格局陈设都很别致,省去了装修的工夫。楼上从大堂有一座木桥连上去,本是卖贵重货物的。

给大客人上去验看，上好的天九翅、九头鲍、大连运来的灰刺参。极清幽，虽处闹市，却涤荡喧嚣，打开窗子，可见如黛远山。明义便和邵公商量，辟作了四间雅室。包间的名字，都是邵公起的。他亲手以大篆题名，分别是"高桥""三林""川沙"；最大的那间，叫作"十六铺"。知道的，会心他是乡情所致。再深一层，就是不忘本的意思。

生意大了，便也请了几个会做上海菜的厨师。那时的香港，上海菜的师傅并不难找，但多不是沪上的原乡人，倒是走难来港的扬州人。扬州人最出名的就是三把刀：菜刀、剪刀、剃刀。说的是三个门类，厨子、裁缝和理发匠。无论到了哪里，凭这三把刀，都可以白手起家打天下的。一个好的扬州厨子，京、沪、川、扬四个菜系，都会做。刀功自然了得，火候食材也上手得快。但也因什么都会，调和于众口，倒失之专精。

明义就做给他们看。从简单的四喜烤麸、熏鱼开始，重在火候和放料的轻重，手中的拿捏。一来二去，这些厨子也就十分服气了。到大菜，明义自是自己上手。

那"十六铺"，自然成了邵公长期的包间。独酌飨膳也好，宴请亲朋也好，只需提前一个电话。明义就早早备好了料，等着他。

这来的客，按说非富即贵。可到了近邵公的年纪，也都各自性情起来。讲究的，一头华发，还是年轻时洋场小开的派头：全套的花呢枪驳领西装，口袋里永远塞条丝绸的方巾，颜色跟着西装走；不讲究的，全然是家常打扮，穿着件汗衫，一条褪色的桑蓝绸缎裤子，趿着拖鞋就过来了。两种人，彼此看不上。后者戏称前者是"老克腊"，装腔作势，以为还是在上海吗？前者呢，就学广东人调侃后者是"麻甩佬"，穿得九不搭八，当系自己屋企吗？

老顽童们一起了哄，就有个声音软软响起来，做了和事佬，说，叔叔伯伯，这里可不就是上海么？来了就当自己屋企，宾至如归嘛。

这甜美的声音，话说得俏皮。起龃龉的人心里舒泰，立时就休了战，干戈化玉帛了。凤行于是松口气，利索地招呼其他客人去了。因为少年时来的香港。她的一口广东话，说得极地道。又有上海话吴语里，一点细微的软糯。无论是上海人，还是广东本地人，听得都熨帖。明义看在眼里，想自己让女儿负责楼面，真的没有错。

这孩子如小时候，有一种天然的周到。并不是张扬的性格，不声不响，就把该做的事情做好了。可只要该出面的，她便站出来，温言软语，三下五除二，毫不拖泥带水。这湾仔，长久都是黑社会盘桓之地。"十八行"开张不久，便有古惑仔来找麻烦，收保护费。那天明义原是心里屈服了，花钱买个平安。可凤行说，有一便有再，便有三。血汗钱填不满无底洞。明义没及拦，她便出去。叫企堂给来人，每人斟上一杯明前龙井。她自己先坐下来，柔声说，各位大哥，实在唔好意思。小店生意在贵地落脚，还未赶得切拜码头，罪过得很。只是啊，保护费的事，我们烧菜的说的不算。因这馆子，是邵公的物业。这邵公啊，说我们这小店，只卖三碗面，一是情面，二是体面，三是场面。不知众位大哥，想吃哪一碗，我即时让后厨做上来。

凤行说得轻描淡写，明义直捏一把汗。但古惑仔们也立时心惊，知道了这店有青帮的渊源，连连赔罪，作鸟兽散。

可他晓得，这孩子的心志，还是在跟他学厨。但这一行，不说成见，可就有姑娘家学成了的？始终是缺了把力气，白案尚可，但兜腕掂勺的活，可是女人能做得了的。况且将来嫁了，手艺和人全留不住。

她一心要学，明义便也教。心里想的却是让她知难而退。这样教了几个月。有一次，他便教她独自掌勺一道"红烧鮰鱼"。这是本帮菜里的头道功夫菜。做得好了，鲜嫩软糯，入口即化。可也因鮰鱼肉质非常细嫩，鱼肉容易从鱼骨脱落。要保其形，烹制过程中既不能随意翻动鱼块，又不能让鱼块粘锅。所以最关键的步骤，出锅前要经过两次整体"大翻"。掌握这个技术，全在腕力与手眼协调。

凤行独自掌勺，烧得十分用心。可菜一上桌，明义在心里叹上一口气，嘴上是格外殷勤。

自然，无论"老克腊"还是"麻甩佬"，舌头却都是一式地刁钻。尝一口，便皱起眉头，说，阿义，这鮰鱼就如此糊弄我们这些老东西吗？肉散骨碎，这还不算，竟是一点"腊克"都没有，干巴巴。你要是砸自己的招牌，邵公也是救不了你。

所谓"腊克"，是沪上老饕们的说法，说的是"自来芡"。本帮大菜的出色处，在成菜无须勾芡，全靠这道菜的主料、辅料和佐料在适当火候，几近天然地合成浓厚细腻、如胶似漆的黏稠卤汁。上海人称这种质感为镀了层"腊克"。

没有"腊克"，自然是功架远远不到，明义赶紧赔不是。斜眼看看身边的凤行，脸色青白，暗暗咬紧了嘴唇。

凤行不见了活泼，低目蹙眉，似有心事。明义看在眼里，暗自怪自己。可狠一狠心，想小孩子家，或许过了这一阵儿，也便好了。

一天等厨师们都收了工，厨房里还有动静。明义走进去，远望见凤行立在灶旁，手里举着一只大锅，用力颠翻。这孩子涨红了脸，汗如雨下，也不知已经站了多久。但手上却丝毫没有停的意思。那锅里的东西，每每落下，便在她手中狠狠一震。明义看清楚了，是半锅铁砂。

明义在门口看了许久。凤行专注，竟始终没有发现父亲。明义只觉得眼底酸楚。想上前，但终于没有，而是悄悄退出，将门带上了。

一个月后，邵公约下了几个相熟的客。凤行请缨，说，爸，我再烧一次鮰鱼。烧坏了鱼，从我工钱里扣。烧坏了"十八行"的口碑，我再也不进店里的厨房。

明义想一想，点点头，说，翻的时候，稳当点。记住"推、拉、扬、挫"。

菜端上来。邵公先动一筷。明义看他方才谈笑风生，此时却蹙了眉头，渐渐又舒展开，眼睛亮一亮，说，好啊。

明义松一口气。旁人一听，便也纷纷下筷子，说，戴师傅的鲴鱼，咱们吃了许多次。这次倒是怎么个好法。

邵公说，你们快来尝一尝。这滋味交关好。吃得出是明义的手势，但又有新的好。我却说不出哪里好，只想拍巴掌。

明义说，邵公好眼力。这道鲴鱼，是小女凤行烧的。

竟是囡囡烧的！邵公愣一愣，上下打量凤行，倒仿佛以往不认识。

他长叹一声，真是虎父无犬女啊。这本帮菜不同淮扬菜，历来少有女厨。"德兴"那样的老馆子，光一记"翻大翻"，难倒了多少英雄汉。囡囡，你让老伯我生生长了见识！

凤行算是就此出了道。

不需多久，便已在港岛打开了局面。这时的香港，又比以往多了许多的移民，自然不是粤菜天下独孤。外地菜系，落地为安，渐渐发嬗，日趋争锋之势。有的自成一统，如川湘、云贵，因口味一味霸蛮，始终难成大的气候。倒是江南一带的菜系，润物无声，且变化多端，荤可浓烈入骨，素则清浅若无，像是捉摸不透的美娇娘。这便解了苏浙移民的思乡之情，又逗引了生长于斯的香港人好奇的味蕾，可谓大受欢迎。到一九七○年代，从港岛至九龙，渐渐燎原。这里头出名的，大约当数"杭帮菜"。杭菜以精致著称，且港地杭菜馆的主厨大多来头不小。像"云香楼"的韩同春，在杭州执业时已是远近闻名。他一道"烟熏黄花鱼"，号称冠绝港九，甚而各国的外商、买办来港，必去尝试。"十八行"有自知之明，自然不与其争。

但本帮菜，原就博杭帮、淮扬、徽州、苏锡之众菜系所长，要想在一众江浙菜馆间脱颖而出，须辟蹊径。凤行的出现，算适逢其时。因了邵公和相熟老饕食客的口碑，加之凤行的厨艺，日臻精熟。渐渐打出了名堂。因其生得清丽，便真的有食客慕色而来，便又为其手艺绝倒。一来二去，就有了"本帮西施"的雅号。虽则略显轻薄，但却名副其实。

明义与素娥，看在眼里，是高兴的，也有十分担心。明义想，也是宿命。养了八个孩子，五子三女，出息的都算出息，成家立业，更有出国定居的。到头来，能继承自己事业的，竟是这个小女儿。可凤行再果敢的性子，筋骨里也还是个弱质女流。这些年，他也渐渐觉出，饮食业池水深，学问大。湾仔呢，又是港岛鱼龙混杂之处。自己终归是外乡来人，邵公是个靠山，可年事已高。自己也早岁过花甲，不知能够再做几年。这爿店，刚开得入港，又如何是她一个人的肩膀能撑得起来的。

他们膝下还有的，就是小儿子阿得，慢慢大了。这孩子读书不长进，看性情优柔也难以指望。但凤行却与这个弟弟感情格外好，大概是一起吃苦过来的。照顾入微，竟有半母之风。

老两口呢，一直到凤行告诉他们，才知道女儿恋爱的事，也是后知后觉。

接受"家家煮"的邀请，是凤行自己的主意。那电视台的副经理，也是"十八行"的客。第一次吃到凤行的"糟香汤卷"，便惊为天人。明义原本已经回绝掉了。他对素娥说，正经家女子，抛头露面像什么话，又不是上海滩的舞女。凤行便赌气说，他们请我，难道不是因为我的好手势。爹自己先看轻我，我就非要去了。

凤行准备两道菜，都动了心思。一是本帮红烧肉，是"十八行"的招牌，后面自有一段忆苦思甜的故事。一是"鸡火干丝"，她自然知道自己所长，在一手好刀功。带上一把称手大刀，举重若轻。快稳准，谁看了不服。

谁知到了电视台，就先把她请到化妆室，化了个眼眉斜飞如鬓的浓妆，又做了个时髦到极的发型。她对着镜子，认不出自己，觉得别扭。刚想要换上厨师服，导演忙说不要换，口口声声道，戴小姐靓女，成个明星咁，唔好嘥①咗。

导演刚出去，就听见场记说，要不要带她先走走台，熟悉下锅灶炊具。

导演敷衍道，一个女仔，扮靓就好了。倒是那个同钦楼的主儿，听说是荣师傅的唯一嫡传，要伺候好。

凤行顿时心凉下来。以为这节目是看重她的厨艺，谁知道到头来，还是将她当花瓶，是要给男人做陪衬的。

她看到五举，心里先有了敌意。

待这著名茶楼的少年"饼王"架锅起炉，说不过是做老婆饼和虾饺。凤行在心里，先看轻了。想不过尔尔，浪得虚名。可当这青年动作起来，她虽不懂广东唐点，却也看出手法娴熟。行云流水，非同凡俗。

凤行想，他师父的莲蓉包，举港闻名，他却没有亮绝活的意思。大概为人没有多少心机。她见他眉眼很周正，但戆居居。

待她自己上场，已没有了要胜他一筹的念头。做鸡火干丝时，刀把断了。她意兴阑珊。没承想，他却递上了自己的刀。

晚上，她在灯底下看这把刀。是德国产的老牌子。刃开得很好，看得出用了许多年。但有些钝了，她拿到后厨，亲自给他磨好。

她一边磨，忽然磨偏了。发出尖厉的一声响，在她心上软软划了一道。

---

① 粤语，浪费。

明义见到五举。亲手下厨，给他做了红烧肉。

五举很钟意吃，毫不掩饰。素娥便说，里头的百叶结，入了肉味也好吃的；将酱汁淋在米饭上，更好吃。

五举便照做，吃了眼里有惊喜的光。

明义和素娥交换了眼神，想，这孩子真好，不拘礼，做人真切。

五举将碗里的米饭吃了个干净，道，我常听人说，江南菜的好，是有味使之出，无味使之入。今天领教了，就是红烧肉和百叶结的关系。

凤行便故意说，粤菜里也有啊。你们的鱼翅、鲍鱼更讲究，要用慢火煨，高汤吊，一日辰光都不够。

五举想一想，很认真地说，还是不一样。鱼翅、鲍鱼矜贵，无味也难入味。因为矜贵，所以烧起来，用的是强攻的法子，硬是让味道进去。百叶结呢，是自然吸收了红烧肉的汤汁，更情愿些。粤菜里的许多无味，倒其实是有味的，我们叫"甜"。

明义说，苏浙菜里的甜，可是霸道有味得很，像无锡的酱排骨。

五举说，我们的"甜"，是食材的本味。有人说粤菜味淡，其实是敬它一个新鲜。汤可以甜，菜蔬可以甜。少放盐，更没有素菜荤炒之说。至多白灼一下，也就上盘了。

明义点点头，觉得这青年纯朴，内里却有见识，心里更喜欢了。

五举大概未听出，这番对话里，有对他默默的考验。这也是明义喜欢他的地方。他聪明有悟性，对人际，却是有些钝。聪明不同于精明。上海的精明人很多，但那是人生的皮毛，是不扎实的。这与心地的好坏无关，只能说是一方水土一方人。哪怕是浦东人，在老城厢的眼中，也还是乡土的。他想自己，当年为了脱去乡土味，这么努力地学英文。如今看来，多么可笑啊。

凤行说，五举，你去炒个蔬菜，让我们尝尝粤菜的"甜"。我给你打下手。

素娥说，傻女，哪有让客人下厨房的道理。

五举说，不碍事，我本来就是个厨房里的人。整天在饭桌坐着，倒不自在了。

两个小的进了厨房。一对老的你看看我，我看看你。素娥先笑了，开口道，这孩子啊，像当年的你。

明义想想，也笑说，是像我当年。我当年最疼老婆。

素娥便嗔他，说，你啊，老了老了，倒没正经了。

这菜上来了，原来是一道炒芥蓝。明义吃一口，火候正好，菜茎是爽脆的。细细嚼一嚼，真有一股清甜气。

五举说，怕芥蓝有苦味，先洒了米酒和姜末。最后用了蒜泥吊味。

明义说，好吃，正好解了红烧肉的腻。刀功也好。

凤行说，爸，菜是我切的。您也真是，自家闺女的刀法都认不出了。

素娥便来打圆场，说，五举啊，想不想天天吃红烧肉？

五举点点头。

明义说，那将来，就让凤行天天烧给你吃。

凤行愣一愣，就明白爸妈的意思了，脸偷偷红一红。看五举低下头，脸倒比她还要红。她便想起电视台的人，问他老婆饼的事。心里一笑，莫名荡起一阵暖。

晚上，老两口就叫上凤行。凤行问，爸妈，这个人可好？

素娥说，除了国语不好，哪里都好。

凤行说，姆妈，你还是嫌弃他是个外乡人。

素娥说，傻孩子，在这香港，我们才是外乡人啊。你嫁给一个本地人，让我们更安心些。

明义说，这个人踏实，有手艺。何况，他师父在一天，便有一天的根基。

性情也是好的，不会给你亏吃。

临了，当爹的补上一句，你嫁过去，不用管爸妈。

凤行摇摇头。

明义便谑道，怎么，不想嫁，要跟爸妈做一世老闺女？

凤行说，嫁是要嫁，但我不离开爸妈。

明义就大笑，说，傻孩子，你要带上我们两个老的做陪嫁？还是要人家入赘不成？

凤行说，对。

明义、素娥一惊，竟都说不出话来。凤行慢慢地说，我嫁给他，但要他留在咱们家。爸，你不说我也知道，你信不过我一个姑娘家能撑起"十八行"。我再嫁了，咱们这店可还能有几年的好光景？留下这个人，戴家的本帮菜还有将来。

终于，素娥先叹一口气，说，孩子，你倒是不是真喜欢这个人？

凤行愣住了，半晌慢慢道，喜欢自然也是喜欢的。

明义闭一闭眼睛，再睁开，眼角已经湿润了。他说，凤行，五举要的是你这个人，不是咱家的店。这话不能说，说了误你自己的将来。

凤行站起来，斩钉截铁道，这话要说，但不是我，得您这个做长辈的说。"十八行"要活，便要用我这个人，实在地拴住他！

凤行知道五举心里头的痛。她心疼五举。但她想起自己家的"十八行"，于是咬咬牙，松不得口。

五举一个礼拜和她没见面了。凤行把自己关在房间里，看窗外头的春意盎然。说香港没有四季的，都是鲁莽的人。虽然四季有绿，但唯有春天是看得见新绿的。一点点鹅黄，从树顶上绽出来。近处的电线上，栖着两只燕子，橘红的胸脯，黑翅膀。它们的巢，就在隔篱唐楼"福翎阁"二楼的檐下。每年初春，东南亚的燕子都飞到香港繁衍，直到七月才回去越冬。这巢是去年的巢。这一对老燕，还记得回来。今年的雏燕有四只，已经识得叽喳争食。"四儿日夜长，索食声孜孜；青虫不易捕，黄口无饱期。"凤行心里头响起了旋律，是小学时音乐老师教的一支童谣，说的燕子，是用首唐诗谱了曲。凤行想，哪朝哪代，春天的景致，都是一样的。燕子来了，走了，又再回来。

她于是想一想，去找了五举。她说，五举，我爸现在悔得很。他说不想同钦楼上下说我们上海人不厚道，说不想毁了你。可是我不悔，这是我一个人的主张。同钦楼和我们家，你总要选一个。选了同钦楼，就没有了我，我们不相欠。选了我，你就要欠你师父一辈子，我还要欠你一辈子。我便要还你师父两世的情，我这辈子还不起，还要还下辈子。算一算，我不想为难自己，我还不起。

凤行转身就走。这时候，她被五举拉住了胳膊。

五举说，戴凤行，你若现在走了，才是欠我的。师父那边，我们两个来还，一起还。

这时候，淅淅沥沥地下起了小雨。两人站在原地，都没有动。雨打湿了他们的头发。雨渐渐大了，顺着他们的额头、鼻梁、嘴角流下来。凤行被雨模糊了眼睛，她有些看不清五举了。

她听见了五举的声音。五举问，凤行，你真的会为我烧一辈子红烧肉？

凤行使劲点了点头。

五举说，好，那我就当你一世的百叶结。

明义没看错，五举的悟性很高。

起初，他总觉得对女婿亏欠。想将店里经理的职务给他，觉得体面，让他负责店面。但五举说，爸，我是厨房里的人。还是让我回厨房去吧。

老实说，明义是有些踌躇的。各大菜系，都有窝里传的俗例。这其中有两层意思，一个是传男不传女；一是要传给本系的厨师。对凤行两口子，明义如今掏心掏肺，自然是没什么保留。可是，担心的却是五举自己那一关。说到底，厨艺如武艺，既有各种门派，也自有它背后的手势与习惯。相似的，如本帮与江浙菜，能够触类旁通。可打惯了八卦掌，忽然想习咏春，就没这么容易了。拳不离手，熟能生巧，可也造就了身上那筋骨里的劲道。如本能一般，一不留意便流泻出来。要彻底放下，越规逾矩，先得回到白纸一张。五举年轻，却是正传的粤点师傅。年少有为，十年历练，已经做到了同钦楼的车头。本事也都长在身上了。这本帮菜浓油赤酱，他觉得好吃，已是造化。可你让他就此改弦易辙，先废了此前的武功，重建修为，也才真是难上加难。

　　五举就提出先在厨房里，为凤行帮厨。

　　厨房里的几位师傅，对他都很客气。其实客气得有点过分，一是知道他的来历，又听说他离开"同钦"的因由，未免心里都有些顾念。

　　但五举人随和，又帮得手，渐渐就和众人打成了一片。私下里称他，也从"老板姑爷"慢慢变成跟着凤行叫的、亮堂堂的"举哥"。

　　唯可以让大家看出举哥过往的，是他当年在大小按上练就的功夫。剁馅、擀皮、上笼，又利落又好。而且，众人都看出，这小夫妻两个有一点很像。就是眼里有活儿、没架子不造作。谁手上忙了，都能上去帮一把，还都能帮到点儿上。要知后厨忙起来，互相的配合，是靠长期建立起的默契。而五举在大家忙成一片的时候，就像卯榫，跟谁都能严丝合缝。

　　不忙的时候，他便用心地看。看凤行唰唰唰，三两下将一条青瓜切得当断不断、连绵而不绝。凤行见他在身边凝神，笑说，我说过要教你，这是你说的"蓑衣刀法"。便又拿过一根青瓜，要给他演示。

　　谁知五举说，我来试试，扯过来便切。同样三两下，刀下如影将青瓜切成了。凤行心里吃惊,毕竟这样的刀功,在常人需要苦练所得,何况这种刀法里的花哨,尚有炫技的成分。然而,五举只看了数遍,竟然可以切得与她不分伯仲。她再看自己男人,却已经应声去帮小笼师傅起笼。凤行心里泛起一丝柔情,五举在雾气中忙碌的背影,便好似仗剑天涯的侠客。

其实凤行和五举,回到自己的小家,很少谈及彼此的厨艺。凤行不说,是怕勾起五举的伤心。五举不说,则是想要忘却。他们谈得多的,是各自的成长。凤行自然谈他们家由上海而来的颠沛,谈北角的邻里,谈他们家那间小小的面馆。五举谈来谈去,除了那个避而不及的人,便是阿爷。凤行一面感叹他人生的单纯,一面想,这个毫无血缘关系的老人,何以让五举感情如此深厚。她回忆起阿爷在他们婚礼上的样子,寡言而谦卑。她对五举说,我们去看看阿爷吧。

阿爷的两只眼睛,已经近乎全盲,只能看到极少的光影。但是他根据声音,迅速地辨认出五举。然后犹豫了一下,清晰地叫出了凤行的名字。

阿爷住在了更小的唐楼单位里。两年前,他唯一的女儿去世。女儿也是年迈的老人了,他说自己是白发人送白发人,只怪自己活得太长。他说这些,脸上并没有一些悲色,平静得像是说别人的事。他把自己大些的房子,过到了外孙的名下。外孙夫妇便照顾他的日常。凤行知道,阿爷离开"多男"后,五举孝顺阿爷,常常周济。阿爷亦待他,一如亲孙。

他和两个年轻人,絮絮地说话。他说五举那时那么小,双手拎着一个"死人头"的大水煲,给楼上的客人。半天不下来,他担心得很。上去看,看五举抬着头,定定地看人斗雀,看入了迷,忘了走。他就想,这就是个孩子啊。五举说阿爷的绝活是"仙人过桥"。他站起来,给凤行比画。那么大的铜壶，拿得稳稳的，远远手起茶落。阿爷看不见，但脸上有笑，笑得满面皱纹纵横。他们说到五举去同钦楼前的那一晚，便都沉默了。

凤行就问，阿爷可去过上海？

阿爷说，上海是个好地方，我年轻时去过。那时候多么好。人穿得好，吃得好，满街都是外国人，好像现在的香港一样。但没有香港人这么多。

阿爷说的上海，和凤行记忆中的不一样。她说她喜欢阿爷的上海。

五举和凤行对望彼此，都觉出了久违的快乐。

临走时，阿爷将五举的手，叠上凤行的手，说，孩子，要对她好。这是一个好姑娘。

那天来人，都是邵公的故旧，从美国而来。说起来，都是上海的渊源。其中有一对夫妇，男的曾是顾先生的部下，女的是昔日沪上很风光的买办小姐。虽韶华已去，着得家常，皆可见当年的英挺与风姿。两个人就说，如今三藩，多的是中餐馆。可像样的上海菜却不多见，更不要说本帮菜。粤菜馆倒是处处开花，去国多年，吃得多了，将人的口味都历练得淡了。那夫人便说，景轩和我一样，年轻时都是重口的，吃牛扒都要浇上厚厚的黑椒汁。现在人老了，倒惯了粤菜的清淡。我想吃一道本帮做法的广东点心。不知邵公可能成全？

那还消说，我这里的大厨，红案白案，文武双全。明义听他夸下海口，在心里默默流汗。

明义到后厨去商量。五举想想说，我来吧。

上来的是一道生煎。上面撒了芝麻粒儿和翠绿的葱花，焦黄的壳，看上去让人食指大动。夫人看看说，好是好，终归还是一道生煎。

明义便附在邵公耳旁说了一句。邵公便道，哈哈，内里有乾坤。

夫人便撿起一只，轻咬一口，才发现，这生煎的皮，不是用的发面，而是透明脆薄，里面有汤汁流出来，极其鲜美。再一口，原来内藏着两个虾仁。还有一些软糯的丁儿，混着皮冻化成的卤汁，咬下去十分弹牙爽口。夫人品一品，眼睛亮了亮，说，你们快尝尝。这花胶，用得太好。

众人下箸，纷纷称是，都说，想见一见这位点心厨师。

明义便引了五举出来。夫人说，你这道生煎，皮用得很讲究。

五举说，用的是水晶粉，混了澄面。先蒸一道，然后才下锅煎，所以外脆里软。

夫人与她先生相视，笑笑说，虾饺的制法，弗得了。这花胶粒儿，也是你的主意?

五举点点头。

邵公也得意，说你们不知。我这点心师傅，别看后生，可大有来头。原是同钦楼荣师傅的门下高足。如今和我干女凤行结了姻缘，做了上门女婿。也是英雄难过美人关啊。

明义没料到，邵公会说到这一层，便借机上菜，让五举退下。

可客里有一个却恍然道，啊，是"莲蓉王"荣贻生吗? 听说传了一个徒弟也是整了一手好莲蓉。不知我们有没有口福?

邵公一乐，说，那还在话下? 明义，请你女婿给我们几个老的，做一笼莲蓉包吧。

明义看看五举，眼神里黯然下去。没待他开口，五举跟几位鞠一躬，说，我不会做。

转身便走了。

食客们面面相觑。邵公何曾给人这么抢白过，也是动了气，一拍桌子道:

戴明义，你这个女婿太不识抬举，愣头青!

五举将邵公给开罪了。

明义着小两口上门，给老人家赔不是。但凤行说，不去！我五举没有错。有也是功过相抵。这伙子有钱人，口味刁钻不怕。可到本帮菜馆点广东点心来吃，不是触人霉头吗！

爹，我且立下规矩。五举以后不上铺面见人。要见，我来见！

但那日五举创制的"水晶生煎"，就此便成了"十八行"的一个招牌。即使多年后，别的上海菜馆，想要如法炮制，可偏就做不出五举的味道。

后来有人说起五举山伯。说五举不是山伯，是杨过。自己废了"大按"一条胳臂的武功，剩下"小按"，依然耍得起一手出神入化的独臂刀。

凤行呢，便是小龙女。教得五举，也伴得五举。两个人算是琴瑟和鸣，将"十八行"的声名，渐渐打开了。以五举的灵，一年后，已将本帮菜烧得轻车熟路。只是落料么，还稍保守些。凤行快人快语，是不迁就他的，常说，放酱，加糖。不吊糟，这味怎么能出来呢。

闲下来时，五举便好自己琢磨，又做了几款新的点心，比如"黄鱼烧卖""叉烧蟹壳黄"。懂行的，便看出是粤沪合璧。只这闲情所得，倒很有成就，慢慢传播开去，成了食客们饭中必点的主食，便让"十八行"在港岛再不同俗流。

明义与素娥，很是安慰。他们都实实在在地觉得自己老了。一爿家业，到底是指望上了一个闺女。人说巾帼不让须眉。戴家的巾帼却引来了一个须眉。阴阳而来，乾坤定海。

明义夫妇，在此后的数年，其实错过了小儿子的成长。

戴得是这家里的异数。三岁来港，对在上海的生活了无记忆。他是实实在在在香港长大的孩子。对这城市的感情，与他自己的成长同奏共跫，休戚相关。上海，对他只是个幻影，代表着他父母的根系。哪怕多年后，他回到了家乡，也如过客。"杨浦区通北路 37 号"，是他们在上海的门牌，也只是照片的背面的一行字。一笔一画，冰冷无温。

　　在家里，他的父母与兄姊，总是讲上海话。他会讲，亦会听，但总觉得与自己隔了一层。这种语言有某种魔力，可以在人群中辨认彼此。他记得，在北角成长的岁月，他的家人在任何场合，和陌生人相遇，大家说着广东话。但凡有上海人在，便迅速捕捉到对方话语中的蛛丝马迹，改用上海话亲切地交谈，而不必顾及旁人的在场。年幼的戴得，因此会觉得尴尬，甚而羞愧，好像自己是这个家庭的代表。

　　他自认是个香港孩子。然而，比起生长于斯的本地孩子，他仍然是孤独的。家人的存在，一直在提醒着他的来处，也影响了他的口音。读书时候，同学们总会嘲笑他的口音。他的广东话里，带着上海的腔调，甚至还有福建话惯有的尾音，这是他少年生活在北角的印记，很多年都摆脱不掉。在语言上他是有些迟钝的，他总觉得自己不及兄姊聪慧，或是因为老来子的缘故。

　　这些都造就了他身处奇异的边缘。在试图努力了许多次后，他终于放弃。因此，他让自己养成了一种看似不在意、信马由缰的性格。他用这种性格，抵御周遭令他感到压力的任何东西。他的父亲明义，怀着某种对自己青年时期的执念，将他送进一所英文学校。但他很快开始逃学，因为这所学校向上的氛围，让他喘不过气来。他逃学，无知觉间，开始了在学校附近的游荡。

　　他发现，他很喜欢游荡。在游荡中，他让某种紧张的东西释放。湾仔是很适合一个人游荡的地方。他沿着叫作庄士敦道的电车道漫无目的地走，看到一条横街巷道，便随即拐了进去。这一带，是"二战"前发展的住宅区，克街等地能看到许多战前的旧楼。而太原街、交加街、湾仔道一带仍有传统的街市。戴得的心中，有一张漫游的地图。利东街的印刷铺，轩尼诗道的循道卫理教堂，星街的圣母圣衣堂，被称作夏巴油站的德士古大厦，都是这地图上的坐标。

还有太多地方，可以让戴得在游荡中驻足。修顿球场总有不少待业的人，或站或坐，在等待被人挑选。露天的表演，也可以让人看很久。从大王东街穿过去，便是洪圣关帝庙，里面有年老的婆婆，披散着头发，为人"打小人"驱邪。打小人的过程伴随着歌诀，极为漫长。戴得站在旁边，可以听上许多遍。大王东街与庄士敦道交界，是和昌大押所在。戴得远远站着，看着典当的人，各色的行止。踮起脚，将东西举到当铺的窗口。有的同时间，还四顾一下，用动物般警醒的眼神。当他走累了，便随机地走进一家戏院看电影。有时是"国泰"，有时是"南洋"或者"大舞台"。他其实并不很喜欢看电影。但是他享受在黑暗中，无人打扰的错觉。他看不见其他人，就当他们不存在。他们不存在，他便是君王。

走出影院，天已经半黑。他就在街边的大排档坐下来，叫一盘肠粉或炒牛河。这些大排档多半在马师道或史钊域道。他对着大街，看着路上的行人，慢慢地吃。他并不很喜欢吃家里的东西。此时"十八行"的本帮菜，在邵公等一众老饕的锻造下，已经日趋精致。但是，戴得自认没有高贵的味蕾，他的口味就是在与这些大排档的朝夕相处中，积累而成。

家里的东西，他唯一喜欢吃的，是凤行做的黄鱼面。

在家里，他亲近的人，是他的小姊姊凤行。自戴得有记忆，凤行似乎对他就抱有某种责任。尽管那时，她自己不过是个九岁的孩子。但是，她与幺弟阿得间，有如某种母鸡护雏的关系。在外人看来，这种景致未免滑稽。北角的邻居们，还记得，在戴家门口，一个小女孩，吃力地把一个更小的男孩，抱在腿上。用他们所听不懂的上海话，在唱一支童谣，一遍又一遍。男孩渐渐听得有些不耐烦，身体出现了拧动与挣扎。女孩便更紧地抱住他，脸上带着近乎肃穆的神情。

戴得还记得的，是他七岁。在皇都戏院门口，他受到了几个外国孩子的挑衅与欺侮。他天性里的软弱，让他避闪与逃走。但这些孩子似乎有许多时间，他们一路追打他。又放开他，再追。这时，凤行出现了。她冲向在最前头的孩子，一口咬在他的胳膊上。然后在围攻中厮打，谩骂。他们彼此语言不通，这些谩骂便成为了小型兽类之间预警的咆哮。异族的孩子，似乎被这个中国小姑娘的勇猛击打得六神无主，渐渐退却。凤行站在英皇道上，满脸是血。半叉着腰，仍然在骂。稚气的脸庞上，漫溢着成熟的市井妇人的凌人气势。

戴得便在这样的呵护下成长。他并不关心，也不了解，小姊姊如何放弃了优秀的学业，承担了家业。又如何以婚姻的方式，为这个家庭引进了一个男丁，去巩固这爿家业。而他更无法体会，这所做的一切，其实本应是他的责任。或者归根结底，是为了他。

他感兴趣的，是这个被他称为姐夫的人。与那些只有逢年过节才应景出现的姐夫不同，这个纯粹的外人，进入了他的家庭，甚至嵌合进了这个家庭的事业。这个人寡言，脸上总有微笑。眼角略微下垂，鼻翼宽大，目光温和松懈。面相的柔软，让他曾经以为，这个年轻人，会是自己一个潜在的同盟。姐夫五举不会上海话，也让戴得想象他必然被这个家庭所排异。但现实告诉他，并非如此。当五举出现时，无论之前聊得多么热火朝天，全家人会停下家乡话，改用广东话交谈。甚至最无语言天赋的母亲，都会用口音浓重的国语说话，力图令他听懂。而这种迁就，是他从未曾享受过的。在饮食上，似乎也清淡了很多。多年盘踞戴家晚餐的八宝辣酱，不知何时，被端下了饭桌。而代以清炒与白灼的小菜。父亲说，厨房里油烟味儿太重，回家里来，还是清爽小菜适意。

而事实上，他发现五举的恭顺，不过是一些日常小事上。有一次，他放学归来，看到了姐夫正在与父亲争论。似乎是为店里的事情。大概是店里的一个老厨，监守自盗，偷拿了贵重的食材出去卖。这老厨自"十八行"开业，便是元老，甘苦与共，明义自然是息事宁人。可五举却说，这种事情，有一便有再，非要杀一儆百。漫说是鱼翅，若在同钦楼，偷吃一个叉烧包，当月工钱就没了。

父亲脸变得铁青，大约也是情急，说，这里是"十八行"。你要说同钦楼的规矩好，就回同钦楼吧。

这时，五举先前柔软的面相，忽然不存在了。他抬起头，眼里的光，可以灼人。

明义这才发现说错了话，嗫嚅了一下。凤行急急走出来，说，爸，给刘叔支两个月的工钱，让他走吧。

凤行拉一拉五举的袖子。戴得见姐夫的表情，仍然冰冷坚硬。这时稍微松懈下来，但脸上肌肉在僵硬地律动，好像是冰在一点点碎裂。

戴得感到有些害怕，并没意识到凤行到了他身后，拍了他脑袋一记，说，看什么看，你姐夫都是为了这个家好。

戴得自然感受到小姊姊对姐夫或明或暗、或硬或软的维护。他想，他曾经因为这个男人蚕食了凤行对他的关爱，而产生敌意。他感到恐惧。不是为父亲的懦弱，而是因为这个人表达出的一种力量，是他们家庭里任何一个成员，所不具备的。

此时，凤行已有了五个月的身己。她似乎因此变得温柔。戴得想，这也是这个男人带来的改变。那个瘦小而能量可观的姐姐，正在发生变化。变得温柔、琐碎而缠绵。她开始为这个预产期还很遥远的婴孩准备衣物，鞋帽。开始用更为轻盈的脚步，在家中行走。她会将戴得拉到身边，将他的头放在自己的腹部，对他说，得，你就快当舅舅了。

阿得看姐姐膨胀的小腹，敷衍地将耳朵贴上去。然而，他的确感受到了一个未知生命的律动。这律动让他的心也莫名颤动了一下。一下而已。

阿得并不想成为一个舅舅。他觉得五举和他带来的孩子，会造就自己更为孤立的状态。凤行对阿得说，他们不让我进厨房，他们说，这孩子吸了太多的油烟，长大了就只能做一个厨子。你说，做厨师有什么不好。

然而，凤行最终还是进入了厨房。在一个月以后，是邵公的八十寿诞。

邵公说，宴席上的功夫菜，要由我干女来做。

明义犹豫了一下，终于说，邵公，凤行的身子很笨重了。恐怕难当此重任啊。也怕人有个闪失。

邵公的脸色即刻变得不好看。他说，我还能有几天活头？她和这个孩子来日方长。告诉她，孩子生下来，我送她一层楼。

凤行咬咬牙，说，我倒不要他的楼。但我怕"十八行"的铺面，他给收回去。爹你回个话，我做。

凤行随明义和几个厨师，到了邵府。

旁边人照料着，凤行身重，手下还十分麻利。糟钵头、鸡火干丝、草头圈子。凤行自然知道邵公是看重她的好刀功。刀刀生花，是寿宴上的面子。她就格外地尽心。但始终是站久了，脚下渐渐浮肿。刀法便有些乱，心下一急，就切在了左手的无名指上，当时就汩汩地出了血。明义和五举看了，忙要换下她。谁知凤行，用水冲一下，说，不碍事，你们忙自己的去。

这一场寿宴，举戴家之力，自然是十分的排场，为邵公挣足了面子。便有来客说，怕是如今在上海"德兴馆"，也吃不到如此地道有味的本帮菜了。

回来后，凤行笑着对五举说，这可怎么办。这回咱们的孩子吸足了油烟，注定要做一个厨子了。

五举给她伤口包上，问她疼不疼。凤行笑得更厉害了，说，厨子怕切手，那真是外甥戴孝——没救（舅）。

凤行在一个星期后的夜里，开始发烧。

五举摸她的额，有些烫手。头晕、畏寒、没力气。

五举着急，要送她去医院。凤行说，三更半夜的，哪有什么好医生。天亮再说，没那么娇气。

五举就侧过身体，揽住她，紧紧地。

天发白时，五举觉得怀中的身体，瑟瑟发抖。凤行抬了抬眼皮，眉头皱起，咬紧牙，手抓住了五举的胳膊。

五举胡乱穿上衣服，抱起凤行，往外跑。

医生看见凤行时，额上是密密的汗，脸色已青白了。叫她，没有应，抽搐不止。

医生说，怎么才送来。

凤行呼吸急促了，乌紫的口唇，慢慢张开，流下了口涎。

忽然间，她睁开了眼，说，举哥……天怎么这么亮呢。

说完了这句话，似乎耗尽了她的力气。凤行大睁着双眼，眼皮一松。她紧紧握着五举的手，也松开了。

五举愣愣地看着凤行的脸，心里一空。

他觉得怀中的人，猛然一重，又轻了。

他说，凤行。

凤行没有答他。

他叫，凤行。

凤行没有答他。

他看见对面是医院的墙。没来由地，一大片白色狠狠地向他扑了过来，把他吞没了。

五举去领凤行的骨灰。

是两个人的骨灰，还有他未出生的儿子。

凤行走了，因为破伤风。就是无名指上的一个小伤口。

凤行使得蓑衣刀法，"十八行"人人佩服。她一辈子好刀功，最后送走了自己。

明义说，如果不是大着肚子，凤行不会切着自己。

素娥说，明知大着肚子，非要去。是谁害死了我的闺女。

明义哭着扇自己的脸。

邵公亲自送来了葬仪，被素娥扔到了门外头。

明义关了"十八行"，把物业还给了邵公。

给凤行下了葬。

坟场在香港仔，能看见海。

凤行喜欢海。她说香港的海，没那么大的浪头，好像黄浦江。还能看见对岸的房子。能看到尽头的海，让人心里踏实。

五举烧纸。明义和素娥，呆呆地站在墓碑跟前。

素娥说，儿啊，想不到我们家里十口人，最先走的是你。你说老糊涂的爹娘，为什么要放你去呢。

说罢了，素娥跌坐下来，又开始哭，渐渐哭得人事不省。

夜里头，五举一个人，又跑到了坟场。

他带了一瓶花雕。是凤行生前最喜欢的酒，两个人经常夜里对坐着喝。凤行的酒量很好，喝着喝着，脸就红扑扑的了。有次喝到微醺，凤行嘴里起了一个调，唱："离峨眉，下九重，云行千里快如风，不觉已到西湖畔，美丽湖山似画中……"沪剧《白蛇传》里的"游湖"一折，素娥教她唱的。那次凤行唱得媚眼如丝，连五举都心旌荡漾起来。唱完了，凤行倒不好意思了。凤行摸摸自己的脸，看五举听得木木的，就说，举哥，你看我一会儿唱白蛇，一会儿唱小青，一时一个辰光，我都不知道自己是谁了。你倒是，怎么看都是个呆呆的许仙。

五举一口一口地抿那花雕酒，喝几口，就往那坟头上倒一点。再喝几口，再倒一点。想到这里，嘴上也过了门儿，唱了一句。才半句已荒腔走板。他才觉察自己的泪流下来了。他由着它流，盘膝坐在那里，继续唱。唱着唱着，竟然睡着了。

他是被山上的寒气冻醒的，看衣服上结了密密的露珠。待他醒过来，天有点亮了。他看着墓碑上凤行的名字，还发着怔。目光往下走，早上的供品旁边，摆着一只小篮子。里面有几只点心。那点心正中，点了一个红点，莲花样的。是同钦楼的莲蓉包。

凤行的"五七"过了，明义和素娥把五举叫到跟前儿。

两个人偎依坐着，原本已上了年纪，现在是两个全老的人了。这老除了身体面容，是在神态上。那眼里对生活的一点盼头，在朝夕之间，全都塌掉了。

老两口互相看一看。过了一会，明义叹一口气，开了口，孩子，你走吧。回你师父那里去。这头家，算是完了。

五举愣一愣，没说话，只抬着头看他们。

明义说，举啊，你是凤行硬挣到我们家的。对你，对你师父，我们这心里的坎儿，一直没过去。如今凤行走了，我们也不好留你了。

五举说，爸妈是不钟意我了？

明义使劲摇头，就因为太欢喜，才怕耽误了你。如今你的小家没了，店也没了。男人，是要有自己前程的。

五举跪了下来，说，爸、妈，离开师父，算我错了一次，不能再错第二次。五举无爹无娘。如今好容易有了你们这对爹娘，是我赚来的。凤行和命挣什么，还不是为了咱们家这爿店。我要走了，她阖得上眼吗？好容易有了这个家，你们赶我，我也不走了。

这时候，五举竟使劲牵动了嘴角，笑一笑。老两口都在这笑里，看出深深的苦意。他们躬下身，将五举扶起来。素娥手颤，忽然一声喊，我的儿啊。便将五举揽进了怀里。

五举脸庞上流着滚热的水，心里倒一片笃定，觉得脊梁里的筋骨，一点点地硬起来了。

拾叁

十八归行

> 饮必好水，饭必好米，蔬菜鱼肉，但取目前，常物务鲜，务洁，务熟，务烹饪合宜，不事珍奇，而有真味。
>
> ——朱彝尊《食宪鸿秘》

谁都没想到，五举一个和和气气，看似随遇而安的人，竟然重新撑起了"十八行"。

戴得说这话时，看一眼姐夫，遥遥地忙着。五举山伯，精瘦，老是老了，但还是身体笔直。

戴得记得"十八行"重新开张的情形。

在湾仔的柯布连道。天桥底下。谈不上什么市口，天桥上的人看不见。天桥下面的人，又不会打那里经过。但是，租金尚算便宜。

五举到了自己找铺，才知道湾仔的铺租原来这么贵。

当年因为了装修，借了一笔钱。还掉后，"十八行"历年的收益，竟所剩无几。

明义和素娥，心里有愧。因几个儿女，看他们折腾了一番，如今已经意兴阑珊。纷纷要两个老的，认命颐养天年，自然也就没有愿意伸手襄助的。

五举便将自己多年的积蓄，都拿了出来。算起来，从十岁起，也攒足了十几年，他又没有什么花销。加上两个老人的，勉强租了这个铺位。

便也就谈不上什么装修。买了墙纸糊上。原来那些桌椅是用不上了，太堂皇，运去了寄售店。却看到店铺墙角有几个大相框，里头镶嵌着画，是几个古装女子。他便拎起其中一个，是个披着红色斗篷的姑娘，脚下蹲着一只羊。姑娘满脸的喜气，笑笑口，是个高兴的样子。五举便问老板，这是谁。老板看一眼。四大美人，王昭君。五举想，这画面目可喜，或者是个好兆头。便问老板卖不卖。老板说，便宜给你了。在这里放了好久，卖家都不知哪里去了。

五举亲手将画挂到了墙上。以后，这画便在这墙上挂了四十多年。戴得指着问我，你说，这会不会是个古董？姐夫拿来的时候说，看我今天执到宝了。

我看一看，这画上浸染了多年的烟火气，有些水迹干了之后，纸上漾起的褶皱。不知怎么，心里出现了"半老徐娘"四个字。

戴得说，我知道内地有个节目，叫《鉴宝》，我也想拿去试一试。搞不好值钱得不得了，那我们就不用辛苦做了。

旁边便有一个女人走过来，说，我们忙得团团转，几时到你辛苦过？

女人倒是看不出年纪，敦实，皮肤黝黑。她的广东话不太纯正，我也可以听出来。她是戴得的太太。

新的"十八行"，就这么草草地开张了。重开后，客人是没有多少。以往许多客，都是邵公带来的。如今，虽不至于门可罗雀，但自然比不上往日光景。

铺便是开着，每一日都是钱。五举有点着急。明义便安慰说，我们的本帮菜，原本就不该是什么高级路线。如今开到了街坊里，倒是对的。

五举看店里，尚保留了两只红色卡座。都是真皮的背面，漂亮得很。舍不得，便从原来的店搬来了。原来的店堂很大，并不显得有什么。现在摆着，扑面而来的红色，大而无当，其实是有些触目了。

五举便说，我们还是要想想办法，做点事情。

明义叹一口气，在北角那会儿，是先有了好街坊，生意都是街坊带来的。如今就算再烧了红烧肉面，也得有人来吃。

这时，他们听到身后，响起一个声音，说，办法也是有的。

这说话的人，是北方国语口音，声如洪钟。翁婿二人忙回过头，见是个中年人，赤红面色，宽脸膛，浓眉凤目。手里执一杯普洱，正在翻看报纸，施施然的神情。

五举愣住，想这关公神仙相的客人，刚才是将谈话都听进去了，便一横心问，先生有什么办法。

这客人哈哈一笑，说，您这店刚开了，我来了几次。菜味道真不错，可就是巷子深了些。

于是他就对五举说了句话。五举眼睛亮一亮，再看一看客人，说，先生这一餐，我请了。看先生一定是好文墨的，不知可能帮我这个忙。

客人还是朗声大笑，说，不在话下。

这姓司马的先生，便为"十八行"写了一份广告传单。五举捧在手里，只觉得字字硬朗秀劲，他不识是瘦金体，但看着心里真喜欢。他心想，这是遇到高人了。

传单上写，"沪上有佳肴，美味益街坊。"

底下是店里几个招牌的菜名。最末写着"妇孺皆爱，童叟无欺"。

司马先生又带了五举，去附近的印刷所，说将传单印了两百份。

印刷所在街市后面的唐楼里，前面是一个猪肉档。门脸儿给遮得严严实实。进去了才发现别有洞天。五举进门时，听到机器的运转声忽然停止了。里面的人，都停下了手中的活儿看着他。司马先生一抬头，朗声说，嗨，哥几个，停机掩活儿呢！这些人才好像骤然松弛了，手里又动作起来。一两个和他打招呼，开玩笑。

因为不用制版，传单印得很快，须臾便好了。到要付账的时候，司马先生嘴里对一个经理模样的人说，这年轻人，可不容易，你给多打点儿折扣。

那人便道，好好，那您答应给莫总编的书稿，可不能再拖了。您不给他，害他心思思，结我们的钱也不爽利。

司马先生抽一口烟斗，吐出了一个大烟圈，哈哈大笑，就你算得精。这小哥儿以后少不得还要来叨扰你。你啊，见他如见我。

五举捧着这沓传单，还有余温，散发着油墨的香气。五举鼓起勇气，问，先生，您是写书的？

司马看看他，憋不住笑似的。

旁边的师傅，一边切纸条，横他一眼，靓仔，你不知道他的来头？这可是个大作家。

司马就使劲摇摇手，嗨，一个码字匠。挣点零钱花。

戴家一家人，便把这些传单分发出去。五举和戴得，站在路边发给路人。素娥熟悉街市，便一大早揣定了，拜托那鱼档果栏的，给来往买餸的街坊。明义带着提桶糨子，在附近的唐楼巷弄，往那人多的地方去，瞅着墙上有空，便贴上去。

来吃饭的人，渐渐多了。证明这法子是奏效的。因为菜的确是好，价钱也公道，便渐渐又有了回头客。五举说，爸，午市这么热闹，咱们也学学茶餐厅，做"碟头饭"吧。翻台也能快些。

所谓碟头饭，是一九七〇年代，在本港开始出现的菜饭。类似内地的盖浇饭，白饭上加上快餐餸料，奉送例汤一碗。

这时的香港，经济已经起飞。产业结构调整，工作机会比以往多了许多。湾仔一带渐渐也成了打工仔的天下。到了中午一点钟放工，他们便需在周围食肆吃饭。碟头饭胜在简洁，菜量丰富。做法也各有千秋。烧味店最经典的叉烧饭，厨房饭里的菜远排骨、豉椒鲜鱿，中式饭的单双拼，西式的免治牛肉，倒是都能占个一席之地。

五举山伯，保留着一本地图册。这地图册可见经年的烟尘与油腻，是时时翻用的痕迹。翻到"湾仔"那一页，我看到以"十八行"为中心，用原子笔简洁地标注着一幢幢建筑以及它们的名称，那是当时湾仔附近的写字楼，也是五举派发传单的目标。然而，饶有意味的是，在这张六十年代出版的地图上，五举将某些楼宇的名称标注在用虚线所勾勒的范围内，下方是大片虚空的浅蓝。原来，这代表着湾仔彼时计划内填海的位置，是有关这座城市的憧憬。

在这本地图册出版十年后，湾仔已呈前所未有的盛大气象。一九六五年至一九七二年，港府展开大型的填海计划。这项工程完成后，湾仔的范围随即伸展至今天会议道一带；港岛北岸的海岸线自此完全改观。一九六八年，行政局通过湾仔的旧区重建计划，皇后大道东两旁的旧厦，在其后的十多年间大量拆卸重建。这段时期，香港金融市场渐入佳境，社会对工商楼宇的需求增加，商业活动因中环区的写字楼供应饱和而渐渐出现向东扩展，湾仔大刀阔斧的变迁，正好回应这一趋势；往后十多年，一座座耀眼的商业大厦、政府办公大楼、酒店、运动场馆相继在湾仔海旁建成。这为此一港岛老区带来了生生不息的活力，也潜移默化地改变了当地居民的生活习惯与一成不变的饮食结构。

"十八行"推出的当家碟头饭，自然是"戴氏红烧肉"。鲜嫩软糯，肥而不腻，配搭时菜，最后在白饭上再浇上那浓郁的酱汁。真是不净了那碗碟，自己的舌头，头一个饶不了。

这一天，司马先生是夜里来的。快打烊了，店里人少。一进来就叫饿，要下了一个红烧肉饭。

五举忙迎过来，说先生好久不见了。司马一乐，说，你们家的饭，是一日不食，如隔三秋。

五举便说，盼是您天天来。

司马说，前几天去了澳门，见几个国外来的朋友。又陪着赌钱，输掉了半本书的稿费。这吃喝嫖赌，后两样真不能沾。说能怡情的，不是邓小闲，就是忘八蛋。让我大伤了元气。

五举不知道这姓邓的是什么来头，但听懂了忘八蛋，也哈哈笑起来，说，那我给您好好补补。

他和明义，就下厨烧了几个热菜，给司马端上来。明义想想，又从后厨拎出一瓶陈年花雕，叫五举一并拿过去。

五举就安心坐下来，陪司马先生喝酒。司马还真是好酒量，越喝越是兴起。原本是个红脸膛，几杯下肚，红上加红，就有点紫得发亮。喝多了，自然话也多了。

他说，知道我为啥喜欢在你们这儿吃饭？

五举看他眼睛瞪得铜铃似的，就安静地等他往下说。

司马一拍他肩膀，你知道我是哪的人。白山黑水，老东北那旮旯来的。我爱吃什么，"棒打獐子瓢舀鱼，野鸡落到饭锅里"，啥好东西不是一锅烩。大碗喝酒，大块儿吃肉。来香港这么多年，吃啥都觉得淡了吧唧的，荤菜没个荤味儿。可到你这，不道咋地，味儿老厚了。你要说是上海菜，我还真不信！

你这个红烧肉啊，带劲！咋说？叫个"人间至味"。杭州的东坡肉我吃过，跟这比，俺不稀罕。你这个肉，不道咋整得，好吃得敞亮。在香港，要说好吃的红烧肉，我倒还真吃过一回。在北角。不是碟头饭，是面条儿。

五举听到，心里一动，说，那店叫什么名。

司马想一想说，叫"虹口"。好多年前了，我就去过两次，都是夜里头。巴掌大的小店，门口老坐着个小姑娘，在那洗碗。再去，店就关了。这都多久了。可那味儿，老香了，这辈子都忘不了。

五举心里，浅浅地动一下，然后慢慢涌上了一股热流。他想，那是凤行啊。这家面馆，他从未去过。但从店里的陈设、桌椅，到锅灶的位置，佐料的摆放。他都一清二楚。凤行，给他讲过一遍又一遍。

他于是问，这店里头，是不是挂了张照片。照片上，有个消防员？

司马愣一愣，可不咋地！你也去过？你那会儿，该是个孩子吧。

五举一激动，叫一声"爸"。明义应声来了，在围裙上擦一擦手，微笑问司马吃得可好。

五举说，先生，我爸就是那照片上的人啊。

三个人，于是定定看着明义找出的照片，各怀心事，各有各的回忆。自从"十八行"在卢押道上关了张，明义便将这张照片收起来了。这是他人生中最意气风发的时候了，可现在挂起来，怎么看怎么像在笑话自己。

司马说，竟然是你们家开的。我以前，在北角继园那里住过。有个老邻居，跟我夸你们，我总觉得他在跑火车。我这个人，屁股沉，不喜欢走动。待我真去了，觉得好吃，又关门了。后来啊，有人跟我说，这上海老邻居，把这家店的厨子给包下来了。我还奇了怪了。我也许久不见这老头儿了。一把年纪，爱哭，没尿性。我和他唠不到一起去。哎，对了，那老在门口洗碗的小姑娘呢？也长大了吧。

明义沉默了。五举还愣愣地望着那照片上的人，眉目间能看到另一人的影子。

明义给司马斟满了一杯花雕，用干哑的声音说，先生，喝酒。

这天，司马先生喝高了。

喝高了，舌头就不听使唤了。可他兴致却也很高，捋着舌头，给明义爷儿俩唱家乡的小调。"老北风，项青山，还有红局和南边；东兴好把盐滩，久战驾掌寺就是蔡宝山；还有得好和靠天，野龙大龙有一千。"唱得激昂了，脖子间的青筋都暴了出来。然而唱着，唱着，气息却又弱了下去，嘴里还是囫囵地说着话。说的，依稀是什么"主义"那些，五举都听不懂。说着，说着，又没声音了。

明义便道，这下我作孽了，好好请一顿酒，把先生喝倒了。也不知他住哪里，可怎么送。

五举说，不然就送咱们家里去吧。

明义想想说，也好。

两个人就想将司马架起来。可是司马，也十足是个关公的身架。高大壮硕。两个人费了半天的力气，都挪动不得，徒飙出了一身汗来。

五举说，爸，不如我在这看着。先生醒了，我就送他回去。你快先去歇着吧。

明义走了。五举待在店里，打烊，收拾桌椅，将门口的闸放下来。

司马先生还睡着。

过了一会儿，轻声打起了呼噜。

五举便到耳房里，取出值夜的毯子。给他披上。

这时，忽然觉得蚀心地饿，才想起从中午起就忙得没吃上饭。于是走到后厨，他给自己下了碗面，慢慢吃。

吃完了，他起身，将碗刷洗了。便坐在司马先生的对面。司马的嘴微微张着，呼噜的声音渐大了，酣畅起来。脸上的酒色倒渐渐退去，但依然是赤红。额上有薄薄的汗，原有些卷曲的头发，纷乱地贴在额头上。五举便想，这是个命力多旺盛的人啊。

他靠着那大红的皮卡座，也睡不着。便从抽屉里，寻出一副扑克牌。以往在同钦楼时，工友教他用这个算卦，说是以前一个洋先生传的。他算了一卦未来，不通。再算，又顺了。觉得不踏实，便再算，手中的牌乱了。心里却如期而至地痛起来。他把牌放下，木木地坐着。过了一会儿，才叹一口气，阖上眼睛，只由那痛一点点地蔓延。自从凤行走后，日日如此。原来是尖锐的疼痛，就是在心尖上疼，痛不欲生。现在这疼渐渐地钝了。他便也不再抗拒，由着它去。也就成了日常，朝夕与他问候。

待他觉得好些了，才慢慢睁开了眼睛。却看见司马先生已坐起了身，直愣愣地盯着他，是个惺忪的模样。见他手里的牌，司马说，你说这做人，要不要信命？

五举便问，先生信不信？

司马想想说，以前我认识一个师傅，擅铁版神数、周易。那时我潦倒得很，去见他。他给我算出来是"鲲命"。《象》曰：或跃在渊，进无咎也。我问他啥意思。他说，我得去近水的地方，如今是困住了。我说，东北白山黑水，咋个没水。他说，这是困水，困心衡虑。要去大水之地，鲲化为鹏，去程万里。

我问，哪里是大水。

他说，南方。

我就来了香港，一住便是十几年。可你看，我也没化成鹏，倒是困在个岛上了。这师傅啊，也教了我些皮毛，测字什么的。你想不想我给你测一卦，全当打发时间。

五举想一想，看看那卡座四四方方的高背，便说，那劳先生测一个吧。我测个"方"字。

司马想了想，在手里比画了一番，道："方字最宜防，逢女便成妨，求名却不利，久病得良方。"

五举问，好不好呢？

司马皱皱眉头，说，要是困病在身，是好的。但你想要成事，女人是碍事的。你成过家？

五举点点头。

司马说，你唔好怪我说话没遮拦。你是命硬的人，那女人怕是不在了吧？

五举低低头，说，你见过的。

司马回忆了一下，恍然，说，当年见那小姑娘，就觉得她脸上看得出硬脾气。就算没有这些说道，这世上，哪经得起硬碰硬呢。

五举看看他，没有说话。以为自己会难过，然而也没有。只是觉得自己忽然很疲倦，周身发冷。

司马说，看你是撑不住了。我这一醉，耗了你大半夜。走走，我们各回各家了。

司马站起身，狠狠摇晃了一下，跟座要倒下的山似的。他撑住了桌子，揉揉眼睛。五举又说要送。他兀自拉起铁闸，跌撞着走进了如墨夜色里，使劲一摆手。

嗨，这点小酒。他回头对五举一笑，用不着四六的广东话说，湿湿碎啦。

以后，司马先生便经常来了。先是来吃饭，后来到了下午工闲的时候，他便自己找了卡位坐下。有时是看书，有时是带了稿纸来，趴在桌上写作。久了，那红色卡座，便成了他专属的座位。写累了，他便走到门口，抽烟斗。五举隔着窗户，能看到他目光在遥遥的地方。仍不说话，手里的烟斗，袅袅地冒出了青烟。

这时的司马先生，是格外沉静的人。即使开口了，与他们打招呼、闲谈，是标准的国语，并没有很多东北的乡音。五举回想起那个大开大阖的夜晚，便也看清，他除了爽朗，性格却其实是温文的。

司马先生写作时，五举从不打扰他。甚至于，他专门做了一个牌子，午后放在红色的卡座上，给司马先生留座。有时候，司马不来了。他看着那个"预留"的牌子，会愣愣地发怔。

如今的生意，渐渐又好了。他觉得庆幸，自己把这红色的卡座，费了很多力气从老店里搬过来。如今像是一个小包间，将厨房的忙碌与店堂的喧嚣，都隔绝了，为司马先生留下了一方天地。那发黄的原稿纸上，奋笔疾书下的文字，便似乎也与他有关。虽然他并不知道，那纸上写下的是什么。

有天黄昏，他将一些买来的各色卡纸，小心裁切好。准备了纸墨，叫来岳父。明义对着菜单，试写了几张，很不满意。摇摇头，长叹一声说，拳不离手，以前在消防局拿笔的手，拿惯了大勺，再也捡不起来了。

司马远远瞧见了，放下了烟斗，说，这是写什么。

五举说，餐牌。预备贴到墙上。忙起来的时候，菜单不够用啊。

司马便道，我来帮帮忙吧。

明义忙说，先生快忙自己的正事。劳您写这个，是大炮打蚊子啊。

司马人已经起了身，伸一下腰，说，嗨，写了这半日，也累了。正好来松松筋骨。

两人便由他。因这桌子低矮，便给他搬来一把椅子。司马也不要，开了马步，悬腕便写。

写得竟是又快又好。明义见他写了一手好瘦金。心想，这壮大的人，竟是这样秀拔硬挺的字，便道，先生是练家子啊。

司马哈哈大笑，说，这倒不是童子功。我以往写的是欧阳询，一向嫌赵佶的楷书单薄。后来帮人刻雕版，才练瘦金。人家都说我这写起来，是张飞拿了绣花针。不过呢，好处是，写起来，又快又工整。

五举就问，赵佶是什么人。

司马说，宋徽宗。画画得好，字也过得去。就是不会当皇帝，差点亡了国。五举再看"干烧黄鱼""四喜烤麸""红烧鲴鱼"，因为这字，都好像不同了似的。

明义说，街坊上，说想我们加几个家常菜。先生方便一并写了？

司马边听他说，边落笔写。到中间，明义突然"哎呀"一声。原来是将"葱爆羊肉"的"葱"写成了"冲"。

明义就怪自己，一口南方国语不地道。司马说，小事。便要揉了重写。

五举却说，先生，不改了。我看啊，这个菜名，倒有不明就里的好。谁看见了，都想尝尝这"冲爆羊肉"是个什么做法。

三个人都哈哈大笑起来。司马说，好好，年轻人有生意头脑。

原也是有些玩笑的意思。谁承想，这"冲爆羊肉"，却还真有所成就，成了有的客人必点的菜式。

这一夜，到了凌晨快打烊的时候，忽然门被推开，"扑啦啦"地带起了一阵风。五举定睛一看，进来了几个年轻的女人。一边说笑着，一边只管坐下来。她们穿的尽是时髦的旗袍，头发也吹得老高，满身珠翠。几个人，坐下后，便东张西望。其中一个女孩忽然眼睛一亮，对同伴们说，瞧，在那儿呢。

说罢，便是遥遥地一指。其他几个便是"哧哧"地笑。五举回头一看，见戴得在身边。如今的戴得已经长大，继承了明义的高瘦个头，可脸还是孩子的。此时，脸庞烧得赤红。那女孩倒是高抬了手，招呼他，嘴里喊，小老板，点菜。

戴得斜眼望一眼五举。五举将菜单递给他，示意他过去。

那个领头的女孩，便看看墙上，说，我就点这个，"冲爆羊肉"。其他几个姑娘，一起看那菜单，窃窃私语。时间久了，她便很不耐烦，说，还要看多久，吃饱了要回去翻工①的。

到了落单时，也仍然是她，一个一个报菜名，声音洪钟似的。戴得就在跟前，整个店堂里都回响了她的声音。

七七八八，要了一堆菜。还要了酒。

五举锅都洗过了，这便重新起火开了灶，给她们将菜炒出来。

吃着吃着，女孩依然是最活泼的一个。吃得热了，便将身上的披肩扯下来，放在一旁。整件洒金的旗袍，在日光灯下就晃了眼睛。这旗袍可体，可因为她身形比其他人丰腴，便裹在了身上。凸凹起伏间，像一只金灿灿的大元宝。

戴得上一个菜，她便对女伴们飘过眼风。继而哈哈大笑，也不知笑什么。五举听她的广东话，十分流利，但其实带了浓重的外乡口音，却又听不出是来自哪里。兴高采烈间，额上出了很多汗。旁边的同伴就说，露露，你的妆又花了。

这个"又"字，由同伴的嘴里说出来，多少有些讪笑与鄙弃。但这露露，似乎不以为意，反倒掏出手绢，在眼底和两颊上使劲擦了擦。那脸上的粉与胭脂，先前混在一起，是不干净的。这时剥落了，露出皮肤的本色，

---

① 粤语，上班。

原来是有些黧黑的。加上微醺，整个人便露出了粗相来。然而，却还是欢天喜地的。

到吃尽兴了，又是她"呼啦"一声站起，说，走了。便将身边女孩拉起来。女孩们吐吐舌头，纷纷地掏出银包，是要分账的意思。

露露大喊一声，这一餐，我的。便将一张大钞拍在台上，说，唔使找了。言语间是豪气干云的架势。

待她们走了，店堂倏然安静下来。

五举边收拾桌子，一边问阿得，说，这些都是什么人，你认识？

不待戴得回答。司马先生遥遥地笑一声，从红卡座里探出头，说，这还用问，多半是夜总会的舞小姐。

五举皱起了眉头。戴得说，我派传单，派到了骆克道，恰好碰到她们。

司马哈哈大笑，对五举说，阿得大个仔了，无非是男女的那点儿事。人家爹娘不管。不聋不哑，不做翁姑，何况你一个做姐夫的。

五举看看妻弟。这孩子不知何时，身体抽了条，竟是比自己还高些了。好像是一夜之间长起来了。嘴唇上是短短的青髭，分明是个大小伙子了。

他便将心里的火咽下去，憋着声音说，学不上了，由得你。那就好好在店里帮手，别到外头去瞎混。

五举山伯，私下与我说起这些，掩饰不住地光火，全不管戴得现在也是个半老的人。怒其不争的口气，倒好像在教训一个毛头小子。

现在湾仔北会展一带，相当摩登，商厦林立。白天热闹，入夜，便没有什么人气；从湾仔北折向南，经过了告士打道，是谢斐道与骆克道。骆克道前段，自分域街、卢押道伸延至柯布连道地段，是著名的酒吧一条街。

如今再看，其实萧条了不少。但听老辈的香港人聊起来，仍是津津乐道的口气。说完也唏嘘，盛景不再。

我回忆起博士时修读比较文学课程，说起"东方主义"，教授们言必称一部小说《苏丝黄的世界》，背景恰是上世纪六十年代的湾仔。这部小说，被好莱坞改编成电影和舞台剧，红遍整个西方，剧情俗套，无非是一个香港舞女和落魄画家的救赎故事。但里头可以看到香港最早的风化区的风貌与滥觞。我记忆中的影像，背景一样的，是无所不在的、穿着设计怪异的军服的美国大兵。这一切，与彼时的世界局势相关。朝鲜战争时期，香港成为联合国军的休假区。军人大都是从分域街尽头处的小艇码头登岸，自然经常流连附近的酒吧及夜总会。作家美臣在朝鲜战争结束后泡在酒吧数月后写成这本小说，令湾仔蜚声国际。

但在"十八行"重整旗鼓时的湾仔，朝鲜战争已是往事，连越战也已趋尘埃落定，却见得这十数年，将这一区的歌舞流连推向了高峰。除酒吧夜总会外，数量众多的休假军人造就了周边行业如裁缝、洗熨、文身、饮食及电影院等的兴旺。仅只电影一项，在湾仔可说五步一楼、十步一阁。东方、国泰、东成、香港、国民、环球及丽都等，如前所述，有如节点，联结了戴得这一代青年人的漫游地图。

但是，当自己店里出现了大鼻子的美国兵，还是让戴明义心里有一丝别扭。他记忆中，尚残存着他年轻时，上海租界那些外国人的做派。这时候，露露们已经有规律地光顾这家上海菜馆。多半在凌晨两点左右，她们有时结队，有时独行。当然，所谓独行，是手里挽着在夜总会结识的客人。彼此脸上都带着狂欢后的疲惫，但依然意犹未尽地调笑。翁婿二人虽然心里不愿，但她们频繁地光顾，的确为"十八行"带来一笔可观的收入。当熟悉了这些舞小姐，五举渐渐看出，虽是逢场作戏，她们有各自喜好的某一类客人。有的是亚洲人，有的只钟情上年纪的先生，有的则惯与洋人卿卿我我。但露露却总是带来不同的男人，她的"海纳百川"，如同她大开大阖的性情。这些男人有一个共性，就是出手阔绰。这让露露在一众姐妹中，始终脸上泛光。这一天，她带来的这个大兵，不知什么来历，竟然可以说很不错的国语。

他们点了一桌菜，要了一瓶花雕。大兵喝不惯黄酒，就又叫了啤酒。

五举在后厨热火朝天地炒菜。每端上一样，他会礼貌地说"谢谢"。

五举炒完了最后一个菜，端上了桌。擦一擦手。大兵邀他一起喝一杯。五举想起明义教他的话，就说，你慢慢吃。厨不同席。

大兵说，你做的菜很好吃。

五举见他拿筷子，有模有样，便有些好奇，道，你中国话讲得几好。

大兵就说，我在老家，有个中国女朋友。她爸爸也是个厨子，在中国城开餐厅。不过是川菜，辣得像团火。

五举又问，你老家哪里？

大兵就说，匹兹堡。但再往上辈数，广东人叫"乡下"吧，是德国巴伐利亚，我爷爷辈才来美国。出名的是咸猪脚，最好用来下酒。

他一把捉住五举的手，握一握，说，我叫史蒂夫。

五举下意识地将手抽出来，觉得大兵的手心有厚厚的茧，砂纸一样，在他皮肤上摩擦了一下。

大兵笑了，说，握了手就是朋友。你该陪我喝一杯。

这时候，司马走过来，扯过一张凳子坐下。他将一只空杯子狠狠蹾在桌上，说，我陪你喝。

五举看这金头发的美国人，宽大的鼻翼翕张了，眼神里有点恐惧。大概是因为司马横眉怒目的关公脸。

司马叫明义，把他存在店里的一瓶二锅头拿来。自己满上，一仰脖子喝下去，亮一亮杯底。给大兵斟满，说，喝！

大兵瞪一瞪眼睛，好像给自己壮壮胆，也是一仰脖。喉头弹动一下，脸色忽然白了，辣得直伸舌头，用英文说，So strong！

司马"嘿嘿"一乐。照样一杯一仰脖。又给大兵斟上。

大兵是个好胜的性情，司马喝一杯，他便跟一杯。这高粱制的烈酒，于他是陌生的，但似乎带来莫名的亢奋。他的脸颊上泛起了红晕，甚至酒刺都微微发红。

酒过三巡。露露开始没话找话，她剔开一只醉虾，对五举说，你们啊，这么夜了，还要前后忙活着炒菜。不如以后留些冷盘给我们。潮州菜不是有"打冷"吗？

五举想一想说，对，那我以后白天做了卤水存着。

露露又要说什么。司马粗声一句，抢白过去，小娘儿们，收声！

一边又灌下了一杯。

五举见他整个脸膛，又涨得黑紫的。便知道司马先生又喝高了。

对面的大兵，自然好不到哪里去。眼里都是泛红的血丝，面颊上的肌肉抖动着，神情却是个喜庆的模样。他大着舌头，想说话，说，好酒量。

司马不屑地说，东北人，当然好酒量。

大兵说，东北人，我们是老乡。

司马乐了，说，娘的，你个番鬼，怎么和我是老乡？

大兵摇摇晃晃地站起来，指指自己，说，我们都是东北人。你是中国东北人，我是美国东北人。你不信？不信，我还会唱你们的歌。

司马说，扯你娘的。

大兵摇摇晃晃地站起来，起了个调门儿，唱：四大红，杀猪的盆，庙上的门，大姑娘裤裆，火烧云；四大娇，木匠斧子，瓦匠刀，跑腿子行李，大姑娘腰；四大白，天上雪，地下鹅，大姑娘屁股，亮粉坨；四大嫩，黄瓜扭儿，嫩豆角，大姑娘奶奶，小孩鸟……

大兵唱得陶醉，竟然双手向露露的胸口摸过去。露露躲闪了一下，嘴里却也"咪咪"地笑。

司马听着，愣一愣，眼睛渐渐红了。忽然间，他狠狠一掀桌子，吼道，中国人就叫这些狗日的给埋汰了。

刚才喧腾的空气，忽然凝滞了。大兵还张着口，阖不上了。露露尖叫一声，却好像把在场的众人都叫醒了。五举才看到司马攥紧了拳头，正举起来要朝大兵挥过去，忙抱住他。

露露搀扶起身边的男人。大兵摇晃着，依靠在她略敦实的肩膀上，像依着一支拐杖，一瘸一拐地往门口走。五举这才发现，这个叫史蒂夫的大兵，原来左腿的裤管空荡荡的，是一只义肢。

接下来的数日，司马先生没有再来。露露也没有。"翡翠城"其他的姑娘，倒是夜夜照样帮衬。戴得忍不住，向她们打听露露，都摇摇头。

五举却记得露露的话，在店里开了一个卤水冷档。每天清晨，便做好一些菜搁着，熏鱼、毛豆烤麸、干炸凤尾鱼、醉鸡醉腰花。客人来了，即见即点。晚市忙时，人手周转，倒是省去了不少时间。到了凌晨，舞小姐带来寻芳客，又可作下酒的菜。觥筹之间，也并不影响他们准备打烊。

每天最受欢迎的卤水，是五举自制的一道"兰花豆腐干"。白豆腐干买回来，放入锅中焯烫，捞出凉水浸冷。然后开花刀，当断不断。葱切段，姜拍破。坐炒锅，温油炸成金黄，捞出控油。加一大碗水或黄豆芽汤，放入生姜、糖、老抽、桂皮、八角，最后倒上店里存的陈年花雕。大火烧开，小火煨透，收干汤汁，淋上香油，出锅便成。五举每每做好了，看盘里似兰花盛放。他擦一擦额上的汗，心里也有一点暖。做这道菜，原不想生疏了"蓑衣刀法"，那是凤行教的。

夜总会的姑娘们，都很喜欢吃，说秋天里降浊润燥。也不顾矜持，拈到手里吃。翘着指头，笑说是"兰花指里开兰花"。吃完了，还要打包回去，带给店里的姐妹。

有次打包多了。五举好心劝说，这哪里吃得完，回去噗咗喇。一个姑娘哈哈大笑，说，就露露那个无底洞，这些都未见够。

说完，觉得自己失言，连忙掩一下口。匆匆离去了。

到有一夜，一个年轻的舞小姐，独身进来。郁郁地坐下，也不点菜，时不时地往门外望去。过了一会儿，门响了，这才进来了一个男人。戴着礼帽，一身青灰的洋装，是很成熟的装扮。怀里却拥着另一个女人，行止有些轻薄，似有醉态。他径直朝那等待的小姐走过去，坐下。那女孩此时正襟危坐，是在闹脾气。男人便凑到她耳边，轻声说了句什么。女孩转过头来，瞋他一眼，嘴里却忍不住笑起来。

那男人便将礼帽取下，打了一个响指，说，点菜。

五举走过去，男人回过头。两人四目相对，都愣住了。

待认出了彼此，男人站起来，使劲拍了拍五举的肩膀，说，师弟。

果然是谢醒。他的样貌没有怎么变，除了眼角些许的细纹，微微发胖，还是那个马上轻裘的少年人。倒是五举，经过了这些年的历练，整个人苍青了许多。

不知为何，五举有些向后躲闪，是下意识的。但谢醒，却一把将他拥在了怀里，紧紧地。紧得他可以听见这人的心跳，耳边是有些发热的鼻息，还有酒气。五举愣愣地，也抬起胳膊。手在空中却停了停，这才放在了谢醒的肩头。

半晌，谢醒放开他，端详了一阵儿，说，举啊，你见年纪了，人长扎实了。咱们哥俩儿，有小十年没见了吧。

五举心里算了算，点点头。

谢醒说，那得喝一杯。五举转身说，我去炒几个菜。

谢醒拦住他，说，炒的什么菜，耽误工夫。丽娜说你这儿的卤水最好吃。

他一转身，边搂住了身边女孩的腰，说，宝贝儿，和辛迪旁边坐去。男人说话，怕闷死你们。

这叫丽娜的姑娘扁扁嘴，抱怨道，和一个厨子，哪那么多话说。

谢醒伸出手指，顷刻堵在她的唇上。变戏法似的，从西装内袋里掏出两张大钞，作势要顺着衣领塞进丽娜的胸口里去。女孩抽出他的手，一把打掉。将钱放进手袋里，边拉起旁边的女孩，恨恨地说，整日消遣我们。明晚八点场，郑经理计埋呢条数先①。

谢醒和五举对面坐着。酒在手边，谢醒并没有喝，取出一支雪茄，用剪刀慢慢地剪。剪好了，点上。一口烟，在口中盘桓许久，才浓浓地吐出来。人也就朦胧了。可看得出他笑笑眼，望着五举，望得五举有些局促，垂下脸。

谢醒便说，你啊，这么多年，还是个老实头。真想不出天大的事情，是你干的。

看出五举疑惑。他接着说，我后来，又回过同钦楼。老的自然是不肯见我。我便问，小的呢。企堂老冀说，小的厉害，为个上海女人叛师门，现在都叫他"五举山伯"。

五举不作声。

谢醒说，我一听，心里那个松快。这可杀了那人的气焰。当年他把我踢出去，最后落得一个孤家寡人。叫他寸②，叫他"我命由我不由天"！

你可知道，他叫你给整怕了。你走后，他一连收了好几个徒弟，失心疯似的。个个不成器。算尽机关，到头来，他那一手莲蓉，怕是要失传喽。

---

① 粤语，先把这笔账算上。
② 粤语，嚣张、张狂。

阿举，这些年，要说咱俩没见过面呢，也不确当。你未见过我，我可见过你。

五举抬起头，茫然看他。

谢醒叹一口气，我呢，就是个拧脾气，做事就要寻个究竟。你我都是茶楼里养大的孩子，知心知底。你先在"多男"，又在"同钦"。"大按""小按"都做过，也都做得好。赶上了姓荣的一支单传，怎么说走就走，这是要多大的舍得。我想不明白，想不通。想不通我就要寻个究竟。你前面这间"十八行"做得风生水起。我就去看，伙了一群人躲在包厢的角落里。临了请客的主人家，要见大厨。你走出来，你老婆也走出来。两个人笑盈盈的，很般配，看得我眼底一酸。

我认出来，你老婆，就是当年和你一起上《家家煮》节目的女仔。是啊，那电视节目，我也看过。就为看一个你。我离开了"同钦"，不为看那老的，就为看你。看你一路，怎么少年得意，看你要混成"大按"的车头。有你在，我就有个盼头。终有一天，河东河西，做那笑到后面的人。

可"十八行"，莫名就关了张。也听不到你的消息，我心里一下子就空了。空了，凉了，许多念头都没了。也好吧，就"今朝有酒今朝醉"。

想不到，在这里见到。听丽娜说她们帮衬的"十八行"，我还以为是个拾牙慧的小馆子，没想到真是你。五举，你老婆呢，没在店里？

五举抬起头，说，过身了。

他这才发现，说这些，没有了预想的痛感。说出便说出了，像是说一个故人。

谢醒愣一愣，说，抱歉……什么时候的事？

五举说，老店关张那年。

谢醒倒上一杯酒，对五举抬抬手，喝了。又斟满一杯，慢慢洒在地上。

两人静默地坐了一会儿。谢醒说，五举，我心里从未怪过你，你人厚道。

出了同钦楼的门，咱们还是师兄弟。你要难，跟我说。

五举摇摇头，也倒上一杯酒，饮下。他说，还能对付的。倒是你，后来去了哪里。

谢醒笑一笑，我能去哪里？还不是回我爸的茶楼。可隔两年，我爸得病死了。我妈呢，改嫁给了茶楼的东家，一个老鳏夫。我日子便不那么好过了。我就又走了，火暴脾性，也是受不了旁人的闲话。

后来，就满世界地瞎混呗。你知道我玩股票，在“同钦”挣的那点钱，全都投进去了。跟着一帮朋友，也是狗屎运，竟没怎么赔过。五年前股灾，恒生指数一年去了九成，股票跌到烩[1]。我放手一搏，趁低买进，如今已经翻了六倍。虾蟹各有路。咱师兄弟，你有你的风光。我啊，闷声不响大发财。你猜我做的第一件事是什么？

那老东西死了，我把我爸妈辛苦过的茶楼，从他不肖子那里给买过来了。如今，茶楼不如以前景气了。我呢，改了个酒楼，做晚市。对了，你大概也听说了，香港明年要通地铁了。我朋友说，周边的楼价必涨。我那铺在市口上，少不了再赚上一笔。

最近，我把酒楼给装修了。如今时兴“中式夜总会”，做午夜生意，有吃有玩。舞小姐们喜欢得很。说起来，你还抢了我不少生意。我问她们，一个鸡毛店，钟意什么。她们说，钟意吃你这儿的豆腐干。有阴功！

这时，门响了。戴得走进来，大声说，爸让我来帮忙打烊。他也不看五举，径直收拾起桌椅板凳。

谢醒望一望他，鬼鬼笑道，我说呢，什么豆腐干。这些小骚娘，是贪图吃这儿的鸡仔嫩豆腐。

五举遥遥道，阿得，过来叫人。

---

① 粤语，煳、烧焦。喻在投机性股票交易中失败，股金遭受损失。

一边对谢醒说，凤行的弟弟，惯坏了，没什么规矩。

谢醒恍然道，说上海话的？

五举说，香港土生土长的孩子，老家话都不怎么会说。

谢醒哈哈道，这会儿打烊，可是来逐客的。我先不留了。

他站起身，从西装里掏出名片来，给五举一张。另一张塞给阿得，拍拍他肩膀，扭头跟五举说，你老婆的弟弟，那就是我弟弟。改日醒哥带去白相，年轻人，要好好开开眼界。

这个月末的中午，司马先生来了。不过半个月末见，人憔悴了许多。头发长了，在头顶堆叠着，也没有理。原是个大脸盘，因为身上瘦了，走路一摇三晃，禁不住似的。人倒还是笑嘻嘻的，照例在大红的卡座坐下，要一个红烧肉的碟头饭。

五举关切问他。他说，嗨，写完了一本书，病一场。

五举赶紧另外给他端了一碗螺头汤来，说，我不懂这写书的事，但费脑子就要伤身，得好好补补。

司马笑道，有劳有劳。这道理，就跟生孩子差不多。怀胎十月，生出来了。做老娘的，可不得虚上个一年半载。我啊，就当是坐了小月子喇。

接下来，司马先生就又天天来了。气色也渐渐好起来。到了晚市后，他仍是坐在后排卡座上。脸上红润，是个饱满的关公相，镇店的神似的。不写东西了，就着灯光看书，砖头般老厚。五举瞥到书名，方正的烫金字。他不知道说什么的，只觉得深奥。

五举就将后面的灯泡，换成了高瓦数的。方便司马看书，不累眼睛。

又到后来，凌晨时，司马身边多了一些年轻人，学生模样。仍是围着那红色的卡座。司马坐在中间，抽着烟斗，不怎么说话，听那些年轻人说。有时候颔首笑一笑，有时候眉头紧蹙。那些后生仔，初生牛犊不怕虎似的，放大声量和同伴不知争论什么。有时冲着司马，青白的面庞有些发红。司马仍旧不说话，捡起手边的报纸看。待争论结束了，他便用极短的话说上两句。年轻人们就都很信服，继而用崇拜的目光看他。

这些聚会的末梢，每每司马会开一瓶酒，叫上几个卤水小菜，与这些年轻人消夜。这时他便也活泼起来。他甚至教会了他们划拳，是北方酒桌的游戏。青年人都很尽兴，吃得也开怀。

五举便也高兴，觉得自己为聚会做出了贡献。他想，这卤水，看来真是很好吃的。舞小姐们喜欢，司马和这些年轻人也喜欢。

有一夜，有学生带来了一架相机。青年们便簇拥着要和司马拍照。他们便要五举帮忙拍。五举摆摆手，说这样高级的相机，怕摆弄坏了。司马便说，不怕，这种德国相机，结实得很。上手也快，一教就会。

五举便用这台徕卡，给他们拍了照片。他小心翼翼地，每张都看了又看，才按下快门。

青年们终于有点不耐烦，说，老板老板，快点啊。人都笑僵了。

终于拍完了。司马说，你们啊，也给我和老板拍一张。

五举又摆手，说一身的油腻，不好拍。司马说，好得很，这才是本色，又不是拍结婚照。

他们，便以那张"昭君出塞"的画作了背景，拍下了一张合影。拍的时候，大约是光线不够，忽然打开了闪光。"咔嚓咔"一声，将五举吓了一跳。

原本店里的生意，还算是清静。五举这个人，循规蹈矩惯了。

店里丢钱的事，是管账的翠姐发现的。

翠姐说心里怕，怕好好的没了一份工，更怕人说她监守自盗，传出去辱了声名。五举让她不要声张。

接连地丢，数目不很大，可也不小。翠姐说，她中午去食饭，顶班的都是少东家。

近日戴得很少在店里。人在，也是心不在焉的。五举叫他送个外单，一出去了人就不见了踪影。因是家里的"孻仔"①，较明义与素娥的岁数像隔了代。老两口年纪大了，没力气管，渐渐也就惯着。五举身为姐夫，也不便多插手。

前些天，阿得说是新识的朋友结婚，要去饮宴。素娥便陪着他，在"观奇洋服"做了身西装。穿上了身，又去北角的上海美发厅做了个时髦的发型。家里人才都发现，这孩子实在长大了。因为继承了明义的身形样貌。高大清朗，在香港同辈的孩子里，是十分出挑的。素娥很高兴似的，说，我儿长成个明星了。

倒是明义，看一看，粗声道，打扮得小开一样，又不能当饭吃。

这一年来，明义的性子多少也有些改变。自从凤行走后，大约身体就不很好，总是干咳。渐渐地，也不便常到店里去，怕客人们瞧见会责难。在家里，却又常常坐不住。久了，便也没了好声气，多有些抱怨。说是不管，他们还是将希望都放在了阿得身上。这是五举知道的。

素娥就做起和事佬，说，怎么没有用。我儿站在店里，那便是一块生招牌。

阿得鼻子里哼一声，并不理会他们。对着镜子，很认真地，将上了发蜡的头发，用梳子朝后抿一抿，昂然地出门去了。

后来，阿得便常夜不归宿。到了大中午，才来店里转一转。午后在柜台上看一会儿，一面打着呵欠。到了午市刚过，其他人还在忙着，他晃晃荡荡地，便离开了。

_____

① 粤语，小儿子。

这天晚上，来了几个客人。都是年纪大的，五举只觉得面善。几个人也望望他，只是笑。看那领头的，许久，五举终于辨认出来，原是以前老店的客人，绰号叫"老克腊"的。以往洋派得很，三件套的西装不离身。如今，却是很随意的打扮，只一件宽大的衬衫，头发也理成了陆军装。与昔日大相径庭，认不出了。再看，后面便是常与他斗嘴的"麻甩佬"，自然是没什么变化，还是逛菜市场的邋遢阿公形容。看五举怔怔的，"麻甩佬"先笑说，许久未帮衬"十八行"，"老克腊"变成了"麻甩佬"；"麻甩佬"还是万年青山水长流。

"老克腊"便有些不好意思地说，年纪大了，去年又小中风，想开了。没那么多穷讲究啰。

"麻甩佬"便起哄，莫听他讲大话。嘴巴还是一样地刁！

"老克腊"并没有回嘴，说，是啊，想戴老板的"糟香汤卷""红烧鲴鱼"，还有阿举你的"水晶生煎"呀。想想，馋虫都要爬出来。

五举心里也十分高兴，仿佛他乡遇故知。他说，现今是个小馆子，这几道大菜，是很少做了。我跟爸说，下次你们来，先给备好料。

老先生面面相觑，叹口气说，也怪我们，以往都要先电话订好的。

五举说，不妨事，到底许久不来了。怪只怪我们现在店小偏僻，太难找。

"老克腊"想一想，便道，其实，我们是听说了你们开到这里来。但是你也知道，我们原是邵公带来的。你们家出了这么大的事情，和邵公再不来往。我们于情于理，都不敢再帮衬了。怕你们两下都不好看啊。如今邵公人不在了。想想，我们还能活几年，就没这么多忌讳，该来的便来了。

五举问，邵公不在了。莫不是回了上海？

"麻甩佬"便抢说，回什么上海，是去下面"卖咸鸭蛋"①啰。

---

① 粤俚，去世。

五举一惊，忙道，邵公过身了？几时的事？

"麻甩佬"说，有小半年了吧。唉，其实，邵公很疼凤行的。临走前几个月，我们去看他。他还说自己心里有愧，一时贪嘴贪排场，毁了一个家。

众人就很唏嘘。五举头脑里一片空白。愣了许久，才想起招呼几个老客人，说，丈人今天不在，我先做几个小菜，还叔伯们不忘之情。

阿得过来落单。五举介绍说，这是凤行的幺弟。

老客人们就很敷衍地说，都长这么大了。样子也标致，眉眼像姐姐。

唯独"老克腊"，却定睛看着阿得，想了一想，再看看，摇摇头。

临到吃完了饭，他一拍脑袋，说，我想起来了。便将五举拉过来，低声说，你这个小舅子，我前几天见过，在骆克道上，搂着个女仔。那女仔矮胖身形，才到他肩头。人倒是很风骚的样子，像个舞小姐。

"麻甩佬"就听见了，说，好嘛，你个老东西，人老心不老。又去夜总会风流，总有日要死在马上风啊。

"老克腊"忙喝住他道，侬个杠头！我都糖尿病了，有心也无力。真的是路过，路过……

五举回家，便把老客来店里的事情说了。

明义与素娥，好久没回过神来。半晌才说，邵公走了，我们竟不知道。

素娥想一想说，邵公的年纪，其实和阿举的阿爷差不多。阿爷都走了两年了啊。

明义袖着手，轻声道，是啊。再过几年，就该轮到我们啦。

素娥啐他一口，手在桌子腿上使劲一敲，说，大吉利是。

但抬起头来，脸上却是不胜哀凉的神色。她说，举啊。邵公怎么说，也是帮过我们的人。这往日的恩怨，一码归一码。咱们关一天店，悼他一悼吧。

五举口中应着，心里却想着"老克腊"的话。

这天，阿得午市后，又早早地走了。

五举等到夜里的十点钟，收铺打了烊。他找出一件略整齐的衣服换上，便出门去。

他沿着柯布连道一直走，拐进了骆克道。

有夺目霓虹，在夜色中眨着眼睛。他慢慢地走，辨认着每一处的店名。璀璨的灯光，成片地闪烁，打击着他的眼睛。有一阵夜风吹过，他不禁在心中抖了一下。这一切，全在他的日常之外。

他毫无知觉，与"十八行"近在咫尺，其实是另一个世界。是这城市灯红酒绿的销金窟，也是香港经济兴衰的寒暑表。在本地夜生活辉煌的七八十年代，湾仔风化业兴盛，先声夺人。各种娱乐场所如林而立。灯影幽暗的"鱼蛋档""黑厅仔"，有说不尽的暧昧缠绵。每逢周末，"墟冚"盛况更形如嘉年华，光猛、人头涌涌的日式夜总会、民歌舞厅，有明星献艺，燕瘦环肥穿梭其间。而各色酒吧，更是聚集着本地与外籍的酒女郎，她们刻意地性感妖冶，目光在街面的人群中睃巡，如同暗夜中的猎手。甫一上岸时饥馑的水兵，或者是心思游离的游客，有的是上好的猎物。她们目光如炬。但一旦与某个男人的眼神撞击、呼应，那眼风便立刻绵软下来，带着一些委屈与柔弱，却如同鱼钩，一点点地收线。让对方终于欲念炽烈，见他们如圈中羔羊，一切便功德圆满。

或许是五举的茫然，与寻觅的眼神，让人心生误会。他忽然被一个高大的东南亚女郎拦住，用口音重浊的粤语与他调情，为促成一单交易。五举有些慌张，女郎丰硕的前胸几乎抵住了他的肩膀。他奋力地想推开她，但不知觉间却问出了一句话，"翡翠城"怎么走？

女郎放开他，仔细打量一下。夹着烟的手指向南遥遥一指，末了说，那里很贵，不是你去的地方。

似乎在期待他的回心转意，追了一句说，我哋梗系平靓正。

五举花了很多时间，才找到了"翡翠城"夜总会。其实他已在心神不宁间经过，不知为何却未有发现。作为湾仔高级的娱乐厅，它的门面似乎过于朴素与低调了。

五举山伯，带我来到杜老志道上的旧址。这屹立于湾仔逾半个世纪的夜总会，挨过了"八七"股灾、九七年的金融风暴后，在回归五周年的前夕，未逃过结业的命运。

一切尽成陈迹。这幢叫作"丰华"的大厦，洗尽铅华，露出了灰白色的老朽墙体。它被业主分租给了不同的公司做写字楼。我看到其中有几间已然被打通了，下面用巨大白底红字写着"广西荔浦同乡会"。字体张扬，在灰暗的建筑上，喜庆莫名。

似乎为了覆盖我溢于言表的失望，山伯向我描述当年这里的盛况。高三层，每层面积约二万呎，如何装潢豪华；如何被形容为全港四大高档夜总会之一，与九龙的"大富豪""中国城"及"富都"齐名；如何顾客非富则贵，城中富豪及权贵皆争相来此消遣。

听他的讲述，有着一种过来人的哀婉。我犹豫了一下，终于问，所以，很高级？

山伯十分郑重地点一点头，说，嗯，高级得我都不敢进去。

事实上，五举在"翡翠城"门口举步不前，是因为，难以预计接下来将面临的状况。这，更像是面对谜底的踌躇。

但他徘徊了一会儿，思忖许久，终于还是硬着头皮走进。在一个矮个儿西装男人的引领下，他走进去。穿过一条幽暗的甬道，豁然开朗。

　　这豁然，并非是暗夜与白昼的区别。而是满天的星斗，将暗夜生生地点亮。这些星斗的光辉，霸道地放射下来，游动着，在他身上盘桓，又迅速地游走。五举并不知道，这就是所谓"星光顶"。是镶嵌在天花上的几百盏星星状的小灯泡，光线似在黑洞洞夜幕间，璀璨而下。现在看来，这种装饰，谈不上豪华甚而些微简陋，但却惊骇了彼时五举的眼睛和心。他抬起头，愣愣看了一会儿，才回过神来。他身处一个数千呎的舞池，流光溢彩。每个人脸上除了欣然之外，似都带有莫名的矜持与傲慢，自然掩饰不住欲望。舞池上方是身着黑色燕尾服、打着领结的乐队。吹单簧管的乐手，忽而昂起头，向着他的方向忘情地吹奏。舞客们有的翩然起舞，有的三两地坐在灯光昏暗些的舞场四周，倚红偎翠。

　　五举不知自己何时坐在一个巨大的圆形红沙发上。他的对面，坐着一个中年女人，与他之间隔了一个黑色大理石光面的桌几。女人盘着头发，脸庞青白，高颧骨。眼睛却十分大和黑，看着五举，好像要将他吸进去。她是凯莉姐，这间夜总会的妈妈桑之一。

　　她很耐心地，对五举介绍有关这间夜总会的种种，设施、规矩以及收费。她将他作新客，脸上是得宜而宽容的笑，以表自己一视同仁。

　　五举让自己，尽量以见过世面的形容应对，但很快就发现了自己的徒劳。因为他忽有所悟，那个吧女对自己说"不是你去的地方"，其实已很委婉。

　　我问五举山伯，所以，的确很贵？

　　山伯说，贵得很。

　　我不禁有些好奇，问，都有些什么项目。

　　五举摇摇头说，记不清了。一碟花生米，都要六七十蚊。

　　于是，我请一个研究本地风月史的朋友，找到一九七〇年代本港夜总会的一张价单：

> 大致包括以下几项：A. 最低消费：约 110 ～ 1200 元；B. 酒、水果
> 碟：啤酒约 40 ～ 60 元 / 杯，果碟约 50 元 1 碟，个别免费，其他酒
> 因开酒费约高于市价 2 ～ 3 成至几成；C. 室钟：舞小姐伴舞坐室费
> 用，按茶舞、晚舞之计算制度而异，大抵茶舞 70 ～ 200 元 / 时，
> 晚舞 100 ～ 200 元 / 时；D. 街钟：带舞小姐出外的费用，按茶舞、
> 晚舞及计算单位而异，大抵 150 ～ 200 元 / 时，但可以最低 2 小
> 时或算全钟。最贵的全钟为 1400 元。

如此这般，一晚消费，两三千元不在话下。这个数目，等同当时小
市民两三个月的薪金。七十年代中，香港的经济已走向腾飞。据记载，
一九七五年，五百呎左右的市区新楼才四五万元。美孚当初开卖五百呎
楼由三万元起，而在长沙湾的工业大厦新楼就要百多元一呎，住家和工
业楼价值相类。如此看来，当年在"翡翠城"一掷千金的意义，非当今
可同日而语。

五举未等妈妈桑拿出坐台舞小姐的"群芳谱"，已缴械说明，自己是来
找人。妈妈桑露出恍然的神情，她关切地问五举，是找哪一位相熟的小姐。

五举说，我来找朋友。

妈妈桑收敛了笑容，又问他找哪位朋友。

他刚刚想说"戴得"，但是一转念，脱口而出，谢醒。

妈妈桑嘴角露出嘲意，觉得这个名字不过是"白撞"的借口。她站起身，
准备叫保安。

但她身边，有个舞娘小心地俯身在她耳边说，是不是 Raymond，谢生？

妈妈桑不相信似的，又望了五举一眼。终于还是捺住性子，抱着人不可貌相的原则，含笑道，请随我来。

在舞厅西南的角落，有一处假山，甚而可听到潺潺的水声，渐涤清了舞池的喧嚣。假山背面，一条弯折的水榭，造就曲径通幽的幻象。当五举经过那水榭的时候，忽然水中发出"扑啦啦"的声响。有硕大的锦鲤，腾空而起，又落在水中。水花荡漾间，顷刻便不见了踪迹。

水榭尽头，有一些亮光。走近才发现是几扇门。妈妈桑先进去，向里面通报了一声。半晌，才将五举带入。

在这门里，别有洞天。五举迎面看见了谢醒。他半阖着眼睛，似笑非笑，手捧一杯酒，身边躺着身形暴露的，着兽皮的女人。而他的右首，坐着戴得，同样双目迷离，搂着一个舞小姐。是露露。五举的鼻腔受到了某种击打，一种丰熟的异香，在空气中弥漫开来。

他一个箭步冲到戴得面前，抓起他的领子。戴得似乎并不在意他，辨认了一下，将头偏过去。

他轻慢的神情激怒了五举，一拳打过去。戴得的脸抽动了一下，鼻子开始流血。

妈妈桑惊叫一声。有人要拉开五举。这声音叫醒了所有的人。谢醒呼啦站起来，说，陈五举，你疯了。

五举说，我教训自家细佬①，旁人莫插手。

谢醒说，他犯了什么王法，要你教训。

五举冷冷看他，他偷了家里的钱，跟衰人上道，要不要教训。

谢醒哈哈大笑，说，我在这里，有他花钱的份儿？

戴得抬起袖子，抹了一把流到嘴唇上的血，夺门而出。

---

① 粤语，弟弟。

露露跟着要跑出去，被谢醒拦住，喝道，死女胞，有蛊惑！我还喂不饱你吗？

露露镇定下来，说，他背着我，买我的舞票。一钟插双。这么大的人，我还能管住他的手脚？

她回过头来，看着五举，用很轻蔑的眼神，说，自己一个人赘姑爷，当人大佬，先掂掂自己的斤两。

戴得整一个星期，没有回家。尽管谢醒差人带话给五举，说戴得在他那里，是好吃好喝供起来，叫他放心。

但是，家里始终是起了风波。先是翠姐，终于将阿得偷钱的事情，说了出来。明义觉得脸上无光，在家里大骂，骂自己教子无方。祖宗八代，从来没出过手脚不干净的混账东西。又骂素娥，说棍棒底下出孝子。男孩要穷养的规矩，连大富之家都知道。何况小门小户，娇惯成了这个鬼样子，早晚要去做黑社会。

全家人都不敢言声。明义自从得病后，反了常态，性情乖戾了许多。在家里头，一个话不投机，便有脾气。与往日的温和判若两人，有次居然和店里的客起了纷争。家里人晓得，自从凤行过身后，他便积郁在心。所以大小事情，都让着他。

可这一回，他怒火中烧，如着火的老房子，灭不下去。火星四溅，遍地燎原。戴得不肯回家，这火终于烧到了五举身上。先是抱怨五举，发现戴得偷钱，没有告诉他，不懂得防微杜渐的道理。再骂五举交的都是什么狐朋狗友。以往上海混舞厅的，不是拆白党就是青皮，哪有一个正经玩意儿。看五举老实巴交的一个人，到底还是个不知根底的外人。他要是不把戴得全须全尾地带回来，自己就不要进戴家的门！

这话说重了。素娥看一直闷着脑袋的五举，忽然抬起脸，眼底噙了泪。

她连连使眼色，让明义不要说下去。自己忙起身，拥着明义回屋，说气大伤身。都是我当妈的不是，何苦为难孩子。

她出来，见五举愣在那里，便长叹一口气，半晌说，举啊，你多担待。我上个星期陪老头子看了医生。他怕是不久长了。

五举惊讶，慢慢回过身。

素娥说，没办法。你想，你爸年轻时候，这么多年的消防员，风里火里，被那黑烟呛得喘不过气。他大概也猜到了几分，说自己一根烟也没抽过，人却坏在了肺上。

素娥说，我没跟他们说。孩子们嘴杂，一个说漏了，他便要胡思乱想。这日子还得往下过啊。

五举看母亲，虽然神色戚然，却是十分镇静的。素娥说完这些，甚至还虚弱地笑了笑。

他不禁上前，执住素娥的手，说，妈……我把阿得带回来。

素娥握住他的手，在他手背上，轻轻地拍一拍。

五举坐在"明珠"酒楼夜总会里。他左右张望，看不出半点痕迹，是当年的"义顺"茶居。这茶楼他并不陌生，当年学"大按"时，谢醒带他来玩过许多次，还吃过谢妈妈亲手整的"牛肉茜香"肠粉。

如今的"明珠"，店面比以往大了一倍。原来谢醒已将隔壁的楼面也盘了过来，打通了。虽然一半还是酒楼格局，但另一半却今非昔比。辟出一个舞池，甚至还有一处演歌台。这时灯光次第亮起，也是满目的耀升琳琅。

谢醒问他如何。五举说，你是要同"翡翠城"抢生意。

谢醒摇摇头，说，我可不会这样没出息。我要做的生意，他们做不了。我这里阳春白雪，不养舞小姐。可靓女美人儿一个都不会少。

五举说，戴得呢，我要接他回去。

谢醒叫了一桌子菜，开了一支洋酒，说，急什么。难得来一趟。你小舅子这会儿，还在睡晚觉，我差人去叫了。咱们兄弟先喝一杯。

五举山伯，今天对我谈起谢醒，仍感叹他是那个时代的先行者。"明珠"作为独具特色的"中式夜总会"，在彼时，虽然规模上不及同区的"东兴楼""翠谷"和湾仔的"喜万年"，但却是始终屹立不倒的一个。或许是因酒楼业权在谢醒自己手中，没有受到日后香港楼价与铺租急升的威胁。一直到他举家移民，才将经营画上了句号。

当年的风光，此后数十年中韶华不再。在山伯看来，多半也是时势造英雄。香港的经济经历波折，正当锐气。工业与进出口商贸相得益彰。谈生意的酬酢亦日趋频繁。已具规模的老式酒楼，觉察经济起飞带来的社会变化，体会原有经营模式不再适合公司企业的社交消费，遂打破酒楼固有格局，增设夜总会，与酒楼一并经营。白天饮茶，晚上设宴歌舞，将饮食娱乐合为一体。

一九七八年三月七日，"碧丽宫"酒楼夜总会刊广告于报章，文字如是："在亚洲最负盛名的碧丽宫，欣赏世界一流精彩节目；在最出色的乐队演奏美妙的音乐下尽情跳舞；享受名厨精心烹调的美馔佳肴，只收 $100！"当时其中一个表演项目为："由伦敦专程来港的碧丽宫幻彩歌舞团演出最新节目《幻彩星辉》"。

报章指"占地一万六千呎，楼高廿四呎，全无墙柱阻隔……剧院餐厅酒楼兼备，地板分成三级，即使在任何一级就座，面对舞台表演节目，皆可以一览无遗……中式喜宴可连开百席，酒会式可容一千六百人，剧院式座位可容一千二百（人），舞会式及夜总会式各可容九百四十人"。

我在大学图书馆，翻看旧报，发现了这么一帧广告。微缩胶卷保留的版本颇不济,照片中人物乌黑一团,面目模糊。但仍看到一群艺人落力演出,隐隐然透着一股嘉年华式的热闹缤纷。

在"明珠"的那一晚,让五举感受到了某种比在"翡翠城"更为剧烈的撞击。"翡翠城"的璀璨,本与他的日常无关,是在他经验之外彻底的"新"。但是"明珠"的"新",却是从"旧"里生长出来的。在他所熟悉的那些,从少年时做"茶壶仔"开始,与他的成长同奏共蹇。一步一踮,像是经年的老蔓,枝繁叶茂后渐渐颓败,却在一夜雨露后,忽然开出一枝色彩艳异的花朵。

晚上十一点,晚市结束。五举看到,酒楼大厅里忽然灿若云茶。华灯亮,人潮至,四面八方,纷至沓来。大多数是附近舞厅"翡翠城""新加美""富士""金凤池"的舞客。陪伴在侧的,是妖娆婀娜的舞娘。衣香鬓影,樽前美酒,台上佳肴。

有几个舞小姐,倩步而来,嬉笑着与谢醒打招呼。谢醒说,看到没有?我这里不设小姐,可也不缺小姐。公子王孙肚子饿了,自然会被她们带了来。这几个都是"翡翠城"的。你以为我是去那里逍遥? 说白了,是去偷师兼带客。露露可帮了我不少忙。

谢醒不断让酒。听到悦耳音乐响起,五举见歌台上款款走上一个女人。玄色珠光的缎面旗袍,衬得身形分外娇小。手执一柄香扇,粲齿一笑,目若流星。谢醒附在五举耳边道,看好了,这是我的杀手锏。

那女人一开喉,竟然是浑厚的中音。带着几分绵软慵懒,行云流水,仿佛将人挟裹了一般。这歌声,入耳欲醉。舞池里跳舞的人们,也不禁驻足。谢醒闭着眼睛,口中跟着哼唱,"欢乐年,不夜天,笙歌处处,天上人间;舞步翩翩,如醉如狂,温柔缠绵……"

一曲歌罢。他说,我这里请不来小凤姐、甄妮。一个林露,也算可以独当一面。你瞧这身段，看不出有四十开外罢。说起来，她是你老丈人的家乡人。以前在上海很红，跟姚莉、吴莺音齐名。五〇年南下香港定居。认识的人少，身价减了几成。我花了大价钱从"丽都"挖过来当台柱子，也算占了个便宜。

他看看五举，说，举，还记得在"同钦"，你跟我说，阿爷跟你讲当年茶楼设歌坛。那个风头，可比得过我谢醒的夜总会？徐柳仙再红，可赛过如今林露的劲头？我也算重现了咱茶楼的盛况。我说，无论是茶楼酒楼，现下要重新好起来，不动点脑筋是不成了。我知你心里，还总记挂着"大按"的手艺。兄弟，不如跟着我干。白天顾你老丈人的铺头，只要你来晚市。咱们就把那莲蓉包，打成"明珠"夜宴的当家点心！

此时的五举，已微醺，醉眼迷离间，听到了"莲蓉"二字。忽然一个激灵，正色道，这不成！我离开"同钦"时，可立过誓，师父传给我的东西，我这后半世，一分也不会用。

哈哈哈。谢醒一阵大笑。在他的笑声里，五举只觉得满目的流光，在他眼前错综颤动。谢醒道，如今的香港，杀人放火金腰带，扶伤救死无骨埋。一个誓，可有个屁的分量。

说罢了，又给他倒酒。五举使劲地摆摆手，却感到一阵晕眩。大片的黑向他笼罩过来了。

五举是在窗外"叮叮当当"的电车声响中醒来的。他慢慢睁开眼睛，天已然大亮。这时，他发现自己，躺在一张陌生的床上。

蒙眬间，看见对面坐着一个女人。他揉一揉眼睛，发现是露露。露露正在修指甲。修一修，就迎着阳光看一看。

五举一阵惊惶，连忙坐起身，问道：这是哪里？

露露将指甲钳折好，放进一只精致的化妆包，又取出蛋圆的小镜，开始涂口红，一面说，"明珠"楼上也做旅馆生意。

五举轻轻掀开身上的被子，自己和衣，外套挂在床头的衣架上，心里暗舒一口气。

露露仿佛看穿他的小动作，笑一笑，朗声道，醉得像泥一样，我可没心思占你的便宜。就算我想赖上你，你家"二哥仔"也不会听话。哈哈。

这笑声里，暴露了一丝职业性的淫猥。露露好像也感觉到了，收住了笑，装作正色，修补唇上的轮廓。一面轻轻说，不过实在的，谢醒大半夜的，把我叫过来，扶你上旅馆，恐怕是没安什么好心。

这时，她已经收拾停当。对着镜子，整理了一下鬓发，满意地左右看一看。

五举嗫嚅了一下，问，你一直在这里？

露露回过头，认真地看看他，说，傻佬，我不用返工吗？我可是"翡翠城"的红人儿。你这床上不是大老板，又没有着数。

她停一停，道，再说了，我成晚长在这里，谁给你做早饭？

五举愣愣地看她，打开了桌上的保温桶。露露说，对醉鬼，我很有经验。

露露将两只食盒端出来，摆在了桌上，说，椰汁西米露，养胃；还有这个，肉骨茶，醒酒。

肉骨茶？五举喃喃道，你会做肉骨茶。

露露说，嗯，在我老家，人人都会做。

五举问，你是南洋人？

露露没有应他。露露拿出筷子和匙羹，细致地擦一擦，摆在食盒上。做完这些，她站起来，将自己的旗袍抻一抻，说，我要走了。回去加个班。你吃完放在这里就行。

这时的露露，眼神明亮，蛾眉朱唇。她挺挺地立着，又是个整装待发的战士了。

五举坐起身来，说，戴得呢，我要带他回去。

露露低一下头，说，他已经回家去了。

她走到了门口，又回转了身来，道，你莫太责怪他。人年轻，总要做些荒唐事，才能长大。我是真喜欢他，喜欢他心性单纯。男人的本事，可以熬，可以捧。熬着捧着，本事也就长出来了。可是心性要坏了，就再也回不去了。

说完这些，她打开了门，又追一句，趁热吃。肉骨茶凉了，有腥气。

露露走后，五举又呆呆地躺了一会儿。这才觉出宿醉的头痛。他将窗户打开，有一股子混着阳光的空气，扑面而来。外面的电车声也忽然响亮了。此时的轩尼诗道，已开始热闹。香港在这些声音里，渐渐醒过来了。

他坐到桌前，喝了一口肉骨茶，嘴里一阵发苦。昨日被酒麻醉的舌头，似乎也被这苦意叫醒了。还有数种浓重的中药味道，击打了他的鼻腔。同时间，觉得一股暖流，沿着食道，流淌到胃里，慢慢厚厚地积聚。整个身体，也暖和起来了。

阿得回到家，被明义狠狠地打。他拧着颈子不吭声，让当爹的更加气，直打到明义自己咳了血，才罢手。明义大声喘息着，说，有钱人家玩戏子、捧舞女，把家败掉。我们贫贱，你是要败掉你爷娘的老命，才甘心。

他把阿得锁起来，叫素娥看着。

戴得每每看五举，用了仇恨的眼神。

五举心里发苦，便也不想回家。有时到了打烊时分，将栅栏门放下来。自己就留在店里睡，权当值夜。这天晚上，他收拾了家什，虽然疲累，却没有睡意。便想起，店里许久没有扫除，就开始拾掇。拾着拾着，出了薄薄的汗，竟觉得身上有些舒泰了。

他打开临着财神龛位的柜子，发现里面有一些客人存的酒。就将这些酒一一拿出来，淘洗了抹布，细细地擦那些酒瓶。擦好了，再一一放回去。忽然，他停住了手，心里冒出了一个念头。就去后厨，取了一个酒杯。拿起一瓶酒，看一看分量，就倒一小口，喝下去。又打开另一瓶，也倒上一小口，喝下去。以此类推，做着浅酌即止的游戏。在他看来，这已是人生中少有的以身犯险。这浅浅的恶作剧，让他感到一种难言的兴奋，脸上也发起烫来。有些许久未打开的酒，他需要回忆它的主人。他阖上眼睛，想他是谁，上次来是何时，并猜测他没有再来的原因。当他口中饮下了一杯烈酒，味蕾忽然被烧灼了一下。他张开眼，看到手里的"二锅头"，只剩下小半瓶。迅速地想起，这是司马先生留下的。

在那夜，司马先生被青年们簇拥着拍了照片，并且与五举合了一个影。他已经很久没有再来过。

五举隐隐地有些不放心。他想起最近电视上的一些新闻。看似升平的市景下，仍有一些暗潮，与升斗小民，且近且远。你不关心，它似乎便不存在，至多影影绰绰。

临近端午，素娥包了一些江南的糯米粽子。素的放红枣和桂圆，荤的里面包了红烧肉。她似乎也悟到，说司马先生最喜欢红烧肉，他是好久没来了。

想一想，又说，老客半个亲，何况帮过咱们。年节了，给他送点粽子去。

五举说好，但想想，并不知道他住在哪里。

回忆起司马带他去印传单的事。他便用食盒装了粽子，下厨做了一碗红烧肉，带了一瓶花雕。拎着便去石水渠街的湾仔街市。找到了那个猪肉档，但后面是一个杂货铺，却不见了那个印刷所。他疑心走错了地方，便在杂货铺门口看了又看。本来生意平平，老板娘坐在门口拍乌蝇。见他张望却不进去，就不耐烦地要赶他。五举便问，原先这里是不是个印刷所。老板娘说，什么印刷所，唔知！

五举不死心，说，就是印书的地方。

老板娘听了更为恼怒，说，印书！无怪之得我顶咗档生意咁差，原来是成日执输（书）！

五举还想追问。开肉档的阿叔走过来，对他招一下手，哄了老板娘两句。他对五举说，快点走啦。印刷所一早执笠①了。

见五举愣愣的，他叹一口气，压低声音说，畀差人②封咗。唔知发生咗乜嘢③。来了好多英国人，老板给打到满面血，好得人惊！你快点走，免得惹是非。

---

① 粤语，商铺倒闭、破产。
② 粤俚，警察。
③ 粤语，不知发生了什么。

拾肆

月落观塘

论蔬食之美者，曰清，曰洁，曰芳馥，曰松脆而已矣。不知其至美所在，能居肉食之上者，只在一字之鲜。

——李渔《闲情偶寄》

明义是第二年的秋天走的。

一家人很平静。大约因为沉疴有时，心里都有准备。临走时候，他很瘦，眼睛却清亮。他让全家人，都把手叠在他的被子上。然后自己把手放在了最上面。他找到了五举的手，按一下，说，举啊，你的红烧肉，和爸烧得一样好了。

在英皇道的香港殡仪馆出的殡，当天竟来了不少人。除了以前北角的老邻居、旧识，上海与宁波同乡会的人。还有不少，都是前后开店的食客。

明义以往在国药公司的同事都来了，一个个都老了。叶老板出狱后，很快就过了身。叶太太一个人，重将国药公司打理起来。大约辛劳，也是两鬓斑白的人了。她对素娥说，嫂子，我今年也退休了。以后来往照应着。

素娥说，这些年，都是你在照应我们。没有你和福建同乡会，哪来的"十八行"。

叶太太禁不住，将她紧紧拥在怀里，说，一晃二十年了。你们家，也是实实在在的香港人了。

仪过半时，又有人送来了花圈，和厚厚的一封帛金。

说是同钦楼送来的。

五举忙迎出去，却没有看到人。

花圈很高，很盛大，挽联上写着：江南岭南风日好，世道味道总关情。

明义被葬在了凤行的旁边。

这时候，素娥才放声哭了出来，说你们老的老，小的小，把我一个给丢下了。

"五七"上坟。

明义墓碑前摆着一个食盒，里头整整齐齐地，排了五只莲蓉包。凤行的墓前也有。每个莲蓉包的正中，都点了一个红点。

半年后，"老克腊"和"麻甩佬"来了。

问起五举的打算。五举说，开着张，生意照做。有什么打算呢。

"老克腊"就说，你不要瞒我们。我听说这个铺，快被别人顶下来了。做了这么多年，业主未免也太不讲情面。

五举只摇摇头。他不想告诉"老克腊"，买下这个铺面的人，是谢醒。

两个月前，谢醒对五举说，我买下了这间铺。是我的，就是你的。你照样烧你的上海菜。但午市之前，这里就是茶楼。我们兄弟两个，在同钦楼学到了什么本事。全要在这个"十八行"施展。这堂擂台，我是打定了。

五举说，师兄，你图什么？一口气？

谢醒说，那你图什么？白担一个"五举山伯"的名声？

五举说，当年，我图凤行。现在，我什么都不图。师父教我的，我半点没带走。十年没碰过的本事，不算本事。

谢醒冷笑，那你对我可就没用了。我的店里，容得下你？

五举说，你的店，还叫"十八行"吗？我一个上海厨子，自然是留不下了。

五举对素娥说，妈，是我累着咱们店了。

素娥说，唉，傻孩子。当年你爸让你回师父那里，你不走。这店又开了这么多年，哪一天不是你赚来的？这开店跟做人一样，都是看命，强求不得。

你师兄是赌当年那口气，可也是给你机会。你学了一手大小按的好本事，就真不捡起来了吗？

五举摇摇头，说，捡起来，就背了发给师父的誓。

"老克腊"看五举愣神，就说，你也不用这么硬颈。你知道，我是在观塘开工厂的。这些年，赚了些钱。最近听说了一些风声，我打算移民加拿大了。我有个铺，在工业区里。这工业区，少了许多花花世界，可就是不缺上海人。都是二三十年前，带了钱下来开厂的。我这铺，市口好。与其做别的，不如开一间餐厅。

你放心，我不是当年的邵公。你不欠我什么。是拿这铺面，入你的股，"麻甩佬"也有心投。我们看好你。将来我们来店里，想吃"红烧鮰鱼"，别让我们坐冷板凳就行了。

五举山伯，带我去看"十八行"的观塘老店。现在叫"鸡记麻雀馆"。"麻雀"就是麻将。香港曾经赌盛，一八七一年禁赌之后，大约可以让人一展身手的地方，一是马会的赛马。所谓"马照跑"，便是源于此，几成社会繁荣的标志。一就是"麻雀"，是粤人一向的娱乐，雀馆则靠"抽水"盈利。

　　我环顾"鸡记"，隐约可听得鼎沸人声，大约是有人和牌。已丝毫看不出当年开餐厅的痕迹。这一区曾是香港首个卫星城，也是向南填海以来，东九龙最大的工业区。如今，已然凋落。

　　但是旧年观塘纳入了市区重建的版图，因此可见奇妙的新陈并置、格格不入的景象。这边厢是老旧的街市、简易破败的食档，隔了一条街，便是五十多层的还在兴建中的所谓豪宅。后者将阳光牢牢地挡住，阴影整幅地投射下来，遮住的是这区半个世纪的升斗民生。

　　一九九〇年代，香港制造业式微，大量工厂闲置。多数工业大厦改作货仓用途。据说这里即将转型成为香港第二个核心商业区，可见的视野内，有 AIA 的总部以及"乐丰"集团。蓝色或绿色的幕墙，映照可见近在咫尺的如阅兵般整齐排列的工业大厦。我和五举山伯，沿着伟业街缓步前行。他指着那些包浩斯样式、看得出年岁的楼宇，如数家珍，似乎来探访曾经的老友。这些大厦坐落在横街的两侧。五举山伯，在一座大厦前停下来。这是一幢六层的楼房，门窗紧闭。他抬着头，认真地看了一会儿，然后说，走吧。

　　事实上，因为"老克腊"的话，五举第一次踏足观塘。他对这里感到陌生，甚而有些畏惧。作为一个生长于斯的香港人，他日常活动的范围，其实有限。不外乎是港岛，从上环到湾仔。说到底，他仍是个保守而老派的香港人，这与他的年纪，是有些不称的。

　　他是容易知足的人，其中包括日常之需。"九龙"对他而言，不过是个地名。而"观塘"就是刚刚开通的地铁线上的一个端点。

"老克腊"与他走到了海边,与他谈着未来的计划。可是,他的心思却全在眼前的码头。他看到巨大的铁吊,将集装箱高高地举起,然后稳稳落在地上。铁吊发出了"咣"的一声。远方渡轮的轮廓,汽笛的声音,很雄壮的如同动物的嘶吼。各色各样的船,高阔的邮轮,窄小的渔船,各有各的作业。海水激荡着,有一些淡淡的机油的气息,在空气中氤氲。这是劳动的海,没有多余的风光,也没有浮华的背景。五举的心里,莫名地澎湃起来。

依照五举俭省的性格,并不想花太多的精力用于装修。但"老克腊"有乡情,独揽了店面的布置。门脸儿做成了石库门的样式。虽不及第一间"十八行"堂皇气派,却平添了一些弄堂风情。这让"老克腊"得意,但在五举看来,却在周遭的气氛里,孤立出来了。

湾仔店将要结业,但店里的二厨与几个厨工,大约因为某种地域的成见,并没有想要跟去观塘的意思。五举一面收拾东西,一面就在两边的店铺,都贴了"招工启事"。老克腊说,都什么年代了,怎能不在报纸上登广告呢,于是便又在《明报》上登了广告。想想,招来的人是要做开荒牛的。五举有心给高一点的工资。除了每月的工资,还管吃住。

到了最后一天,五举已经准备交付。店里空荡荡的,一下子便没有了烟火气,就是个冷冰冰的房子。五举想,在这里多少年,感情是有的。他在这里,才叫"十八行"。他走了,这里便什么都不是。想一想,仿佛没有什么好留恋的。

橱柜里客人存的酒,寻到主人的,便叫拿回去。寻不到的,仍放在里面。可是,那瓶"二锅头",他却带走了。他想,司马先生要是回来,若还能寻着他。他要与他喝一杯,不醉不归。

这时候，门响了，进来一个人。五举定睛一看，竟是露露。

这是露露，又很不像。这个露露，没有穿旗袍，没有把头发烫成卷。原来的长发剪短了，竟然是个童花头的样式。人看上去便也小了很多。因为不施脂粉，没有妆，是略显黑黄的一张脸。看上去，倒像是邻家刚长成的小丫头了。

只是她的神色，还是喜庆的。眼里看人，仍有阅历和风尘。

五举说，我们不做了。

露露问，怎么不做？你们不是要搬到观塘去吗？

五举说，山长水远，难道你还跑到观塘去帮衬我们？

露露抬起脸，认真地看着他说，我是来见工①的。

五举自然是很惊愕。可想到露露一向是嬉笑怒骂的脾气，便也不当一回事，便说，现在好好的一份工，还不够你吃喝。要吃我这里的苦头？

露露说，我没工开了。

五举更为吃惊。他想起前些日子送货，路过骆克道，还看见露露当街和两个水兵打情骂俏。

露露说，我带客去"明珠"的事，给凯莉姐发现了。说我吃里扒外，一早就给开掉了。

五举说，谢醒那里呢？

露露冷笑，鼻孔里发出"嗤"的一声，说，那个没良心的。我是他放在"翡翠城"的眼线。我被赶了出来，对他还能有什么用。如今对我是躲都躲不过。

五举心里忽而一阵愤然。他将这情绪咽下去，低声问，那你靠什么生

---

① 粤语，应聘，求职。

活？露露悠长地打了一个呵欠，说，凯莉姐发了狠，跟港九的夜总会都放了话去。说谁要敢用我，就是和她不共戴天。我能怎么样，就在菲律宾人的酒吧打打散工。可是庙小妖风大。几个洋婊子合起伙来欺负我，几冇阴功！狗眼看人低，我可是吃素的？给她们一顿收拾。她们人高马大，对付我也不是个个儿。

露露扫了扫耳边的碎发。她将虎落平阳的过程，说得举重若轻。五举才注意到，她右边的脸颊上，有一处伤痕。

露露说，你可别以为我肩不能挑，手不能抬。我浑身都是力气。

五举还是皱了皱眉头。他想想说，我们是个开餐馆的。

露露哈哈大笑，开餐馆怎么了？和我以前的东家还不是一样，开门都是客？再说，你不是也吃过我做的早饭。我就是出得厅堂，下得厨房。

五举张一张口，还要说什么。

露露说，就这么着，我过些天来试工。好你就留下，不好再赶我走也不迟。到时候，恐怕你说的也不算，还有你小舅子呢。

她一反身，利落地开了门就出去了。留了五举一个人，杵在那里。

可是她又推开门，将头探了进来，说，我是有名字的。叫路仙芝。

过了几日，露露果然来了。

开张伊始，店里没什么生意。可是却有许多花牌和花篮，自然都是"老克腊"和"麻甩佬"他们送的。开市那天，都是他们的人面，来了许多的人。坐下来吃喝一番，说着"财源广进"之类的吉祥话，便走了。如今，门口张灯结彩，仍是热闹成了一团，倒显出了店里的寂寥来。

临到周末，生意却忽然来了。是"麻甩佬"的一个侄孙，摆满月酒。原本订在了北角的"日升"酒楼的两个包厢，宾客忽然多了，摆不下。"麻甩佬"就急忙将生意给他拉过来了。

五举心里高兴着,但因为缺乏准备,毕竟有些忙乱。主要是厨师厨工们,还未一一到位。就连素娥这上了七十的人,都要过来帮忙。

阿得如今是得力的。明义去世后,他似乎是想通了,便像是脱胎换骨了,渐有了当家男人的样子。知道帮着五举,也知道向五举学。但他似乎继承了素娥对厨艺的鲁钝。即使用心,进展倒不很大。五举心里叹气,但看他是生性向好的,便也觉得安慰。想自己离老,远得很,还可以做许多年。

他在厨房里挥汗如雨。看阿得进来,便指指刚出锅的"糟熘鱼片",让他上菜。阿得却嚅喏一下,说,露露来了。

他一愣神。看露露已经到了灶台跟前,将阿得推开,端起糟熘鱼片,问,哪一桌?

他低声说,二桌。

露露端着菜,说话间就出去了。

五举和阿得面面相觑,却看露露又进了来,手上端着撤下的菜肴。一边对阿得说,还愣着什么,三桌的酒都喝完了。

这样,不一会儿的工夫,她已在厅堂和后厨熟练地来回穿梭。上菜,收菜,给客人斟酒。

间歇,竟还能兼顾进来的几个散客,只见她手指间夹着点菜单,对着后厨喊,两个红烧肉碟头,一个煎龙利,蚝油生菜,走青①。

大家便都发现,只是多了这么个人,这餐厅里,竟好像是一台机器忽然间上了发条。严丝合缝,又井然有序地运转起来了。

---

① 粤语,指食客点菜时,菜里不要放葱和香菜。

待上了最后一道菜，五举擦了擦手，摘下围裙，去给摆酒人谢礼。

走到大包间，已经听到里面一片笑语欢声。看着成桌的人，正围着拍照。正中间的，竟然是露露。她怀里抱着满月的婴孩，旁边是小孩母亲。两人都是呵护的姿态。露露忽然做了个鬼脸，婴儿便咯咯地笑起来。摄影师便不失时机地按下了快门。露露的脸上闪着红润的光，硬是将整个厅堂都点亮了。

主人家，将一个大红包，塞到了五举手中，笑着说，你们这个馆子，不得了。菜味道交关好。老板娘年纪不大，人可真是爽利能干得很！

"麻甩佬"听到了，看看五举，意味深长笑一笑。临走时，他在五举耳边说，你小子，不可貌相。道行深啊，挖角挖到"翡翠城"来了。

不待五举解释，他倒已经弹开了好几步，做了个封口的手势，说，唔使讲，我明，我明！

待将客人送走了，五举回到后厨。

却看到露露正蹲着身，和阿得在一起刷洗锅盆。一边有说有笑的，手里分毫未慢下来，格外利落。

五举一阵恍惚，回忆起司马先生跟他说的，多年前在"虹口"面店门口，那个蹲着身使劲刷碗的小小背影。

这时候，素娥走过来，说，举啊，这孩子是新请的厨工？

五举知道她不明底里，正想怎么应对。素娥深叹一口气，说，唉，现今香港人心躁动。这么能做能吃苦的女仔，可真不多了。请到这么一个，也是咱们的造化。

露露就算是正式上工了。她住在店里。搬了东西来，很少。

看她在翡翠城上班，一天一身衣服。以为会有细软傍身，但其实，只带来了一只小皮箱。

人们也并不知道，这些夜总会是名副其实的名利场。衣服如行头，对舞女和舞客都一样。先敬罗衣后敬人。舞女们的身价，也是靠这些一点点地积累起来。所谓集腋成裘。因此，为了给自己一个好门面，便有了舞衣租赁的业务。露露在这方面，是很玩儿得转的，和几个"衣头"混得很熟。碰到大的场合，贵的衣服，竟都允她借了衣服，带给裁缝改。用完了再改回来。也难为露露的身材，不改也确是上不了身的。但这也不是说，露露自己没有几身好衣服。可是，毕竟这阵子不济，要钱用，就只有当给"和昌押"了。

这人算是净身来了。素面朝天，顶着个齐耳朵的童花头。穿着宽大的短襟衫子，最后的那点俏皮，都收敛了。

露露干起活来，其实和她咋咋呼呼的性格很不同，是闷着头苦干。擦桌子、拖地、收拾餐具，干一样是一样，中间不停歇。折一个餐巾，能折上一个时辰，直到面前堆起一座山，才幡然醒悟似的。到后厨里，拎起泔水桶就往外走，一个人拎。谁要搭把手，她就嫌弃地一拧身子。使劲摇摇头，腮帮儿也跟着微微颤动。使了力的肩膀，跟钢条似的稳稳地搭起来。到午市后吃饭，她的胃口格外地好。也是闷头吃，一吃一大碗。专拣带皮的红烧肉吃，问她，只说以形补形对皮肤好。这让五举和阿得，叹为观止。

可是呢，招呼起客人来，她可不闷，是大鸣大放的风格。露露说，以往呢，认识一个大陆下来的客。教她唱过一出样板戏，那京戏里头有个阿庆嫂，是她的偶像。怎么唱来着，来的都是客，全凭嘴一张。

这香港，可不就是来来往往都是客。见人说人话，见鬼自然说鬼话。店里人就装着责难她，说大白天说话晦气。咱们开门做生意，哪来的鬼。露露眼珠一转，说怎么没有，打开埠以来，香港的洋人不都叫番鬼？我在凯莉姐那学来的英文、法文，可不是三脚猫功夫，是地地道道的鬼话，好用着呢。

　　露露和店里上下打成了一片，客人们也都很喜欢。但五举总隐隐有些不安。大约觉得她除了生计，待在这小店里，总是要图些什么。可他冷眼察看，倒觉得她如今和阿得，是有些若即若离了。

　　除了有了一些回头客，生意仍是无大的起色。五举渐渐了解，其实在这工业区里，并不如"老克腊"想的乐观。这里的上海人是不少。但老板们上餐厅，除了真老饕，多半是要倾生意。倾生意呢，又讲排场。吃完了饭，还另有一番花红柳绿，方算尽兴。所以，他们宁愿舍近求远，开车去港岛。而在区内的饮食结构，亦谈不上百花齐放，其实是形成了某种固定的生态。被几间餐厅垄断，粤菜、湘菜各据一方。大约并非亲民日常的路线，沪菜在这里未算打开什么市场。至于工人们，则有在工业大厦内部，隐蔽着一些看见看不见的饭堂。这些饭堂甚至并没有政府颁发的执照。被发现了，便关闭。过几天再换一处开，此起彼伏，好像一些游击队。但因为方便，工厂中午的公休时间短，由效率计，是深受欢迎了。

　　有时午市后，露露就不见了踪影。没有人知道她去了哪里。因为她的活干得快而好，也没有什么人管她。倒是五举，有一次在一处大厦交接货物，取新运来的焗炉。却在这大厦天台的凉棚底下看到了露露。中间是个包装盒垒成的小台子，她坐在一边的板凳上。身旁有一群男人，年纪都很轻，有的身上穿着工作服，上面有油污的痕迹。耳朵上夹着烟卷，脸上还有烟尘，瞧得出是周遭的工人。五举走过去，看原来是在玩麻雀纸牌。露露手中几张牌，踌躇着不知出什么好。旁边的人凑在她耳边说了句什么，她便断然打了一张去，却让对方给和了。他们便让露露喝酒。露露拎起啤酒瓶，在众人起哄中，"咕嘟咕嘟"就灌下半瓶去。不忘用拳头在教她打错牌的人肩头，娇嗔地擂一记。

五举看不过眼，想她始终是改不了以往的风月习气。摇摇头，心里叹了一口气。

可是接下来的午市，竟然渐渐热闹起来。来的客多是工人模样，坐下来，就要一个碟头饭，一个例汤，加一瓶忌廉汽水。有些年轻的，大声地喊"芝姐"。五举便知道，如今露露在外交往，用的是她的大名。露露便大笑着出来，招呼他们。不知谁说了句什么。大约是一句荤话，旁边有人嬉笑地爆了粗口，哄堂地笑。

素娥恰好听到了，脸红一红，说这成什么体统。但毕竟都是客，也不好说什么。

晚上打烊，露露便对五举说，不如在店里装一台电视。那些工人说，要是来年能看世界杯，多夜了都来帮衬。

五举终于说，我们开门做生意，靠的是菜的实斤足两，味道好。

露露轻笑，用围裙擦了擦手，说，他们来都不来，怎知道你做的菜味道好。

这话说得五举哑口，并不知道如何反驳。他便说，露露，小店不济，在这里算有个地方栖身。但也不想砸了招牌。

露露冷笑，硬邦邦地抛下一句话，我这想法子给你带了客，倒成了罪过。

隔了两天，露露将一张纸拍在了桌上。

五举问她是什么。

露露说，订单。

五举一惊，捡起来看那纸上，密密麻麻地写着的，一栏是附近商厦的名字、公司与工厂的名称，以及门牌号；另一栏，则是中午订下外卖的份数，以及每月一半的订金数额。

露露拍拍自己的肚子，轻描淡写地说，喝一家签一家，这酒差点喝穿了胃。

五举定定地看她，一时间不知可以说什么。

露露却已经转到了一桌，给客人写菜。客人已是老客，和露露说笑着。一个男人伸出手，想在露露光裸的手臂上摸一把。露露机警地弹开了，一边笑着问候那男人的阿母，并祝他早仆街、早投胎。

"十八行"的外卖，很快远近闻名。这是五举都没想到的。

也难怪。分量足，味道好。将盒饭当成了堂食做，没那么多古灵精怪。口碑这个东西，初初靠吆喝。但更多的，要靠慢慢攒。

阿得说，他去进饭盒。看好多饭店都开始用发泡胶盒，新产品，成本比纸盒便宜了一毫纸。要不咱们也转一转。

五举摇摇头，说，纸盒里有锡纸。无咁多倒汗水，肉皮唔会冧①。这些小钱，不好省。

露露在旁听了，说，听你姐夫的。新东西不都是个好。

以后中午，露露就和阿得两个负责送外卖。又雇下了几个小工，露露一个个给分了地区。量虽然不少，但都是井然有序。

露露算是身先士卒。买了两辆三轮车。这车有个诨名叫"三脚鸡"，说的是灵活，好停好行，可聚可散。在这工业区里，宽街窄巷，都穿梭无碍，如鱼得水。是最流行的交通工具。

装满了饭盒，露露坐在车上。阿得长手长脚，一头一脸的汗，好不容易蹬动了，却把不稳方向。车歪歪斜斜地开出去，竟一径撞到了墙上。露露哈哈大笑，嘴里嘲他"弱鸡"②。

---

① 粤语，塌掉、软掉。

② 粤俚，形容人软弱无能。

阿得便嘟囔，车上坐着个千斤砣。你倒来试试。

露露愣一愣，听懂了，使劲对阿得啐一口。她跳下车，说，睡不着怪床歪。你给我滚下来，看姑奶奶的本事。

露露费了些力气坐到了车座上，脚刚刚踩上了车蹬。看那敦敦实实的腰背一使劲，车便稳稳地上了道。她往前骑了两步，使劲拍拍车龙头，大声喊道，老婆仔，上车！

阿得便不情不愿，磨蹭地坐到了后面。露露猛一回头，佯作怒目。后面是店里人的哄堂大笑，说，这真是两个冤家，能逗一世的嘴。五举也跟着笑。笑着笑着，心里竟然舒爽了些。

因为送午市饭，时间宝贵，争分夺秒。送的人，是没什么时间吃饭的。忙得不可开交时，五举和素娥，也到附近帮手。

五举路过一处工厦，听见有人唤他。抬起头，正看见露露在使劲向他招手。她和阿得，坐在工厦后墙的消防旋梯上，在分食一盒盒饭。

五举便也大声对他们喊，小心点，唔好跌落来。

他往前走几步，又回过头想对他们说，早点返来。阿妈煲好糖水，等你们饮。

但他恰好看见，阿得将一筷子餸菜夹起来，送到露露口中。露露连筷子一口咬住，却不松口。阿得抽不出手，她才大笑着将嘴张开。笑声如洪钟，淹没了阿得的抱怨。

两人的脸上，都是红扑扑的。在正午太阳的照耀下，闪着金色的毛茸茸的光芒。

办舞会的主意，是露露出的。

这年的年底，做了盘点。"十八行"竟有了很大的盈余。五举叹一口气，说，这大半年，我没做过几道大菜。进项倒比以前湾仔时，翻了一番。

露露说，来年还要好。钱不咬手，有银纸在身，将来什么样的大菜不能做？

露露筹办这个新年舞会，说是为了答谢老客户。顺带让他们把明年的生意也落下订。时间呢，定在这年的平安夜。

阿得说，香港一到这时候就热闹。这个洋节，这么多年，倒好像和我们家没什么关系。他兴奋得很，叫了两个厨工，去油麻地扛了一棵圣诞树。露露就在圣诞树上缀满了各样的公仔。又挑了一些彩带和灯串，将餐厅里里外外地披挂起来。灯亮了，顿时星星点点连成一片，满室流动的萤火。人站在中间，竟有些如梦似幻。五举也呆呆的，像误入了桃花源，看不出是自己终日劳作的餐厅了。

阿得将几张海报贴在了墙上。一张是近藤真彦和中森明菜的写真。手上一张呢，是他的偶像詹姆斯·迪恩。一袭皮衣，满眼的冷酷，寸到不行。露露经过一看，吐吐舌头说，这鬼佬，是凯莉姐的梦中老公。她房间里贴了张黑白的，一群仆街个个都说似遗像。都什么年代了，你倒还学人玩怀旧。阿得向对面墙上努努嘴，怀旧怎么了？可是我们家的传统。你看我姐夫，一张王昭君，贴了十多年了。

露露看那闪烁的灯火里，平日黯淡的国画，颜色也明艳了一些。画中的长袍美妇，似乎也望着她。笑眉笑眼，脸上竟然也有喜色。露露端详了一会儿，随手从墙上扯下一段彩纸，折了一个圣诞帽，用胶纸贴到王昭君的头上，然后满意地舒一口气。

五举呢，给折腾得团团转。餐厅外头的空地，也让露露他们布置了起来。支起了好多顶阳伞，说是要学英国人做园会。可灯饰不够用了，就跑去巧明街上的士多店，买了许多的中国纸扎灯笼。五举踩着板凳，一顶顶地给挂上，里头点上蜡烛。红通通的一大片，和餐厅里的圣诞树遥相辉映，应了一个中西合璧。要学英国人做冷餐，便要买许多火腿和起司。也是露露的主意，说，干吗费这份钱，便让五举提前一天做下了卤水。将四喜烤麸、糖醋熏鱼各做了一锅分装在盘里。"兰花豆腐干"露露却央他多做了一锅。五举惜物，说，这哪里吃得完，到时嘥咗。露露说，放心，你做的豆腐干，永远有得嘥。仲有人要打包走。

五举见她神神秘秘，待要问她，露露倒嘻嘻笑着跑开去了。

五举山伯，面对着"鸡记"门前的车水马龙，向我回忆那夜的盛况。原来空地的位置，现在已经是个停车场。一辆白色蒙尘的丰田，在他身后使劲地按着车喇叭。山伯终于回过神，避开了。司机驶向马路，没忘记将车窗摇下来，对着山伯的方向，大喝一声"黐线"，同时竖起了中指。

五举山伯，给我看了那夜新年舞会的照片。是他与附近工厦熟识的工友的合照。这些工友也是受邀请的客人，各带了自己的舞伴。我看着这张照片，很是惊叹。惊叹于那时年轻人的时髦，也惊叹于他们脸庞上的富足与自信。山伯一个个地对我介绍他们，亚强、阿兴，这个胖胖的眼睛清亮的，是豆豉仔，他身边的窄脸女孩，是他的女朋友阿明。时隔多年，五举山伯说起这些昔日的朋友，仍如数家珍，应该彼此有着很深厚的友谊。山伯说，这个豆豉仔，好怕老婆的。我问，那才感情深吧。山伯停一停，说，阿明走咗好耐①喇。

他的眼神随之黯然，一会儿，才羞涩地指着站在右边的平头男人，说，你看，最老土的就是我了。不过他们平时做工也不是这样啦。

就这张照片看，五举的确和那个年代的时尚没有关联。可以看出，照

---

① 粤语，指去世很久了。

片上的其他青年，为了这次舞会各自盛装。男的都顶着当时最流行的椰壳头。据说这种发型发嬗于披头士和皇后乐队，但在香港大热，则是因彼时的歌王许冠杰与"温拿"的推波助澜。我瞧着却并不感陌生。忽而想起，原来这正是此刻当红歌手萧敬腾的发型，大概是出于某种复古与致敬，或印证了流行的循环与回归。西风东渐，他们穿着色彩鲜艳、紧身大关刀领的T恤衫下摆束在牛仔裤里。留着波浪高刘海、爆炸头的女孩们，则都穿着松身的垫膊衫子，三个骨"灯笼裤"或窄脚的"萝卜裤"，看起来也飒爽逼人。

照片上的五举，则穿着一件枪驳领的西装，样式有些松懈。不知为何，胸袋里却还别了一块波点的方帕，更与同伴格格不入。他不好意思地笑笑，说，这件西装，还是当年上《家家煮》节目时，"同钦"上下集资给他买的。这也是他唯一一件出客的衣服，此后再无添置。

五举就是穿着这件西服，出现在舞会上。

他不会跳舞。在欢快的爵士音乐中，他看着这些平日在工业区的劳作中摸爬滚打的年轻人们，欢快地跳着扭腰舞和牛仔舞，流光溢彩间，好像个个都成了明星。

每个人，似乎都有着使不完的力气，以一种难以置信的自信，舞蹈在他的视野里。

露露和阿得，在一番劲舞后，终于笑着下场休息。露露和放音乐的小伙子耳语了一下。响起的舞曲，忽然静谧了。即使是五举这样闭塞的人，也听出这是林子祥的《在水中央》。"青青的山倒影照淡绿湖上，看水色衬山光；浮云若絮天空里自在游荡，笑苍生太繁忙。"

他注意到自己的岳母素娥，在不远的角落里，也望着这些年轻人。眼里有浅浅的光，甚至于，随着音乐在慢慢地颔首打着拍子。这是一支"慢三"

的舞曲。

这时，阿得走到了母亲面前，很绅士地躬身邀舞。素娥犹豫了一下，将手放在了儿子手中。阿得轻轻揽住她的腰，两个人竟然很默契地起舞。五举有些恍惚，这个终日在他身边，不停劳作的妇人。清淡而寡言，沉默得如同空气。然而，此时舞姿优雅，仪态万方，丝毫没有迟暮的痕迹。有这么一瞬间，灯光抹去了她脸上的皱纹与疲态，竟与另一人的形象叠合。这让五举的心倏然痛了一下。

一曲终了，素娥默然回到了角落里。露露迎上去，欢快地说，素姨真是好身手，人不可貌相。

素娥摆摆手，说，老了，节拍都跟不上了。

她看一眼五举，轻轻道，当年啊，我第一支舞，还是你爸教的呢。

尽管孩子们都很好奇。她始终没有再开口,说起近乎半个世纪前的舞会，与那个高瘦青年的邂逅。但人们都看出，这年老妇人，眼里忽而有温柔的憧憬，将她的瞳仁点亮了。

忽然房间里的灯都熄灭了，全场安静。再亮起来，是舞会的高潮，众人看到五个少女，婷婷而出。一色的大红珠光旗袍，戴着齐肘的白手套。打头的是露露，另几个五举也觉得眼熟。再一看恍然，原来都是露露在"翡翠城"的姐妹，以前下夜班时常来帮衬他的。

露露轻轻一扬手，轻快的音乐倏然响起。人群沸腾了，年轻小伙子们开始使劲打呼哨。是《风的季节》啊。小凤姐的名曲，去年被梅艳芳翻唱，获了"香港新秀歌唱大赛"冠军，街知巷闻。

"日子匆匆走过倍令我有百感生，记挂那一片景象缤纷，随风轻轻吹到你步进了我的心，在一息间改变我一生。"露露的歌声，不似梅姑浑厚，但却有另一种清亮的金属之音，穿透了音乐。这歌唱的是有阅历者的举重若轻，但被露露唱出了期冀和盼望。歌声在大厅中回荡。眼波流转，蛾眉入鬓，举手投足都是故事，这还是那个风情万种的露露啊。女孩们在她身侧翩然起舞。露露从同伴的衣襟上摘下一朵玫瑰，向人群中抛去，同时俏然抛出一个飞吻。

人群欢呼，不知是谁带了个头，大伙跟着露露一起唱起来：

　　　　吹呀吹，让这风吹抹干眼眸里亮晶的眼泪；吹呀吹，让这风吹，哀伤通通带走，管风里是谁。

不知怎的，五举也有些激动。他想，这才是露露啊。那个熟悉的露露，回来了。

放任无忌的露露，一颦一笑，颠倒众生。

曲终总有人散时。

餐厅里的人，都沉默地收拾东西。空气里还有高潮后的余温，以及浓郁的烟味与汗味。忽然就空了，每个人都觉出了落寞。

露露的小姐妹走了，果然把五举的"兰花豆腐干"通通打包带走了，欢天喜地的。

五举说，得，把窗子都打开吧，透透气。

阿得走到窗边，发现有人推门进来。是几个黑衣的精壮男人。阿得对他们说，舞会结束了。

他们没动，也不说话。露露遥遥一望，都是陌生人，黑口黑面。于是说，我们打烊了。

就等打烊，不然还以为我们来吃霸王餐。

有人应声而入，是一个胖大身形的男人。脸也是弥勒相，月牙眼，笑笑口。

可眉头间有"川"字纹，藏了一点狠。他看露露，还未来得及脱下大红的旗袍，又是哈哈一乐，说，这是哪里的新嫁娘，那我就来讨口喜酒喝。

五举上前说，朋友说笑了，您贵姓？

那人拱手还了个礼，免贵姓唐。

露露终于意会，柔声道，看我这记性，忘了请唐老板来参加舞会。罪该万死。来来来，咱们喝一杯酒，算给您赔不是。

唐老板倒没有理会她，只冲着五举说，这酒应该和你们老板喝。陈老板好手段，一个美人计，撬掉了我四成的客。

五举先前不明就里，这时听得明白。来者不善，是兴师问罪来了。

露露偷眼看五举，怕他不知应付。这个唐老板，是观塘工业区里的一个地头蛇。栖身"启祥大厦"，专做工人饭堂的外卖。已有许多年，几乎成了垄断，在价格和质量上自然从无让步。如今这些工厂业主，琵琶别抱，纷纷改与"十八行"签约。个中乾坤，是露露努力的结果，五举并不清楚。

露露说，唐老板，都是做生意。我们不伤和气。您选这时候来，不想伤我们颜面，多谢晒！您说怎么办？

唐老板说，抢了我的生意，就还回来。

露露一愣，问道，怎么还？

唐老板点点头，说，还我两成，大家求个太平。

露露哈哈大笑，说，这约都签了，怎么还回去。抢生意？你们东西好味干净，自然抢也抢不来。成日用隔夜油煮餸，问下自己，这份钱赚得心里踏不踏实。

唐老板变了脸色，眼神一凛道，谁不知谁的底细。一个"企街"，上岸就上岸，跑到我这里来兴风作浪，这里可不是你的"翡翠城"！

露露一笑，随手掂出一支纸烟，点上。抽一口，悠悠吐出一缕烟。走到唐老板跟前，将烟轻轻塞到唐老板口中，说，莫动肝火。我明天带食环署的人来探下您，饮啖咖啡。

唐老板慌得向后趔趄了一下，这才将烟吐出来，往地上啐一口，对旁边人一招手，说，上！

几个黑衣人，开始打砸店里的东西。五举冲上去，要护，反被一个人狠狠推在地上，拳打脚踢。

露露从桌上抄起一只酒瓶，拍在桌上，酒瓶立时粉碎。她将已经碎成了玻璃碴的瓶底冲着这帮人，吼道：去湾仔骆克道，问问露露姐的名头。你们兜尿布那阵，没赶上吃姑奶奶的一口奶！

这帮人一时被镇住了。有人蠢蠢欲动，露露拼劲将酒瓶掷出去，顿时在那人头上开了花。唐老板从身旁人裹着的报纸中，倏然抽出一把砍刀，向露露挥过去。五举爬了起来，反身一挡，那刀恰砍在五举的肩头。

汩汩的血流出来。所有人都愣了。露露扶住他，看血从那件青灰色西装里慢慢渗出来，紫红的蚯蚓一样地游动。游到了她的旗袍的袖口，渗进了一片大红色。

五举艰难抬起头，虚弱地对她笑一下，说，唔好同他们打。

唐老板的刀，咣地掉到地上，脸颊抽动一下，嘴里却还硬，call 白车①吧！好彩有你姘头替你挡。

露露忽地站起来，嘶吼着，我丢你老母！她的波浪发散开、蓬乱。她嘶吼着，像一头发疯的母狮子。

她冲过去，按在唐老板肩上。那胖大男子没来得及反应，只觉耳边一痛，又一热。再回过神，便看见自己半只耳朵，落在了地上。

露露到了警局，嘴角还带着血。让她录口供，她不录，只是大哭不止。

---

① 粤俚，救护车。

哭得撕心裂肺，不管不顾。

谁也不知道，她究竟在哭什么。

露露出来时，天已经秋凉。

五举和阿得接她。她看着他们，半晌才问，"十八行"，还在不在?

五举点点头。

露露像是变了一个人，不再说话。木木地，只是闷头做事。没有了外卖生意，这间"十八行"，似乎遽然老了。店内空气，缓慢沉滞。露露见她去年圣诞挂在门廊上的彩带，还挂着，风吹进来，簌簌作响。也旧了，红不红，灰不灰。她就端了凳子，爬上去，想要扯下来。

五举看见，轻轻说，留着吧。多热闹，是个念想。

露露也就默然地下来了，愣愣看一会儿，仍是不说话。

这一年的台风，来得晚，但是猛。

在福建绕了一个圈，临到了香港，本以为强弩之末。天文台中午发布了三号风球的预告。到了傍晚，一下子变成了八号，越刮越烈。

香港人都始料未及。原先的准备是不够的，有些手忙脚乱起来。

"十八行"打了烊。五举和阿得，忙着往临街的落地玻璃上贴胶带。

外面风声尖厉，打着呼哨。拍打在窗户上，砰砰作响。五举望见一棵洋紫荆，给刮得东倒西歪，风里头，幼细的枝条忽然断了。像是个垂死的人，头发被无形的力量拉扯着。树叶纷纷被风撕下来，未及落地，已高高扬起，一忽儿不见了踪迹。

人在里面看了，也觉触目惊心。这时一扇窗忽然被吹开了，风呼啸而入。露露赶紧去关窗。风太大，混着雨，打在她胳膊上竟是生疼。那风死死地抵着窗子，怎么拉都拉不动，好像在与她角力。露露咬紧牙，努一把劲，这才关上了。

到底还是迟了，餐厅里一地的水，还有飞旋而进的落叶。才拾掇好了，又要重新来过。五举叹一口气，去厨房拿拖把。

这时听到铁闸门被用力拍打的声音。开始以为是风，再听听，时断时续。声音更大些了，才听出是有人叫门。

五举赶紧去开门。打开了，看见门外是三个湿淋淋的人。打门的人魁梧身形。三人都是一头一脸的水。五举忙将他们让进来。

来人将连帽雨衣脱下来，灯光底下，那最高大的原来是个老人。脸上皱纹密布，眼睛却很亮。后头两个年轻人，跟他的眉目也十分相像，都是黧黑发红的脸色。待他们坐定了，五举让阿得进去拿几块干毛巾。

老人边擦头脸，一边说，这风实在太大。误打误撞，走到这里来。只瞧见这店还亮着灯。看情形你们也要打烊，实在打扰了。

老人声音是沙腔，浑厚。说国语，却带浓重的闽南口音。

五举说，是啊，这台风来得太生猛。铿铿锵锵，像台龙凤大戏。

后面的青年忽然打了个喷嚏。五举说，我去给你们煲碗姜茶去。

老人说，太麻烦您。孩子还是少见了风雨，老板别惯着。

五举说，不麻烦。出门在外，着凉伤风就不好了。

聊起来，才知道这是祖孙三人。问起老爷子贵庚，说七十岁有三，在海上航了五十年的船。这回呢，是从漳州押了一批瓷货，往南去。临近香港遇到了台风，实在没法往前了。就近寻了一处避风塘，将船泊在了观塘码头。人先上岸，找个地方将息。想等台风过去了，再打算。

老人说，我怕是最后一次航船了，以后就交给他们两个。这来往的人面，我带他俩一个个打过招呼，将来也好帮带些。七十古来稀，风来雨去，光是每年犯几次老风湿，我还能有几年。可如今的孩子，吃不得苦。这大的有小三十了，刚成了家，就不想出来。哪像我们当年。

五举说，您老很健朗了。航船是苦，我岳父早年做过海员，跟我也说过许多。

老人问，您家泰山，出航是去的哪里？

阿得便抢说，我爸当年常跑马来亚和印尼。有次路过香港，觉得好，我们家就搬到香港来了。

老人笑笑，说，那巧了。我们也正要回马来去。

这时，本在专心干活的露露，也过来坐下，听他们谈话。过了半晌，露露说，老人家，听您孙子说话，是峇峇口音。

老人愣一愣，说，随他们的娘。我们家倒是早年泉州过去的"新客"。我爹卖猪仔，在柔佛割橡胶。姑娘，这么说，你也是星马人？

露露笑笑，点一点头。

五举说，听我岳父讲，星马华人钱赚得不少，但生活得辛苦。

老人说，一直都辛苦。不过，人世走一遭，总是辛苦的。华人始终是外族，更难些。前年上了个新首相，叫马哈迪。好不好，都得慢慢看。

这时，五举恍然道，您看我，光顾上倾谈。都饿了吧。

老人摆摆手，说，嗨，谢谢您给我个地方避风头。雨小了我们就走了。

五举道，那成什么话。我们是个开餐馆的，哪能让你们空着肚子走。

五举就问想吃什么。

那个较小的孙子，脱口而出，说，咖喱叻沙！

老人便喝他，说，出门有口热汤就不错了。人家香港，哪来的什么叻沙。

这时候，露露"呼啦"一下站起来，说，怎么没有？

说完，把正在剥的蒜头，往箩里一搁，就往后厨走。

阿得好奇，跟露露到了后厨。看她取了一个瓷罐子出来，就问她是什么？

露露说，峇拉煎。

阿得问她是什么。露露说，就是虾膏制成的辣椒酱。等会用它熬叻沙。

阿得吐吐舌头，说，真不知道你还藏着这个好东西。

露露打开盖子给他闻一下。阿得皱了一下鼻子，说，味儿真大。

露露便说，知道你无福消受，我留着自己吃。

五举也进来了，露露说，举哥，帮我拿一板虾出来，虾仁开背。

五举便照做。他许久没有给人打下手的经验，也觉得新鲜。看露露，利利索索地给豆芽焯水、切洋葱、生姜、黄姜、南姜、大蒜成末，入锅上油，炒香。一边厢将叻沙叶、香茅煮水。

油锅里头，放入峇拉煎炒化，再入咖喱粉、叻沙粉翻炒，下香茅水，直熬到锅里泛起红棕。一面搅拌，一面慢慢倒入椰浆、生奶。

可谓有条不紊，流水行云。

五举在心里暗暗赞叹，脱口而出，还真是好手势。

露露不应，顾自将过了凉水的粗米粉入碗，将虾仁、鱼饼、血蚶放下去，直到摆到自己满意的位置。那全神贯注，好像是在做工艺。最后才慢慢浇上叻沙汤头。

她左瞧瞧，右看看。确定大功告成，才长舒了一口气。

三碗叻沙。老人家尝一口，看一眼露露，笑而不语。两个孙子，尝一口，就没再停下来，"呼哧呼哧"地一气吃完了。

老人家喝下最后一口汤，说，姑娘，谢谢你。让我们吃上地道的家乡饭。

露露笑了，说，今天时间紧些。下次来，我请你们吃肉骨茶。

第二天台风停了，老人上门来道谢，也是道别。

老人留下一尊瓷制的妈祖和一套盘盏。

漳州的月港瓷，很出名。自清末起式微，名声犹在。因海上贸易繁荣，多是外销，故称"克拉克瓷"，所以其与国人普遍的传统审美略有不同。主要是青花，因模印相类，不懂行的往往会误以为是景德镇瓷，其实看胎釉便知窑口有别。月港瓷的好，除青白瓷、蓝釉酱釉之外，还有五彩瓷。描金画银，一团喜气。

老人的这套盘盏，浓绿重彩地描着火龙、麒麟、梅花鹿等瑞兽，间中花草盘绕，锦地开光。而细细辨别，那绣球等花卉的纹路，其实是极繁复的外文字。因未见过，"十八行"上下啧啧称赞。

倒只有露露，在旁盯着看那尊白瓷的妈祖。这妈祖的形容，与常见的不同。香港所见，多是盛大祥和，手持神笏或如意，显见的富贵。但这一尊，除了在底座的莲花，略作青色的模印浮雕。整个的样态，却十分朴素。尤其是眉目，流转传情。唇微启，欲语还休，有心事却说不出的样子。不像是一尊神，倒实在像是人间女子。露露抬头，看众人一眼，说，我要瘦下来，就是这个模样吧。

露露在店里设了一个神龛，供这尊妈祖。每两日换一次供果，倒也十分虔诚。到黄昏时，店里的人，就看她在龛前立着，合十默念。也不知她念什么。

这天临打烊，她又在念。

念完了，还上了一炷香。

五举便微笑道，露露心诚，许下的愿会要灵验的。

露露说，灵不灵，举哥你说的算。

五举愣一愣，还是笑了，说，你拜的是妈祖，如何我会说的算。不是想加人工吧？

露露低头，再缓缓抬起来。她低声道，我对妈祖说，我想做举哥一样的大厨。

五举脸上也没有了笑意。露露走近了一步，说，举哥，收我做徒弟吧。

他说，露露，学厨是很苦的。

露露说，我一个人从南洋来香港，苦不苦？你不是才夸过我好手势。

五举便说，女厨更苦。

露露说，阿得跟我说，最佩服的人就是他姐姐凤行。凤行就是个女厨。

五举听到这里，心头猛然一震，生冷冷地说，不行。

回头便走。

五举一个人走在康宁道上。狭窄的楼道之间，有风穿过。这风带着工业区特别的气息。是那种铁锈与机油混合厚重而黏滞的味道，还带着些海风的腥咸。风有些硬，钻到他的衣领里，便是一个激灵。有一个孩童，从临街的一间五金铺里，呼号着跑出来，好像受了天大的委屈。后面是个精瘦的女人，跟着赶到路中央。拎着孩子的耳朵，粗鲁地在他屁股上打一下。拖着他往回走。孩子挣扎着不愿回去，女人便用客家话大声地呵斥。

不知怎么，五举竟然停下脚步，呆呆地立在街边看。这当儿，倏然想起，司马先生有次醉酒，给他测过一回字。他心中莫名地低沉下来。

本以为，照露露的不屈不挠，一个念头，有了，便灭不下去。然而，她却并没有再提。

依然默默地干活，为五举帮厨。干活的间隙，便给妈祖上香，拜上一拜。

"十八行"的生意，谈不上很好，但也没有再坏下去。大约少了先前的竞争与是非，来帮衬的多是回头客。"老克腊"从加拿大回来。五举说，惭愧得很，好好一个馆子，给你做成了个茶餐厅。"老克腊"笑笑，摆摆手说，文武之道，能屈能伸。本帮菜的好处就是，能上天，也能下地。当年顾鸣笙在"十六铺"学生意，一碗街边的黄豆汤，于他是人间至味。即使那些硬菜大菜，归根儿说起料来，哪一样能登大雅之堂。如今你倒是让这菜，回到了本分了。就像我们上海人，往日浮华，可到了这边就要服水土。你再看看我，当年都叫我"老克腊"，何其威风、讲究，可人也总是吊着自己。如今也成了"麻甩佬"，才知道有多自在。

　　他说了这么一大通，五举当他是安慰，心里也领受。想想也对，这店里别的不说，有一样卖得格外好，就是"卤水"。大约因为附近的工友，工余小聚、小酌，总少不了下酒菜。卤水味重、香口，又冷热不拘。路过了，打上一包就能带走。而其中，又以"兰花豆腐干"最受欢迎。中间穿了一支竹签，咬一口，拉开来，断断续续，又有游戏玩赏的性质，老人孩子都喜欢。所以，往往午市过后，就卖得精光。

　　可是呢，这几天，却不如以往。这豆腐干他通常备得是多些，但不至于到晚上打烊还有积存。通常呢，他为了节省时间，总是在前一天晚上切好，过卤，搁上一夜，让那老抽、桂皮、八角的香味都渗进去。第二天，这口感、滋味都是将将好。

　　他于是切少了些，想可能是贪新鲜的人少了，又或者口味变了。买的人并不少，可临到打烊，又剩下了。接连几日，五举觉出了异样。仔细查看那剩下的豆腐干，终于笑一笑。他并未声张，只是这天晚上在切时，在豆腐干上都用刀划了十字，做下了记号。到第二天出锅，再看。果然是有他人所为。这人的刀法，是糙了些，偶有切断了的。但路数却是对的，以致先前未察觉出来。

他便每天都看一看，看出了这人的进步。这"蓑衣刀法"，切得好不好，是靠个悟。五举看出了这人自己的琢磨，也看出了琢磨后的成果。再过几天看，竟已和自己切得不相上下。力道、厚薄、刀口处的均匀，都恰到好处。然而后来，让他暗暗吃惊。发觉此人在刀法上的创举，已不甘于寻常。在下刀的纹路上做起文章，不再满足于兰花数瓣，渐渐繁复起来。重瓣、牵扯，外方而内圆。后来，当他将其中一块拉开，看到竟然如弹簧般，可以一圈套一圈地展开。不禁称奇，同时间在心里莞尔了。

他转念一想，他切了十年，便是墨守成规的十年。这个人不过切了几天，便已耐不住规矩。

终于在这夜，他打烊后，又折返。果然看见后厨的灯亮着。

透过窗子，他看见露露正在案上切一块豆腐干。手法已十分娴熟。停一停，想想，接着又切。切好了，就看露露将那豆腐干慢慢铺展，就如同一张明黄色的剪纸。在灯光底下，恰有影子投过来，落在露露脸上。露露便有喜气，眼里星星闪闪，那是成就的神色。

五举咳嗽了一声。露露看见他，慌了一下。

五举慢慢说，我落了东西回来拿。

但他发现这预备好的解释，实在多余。因为露露很快就镇静了。

露露说，举哥，谢谢你。看破莫说破。

五举说，你切得很好。

露露说，切得好又有什么用。偷师来的，上不了台面。

五举没有说话。露露就笑嘻嘻地问，莫不是有人真的想教我？

五举说，你用来练手的豆腐干，天天卖不掉。我唔想嘥咗。

第二天，露露特地泡了一壶茶，要五举饮。茶里放了红枣和荔枝。

五举说，这是什么讲究。不说清楚，我可不敢喝。

露露吐吐舌头，说，你当年在"同钦"拜师傅，不喝"拜师茶"讨个口彩吗？

五举挠挠头，说，讨的什么口彩。

露露说，你喝下去，是要我"早点励志"。

五举恍然，哈哈大笑，什么都还没学上，鬼马倒先有了一堆。

他刚喝上一口。露露扯过椅子上一只坐垫，当作蒲团，就要给他下跪。五举慌得赶紧扶她起来，说，这成个什么话，也不怕折了我的阳寿。

五举教露露，是真用了心的。

当年，明义是一五一十地传给了他。他便也和盘地想教给露露。他有他的规矩。先去问了素娥。素娥听了说，好事。

五举没说话，看着她。素娥说，当年凤行想学厨，她爸嫌她是闺女，要嫁外姓人，不教。不是她执拗，这门香火早就断了。咱们是半路出家的厨子，哪来这么多的讲究。她肯学，你肯教。一门手艺，能传下去总是好的。

五举心里，便笃定了些。自到观塘后，他多时不做大菜了。倒不是技痒，也是怕自己生疏了。若论学厨，他是幸运的。这一行哪有没偷过师的。他没有。在"同钦"，都是做师父的言传身教。而岳父和凤行，因顾念他是粤厨出身，更是循循善诱，从未给过委屈他吃。他自己也想，这"偷师"究竟有无好处。偷来的，一般人学到了师父表面的皮毛，只是形似，内里难得其神。而悟性高的，偷了其表，但因为无人往深里教，便多了自己许多的琢磨与想象。走得好的，倒成就了自己，独树一帜。可把握不好，入了旁门左道。就像武艺，怕要走火入魔。

因为前面的事，五举看出露露的聪慧，但是走偏锋的性情。毕竟没有学厨的根基，人稍嫌浮躁了些。他就暗暗地想了教她的方法。

五举记得荣师父当年训练他，用的那"一慢""一快"的功夫。便想，教露露，要从"吊糟"起。

说起来，"糟"是本帮菜里的魂。取其醇，得其鲜。这鲜又难以形容，比酒醇厚，比酱清雅，是"酸甜苦辣咸"之外的第六味。但凡将大荤之物糟上一糟。肥腻尽消，入口鲜咸甜爽，健脾开胃。人总说本帮"浓油赤酱"，有此一"糟"，便是十足的中和之道。但这"糟"里，学问很大。第一是要陈。食家袁子才说"糟油出太仓，越陈越香"。但如今本港的上海菜，多是买现成的糟汁，在"十八行"看来，是很不上路子的。也只有他们，还坚持用自己的陈年老糟泥。当年明义举家从上海来港，轻装上阵。唯独手上捧了八年陶坛花雕的黄糟。到了去邵公家里做"糟钵头"，用的还是这糟泥制的糟卤。而"十八行"闻名的当家卤水，多靠的也是它。

这糟卤出得可不容易，全靠一个"吊"字。一斤糟泥，一斤花雕，香叶、八角、花椒、桂花，拌匀了，用绳子吊起来，地上接个大海碗，就这么一点点地滴下来。"吊糟"的当口，一边做"糟油"。讲究要冷锅下凉油，把老糟泥化开。然后开小火，边搅拌边熬。这里头，要的是十足的耐心。因为糟泥里头有水分，熬着熬着，水泡不间断地冒出来。这得熬到最后一个水泡都看不见，关火，滤掉糟泥，滤出糟油，才算是成了。

五举便用这一吊一熬，磨炼露露的心性。手不能停，眼里还哪头都不能耽误。说起来是熬糟，但其实，就是个厨子长年练就的眼力。

露露看起来鲁莽，心是细的。可是到底还是不熟火候的深浅。炼那糟油，到了糟香飘出来，兴头头地看五举，却没来得及关火，生生地出了焦煳味。

她便很沮丧，五举宽容地笑笑，口却没有松，只说四个字，倒掉，重熬。

这是练心，再一层，便是力气。本帮行里，这多是女厨的软肋。凤行告诉过五举，当年只因兜腕掭勺的功夫，差点就入不了行。所幸一道"红烧鲴鱼"，成败一萧何。可露露不同，敦敦实实，往炉前一站，架势先十足了。力气自然是不缺的。这一记"大翻"，给她练得是虎虎生风。但是，五举让她在锅里放的，是生米。因为细碎，比当年风行用来练的铁砂，更吃力，也更难控制。一不小心，就洒了一地。洒到地上，五举就让她捡起来，一粒都不能剩。捡到锅里，再练，但凡洒了出来，就再捡。露露的鲁莽与浮躁，就渐渐收敛了。

五举呢，从三分之一锅的米让她练起，加到了半锅。最后加到了大半锅。露露一抖腕子，稳稳落下来，居然可以一粒米都没有洒出来。

五举心下安慰，却没有说出来。他想，这个露露，还真是个学厨的好手势，难道是祖师爷赏饭吃？

他看见露露，又跑到厅堂里去拜妈祖。上了一炷香，然后摆供果。摆了三只橙子，不甘心似的，又添了两只芭乐。碟子不够大，芭乐要往下滚，露露就小心翼翼地一一捧上去。

可是，到了教菜，五举才发现了露露的短。露露烧菜，手下是不大有数的。这没数，多半是因为过了头。一个就是火候。蒸、煨、糟这样的功夫菜还好。但到了红烧、生煸，烧煳真是常有的事。一次爆炒河虾，油放得太多，在锅里起了火，竟难以收拾。每每如此，看她手忙脚乱，五举虽不忍斥责，但脸色也就沉了下来。而放起料，下手又是格外没轻重。本帮菜已经担了"浓油赤酱"的名声。可露露放起甜咸佐料来，大鸣大放到了惊人的程度。五举教她"响油鳝糊"，她如法烧了，卖相是真的不错。她自己也得意洋洋，请大家品尝。众人兴致勃勃。可下了一筷，阿得就吐了出来，忙不迭地喝水，说，路仙芝，你是不是打死了一个卖盐的。

五举想，大约是她太热烈的性情，影响到了对味觉的判断。就琢磨得给她一点节制。他就花了些时间，以自己的经验，把每道菜的佐料的分量，都写了下来。以汤匙为计，让露露照着做。开始露露觉得束手束脚，很不高兴。还挑衅似的，按这方子煮一道汤，自己喝一口，说，啧啧啧，这味寡得，比寡妇还寡。

着急起来，她又大喝一句，我还是烧我的肉骨茶吧。

五举听了她的泄气话，不动声色，便说，也好，人各有命。

露露可是个认命的人？一鼓腮帮，一拧眉毛，便只有忍着照他说的做了。

到露露出师，真是整了一大席菜。味道先不论，排场是很有的。煎炸烹煮，满当当的一大桌子。

除了店里的人，自然还邀请了工业区里熟识的工友，还有以前的几个小姐妹。她一人敬一杯酒，说，我可是熬出来了。

露露紧张兮兮的，看哪道菜谁少动了一筷，劈头就问，不好吃吗？

那人看她怒目金刚似的，赶紧夹了，吃一大口，说，好吃好吃。怎么这么好吃呢。

有人就说，露露，你敬了一满圈，怎么不单独敬敬你师父？

露露赶紧倒满一杯酒，走到五举跟前，对桌上众人道，都说，教会了徒弟，饿死师父。我现在最怕举哥灭了我的口。

阿得就起哄说，那不至于，我最怕你砸了我姐夫的招牌，才是正经。

露露没有砸了"十八行"的招牌。相反，因为她入了厨，嘴快的在工业区传了开来。由于她往日的声名，来帮衬的人，倒渐渐多起来。

露露做的本帮菜，很受工人们欢迎。说到底，但凡菜式流转到了外地，再怎么法度谨严，还是各人有各人的味儿。五举是粤厨出身，在食材和佐料的使用上，是颇为节制的。但到了露露，那可是咖喱和峇拉煎锻炼出的味蕾。做出的菜来，味道便分外的厚，连酱汁浇头都是浓墨重彩，倒是恰恰合了工人疲累一天，想要大快朵颐的好胃口。五举呢，虽仍觉得她的手势有些粗粝，可挡不住被人喜欢。他心里便想，这个露露，在哪儿都是时势造英雄。

但是，有这么一回，五举是真的有些动气。

那天"麻甩佬"来，露露做一道青鱼汤卷。做上来，汤色很好。可"麻甩佬"尝一口，只觉得怪，便问五举怎么回事。

五举问露露。露露说，嗯，可能是鱼头煎得不够，下了汤煨了半日，就是不起稠。我呢，就往里面倒了点椰奶。你看，现在奶白奶白的，要汤色有汤色，要滋味有滋味。交关好！

看露露面有得色，五举更气了，说，你这不是胡闹吗。

露露立即跑到厅堂，对"麻甩佬"一拍桌子，问他，你就说吧，味道好不好？！

"麻甩佬"怯怯看她一眼，低声说，好，还是好的……

露露立即反身对五举说，吃的人都说好，怎么叫胡闹。

五举也哑口，半晌道，在汤里头放椰奶，我做了十几年的厨子，闻所未闻。

露露说，那是你见识少！我们马来的叻沙汤头，放得椰奶；泰国的冬阴功，也放得椰奶。怎么就你们上海菜放不得？

五举耐下心来，正色道，露露，一菜一系，根基是不能动的。有些能改，有些不能改。像你这样，一个菜就伤筋动骨了。

露露满腹委屈，恨恨说，我跟你学厨。没想到你年纪轻轻，内里却是个老古董。当年你做"水晶生煎""黄鱼烧卖""叉烧蟹壳黄"，哪一个是地道的上海点心？广东菜里的好，能用在本帮菜里头。我的却不行，说到底，你还是嫌弃东南亚的东西蛮夷！

五举看她脸涨得通红，斗鸡似的。一时觉得秀才遇到兵，便摇摇头，叹口气，回到后厨去了。

露露呢，便也不睬他，连着好几日。可过了一个星期，"麻甩佬"和"老克腊"一起来了。露露悄没声地，将一盆青鱼汤卷，端上了桌，说，姑奶奶我请你们的，趁热吃。

看"麻甩佬"愣愣着，张口结舌的样子。露露甜甜一笑，说，还不动筷子，汤里头又没下毒。还有，一滴椰奶也没放！

这一年年末，阿得的大哥来了香港。

以往明义两口子，带着阿得与凤行回去。如今大陆开放了，大哥可以申请来探亲了。

五举是第一次见。觉得大哥的形容，与明义很相像。但看上去，面相更勤勉些。像是上一辈的人，年纪当然是大了些，大约是这些年的艰辛打下的印记。他说话举止，轻言细语，是很谦恭的江南男人的样子。

大哥对五举也很和善，让他烟抽，是一种叫"红塔山"的香烟。五举笑笑说不会。他不甘心地又敬他，说，这是大陆最好的烟了。他说，多亏五举这些年，对阿爸姆妈的照顾。倒是他这个做大哥的，很不孝。也没办法，鞭长莫及。

五举问大哥，当年为什么没有和全家一起来香港，选择留在上海。

大哥没有说话，沉默半晌，再抬起头，笑了。眼角的褶子也都密密地叠在一起。

大哥说，我不留在家里，现在谁来接阿爸回去呢。

五举便知道，明义是要归根返乡了。这是他生前的遗愿。

大哥已经安排好了墓地。留好两穴。明义先下葬后，等素娥百年。

这是家中大事。戴家的人，少有聚得如此齐全。

有人就说，让凤行也回去吧。陪着阿爸。

又有人说，凤行是出嫁后过的身，要跟着老公留在香港，才合规矩。

大家沉默一会。有个阿嫂，在背后嘟囔一句，他自己都是个入赘的。

听到这里，素娥原本半阖的眼睛，倏然睁开了。她开口道，五举，现在就是我的儿。凤行是我儿的媳妇，要跟我儿留下。

她说得很慢，却掷地有声。便没有人再说旁的了。

这事，终于传到了餐馆里。露露特地倒了一杯茶，走到素娥跟前，说，姨，我佩服你。我未见过凤行姐。我看你，就好像看到她的样子。

素娥接过茶，深深叹一口气，目光却在远远的地方。她说，你不知道，这些年，五举这孩子受了多少委屈。

素娥带了全家人，回去了上海过年。自二十多年前戴家移民香港来，这是第一次。

素娥也要五举一同上去。五举笑着摇头道，不了，总要有人在家里看店。

其实观塘的工业区，过年时生意是极清淡的。因为老板和工人们都要回去原乡过年。平日人气旺盛的工业区，一下子便寂寥下来。

到了年初八，人们才陆陆续续地回来了，反而有了比港岛市面上迟滞的热闹。工厂、商铺门口都立了花牌，贴了楹联。张灯结彩，有了普天同庆的架势。老板们为了鼓舞士气，一边给工人们派新年利是；一边呢，忙着请吃开工饭。那份欣欣向荣，并不输除夕前的尾牙。

观塘码头的"荣信货贸"，把开工饭定在正月十五。老板是个老上海，跟"十八行"订了一席，却要在公司里吃，大约是要励精图治的意思。

五举做好了，便和露露去送货。五举蹬着"三脚鸡"，后面坐着露露，护着满车的食盒。一路上，遇到了熟识的老板或是工友，就叫住他们打招呼，一边从怀里掏出一封"利是"给露露。露露就下得车来，对他们拱拱手，欢天喜地地说"恭喜发财"。

五举就打趣道，我们露露人缘好啊，坐在车上都有钱收。

露露听了就扁扁嘴，说，还不是这么老了嫁不出，才被人可怜派利是。

五举不知怎么接话。倒是露露问，举哥，你是第一次一个人过年吧。

五举想想，说，嗯。小时候跟阿公。到了"多男"认了阿爷，阿爷大小年节都带我过。在"同钦"呢，也跟师父过。后来就和你凤行姐一家人过。说起来，我是孤儿，这样的命，也算是好的。

露露沉默了一会儿，说，我到了香港后，都是自己过。

货送到了。上海老板留他们喝了酒，彼此说了许多的吉祥话，才放他们走。

出来时，五举有些摇晃，说，年纪大了，才喝了这些酒，就有点晕了。

露露说，得亏我还为你挡了几轮呢。走，得到海边吹吹风去。

这时，五举一看车里，竟然还留着一个食盒。他一拍脑袋，说，坏了，我这大头虾。不知是不是凉菜，赶紧给人家送上去。

露露笑而不语。

五举就打开来，看里面是一只精致的纸盒，上面写着"美意西饼"。

五举一脸惶惑。这时露露走过来，将那纸盒开开。里面是一个蛋糕。蛋糕上面，用奶油雕了两个红头发的小天使。上面用花体的英文写着"Happy Birthday"。

露露说，举哥，生日快乐。

五举愣一愣，半天才想起来，讷讷地说，我都不记得自己的阳历生日，你是怎么知道的。

露露说，我自然有办法知。

五举说，我是好久没过生日了。一个大男人，也不讲究。只记得约莫在正月里头，前后都一团热闹，谁还记得这个呢。

露露掏出一盒蜡烛，点上，要五举吹。蜡烛星星点点的，在夜色中晃了两个人的眼睛。五举笑着，刚嘟起嘴，却很不好意思似的，又阖上了，说，都不知该怎么吹，全是细路仔的玩意儿。

露露说，这样吹。于是吸一口气，"呼"的一声，将蜡烛全吹灭了。

看五举一脸惊讶，露露哈哈大笑，嬉皮笑脸道，我帮你许了个愿。

五举仍木呆呆的。露露说，举哥，我的生日，也是正月里。这下好，一个蛋糕一锅烩，还落你一个人情。

五举脸上的表情，松弛了下来，说，好好，这样好。露露会精打细算。

两个人就坐在台阶上，切那只蛋糕。露露小心翼翼地，将两只小天使，完整地切下来，一只给五举，一只给自己。

露露说，我每年生日，都给自己买个蛋糕，一个人吃。上回有人给我买蛋糕，是我爸，好多年前了。

露露问他，好吃吗？

五举回说，好吃。就是奶味重些。这上面的外国字，倒是写得几靓哦。

露露笑，逗他说，西饼上当然是写外国字。难道写"福如东海，寿与天齐"？

五举想一想，道，说起来，我也有十几年没吃过西饼了，自从离开了"同钦"后。

露露停下口，等他说。可五举看她神情严肃，却没忘了用舌尖将嘴角的一点奶油舔进嘴里，是个一本正经的儿童样子。心里也想笑。

五举摆摆手，说，也没什么。就是做过唐饼的人，心里的一点顾念吧。

这时候，海上忽然响起了汽笛声。有慢慢移动的庞大的绰绰的影，那是来观塘避风塘靠岸停泊的远洋货轮。近处则有来往于北角两岸的轮渡。船上缠绕着星星点点的灯火。细心的船家，还在船头挂了红色的灯笼，这船便立时喜庆了几分。稍开快了些，便激荡着海水波浪潋滟，像是想要夜归的孩子。靠岸了，人三三两两地从船上下来。脸上的表情，怡然或者焦灼。拎着东西，驻足观望的，是等人来接的。

他们静静地看着。露露说，当年我和我爸，坐船刚到香港。那天，我晕船得厉害。落了地，忽然闻到一阵很香的味儿。我爸说，我煞白的脸色立时就好了。我们就循着那香味走。原来是码头上的一间卖鱼蛋的档口。我一口气吃了十二个鱼蛋。我到现在都记得那味道，真好吃啊。我吃完了，抹抹嘴巴。我就说，爸，这里好，我们不要再走了。

我跟我爸，走了那么多的地方，终于在这里留下来。那年，我十一岁。

没等得及我长大，我爸又走了，不知到哪去了。我已经记不清楚他的样子了。可是，每次闻到鱼蛋的味儿，我都会想起他。我爸说，我到了哪里，都是个小娘惹的舌头，只喜欢味重味厚的。可是，味不重、不厚，怎么能记得住呢。

他们两个遥遥地望着。那拎着东西等人的，终于等到了来接他的人。两个人，便都在心里松一口气。

夜深了些，码头上的人渐渐地稀少。甚至潮声也寂静了些。这时，近旁不知哪家打开了收音机，声音开得很大，从窗口里飘出来。是电台的《金曲点唱》节目，旋律响起，原来是《何日君再来》，邓丽君的版本。歌声是袅袅的，甜甜的，混着海浪的声音。

露露也跟着唱，唱到中间，将手指环成了酒杯的形状，笑吟吟地对五举念白，来来来，喝完了这杯再说吧。

说罢做了一饮而尽的手势。五举也笑了。

露露站起身，身体旋转了一下，便在歌声中跳起舞来。露露的舞姿是优美的，虽然没有曼纱倩服，但仍然跳得轻盈飘逸。举手投足，旁若无人。这码头阔大，便是她的舞场；月色清朗，是幽幽明灭的舞台灯光。

五举抬起头，今年元宵的月亮，真是好。大而圆，毛茸茸的，竟一丝霾也没有。

露露跳着跳着，跳到了五举的面前，对他伸出手。五举摇摇手，说不会跳。露露干脆牵住他，将他拉起来。露露将五举的手，摆在自己腰间，然后扶住他的肩头。她让他听着歌声的节奏，跟她走。慢慢走，慢慢走。他不慎踩了她的脚，慌乱间要松开。那手反拉得他更紧了。

慢慢走，慢慢走。他跟上了。五举觉得自己在挪移旋转中，看着海天也在旋转。他觉得自己飘起来了，刚才的微醺，似乎又回来了。他自如起来，觉得体内的血液也奔腾了一些。露露说，举哥，你跳得很好啊。

"好花不常开，好景不常在。愁堆解笑眉，泪洒相思带。今宵离别后，何日君再来。"露露哼唱着，与他又贴近了一些。五举闻到了一阵丰熟的香，这气味击打了他一下，却又让他猛然松懈下来。他听到了自己的心跳，也听到了露露的心跳。那心跳声越来越清晰，或疾或缓，汇合为一。渐渐地，他闭上了眼睛。

当他们重又在台阶上坐下来，还听得见彼此未定的喘息。五举的心跳弛缓了。借着月色，他看到近旁的礁岩，慢慢露出了峥嵘的轮廓。原来是已经落潮了。

不知何时，露露将头挨在他的肩上，好像是已经睡着了。她颧上微红，额头还有薄薄的汗，呼吸很均匀。夜风吹过来，五举又闻到了刚才的气息。热腾腾的，在风里稀释了，有点淡淡的甜。这是他身边的女人的气味。

五举将自己挺得更直了些，生怕会吵醒她。露露咂巴了一下嘴巴，厚厚的唇间有笑意，像是做梦的孩子。五举侧过脸，看见她的睫毛很长，湿漉漉的。不知怎的，他终于没有忍住。他轻轻低下头，在她额上吻了一下。

这时的海风大了一些，带着湿润而腥咸的气味。五举觉得心里，倏然轻快了。

隔了一天，五举去看凤行。

露露也要跟着。五举想一想说，好。

五举洒扫凤行的墓，给四周围除了草。然后摆上供品，又拿出了一瓶花雕。倒上了一杯，洒给了凤行。又给自己倒上一杯。

五举说，凤行啊。今年姆妈和阿得回了上海，我来看你。这个是露露，也来看你。

露露也倒上一杯酒，喝了，说，凤行姐，我敬你。我跟举哥学了厨，我是他的徒弟了。你的"蓑衣刀法"，也传给我了。

五举说，今年摆的供，有"兰花豆腐干"，你尝尝。是露露切的。这是咱们的刀法，也有她自己的。

他们两个，就给凤行烧纸钱。一只松鼠不知从哪里跑出来，拱起手，用晶亮亮的黑眼睛看着他们动作。看了半晌，又忽地钻到草丛中，不见了踪影。山风飒飒，火旺了。火势很猛，挟裹了纸钱。有些烧成了灰白的烬，有些还在燃烧着，被风扬了起来。风越来越大。烧着的纸钱竟然飘到了半空中，纷纷扬扬，像是漫天的蝴蝶。

五举看得有些呆，一颗灰烬飘到了他的手背上，倏地将他烫了一下。

这时，露露上前一步，蹲下身来，说，凤行姐，你放心。我会好好照顾举哥的。

五举一惊，回头看露露。露露的脸上神情泰然，目光是定定的。

这时，风小了，纸钱落了下来，静静地落在了墓碑上，和他们的身上。他们两个都没再言语。只听得脚边的草，被微风吹得簌簌作响。

他们回来后，话少了，或许也是因为有了默契。五举心里暗暗地做了一个决定。

待素娥与阿得回来，脸上都有些喜色。素娥的形容似乎比离港时好了一些。他们说着此行在故乡的见闻，见了许多多年未见的亲人。如今的风物与气象，也远不是记忆中的了。

阿得也欢天喜地的。悄悄将五举拉到了一边，打开一个锦匣子给他看。里头是一串珍珠。那珍珠颗颗圆润饱满，晶莹剔透。

素娥走过来，微笑说，跟你姐夫还神神秘秘的。这是舅爷给他的"东珠"。舅爷在普陀山上做居士，说他算出来，咱家里要有喜事。

阿得说，姐夫，你说，我几时和露露说呢？

五举喃喃道，露露……

素娥说，嗯，舅爷说，这个新抱，是东南位向，丙火命人，与咱们阿得正相配。露露这孩子，跟我们家这些年，总算是知根知底。人都有过往，计较不得。我如今看她，很好。你说呢？

五举张张口，究竟没有说话。

素娥望望他，说道，举，了却阿得这桩心事，我就合该闭眼了。

隔天清晨，五举早入后厨，收拾锅灶。听到有声响，抬起眼，看见有人正向门口走出去。露露的背影，是硬硬的。她只一径往前走过去，并未再回头。

阿得与露露的婚礼酒，摆在了三月。

五举亲自掌的勺。

戴家许久没有喜事了。也是二十多年攒下的好人缘，来了很多客人。北角的老街坊们、湾仔的食客、观塘的工友，加加埋埋，有十几桌。主婚人是"老克腊"，不知怎么，说了几句，竟有些老泪纵横。露露穿了红缎的大襟衫子，戴了一身的龙凤金饰。先给素娥磕头，敬新抱茶。大家起哄，让她与阿得喝交杯酒。露露一口气喝了，然后朗朗地笑。

五举远远看着。一边实实在在地满心欢喜，一边发着空。

觥筹交错，挨桌敬酒。阿得不胜酒力，渐渐醉了。露露扶着他，轮到他敬人，露露抢过来便喝。人们就又说，阿得好福气，娶个疼人的老婆。

一对新人，过来敬五举。露露给阿得斟满，说，得，你好好敬敬姐夫。

她又给自己倒上，喝下去，说，这杯是露露敬姐夫。

却又倒上一杯，稳稳端起来，说，这一杯，是路仙芝敬给师父的。

五举见她喜红脸色，眼里含笑，对他亮一亮杯底。也便倒上酒，喝下去。没来由的，这酒如一股热流，滚烫地灼落去，让他狠狠地疼了一疼。疼得，猝不及防。

他佝偻了一下身子，让自己挺一挺，对着他俩说，得，成了家，就是大人了。姐夫祝你们，百年好合。

我们离开了观塘公众码头，经骏业街，沿着观塘海滨长廊一路走。长廊很长，所经过之处，有些在夕阳下跑步的人，还有嬉闹玩耍的孩子。都被光线笼罩得金灿灿的，连草地都如同漫无边际的织锦。能见度很好，清晰地看见启德邮轮码头和跑道公园。近旁有人鼓掌，是一支青年人的乐队。

低吟浅唱，谢安琪的《囍帖街》。

"好景不会，每日常在，天梯不可只往上爬，爱的人没有一生一世吗？"

五举山伯，站定了，默默地看、听。一直听到一曲终了。他对我说，他们唱的囍帖街，是靠皇后大道东的那个吗？已经没了吧。

我点点头，终于问他，那时候，你后悔过吗？

我看到他愣住，似乎很久才明白我问的是什么。我看到山伯的手，垂了下来。手指沿着裤缝摩挲了一下，然后紧紧地捏住。这一刹那，我有些后悔，觉得自己问得残忍。这问题看似好奇，却关乎可能改变他一生的那个决定。

然而山伯的手，松弛下来，他看着我，笑了。笑得十分真诚。他说，后不后悔，也过去三十多年喇。

此时，人群中传来了惊呼。原来是海的上空，竟然聚集了浓密的火烧云。对岸的鲤鱼门，在深重的暗影里，有喷薄而出的血，红得遮没了这世界上所有的其他的颜色。我身边的山伯，也成了一个红彤彤的人。他的头发、眉毛与眼睛，都渗进了血色，并沿着脸上纵横的沟壑，慢慢地流淌下来了。

露露嫁到了戴家，便不再允许外头的人叫她露露。她是真的会恼。作为引导，她自称阿芝。再年长些时，旁人叫她得嫂，以后的小辈人便叫她芝婶婶。

此刻的芝婶婶，人依然敦实，很勤勉。话并不多。看着阿得，有一种纵容而无谓的神情。她和所有人一样，称五举为山伯。

但有一个人，自始至终都叫她"露露"。几十年并未改过口，似乎带着某种挑衅的意味。

我的朋友谢小湘，每谈及此，也会以无奈的口气。他说，我爸明明知道这样叫，芝婶婶会即刻变成乌眼鸡。但他还是要这样叫，好像不知死。

其实露露和阿得的婚礼，谢醒是来了的。不请自来，还带了贺礼，但露露没有让他进门。

但此后，他便天天来。来吃饭。扬手不打笑脸客，开门做生意，谁也拿他无奈何。来了，便点一个红烧肉碟头饭。要一碗例汤，有时是粉葛，有时是花生鸡脚。喝完了，他便再要一碗。也不理店面上的侍应，直着喉咙，扬声叫露露。露露给他装一碗汤，克制地笑笑口道，谢生，"明珠"店大业大，缺你一口汤喝？

谢醒便说，自己锅里的汤，喝多了厌。在你这儿，多喝一碗都是占便宜。

谢醒自然知道，让"十八行"上下生厌的，是他自己。可他并无什么逾矩的行为。吃了饭，喝了汤，只是静静地坐着看报纸。偶尔与其他客聊上几句，也是温和风趣。因为人届中年，发了福，其实多了一些敦厚的样子。头发仍然梳得一丝不苟，西装革履，看上去是个很体面的人。不明底里的人，瞧他每日在这里吃饭，仿佛在"十八行"是屈就了。有时看露露不免对他厉言厉色，竟至于有些鸣不平。有人便调侃，阿芝，这位老板真是好声气，肯定和你有故事。

露露也笑笑看他，说，使乜讲，定是同你老母有故事。

婚后的露露，也就是阿芝，言语比以往更泼辣了些。行止却收敛了许多。她不想看到谢醒，其中除了往日过节，还有她个人的过往。谢老板，每日都从湾仔的市中心，过海来观塘。吃个饭，跟各种人聊聊天，然后莫名地消耗一个下午，便在晚市来临前回去。准点准时，像是上班一样。

有一天，他又让露露给他添汤。露露道，今天佛手瓜切得块大，当心噎死了。店小本薄，不偿命。

谢醒回她说，怕是我没死，这店先死了。

露露心里一惊，想起这人往日手段。心中愠怒，却并没有声张，轻轻说，你又想搞什么蛊惑。

谢醒说，想知道？

露露有了底，他不过故弄玄虚。拿起抹布擦桌子，落力擦，摆尽了逐客样子。

谢醒说，和你说上一回，我往后再不来了。

露露平白消失了一个下午，回来时样子有点失神。

阿得心急火燎，问她去了哪里。露露说，去湾仔见了谢醒。

这些天的积聚，正在新婚燕尔之时，阿得本来就心中不爽。听到这里，不禁无名火起。也想自己做丈夫的，立威心切，抬起手就要打人。

露露皱着眉头，一把握住他的拳头，狠狠一捏，几乎"咔吧"作响。阿得被捏得生疼，正要求饶。露露却松开了手，叹一口气，道，他说，要把湾仔老店还给我们。

露露也不明白，谢醒为什么选了她作为谈判的对象。

因为驻守观塘，她其实很少回湾仔来了。也未估到，不过几年，湾仔的变化会如此之大。她心想，地铁把这一区的气象，还真是改得天翻地覆，可能连风水都改掉了。

她多半也是心里有些避忌，也并未探访故旧。直接和谢醒见了面，就在以往的"十八行"。她没承想，这么好的市口，谢醒并未用来做经营的用途，倒是改成了自己的一间茶室。

谢醒大约看出她在心里骂着暴殄天物，呵呵一乐，说，放心，我就算再白摆着十年也亏不了。你知道这地铁一开，附近的楼价好像坐了火箭往上升。

露露不动声色，却忍不住上下打量。谢醒也不说话，专心洗茶，渐渐氤氲起熟普的香气。谢醒给她倒上一杯，冷不丁地问，想回来吗？

露露心下一颤，像被人道中心事。谢醒微笑，继续说，你们这个观塘的店，不长久。

露露回过神，不屑道，您是哪方土地公，能管到海对岸去。我们店里有妈祖，不劳您费心。

谢醒说，我是管不着。我是听来的。

露露眼眉一挑，想这人吹水吹惯了，把个个人都当水鱼①。且听他往下怎么说。

谢醒泡了二泡茶，举起杯子看茶色，慢慢说，你以为我天天在你店里磨洋工，聊闲话？不多待几天，那些开工厂的老板，怎么会跟我掏心掏底。现时还有不少人帮衬你，靠的是什么，这观塘还是香港数一数二的工业区。你们家阿得不是才上去上海，可该知道。如今大陆开放，多了四个经济特区，吸引外资。观塘的老板们，心思活络的，都想着把厂子北上移到内地去。地价低，厂房便宜，工人的人工也低。还不用在香港整天看工会的脸色。要是我，我也走。你想想，厂子都走了，工人解散，谁还来吃你们的饭。你想的是小富即安。从长计议，怕是到时妈祖也保不了你。

这在湾仔，可不同了。你看看，这附近新起了多少写字楼。这写字楼里，又得有多少人能填得满。再过几年，那里……谢醒遥遥一指，就是会展中心。到时候，人山人海，这铺头可是必经之路。

露露满腹狐疑。她想想，正色说，谢老板，当年你把戴家逼走，这笔账还没清。做人有果报，天在看着，你得给自己积点德。

谢醒哈哈大笑，道，我请你们回来，不就是浪子回头吗？

①　粤俚，指容易上当的人，相当于"冤大头"。

露露说，那你要什么条件。这地价一涨，铺租怕是我们也付不起。

谢醒喝一口茶，茶水好像在他喉头滚动了一下，让露露分外难受。他说，铺租我不加，走的时候什么价，回来一样。

不知为什么，露露心里反是一凉。她说，阴功，这可真是天大的好事了。

露露和阿得合计了很久，怎么说服姐夫去参加这个厨王争霸赛。

他们说得小心翼翼。

谁知五举听了，没怎么多思忖，就同意了。

这个叫作"锦餐玉食"的比赛，策划人是谢醒。

谢醒说，五举入了三甲，就将湾仔老店还给他们。

谢醒说，如果得了冠军，铺头十年免租金。

谢醒说，他陈五举只有回到湾仔，才有可能做大菜。难道在观塘，做一辈子碟头饭？

这些都没有打动五举。是露露的话，让他心里一动。露露说，举哥，"十八行"是在湾仔起来的。那是凤行姐学厨的地方。

秋风有信

> 凡炖法有三要。一煨，二汤水恰可，三要不失原味。此三者一不可缺也。
>
> 凡炒法有七忌。一忌味不和，二忌汁多少，三忌火色不匀或老或嫩，四忌小菜不配合，五忌刀法不佳，六忌停浴，七忌用油多少。此七者一不可犯也。
>
> ——红杏主人《美味求真》

谁也没想到，谢醒会把阵仗，搞得这么大。

他是躲在了幕后，出面的是香港厨师总会和亚洲电视。这会儿的香港，中英谈判僵持不下，又陆续经历了股市数次跌转。香港人日益务实，其中一个体现，便是把精力，都放在了"吃"上。

吃得讲究，也吃得缭乱。像"鱼翅捞饭"之流，自然是今朝有酒今朝醉，上不得台面的。但中西餐却也在港九遍地开花，各成派系，有如春秋战国。本港的优势，又恰如海纳百川。有种饮品的诞生，可见一斑，叫"鸳鸯"。

是大排档西茶档的发明，其实是咖啡、红茶与淡奶的混合。所谓"七茶三啡适量奶"，便如此时的香港，各种口味是来者不拒，浩浩汤汤，渐成大宗。

但有的餐厅，也想着扩展本地市场，众口咸宜，竟有了将各地菜系汇合一统的心思。一时间打着所谓"京川沪"招牌的新式餐厅竟渐成趋势。原本水火难容的口味，看似被调和鼎鼐，可也因此多了迁就与混杂。正经的老牌餐饮主事，纷纷对之心生嫌隙，觉得弄出来许多的"四不像"。

于是香港厨师协会办这个饮食大赛，便是让各大山头门派，有个拜拜祖师爷的机会。在本地的饮食界，则是为了正本清源。顺道也敲打下旁门左道、求新无矩的徒子徒孙，清理清理门户。

谢醒靠在沙发上，细细地剪着一支雪茄，一边看着电视里几个剪彩的人，个个喜气盈于腮。十月如小春。一个穿着超短裙的女记者，正采访厨师协会的会长。会长面目雍容，气度不凡，说着似是而非的口水话。谢醒听得不耐，咳嗽一声。和他一样不耐烦的，大约是会长身旁著名的落选港姐冯安妮。原本今年大热，但偏被爆出未婚生子，功亏一篑，只落得一个"青春小姐"的虚衔。难为收钱来做花瓶，还能保持神情矜持得宜。谢老板嘴角上扬，却又即刻耷拉下来，冷冷一笑。

这是他亲自请来的。他想在利舞台看选美，他是看客。如今还是看，心境却不同了。这电视的好处，就是隔了层玻璃，看什么，都像是作壁上观。连带这比赛的阵仗，便都不用身临其境，精简清静了许多。

但这场比赛，在香港市民这一年的记忆中，却是铿锵与喧闹的。大约五月落幕的港姐选举，其间有许多的黑幕与揣测，结果并不尽如人意。一番钩心斗角，让人们看热闹的单纯的心，多少受了影响。食色性也。一臂未成，对食物的关注，倒成了某种代偿，安慰了被败坏的胃口。归根结底，这自然是谢老板的创意。口号是"美色易逝，美食无敌"。冯小姐倩笑，端着一碗天九翅的旗袍照。街招贴满港九，蔚为壮观，风头竟然盖过了同时期的立法局选举。

比赛分区进行。港岛西起摩星岭、坚尼地城，东至柴湾；九龙则西起昂坪洲，东至于鲤鱼门。滚动赛制，分时段直播录播。因为赛期漫长，为了吸引眼球，这场比赛终成了本港全民的嘉年华。其间自然有许多的噱头，大约也是为了节目效果。如为出身长洲的"虾酱婆婆"陈七姐贺百岁的寿辰；又如天后电器道的牛腩粉世家卢氏兄弟相阋，兄长愤而退赛，并且在媒体唱衰手足。这一番煞费苦心，飙高了收视率。其间一波三折，有炒作之嫌，亦为人诟病。但毕竟"民以食为天"，大小食肆各出奇招，成就了检阅本港的厨艺脉象，也调动了市民的丰盛食欲。

"陈五举"这个名字，是人们在狂欢中落潮、走向审美疲劳时，脱颖而出的。

五举代表观塘出征。他是中规中矩的人，做菜就是做菜。又是平凡恭谨的面相。一个本帮菜厨子，没有显赫的师承，也无甚可圈点的履历。他是不起眼的。就连对手也不屑与他明争暗斗。然而入围赛便是如此，偏是这样温厚的人，评委们是庇佑的。因为不选他或许没什么，但选他一定不会出错。表现乖张的那些，固然大鸣大放，只能是佐料。苦辣酸甜，稍纵即逝，靠自己是难以成就的。要入味，被人记住，终究还是靠食材本身。五举就是这食材。

评委们也是循序渐进中觉出他的好来。比起港岛，九龙始终还是新区，在填海中慢慢地丰满着轮廓，内里却是日新月异的。厨师们，往往也沾染了风气，想要在事业上标新立异，崭露头角。五举，却显见是老派。在菜式的选择上，他或许是保守的，评委们体会到的是从容。其实，在五举本人看来，即使初赛，本帮菜食材的活、生、寸、鲜，倒也有许多表现的余地。但他有自己的智囊，是露露和阿得。露露说，我们要稳。他们越是要攻，我们越要守得住。

于是，五举开始选择的，都是耳熟能详的菜式。所谓本帮菜的"老八样"，在传统上做文章。虽然看似清新简单的小菜，却可见扎实的基本功。"走油肉"见的是火候，"扣三丝"见的是刀功，"红烧鳊鱼"见的是调味。全都是日常的，全是以"旧"来做了底，却多少有那么一点"新"。如"刀鱼汁面"上撒了炒熟的鲞鱼籽；至于上海熏蛋，他则用了糟油来熏，糟香与淮盐的烟熏味儿氤氲一处，是很奇妙的。这香味不霸道，熨帖地、小心地试探你的味蕾。就是这一点小心翼翼的"新"，默然打动了评委，一路为他护航。

让五举有了声名的，是东九龙的出局赛。出的题是"海鲜"。对手是粤厨，众人皆惊。想这原非本帮系的强项，对五举是刁难，多少有些不公。

先是一道小黄鱼。对手用了白贝来焗，一眼便知是"鲜上鲜"的强攻手段，是要先声夺人。众人想这可输定了，本帮制鱼无非是红烧或葱烤，哪里香得过呢。五举，出其不意用了"煎封"的法子。这黄鱼出来，外则甘香酥脆。里头的水分却牢牢锁住了，鱼肉嫩滑清爽。算是打了一个平手。

到了做蟹。对手呢，做的是澳门传过来的"金钱蟹盒"。这制法让评委惊喜，大约因其繁复，在坊间渐渐失传。也是一点冒险，毕竟用猪网油包裹馅料，要做到鲜而不腻，是个挑战，靠的油温与蒸发得宜。好在这厨师在葡汁上动了脑筋，竟掩饰了一些火候上的不足。轮到五举，用的却是"避风塘"的炒法，众人担心他自己先失守，投靠了粤菜。然而，却见他待起味之时，遽然放进了准备好的菜饭，和咸蛋一起爆炒。评委们入口，眼睛不禁一亮。菜饭的糯米，包容了葱姜蟹肉的鲜香。是沪上"耳光炒饭"的改造，真是打了耳光也舍不得放下。

最后一道呢，是生蚝。粤厨做的是"花胶金蚝焖花菇"，这是功夫菜，算一个十分堂皇的收束。料丰味浓，是一场盛宴的高潮。可五举，却反其道而行之。他将活生蚝，用本帮醉虾醉蟹的办法。用那陈年的花雕醉了，只是撒上少许蒜蓉，便端上了桌。这倒难住了评委。一浓一淡，一丰一简。可一试之下，他们却都将票投给了五举。原来，"花胶金蚝焖花菇"单独品尝，真是无可挑剔。但前几道菜已是馥郁饕餮，再丰盛也不过是锦上添花。可一道"醉生蚝"，其香甜简单纯粹，不加雕饰，却真真让评委们的舌头放松了，先醒一下，再软软地着了陆。

此一役赢得十分漂亮，原是皆大欢喜的事。谁也未想到会横生枝节。既然上了媒体，他们自有思想准备，会挖出五举的过往，带出往日与同钦楼的恩怨。先是上《家家煮》节目的照片，被翻了出来，附了一篇文章感慨当年少年饼王的今昔沧桑。然而，意外的是，媒体的注意力很快发生了转移。因有好事者认出，给五举打下手的帮厨，竟是在湾仔"翡翠城"叱咤一时的舞女露露。这一下了不得，瞬时间击中了坊间小报们的兴奋点。成版的专稿——发了出来，说起露露的来头，说她当年如何在风月场艳帜高张，又如何犯了行规，被大班扫地出门。说想不到她蛰伏厨界，看似洗尽铅华，内里却与这位陈师傅不清不楚。

一时甚嚣尘上。甚至有记者堵在了"十八行"的门口。

露露回去便哭了。不是大放大阖，是一个人躲在餐厅角落里呜咽。谁劝也没用，是真正伤心的样子。阿得说，老婆，都是过去的事了，我和姆妈都不介怀。不哭了，我们以后好好地过。

露露抬起脸，说，我不是为自己哭。我师父这一路走过来，太不容易。

我帮不了他，却毁了他。

五举叹口气，也劝她，说，阿芝，命里有时终须有。大不了就不比了。

露露听到，先是眼神空空的，目光落在那小报的照片上。是某年与姐妹参加一个富翁饮宴，自己的手搭在这老人肩头，笑得前仰后合。她忽然心里一定，眼神也聚拢了，莫名还有一点狠。她说，比，怎么不比?! 我们还要回湾仔给他们看呢。

接下来的比赛，露露再不穿那白色的厨师服。她将以往在夜总会的衣服从箱底翻出来，打扮得格外明艳，熠熠生辉。面对镜头，不再是低眉顺眼的帮厨，恰是昔日在欢场上骁勇的一个人。这年月，她原本还想着要遮掩，此时却豁出去了。她做了五举做菜时的即场解说。她对着观众，自称"芝姐"，该娇嗔时娇嗔，该鲁蛮时鲁蛮，永远是风风火火的样子。插科打诨，见风使舵。和主持人一来一往，嬉笑怒骂。自嘲起来，更带着一股狠劲儿。倒比电视上大受欢迎的谐星，风头上还要健上几分。如此，很快便收获了一大票的拥趸。到后来，有许多观众是为了看露露而追看比赛。收视率自然节节攀升。电视台经理，竟来讲数①，请她去别的节目客串。

露露便咧嘴一笑，大大方方说，好啊，等我举哥拿到冠军先!

只有在中场休息的时候，五举看露露低垂着眼睛，神情黯淡，有说不出的疲惫。可镜头只要一对准她，即刻，便如充电般神采焕发。

看到这里，五举内里，蓦然有些心酸。他知道，露露，是要用自己拴住观众，拴住了观众就拴住了收视率，也便拴住了电视台。终究，是为了他，拴住这场比赛。

五举山伯，向我展示数张参赛时的照片。照片上的芝婶婶，尚有青春

---

① 粤俚，指谈判、谈条件。

气息，但身形却见臃肿。山伯悄悄说，那时她已有了阿得的身己。因为担心老公阻她上比赛，便未告诉他。因为人本来就胖，并不显身子，所以一直到快临盆才公布，气得阿得要同她离婚。

我看到山伯，将一张照片的折角很认真地压平。上面的芝婶婶容光满面，高抬双手，是个佛拉明戈的优雅动作。因电视台的赞助，每张照片里她都是一身华服，如同电视明星。虽则只是图像，我却可从眉目行止，想象声情并茂。这和五举不变的木讷，相映成趣。那一霎，我有了不恰当的联想，便是堂吉诃德与桑丘。理想与现实，交缠其中，不分彼此。不知是谁成就了谁。

这张照片，是五举和露露一生的高光。它被登载在了《香江周刊》的封面，那曾是本港发行量最大的刊物。我在中央图书馆的期刊特藏部发现了它，仅有胶片的版本。其中用了很大的篇幅，记录了五举一路披荆斩棘，进入决赛的过程。我不知五举为何并未保留这本刊物，也没有再问起。

事实上，这本杂志在"十八行"短暂地出现过，很快不知其踪。刊载报道中言及决赛的对手，仅有只字片语。

如杂志上说，"所有人都对奇诡的赛制缺乏心理准备。因为这决赛对手，并非是从海选开始，一路凯歌高奏进入决赛。而是一位业内非常著名的厨师。这成败的意义，就远非一般的比赛可相提并论，而更似武林某种有关荣誉的挑战与守擂。"

其中的微妙之处，在于，他与五举之间的关系是一明一暗。五举不知他是谁。但他选择与五举对垒，则是个饶有意味的决定。坦白说，除却能力，在声誉上，这不是一场势均力敌的较量。但似乎对五举更为有利。如果输了，虽败犹荣。但若赢了，则就此封神，名利双收。毫无疑问，这场迎战对前者而言，赢了不会给他带来更多。输了，则威名扫地。

"十八行"上下，与大众一样，无从揣测这位神秘对手参赛的动机。但可以确定的是，坊间已经有人抱着晦暗的心态，讪笑这位仁兄戆居居，甚而坐山观虎斗。

主办方卖了如此大的关子。不到决赛当日，没有人知道他是谁。

在一连串的猜测之后，露露一抹嘴巴，对五举说，管他呢。反正湾仔我们是回去定了。其他的，听天由命。

五举收到了决赛的题目："点心成金"。

他心里轻微地颤动一下。

夜漫漫地席卷上来，潮水一样。

五举一直保持着良好的睡眠习惯，但此时却不再能睡着。并非是备战状态带来的兴奋。相反，他感到十分的疲惫。是一种清醒的疲惫。像是长途跋涉的人，到了终点，洗了个彻骨的凉水澡。他阖上眼睛，努力让自己睡。但许久未有如此多的念头。纷繁的，一个接着一个。一个还未有清晰的头绪，却被另一个仓促地中断。然后绞缠在一起，让他辗转反侧。

外头有浅浅的月光，流泻进来，落在他的床头。青白的，裹在他的臂膀上。他动一动，将胳膊慢慢地缩进了暗影里。他想起，二十年前，也曾有过这样的好月光。那时他还是个少年。迎着那月光，他抬起手，卷起手指。影子被映照在墙上，是一只飞鸟，扑扇翅膀。变换了手势，是一只狗，机灵地拧动耳朵，发出无声的犬吠。或者，是月中的玉兔吧。"广寒宫，桂花树，寂寞姮娥舒长袖。"阿爷总共只会这一支歌仔，是他家乡的童谣。

他在这歌仔中蒙眬地要睡去了。却听见门外"哗啦啦"的声响，或许是夜猫子踩翻了堆在门外的杂物。他叹一口气，索性坐起身。打开灯，抄起那本杂志来看。杂志封面的一角，是自己的照片。木然无措的样子，像是被人捉住了错处的孩子。翻开来，翻到了有自己的那一页。字印得密，又很模糊，看不清。他想，或许是因为许久没阅读过文字了。内页的照片很大，色调倒更为阴郁，还有青蓝的斑驳。再看看，原来是纸页太薄，或印刷的质量不好。背面的油墨透了过来。他翻过去，看背面原来是一张女人的照片。她脸颊的轮廓坚硬，眼睛里有丛生的老意。那是在任的英国首相。就在去年，她签署了中英联合声明，决定了这城市的命运。这是五举知道的。而他不知道，也在去年，她侥幸逃过了爱尔兰共和军设置在布莱顿的保守党的炸弹。在以后的许多年，她长时间地被记住，则因在北京与一位老人会晤，走下台阶时匆促地跌了一跤。此刻，五举愣愣地望她的脸。又翻过页来，看见这张脸的背面，与自己的那件白色的厨师服，重叠在了一起。

荣贻生师傅的出现，是在决赛前的记者招待会上。

媒体们称他为"三蓉王"。

此时备赛的五举，浑然不知，师徒即将相见。

甚至同钦楼上下，都倒吸一口凉气。荣师傅并未告诉任何人，他接受了这桩赛事。即便西点后来居上，唐饼式微，"同钦"仍为业界龙头。一举一动，举港观瞻。这一赛的成败，莫名牵扯了整个茶楼的声誉。何况对手还是陈五举。这个名字，十数年来，有如荣师傅心中芒刺。外人个个讳莫如深。后来收过一个徒弟，有次闲谈时不慎提到，荣师傅竟当场开除了他。

五举离开后的几年，每到年节，备礼偕妻，往"同钦"探望。然而荣师傅避而不见，由他在门外站上数个小时。雷打不动。

这师徒的恩怨，虽是旧闻，竟因各种机缘，得以被媒体翻炒。此一赛事，在港众看来，简直犹如坐实想象。

并且，在记招会上，荣师傅对媒体说，他会在比赛时公开"莲蓉月饼"的制法。多年来，他寻找着自己可传衣钵的徒弟，如转世灵童一般。就为了他那秘不外宣的手打莲蓉秘方。

人们都觉得他疯了，心中却做好面对狂欢的准备。

五举直至最后一轮，才面对自己的师父。

他遽然发现师父老了。

这张脸，时隔久远，但又仿佛朝夕相对，并不觉得有一丝的陌生。他只是觉得，师父老了。

师父并未看他。眼神定定的，望着面前的锅子。

他设想过很多次与师父的重逢。如他般木讷的人，对想象是没有兴趣的。但他，设想过很多次与师父的重逢。

他知道会是自己的师父。

这场决赛，将观众当作上帝，可通观全局。却对参赛者保留了最后的神秘。五举被蒙着眼睛，带入现场。然后发现，与对手间，隔着一道屏风。屏风上有色彩富丽的广绣，绣着"八仙过海"。

他们将在终极一战中，当面对决。

我问五举山伯，何时知道，对手是自己的师父。山伯垂首，道，是因为赛题。

我终于找到了这场比赛的录像。尽管对主持人故弄玄虚的做派，不甚喜欢。但因为这道屏风的存在。他来往穿梭而不穿帮，却又十分体现了敬业。

主持人公布了赛题，是"一开一合一鸳鸯"。

难度在于，对手可相互预先指定，这三道点心的主要原料。

越简单越好，求其厨艺之本真。

五举拿到了对方的题目：豆腐。

他愣一愣神，想想，在给对方的纸条上，郑重写下：三蓉。

　　第一道，一开。五举选择做一道"豆腐烧卖"。上海民间的烧卖，皮薄馅大，材料原是丰盛的，糯米、香菇、淋上酱油的肉末。五举曾自制一道"黄鱼烧卖"，是"十八行"席上必点的主食。但如今命题却以豆腐为主料，便须克制饕餮。又能发挥豆腐的优势。五举便以扣三丝之法，将鸡脯肉、冬笋切丝，而后将豆腐切成干丝而代替火腿。下以面皮，香菇去柄托底。高汤作水晶皮冻，斩至碎末，上笼蒸。一只烧卖便是一只碗，皮冻融化还原至高汤，混合鸡笋荤素两鲜，入味至干丝。用的是"无味使之入"的法子。因烧卖开口，闻之已馥郁。入口绵软，清甜。

　　而荣师傅应对的，则是一道"笑口枣"。这是粤地常见的小食，多见于年节。虽是小食，却极考功夫。油面"切拌按压"皆有讲究。而那烹炸"逼油"的手段，更是能否"开口笑"的关键。但这"百花笑口枣"，却是内有玄机。"百花"是广东点心里的"虾胶"。虾肉之所以成"胶"，全赖大力搅拌稠结。更有些老师傅甚至将虾肉反复挞至碗内，直至其有弹性。这原本无内容的面团中加入百花馅，在热油中绽放，是真正开了花。而为了让虾胶不至吸油过多,则在虾饺外裹上杏蓉,将其封住。杏之清酸、微苦制衡了百花之腥咸。入口层次丰富，一改"笑口枣"之油腻热气。

　　这两道，虽都是牛刀小试，但各有其创新。评委纷纷称是，言其不相伯仲。

第二道，一合。要的是收敛。这师徒二人，拿出的作品，看上去皆是无奇，却内有乾坤。

　　荣师傅上的是一道"黄金煎堆"。煎堆这东西，若论典故，倒是很有说道。可追溯至唐，当时叫"碌堆"，是长安宫廷的御食。王梵志诗云："贪他油煎，爱若波罗蜜"，说的便是这个。后来中原人南迁，把煎堆带到岭南，就此落地生根。粤港人要好意头，有"煎堆辘辘，金银满屋"之说。而白案师傅，多会以"空心煎堆"炫技。一个小小的面团，滚满芝麻，竟可以慢慢炸至人头这么大。荣师傅便端上了这么一个煎堆，浑圆透亮，煞是好看。可在评委看来，以顶级的大按师傅，此物未免小数。荣师傅便示意主持人举起一摇，竟是硿硐作响。再用刀切开，切着切着，评委们的眼睛睁大了。原来这个大煎堆里，还有一个煎堆，上面覆了一层黑芝麻，同样浑圆。再切开，里面竟然还有一个，滚满了青红丝。切到最后一个，打开，里面是蜂蜜枣蓉流心，淌出来，是一股浓香。难得的是，拳头大的一团，渐次炸开。各层竟可毫不粘连，如俄罗斯套娃般，各有其妙，真是堪称魔术了。

　　而五举则呈上了一盘蟹壳黄。蟹壳黄以蟹为名，实为糕饼。油酥加酵面作坯加馅，贴在烘炉壁上烘烤而成。取其入口松脆，"未见饼家先闻香，入口酥皮纷纷下"。成品呈褐黄色，酷似煮熟的蟹壳，因其形色而得名。而五举的"蟹壳黄"上桌，却为评委们都准备了一碟姜醋。评委咬了一口，十分罕异。朵颐之下，竟是满嘴的蟹味。原来，这馅料，五举是用了赛螃蟹的法子，将蛋白与咸鸭蛋黄混炒，辅以鸡腿菇末，提其鲜香。然后一只只包裹在酵面中，烤出来，蟹壳煎黄，壳内见肉，竟是十足的一只螃蟹。称赞之余，有评委质疑道，可这豆腐在哪里？五举便掰开一只，可见蛋白深处，竟窝着一个小小的法海。玲珑有致，全须全尾，正是用豆腐细细雕成，不禁令人拍案。

最末一道，屏风打开。双方面目了然。师徒相见，似乎都并不觉得意外。

师父是老了。五举也几近是个中年人。然而他们互望一眼，不知为何，五举却觉得昨日还曾见过。往日所发生的，似乎没有影响到二人之间的某种默契。他们互相的命题，便是这默契的表达。

媒体大惊小怪地，不停地拍照，将他们置于镁光灯之下。似为这师徒同台，加之许多的想象与注解。

然而，此刻他们是对手。

谢醒在电视台的监控室，仿佛因二人脸上的淡静，感到一丝失望。但他想到这盘棋下到最后，无论谁胜谁负，将军的人，始终是他。不禁有些兴奋。

面前这两个人，都是负过他的人。或者，是命运负他，因他们而辜负。他等了许多年。他想，他曾经也想做一个好厨师。因为这对师徒，他，只差了一点点。

对决的主题，是"鸳鸯"。

五举想，鸳鸯。这是许多年前的唤醒。

主持人兴高采烈，说接下来，荣师傅会将他的当家手艺——同钦楼红够十年的"鸳鸯月饼"的制法，公之于世。

不知他当年的爱徒，会以什么作品来迎战昔日的师父。

荣师傅，架锅，起火。揉面皮，制奶黄。

五举不觉额上起了薄薄的汗。他手里做着一道豆腐布丁。豆腐打碎，融忌廉与鱼胶粉，又加入了一勺椰汁。

露露曾问，为什么不能放椰汁？

他记得。他花了许多时间，尝试这道点心。是的，椰汁可以祛除豆味，只余爽滑。世界上有许多的禁忌，可捆缚手脚，甚至口味。露露说得对，不试怎么知道呢。

黑豆与黑芝麻打碎，大火，融阿胶。

他两手各持一碗，平心静气。一黑一白，流泻而下。渐渐地，渐渐地，在锅里汇成弧形。旋转、汇聚，黑白交融，壁垒分明。

这道点心，叫作"太极"。

他手腕转动，头脑里忽而响起一支旋律。"欢欲见莲时，移湖安屋里。芙蓉绕床生，眠卧抱莲子。"止不住地，是个沉厚的男人声音。安静清冷。当年，师父手把手教他打莲蓉。师父不苟言笑，喜不形于色。但那天他对五举唱起了这首歌。是他少年时师父教的。师父姓叶，手把手教他打莲蓉。

此时，他辨得出近旁熟悉的气味，在空气中浮泛起来。他想，师父快要炒莲蓉了吧。

忽而，"哐当"一声响。五举手一抖，侧过脸。

锅落到了炉灶边上。荣师傅用左手紧紧握住右手的手腕，眼神黯然。他面对众人，说，我输了。

锅里是还未炒香的莲蓉。

师父手把手，教五举炒莲蓉。师父端炒锅，从来用左手。师父的右手，严重地骨折过，使不上力。触则剧痛。

刚才师父端炒锅，用的是右手。

师父说，我输了。

五举木木地放下手中的碗，走过去。

他静默地，执起师父的手。荣师傅退后，闪躲一下，却又由他。五举在师父腕肘轻轻按摩。以往天寒湿冷，师父手痛，是五举为他揉。如今这只手，筋络密布，苍硬如虬枝。

师父胖了，唯独手却干枯粗粝了，被时间熬干的。

荣师傅定定看自己的徒弟，不再退。镜头对着他们。便有千家万户，凝神望着他们。荣师傅在心里叹一口气。

做师父的，愿到这里来，有心成全他。做师父的，放下了。他这十多年，所受的苦痛，师父都知道。

做师父的，选了短痛，也是给自己的提醒。偿他，让他赢得结实堂皇。

荣师傅闷声对他说，回去。

五举没有动。

做师父的，眼前是那少年人。少年眼泛泪花，对他说，师父，捻雀还分文武。我敬您，但我不想被养成您的打雀。

如今，少年人老了。眼神又暗沉了几分，是被岁月磨疲的。内里却还硬着，犟着，没有变。

做师父的急了，声音厉了些，对他说，回去。

五举终于转身，将炒锅重新架在灶上，开了火。锅里的莲蓉，幼嫩细滑。他执起锅，慢慢炒。师父说过，要慢慢炒，心急炒不好。

十年没有炒了。一招一式，他全记得，像是长在了身上了。

做师父的，眼睛慢慢蒙眬。那时五举身量小，一口大锅，像是小艇，锅铲像是船桨。他就划啊划啊。那莲蓉渐渐地，就滑了、黏了、稠了。

五举由师父看着，又做成了"鸳鸯"月饼。

一半莲蓉黑芝麻，一半奶黄流心。犹如阴阳，包容相照，壁垒分明。

是一片薄薄的豆腐，让它们在一块月饼里各安其是，相得益彰。

这场无人胜出的决赛。很多年后，仍有人记得。他们说，什么比赛，不过是电视台搞出来的噱头。

我问五举山伯。五举愣一愣，说，说是就是吧。

我问荣师傅。荣师傅笑笑口，说，说是就是吧。

谢醒没有食言。"十八行"回到了湾仔。

开业时，又有人送来了一对花篮。一篮署的是"同钦楼"，另一篮里头藏了一只盒子。里面是满盒的莲蓉包。每个包的正中，都点了个红点。署名是，"师父"。

拾陆

尾声无边

"十八行"门前，有一株凤凰木。每年五月开花。花期漫长，经久不谢，直开至立秋。

七月盛暑，正如火如荼，漫天红云。

晚市前，照样有小歇。五举出门，抬起头看。有邮差送来一封信。邮差走时，也抬头，看一看说，今年的花开得好。

见信封上，都是外国字。五举问邮差哪里寄来，说是哥伦比亚，南美的国家。

五举拆开，里面是一封信。也是外国字，他不懂。

信里夹着一张照片。

二人合影，已经发了黄，不甚清楚。背景他认识，是自家"十八行"里那幅"昭君出塞"，正在迎脸的墙上。早旧了，可他舍不得扔，一直挂着。画前两个人，他也辨认出来，一个是当年的老客人，复姓司马。还有个年轻的，是多年前的自己。照片上的人，眼睛半眯着，笑得有些僵，也有点惊讶的样子。

他愣一愣，笑了。这才想起来，拍的时候，大约光线不够，忽然打开闪光。"咔嚓咔"一声，把他吓了一跳罢。

辛丑秋完稿

壬寅春修订于香港·苏舍

后　记

食啲乜？

老话常说，"食在广东。"屈大均在《广东新语》里，有颇为周详的表达："计天下所有之食货，东粤几尽有之；东粤之所有食货，天下未必尽有之也。"

既已夸下了海口，便需落到实处。广东人口不离"食"，粤白便以之为核心要义。粤俚"揾食"说的是"谋生计"；"食塞米"指办事不力；"食得咸鱼抵得渴"则形容预计后果之权宜。可看出，岭粤的民间语言系统是很务实的，将"民以食为天"的道理身体力行，并见乎日常肌理。

粤食的精粹，其中之一便是点心。粤语发音的"Dim-sum"也是最早一批进入《牛津英语词典》的中式词汇。这当然得自唐人街的兴盛，闽粤人士在各国开枝散叶，也便将之发扬光大。二〇一八年夏，香港金管局联合中银、汇丰和渣打三间银行推出新钞系列，二十元纸币主题便是香港的"点心"与饮茶文化。

所以"饮茶"和"点心"，可谓是岭南饮食文化最为接近民生的部分。前者是表，关乎情感与日常的仪式；后者是里，确实是纷呈的"好吃"所在。记得首次在茶楼，是族中长辈为来港读书的我接风。我是真被这热闹的气象所吸引，像是瞬间置身于某个时光的漩涡。他们谈起五哥，即我的祖父，年轻时来粤饮茶的经验，竟与数十年后的我心有戚戚。时光荏苒，那间茶楼人事迭转，但总有一股子精气神儿。这两年，"新冠"让不少香港的老字号败下阵来。一些店铺勉力维持后，终于关了张。在新闻里头，我也知这一间曾歇业过。今年疫情稍好转，重开了午市，我偕一个友人去。人自然是不多的，但并不见寥落。或许因为老伙计们都在，店堂依然旧而整洁。因不见了热闹，反而多了一种持重与自尊。"今日，食啲乜？"沙哑的苍声，利落，来自年迈的伙计。那刻听来，是很感动的。

想写一部关于"吃"的小说，是很久的事情了。在《北鸢》里头，文笙的母亲昭如，在一个饥馑的寒夜，对叶师娘说，"中国人的那点子道理，都在这吃里头了。"她想说的，是中国人在饮食上善待"意外"的态度。便从安徽毛豆腐、益阳松花蛋，一直说到肴肉。如此，这是中国文化传统里"常与变"的辩证与博弈。

我念念不忘这个主题，便在这部新的长篇小说里，将这"常与变"植根于岭南，放在了一对师徒身上。"大按"师傅在行内，因其地位，自有一套谨严的法度。守得住，薪火相传，是本分。要脱颖而出，得求变。只看粤广的脉脉时光，自辛亥始，便有一派苍茫气象。其后东征、南征、北伐，烽火辗转，变局纷至沓来，历史亦随之且行且进。"变则通，通则久"。时代如是，庖理亦然。忽而走出一个少年，以肉身与精神的成长为经，技艺与见识的丰盛为纬。生命通经断纬，编制南粤大地的锦绣，为铺陈一席盛宴。在这席间，可闻得十三行的未凉余烬，亦听见革命先声的笃笃马蹄。他闭上眼，用上了一把力气，只管将这味道与声响，都深深地揉进手中的饼馅。久后，容器中一体浑然。便用模具打出形状，上炉，慢慢烤，慢慢等。待到满室馥郁氤氲，席上人也结束了酣畅。他退到后厨，看窗外，月光如洗，远方一道亮白，是渐渐退却的潮汐。

白驹过隙，潮再起时，是六七十年代的香港，经济起飞，是巨变。巨变如浪，将一行一人生的"常与变"挟裹。这挟裹不是摧枯拉朽，而是提供了许多的机遇，顺应时势，可百川汇海。所以一时间便是龙虎之势，新的旧的、南的北的、本土的外来的，一边角力，一边碰撞，一边融合。而饮食，在这时代的磨砺中，成为一枚切片。质地仍是淳厚的，毕竟带着日积月累的苦辣酸甜，砥实。但是边缘确实锋利，甚而还带着新鲜的血迹，那是瞬间割裂的痕迹，必然锐痛。在切片里，藏着时间与空间的契约，藏着一些人，与一些事。他们有的栖息在这切片里，凝神溯流；有的一面笙歌，一面舔舔历史锋刃斫戮的伤口；还有一些人，蠢蠢欲动，这切片中时空的经纬，便不再可困住他们。

　　然而岁月夕朝，在某一个片刻，时光凝结。这些人坐在了一桌，桌上是"一盅两件"。端起茶盅，放下筷子。对面而视，味蕾深处忽而漾起了一模一样的气息。他们松弛，继而释然。

　　是为《燕食记》。